“身边带着苏倾，他会惜命
拼杀刺刀时就没有这么硬的心肠
偏偏心里有个苏倾
他才战无不胜”

—[illegible]—

无尽白

白羽摘雕弓 著
Bai Yu Zhai Diao Gong

（上册）

四川文艺出版社

图书在版编目（CIP）数据

无尽告白 / 白羽摘雕弓著. -- 成都 : 四川文艺出版社, 2022.4

ISBN 978-7-5411-6244-2

Ⅰ.①无… Ⅱ.①白… Ⅲ.①长篇小说—中国—当代 Ⅳ.①I247.5

中国版本图书馆CIP数据核字(2022)第034000号

WUJIN GAOBAI

无尽告白

白羽摘雕弓 著

出 品 人　张庆宁
出版统筹　赵丽娟　杨　琴
选题策划　木本水源
责任编辑　陈　纯　孙晓萍
特约编辑　孙一民　刘丽波
责任校对　段　敏
封面插画　吴思龙@4666啊
版式设计　唐　昊

出版发行　四川文艺出版社（成都市锦江区三色路238号）
网　　址　www.scwys.com
电　　话　028-86361802（发行部）　028-86361781（编辑部）

印　　刷　北京中科印刷有限公司
成品尺寸　168mm × 235mm　开　本　16开
印　　张　38.5　字　数　680千
版　　次　2022年4月第一版　印　次　2022年4月第一次印刷
书　　号　ISBN 978-7-5411-6244-2
定　　价　88.00元（全二册）

引子·归去来

（一）

屋里灯烛荧煌，花窗上投下纤细的人影。

“锁儿，你进来。”

那道声音柔婉，在夜色中模糊得像个梦。

大丫鬟立在屋外，猫儿眼瞥一眼，又低下脑袋，“呸”地往手心吐了一嘴瓜子壳儿。

雪花先按捺不住，胳膊肘撞了撞锁儿，声音怯怯：“大夫人叫你。”

锁儿慢条斯理地捻掉了唇边粘的碎屑：“没你的事。”

窗户被掀起一点，缥缈的声音变得清晰可闻：“锁儿？”

锁儿一怔，觉得她的声音像在叫魂，听起来晦气，噔噔地掀开帘子进了屋：“怎么了大夫人？”

苏倾的手还放在窗棂上，最朴素的滴珠耳坠子如两滴泪水，闪动在她如雪捻成的耳垂下。

她鬓边一朵惨白的纸花，被渗进来的西风吹得簌簌抖动。常言道：要想俏，一身孝。毫无装饰的素衣，使她的黑眼珠和冷色调的皮肤愈加纯粹，显现出好似幽灵般的美感。

锁儿在丫鬟里算得上俊俏，一双瞳子像猫儿一样顾盼生姿。但她即使着意打扮一番，与这样的大夫人站在一起，也好像变成了社戏中穿红戴绿的人偶娃娃。大夫人毕竟是京中出了名的美人。锁儿注意到这一点，就越发愤恨，嘴角直往下撇，宁愿盯着窗外的黑夜，也不愿看着苏倾的脸。雪花的目光在这两人之间徘徊，发现大夫人的眼睛有点红，或许是刚刚哭过，不过她隐藏得很好。

苏倾漂亮的手搭在桌边，指甲修剪得圆润体面。她的目光掠过锁儿的翠色衣裳和脸上胭脂，没说什么，只是垂下眸，一排鸦翅样的睫羽浓密：“你动过我的抽屉？”

锁儿心里一紧，眼睛急忙盯着脚尖儿：“回大夫人，小的怎敢。”

苏倾霍地将抽屉拉开，里面有一块不大不小的空缺，她罕见地采用了单刀直入的问法：“我那东西，你见过了吗？”

锁儿耷拉着眼不应，屋里陷入尴尬的沉默。

苏倾的语气依然柔和，雪花疑心大夫人是生来不会发火的。她自打嫁入沈家，多数时候做个寡言而贤惠的影子，即便开口说话也很温柔，镇不住人。可是这一回，她竟然继续说下去："你连我的话都不回，将来出了门，岂不是让人笑话咱们家里没有规矩。"

锁儿原本心虚，可人人可欺的大夫人到底发了什么疯，敢教训起她来？她瓮声瓮气地说："小的自小服侍大少爷，粗手笨脚的，比不得大夫人您做闺中小姐……"

锁儿哪是寻常丫鬟。她是沈大少爷的贴身侍婢，从小与他一起长大，与沈祈的情分非比寻常。除去往日调笑没大没小，小丫头们曾经见过锁儿服侍大少爷洗澡，擦背时就算将身子亲昵地贴在他发烫的脊背上，大少爷也只会点着她的鼻子取笑。

本朝多有贴身丫鬟升作侍妾的先例，就算锁儿现在就把自己当作女主人看待，旁人也不能说什么。

雪花一把拉住了锁儿的衣服角，向大夫人福了福，万分慌乱地折了个中："我给您找去。"

可她刚迈一步，就被苏倾伸手拦住，她仍然盯着锁儿："让她去。"大夫人好像真的生气了。

苏倾往常少有喜怒，木人石心，隔着迷雾与人来往。此时的双眸如青黑琉璃珠子反映出两抹亮光，整个人都鲜活了起来。苏倾过门六年，纳妾的事不知为何缓了下来。锁儿二十二岁还没名分，认定是大夫人吹了枕边风，因此妒恨上了她。

转眼，又是一年新春。

锁儿斜睨着地，不肯挪动步子："我垫桌角儿了。"

屋里寂静片刻，雪花心里暗暗叫苦。

"胡闹。"苏倾眼睛有些发红，劈手拍在桌面上，震得桌上的蜡烛跳动了一下，雪花的肩膀也吓得抖了一下，"你去，给我找回来。"

雪花急忙拉过苏倾的手，见她拍在桌上的四根白皙的手指已经通红，吓了一跳，瞪了锁儿好几眼："你也太过分了……"

大夫人不得大少爷欢心，在沈家的地盘一退再退，已经缩到了书房这一亩三分地了，要是还被人践踏……

兔子急了也会咬人，她还算是个主子吗？

锁儿瞥她一眼，也有些恼了。

如若说先前锁儿还畏苏倾几分，今次便一点也不怕了。别说苏家现在失了势，人人避之不及；上个月沈祈喝醉了酒，让她扶着宿在偏房里，终于半推半就地破了她的身，第二日清晨就默许她搬到偏房住下。她再傻也有预感，喜事就在这两天没跑了。偏苏倾还活在梦里。

屋里没别人，雪花就是棵胆小怕事的墙头草，锁儿嗤笑一声："小的是为了您好，大夫人的心不放在大少爷身上，净搞些花花草草的有什么意思？"她垂下眼睛，"家都没了，还当自己是伤春悲秋的大小姐，说出去不怕人笑话。"

苏倾突然觉得太阳穴跳动着疼，或许是因为没吃过饭，脑袋发蒙，她扶着桌子坐在了椅子上："出去跪着。"是的，苏家没了，爹爹死了，她是依附着沈祈过活的秋蚂蚱。外头西风凛冽，锁儿瞪大了眼睛。"大夫人怕不是糊涂了……"

苏倾抬头，没甚表情地看她半晌，竟然微微笑了："既然我管不了你，不如你来当这个大夫人？"锁儿吭哧了半晌，黑了脸，噔噔地摔门走开了。冷风如刀刮在脸上，她扭过头，隔着门轻轻啐了一口："我还怕了你？等过几日，苏家彻底凉了，看你还端得起这臭架子。"锁儿料定苏倾不会追出来看，自己走到偏屋里，对着镜子把胭脂补了补，又挑了一盏更亮的灯笼出门。

厚重的帘子扣过去，把带着冰雪和灰尘混合气味的冷风带进屋里，苏倾一阵咳嗽。雪花刚要去掩门，帘子挑开了，小五儿瘦猴似的身影先钻进来，倒退着掀起了帘子："大少爷慢些。"

扑鼻酒气迎面而来，一个高大的身影踉踉跄跄地进屋，腰间的络子旋个不停。一年到头，他少有几次回来的。灯影摇晃，沈祈看见她迅速站起了身，脸上还带着一瞬不知所措的表情。

苏倾额前碎发柔软地散在纤细的眉宇上，皮肤白得温柔细腻，这样睁大眼睛看着他的时候，水波盈盈的眼像两只饱满的杏仁，杏仁尖微向上挑起，是万家灯火映河中的明艳，绝不含一丝俗气的妖媚。沈祈借着几分醉意打量她，越看越觉得纳罕。为何她已经折在家里，憔悴如斯，在他眼里，还是比外头的花红柳绿都令人心动，令人想破坏。

苏倾仅怔了一下，便熟练而贤惠地接过他的外裳："官人回来了。"她低眉敛目，不等他回答，平静恭谨地蹲下身来，两手环抱他的腰，以极其谦卑的姿态，解去他的革带。雪花和小五儿识相，无声无息地退了出去，炭火盆里又毕剥一声响。沈祈冰凉的手突然抚上了她的脸，声音意外地温和："穿这一件不冷吗？"

苏倾本来在走神。他身上除酒味之外，还有缭绕的脂粉香气，气息艳俗，大约是偎红倚翠时沾染的。直到他的掌心贴上来，她才陡然僵住了，一阵闷痛涌过心底，像刀子割。"家父……新丧。"她垂下眼。家里尚有火盆，她身上尚着棉衣，在她看不到的地方，她也想不出来那里该有多冷。

"这我知道的。"沈祈的声音不含太多情绪，指头随意地拨弄她头上的纸花，"你已尽孝道，还是节哀为好。"他虽然用的是举案齐眉的句式，语气却让人觉得陌生，大概是说惯了颐指气使的官话的缘故。沈祈难得心情尚佳，还欲再说，门"吱"地开了，小五儿挑了帘子："少爷，夫人，二少爷来了，说是苏老爷新丧，他想来见见您和……大夫人。"机灵的人最会察言观色，越说声音越低。

沈祈几乎是瞬间阴沉了脸色，他停顿了几秒，将头低向了苏倾，下巴贴近她的发顶，不轻不重地蹭了蹭："大夫人，想见吗？"

苏倾低着头，一动不动地跪在原地，许久才平稳地答："今天晚了，让叔叔早些安置吧。"

沈祈慢慢地勾起薄唇，朝小五儿扬了扬下巴："听见没有？"

"……是。"

帘子扣上了。

他放在苏倾颊边的手，忽然变作带了几分力的掐，直将她从地上带着站了起来，语气古怪："倾妹，你说我的岳丈死了，关他什么事？"

苏倾的脸被捏得变形了，睁大眼望着他不吭声，眸中流露出一点恍惚。

他的手即刻撒开，似乎方才摸到的是什么肮脏的东西。他背过身去，在屋子里踱步，步伐杂乱无章："你可别忘了，你现在是我沈祈的夫人。"

苏倾凝脂般的颊上留下两枚发红的指印，她稳住声音里的颤抖："妾心里有数。"

"嫁出去的女儿泼出去的水，难过也该有些限度。"他骤然转身，将她推倒在榻上，见她有抵触的表情，动作便愈加粗暴。近来她轻减很多，腰肢仿佛一折就能断，纸花打了几个转滚到了地毯上，被他一脚踩住。他冲她微笑："记着，当初若不是我力保你爹，他的脑袋六年前就该掉了。"

苏倾不再挣扎了，她咬着唇，半晌才能出声："自是不敢忘的。"六年前朝堂剧变，旧太子党羽牵连甚广，若不是当时初得势的沈祈帮她母家一把，苏家不会苟延残喘到今天。她瞒着爹娘答应沈祈的要求时，以为只要自己从今往后闭着眼睛做个好妻子，人生如白驹过隙，很快就会过去了。

后悔吗？

不，离了根的花到底是要落的。自己过得不好，才算是与苏家共进退了。

沈祈对她不加怜惜，将她当作人偶摆弄，攻城陷阵之时，不忘步步紧逼："你爹是戴罪之身，你呢，是罪臣之女。孝便不要戴了，省得连累了沈家，你说呢？"

兄弟二人早已决裂，划沈府为东西两半，素不来往。

沈祈娶了苏女第二年，异母弟弟沈轶亦冒于朝堂，且经过六年时间，似乎专与他作对似的，培养起了分庭抗礼的势力，处处与他为难。这也是他焦躁的源头。苏倾没什么灵魂地答应，那声音像细细的猫叫。沈祈很满意她这副绝望残破的神情。沈轶得不到的人，毕竟是他得到了，还在他手中被搓扁揉圆，任他折辱。每想到这一点，就令他血脉偾张。他居高临下地睨着她，挑起她的下颌，语气又微醺似的柔和下来：

“倾妹，我想你跪着。”

雪花从厨房把那本册子拿回来的时候，它已经折了好几个角，蹭上了擦不掉的煤灰和油渍。苏倾披着衣裳站在前院里，院中种满川芎、白芷一类的香草，香风习习。风将她手中册子的纸页一页页翻开，书册里夹着的破碎的干花瓣飘零而出。

在闺阁之中时，每逢春日到来，丫鬟们会为她折下数枝含苞带露的鲜花插瓶，而她选出最娇艳的一枝来，摘下花瓣浸泡，沥干后拼贴在纸上，另在旁边题诗一首，装订成集，使之芬芳馥郁永留于书册。

当时苏家姊妹羡慕这般风雅，纷纷模仿，比赛谁集的花更多更全，女儿家分享自己的手工制品，凑在一起如同花团锦簇，欢声笑语不绝。

雪花瞥见她的脸色，吃了一惊：“大夫人……”

苏倾道：“夜里风凉，回去歇着吧。”

见雪花的身影消失了，她才慢慢蹲下来，银缎子披风撒在泥土之上，她的双膝踏实地跪在松软的土地中，徒手挖了几抔土，将这本保留最后尊严的册子，埋在开得正艳的四季海棠之下。单薄的月色照着黔青的墙头瓦，乌黑的坛子发亮，草叶中传来稀薄的、濒死的虫鸣。

沈祈走到偏房门口，先看到近地面处一盏明晃晃的灯笼，旋即是锁儿噘起的红艳艳的嘴唇：“大少爷，您可回来了。”

她一张口，白气飘散，沈祈惊觉地上跪了人：“你怎么在这儿？”

“问您那好夫人去。”她捶着腿站起来，半个身子倚在沈祈身上，像是站不住了。

沈祈有些奇怪：“大夫人罚你？”

“可不是。”锁儿抽抽搭搭地哭起来，“哎哟，看我这腿，锁儿都冻成冰雕了。”

沈祈停了一停，任她靠着：“为什么罚你？”

“好少爷，您不知道吗？”锁儿也顿了一下，语气很天真，“大夫人有本册子，成日里在里面写些伤春悲秋的酸诗，小的翻开来看了，竟是些‘悔’呀‘念’呀的，也不知道她在想谁呢。”

沈祈的脸隐在夜色中，语气也凉得似西风：“当真？”

“千真万确！”锁儿踮了脚尖，大胆地环住他的脖颈，“平日里，夫人把那册子看得紧紧的，小的实在看不过眼拿走了，她便大发雷霆，罚锁儿在大冬天里跪着。”

沈祈的目光刹那间沉了下去。

锁儿呼出的热气喷在他脖颈上，她熟稔又小心翼翼地拿嘴唇磨蹭：“这天儿可真冷，大少爷还愿意让冰雕锁儿进门吗？”背上的躯体总算是热的，不似幽魅般的大夫人总是手脚冰凉，像个没有生命的物事。沈祈接过灯来，停了一瞬，叫人开门进屋，锁儿大喜，扭过头冲他嫣然一笑。那个瞬间，他蓦地想到了苏倾。

多年前亭亭玉立如花苞般的少女，同他那脾性最阴郁古怪的弟弟走在一起，在斜飘的大雨中，踮着脚尖替他撑了一把伞，只留下模糊不清的背影。沈轶走得飞快，她就在斜后一路小跑地追着，雨点打在伞上，飞溅出去，她的半边肩膀都被雨淋湿了，靴子一脚接一脚地踩进水洼里。他看到沈轶停了下来，一把夺过了伞，回头说了句什么。苏倾也停住了，怔在原地，不知所措地仰头看着他。再然后，沈轶很不耐烦地伸手抓住了少女的肩膀，将她一把拎到了伞下，然后将伞向她倾斜去，似乎为避嫌，只用伞底勾着她的脑袋，将人一点点捞到了自己身旁，两个人并着肩，慢慢地从他的视野里消失。那一天的苏倾只露出了半边笑靥，即便是在雨中只剩模糊不清的背影，都像是散发着无穷的生机。

他在雨里，魔怔了似的，他觉得自己输得很彻底，因为她从来、从来没有这样替他撑过伞，更没有这样笑过。

锁儿仍挂在他身上嘟囔，把他的魂叫回来："锁儿是想帮大少爷出气，才把大夫人的册子拿去垫桌角，锁儿做错了吗？"男人冷笑着揉她的脸："你做得很对。"偏房里，灯烛在缠抱中晃了晃，灭了。

薄墙外的树梢儿上月亮极圆，院墙外面，似乎传来了女子的清脆的笑声。

"怎么喝得这样多。"步履踉踉跄跄，两个人东倒西歪，噼里啪啦地撞到了墙根。那声音甜脆的妓子，先是气喘吁吁地笑了一阵，才开始抱怨："这是哪里呀，灯笼这么暗，二爷怎么偏往这里走。"说着，她用力吸了吸鼻子，忽地笑了，"谁的院子？院墙里头的香草真好闻。"

苏倾的手正捧了一抔土，停在半空中，湿润的砂土从她指缝中簌簌而下，仙客来的花瓣在月色下呈现出幽丽炫目的紫红。

起先沉默不语的那人终于开口，声音如松风穿堂，低沉凛冽："那是我嫂嫂。"从他嘴里吐出来的这两个字，缠绵似情人，冷情似敌人，是一团缠紧的解不开的线，让他冷不丁丢在地上。

"嫂嫂？"

半晌，那人轻轻地"嗯"了一声："对了，你等等，我有东西还给她。"话音未落，什么东西越过墙头投掷过来，撞到了墙角的坛子上，发出了"当啷"一声巨响，又从草叶上坠下，在土地上滚了几滚，最终躺在了泥泞的青苔上。

女子"哎"了几声，急了："二爷，那可是好东西！说扔就扔了，您赏给我也好啊。"

那人置若罔闻，似乎丢下她远去了。

苏倾裙摆逶迤，直至听不见任何声音，才弯下腰去，将它拾了起来。

一只金手钏，中间分两股镂空，其上雕了一只长尾的鸾鸟，鸾尾弯曲化作云霞，鸾头衔一暗褐色的石纹饰珠，这样跌过来，竟然丝毫没有变形。

苏倾垂下眼，朝自己的手腕比了比。可惜她现在瘦得太多，钏子原有的尺寸早已不合适了。

（二）

苏倾的幼年生活极受爹娘偏爱，起先留在府上学女红女学，十三岁时扮了男装，是第一个被家里送去与权贵少年们一起上学的女孩。她临走时爹爹还特意叮咛："你既是乔装改扮，遇事便要低调些，能不开口时尽量不要开口。"

当时受托照看她的人是沈祈，比他们这些小家伙要大几级，不在一处上学。到了学堂里，沈祈将几个重要的同窗一一介绍给她，被介绍的人点头微笑。他的指头移到稍远的那个人时，停了一停，似乎没想好怎样开口，便放下手算了，虚拍一下她的肩膀："倾妹，有事找他们，我走了。"

他走以后，苏倾悄悄扭过头，目光穿越重重人影，去看那个没被介绍到的十三四岁的少年。那时他正没骨头似的倚在桌角，脸色白得透明，眉飞入鬓，鼻梁高挺，瞳孔在阳光下是透明的浅褐色，颇有异族之相，有点像她们府上养的那只名贵的猫。这张英俊面孔锋利至易折，竟让她一下子想到了大人说过的"薄"，美人薄相的薄。他没有笑，也不看她，敌视的目光紧紧跟着沈祈远去的背影，见他走远了，便无趣地收回视线，摊开书坐在了桌前，顺便一脚踢翻了前面那个看热闹的同窗的坐凳。

那人大骂："沈……"

他抬头由下往上瞥一眼，利得像刀光，是猛兽挑衅入侵者的眼神，那人的后半句消失无踪。

这便是她与沈轶的第一次照面。

苏倾一向很乖，爹爹让她不要开口，她便真的低调得像霜打的蔫茄子，默默地来，默默地走，几乎从不主动与人攀谈。连夫子问话，她都要并几步快走到讲台上躬身作答，生怕自己细声细气的声音回荡在学堂里，惹人取笑。可她越是决心做一个影子，越是惹人注意。有一日下了学，一个人高马大的少年便带着几个小跟班将她团团围了，笑嘻嘻地拿扇子戳她头上的发冠："苏倾，你到底是不是个女的？"这少年家世雄厚，是当朝宰相牛犇老来得子，娇生惯养，无法无天，时常欺凌同窗，故有个诨名叫作"牛魔王"。

苏倾惹了牛魔王，自知不好，只得两手扶住摇摇欲坠的冠，一声不吭地想往门外溜。

牛魔王使个眼色，少年们便堵住了她的去路。他将手掌横着抵在胸膛上一比画，嬉笑道："你看，你个头这样矮，脸又这么白，可不是个娘们儿？"

苏倾行了同窗礼，强装镇定地微笑，笑得小脸都发僵："小弟有事，不能相陪，十分抱歉，请牛公子放我过去，改日再叙。"岂料那几人哈哈大笑起来，牛魔王笑得直拍大腿，边笑边左右顾盼："你们听听，听听她讲话，你若是个男的，怕也是个宦官！"说着，用扇子骨狠狠一戳，她的冠便掉落下去。苏倾在震耳欲聋的哄笑声中一把抓住自己即将松散的发髻，只觉得他们讨厌极了。

她越是茫然无措，他们越是兴奋得厉害，牛魔王一把抓住了她的胳膊，还拿扇子骨儿去戳她胸口："我听闻苏家的女儿个个赛西施，现在看来也不过如此，倾儿你这样瘦，你的小馒头藏哪儿去了，怎么一点也看不出来？"

苏倾哪里经过这阵势，弓起背往后缩，想甩开他的拉扯，声音里终于带上了哭腔："放手，放手！"忽然学堂后头一声巨响，随即是"哗啦啦"的木片松散的声音。众人都停了，回头一看，才发现学堂里竟然还有个人没走。沈轶像个影子，从阴影里钻出来，一脚踩碎了被他摔在地上的凳子，斜着眼虚虚地瞥了他们一眼，表情像是乌云密布的天。

牛魔王撒开苏倾，破口大骂起来："你个外室养的又想作甚？"

他们从前像是有些过节的，所有人都虎视眈眈地盯着沈轶，炮火似乎即刻转移了。

苏倾趁机拔脚便跑，可心里惦念沈轶陷入危难，就钻到了临近门口的桌子下面，露一双眼睛悄悄地看。一旦他孤身一人吃了亏，她就打算豁出去，像公鸡打鸣一般高喝一声，先镇住他们，然后夺门而出搬救兵。她盘算得很好，这个时候，接她下学的丫鬟和沈祈应该都快到了。

沈轶被骂了"外室养的"，看上去却还面色如常，似乎并未被激怒，双眸盯着牛魔王半晌，没头没尾地来了一句："你说话好听一点。"停了片刻，他垂下眼睫，空气里的尘埃在窗口漏进的光柱中飞舞，些许落在他睫毛上，仿佛停滞了几秒，他冷不丁抓起桌角的香篆盒，猛地抬手向牛魔王掷去。香篆盒狠狠砸在牛魔王额角上，一下子便断成两截，未燃尽的香灰噗噜噜地从他头上滚下来，刺激得他闭上了眼睛，随即热乎乎的鲜血也涌出来，又融掉了香灰，跟着往他脖子里流，他这才惊恐并疼痛地发出"嗷嗷"的号叫。

一旁的跟班吓傻了片刻，听见这喊声，才想起来一哄而上。可是少年比他们都要快，他单手一撑案台，轻盈地翻过来，掠到满脸灰和血的牛魔王面前，还嫌不够，又抓起最近一张桌子上的墨盒，猛地倒扣在他脸上，骨节分明的苍白的手，死死压着墨盒，在他脸上来回旋转。

苏倾永远记得漆黑墨盒上面那双苍白的手，以及被众人拉开之前，那双手的主人脸上极其阴狠恶劣的一点儿冰凉的笑。

后来，事情闹得满城风雨，牛魔王的母亲、宰相夫人在学堂哭闹不休：“那是贵家公子的样儿吗？简直就是一条疯狗！”

当时，“疯狗”正跪在一旁，平摊两手，让夫子一下一下地打手心。

他一口咬定是口角斗殴，把苏倾的雌雄之争当作边角事件隐去。苏倾大有触动，主动撩起下摆跪在了他旁边。沈轶侧头瞥她一眼，又扭回头去。

沈祈的表情极其尴尬，这才完成了迟到了许久的介绍：“其实这是……舍弟……沈轶。”

被打了手心也没什么反应的沈轶，听闻这话，又用苏倾第一天见过的那种轻视而又嘲讽的眼神盯着沈祈，半晌，弯唇笑了笑：“嗯，哥哥啊。”连笑都是冰冷锐利的。

沈祈似乎很容易被他的挑衅激怒，拔脚想走，见到苏倾也跪在地上，巴巴地抬起手掌，他心里的火气便更大，手指戳了戳苏倾的肩膀，催促道：“倾妹，回去了。”

苏倾抿唇一笑，眉眼弯下来，含着柔软的歉意：“沈公子先回吧。”

沈祈盯着她半晌，沉着脸拂袖而去。沈轶在一旁跪得笔直。

触怒了牛魔王，闹得沈家上下鸡飞狗跳，几道戒尺哪里够？苏倾有所耳闻，知道沈轶在家里断断续续挨过好几顿板子，走路都一瘸一拐，自然是坐不得了。

夫子打着打着，忽然瞥见旁边小鸡仔一样挤上来的苏倾，递上双手，一眨不眨地望着他，小脸吓得发白。

苏倾实为苏大人的千金，平时乖巧到了软糯的程度，他哪下得去手？又想到牛魔王实在是个祸害，早该吃些苦头，这牛魔王又是失礼在先，沈轶也已经受了罚，此事便就此揭过。但罚跪自是免不了。二人跪得日头西斜，窗棂投在地板上的影子都旋转移动了，苏倾感觉到沈轶侧头看她，似乎诧异她怎么还没走。过了一会儿，他出了声，语调阴阳怪气：“胸前的小馒头藏哪儿去了？”沈轶的声音很清润，说话的时候目朝前方，因为心里不太耐烦，眉宇间的冷意便愈加明显。

苏倾突然感觉到这话与牛魔王的刻意调戏有所不同。她想了想，也目视前方，稳妥地回答：“我娘说我太瘦，所以根本算不上馒头，一缠便没了。”

沈轶默了一会儿，终于忍不住扭头看她。此时太阳已经西斜，夕阳的光晕异常柔软，橙红色，暖融融，就像熬久了的柿子汤。

她又听他开口，这次倒像是真的有了几分兴趣：“苏家的女儿，个个赛西施？”苏倾扭过脸，布冠像男儿绷在额头上，把她那些温柔暧昧的碎发全遮住了。即使如此，她细细的眉毛下面那一双秋瞳和初显饱满的下唇，仍显出遮不住的明丽姝色，斜阳便是最好的胭脂。她想了一会儿，迟疑道：“这说法我倒没有听说过。我觉得二妹和五妹都生得好看，可我们又没有见过西施。”

沈轶心想，谁知道二妹五妹什么样，反正大姐儿已经足够白了。

这事儿过去以后，苏倾主动搬到了沈轶前桌坐，还给他正式地行了个同窗礼，表明自己还他恩情的用意。沈轶看了她两眼，再不搭理她。不光不理她，在学堂里，他是独一份的形单影只，他只喜欢隐没于角落，抗拒任何打扰和亲近。可是苏倾若是待人好，那便是真心实意、风雨无阻的好。沈轶挨了棍子，上课坐不得，日日被人嘲笑，她也跟着站着，夫子问她怎么站着上课，她也不畏手畏脚，就让自己糯糯的声音大方地回荡着："我坐着直想打瞌睡，见沈兄站着，悬梁刺股，奋发图强，我便也学学，果真不困了。"苏倾说话极稳，是个聪明变通的，但就是这种一板一眼的认真，带了股小儿憨气，听了让人心软，夫子心情大好，抚须赞扬。等下了学，人都走光，苏倾悄悄从他桌上捡了一页纸，拿回家参看，点蜡熬了几宿，帮他把罚抄的书抄完了。

母亲半夜转醒，见她屋里灯还亮着，披着衣服端着烛台来她房里，诧异道："我儿，课业有这么多呀？"听她三言两语讲了经过，也不拦她，点点头道，"嗯，大姐儿知恩图报倒是好的。"遂叫厨房给她做了一碗莲子羹，以防她晚上饥饿。

苏倾捏着笔杆儿，盯着汤碗出神。

第二日下了学，雁儿来接她，手里提着个食盒东张西望，苏倾招招手，小丫鬟做贼似的踮着脚尖儿走到她跟前。苏倾把食盒往沈轶桌上轻轻一放，也不让他尴尬，拉着雁儿便走了。

沈轶低头站着，待人走光了，才敢抬起头。关节好像锈住了似的，僵硬地掀开食盒，第一层是一碗红枣银耳汤，扑面而来的甜香，二层是软香酥，底层是撒了芝麻的酥油饼，旁边还有一只小碟，放着一块叠得整整齐齐的丝帕，还压着一张字条："放着，下午雁儿来收。"

他沉默了片刻，只挑了酥油饼吃了一小块，另外小心地拈起那块白丝帕，没有擦嘴，而是闭上眼睛试探地轻嗅了一下，那上面的女儿香若有似无，一下子钻进肺腑。他立即便顿住了，好像鼻子被烫了一下，一只手将那丝帕塞进怀里，又拿手胡乱捅了两下，将那露出来的边角也塞进衣服里，眼不见为妙。

第二日苏倾故伎重施，只是沈轶掀开食盒的时候，发现第二层的软香酥换成了巴掌大的薄煎饼，旁边还有几碟精致的小菜。

沈轶亦很聪明，转念一想，难道因为他昨天没碰软香酥，她就猜他不喜甜食？他轻轻一哼，倒要看看她机灵到何种程度。忽然注意到二层卷了一沓纸，他打开一看，竟然是他该罚抄的文章，一张不落，连字迹都跟他相似。少年的位置靠窗，低头看着食盒时，鼻梁上落了一道光，睫毛上也是细碎的暖光，照得他眼睫呈现出蓬勃的灰褐色。他掀开三层，里面又放了一条新的丝帕。他像小狗一样拈起嗅嗅，嘴角莫名地含了一丝笑，反手揣进怀里，若有人在，定会被这又凶恶又天真的笑吓得呆滞在原地。这回他没走，敏捷地贴在窗外墙根下，等着雁儿来收食盒。果然如他所料，小姑娘和丫鬟是一起来的，是苏倾亲手掀开食盒收拾，雁儿只是揣手站在旁边看。

“呀，昨天还吃了咸饼，今天怎么一点没动？”

雁儿喊起来。苏倾捏着盖子，抿着唇没吭声，眼底有点失落。

不过待她把二层食盒掀开，雁儿便发现了不对：“小姐，第一天他吃了咸饼，您就说他应该是爱吃咸的；今天他啥也没吃，只把您帕子给拿走了，那他是不是……”

“胡说！”苏倾开口打断，整张脸绯红得像窗外的晚霞。

雁儿头一次见大姐儿脸红，啧啧称奇：“哟，小姐，您知道小的想说啥？”

苏倾凝神仔细想了想，脸上的红便马上褪了：“我知道了，他可能是暗示咱们家做的点心不干净。”

雁儿一皱鼻子，觉得他真过分：“哦，原是这样。”

第三天，沈轶轻手轻脚掀开三层食盒，在底层原来放帕子的地方，改放了一条洁白的手巾，旁边还挤着漂着花瓣的盥手盆。

沈轶：“……”

第四日，苏倾正站着上课，忽然背后有人拿笔杆戳她一下。她以为自己挡了沈轶，连忙往旁边挪了半步。

身后的人顿了顿，又戳她一下，未等她回头，他撑着桌子，很轻易地向前一倾，越过她的肩头，凑在她耳边飞快道：“喂，别送吃的了。”随即赶在夫子看到之前，迅速站直了。

苏倾的眼睛蓦地瞪大了，倒不是因为他的拒绝，而是他们两个从未离得这么近过。他的唇几乎要蹭到她的耳朵，呼吸如几片极轻的羽毛，落在她耳郭里。她感到自己像是新酿的一罐酒，有一朵气泡慢慢从底部升到了瓶口，这个时候又被人倒过来放，那朵气泡又从喉咙处慢慢下沉，沉到胸口，又陷进肚子里去。

这学堂里唯二人站着，沈轶一直忍不住盯着她看，这一堂课上得非常烦乱。他想，大姐儿太白了，轻易地便这么红耳朵，怎么一节课也消不下去，好像他如何欺负了她似的。

（三）

等沈轶身上的伤彻底养好，就到了南方的梅雨季节，一连数日阴雨连绵。沈轶凶神恶煞的威名远播，平素受了气敢怒不敢言的，就拿他挂在教室外的伞出气，将他的伞撕烂折断，再跳上去踩上几脚，变作一堆破烂，再撒腿呼朋引伴地跑远。一来二去，沈轶觉得烦，干脆连伞也不拿了。少年圆领袍全部打湿，飞速地穿梭在撑伞的、戴蓑衣的人群里，形单影只地走回家去。

苏倾是有一把伞的，在梅雨季到来之际，她撑开了自己心爱的花纸伞，轻盈地追了几步，踮着脚尖罩在沈轶的头顶。

沈轶仰头一看，看到的不是阴雨天幕，是伞骨上一片疏影横斜。半晌，他往伞外钻："你自己走。"

苏倾咬着下唇，将伞往他那边倾，一张口，被压白的嘴唇迅速地回了血色，竟是不点而朱："……我顺路的。"自他在学堂里贴着她说话那一次后，她不知道怎的，连简单的话也说不利索了。沈轶不再说话，放慢了脚步，别过头望着桥柱子，一路上不知在想什么心事。

苏倾风雨无阻地替他撑了十几天的伞，终有一日让沈祈撞见了。

这日下学，沈祈将她拉到一旁："倾妹，你不知道他这个人有多低劣。"沈轶外室所生，性情古怪，目无尊长，难以调教，沈家上下视其为公敌，沈轶与正房所出弟兄几乎到了水火不容的地步。可是倒没人敢拿他如何，沈轶甚至为自己争取到了上学的权利。沈祈说："因为他实在是条疯狗，狗咬人，人还咬狗吗？"

苏倾把衣摆在手里揉来揉去，低头道："那你们先打骂他了吗？"

沈祈愣了一下："你这是什么意思？"

"难道他生下来就像现在这样的？"

"倾妹……"沈祈顿了顿，感受到她有些抵触，语气越发柔和了，"你娘是大家闺秀，你们姊妹都是知书达礼地培养出来的，哪里知道这些。西域的妖姬，水性扬花的妓子，养出什么样的孩子来，多会骗人，多会害人，你根本不懂。"

话音未落，苏倾听见"嚓"的一声轻响，吃了一惊，急忙追到门外去，只看到沈轶手里本来拿着她的伞，脸上的表情阴沉寂静，看见她的脸，他把伞往地上一搁，转身飞快地走了。

"哎，倾妹！"

苏倾不顾沈祈在后面阻拦，抓起伞就追了出去，只仓促行了礼："沈兄先行！"

外头的雨如瓢泼，苏倾只后悔自己穿了个长衬裙，跑也跑不快。她追上了他，将伞倾过去，左边袖子全是水，衣服湿答答地贴在身上，鞋也全湿了，像是在沼泽地里跋涉。

沈轶走得飞快，雨丝打湿的头发贴在额上，五官显得更加锋利。他侧眼警告："你离我远一些。"

苏倾置若罔闻，追着他走了好远。沈轶的气似乎无处可撒，回头看她，笑里带着狠意："疯狗不用打伞。"

"那还是要打的……"她很执拗，丝丝缕缕的头发从布冠中挣出来，仰头看他的时候，一双眼睛也是乌黑潮湿的。

沈轶猛地停下，睨着她：“你说什么？”他似乎是更生气了，又似乎是快被她气笑了。

“我说……”她停了一下，浓密的睫毛抬起来，鼓起十足的勇气，将错就错了，“我说我也不傻。”岂会听风就是雨。

雨声喧闹，沈轶依旧沉着脸：“你过来些。”见她半晌不动，他一把抢过伞，将她拎到了自己身边。抓了那一把，大姐儿的骨架子那么小，淋了这场雨，衣裳全湿了，不知道会不会一病不起。他倾过伞底勾着她的脑袋，故意把布冠勾歪，让她那浓密的黑发多露出来些。

苏倾见过拿大笤帚扫院子的，她觉得自己就像地上的落叶，被沈轶一勾，自己蹦着跳着到了他身边，她一边这样想着，一边笑了。苏倾笑起来好漂亮，仿佛整张伞面的梅花都开了，暗香浮动。那把纸伞竟然比想象中还要大，能将他们两个都庇护着。他撑着伞，声音很低：“元宵节花灯夜，你来学堂后院，等我一等。”

苏倾只管走路，没有答话。

到了那张灯结彩的那一天，自然是不用上学的，后院里只挂了一盏小灯笼，照得树木影影绰绰。苏倾今次终于作女装打扮，广袖衫裙外是貉子毛披风，头上簪了一根水晶扇形簪，黑发披散下来，薄施粉黛，点染朱唇，如若桂宫仙子临凡。她从喧嚣的灯会上溜了出来，怀着满心紧张在院子里等。月亮如玉轮，清晖四散，蜡梅香得若有似无，偶尔有一点细微的响动，是草丛里的余雪融化作潺潺的流水，渗入泥土里。苏倾老老实实地等了半个时辰，直到天晚了，外头女眷孩童的喧嚣声渐消，月光照在她脸上，照得见她眸中的犹疑和失落。

他还来吗？该不是忘了？她犹豫着要不要离开，忽地一阵风来，一道身影从后院里参天大槐树横斜的枝杈上跃下来，落到了她面前。

少年看着她，明月照着他的脸，那眸光似乎与往日有些不同，带着令人心惊的独占欲。

——谁也不知道，她有半个时辰，独属他一人欣赏。

沈轶看着她，半晌，什么也没说出来，递了她一个镂空的木盒子，便赶她走：“这个给你，回去吧。”

苏倾一路走，他便在后面远远地跟着，每逢她回头，便侧过身子藏在隐蔽处，直将她送到了府门口。

回到家里，她才敢打开她紧紧捏了一路的盒子，里面竟放了一只金钏子，分两股，中间是一只姿态舒展的鸾鸟，鸟嘴里叼着枚暗褐色的石纹饰珠。

雁儿凑到她身边看，很快便失去了兴趣：“好歹也是沈家的公子，这么粗糙的首饰也拿得出手——该不是他自己做的吧？”

苏倾的心剧烈跳动起来，她卸下了腕上的首饰，即刻将这只手钏套了上去，又用袖子盖住藏起来："出去便不许乱说了。"

这一天里，她觉得胳膊不像是自己的了，娘亲看到了几次，疑心她胳膊受伤了，问起来，她才发觉腕上套着的东西仿佛千钧重，仿佛有人攥着她的手腕，从此拴住了她。

用过晚饭，大家坐在桌前闲聊，苏倾顺手拿起剪刀剪灯芯，袖子便滑下去了。

五妹年纪尚小，看见了便大喊起来："大姐的钏子化了！"

苏倾大惊，急忙去看，这才发觉鸾鸟嘴里那颗石纹珠子离烛火很近，已经受热变形，不是个滚圆的了。

她伸手一捏，那珠子已经被烤得热乎松软，像面团似的被捏扁了，竟不是玉石做的！

五妹天真无邪，瞪着一双乌溜溜的黑眼睛："大姐上当受骗了，买了假的钏子！"

苏倾捏着面团，心里正糊涂着，忽地摸到里面似乎包着什么硬硬的东西，再仔细一摸，是一枚卷起来的纸条。

她对着烛火将纸条慢慢展开，手抖得险些拿掉了。

摇曳的烛光照着褶皱的纸条，上面只写了两个字："倾倾"。

这一笔一画顿重，不知重复多少次，他在她面前称"喂"，在无数个她不知道的漆黑的夜里，他这样亲昵而僭越地叫过她的名字。

包起来，藏起来，不为人知，又企望她发觉。

寒冬夜里又飘起了细小的雪花，时有时无，打着卷儿裹挟在风中。

沈轶随军出征之前，也是这样北风卷地的冬日清晨，她一路送至城门，默然无语。天边泛了鱼肚白，沈轶走了两步，突然回头看着她道："你要信我。"

她虽然点头，却不明白这话的含义，更未来得及深想他为何说的是"信我"而非"等我"，波诡云谲的朝堂剧变已经使权势移位，尊卑颠倒，人心惶惶。

天地改换，新皇登基。

沾染权势者踏错一步便被新朝肃清，钟鸣鼎食之家顷刻间化作烟尘，荣华富贵尽作粪土，昔日闺阁千金为娼为妓，而她却妄想螳臂当车。

苏家在水中沉浮的时刻，是她而今的丈夫向她抛来了橄榄枝。

或许沈祈早知有今日，故而早早留下后路，他斯文的面孔之下，多的是为官做宰的真本领。

他想要得到的，也全都不费吹灰之力得到了。可得到之后，他又发现自己想要的不止于此。

日子飞速过去，水中投石沉底，一切归于平静，不受政权更迭影响的除却布衣，还有冲锋陷阵的勇士。

王师凯旋之日，恰是苏沈两家连理之日，新君大悦于将士保家卫国，开疆拓土，赐婚麟熹郡主于沈轶，招他为皇家之婿。

这个消息是沈祈告诉她的。新婚之夜，他往她手里塞了一只酒杯，喟叹道："倾妹，你看，这就是命。"

沈轶在金銮殿上以腿疾为由拒婚，长跪于殿外雪夜，睫毛上结满霜雪。

屋内炭火毕剥，苏倾在大红喜帐中仰头饮下沈祈递来的合卺酒，烈火入喉。

初婚她将手钏还回去，沈轶的脸色，从别以后，总是一遍遍出现在她梦中。

他死死看着她，脸色青白，嘴唇抿得毫无血色，神情分外无情而憎恶，半晌才说得出话来："是你自己选的。"

说起来也巧，这六年同住一个沈府，他们竟然一次都未见过，最近的一次，也不过就是隔着一道矮墙，听见他的声音。

忽而又变作少年时的他，着银光闪闪的铠甲，与她并肩而行，又刻意留出一拳宽的距离，暧昧而疏远，热烈而又满怀敬意。

雪花柔和了他的面容，他回过头说："我走了，你要信我。"

千里送君，终须一别。这一别便是经年蹉跎，浮生如梦。

每当梦醒时候，苏倾才有一点恨沈祈。

恨他的喜欢里掺杂了太多杂质，含着欲望、鄙夷、怀疑和厌弃，要非如此，或许她早就可以庸庸碌碌过成柴米油盐之妇，否则，谁愿意数十年如一日做天上仙子。

可是为人妻，如何能够心怀别人，又怨怼别人。

人活一世，又怎么能总想着"过去"和"如果"。

她将钏子套在手上，调整好大小，上面的石纹珠子还能如风车转动。她紧了紧披风，走回了屋里，双手闭上了门。

门缝里露出一竖条的圆月，慢慢地越来越窄，直至消失。

天刚蒙蒙亮，鸟雀鸣脆，清晨起了大雾，连绵屋宇都笼罩在雾中，迷蒙不清。

锁儿从偏房出来，整饬着领子，打了个哈欠，白气萦绕。

路过大门时，她甚至主动给扫院子的小丫鬟打了声招呼，谁都能看出她面上的喜气。

昨夜里大少爷终于松了口，答应夏天到来之时，要给她个名分，升她作侍妾。数年的心愿，一下子便了，她觉得自己要变成花翎子公鸡，四下巡视一番，才不至于飘飘然——尤其要巡视大夫人的地盘。

她踱到了正堂外，忽地听到雪花的尖叫划破长空：

“来人，快来人！大夫人吞金了。”

锁儿吃了一惊，推门进去，雪花跪在榻前，用手捂着嘴巴，抖如筛糠。

帐子里，苏倾双手交叠躺着，头上规整戴着一朵纸花，腕上戴了一只金钏，如若不是面如金纸，倒像是安静地睡着，睡在暖香温室的蝴蝶仙子，不知忧愁。

沈府上下登时乱成一团，屋里不一会儿便挤满了人，脚步来来去去，七嘴八舌吵嚷不休。

谁也没有注意到桌下一只变形的蜡丸孤零零地躺在桌腿边。余下的半张字条，早在火盆里扭曲着燃烧殆尽，上面的三个字也跟着化作了灰烬，静默地沉入寂静的梦中：“跟我走。”

目录

第一卷　雀登枝

第一章　重归尘

（一）

“妈，我要迟了！”

苏倾一进门就听见苏煜暴跳如雷地跺脚，变声期的声音像公鸡打鸣，嘶哑刺耳。

而苏太太的双手环着他的腰，坚持不懈地给儿子提裤子：“小祖宗，快了快了。”

苏太太花了点私房钱裁了一条崭新的裤子，不试一试怎么行。

苏煜正处于长身体的阶段，却比其他男孩子更矮小一些，还有点驼背，整个人显得耷眉臊眼。感谢苏太太的好基因，他的皮肤算白，眼睛也大，但是鼻梁上架了一副厚底眼镜，加重了脸上的懦弱呆气。

谁都不会想到这样一个在外面唯唯诺诺的孩子，会在家里这样大喊大叫。

苏太太终于提上了他的裤子，瞥见苏倾站在一边，仿佛看见了救星：“倾儿，缸里没水了。”

苏太太说话时腔调很软，咬“倾儿”二字时更是亲昵温柔。

苏倾转身走出里屋：“我这就去挑。”

前院里本有口井，但里面早已被黄土填满。井边长满摇曳的荒草，地上条石铺就的砖路，已经被尘土盖得看不清本来面目。

老房子还是清初的时候盖的，很旧，门上的黑漆都剥落了，所幸构件还未腐朽，但下雨天要渗水，灰白墙面上开出晕染的黄褐花纹。

大缸旁边放着两只木桶，苏倾弯腰去拿的时候，注意到木桶边紧紧挨着盆。盆里脏衣服堆成山，最上面的是今早苏煜换下来的旧裤子，裤脚上粘着泥沙。

苏倾犹豫了一下，先挑起了桶。

恰好苏煜一阵风似的从屋里奔出去，她喊了他一声：“阿煜，你能帮我把盆捎过去……”

苏煜远远站住脚，不太情愿：“姐，我要迟了。”

“哎哟你跑两趟就是了，叫他干什么？”苏太太匆匆追出来，袄裙下偶尔露出两只金莲儿。她穿一身发白的旧袄裙，立在房檐下皱眉头，打苍蝇似的朝她挥手，语气变得格外严厉：“你弟弟要上学，你又没事做。”

苏倾默然低头，将又粗又亮的辫子轻轻甩到身后，扁担麻利地搭上了肩。

苏煜一路奔跑，门口拴着的大黄狗忽然冲他狂吠。

“畜生。”他骂了一声，随后一脚蹬上了狗脸。狗猛地扑了上去，但被链子拴着，在空中悬崖勒马，锁链发出“哗啦哗啦”的声音。而苏煜已经撒腿跑了出去，徒余凶狠的狗吠在院子里回荡。狗一叫，栏里的家禽也跟着乱叫，鸡飞狗跳。

“快去，快去管管它。”苏太太退回屋里，夹着帕子的手按着太阳穴，脸直发白，“叫得我头疼。”

苏倾担着桶慢慢走到门口，黄狗不再叫了，摇了摇尾巴，长嘴在她裤脚上蹭来蹭去，随即温顺地伏趴下来，呜咽着将脑袋贴在了地上。苏倾想，狗这种动物真奇怪，大概是谁总喂它，它就喜欢谁。她蹲下来看它，发现狗鼻子破了皮，湿漉漉的，流了许多鼻涕。她掏出自己的帕子轻轻擦了一下，黄狗发出哼唧的声音，就像小孩在抽噎。苏倾抱了抱它，隐约摸到温热皮毛下的肋骨。

“妈，阿煜把它踢坏了。”

“狗能有什么坏不坏的——别碰它了，那畜生脏死了。”

苏太太头上一只珠钗猛地折射了光，柔弱地立着，隐约还是个富家太太的模样。她脸小，骨架子也小，生苏煜的时候几乎要了她半条命，身体一直很虚弱，走几步路就要喘。于是多数时候，她是发号施令的将军。

“它不脏，我每天都带它洗……”

“你就非得跟我犟嘴？”苏太太拿手掌猛地敲门框，打断，“你这么不听话，是要气死你妈吗？”

苏倾叹一口气，挑着扁担走了，跨过门槛时黄狗还立起来追着她走，拼命摇动尾巴。平时苏煜嫌它丑，苏太太嫌它脏，都不愿意多管它，但这个没有壮劳力的家必须得有一只看家护院的狗。所以他们看不起它，却又不得不依仗它。

江南古镇用密集的屋宇和矮墙隔出了砖巷迷宫，一个远离炮火纷争和时代变迁的世外桃园。水巷小桥曲曲折折，白墙黛瓦和后面茂密的深绿色树冠，似乎把阳光都过滤成一种幽幽的淡青色。

“苏小姐又挑水去呀？”村妇们穿着干练的绿色或淡蓝色长裤，三三两两坐在檐下择豆角，见她出来，总要笑着叫她。里面脸最熟的，是她的邻居翠兰。

“是。”她低眉敛目，虚福一下，快速通过了，远远地能看见辫子下面修长的颈，在阳光下白得泛光。

人走远了，其中一个开口：“我要有这么个伢，哪舍得让扁担压在她肩膀上。”

“是的呀，瞧那面皮和身段。”

苏倾身上穿着翠绿的窄袖衫和长裤，背后梳一根粗辫子，是乡间小姑娘最普通俗气的打扮，裤脚甚至还短一截，露出了袜子包裹得严严实实的脚踝。

但越是闲来无事、敢肆无忌惮用眼打量的妇人，越是能发现小姑娘掩藏在宽大衣袖里的“身段”和潜能。比如苏倾偶然露出的手腕，夏日薄衣衫透出的腰线的轮廓，以及她用一双未缠的天足，还能走得优雅娉婷，暗示着她长大后可能的出挑。所以她们很注意她。

不过在这个过渔樵生活的小镇里，出挑又有什么用？大概预测一个标致的姑娘未来是否在同龄人中拔得头筹，与赛马下注有些相似，因为日子实在安稳无聊。

“她的衣服不大合身，还穿去年的。我看她妈总穿戴成过去的式样，多讲究，倒把女儿扮成村姑。”

“嗐，‘苏太太’呀？”有人笑起来。

偏远镇子里哪里来的小姐太太？此地倒是有名门大户叶家的老宅，但是离这里很远。这时候保有旧时的称呼，不过是一种嘲笑，笑那些身份早就变迁、却还放不下身段的人。大家笑了一阵，翠兰扔下一只豆角，又弯腰捡一只，语气很冷淡：“到底是丫头，不心疼。”

旻镇山灵水秀，一道峡谷劈开两岸人家，条石石桥像是一道道细长的缝线，缝合裂开的两岸，来往的人可错肩而过，走数二三十步，到达另一边。沿着凿好的台阶可以下至峡谷。谷中是宽阔的河溪，两岸石崖灌木丛生。水流冲刷湍急，白雾迸溅，因有高差，断层处悬垂成瀑，又在下游聚集成湖。天气晴好时，湖泊中倒映着碧蓝的天，野鸭子凫水而去，留下一道明亮的水痕。苏倾往湖边走，看到那里没有人，又折回去。胸腔里好像弥漫着一股淡淡的失落。她放下桶在上游打了水，水桶担得很老练。她知道用肩膀的哪个部位承重会省力一些，那个地方已经磨出了薄薄一层茧子。其实万事都像刺绣和写字那样，有技巧，能练熟。回程时又经过那几户人家。她们择完了豆角，现在在剥豆子。见她回来，又兴高采烈地叫：“苏小姐打水回来了？”

“……嗯。”她知道这其实不是招呼，而是戏弄，干脆不抬头了。

苏倾鼓着一口气，一步步走得快而稳当，耳际的汗水不住沿着耳郭滑下去，痒痒的。

倒进缸里小半缸，第一趟算是结束了。

“她家不是有个儿子吗？”剥豆子的一个妇人伸出小脚抹了抹苏倾洒在地上的几滴水。

“指望他？没看苏太太多宝贝那个儿子，下学回来要站在门口迎，阿煜长阿煜短，一点儿活都舍不得给他干。”

沉默半晌，只有豆子打在筛子里的清脆声音。

有人嘟囔：“我怎么捡不到个苏倾，干活麻利又好养活，比我那懒货强出十倍。”

妇人们哄笑起来。其中一个笑她：“省省吧，捡只能捡到二丫呀。”

二丫是村里的傻妞，没人养，自己住了一间木头小屋。

“生下二丫才会丢开，苏倾那样的，只能是大户人家不慎遗下的，让苏太太捡了便宜。”

翠兰猛然问："你怎么知道？"

那人得意扬扬地道："鹅蛋脸樱桃口，眉眼齐整，像那仕女图上画出来的，那就是闺秀脸。"

"你见过仕女图？"

"我见过大户人家的屏风呢！"

"最重要的是牙，小伢的牙齿多整齐，不像苏太太那兔子牙……"

一阵笑声。

苏太太的前齿有些突出，搬到旻镇第一天，曾经因为心直口快的邻居笑她合不拢嘴，气得在屋里哭。

"这么说来，小伢家里原是富户。"

"比苏太太倒势前还富？"

"那肯定……"

恰好苏倾第三次担着水桶擦身而过，不知道在他人打量的眼里，那松垮垮的长裤已经变成了曳地的繁复长裙。

"呀，苏小姐又去担水了？"

"妈，喝水吧。"

苏倾给苏太太倒上茶，茶里荡着下火的菊花。她喂了鸡鸭，抱起一盆衣服走出门外，黄狗扑到她脚边嗅来嗅去，用爪子勾住她的裤脚。她翻找了半天，白得像笋的指头停在空里犹豫了一会儿，从荷包里小心地拿出什么东西放在地上，浓密的长睫毛盖下来，认真地看。一颗不大规则的冰糖。可是狗只是嗅嗅，用鼻子顶着糖块在地上蹭，不知道怎么吃。

"谁让你喂狗了？"苏太太被烟呛得咳嗽，边咳边探出头来，"你妈在这里辛辛苦苦做饭，你在做什么？洗完赶快回来，帮我生火。"养了十几年，她和苏倾待在一起的日子比苏煜还多。她知道苏倾性情软，没什么主见，让往东绝不往西，尤其依赖母亲。家里没有水田，她的时间几乎全用在家务和伺候母亲上，从前母亲有个头痛脑热，她端茶送水无微不至，跪在地上端痰盂都是常有的事。所以这几日，对于苏倾的怠慢和走神，她感到异样地不舒坦，就像用惯的左右手不听使唤了一样。

"……"苏倾飞快捡起地上的糖块塞进狗嘴里，两只手握住狗嘴，半晌，轻轻按一把狗头，走了。出了家门，苏倾的步子又慢下来，风吹在脸上很舒服。晌午太阳和暖，湖面上散着粼粼金光，溪边已经有了三两个洗衣服的妇人，一连串大大小小的气泡顺着水流向下游，有的撞碎在石头上。湖边没有人。这里阴冷，水瀑声音又喧闹，不适合聊天。但苏倾一向在这里洗衣裳，一来不善于交际，二来不想让脏水流到下游。她低头洗手，藏在领子里的天蓝色物事滑了个弧线垂下来，在胸前荡来荡去。她在衣服上擦了擦手，将吊坠小心地拿起来。

这是一个杏子大小的环，像一根玻璃管子弯成的，缺口在右上角。一抹艳丽的蓝色凝在最底部，像水，但不能流动。透明的玻璃管上规则地刻了几道长长短短的横线。这个圆环是一个信物，他人给她的信物，伴随她在这光怪陆离的一个一个“结界”中行走，时刻监视着她，记录着她的表现。

她非同寻常的经历要从数日前说起。

当时，苏倾分明记得，自己绝望之下吞金自尽。可已死之人，怎么会再度睁开眼睛？她睁眼时，脚下踩着无数萤火虫样发亮的字符，那些字符闪烁变动，四面无边无际的大，她小得如同在书页上落定的一粒尘埃。

无头无尾的风，从远处来，吹动她的头发和衣袖，又扑向远方。

她想，自己一定是变成了鬼。娘曾对她说过，人死以后，魂入混沌虚空。这里，想必就是“虚空”。

她在这片陌生的空寂里开口：“……阎王爷？”

答她的是一把空灵的嗓音，纠正她：“幽冥之主。”

他说话时，空气震颤，地面震动，字符变换得更加迅速，好像受惊乱窜的小虫。她的心肺也跟着震颤，那滋味很不好受。

可那冰凉的声音还在继续：“堕入无间地狱，你可有异议？”

苏倾顿了顿，一言不发地叩首。

她不知道“幽冥之主”是个什么角色，但总归也是和阎王爷差不多的身份。她如今身在人家的地界，没有道理不尊重。

“苏倾。”那个声音的语调微微向上扬起，似提点又像警告，“你宽仁纯善，生无大过，死后却入地狱，你说这是为何？”

“……民女……”她麻木地苦笑一下，好似对自己的命数早就放弃挣扎。她规矩地行一叩拜之礼：“我为了私情，罔顾人伦，叔嫂之间……之间……”她咬住嘴唇。

“不对。”幽冥之主却打断她。

“……我活着时候，至亲分离，我为人子女，未能尽孝……”

“再想。”

苏倾有些昏了，茫然地想了半晌：“……我身为人妻，未能繁育子嗣……”

“胡说！”

一声就如一记锤砸在心口，她额头上冒了一层汗。她实在是寻不出更多的理由，只疑心这幽冥之主是在刻意地难为她了。沉默成了她最大限度的无礼和反抗。

见她哑口无言，那道声音嗤道：“苏倾，人不自爱，何以爱人？你连自己的命都不珍惜，合该天诛地灭了。”

是吗？竟还有这样的道理。

这么多年以来，她从来不敢回头去想那些温柔心动。只敢像套着嚼子的老马，拼命埋头向前。

这样活着，难道真的错了？

“你不甚珍惜的这条命，其实宝贝得很。”幽冥之主嗤笑，“竟有人以命魄祭我，换汝命回春。”

苏倾愕然仰头，好似什么也没听进去：“谁？”

“你猜。”

“死而复生，哪有这么便宜的事。”幽冥之主语速加快，回声相碰，他的话语宛如一连串的咒语袭来，狠狠打在她心口，“我既然受了人家的供奉，自然满足他的心愿。我这就放你入六道轮回，至于你这空缺，就由那个愿意代替你受死的人……”

少女方才那如一抹将化夜露的凄弱身影，忽然间强硬地挣扎起来：“幽冥之主在上，请听我言：我命如何，应当早有决断！您一言九鼎，岂容随意更改？”

“你以为捧我就行？”幽冥之主的语气乖戾，哼道，“此人以邪法强入地狱，如此盛意，若不满足了他，岂非强人所难？”

苏倾叩头叩得更加决绝：“我愿意即刻入地狱。这人狂妄自大，尊神容他做主，岂不损您威名？”

沉默。

幽冥之主没有出现。但天上地下，似乎到处是幽冥之主的眼：“你在偏袒他。”

刮骨的风吹得很冷，她的下唇微微发抖：“民女没有……我不知道他是谁。”

她分明猜到那是谁。

那个人独断，决绝，能将世间浮云，一把火点燃，再用冰雪小心掩藏。

他这颗真心硬如铁石，灼似星火，发现不了便错过，可是她发现了，却也无法捧住。

天上浮现一颗幽蓝的星，一束光冷清地照亮她的乌发。

“我最讨厌你这样的人。”幽冥之主说。

那颗星子慢慢地降落，靠近，叫她看清。那竟然是个琉璃做的环，只在底部灌注了一片幽蓝。

“你们既然都这样自作聪明，一起玩个游戏如何？”

“看清楚……这里面有数个‘结界’，这里面的女角命格类你，生生世世悲苦薄命。男角嘛，自有他的运数。这里面的女角与男角，就同你们两个一般无二……”幽冥之主忽然恶劣地一笑，“或许相爱，或许相互惦念，只可惜，全都无缘错过。

“既然你们两个，一个拼了命要救人，一个却不愿被救，吵闹得我头痛，将我这幽冥之主当个儿戏，我现在便把你们双双送进结界去，叫你们闹个够。苏倾，你做里面总是悲苦早亡的女角，他呢，做里面的男角。你若能把烂牌打好，逆天改命，将功抵过，本尊自然愿意考虑你的诉求，放他一马。”

苏倾切切然道："民女愿意！"

"你可考虑清楚。"幽冥之主似是不悦于她罕见的冒失，"只有你知道这是'结界'，知晓你与他的身份，知晓前因后果。他却是一无所知，每个结界中，只当自己生活在现世，与你素不相识。此等委屈，你可能受得了？你可不要中途后悔，再来哭哭啼啼。"

苏倾考虑了片刻，柔声道："结界，可是像我生活的凡间一样的地方？"

"你可以理解成话本子里的世界。"幽冥之主道，"有些你熟悉，同你生前生活的地方一样，有些你未曾见过，但也不必忧心怯生，我自会提醒你前因后果。"

"民女愿意！"

嗡嗡的，后面又有无数声音交叠，苏倾听不清楚，在记忆里也模糊。

"记住，你为自己不择手段，人人皆可利用……"

手腕传来拉痛，她戴在手上的钏儿，好像被一双无形的手粗鲁地拉下来，掉在地上，又转瞬消失在空气里。

"这个是你的本钱。"

那个小小的、冰冷坚硬的环被幽冥之主丢在她脚下，打了几个转。

圆环里面，蓝色的光芒只有点墨般的一星，她也是后来才反应过来，这标志她在"结界"里的旅程才刚起了个头。幽冥之主告诉她，蓝色全满之时，才是她重返人间之日。

苏太太的女儿、苏煜的姐姐苏倾，就是她在第一个结界中的身份。

她被幽冥之主送入结界中时，看到了"自己"的一生。

那一年外邦连犯，朝廷疲软，民间起义组织白莲教占领平京，一向平静的都城陷入混战，无数富商贵族举家南逃。

逃难路上强盗与人贩子横行，专门劫掠商贾车队，过载的马匹时常受惊，鸡飞狗跳，流离失所的家庭不在少数。

一次土匪劫道死里逃生后，南行路上的苏鸿夫妇捡到年幼落单的女孩。

苏家为平京富商，苏鸿为小妾所出，苏太太又多年无子，总遭婆婆轻视，二人一气之下提出分家，靠分到的茶叶铺的薄利维持用度。此时听闻战乱将近，打算逃回旻镇旧宅。

不管怎么说，孩子都是他们的一块心病，见到别人的孩子，两个人都走不动路。

女孩身上绫罗绸缎，穿得极讲究，颈上还配有一串漂亮的璎珞，连坠子都是白玉雕成的小兔儿。抱起来看一看，生养得极好，瞳子黝黑纯净，小脸玉琢雪砌，脸上挂着晶莹的泪珠，无法不令人怜爱。

苏鸿当下将她抱上马车，交给了自己的太太。

苏鸿夫妇南下逃难，捡到了上天的礼物，即使在路上奔波劳苦，也算享受了天伦之乐。

可是第二年，被"不育"二字戳了十几年脊梁骨的苏太太竟然怀孕了。

事情在苏煜出生后不久发生变化。

女人的母性是天生的，而母亲的心则是十月怀胎筑成的。苏煜让苏太太痛得撕心裂肺，九死一生，可从他出生的那一刻起，就成了这个女人一辈子的心肝宝贝。

苏鸿害病死后，苏太太没了主心骨，依靠平京遥寄而来的茶叶铺银钱艰难度日，日子越过越清贫，而两个孩子逐渐长大，她开始明白，要不偏不倚，那是不可能的。苏煜身体不好，要平安长大，又要上学考功名，吃穿用度都需要钱……她开始庆幸自己没给苏倾缠足，旧时候的闺阁小姐才缠金莲儿，缠了就不能干重活了。

苏倾进入苏家时太小，没剩什么记忆，性子也极其柔顺，一心为着妈妈和弟弟活着，比农人家的孩子还任劳任怨。苏太太的惴惴不安，在风平浪静地迈过第八个年头后尘埃落定：苏倾的家里人恐怕不可能再寻来了。既然是她捡的，那就注定一辈子得当她的女儿，孝顺着她，缓解家里的苦难。于是那身绸缎小衣服，在苏倾不知道的一个干冷的清晨，在火盆里被烧成了灰烬。

（二）

噩梦惊醒时，苏倾猛地睁开眼睛，背上的汗把小衣浸湿。

苏煜凑过来的脑袋猛地弹开，险些摔倒在地上。

苏倾坐起来大口呼吸，隔着衣服摸了摸了贴着胸口的冰凉圆环：“阿煜？”

天还没亮，外头的鸟已经开始叫了，不一会儿，山峦上传来此起彼伏的鸡啼。

苏倾小时候和养母一起睡，长大以后就在苏太太房外铺了床铺盖，便于随时起来照看家人。苏煜越来越大，进出不方便，她每天晚上的衣服都是囫囵个儿地穿。

她定了神，扭过来摸了摸苏煜的脑袋，借着暗淡的光，能清晰地看见他额头上新冒的痘痘：“起这么早？”

“姐，我功课写不完了。”苏煜拽拽她的袖子，脸上愁云惨淡，“你帮帮我吧。”

苏煜对于学业没有太多兴趣，在学校也不大出挑，自打上学以来，没有哪一次是不拖的。

苏倾微微笑了，声音压得极低：“你的功课我哪儿会做。”

“写字，写中国字你总会吧。”苏煜不耐烦道，“那老东西真把自己当回事，都什么年代了还拿我们当印板用，抄不完还得罚站，我……”

“我帮你抄。”

“姐真好。”苏煜放心地打了个哈欠，刚要走，却被苏倾拉住了手臂。少女的一双眼睛在暗淡的夜里亮闪闪，盯了他半晌，仿佛犹豫着什么，盯得他发毛。

然后她说：“阿煜，姐姐不是白替你抄的。”

苏煜一怔，难以置信地瞪大了眼睛：“你要钱？！”

“嘘。”苏倾声音压得更低，“你想把妈吵醒？”

她轻手轻脚地下了床，赶紧将半推半就的苏煜拉到了书房。

苏煜甩开她的手，眼神既讶异又嫌恶，瞪她的表情，简直像是被最亲近的狗咬了一口。

苏倾点亮灯，半开玩笑：“你同学都是免费给你做功课的？”

她生得明眸皓齿，笑起来带着一股不卑不亢的磊落。

苏煜的功课让同学代写不止一次，故而对于“不是白替你……”这样的句式非常敏感，刚才才会有被踩了尾巴一样的反应。

可是别人可以要求，她凭什么？姐姐帮弟弟，难道不是天经地义的？

苏煜梗着脖子：“你是我姐，你还问我要钱？”

他声音一高，苏倾就有些脸红。她前世即使再拮据，也没有为钱发过愁。但是现在时移世易，她艰难的攒钱之路才开了个头，脸皮不能太薄。

苏倾抓紧时间翻看他的课本，硬着头皮道：“你要是不将我叫起来替你写作业，我怎么会现在问你要钱。”

“……你缺钱吗？”苏煜反问一句。

忽然想起来自己问的是废话，苏倾不像他，她平日里是没有零花钱的。

鸡啼远远传来，一呼百应，再叫一遍，天就该亮了。

他烦躁跺脚：“你要钱有什么用？”

“妈过生日，我想攒些钱给她买个镯子。”

苏煜面色缓和了一下，还是不大情愿地嘟囔：“那你问她要钱买去，找我干什么。”

苏倾“啪”地合上课本：“怎么能这样说。”

这些年来，原身哪儿像个姐姐，简直是家里的一房丫鬟，骤然拿出大姐儿的款来，还是有几分新鲜。

苏煜忌惮苏太太，低头嘟囔着什么，听不清楚了。

苏倾怕吓着了他，又柔声道：“我买了镯子，就说是咱俩一起送她的礼物，妈听了一定很高兴。”

对。妈一向疼我，一高兴，零花钱还能再加。

苏煜好像被她说服了：“那你要多少钱？”

烛光照在她的脸上，睫毛的阴影如同花须伸展，他往常倒是没有注意过，这双瞳子原来这样亮。

“十个铜钱。”

几碗豆腐脑的钱。苏煜没犹豫，把钱塞给她，长舒一口气往床上一躺，被子蒙住了头。

苏倾带着一点儿私心，如愿以偿地坐在弟弟宽敞的书房里，熟稔而小心地摊开纸。

油烟、皂角，都比不上这股浓郁的油墨味亲切。她将鼻子凑近书页，慢慢地嗅着，仿佛闻到了悠远的松香。

苏倾写得一手漂亮的簪花小楷，倒也不是全无用武之地。

谁能料到此时的学校仍在教着《左传》，而古文却已式微。

每天清晨，苏煜的上学都是一场硬仗。因为他起得晚，起床气极重，捻起苏倾热好的小点心往嘴里胡乱塞了两个，就要抓起书包往外跑了。

苏太太像只八爪鱼伸出触须缠住他，给他整理领子：“儿啊，在学校要用功读书。”

苏煜“嗯嗯”地应着。

“我们下九流从商的，不管再有钱，见了官老爷也要哆嗦。什么时候能考上个举人，也慰劳了你爹在天之灵……”

“妈！”苏煜莫名其妙地瞪着眼睛喊，“什么科举，什么官老爷，早就完蛋了！”

苏太太一怔：“阿弥陀佛，官老爷怎么能完蛋呢？”

“跟你说不清楚。”苏煜不耐烦地一推眼镜，甩开她的胳膊跑了。

“新裤子倒是合适。”苏太太心情很好，见了苏倾忙里忙外，心里涌上些愧疚，“过年都没给你裁新衣服，委屈你了，年底见了好料子，妈给你也裁一身。”

苏倾笑一笑：“旧的能穿。”

她这么一笑，苏太太就不吭声了，又打量了她几眼，那眼神里有几分独属于女人的窥探和意味深长。防不住地，越长越标致了。

苏倾从老宅出门时，与匆匆赶来的信客擦肩而过。苏太太还未走出屋，声音已经响起来：“来来！快进来。”家里种不了田，信客捎来的平京茶叶铺的抽成，就是一家人半年的生活费。

苏倾小时候时常帮忙跑出镇子去取，自从苏太太烧掉了苏倾的衣服，这钱就再也不让她过手了。这些钱对于孤儿寡母吃穿足够，苏煜每个月总有与同龄人相当的零花钱，而苏倾则一分没有。苏太太的想法很简单，想要将她拴住了，就不能给她钱和自由。

苏倾站上石阶敲敲窗，隔壁家的大门打开，递出一盆满当当的脏衣服来，顶上拿半片纸隔出几枚铜钱。妇人怀里抱着哭闹不止的小孩儿上下颠着，笑道：“实在是忙不过来，辛苦你了。”

苏倾笑着摇摇头，将铜钱收进荷包里，抱着盆往溪边走了。揣在怀里的荷包沉甸甸的，发出零星的叮当声。原身在家里养到十五岁，没有什么一技之长，注定是依附于别人的菟丝子，心里也从没想过离开。就算换了芯子，她既吃着人家的，又怎好计较人家如何待她。现在她能做的，好像只有尽全力攒些钱，以防有朝一日那个家，她再也回不去。瀑布的水声越来越近，她在湖边蹲下，冷不丁有人叫她：“苏小姐！”

苏倾回头，一张堆满讨好笑容的陌生男孩的脸。他瘦得像猴，眼一弯，年纪轻轻就拉出了笑纹。眼睛滴溜溜地转，两道精明油滑的光。他眼角添了一道新鲜的疤痕，很长，蜈蚣一样。

苏倾盯着他迟疑了两秒：“你……”

他笑得更灿烂了：“您忘啦，我们见过的，上次您把少爷救上来的时候……”

苏倾下意识向他身后看去。瀑布下的大石块上坐着一个清瘦的少年。他正仰头看着瀑布。侧面看去，一丛睫毛横出，鼻梁极挺，唇瓣和脸一样缺乏血色。瀑布周围的细小水雾折射阳光，形成无数道放射的光斑，周围的灌木绿得透光。他梳简洁的分头，嶙峋的骨架子却藏在旧式绸衣长衫里，垂着一双腿坐在光影里，任凭风吹乱他的头发，像林中的精灵鬼魅。

这是叶家的少爷叶芩。数天以前，家仆贾三推着他来河边吹风的时候，他不慎失足掉进了苏倾常洗衣服的湖里。当时，是苏倾把他给捞上来的。

苏倾飞快地端起了盆。贾三还未发话，那少年敏锐地侧过了脸，眸光极利："苏倾。"

瀑布的水声巨大，他的声音并没有凸显出来，但他唇形一动，她就知道是在叫她。

"苏小姐，去呀。"贾三拿身子挡住了她的退路。

苏倾踌躇片刻，只得小心地踏过了长满青苔的石头，到了另一边。苏倾靠近了，终于听清了他的声音："贾三……"他睨过来的眼神有些阴沉。

苏倾手里的盆即刻被跟上来的贾三夺了："哟哟，苏小姐真客气。"

他看起来还是嬉皮笑脸的，只是不经意间瞥过去的眼神，显出了对主人的敬畏："您来见少爷，还带个盆做什么！"

苏倾在惊惶中一把拉住了盆边："我要洗衣服的……"自家的也就罢了，她既已收了人家的钱……

贾三抢得更欢："这种活儿哪能让您亲自动手？小的在家就是专洗衣服的。"

苏倾望着他跑走的身影，背后传来一声简短的吩咐："洗干净。"

"是，保证干净——"贾三单手抱着盆，远远地比了个拍胸脯的手势，挤到那群妇女中间去了。

苏倾转过身来，有些不自在地理了理袖口。

少年瞭她一眼就不再看她，搁在膝头的线装书让他拿捏着书脊，在膝盖上不耐烦地一磕一磕。磕了半晌才得出结论："见我就跑。"瀑布水流奔腾不息，哗啦啦的水声很吵。他看见苏倾先是茫然看着他，随后迟疑地朝他走了几步，蹲下身来将耳朵贴近了他，近得能看清她尴尬得泛红的耳朵和脖颈："……您说什么？"

他盯着那块发红的皮肤默了片刻，口齿清晰地重复："冰糖甜吗？"

在平京南逃至旻镇的众人里，叶家是最幸运的。他们在此留有一座富丽堂皇的宅邸和大半家业。叶家的根系扎在此地，意味着他们的南迁就像是回娘家，回来了仍然能做地方财阀，纸醉金迷。叶家老爷妻妾成群，利益关系也很复杂。第六房姨太太的独子叫作叶芩，儿时就在大家族的倾轧斗争中被下毒陷害，致双腿伤残，体弱多病，只能靠人背行。自此之后，他在大家庭里成了影子一般的存在。

叶芩，正是这个"结界"中的男角，是对自己的真实身份一无所知的沈轶。

此时的叶芩刚刚因为意外落水而结识苏倾。如果按照结界内原有的剧情继续发展，他会将其视为此生第一个也是最喜欢的女人。结界里头的"苏倾"，并非感觉不到这种懵懂的感情，只可惜她命薄，二十岁就染上了传染病夭折。二人注定无缘。

数十年后，叶苓与后来的夫人林氏敞开心扉。林氏是名门闺秀，新式小姐，个性活泼，慢慢地让他走出阴霾，算是有情人终成眷属，幸福一生。这些画面在进入“结界”初期，就全部被苏倾看过了。

幽冥之主给他们设计这样的命数，也像个恶劣的玩笑：与叶苓和林小姐波澜壮阔的一生相比，苏倾这位初恋的存在之短暂，几乎连配角都算不上。再者，她不太懂幽冥之主开出的“逆天改命”的条件需要达到怎样的标准。不过，既然是改命，至少她不能再早早死了，应该活得健康且幸福。

但结界中的沈轶，即“叶苓”，他已有自己的事业线路、命定姻缘，相当于一个全新的人。她若不死，就应当少与他的纠缠，以免扰乱他的气运。

可是她一进入这个世界，第一眼看到的就是叶苓溺水的那一幕。

五少爷性情孤僻又有残疾，照顾他的贾三年轻贪玩，只放他一个人坐在瀑布边。苏倾眼见着他发病痛昏以后无人看见，身子慢慢滑落，浸入水中。一连串气泡腾起，最后水面上只露出个下颌。

当时，苏倾脑中一片空白，只知道拼命朝他跑过去，抓住他的衣服往上拖。肺里的铁锈味涌到口中。湖不算深，她跳进湖水中，用尽全身的力气将他往岸边推，用身体将他顶了上去。叶苓的头发湿漉漉地贴在苍白的额头，阖着眼咳嗽起来，两股水柱从他嘴里喷出来，因为太冷，他的嘴唇有些发紫，还在颤抖。

苏倾抓住石头爬上了岸，湿衣服像一双鬼手往后拽她。她这才感觉到精疲力竭。

贾三回来，见人躺在地上，方知事情严重，失态大喊道：“五少爷落水了，五少爷落水了，五……”

“扑通——”伴随着一声惊叫，贾三的影子后仰着跌进湖里，溅起高飞的白色的水花。

少年不知何时已经撑坐起来，斜斜靠在树干上，低垂着眼皮，胸口一下一下地起伏着，看上去进气没有出气多。刚那一下爆发，费了他好大精神。缓了一会儿，他才抬起眼，面色阴翳。他冷眼看着湖中的贾三扑腾了几下，面如死灰地爬到了岸边，瞪大眼睛死死地望着他，身子抖得像风中残烛。三个人一时都未作声，四周诡异的静默。

这里面最平静的是苏倾。她正背过身去心不在焉地梳头，想着以后怎么办，还没来得及思考自小不良于行的叶苓，刚才把人一脚踹进湖中央，是多么违和。

忽然，她感到被什么烫了一下，急忙将贴着胸口佩着的圆环掏出来，竟然发现下部凝固的蓝色像沸腾一样膨胀起来。它好像变成了可流动的水，慢慢地向上蔓延了一格。她瞪大眼睛看了半晌，没想明白神器的指示究竟为何，却似乎感觉到一道视线落在她背后。

她霍然扭过头去。叶苓正盯着她看，双眸冷冽，神情难以捉摸。

幸好，性情乖戾的叶苓只是凶狠地看了她一会儿，并没有把她如何。但自此以后，他却对她熟络起来，一有空便来找她。

再谈贾三。贾三极会察言观色，是个人精，就是因为太机灵，照顾残疾的叶芩以后，总是志不在此，觉得自己前途灰暗，心思都用在了别处，对五少爷多有怠慢。叶芩出了这么大的事，湿淋淋地回家去，叶家老爷才想起来还有这样一个儿子，一向沉迷荣华富贵万事不理的六姨太太也忽然大吵大闹起来，叶老爷只得一面安抚六姨太太，一面重罚看管不力的贾三。

叶芩及时从病床上爬起，将人要走，说要自己处理。

怎么处理的？他闭上门上了什么刑谁也说不清，贾三惨叫了两天两夜，人都瘦得不成形，实在熬不住了，一头撞向柱子，想求个解脱。撞上去的那一瞬，让人猛地拉住了。五少爷像鬼魅一样立在院子里，轻飘飘地拽着他的衣角，贾三撞歪了，只在额角留了一道长长的疤，就是苏倾见到的那一道。从此以后贾三的命就归了叶芩，毕恭毕敬、一心一意地追随了他，一直跟到了最后，跟到了他手握大权、居于人上的那一天，只要叶芩一道眼风扫来，他还是会忍不住地发抖。

苏倾也是后来才明白，自己眼中和旁人眼中的沈轶似乎有很大的出入。

现下叶芩正看着她，见她半晌不答话，不大满意："嗯？"

苏倾低了低头，耳垂的绯色还没褪："……甜。"

叶芩将目光移开。

回想被救上来的那一天时，只记得苏倾翠绿的衫子全打湿了，暧昧地贴在身上。她背对着他，沉默地低着头，将双手反绕到背后，手指翻飞地重打辫子，黑亮的辫子后是一截修长的、雪白的颈。他忽然想到一个类似的画面，那就是湖面上怡然自得的野鸭子，用喙熟练地梳理翅羽底下优雅的雪白绒毛。跳进湖里拼命把他托上来的，竟然是这样一个看起来弱不禁风的女孩。第一次见面的时候，她的脸就泛着奇特的红，眼底怀着某些深沉而隐秘的情绪。

当时叶芩多看了她两眼，冷漠里掺杂了戒备："我从前见过你？"

她摇头说没有。

但在贾三哆哆嗦嗦地背着他走以后，他看见这个女孩还站在原地，远远望着他。

因为幼时的毒，叶芩的身体底子很差。落水以后，他在家里休养了一个月，再来此地时，会多注意一下湖边洗衣服的人群。

结果要么与苏倾错过，要么远远看见她遁走的身影，仅在上一次见面的时候仓促递给她一小盒冰糖。她百般推托，推托不过，才顺手从边上捡走了形状最不规整、最不好看的一颗，揣进了荷包里。

湖面上的风掀过一片涟漪，少年静静地看着瀑布，长衫下垂下的丝绸裤管被风吹动。苏倾站在他身后，像是萍水相逢，从不多问一句。但她并不拘谨，也不无趣，甚至还有点儿隐隐的喜悦，他头顶有个旋，风吹乱他头发的时候才能隐隐看到。这时候的他显得很柔软，充满烟火气。

有时候叶苓会主动说话。

他扬扬手里的书：“识字吗？”

苏倾点点头。

“学过什么？”

“念过《诗经》和《左传》，然后就不念了。”

“私塾？”

“嗯。”

在苏鸿病逝之前，家里境况尚好的时候，她与苏煜原本是一起上学的。那时旻镇还兴私塾，原身很喜欢念书，书念得也很好。可是私塾里的男孩子欺负她软弱，总爱乱扔她的课本，又往上面抹稀泥、倒脏水，笑话她将哭不哭的样子。苏煜似乎很害怕在人前出头，姐姐被欺负，他如果站出来，就会一并被针对；如果冷眼旁观，就会被嘲笑。苏煜的思路很独特，他决定带头奚落苏倾以示立场，很快获得了大家的簇拥。随着家里吃紧，原身就主动提出不上学了。

叶苓不作声了，把手上的书随手扔给她：“你来，帮我念书。”

苏倾迟疑地翻开书页，叶苓又抬头瞥她，太阳光照着他的眼睛，浅褐色的瞳仁微微缩小，显得冷情淡漠，又有点懒散：“苏小姐，这么远我怎么听得到？”天生带着戾气反骨。

苏倾靠过来，在同一块石头上挨了个边儿，翻开一看，还没张口就顿住了。

“怎么了？”

苏倾盯着书页，又看着他的脸，语气很小心：“这是连环画。”

叶苓看着她，又看看书页：“上面是不是有字？”

“……是。”虽然他原意好像并不是如此。

“那念吧。”叶苓不再搭理她，微微阖上眼，眉头微蹙，手指一下一下地捏着鼻梁骨。他的睫毛浓密，但并不卷曲，像干燥的白草蓬勃生长，又随风颤动。

苏倾端起小画书平着观察，轻轻地用指甲挑开了书页蓬松和密实的分界线，翻开来念：“八戒依言，即取出钵盂，与他换了衣帽。拽开步，直至那庄前观看……”

苏倾的眉宇舒展，又翻一页。

四个形态各异的貌美女子立于花间：“闺心坚似石，兰性喜如春……”

苏倾觉得有趣，音调也放缓了，她的声音细软软的，不徐不疾，听着很舒服。

后面一页又画了个亭子，亭子里面又是三个锦衣华服的姑娘。

……画上人越来越多，字怎么越来越少了？

到了最后，妙龄女子们纷纷宽衣解带，旁白消失了，整版都被画占满。

画上一共七个姑娘，有的在湖边弯腰玩水，有的站在水中，把裙子撩到腿根，有的干脆敞开襟口泼水，各个神态妩媚诱人。

"……"苏倾盯着画面，脸无声地红到了耳根。难怪没有文字，原来是这般只可意会。

盯了足有好几分钟，她决定叫一下叶芩，抬头一看，他仍旧有些佝偻地坐着，长衫背后凸出一对蝴蝶骨，瘦削的手指放在眉骨上，嘴唇微微抿着，一动不动，像是睡着了。她猛地注意到他额角生满了细密的冷汗。

忙去推他："叶公子？"

他茫然睁开眼，初始时眸光有些涣散，盯着她停了片刻，似乎才凝了神，马上变作冷淡的不满："我叫叶芩。"他的嘴唇有些发白，鼻梁两侧乌青往下蔓延，脸色惨白，眼下发黑，看起来有点像画中的痨病鬼。幼时那一次中毒伤其根本，此后时常头痛欲裂，以至夜不能寐。

他刚才明明犯病，竟然一声不吭。

叶芩抬头一瞥，苏倾的脸色竟被吓得比他还白："哪里不舒服？"

他的目光在她脸上多停留了一会儿，心底掠过一丝异样的感觉。他心里烦躁，伸手一压书页："读哪儿了？"手指恰好压在戏水的蜘蛛精白花花的胸脯上，姑娘正冲着画外人抛媚眼。

二人都看着书页，又沉默了片刻。

苏倾声音细细蔫蔫的："没字儿了。"

叶芩抽开手指，上下打量那幅惟妙惟肖的插图。如果是自己看到，兴许没有什么，但是现在身旁还挨着一个人，能嗅见她身上飘来的香气。他忽然将那页纸暴力地撕了下来，叠了个小船放进水里，伸手一推。风又卷起他的发丝，带着小船去了。他的语气忽然柔和了一些："我没事。"

苏倾合上小画书，不着痕迹地换了个话题："我听阿煜说，新式学堂里不太学古文了，教天文、地理、数学。"

"嗯。"

"五少爷也上新式学堂吗？"

他横她一眼："我叫叶芩。"

苏倾没回话，只是低头笑了一下，眼睛弯起的弧度温柔含蓄。就好像她什么都知道，什么都愿意包容。

叶芩仰头望瀑布，想到的是那一天她低头扎辫子，那样一根长而黑的辫子，和被打湿而卷曲的碎发，贴在细瓷般的脖子上。新式女学生中正流行的齐耳短发太激进，不适合她。不知怎的，他忽然想到了刚才画上的蜘蛛精那样湿漉漉的披肩长发。少年忽然弯下腰，泄愤似的捡了片石子儿打水漂，石子旋转入水，又像水蚤那样跳跃着，荡起由近及远的一圈圈涟漪。

“你想上新式学堂？”

苏倾的食指来回抚摸着纸页撕裂的断口，仿佛那是一个粗糙伤口。

她答得很轻快：“不，我就是问问。”

这个时代，无数旋涡同时出现，旻镇看起来不受其扰，但实际上还是随着时代洪流一并向前。她很多次看见苏煜和一个梳着齐耳短发的小姐一起回家，大家叫她“三小姐”，一个家里全盘西化的、洋气时髦的姑娘。她活泼、大方、富有，一举一动都是众人眼中的焦点，她代表了另一个全新的世界，吸引着苏煜的目光，使他感到好奇和仰慕。而苏太太和她，小镇上的金莲儿、袄裙和长辫，注定是另一个他急于摆脱的陈旧的世界。

远远地，贾三将盆抵在腰上过来，那一盆衣服似乎将他麻秆儿一样的身子楔出个角度。苏倾迅速站起来接过了盆：“谢谢。”

贾三嬉皮笑脸，双手合十：“哎哟，苏小姐客气。”

“这儿有个小船。”贾三干完了活，显得异常兴奋，松快的目光四处乱飘，定格在水面漂着的小船上，他兴致勃勃地捡了起来，拆开一看，脸顿时红得像猴屁股。

“……五少爷，老爷让您多读圣贤书，您……”

叶芩猛地照着他的脸丢了块石头，贾三一偏头，灵巧地闪开了，石块“扑通”一声落进水里。

贾三将小船胡乱揣进褂子兜，扭过头求救似的大喊：“苏小姐，明儿还来不？”

苏倾已经走上了河岸，日头靠近中午，远远地看得见湖面粼粼如洒金，那边的两个人都正看着她，表情已经模糊不清。

她笑得很耀眼：“来。”

（三）

苏煜中午不回家，只有苏倾和养母两个人吃饭，苏太太做饭提不起兴致。

碗里是野菜根煮的清粥，苏太太抱怨：“茶叶铺子的生意真是一年不如一年，今年的钱还没去年多……”

忽然，她神秘兮兮地抬起头：“你说，会不会是那个信客……”她做了个搓手指的动作。

苏倾听着，只喝了一小碗便放下：“应该不会吧？”

苏太太不太满意苏倾不附和她，嘟囔：“呆头呆脑，说了你也不懂。”

苏倾笑一笑，走到院子里去喂狗，黄狗跟着她的脚跟跑。她突然看见坛子里有一尾黑色的鲫鱼。

苏太太恰好走出来：“倾儿，把鱼收拾一下，晚上给阿煜炖鱼汤。”

苏倾的头皮即刻收紧了，她对活鱼有天然的恐惧。她撸起袖子去捞，小鲫鱼滑溜溜地从她手里钻出去，她心里一阵战栗。鱼一摆尾，溅了她一脸的水。

苏倾拿胳膊肘擦一下眼睛，声音都有些颤了："妈……"

"你得练练，总不好一直都怕杀鱼呀。"苏太太站在一旁皱眉头，"这么点小事都做不好，妈死了你怎么办？阿煜最爱吃鱼，以后你跟阿煜过日……"

苏倾一双黑眼珠无措地看着她。

苏太太住了口，脸色很奇怪，似乎有些尴尬，又像是生了她的气。她扭头回屋："我不管你了，你自己看着办。"

苏倾摔了一下午的鱼。从院子这头摔到那头，泥水溅了她满身，黄狗的前爪立了起来，像人一样吃惊地看。苏倾安抚地抿了一下嘴唇："别怕。"

黄狗呜咽一声，卧下去，将头放在前爪上。

最后一下，小鲫鱼不再摆尾翻腾了，只有鳃还在一张一合，喘息不定。苏倾拿刀的手有点儿抖，鳞片噼里啪啦地飞溅到了池壁上，血和鱼特有的腥味飘飞出来，她的脸色变得惨白。

掏出鱼鳔和内脏的瞬间，凝固的血块涌出，死鱼"啪"地落进池底，她软塌塌地蹲下来，干呕了几下，随后剧烈地咳嗽起来，汗水从发梢上滚落下来，砸在地面上，粉尘绽开一朵花。晚上的鱼，苏倾一口没动，苏太太怜爱地给苏煜夹菜，又夸她鱼拾掇得好，气氛非常和谐。

"姐。"吃完晚饭，苏煜主动叫住她。

苏倾问道："鱼好吃吗？"

苏煜难得露出个笑容："好吃。"

苏倾便也微笑起来。

他顿了顿，拉过她的袖子一路到了书房："姐，你上次的古文抄得真不赖。"

苏倾忙问："有人看出来了吗？"

"没有！"苏煜显得很兴奋，"三小姐还夸了我字写得有风骨。"

苏倾这才舒一口气："过关了就好。"

静了一会儿，苏煜开口，眼神游移："对了，给妈买手镯还差多少钱？"

苏倾正立在桌边细细研墨，顿了顿，含糊道："还差不少。"

苏煜点点头，在兜里掏了几下，"哐"地在桌上撂下两摞钱币。

"那个，姐，我答应帮三小姐也抄一份。"

夜深人静，内室传来苏太太轻微的鼾声。

苏倾又一次在深夜里端详这个会发光的环，一星幽幽的蓝光掠过她的指端，照到她的额头和发丝。救下叶芩那次漫上来的蓝色部分，在今天又退聚成小小一点，变回了最开始的样子。苏倾脑子里蒙了片刻，随即反应过来，她又违逆神器意志了。纷扰的思绪中，她脑海里只剩下那尾滑溜溜的鲫鱼的触感，她的手抚摸过坚韧的鳞片，然后将它开膛破肚……苏太太说："这么点小事都干不好！"

她吁了口气。

她因这软弱可欺的性子，又重蹈覆辙，神器也觉得她窝囊。

不过，她还愿意敬着苏太太，也有她的理由。

她进入结界前，看过一段女角记忆，这段记忆永远盘踞在她脑海里。

那是在平京蒙难之后的南逃路上，苏鸿和苏太太的马车要逃过拦土匪的枪林弹雨，土枪子儿和灰尘如雨落下，炮仗似的火光此起彼伏地爆开，马在狂奔，他们上下颠簸，车轴可怖地吱呀作响，马车好像即将四分五裂了一样。那时候还没有苏煜，苏太太把她抱在怀里，枪火穿过马车篷子的时候，苏太太弯下腰紧紧护住她。而苏鸿弯下腰抱着苏太太，子弹嗖嗖地贴着他们的背飞过，在对面留下一排密集的弹孔。车子还在向前狂奔，苏太太顺手撩了撩她的头发，她的小脸就紧紧贴着女人柔软温热的胸膛。苏太太没生过孩子，但她怀里有乳香。

苏太太说："要是死了，咱们一家三口也算死在一块儿了。"

苏鸿说："要是有路过的好心人，给咱们埋在一块儿就好了，我舍不得离开你们。"

苏太太的眼泪一颗颗砸在她脸上："到时候再也不用乱跑，妈天天给你做好吃的，给你挑最漂亮的衣服。"

笔尖蘸饱了墨，在宣纸上规矩地舞蹈。书房的一盏小灯又亮到了深夜。

苏倾很轻地点了一遍荷包里的铜板，刚点完，灯"噗"地灭了，留她一个人坐在黑暗中。

许多珍贵的东西，就像灯油，用的时候总想着还有许多，其实早已耗到了尽头。

苏倾敲两下窗户，接过女人递出的一盆满满当当的衣服，将盆放在地上，把上面的铜钱拿纸包起来递了回去。

"宋姐，这次不要钱，能不能把端午剩下的香包送我一个？"

女人显得很惊奇："那香包是我自己做的，值不了几个钱。"

苏倾说："我就要那个。"

女人连忙回去翻找，手上拿了两个彩色的小香包来："这两个都送给你吧，这个红的是白芷和丁香，黄色的是小茴香的，睡不着挂床头。"

苏倾把香包系在腰上，用衣服遮了。两人互相道了谢。

贾三站在石头上翘首以盼，见到她来，脸上的焦灼才变成兴奋的笑："苏小姐来啦？"

不用提醒，他熟练地接过苏倾的盆，见到堆成小山的衣服，从里面吃惊地拣出一件小孩穿的小褂："……一家老小真齐全啊。"

他跳下石头，忧心忡忡："您怎么天天洗这么多衣服，不是在家给人虐待了吧？"

相处得久，贾三就不怕她了，说话的架势也像是相熟的朋友。

叶苓的目光也落在她脸上，是蛰伏着某种力量的安静，不像贾三的眼神那么跳脱。

苏倾小心地提着裤脚坐在了他身边：“我就是帮个忙。”

叶苓看了她两眼，没作声，漠然摆摆手让贾三离远点，后者非常乖觉地跑去了上游。

这次他膝头放着一本新的书，书上还别着一支宝蓝色外壳的钢笔，看上去像某种奢华的玩物。

苏倾盯着他观察，不料他忽然回头，两个人猝不及防四目相对。

“你看什么？”他的目光不闪不避，盯着她的眼睛，带着漠然的审视，似乎硬要将她看穿。

但只维持了一瞬间，他眼中马上闪过几丝错愕。

因为苏倾的脸红了，不是那种含羞带怯的红，她无措又镇静，还强迫自己看过来，那双眼睛温热惑人而不自知。

他有种非常荒谬的错觉，好像只因为是他在看她——

不可能。

他的瞳孔缩了一下。

他这样的人，不可能。

“我看看你的脸色有没有好一点。”苏倾柔和地应答，她已经非常习惯他的喜怒无常。

叶苓突然有点恨她的平静。

“还要我帮你念书吗？”她侧过头问。

“……嗯。”叶苓将钢笔拿起来，冷眼看着她把书取走。

这回不是小画书，是某个大学教授的文集，浅显介绍了国内的新风潮，还提到了苏煜说过的天文地理和数学体系，语言风趣。苏倾念着念着，自己看入了迷。

不知道时间过了多久，忽然，她感觉到肩膀被人碰了一下，她惊而低头，发现身旁的少年阖着眼睛睡着了，风吹乱他额前的头发，他的额头轻轻抵在她肩膀上。她犹豫了片刻，手托起他的脸，靠在自己肩上。叶苓非常安静，像只警醒的猫，只有一点淡淡的呼吸。

苏倾突然想到，哪怕是上一辈子，他们都没有这样亲近过。不过这种激动，马上便被另一股欲望冲淡。怎么办？好想往后看看。

她犹豫了一会儿，轻轻地继续翻下去，一目十行、如饥似渴地啃完了这本书。

叶苓清醒的时候尚有些迷糊，他从不知道自己在外面也能这么放心地入眠。

他听见瀑布水声间隙中有书页翻动的声音，然后他发觉自己的额头贴着苏倾的脖子，被她柔和温暖的气息包围。

她的一点碎发，不住地被风撩在他脸上。

“……”他想马上抽身，可是苏倾正看得高兴，像一只胆小的鸟，好不容易落在枝头。

苏倾飞快地翻到最后一页，就像小孩子喝掉最后一口汤，无意识地吐了口气。

耳畔的声音响起，惹得她耳郭里都在颤抖："你身上是什么味道？"

她吓得肩膀一抖。叶芩借此机会，飞快地坐直了身子。

苏倾总算想到什么："这个给你。"

她从腰上摘下那两个香包，递给他。

叶芩拿指头绕着香包上的流苏，半晌没有说话，刚才她身上那股香草的味道就来源于此。

苏倾学着宋姐朴实的语气："睡不着挂床头。"

叶芩瞥了她两眼，把书从她手里抽出来，飞快翻开扉页："我不白拿人东西，这本书送给你。"他单手卸下笔盖，苏倾目不转睛地看那支钢笔，宝蓝色的笔壳下面，是铜黄色的金属笔头。它从材质、颜色和构造，都像是一把剑，闪动着低调而华贵的光泽。在她眼里，毛笔是八卦太极，钢笔是冷刃刀兵。

沈轶总是喜欢玩剑，叶芩身上也有这样冰凉的金属气息，是冷铁和血的混合。苏倾第一次看他拿那支漂亮的钢笔写字，果然写出来的字也如铁画银钩。他垂着眼，不容拒绝地写上"苏倾"。

笔盖扣上时一声脆响。他歪着头对着那两个字看了看，眼里好像不经意带着轻佻的笑意。

月末，苏倾的一个荷包已经装满了，她将它藏在被褥下面，连夜缝了一个新的荷包，挂在自己腰上。她每天掏出圆环擦拭一遍，它再也没有变化过。她在夜里铺好纸，熟稔地抄写完苏煜和他同学的课文以后，还能安静地看一会儿叶芩送给她的书，扉页上她的名字带着另一个人的味道，折笔都有铮然断剑之声。她有时会浪费一张苏煜的纸，兴致勃勃地模仿叶芩的笔触写自己的名字，写满后再烧掉。

半夜叶芩头痛醒来时，就会看到床帐上悬挂的两个色彩鲜艳的香包。

在五少爷阴沉缺乏生气的房间里，寂静得令人喘不过气的深夜中，那两个小小的香包静静地挂着，就好像给孩子辟邪的虎头鞋、玉貔貅，以及他永远不会拥有的挂在脖子上的长命锁。他闭上眼睛，冷汗打湿的头发贴在额头，幻想房间里还有另一个女孩的样子，好像还是在那天，他靠在苏倾肩膀上，看着她的漂亮的手指小心地翻过书页，闻着她身上浅浅淡淡的香气。

苏太太的生辰即将到来，苏倾从荷包里倒出一半钱，去了镇子口的商铺。

古镇的店铺承袭旧制，鳞次栉比的小房间，最吃香的还是竹筐竹篾、陶罐陶碗、丝绸布料一类的生活用品。

绸布店的店家站在门口打算盘，听见一个柔软的声音："请问盘一家店要多少钱？"

老板抬头一看是个女孩，心里笑她年少无知："几百大洋呢，你盘不起，也盘不到。

咱这都是吃饭生意，谁把饭碗往外盘？”

苏倾好像没听见这语气中的调侃，道了谢，退后两步打量着店铺老旧的门面，不知道在思索什么。

转头，杨记首饰铺的二层小楼鹤立鸡群。

旻镇人穷，首饰铺生意冷清，但是由于财大气粗的叶家太太小姐时常光顾，它便吃喝不愁地经营了下去。外头人提起旻镇的杨记首饰铺，都戏谑地说它是“叶记首饰铺”。

首饰铺一层是修好的玻璃展柜，没有伙计，没人进来，手镯、项链孤零零地摆着，像高山上的雪莲花。

苏倾从成排的银手镯中默选了一只，忽然听到背后传来由远及近的熟悉的声音：“你请我参加晚会，我都没什么可还你。你在这里挑点儿什么吧，我买给你。”

女孩咯咯地笑：“苏煜，你真客气。”

苏倾一回头，弟弟露出了她从没见过的成熟讨好的表情，原来他也是可以笑得这么灿烂的。

三小姐齐耳短发，一双黑眼睛，时兴的改良旗袍露出纤细的手臂和小腿，露齿而笑，毫不在意笑声引人注目。

苏倾侧过身子往外走，正撞上苏煜回头，他的笑容陡然僵住：“你……”

苏倾柔和地看他一眼：“阿煜。”

他突然想起来母亲生辰的事，闭了嘴。

三小姐好奇地打量这个梳辫子的女孩，清清亮亮地问：“苏煜，介绍一下？”

苏煜看了苏倾一眼，磨磨蹭蹭地开口：“噢，这是我一个远方亲戚，在我家暂住的。”

苏倾身上还是去年做的松垮垮的长裤，颜色艳俗，洗了太多次，有些发白；袜子就像所有乡村姑娘一样，缠得像木乃伊。他一直告诉三小姐自己家里也是顶摩登的，谁知道苏倾会这么狼狈地骤然出现在眼前。

“你好。”三小姐伸手。

“你好。”苏倾知道这种招呼方式，极轻握了一下三小姐的指尖。

三小姐眼中闪过惊喜的神色，苏煜却冲苏倾使眼色。

“失陪了，你们慢慢逛。”苏倾微笑同他们告别，回头嘱咐，“阿煜，挑好以后尽快回去上学……”

“用不着你管！”苏煜忽然恼了。

苏倾闭了嘴，冲三小姐歉意地笑了一下，她快步走出杨记首饰铺，转瞬消失在街上。

“再见。”三小姐挥舞的手慢慢放下来，“她多大了？”

苏煜已经在弯腰看玻璃柜了：“有十六岁了吧，怎么了？”

三小姐的黑眼珠里满怀憧憬，不自觉地微笑：“她很美。”

“……是吗？”

苏煜有些纳闷地回想，在他心里，姐姐和美哪里沾得上边。

苏倾一路走得很快，最后干脆跑了起来，好像有人在赶着她，又好像是在发泄什么，下台阶到湖边的时候，额头上都冒了热气。

叶芩盯着她看了半天："被鬼追了？"

苏倾拿手背揩了一下额头，坐下来，背对着他调整呼吸。

"苏倾……"叶芩扭过身子来正对着她，凑过来审视她的脸，"你怎么了？"

谁知她倏地躲得极远，像受了惊的麻雀拍翅而飞："我出汗了……"

"……"叶芩坐直了，停了半晌，才拍了拍身旁的石头，语气有点凶，"坐好。"

他隐约发现了，苏倾对于"洁净"这件事，好像异常看重。

贾三盘腿坐在一边，笑得上气不接下气："苏小姐这话说的，神仙才不出汗呢。"

叶芩冷淡的目光瞥过来，贾三的笑声戛然而止，咕咚地咽了一口唾沫："苏小姐今天不洗衣裳？"

叶芩的目光还在他脸上，贾三与他对视不过两秒，迅速起立："那小的这就去帮其他姐姐洗衣裳。"

苏倾看着贾三跑开的背影，有些纳罕："他怎么好像有些怕你。"

叶芩看着她的脸，好像觉得她的话荒谬："我可怕吗？"

他的瞳色偏浅，像名贵的琉璃珠，眉尾是护珠的宝剑，鼻梁是削得陡峭的山峰。

这一点异族之相，实际上是上天的礼物。只是他身上萦绕不去的苍白和阴沉，磨掉了那股持利剑而行的自傲，像居于洞穴的雪妖，偶尔现于浓雾中，又在雾散时消失，喜怒无常，阴晴不定，怒而拍山震雪，埋人吃人。

"你长得……"苏倾仔细想了想，眼睛里忽然涌上了细碎的笑意，"像猫。"她从前见过那种骄傲的猫，在屋脊上敏捷地行走，尾巴高翘，从不理人。

叶芩有些被她眸中莫名的情愫震住了，倒没计较话里的内容："……没人这么说过。"倒是有人说他像狼，光眼神就让人瘆得慌。

他又问："苏倾，你刚才跑什么？"

苏倾停了片刻，从他膝上把书捡起来，书页恰好挡住了脸："还念吗？"

叶芩的目光好像穿过书页而来："你弟弟欺负你？"

苏倾的脸慢慢地从书里抬起来，露出一双黝黑的眸："你怎么知道我有弟弟？"

他的眸光一滞，马上用手背按住了额头："……赶快念吧。"

苏倾笑着翻书，很轻地说："我刚才去杨记首饰铺给我妈挑镯子，没挑到合适的，耽误了一会儿，害怕见你迟了，所以跑。"

叶芩的半张脸埋在手掌下，半晌才心不在焉地"嗯"了一声，不知听没听进去。

晚春的太阳更活跃，阳光被石壁削去一半，刚好落在这块空地之外。苏倾坐得稍远，东移的太阳先晒到了她，她的头发上映出一圈金黄的光泽。落在纸上的阳光晃眼，好像给那些字镶上了绒绒的金边，她拿手遮了一下，不管用，只得稍微朝里转了个向。过了一会儿，金灿灿的阳光又侵吞了她的领地。叶苓看着她郁结小心地挪来挪去，故意不作声。

苏倾终于放下书："五少爷，我们能不能换一下？"

叶苓两手撑着石块，懒懒散散地眯着眼睛："你叫谁？"

"……叶苓。"苏倾的脸有些泛红，她站起来，看着他缺乏血色的面孔，委婉地补充，"现在的太阳很好。"

叶苓抬头看着她，眼睛里还残留着捉弄的笑意："我不喜欢太阳。"

苏倾有些茫然。她从来不会强求别人，尤其是强迫他。她往旁边挪了半步，背光的发丝在空中飘，连脖子上细小的绒毛都带着融成星点的光。她把书捧起来："那我帮你挡挡。"

"……"

她和书的影子就这样投过来。

苏倾专注地念了一会儿，突然觉得好像有小虫爬过她的衣裳，窸窸窣窣地触动，她移开书低头一看，看到少年头上的旋和蓬松的发丝。他双手撑着石头，将脸伸过来，脸儿乎贴着她的小腹，好像在嗅什么，鼻尖不小心擦动了她的衣服。瞬间，一股热血直冲天灵盖，她的手一抖，书没拿住，直直掉下来。

叶苓像是头顶长眼睛，反手"啪"地将掉落的书接住，移开了脸。

苏倾背过身去，飞快地把衣襟拉起来自己闻了闻，耳根红得很明显。

闻了半天，没发觉什么异味，她迟疑地扭过头，发觉叶苓正盯着她笑，笑得很恶劣。

"慌什么，再跑十圈也比别人香。"

靠近晌午，苏倾邻居家的妯娌俩——翠兰和她嫂嫂提着篮子下河洗菜，发现早上来洗衣服的女人们竟然还没走，在听一个口沫横飞的少年说话，故而洗得很慢。

水面上漂浮的油渍在阳光下泛着混乱的七彩，翠兰抱怨："你看这脏水都漂下来了，怎么洗呀？"

她嫂嫂把手里的两根辣椒扔回筐里："这半天还没洗完，不知道在磨蹭些什么。"

两个人面面相觑："咱们走远一点，到她们上边洗去。"

水自远处奔流而来，望不到源头，一直往西走，就总能找到上游。

两人相携起身。翠兰拍拍她嫂嫂："快看，湖那边是不是苏太太家那丫头？"

翠兰嫂嫂伸脖子看了半天，只能看见两个人影时而交叠，时而分开。

第二章　灼星火

（一）

“看错了吧？”

“不可能！”翠兰的声音很尖，“她就那两件衣服，换着穿了两年，看衣服也能看得出来。”

“噢，那丫头老喜欢往那僻静的地方跑，独得很。”

翠兰“嗤”地笑出声：“人家去年把腌好的咸菜往咱家送的时候，你还夸她贤惠。”

翠兰嫂嫂有点尴尬：“是吗？”

两人站定看着，那重叠的两道人影又分开的时候，坐着的那个人似乎觉察了什么，忽地扭了头。隔了那么远，连五官也看不清晰，却好像能感觉到有一道不善的目光射过来，就像谁放了一支冷箭。

翠兰同时惊叫起来：“嫂子你看，是个男人吧？”

“我看是。”翠兰嫂子眼里的光嫌恶，又带着一丝说不清的兴奋，“原来年纪到了，仙女也思春。”

此时新思想已经流行开来，但尚未蔓延至乡村的毛细血管。前朝旧俗未除尽，民间的风气依然封建得很，除却大喜大丧大节庆，旧家庭里陌生的少年少女之间，连对视一眼都是不规矩。

“看不出来，她妈面前头也不敢抬，倒是跟小透卵混在一起，不害臊。”

“瞎说什么呢！”斜刺里一道声音嚷嚷，“你才小透卵，你们全家小透卵。”

回头一看，是刚才蹲在石头上给几个洗衣妇人讲故事的少年，叉着腰怒发冲冠地站在前面：“那是我家少爷。”

翠兰和嫂子对视一眼，异口同声：“你家是谁家呀？”

“我家？我家是叶家呀。”贾三的下巴尖扬起来，故意把“叶”字拖得长长。

“哟。”翠兰嫂子低低地念“阿弥陀佛”，“攀上高枝儿了。”

翠兰拿胳膊肘撞她两下，笑嘻嘻道：“我们瞎说的，这就走了。”

两个人拉拉扯扯地往上游走。翠兰心事重重的，忽然把篮子往嫂子怀里一甩：“不行，我得找苏太太一趟。”

翠兰嫂子一把拉住她："她女儿欠管教，关我们什么事，别多管闲事。"

翠兰说："你看苏太太那样子，她哪是在管教女儿。"

"人肯定喜欢亲的，老二又是男孩……"

翠兰打断："你知道什么！她就是在调教媳妇。"

"……"翠兰嫂子瞪着眼默了好长时间，才小声地说，"不会吧？"

"怎么不会，又不是亲的。"翠兰麻利地折一根芦苇叶子擦手，"女儿总是要嫁，将来还得陪嫁妆；外来的媳妇不知根不知底，哪有自小养在身边的用着舒服。"

她说着，垂着眼低低哼了一声，声音很轻："我就是童养媳，我知道。"

翠兰嫂子又不知道该说什么好了，沉默了好一会儿，又问："既然这样，你为啥还要去找苏太太？"

翠兰说："叶家大门大户的，能看上咱们乡下姑娘？顶多也就跟她玩玩。到时候万一出什么事，就苏倾的名声，谁敢要她？苏太太最好面子，别人不娶她也不敢要。"

翠兰嫂子糊涂了："那……"

翠兰抬起头，微微笑着说："咱们要。"

"啊？"

"柱儿大了，也到了该娶媳妇的年纪。咱不拣贵的，只拣好的。我早就看上那丫头了。"

"苏太太肯吗？"

"不肯，不肯咱们就让她肯。让她过来亲眼看看，苏倾要是不赶紧嫁，名声都要坏了。她的儿子才多大，毛还没齐全，哪点比得上我们柱儿。"

翠兰嫂子被说得服服帖帖，菜也不洗了，两人挎着篮子，从石阶上岸，过了桥，急匆匆往苏倾家里去。

不知道该不该夸翠兰神机妙算，苏太太真的火急火燎地赶来了。

翠兰说："我看见那个男的撩开她衣服亲她，她也没躲。"

嫂子点头："我作证，看得真真的，你过去瞧瞧就知道了。"

苏太太听到这消息时，手一抖，差点把她最珍爱的那只白瓷茶杯给碎了。

她根本没法把苏倾和轻浮、淫荡、不自重等词语联系在一起，可是她又控制不住地想，她最近总是心不在焉地想往外跑，已经打扮得这样暗淡了，可是那张青春的脸，还是像泥土里开出的花一样，控制不住地要绽放。逃难的时候，她见过白莲教抢亲，遇上河边洗衣服的姑娘，抓着腰就提在马上，一骑绝尘而去，那姑娘怎么哭喊，也回不来了。叶家没有那么嚣张，但也好不到哪儿去。她突然想起她久违的规矩森严的夫家，永远斜着眼看她的婆婆，坐着雕龙刻凤的梨花木主位上，就好像是她供起的菩萨，她想有钱的大户人家，总是又霸道又坏的。她又想起苏煜，想起他刚出生的时候小小的皱巴巴的一团，养不熟的苏倾从这幅画面里刨去了，这世界上好像谁都在欺负他们母子俩。

叶芩苍白的手指忽然捏住了书脊，捏得很用力，书脊的缝线都显露出来，就好像给一切声音画上个休止符。

四周猛地寂静片刻，只剩他的声音：“今天先到这儿。”

苏倾奇怪地看着他的脸，他的表情如常。她有些紧张起来：“怎么了？”

叶芩从袖中掏了一块大洋，书签似的夹在翻开的书页里，然后把书合上塞给她：“书拿回去。”

苏倾不肯接。

叶芩皱了皱眉头，似乎对她的固执感到很不耐烦，拔开笔盖，不容置疑地在扉页上写上了“苏倾”。

苏倾怔怔看着他的动作，尚未意识到发生了什么，脸色有些发白：“我不是……我不是为了钱啊……”

叶芩横她一眼，低头泄愤似的又写了两个字，写得极大，几乎占据了三分之一的装订纸，最后的一折“剌啦”一声划破了纸张。

——“叶芩”。

他瞥着苏倾不安而欲言又止的表情，她的眼睛里似乎既有波涛汹涌，也有万顷春光。

他忽然放轻笔触，极其耐心地在中间添了个小字：“赠”。

叶芩赠苏倾。

“钱拿着，去杨记首饰铺，替我挑个镯子，明天拿到这儿给我。”他低头开玩笑地拍拍腿，“我不方便，嗯？”他抬头的瞬间，发觉苏倾的眼神立即雀跃起来。他觉得苏倾奇怪，随后又是说不出的滋味。想着便不自知地问出了声：“给你钱像要杀你一样，不给钱倒高兴成这样。”

苏倾看他一会儿，忽然问：“你和贾三算朋友吗？”

叶芩修长的手指漫不经心地把玩宝蓝色的钢笔，眼神漠然得几乎冷酷：“那是我养的狗。”

苏倾朝他笑道：“那你给他结工钱吗？”

叶芩猛地看过来，苏倾坦然地迎了这道目光。

他忽然发觉，她的眼睛是饱满的，上挑的杏仁形状，瞳仁又黑又亮，是上品明珠，柔和润泽，却不骄矜，应以宝匣妥帖收之，以免让世俗窥见。如果是玉，必是暖玉，芯子里住着一道魂，得日日佩在胸口。他打个呼哨，贾三真像小狗一样嗒嗒地跑过来，弯下腰把他背起来。他越过苏倾身边，苏倾正揣着书立着。

叶芩垂下眼，冷冷淡淡地嘱咐：“仔细挑。”

苏倾第一次到杨家首饰铺的二楼来。

楼上很亮堂，杨老头戴小圆墨镜，蓄花白胡须，叼着烟斗坐在宽阔的首饰柜前面。

阳光斜成几缕落在柜面上。

苏倾目不斜视地看，见他的烟丝大大咧咧地落在玻璃柜上，本来洁净的柜面上还留有大片干涸的胶水痕迹。

她顿时有点走神。

杨老头“吧嗒吧嗒”吸烟斗，墨镜片后的眼睛不住地打量苏倾，又移到桌上摆着的闪亮亮的银圆上。他今年七十三，早年是个富家子，败光家财以后才做生意。所幸玉石珠宝他懂，看玩意儿的眼光很刁，所以手上的货甚得叶家太太们青睐。人在世上活得久了，荣华落魄都滚过一遭，就会变得精明且淡然。别人叫店子“叶家首饰铺”，他也欣然接受，反正他就是靠着叶家吃饭。他还有一件更得意的事，那就是说服叶家大太太每年压一笔高昂的年费在这里，稳赚不赔。有这笔钱，叶家上下看到喜欢的首饰，直接拿走记账，太太小姐也乐得方便，这么多年都是这样过来的，叶家的五少爷不可能不知道规矩。可他这次额外付了一枚面值最高的银圆，让这个小姑娘大老远跑过来送，这说明什么？他本着生意人的思维费力地想，想来想去都是绕圈，最终将目光又落回了苏倾白皙的脸上。

刚好苏倾挑好了镯子，细细的手指头点点柜面。杨老头低头一看，心里一惊。小伢眼光真毒，挑中的这个，恰是他这一批作品里最满意的一个。他将那镯子从玻璃柜里取出来，小心地放在丝绒垫子上，絮絮叨叨地替她包好：“样子最大方雅致的，送长辈合适，自己戴更别致，整个镇子保证找不到一样的。”

苏倾不知听没听进去，眼睛只看着那一对展翅的鸾鸟。

像，真像。

跨越了时间和地域，在这个不一样的世界，出现了她上一世永远忘不了的式样，只是它嘴里衔着的不再是蜡丸，而是洁白的珍珠。

“苏小姐，辛苦你跑一趟。”杨老头见她不知内情，索性哄她到底，将那枚银圆收入匣内，象征性地找她几枚铜钱，做完这些，和蔼地笑道，“你看看这柜子里哪个喜欢，我再送你一个。”

人既主动示好，他哪能不投桃报李。投不到叶芩手里，给他身边的人也是一样。生意嘛，总是有来有往的。

苏倾眼睛里有点儿吃惊：“这怎么好意思。”

杨老头看她两眼，眼睛里圆滑的光藏在墨镜后面：“苏小姐眼光好，合我眼缘，若不嫌弃，可与不才结个忘年交。店子生意冷清，还请多多宣传。”

苏倾福了福：“那是一定。”停了停，补充，“旻镇人不富，要用手干活，珠宝玉石怕碰；若想拓展生意，低价的，戴在脖子上的，人都喜欢。”说完她又安静地垂下眼，好像什么也没说过。

杨老头乐了。本来他以为她只是个递话的，却没想到虽然打扮得土气，但不怯人，也不冒进，讲话温温柔柔的，点到为止，挺有意思。他点点展柜：“既然小苏你答应，那就别客气。”

苏倾抬头看他半晌，乌黑的眼睛里终于露出了属于小辈的拘谨：“可以挑一楼的吗？”

最后，他帮她把一只摆在一楼的老款银镯子也包起来。杨老头客客气气送走苏倾，放下心神抽烟。

谁知苏倾走到门口，又折回来，把包裹小心地放在桌子边上。

他搁下烟杆，心又提了起来。

小姑娘眼睛打量着他面前的玻璃柜，挽起袖子，深吸一口气，似乎鼓足勇气：“多谢先生款待，我帮您擦擦柜子吧。”

苏倾拎着镯子走在路上，风里夹着细细的雨丝，斜湿人面。本来做好了花掉一半积蓄买镯子的打算，没想到这笔钱省下，还是沾了叶芩的光。想到这儿，她微微笑起来。

“妈，我回来了。”

一推门，苏倾发觉了不对。家里冷锅冷灶，静悄悄的，苏太太正坐在床边抹泪，听到响动，冷眼看过来，哑着嗓子：“你眼里还有我这个妈？”翠兰和她嫂子往家告状，她心里又急又气，撂下活计就跑，后面的人都惊讶她一双小脚，竟能走得这么快。她一定要亲眼看看在她眼皮子底下长大的女儿，勾搭男人是什么样。

结果紧赶慢赶到了湖边，连嬉水的鸟都没看到一只。翠兰拉住上游最后一个洗好衣服要走的妇人，问她：“你看见苏倾了吗？就在湖边。”

那妇人抱着盆往前走：“没注意。”

翠兰拦着她不放：“刚才跟你们聊天聊得高兴的那个毛孩子，是不是叶家的？”

“好像是。”

“他是不是和叶家的少爷一起来的，就坐在湖边，和苏倾在一块儿拉拉扯扯。”

那妇人不耐烦了，停下来剜她一眼：“叶家的少爷又怎么？你一个寡妇，操这么多心。”

翠兰跳起来，让她嫂子拉住了，小心翼翼地劝：“人家当时好像看见我们了，说不定一看见我们就走了。”

翠兰恨道：“那是他们心虚。”

背后鸡飞狗跳的时候，苏太太正一言不发，背对着她们看着湖。

她很久没有走出那个小院子了，开始时是犯懒，让苏倾跑腿，再后来就是真的走不动了。

她成日里看到的是院子围出的四角儿天空，苏倾看到的却是奔腾不息的瀑布，灌木丛生的峡谷，广阔镜面似的湖。她在这其中穿梭，让山灵水秀的天地养育，像这旻镇的野鸭和白鹭一样自在地长大。苏太太发觉她自己只是那小屋里的将军，出了这间屋，真正被困住的那个是谁，还说不准。于是她忍不住哭起来，感到一阵对于无法把控的年轻生命的妒忌。她想起自己在平京的青年岁月，跟丈夫挽手爬过香山，有人对他们指指点点，她昂首挺胸，一点儿也不怕的。

“你下午去哪儿了？”

苏倾刚开口：“我……”

“去湖边了，与野男人幽会去了！”苏太太用手指戳着她的脑门，“别以为我不知道，我告诉你，伤风败俗的事传千里，你倒是有这样的脸皮！”

“妈。”她惊异于苏倾竟然倒退一步，躲开了她的手，责怪地看着她，“那是叶家的五少爷。”

“你承认了？”苏太太冷笑一声，指着她的鼻子，“你跟他干什么，你心里没点数？”

苏倾用一双柔软手掌把她手指包住，拿下去：“别人同你怎么说？”

“……”苏太太死死瞪着她，说不出口，目光如刀地划过她的脸和脖子，还青涩却挺起的胸脯，好像在看哪只扣子让人解开过。

苏倾也顺着她的目光往下看：“五少爷托我替他买东西，他两条腿都断了，只能坐着，我也只能弯腰同他说话，可能有人离得远，没看清。”

苏太太心里松一口气，头顶都虚脱地发冷。她想一个残废，应该也不至于乱调情。

她还是责问：“什么东西需得你来买？”

苏倾把装着价值不菲的手镯的盒子给她看：“在杨记首饰铺挑的。”

苏太太还有很多要问的，但她抢先看到盒子底下还有一个盒子，她把那只盒子抓过来：“这又是什么？”

苏倾看了她一眼，停了一停，避而不答：“妈，这一趟我是跟阿煜一起去的。”

苏太太不放过她一丝一毫的表情变化，她觉得抓住了苏倾心虚害怕的证据，说道：“苏煜不上学吗？你还敢编排你弟弟！”

苏煜刚好推门进来。他逛了一天，饥肠辘辘，可桌上空荡荡的，没有饭，连一杯水也没有。他将书包砸在椅子上，闯进屋里找人：“妈！”

谁知道苏太太通红的眼立刻扫过来，回得比他还大声：“阿煜，你也去首饰铺了？”

苏煜让这一吼吓得两腿发软，险些跪倒，以为母亲知道了他和三小姐逃学逛首饰铺的事，立即朝苏倾瞪过去。就知道她是个告密的小人。

苏倾看他的眼神不见慌乱，刷子样的一排睫毛平静地沉下去，不作声。

他再一瞧母亲，就发现了不对。苏太太瞪着苏倾的眼神，像是要把她吃了，无名火好像不是朝着他。

他看看苏倾，当机立断：“……是去了，不过是姐硬叫我，我才去的。”

苏太太的怒火即刻转移了：“你弟弟上学，你叫他干什么？”说着，手上几下把盒子撕开，绿绒布上躺着一只新的银镯子，镌刻的花纹亮闪闪的。她怔了一下。

苏倾看着那只镯子，又看看她的脸，半晌，似乎在轻轻叹息：“阿煜，那就提前祝妈生辰快乐吧。”

苏煜看着苏太太那母老虎般的表情僵在脸上，两只眼睛红彤彤得吓人，此刻看着那只镯子，长得真像挡灾的盾牌。

他立即嘴尖舌快道："妈，生辰快乐。儿子攒了好长一段时间的零花钱，好容易才买了一只镯子想送你，最新的小画书都没舍得买……"

苏太太看着他的脸，就着那复杂的表情又哭上了，脸上像打翻了油彩。

苏倾没抬头看她，转身从这尴尬的场面中轻巧地走了出去，去厨房做饭，背影纤弱而静默。

吃饭时，苏太太仍在抽泣，边哭边悄悄打量苏倾。苏倾还是像往常一样给苏煜盛汤，看着他吃饭。要苏太太道歉，她是绝对拉不下脸的。她只是往苏倾碗里夹了一大块鸡肉，闷声道："倾儿你也吃吧。"

苏倾微笑："谢谢妈，我还不饿。"

苏太太心里一阵发慌，觉得哪里不对了，但又说不出。

现在的苏倾也会笑，也谦让，只是笑容里面客气，没了往常那股窝心热乎的劲儿。她又想起回来的路上翠兰挽着她的手臂说的话，讲了半天，竟是给她儿子柱儿说亲来了。这么看来，翠兰家闹这一出，是故意的，她辛辛苦苦养大的丫头，有人这就惦念上了。她看了面对面坐的两个孩子一眼，心里犹豫起来，若是不能再做女儿养，也该快点收做了媳妇。她拿筷子头搅和着粥："你往后还是不要去见那个叶家少爷了，省得别人说闲话。"

苏煜抬起头好奇地听了一耳朵，马上被苏太太数落："你也长大了，该懂点事，看好姐姐，知不知道？"

苏煜觉得他妈今天中了邪，竟然偏袒苏倾，筷子一摔下了桌："我吃饱了。"

苏倾开始吃饭："那可不行，明天我得将镯子和零钱还给人家。"

苏太太没词反驳她，忽然灵机一动："那你带着狗去。"

苏倾有些头疼："妈，我见客人，带着狗……"

苏太太知道那畜生凶得很，一闻见生人味就狂吠，有它在，两人说话说不长。

于是她坚持："它身上脏，你顺便带它洗一洗，洗完快点回家来。"

（二）

于是第二天，在那大石头边上，多了一只体形巨大的黄狗与叶芩对视。

苏倾一手拉链子，一手虎口卡着狗脖子，一刻也不敢松开。苏倾生怕它乱吠，提前将它喂得很饱，指望它吃饱了犯困，省得惊了叶芩。黄狗倒是没叫，它龇牙咧嘴地瞪着叶芩，喉咙里不住地发出低沉的咕噜声，尾巴上的毛都立了起来。叶芩冷淡地看了它一会儿，猛然撑着膝盖俯下身来，跟狗脸贴脸。

苏倾放在狗脖子上的手猛地卡紧，心都冲上嗓子眼：“快离远些！”

黄狗却让这骤然的靠近惊得后退两步，低沉的呜噜声慢慢变作呜咽，尾巴往两腿间一夹，扭头“扑通”一声凫进水里。

苏倾看着狗在水里游，半晌才有点纳闷地说：“它怎么好像也怕你。”

叶芩正在仔细地看那只镯子，她挑的式样优雅舒展，也入他的眼。他看着她撩水时露出的手腕，想象这镯子在她手上的样子。听到她说话，才抽出思绪：“是你的狗太傻。”

见着个浅色瞳孔突然扑到眼前就以为是兽，不是傻是什么。他决不肯承认自己身上有什么戾气杀气一类看不见的东西。

“它可不傻。”苏倾跟黄狗玩闹，回过头来笑，她头发上的水珠反射阳光，像戴了闪光的珠翠，“它挺聪明，还会吃糖。”

叶芩：“……”

苏倾眸子一停，意识到自己说了什么。

叶芩的睫毛覆下来，将首饰盒子恶狠狠地“咔嗒”一扣，随手揣进自己兜里。

苏倾抿着嘴唇，一双眼睛葡萄似的泛着水色，歉意地盯着他看，生怕他恼。少年抬起头，脸上的表情很淡，猛地朝她砸了个东西。

苏倾伸手一接，墩墩小小的像枚子弹撞在她手里，一枚包着玻璃纸的洋糖果。

她低着头，手里捏着糖纸摆弄。

叶芩盯着她：“吃，当我面吃。”

苏倾只得慢吞吞地把糖拿出来，天气热，糖化了不少在手指上，她平日里从不吃手，这次觉得可惜，小心地舔了舔指尖，一股水果的甜香。

叶芩觉得她像一小团白猫，安静秀气，越是白的就越让人想摸。是不是万物都如此，狼狗在她面前也晓得卖乖。

瀑布哗啦啦地奔流，激起一片水雾，应该是很凉的。但他还是觉得热，胸口和后背都发烫。

苏倾吃着糖与他搭话：“叶芩。”

他很满意这次她喊他名字，喊得比旁人都顺耳，他说：“怎么？”

“你知不知道有什么活计是我能干的？”她挺认真地问，“我只认识些字，也不会算术，但是可以很勤快，工钱够吃饭就行。”在新社会里，叶芩是她的领路人。

叶芩盯着她看了好一阵，才开口说话：“做我家的丫鬟，伺候我穿衣吃饭，不用你写字算术，不愁吃喝，逢年过节还有赏钱。”

苏倾一时怔住。

他打量她两下，眼里含着很淡的笑，意兴阑珊地掸掸衣服角：“罢了，请不起你这尊神。”

苏倾忽然发现叶芩一向如此，调戏抑或是逗弄，总是点到为止，从不让她为难，也摸不清他到底在想什么。

叶芩说："对了，我倒有正事告诉你。"他的手撑着膝盖，慢慢地摩挲着，语气也很缓，"月底我大哥在家里办舞会，我这样子，还没有女伴，你来不来？"

苏倾记得这一次邀约。那个世界离她太过遥远，原身不敢去，自然拒绝。这一场舞会上，没有舞伴的叶芩第一次遇到了林小姐，他未来携手一生的妻子。如若不想扰乱他未来的气运，此时就是她抽身而退的最好时机。

回来的路上下了大雨，乌云密布的天阴沉沉的，路上的人急着回家收衣服被子，匆匆跑散了。眼前一明一暗，随即骤然一道惊雷砸下，黄狗嗷嗷地狂吠起来，苏倾似乎听见断断续续的细细哭声。狗猛地跑出去，苏倾在后面快步地追，一直追到一座破房子前，黄狗四处嗅嗅，冲着小屋猛叫。

苏倾走近了才看出来，这是二丫的小木屋。二丫是镇上的痴儿，生下来就是傻的，她爹在时为给她看病倾尽家财，让一个庸医骗了，病没治好，房子也卖了。老人家是个木匠，死之前，拖着病体日夜赶工，花了半年，给她在林子里搭了座遮风避雨的木屋。

然后苏倾看见了二丫，她缩在屋门口的角落里，睁着大眼睛哭泣，嘴里念念有词，不时拿袖子用力抹一把眼泪鼻涕。二丫今年十六岁，样子却还像个小娃娃，她不打人，只是傻，傻就意味着没有劳动能力，只能靠人养。旻镇家家户户都不富裕，就算有好心人，也只是在木屋门口摆一碗饭而已。

苏倾把狗赶到一边，在她身旁蹲下来，屋子里被褥的霉味一阵一阵传入鼻中。她终于听清二丫喃喃说的话："树死了，爹的树死了。"

顺着她的目光回头一看，原来木屋前的一棵细细的梨树，让夜里的闪电给劈折了。

木匠死前借了一棵梨树，给他女儿移到木屋门口，三月开花头上戴，八月挂果肚里也不饥。二丫脸上的泪痕一道一道的，她使劲用袖子擦眼睛。原来她也知道，这树弯了腰，就再也不会开花了。

苏倾挽起她的手臂，把她拉起来，然后从小木屋往前走十步，朝右拐，再右拐，走五十步，那里有一片梨树。

她指着远处的一片枝杈纵横："别哭了，你以后实在想吃梨，可以去那里摘。"

圆圆的雨点已经落下来了，砸在她们头发上。二丫分不清楚那一片和屋前的一棵有什么区别，只是见了那么多梨树，心里高兴，惊奇的眼睛里不再涌出泪水。

苏倾把她领回小木屋："记住了吗？你走一遍给我看看。"

二丫出了小木屋，马上便迷路了。她只认得小木屋，出门要靠人领，否则便哪里也去不了。

苏倾又带着她走了三遍，走到第四遍的时候，二丫在雨里跺脚，她捶着自己的头，急得哭起来："我记不得，记不得要往哪里走了。"

苏倾停了停，似乎是在想。二丫哭着凑过来，怕她也嫌弃了她。苏倾忽然牵起她的手，指向云雾中黛色的远山：“看见那座山了吗，山上住着一个神仙，也与你一样想吃梨子。”

二丫很吃惊，漆黑的眼一眨不眨地盯住远山。

苏倾带着她扭了个向，朝向高耸的云杉：“他要下来，可没有梯，就要找最高的树当梯。”

走到最近的一棵云杉前，她压着二丫的手抚摸湿漉漉的树皮：“找到了，这里有最高的树，他就从天上爬下来。”

“他左右看看，发现那边有房子。”她指向烟雨蒙蒙中的房屋，炊烟被风吹得四处飘散，“梨子好像就是他们家种的。”

“他就往那边走，一直走，敲开门问可不可以吃你家的梨，人家说，吃吧。”最终她们停在梨树林前，“喏，他就吃到了梨。”二丫的眼睛瞪大了，像一对琉璃珠似的映着阴天，嘴微微张开。

苏倾回到家里，把自己和二丫换下来的湿衣服一起堆在盆里，冲了冲身上，又去挑了几担水填满了缸。挂在胸前的那只环一直发烫，她看到之前消退的两格蓝色又涨上去，不，现在是三格，幽蓝色已经不是一点了，变成了一弯。

今天是休息日，苏煜待在家里，苏太太杀了一只肥鸭凉拌，骨架熬汤，一连吃了两顿。因为前几日的生辰礼物事件，数日之内，苏太太对待苏倾很客气。人真奇怪，往常无人问津，她总觉得苏倾这不好那不好，骤然来了个翠兰想跟她抢，她就突然觉出苏倾的宝贵来。

苏倾弯腰在水槽前洗碗，苏煜凑了上来：“姐……”

“怎么了？”

他拿脚尖磨蹭地上的尘土：“我过两天可能要逃学一次，不回家吃饭，很晚才能回来，你能不能帮我把妈糊弄过去？”苏煜知道苏倾从来不会像母亲一样逼他做什么，听见他做的荒唐事也不会惊讶，所以有事也是先找苏倾。

“你要做什么？”

苏煜含糊道：“一个同学，约我去家里玩。”

苏倾犹豫了一下：“危险吗？”

苏煜吹胡子瞪眼：“看你说的，去人家里还能有危险吗？”

苏倾看他脸上春风，那同学十有八九是三小姐。她没再多问，手上的丝瓜瓤娴熟地滑过瓷碗：“哪一天？”

苏煜说了日子。

苏倾顿了一下：“不行，那一天我也有事要出门。”

苏煜很奇怪：“你出门干什么？”

“我要去见一个朋友。”

苏煜有些惊讶，在他眼里，苏倾一天到晚只跟鸡鸭猪狗、锅碗瓢盆打交道，她这样的人，也能有朋友？

“哪个朋友？”

水面上漂着一层油，瓷碗刷得白白净净摞在一边。苏倾垂下眸，微微笑道：“你不认得，他两条腿都断了，需要人帮忙。”

苏煜对她的残疾朋友没什么兴趣，马上转到了另一个话题：“那我想到一个点子，就骗妈说，那天我要去城里考试，赶不回来，晚上得住在外面，要你跟着照顾我吃住，这样我们两个都能出门。”

苏倾看了看他，赞许道：“好。”

苏太太一向憧憬知识，可这一回却在心里痛骂考试。考试让苏煜一个人出这么远的门，要去一天一夜，她一万个不放心。所以当儿子提出带上苏倾的时候，她立刻同意了。她想，古时候书生进京赶考，大有人带媳妇陪在身边照顾衣食起居的，两个人单独处一处，培养感情也很好。

这一日清晨，苏书生志不在考，心早就飞了，出了家门，脱离了苏太太的唠叨，他甚至来不及与苏倾招呼一声就撒腿跑了，还把苏太太装给他的早餐扔给了她。苏倾拎着两个包子，目不斜视地继续走，走过了商铺，走出了巷口，到了大道上，一辆黑色洋车停在路上等她。车很高，车头黑漆锃亮，排气管里冒出一股股乳白的热气。

贾三把车门打开，教她抬脚：“苏小姐小心，这门槛可高。”

她看见前面坐了个司机，后视镜里看到她的脸，也跟着毕恭毕敬地喊“苏小姐”。

她道“劳驾”，把包子递给贾三：“吃点东西吧。”

把窗帘掀起来，外面的粉墙黛瓦、丰腴的叶子树迅速后退，原来他们走得这么快。走了不到一刻钟车就减速。旻镇不大，叶家老宅离苏倾家再远也远不到哪里去，她不知道为什么这么一小段距离，叶芩还要派车接她一趟。

“苏小姐您别老掀帘子。”贾三大口吃着包子，他觉得在五少爷的衬托下，苏倾善解人意得简直像个天仙，于是口无遮拦，“别看成亲路短，来回招摇的是大红轿，新娘的脸可不能给人看。”

苏倾头还朝着窗外，浑似没听到，但是贾三吓得半死，赶紧住嘴，往苏倾背后打扇。

因为他看见一缕红无声地爬升到她耳后，半天消不下去，要是下了车给叶芩看见，他不死也得掉层皮。

叶家老宅很大，还是清代文人园的风格，外面一圈是曲曲折折的廊和房间，中间围起一个带湖的园子，但是这园子现下荒了，东边隔了一大块出来，一栋体量很大的灰色建筑突兀地立在那里，几棵老树歪歪斜斜地生长。

贾三说：“那个是大少爷和二少爷一家的屋。”

叶家大少爷是欧洲留洋回来的，二少爷则在国外读书时娶了个日本女人，他们的生活习惯已经西化，要一个大的客厅摆放沙发，还要呼朋引伴在高顶的餐厅里跳舞。本来在平京，他们各有宅邸还相安无事，可是逃到旻镇，统共就一座老宅，一大家子人挤在一起，难免会有摩擦。大少爷二少爷一家嫌老屋隔出来的房间小，就在叶老爷最喜欢的花园里强行修了座新房，为这件事，家里鸡飞狗跳了大半年。而大少爷和二少爷两家人带着仆人丫鬟挤一座房，表面和气，底下也明争暗斗。叶家好像充满了矛盾和算计，但大家还这么将就忍耐着生活在一起。新政府已经建立，大家都以为平京安定了，回去是早晚的事。

贾三带着苏倾在回廊里穿梭，一旁树梢上的鸟叫得正欢。穿过了一个又一个空厅和院落，上到二楼，就到了叶芩的房间。房间里没有人，苏倾知道叶芩有心避嫌，不让她局促。他的房间没她想象中大，只有二层的几扇矮窗透光，窗下摆着书桌，桌上很干净，只有一瓶墨水和紧挨着放的一支钢笔。

贾三说："少爷说了，让您随便坐。"

苏倾没有坐，绕到他床前看了一下，这样躺着是背着光的，屋子里空荡荡、灰蒙蒙，只有一小块没有温度的光，让那厚重的块状玻璃过滤了，变成惨白的颜色。她忽然想到叶芩说"伺候我穿衣吃饭"的玩笑话，她肯定叶芩身边是没有这样一个人的，但凡有一个丫鬟在身边，屋里就会是暖的、香的、蓬松干燥的，绝不会是这样阴冷空寂、充满萧索的气息。

贾三见她立在床边迟疑，赶紧过来帮她理理床铺："那个，床也不是不能坐，反正少爷说了随便坐。"

苏倾禁不住笑了，就势坐在床沿上，一抬头，竟然看见床架子上坠着她送的两枚小香包，一个红色一个黄色，很扎眼，竟是房间里仅有的鲜明的颜色。

"贾三，五少爷一直都是你照顾？"

"嗯，那可不。"

"就没有派过别的丫鬟？"

贾三搔搔头："最早也是有的，可是少爷腿不方便，小姑娘搬不动，再加上少爷脾性太怪了，没几个受得了的。"

苏倾点点头："少爷的妈呢？"

"您说六姨太太？"贾三笑，"她不管，六姨太太烟瘾重得很，只认烟不认人的。"

"少爷没断奶的时候跟她在一张床上睡，她晚上睡得死，压住了孩子也没醒。少爷哭得没声了，等嬷嬷把他抱出来，半边身子都凉了。"

他好像越说越气愤了："少爷小时候可聪明了，四岁就能倒背唐诗，老爷天天把他架在脖子上走来走去，就有人怕了，给他的冰碗里藏了毒酒泡过的樱桃。少爷吃了以后七窍流血，眼看着不行了，嬷嬷赶紧跑去找六姨太太，她抽过了福寿膏，正睡着，身子骨软得推也推不醒，嬷嬷说少爷要没了，她只哼哼唧唧地说：'没了便埋了，容我先睡一觉呀。’”

苏倾专注地听，看着他的眼睛里含着一点光，贾三突然觉得她的眼睛引人入胜地漂亮。因为那里有既像情人又像母亲的同情和深情。

他忽然想到，以后谁当了苏小姐的孩子，那该多幸福呀，可比少爷幸福一千倍一万倍了。

外头嘈杂的声音一闹，贾三终于想起正事来，拿出个小盒子，朝着她“哗”地打开，是苏倾挑的镯子。

贾三学着叶芩刻薄的口气：“少爷说了，因为晚上要跳舞，是先‘借’给你戴的。”

苏倾忍住笑，拿出来戴在手上：“嗯，多谢他了。”

刚戴上，量衣服的嬷嬷们就来了。贾三退避出去，苏倾喊他：“今天太阳好，你把被子也捎出去晒了吧。”贾三很惊讶：“晒被子？”

苏倾有点责怪地看着他，贾三让这道清澈的目光一照，觉得自己太过分了，连被子也不知道帮少爷晒，赶紧抱起叶芩的枕头和被子笨手笨脚地走了。

被子枕头一拿走，枕下露出一片皱巴巴的纸。苏倾捡起来仔细一看，正是那一页泡了水的蜘蛛精。

……怎么还留着。

眼看着嬷嬷们都凑过来看，苏倾一急，顺手把那页纸叠起来，藏进口袋。

门闭上，嬷嬷们拿个皮软尺开始给她量身，一会儿让她平举双手，一会儿让她两手垂下弯腰，尺子从她腰上、腿上过，弄得她有些痒痒，她弯下腰的时候，一个嬷嬷甚至从底下轻轻托了托她的胸。

苏倾让人碰到的时候惊了一跳，但她也没吱声，以免大惊小怪丢了人。几个嬷嬷边量边在本子上记，记的时候几个人耳语几句，脸上挂着赞叹的笑。这还不是最奇怪的，最奇怪的是她被按在叶芩书桌前的时候，一个嬷嬷拆了她的辫子，拿梳子沾了水给她把头发梳顺，另一个拿了一把火钳，在炉子上烧得通红，又往水盆里一过，“嗞——”地腾起云雾似的白烟，她拿着冒白烟的火钳朝苏倾走过来。嬷嬷见她脸发白，按住她的肩膀不让动，笑嘻嘻地安慰她：“苏小姐别紧张，小的手艺好着呢，这些年叶家太太小姐，都是我给烫的头。”

“五少爷，都量好了。”嬷嬷们垂手站在一旁。这间堂屋隔壁就是叶芩的房间，所以她们说话时声音自觉地压低。她们很喜欢五少爷，因为他话少，不讲价，叫人时候很少，一出手却是大价钱。

叶芩不明白她们为什么一个劲儿地把记了她身材尺寸的本子往他手里塞，他低头象征性地瞭了一眼，就合起来放在了一边：“那就裁去吧。”他不知道自己怎么了，连看看这几个冰冷的字符，他都觉得自己占了毫不知情的苏倾的便宜，是欺负了她。

她们还不走，相互对视几眼。有一个说："苏小姐的身材可标准呢……"

另一个说："前两天有个东江的女明星路过这边，也在铺子里裁了一件洋装，样子可新，可是货没拿她就匆匆走了。"

其他人也附和："跟苏小姐的尺寸差不多，就是前襟布料短些，要不然直接拿过来穿，也省得赶工做。"

贾三下意识脱口而出："前襟小了？那不就是……"

那不就是……

然后他发现叶芩盯着他看，那审视的神情好吓人，好像若让他看出心里有丝毫逾矩，马上就要被格杀勿论。

贾三怕叶芩怕到了骨子里，小腿都开始打战，在这关头，他灵机一动，抱怨："少爷，那料子可贵，既然有现成的，那就让她绷着穿吧！"

叶芩放过了他，沉着脸转向那几个嬷嬷："别人不要的，我们也不要，去再裁一件。"

"不是不要，是没来得及拿……现在赶着裁新的，怕做工也粗糙。"

另一个赶忙接上话："不是我们硬要塞货给您，是那件裙子可美，料子扣子都是洋货，在东江的铺子人人见了都喜欢，多少太太小姐来问，我们都不肯卖，苏小姐见了一定也喜欢。"

叶芩默了一会儿，指尖在桌子边缘摩挲，忽然很轻地点在那个本子上："按这个尺寸改，穿得合适，我过后出双倍价买。"他吐字很轻，"短一毫多一厘，铺子往后就别开了。"

"是……是……"

苏倾的头发稍微烫了下，曲度柔和，用发胶定了型，露出白皙的额头，后面的发髻盘起来，却盘得很低，贴在脖子后面，用墨绿色的玻璃发卡别住，前面能看见一点。等她穿上裙子的时候，就知道头发为什么盘得低了，因为那件洋装是背后开叉的，开了个楔形的口，腰线若隐若现地贯到衣服下面。前面领子稍高一些，平开口，挡住了锁骨，蕾丝花纹和一颗一颗的小珍珠钉得很繁复，颜色却低调，布料紧紧地包裹着腰身，临到臀部曲线打了个弯急刹住了，往下散开了柔顺的裙摆。这样子也学欧洲时尚画报来的，当电影明星的眼头高，既要与众不同地要露一点，惹人遐思，又要高贵矜持，点到即止，拿在手里看怪怪的，穿在身上就不一样了。

苏倾从来不知道梳妆打扮还要这么长时间，嬷嬷们看她手臂上冷得起鸡皮疙瘩，给她肩膀上盖了件小披肩。她怕把头睡乱了，就凑合着在叶芩的书桌上趴下来，下巴抵在两只手臂的缝隙里，眼睛已经闭上了。迷迷糊糊地听见有人说话，是叶芩，他坐得离她很近，打量着她露出手臂之外的碎发和耳际，说："还短。"

贾三问："短什么？"

“没耳坠。”

然后他似乎倾了倾身子，撑着靠过来，用指尖很轻地捻了捻她的耳垂细看，手指微凉。别说珠宝玉石，就是个银签子都没戴着，耳孔竟然没长回去，虽然小小的，不太引人注意，但到底还是有的。他说：“去她那儿拿一对珍珠坠子来，要新的。”

话音未落，他立即发觉苏倾醒了，因为她耳朵下面几乎在顷刻间红了一片，她还装睡。

他马上松开手，坐直身子，不碰她，也不跟她讲话了。

贾三很快拿过来，叶芩瞥一眼，贾三知道他想问“怎么说”，于是顺理成章地回答：“六姨太太抽了福寿膏刚躺下，嫌我扰她，说拿了快滚。”

叶芩冷笑一声，扭头看着贾三手里的耳坠：“你帮她戴上。”

贾三像是火烧屁股，扭来扭去，把耳坠塞进叶芩手里：“小的不敢。”

当着少爷面碰苏倾，怕不是疯魔了，要是失了手把她扎了一下，少爷能跳起来把他吃了。

现在苏倾在他心里，简直就是一尊玻璃娘娘像，得供着。

叶芩手里摊着那对耳坠，随手倒在了桌上，声音不大不小：“那等她醒了自己戴吧。”

说完他就让贾三背他走了。

苏倾把脸抬起来，旁边托盘里放了一份饭菜，蛋羹还冒着热气。尝了一口，她微皱眉头，没放盐。这下一直到夜幕降临，苏倾都没再见到他。她初来时那点生疏和紧张，早就让这漫长的一天耗完了，让人带着步进那座灰房子里时，她甚至觉得这一趟与去洗个衣服或者挑趟水没什么差别。

（三）

这次大少奶奶办生日舞会，排场极大，请全家人来，亲朋好友也叫上相熟的朋友，厅里挤满了人，年轻的男客们穿西装，老一代穿长衫，女人们有穿洋装的、穿旗袍的，还有穿袄裙裹小脚的，三三两两聚在一起说话，气氛很热烈。几张拼起来的长条桌子上摆满精致的小点心和酒杯，厨房和主人都忙成一团，前者赶菜，后者应酬。

贾三带着她从这热闹得自顾不暇的餐厅里径直穿了过去，就像从一个光怪陆离的大杂烩世界里穿行而过，从后门进了小花园——原来是大宅园林的一部分，后来被日本来的二少奶奶改造成几畦香草田。

苏倾在半人高的香草背后看到了叶芩。

今次他终于坐上了轮椅，头发用发胶梳得很精神。苏倾第一次见他穿礼服，单排扣马甲下面是冷白的衬衣，手里拿了一根带弯钩的手杖，上面荡着拽下来的领结，苍白的俊容锋利。

苏倾问道：“怎么不进去？”

他的两只手臂懒散地撑在轮椅上："里面吵得很。"

叶家老爷和几个姨太太都没有来，叶老爷讨厌这座破坏他古典花园的灰房子。因祸得福，舞会的气氛更松快，也可以喧嚣得更晚。

苏倾见他深灰色西装外套大敞着："冷吗？"

叶苓仰头看她，又移神去看那一对晃悠悠的珍珠耳坠子，反问："你冷吗？"

苏倾身上还披着那件嬷嬷给她的墨绿色披风，不过那是配另一件衣裳的，披在她身上显得宽大："我不冷。"

叶苓也注意到了，不知在想什么，忽而说："我腿冷。"

苏倾果然立刻把披风脱下来，弯腰给他平平盖在腿上，肩膀和后背骤然暴露在冷风中，起了一层细细的鸡皮疙瘩。叶苓骤然看见了她露出的肩膀和手臂，这条浅色的裙子衬出她奶油质地的皮肤，他忽然发觉不仅是前襟，腰上也改动过，收紧了她的腰线，真是一毫一厘也不差，收得太抢眼。

苏倾还紧张地看着他的眼睛："现在好些了吗？"

他躲开她不知避讳的眼："进去吧。"

五少爷果然像个影子，这场热闹盛会他缺席了前半场又突然出现，都没人注意。但站在他身边的苏倾却打眼，大少奶奶一眼瞥到了她，跟大少爷说："你看老五旁边是哪家的小姐？"

大少爷一看，那里确实立着一个美人，穿得华贵，来来往往的人都挪不开眼："看着眼生，不认识啊。"

大少奶奶拿了杯酒，想去和她搭话，让大少爷拦住："你看。"

二少奶奶鹤知已经走过去了。

大少奶奶啐："又让她抢了先！"

这位日本来的太太深谙东方美学和文化，穿着贴身的旗袍，莲步轻移，笑起来两个酒窝，甜美亲和："你好。"

苏倾下意识地想回头看叶苓，可他不作声，她只能道："你好。"

"小姐贵姓？"

"姓苏。"

"哦。"鹤知与她碰杯，"苏小姐今天真美，'绣面芙蓉一笑开'。"

苏倾已经从她的口音里判断出来人是谁，心里的警惕和紧张压倒了全部羞涩。苏倾不知道自己的表情使她这张脸看起来有些冷艳，而在鹤知看来那是贵族式的倨傲："多谢二少奶奶，您也很美。"

鹤知很忐忑，她见苏倾只答不问，疑心她不乐意被打扰，只得硬着头皮问："以前没见过苏小姐，不知贵府在哪儿，以后有时间，鹤知愿意去拜访。"

苏倾犹豫了一下，含糊应道："离得远，五少爷请我来，我才肯来。"

鹤知点点头，似乎更加全神贯注，一双眼睛像要发光："不知令尊高就？"

苏倾马上明白，鹤知是急着探她身份高低。她知道现下自己和叶芩是一体的，她的面儿就是他的面儿，于是她胡乱说："在京。"

鹤知额头上都冒了汗："具体些？"

"中官。"

鹤知还想再问，被苏倾身后的叶芩打断了，他手上摆弄着那根手杖，垂着眼睛提醒："二嫂，失礼了。"

鹤知也知道自己失礼，如果不是因为这个棘手的苏小姐，她绝不会强压尴尬，对叶芩这么亲热："呀，五弟近来身体可好？"

叶芩眉梢眼角的笑像是贴上去的轻浮敷衍："好。"

苏倾突然发现盖在叶芩膝盖上的披风掉了一半下来，好些绞在了轮椅的轮子里，另一段缠在他右手上。她害怕他伤了手，赶紧蹲下身转动轮子，把披风拽了出来，给他盖平整。

鹤知在一旁看得心惊肉跳，客套了两句就走了回来。二少爷正等着她，夫妻俩头碰头，二少爷问："怎么样？"

鹤知摇头："不好。"

"多不好？"

"我看那个苏小姐古礼很妥当，怕是个人物。"

二少爷皱眉头："她家是做什么的？"

"说她爹是中官，中官可不就是朝中官，莫不是平京新政府里的？"

二少爷最讨厌这一套古腔古调："要是个官员，直说职位也便罢了，现在连'官老爷'都不兴了，她做什么这么隐晦，还什么'中官'？"

鹤知觉得他傻透了："那就是官大呗！官越大，在外越不能说，以免引来刺杀。"

"那得多大呀……"二少爷仰着头，开始想时常见报的平京正得势的几个人，有没有姓苏的，一时半会儿还真想不清楚。

"反正人家说了，要不是老五请她，她都不肯来。"

二少爷越想越烦："那她跟老五什么关系？"

鹤知努努嘴："你自己看。"

远处苏倾正俯下身听叶芩讲话，眉眼温柔得很。

二少爷承认，从小叶芩就是他们弟兄里生得最俊的，可是后头的病压倒了他，没想到一个残疾还能有这种际遇，他沉吟片刻："看来得把老五拉到我们这边，他和这苏小姐真能成，咱们以后回了平京，还能用得上。"

鹤知说："我看不行。"

"为什么？"

“叶苓那性子，我们讨好不了他，平白惹得没趣，一个不小心闹翻了，还惹下麻烦。”

二少爷想了想：“那我们给他出钱，带他一并到平京，让他自立门户去。以后就算老五有所成，也得念着当年的恩。”

鹤知点头，笑靥如花地挽住他的手臂。

音乐声响了好一阵，舞会已经开始，一对对男女像燕子似的飞来飞去，苏倾看得很新奇。

她突然想起自己并不会跳舞，吓得一头冷汗，又突然意识到自己守着叶苓，不必跳舞，马上嘲笑起自己。

这么一笑，就有人看见了。

这个人大名叫吴雨桐，别人都亲昵地喊她“吴三小姐”，后来连吴字也省了，就叫三小姐。

三小姐瞪大了眼睛，猛戳身旁的人：“苏煜，快看！那不是你家远房亲戚吗？”

苏煜的眼神直直与苏倾错过去了，因为他根本没认出那个盛装打扮的小姐是自己的姐姐。

“谁？”

“那个呀。”三小姐抿抿唇，有点疑惑，“不是她吗？”

苏煜现在看见苏倾了，不过他不敢相信，因为立在吊灯下的那个是高贵与美的化身，她的脖颈、肩头、腰肢，微卷的头发，她象牙白的肤色与饱满的下唇，她立在叶苓的轮椅前，像是守护他的阿芙洛狄忒女神，美而不可即。只是她笑的时候，他在她脸上辨出一点熟悉的神情来，这印证的瞬间，他心里犹如天崩地裂。

三小姐赞叹道：“我就说她是美的。”

是的，他终于发现苏倾原来是这样美的，但他同时也感到一种灭顶之灾般的愤怒，好像被最亲近的人玩弄背叛了。她难道不应该守在黄狗和鸡鸭身边吗？难道不该做饭洗衣服照顾母亲吗？凭什么可以在他们不知道的情况下变得这么光鲜，远远地抛掉了他，还无声地嘲弄着他？他直愣愣地走过去，才发现自己与苏倾仅仅一样高，这更让他失去理智了。他死死地瞪着她：“姐姐，可以请你跳支舞吗？”

苏倾瞬间苍白无措的神色让他感到一阵快意，他坚信自己用刀一戳，她这虚荣的外壳就会疲软松弛，就能让她回到属于她的生活里去。苏倾猛地看见了苏煜，脑子里一片空白，可苏煜居然还朝她伸出了手，好像要用那只手当场揭开她一切的假面。她好像已经看到餐厅里所有人看着她的画面，包括刚刚让她应付过去的鹤知，可如果人们再要看，她背后就是叶苓了。苏倾后背一阵发凉，忽然感觉到有什么东西爬上了自己的腰，她低头一看，原是叶苓那把带弯钩的J形手杖。

他握着手杖的柄，手杖的弯头勾在苏倾的腰上，往后轻轻一带，苏倾顺着他的动作后退两步，被他拉到了身旁。叶苓仰头看苏煜，瞳孔的颜色很浅，显得很懒散，但又好像是暴风雪扑面，一片白的肃杀。他说："苏小姐是我的女伴，只陪我一个人跳舞。"

贾三觉得叶芩这句话算得上很客气，按他的脾气，直接一杯酒泼上去也是干得出的。苏倾站在这儿打眼，刚才也有人想来请她跳舞，但掂量一下身后的叶芩就算了，也就眼前这个小崽子，不看眼色敢往上冒。

他竟然还在用那公鸭嗓儿说话，毫不避讳地盯着叶芩的腿："可你没法跳舞。"

苏倾感觉到抵在腰上的手杖在缓慢地移动，仿佛一只手反复不轻不重地按压她腰上的某一处，她一句话也说不出来。

她不知道的是，叶芩正在想办法控制自己，不是因为今天是他大嫂的大场面，而是因为旁边有只谨慎的小鸟，让人一吓就惊飞了。

这么想着，他有点好笑："那也轮不到你。"

小毛孩嘴又一动。为避免他再吐出什么不该说的来，贾三赶紧上去搡他："你怎么跟五少爷说话的？"

苏煜哪受过这种委屈，两个人眼看着拉扯起来。

吴雨桐也追上来，把苏煜拉开："阿煜，你在干什么？"

贾三决定自己当这恶人，他无赖地一笑："三妹妹，把您的客人看好。"

吴雨桐不跟这恶仆一般见识，只是知道叶芩是出了名的阴郁暴躁，从小她就不敢靠近这个远房表哥。她拉住苏煜不放："跳舞哪有强求的，我们到那边去吧。"

苏煜觉得自己受到了莫大的侮辱，他死死盯着苏倾，发现她眼里没有丝毫愧疚之后，气得扭头跑出了灰房子。

"哎，苏煜！"

顶灯打在叶芩眉骨上，他的侧脸显得更加锋利瘦削。他今晚的话已经说到头、说到极致了，就像披着人皮装文明人的狼，实在演得累了，一丛睫毛疲倦地覆下来："去送送苏大少爷。"

贾三一听这称谓，悟了，追出去扭送苏煜回家，省得这个定时炸弹突然爆炸。

叶芩的手杖放下来。苏倾看到他捏鼻梁骨，捏得狠而烦躁，就知道他头疼又犯了，她把脸凑过去："叶芩……"

他的脸埋在手里，脸抬起来的时候眼神有点涣散，说话也是下意识地说："吵。"

苏倾将他推出后门，推到香草花圃里去。现在夜深了，外头安静得只有蟋蟀唱歌。

苏倾看着他，焦灼得胸口发烫："对不起。"

叶芩听她道歉，蓦地睁开眼睛，把手杖往香草田里一戳，上面挂着的领结荡来荡去。

他两手撑在轮椅扶手上，轮椅承了力，发出"吱吱"的声音，他的手臂因用力而抖，慢慢撑着自己站了起来。

苏倾从第一次救他时，就知道他能走。她从来不说破，此刻也没有伸手去扶，怕他恼。

他韬光养晦，极善藏拙，在轮椅上一坐这么多年，他也没有办法。

苏倾不知道他站起来干什么，下意识回头慌张地看后院入口，生怕有人看见了他。

叶芩站起来比她高一头，影子投下来，苏倾回头一看，看见他低头把西装扣子随手扣好。

苏倾开始小声催他：“要是没什么事，还是快坐下吧。”

少年的表情看不出有什么变化，他的眼珠好像碎了的琥珀，有什么东西在一星一星地闪烁。他扬起下巴，态度似乎很高傲。他伸手做了个郑重的邀请姿势，可是神情好像在作弄她：“要是不跳，今天就委屈你了。”

苏倾万万没想到他要跳舞：“现在？在这儿？”

叶芩的目光颇不耐烦。

苏倾凑过来，把手放在他没什么温度的掌心，刚一碰到，就好像接通了什么电源，脸色蓦地全红了。她老老实实地说：“我不会。”

叶芩根本没有搂她的腰，手在离她衣服一厘米的位置停下了，苏倾惭愧极了，原来跳舞这样文明的。她赶紧也把搭在他肩上的手掌脱开，她额头上冒了一层汗，不知道该不该把他掌心里那只手也抽出来。正这样想，他就已经一把虚握住了。

他身上的气息一片凉，不像她浑身冒火，可是他的手心也有点潮。苏倾惊觉原来他也是紧张的。

“你退吧。”他垂着眼。

苏倾退了一步，他慢慢地迈出第一步，他的腿依旧很僵硬，步子迈得很难。

她又退一步，他再迈左脚，迈得稍微快了些。苏倾看不到他后面，蝴蝶骨处的两弯汗水直湿透西装外套，好像那里长过一对被砍掉的翅膀。

叶芩发觉苏倾的慢，她一直低头看，判断他走得稳不稳。他看着她的发顶，还有隐约可见的暗红色的嘴唇，还有那一对摇摇晃晃的耳坠子。

她的脖颈和露出的后背像是奶油，温度一高就要融化，融在他手里。

稍一分神，下一步他便往前摔去。

瞬间，苏倾结结实实地抱住了他，也用身体撑住了他。他的衣服贴在柔软的身子上，那么软，他怀疑自己就这么下去会把她的腰肢压折了，毕竟是将化的奶油。

可是没有，她的骨头是软的韧的，就像风吹不倒的秧苗。苏倾的肩膀抵着他的胸口，手臂搂着他的背，搂得那么紧，有她在，即便她粉身碎骨，也不会让他倒下去。

就这样僵持了片刻，他已经勉力立直了，稍稍推了推她。苏倾很敏感，即刻将他松开。

她像什么都没觉察到似的，把他撇得干干净净，眼神也干干净净，仿佛多想一点都是亵渎：“我刚才绊住你了。”

他与她目光一对，不再胡闹了，就势坐在轮椅上，有种精疲力竭的滋味。从那样的怀抱里挣脱出来，好像比他走上几百步还要费神。

舞会还没结束，二人便已经逃了。

老宅和那座歌舞升平的灰房子像两个世界，这里的人要么还在舞会上玩闹，要么已经安然入睡，四周静得出奇。

苏倾轻手轻脚进了叶芩的房间，外面的廊上只有一盏风灯照亮。

贾三就站在楼梯上等，好半天才把叶芩的轮椅气喘吁吁地搬上来，回头一看，吓了一跳：叶芩在自己走楼梯，走不稳干脆就上手爬，竟然没发出一丝声音。

他抬起头，双手还撑着地面，西装外套扣子扣得紧，胸口撑开一个钝角，看得见里面的衬衣已经湿透了。风灯的光摇晃着落在他充满光泽的黑发上，光怪陆离，像是某种四脚凶兽化人的刹那。

叶芩看他的眼光又淡又凉："你看什么？"

贾三赶紧扭过头去，心脏狂跳，他哪敢乱看。

他看见苏倾站在房间里，窈窕的影子背着光，看不清楚神色。原本他觉得玻璃娘娘太过分了，只是远远地看，都不过来扶一把。

现在他觉得苏倾是对的。叶芩不需要任何怜悯，他想做的一定都能做到，哪怕是爬着走。

见叶芩又挣扎着爬上了轮椅，苏倾这才转过身去，借着书桌上搁着的小镜子，把耳朵上的一对耳坠小心地摘下来，把镯子放下。

礼服背后的开叉露出她还未真正成熟的背部曲线。

叶芩就停在门口，视线微微错开："关门。"

苏倾扭过头，见他的脸笼罩在昏暗里，有些迟疑地走出来。

叶芩还定定地看着她："换衣服，关门，以后都这样。"

谁都得关在外面，包括他。

苏倾只得一拉门，把他和贾三关在外面，心一横，顺便抬手把门给锁了。

叶芩听得锁芯子响动，忽然无声地笑了一下，不知道在笑什么。

苏倾刚把扣子解开，忽然听得外面有急匆匆的脚步声。

一个嬷嬷嗒嗒地跑过来，直喘粗气："五少爷，不好了，大少爷和二少爷刚、刚在舞会上突然宣布要分家，那边已经全乱了！"

贾三吓傻了，好半天才惊讶地"啊"了一声。

嬷嬷看着叶芩，她想叶芩或许会问，叶老爷同意没，六姨太太知道不，再不济也该问一句我以后跟谁，毕竟三女四女已外嫁，要不找好了婆家有个去处，家里还在念书的只有他了。

老大老二都是豺狼虎豹，能抠出来多少给他娘俩留下呀！再说了，六姨太太抽烟那么凶，那是要把家底抽光的。

可是叶芩安静地盯着她看了一会儿，低下头："嗯，下去吧。"

她登时急哭了："五少爷，您咋不问一句哇？"

叶苓反问她："这家里要是还有人拦得住，你还找我说什么？"大少奶奶过生日，请了那么多不相干的人来凑在一起办舞会，为的不就是让这个决定为众人见证，覆水难收。

贾三说："小的老早就觉得大少爷和二少爷有这个意思了，不过现在平京刚稳定下来，这就分了，也太急了，往后谁说得准呢。"

忽然又是一阵踢踢踏踏的脚步声，二少爷醉醺醺的声音径直喊起来："五弟呀……"

他摆摆手，赶那婆子离开。

二少爷边喘气边说："这楼梯又黑又窄，恁难爬，以后到平京，哥哥带你住洋房去。"

叶苓没作声。

他的醉意也不知是装的还是真的，弯下腰揽着叶苓的肩膀，似乎同他很亲密的样子："那位苏小姐呢？"

叶苓说："送走了。"

贾三说："嗯，小的去送的，送到大路上，有车来接呢。"

叶苓在黑暗中剜他一眼：贾三慌了，说多了。

好在二少爷没生疑，只是拍拍他的背："走廊里黑，咱俩进屋去说？"

叶苓说："屋里正通风，冷。就在这儿。"

苏倾的手指就搭在门锁上，趴在门板上听，心里懊恼自己刚才要机灵把门锁了。

二少爷碰了个钉子，也不生气，叶苓一直这样冷情冷性，谁的面子都不给，惹急了反咬你一口，就是个狼狗脾气。他觉得鹤知说得太对了，这种人根本没法住在一起。

他点一根烟叼在嘴里，把烟盒晃一晃："来不来？"

叶苓没吭声。他抽了一支塞他嘴里，叶苓就含着，身子一动不动。

二少爷笑了："哟，还等着哥哥给你点烟呢。"

叶苓垂下眼，用下齿弄着烟上下左右地摆动，那作态简直不像个富家子。二少爷一方面觉得他混，一方面觉得他挺有意思：混总比优秀好，混的好卖。

他主动凑过来给叶苓点烟："知道了吧，咱们家要分家了。"

"嗯。"

"老五你还上学呢，跟大哥还是二哥还是留下跟爹呀？"

叶苓忽然剧烈咳嗽起来，咳得肩膀颤动。二少爷吓了一跳："你这不会抽呀！"

趁这嘈杂，苏倾一把把锁芯子给拧开了。

贾三说："可不嘛，六姨太太抽福寿膏那么凶，五少爷自小怕这带烟的玩意儿。"

二少爷让他彻底闹糊涂了，赶紧拍他背："不会抽你接什么？"

叶苓还在抽气，贾三讪讪地笑："这不是二少爷敬的烟嘛，哪儿能推。"

二少爷觉得都有点感动了，同时心里的底气更足："老五你放心，不管别人待你如何，二哥是绝不会丢下你不管的。二哥分到手上的，都分你一半。”他甚至还说，“到时候你要跟那苏小姐结婚，二哥和二嫂给你出钱大办。”

火光明灭，叶芩好像在笑：“……你能供着我妈的福寿膏吗？”

那就是得连他妈也一起养着。二少爷又想，照六姨太太那形销骨立的样儿，也抽不了几年了：“……嗯啊。”

叶芩又说：“我要回平京。”

“当然。”二少爷缓缓吐一口烟，缓缓地说，“平京好啊，比这穷乡僻壤的好多了。”

“没了。”

二少爷一怔：“你呢？”

“我不要。”

“你上学呢？”

“不上了。”

二少爷盯着他瞅。叶芩也看似认真地看着他：“我这样的，上学有什么用呢？”

二少爷想，他倒清楚——叶芩一向清楚，说的话虽然不好听，但一定实在，这也是他比别人都强的一点。趁着他和苏小姐还相好，早点到平京去也好，省得再生变数。

于是就这么定了：“通风通好了吧？二哥送你回房间。”

说着就去推门，门已经开了个缝，贾三想冲上去拦，叶芩冲他使了个眼色，他退后了。

窗户敞开着，冷风呼呼地往里灌，屋里又冷又暗。二少爷看着叶芩转着轮椅进屋，他轻轻地回了一下头，似乎平静，又似乎诡异地笑着冲他说：“二哥晚安。”

他觉得五弟和五弟的房间都太过阴森了，打了个冷战，转身回去了。

叶芩慢慢转着轮椅进去，绕着房间转了个圈，来到衣柜前，把衣柜门轻轻一拉，柜子里安静地窝着小小一团的苏倾。

她坐在云朵似的裙摆里，好像花苞绽开后坐在花心的仙子，头发拆掉了一半，卷曲的黑发披散在肩头，手里捏着那只琉璃发卡摆弄，正抬起乌黑的眼睛看他们。

贾三头疼地说：“这可咋办？”

叶芩又转轮椅。苏倾一把拉住轮椅把手：“别出去了。”她的声音压得很低，今天是个不眠之夜，万一又有别的人折回来找他。

叶芩扭头对贾三说：“那你出去。”

贾三：“……得。”

门“咣当”一声闭上。叶芩好容易吱扭吱扭地把轮椅背过去，苏倾就叫他：“叶芩……”

他只得吱扭吱扭地又扭回来。

苏倾脸上不知是热的还是闷的，通红的一片，仰头看着打开的柜子门，长睫底下眼珠闪闪的：“帮我，关门。”

“……”学得倒快。

他拉住门把手把苏倾慢慢地盖住，心里想，原以为这柜子不大，可竟然能坐得下一个苏倾。

里面窸窸窣窣的声音，像猫爪子在挠人心。

不知过了多久，她把柜子门推开钻出来，衣裳已经换好了，嘴唇上的红也擦得干干净净，正在背后扎辫子。她回身弯腰一取，手里抱着换下来的洋装，仔细看上面钉着的珠子："不知道这衣服该怎么洗？"

"用不着洗。"

苏倾茫然地看着他。他说："你拿回去。"

苏倾说："这不是你借我穿的吗？"

叶芩顿了顿，忽地笑了："是，还回来。"

苏倾伸手要递他，他不接，看着她："给我挂衣柜里去。"

苏倾转身打开衣柜，小心翼翼地把这条长长的礼服挂好，在一排深色的西装和长衫里面寻了个角落塞进去，那条裙子好像误入了别人的领地一样，格格不入："这样？"

叶芩还看着她的背影，眼底含了放纵的笑："就这样。"

第三章　黄粱引

（一）

三更天，外面还在吵嚷，隐约传来咆哮和女人的哭泣。贾三从楼下跑上来：“都快打起来了。”

叶芩坐到了床上，忽然闻到被子上有久违的太阳的味道，禁不住嗅了一下：“嗯。”

贾三心里着急，但他不敢碰痛点，只拣旁的说：“苏小姐也是，一个乡下姑娘，怎么有胆信口乱说呢，万一让二少爷查出来……”

叶芩掀开枕头，赫然发现底下的东西没了，语气也冷了起来：“查出来又怎么样。”

贾三深吸一口气：“少爷真要跟二少爷走？”

叶芩躺下去，闭上眼睛，不理他。

“那您为什么不要他匀的钱？虽然他未必真心，但……但您也不能不上学呀！

“您才在平京待过几年？那里当初什么样，现在什么样？一个认识的人也没有……”

叶芩拿手掌盖住眼睫，那意思是他要睡觉。好像这一夜天崩地裂都跟他无关，命运走到分叉口，他也需得睡这一晚。

屋里灯灭了，贾三还在黑暗里喃喃：“偌大一个家，说分就分了，今天还在一块儿吃饭，明天就各奔东西，真是比动物还不如。

“我光记得平京到处都是拿刀拿枪的，大家都往这儿跑，旻镇山清水秀的又安逸，每天晚上都能睡囫囵觉，现在要回去，谁知道还会不会打仗？”

他一边说，一边开始默默淌泪。

楼梯上响着踢踏踢踏的脚步声，嬷嬷仆人来来去去，有人去拿药箱，好像说谁昏倒了，更多的是在匆忙收拾东西，大少爷准备得早，明天下午就要出发了。大少爷和二少爷占大头，谁都想跟他们走。

叶芩没打断他，他知道贾三心里慌。他三四岁就来了旻镇，在这里长成大人，从来没离开过这个安全的家。

贾三又固执地问：“少爷，旻镇到底哪儿不好？”

“旻镇不会见报。”

“平京整天打来打去见报了就好？”

叶芩有点困了，声音迷蒙不清：“要是想躲，一辈子都可以待在这儿。”

“那为什么不待在这儿？”

“我不想躲。”

外头三姨太太哭得厉害，她没孩子，根本分不到钱。连夫人也跟着一起哭，她生养了两个女儿，可都出嫁了，怕也只能守着老而见弃的丈夫过日子。至于叶老爷……叶老爷说什么，已经无足轻重了。叶家人的骨血里，似乎天生带着一种兽类的强势和冷酷，雄兽相斗，六亲不认。

等贾三的哽咽都渐渐消了，叶芩才开口：“你跟我走？”

贾三说：“那当然。”他忽然觉得有点不可思议，因为叶芩竟然由着他要了这么长时间的性子，“小的只是想，大家都在一起的时候多热闹。”

叶芩似乎很轻地笑了一下：“弱的才喜欢抱团取暖。”

“那强的呢？”

“强的都各凭本事。”

贾三只想拿什么绊住他：“那苏小姐呢？”

叶芩没说话。

“苏小姐待少爷那么好，还给少爷晒被子，苏小姐呢？”

“……”

他闻着那股太阳味，不知道什么时候睡着了。他梦见苏倾，在灰房子背后的那片香草花田，在及腰高的香草背后，苏倾伸手抱着他，礼服与礼服摩挲。他把苏倾抵在灰房子背后的墙上，手掌攀上了苏倾的腰，果然细得仿佛可以纳入掌中，再用五指玩弄。顺着那腰线往上，蕾丝的洋装下，能感觉到她的体温。苏倾一动不动，黑夜里，她紧张又安静的黑眼睛望着他，温软的身子在缓慢地随呼吸起伏。她不会拒绝，那双眼睛什么都知道，什么都包容，什么都接受。他看不得这双清澈深沉的眼睛，伸出手掌遮住了它们，手掌下面露出她小巧的鼻尖和涂成暗红色的嘴唇，一点不干燥，像质地细密的丝绒，但更像饱满诱人的樱桃。冰碗里的樱桃是毒酒淬过的，他这一辈子最怕樱桃。可是他觉得此刻没什么能拦得住他横冲直撞的欲望，他将脸倾过去，含住了，吃掉了。死了，那就死了吧。

苏倾是在离家十余米的角落里找到苏煜的，他还穿着舞会上的衣服，小狗一样坐在土台阶上，靠着泥墙打盹。苏倾碰碰他，他蓦地转醒，瞪红了眼睛，半晌没说出话来。

他任性地跑出来，本以为苏倾会放下一切，马上追出来，没想到等了许久也不见人，他笃定的心里蓦地着慌了。不一会儿里面又出来了一个贾三，勾肩搭背地将他强押回家，路上说了半天，竟只有一个意思：苏倾往后就是叶家护着的了。

他冷冷地看着苏倾："你那个腿断了的朋友，原来就是叶家的五公子。"

苏倾站着，低头看着他，黑暗里的眼珠闪闪的。

她在神游：糟糕，在舞会上这么一闹，把找林小姐的事情给忘了。

"原来妈说不让你见的人就是他……"

苏煜喃喃，他想起叶芩看着他时那股睥睨万物的骄矜劲儿，哪怕他就是个残疾，也根本不会拿正眼瞧他……

都怪苏倾："你什么时候跟他搞在一起了……还打扮成那样，你知不知道羞耻？"

苏倾的目光划过他身上的西装，对上他的眼睛："你不是一直喜欢洋装，喜欢开放，怎么今天却觉得羞耻？"

苏煜恼羞成怒："你瞒着家里，跟别的男人纠缠不清，还有脸狡辩！"

"你同三小姐可以交朋友，姐姐凭什么不可以和叶家少爷交朋友？"她的目光真似有点疑惑，犹如不解世事的顽石，冷冷地映出月光，"你不是日日吟诵平等吗，平等是什么意思？"

苏煜觉得有点震惊，因为苏倾低眉顺眼，从不会这样反驳他，站在他眼前的人，让他觉得有点陌生，只有那柔和的语气让他确定，这还是不识好歹的苏倾。叫冷风一吹，他清醒了：他本可以直接冲进屋叫醒母亲，让妈拿家法好好教训她的，可他没有，竟然在后半夜里蹲在门口等着她解释，好像他多稀得这解释。他刚才是不是有病？

"你利用我出门，转头就把我丢下，你还当我是你弟弟吗？"

苏倾叹了口气，接下他的话头："苏煜，你是我弟弟，只是我弟弟。"她拉开门，自己走进去。

苏煜这次听懂了，她的意思是，他管得太多了。

眼看苏倾就要往里走，他崩溃了："我现在就告诉妈。"

苏倾替他把门打开，回头冷淡地看着他："去吧。"

见他僵在原地不动，便给他留下了门："要是不去，早点进屋睡吧。"

苏倾知道，她和苏煜之间的梁子就此结下了。他在家里不再正眼看她，也不跟她说话，宁愿被先生责罚，也再不肯让她帮忙抄课文了。苏倾权当没看到，她不与小孩子置气，还感激他没把舞会的事情和盘托出，不论是出于什么样的目的。

只有苏太太觉察了一点端倪，心里着急，好几次暗示苏煜对姐姐好些，他都大吵大闹，她也喏喏不敢再说了。这日信客又来，捎来平京苏家的一点补贴，顺带着捎了一小袋平京的生栗子，说是路上见了买的。他来的时候，苏倾正在外挑水，家里只有母子俩。

旻镇人不兴吃栗子，苏太太馋平京的炒栗子很久了，喜出望外，打点了信客以后，就着铁锅把栗子炒熟了，把苏煜叫来。

她心疼苏煜生在旻镇，从没吃过平京个头巨大、甜香软糯的栗子，也没见识过平京的繁华。她捞了一盘子让苏煜尝，看着苏煜笨拙地剥，急忙夺过来，被烫得直换手，吹着："儿啊，仔细烫。"

苏煜尝了一颗。苏太太边剥着吃边笑着问他："好吃吗？"

苏煜点头。二人面对面坐着边剥边吃，吃了好一会儿，苏太太突然想到什么："给你姐姐留一点。"按年纪算，苏倾应该也没吃过。

苏煜一听是给苏倾留的，抓起来全拢在自己一边："妈，我爱吃，全留给我吧。"

苏太太心疼儿子，想了一想，妥协道："那好吧，下次再有，可一定要给姐姐留。"

苏煜就一口气把栗子全吃了，最后有个剥不开的，像块顽石，他就留下了。

等苏倾回来，苏煜冷眉冷眼地同她说了这些天第一句话："帮我把这个剥开。"

苏倾低头一看，桌上一片狼藉，满是栗子壳。见苏煜求助，当下没想别的，接过来掰了几下，没掰开。她想到个办法，拉着门，用门框和门一夹，没想到那栗子直接爆炸开来，炙热的铁砂迸溅出来，她的左手手背即刻红了一大片。

苏煜也吓了一跳，可是苏倾把栗子递给他的时候，他也不知道该说什么。她的手指碰到他的手，他顿了一下，第一次觉察到她的手原是有温度的，身上还有一点淡淡的香气。

苏倾就像家里的桌子椅子、花儿草儿骤然冒了头，成了精，以往从不注意的，现在千倍百倍地被注意到了。

苏倾用凉水冲了冲手背，见它不红了，用袖子掩起来，匆匆出门了。

叶家大变，叶芩能平静坐在湖边的时间也变得很短，他远远地看见苏倾往这边跑，像一头敏捷的白鹿，风把她的碎发扬起来。苏倾气喘吁吁地站定在他跟前，他拍拍身旁的石头，似乎有点责怪："跑什么？"

苏倾坐在他旁边，半天才出声，声音小小的，似乎在争辩："迟了。"

叶芩瞥她一眼："迟了就迟了，我又不会罚你。"

苏倾低下头，问："贾三呢？"

叶芩顿了一下："在家帮她收东西。"

苏倾知道"她"是谁，以叶芩的性子，本来可以把她丢在家里的。或许叶芩还是念着六姨太太的。"你有没有想过让你妈戒了福寿膏？"

叶芩侧过头看她，眼里似乎含着一种迷惑而冷淡的笑意："为什么要戒？"

"她不是喜欢抽吗？"叶芩很轻地说，"我让她抽个够，抽到她死，想必她也喜欢这种死法。"

说完他就后悔了。他觉得自己太直白地说出来，恐吓着苏倾。可苏倾还像以前那样用一双黑眼睛静静望着他。有的人的眼睛是镜子，能从中照出自己；有的人的眼睛是深渊，看着她就忘了自己。但是苏倾的眼睛既是镜子也是深渊，有时候他觉得她什么都明白，有时候又觉得她浑然不谙世事。

他看不下去了，忽地说："我腿疼。"

苏倾的眸子一闪，霍地钻了下去，蹲在他面前：“哪里？”

她的头发绒绒的，长长了不少，被风挡在眼睛前面，纤细的手指很轻地撩开他的裤腿，歪头去看，然后她怔住了。额头上有细微的冰凉触感，带着发丝慢慢地滑动，直滑到耳后。她浑身一阵细密的战栗，她向上抬眼，看到宝蓝色闪着光的钢笔的一截。

叶芩不动手，只用笔梢把她的头发别到了耳朵后。他低着眼，少见他这么凝神的时候，像在精心雕刻一块玉石。

待他的笔一离开，苏倾赶紧理了理头发，袖子一滑，叶芩蓦地瞥见一块红。他一把拎过她的袖子，拉到眼前：“手怎么了？”

苏倾有点紧张地看着他：“剥栗子烫的。”

叶芩扯着她的袖子，觉得有点好笑，她这样的人，竟还有这么馋的时候：“栗子好吃吗？”

苏倾迟疑了一下：“没吃过。”

叶芩一把将她的袖子甩下去，苏倾不知道他为什么忽然变了脸暴怒，他却好像即刻后悔了，又迅速弯下腰把她的手腕抓起来。自跳舞以后，这是他第一次触碰她的手，微凉含茧的拇指，按住那块脆弱发红的皮肤上，苏倾皱了皱眉头。

叶芩侧眼瞥她，脸上一丝笑也没有。苏倾从他眼睛看出些惩罚的薄凉：“疼吗？”

“……疼。”

“既然知道疼，往后不该做的事情别做。”

苏倾低着眼，第一次觉得他比拿戒尺打手心的夫子还迫人。

叶芩见苏倾睫羽一下一下地动，又柔软又无辜，拇指按不下去了。他根本没用力抓，可苏倾任他作为，不知道抽手。他忽然恨起她来，若是别人碰她，她知不知道拒绝？

他看着她的发顶说：“我要去平京了。”

苏倾顿了顿，没抬头：“我知道。”你的人生，是从平京才真正展开。

叶芩松开她的手：“明天早点来。”

苏倾走在一片石磨小巷里，墙头上垂下浅粉色的喇叭花。一条路上的人在说话：“你知不知道二丫的傻病好了？她会敲门问人要梨呢！”

另一人说：“人家说可以吃，她才摘，好规矩的二丫。”

又有人哈哈大笑：“她只是会要梨了，其他时候还傻。”

苏倾听着，走进林木的阴翳里，头顶的树冠生得又密又厚，溢出墙来，蝉鸣声一日比一日响了。繁华落尽的叶家就像一只死兽，转眼间让一行行蚂蚁蚕食搬空，只剩庞大的骨架。

二少爷叉腰站在叶芩房间里，感觉有些郁闷，因为叶芩一定要把屋里那半旧不新的衣柜和其他行李一并带走。

他伸手晃晃衣柜，仰头往上看："老五呀，我看这柜子也用不了几年了，等到了平京，哥哥再给你买新的不行吗？"

叶芩坐在他背后，睫毛上落了一点光："屋里别的都不要，我只带这柜子。"

"你真是。"二少爷觉得好笑，转头看见塞得满满当当的书架，这些他全不要，简直买椟还珠，没甚志气，"你带着个破衣柜的工夫，能带多少书了。之前你托你二嫂千辛万苦搞到的那两本书，你也不带了？"他从上扫到下，又从下扫到上，想把它们找出来，"怎么没看见？"

叶芩淡道："我送人了。"

天蒙蒙亮，外头狗吠三两声，苏倾就跑出了门。

刚睡醒残留的一小抹红，印在白而纤巧的脸上，好像扫了淡淡的胭脂。

清晨的湖面上起了一层湿冷的薄雾，苏倾早了近半个时辰出发，可临到湖边，雾中已经有两道朦胧的影子。

其中一个见了她来，指指她，坐着的那个扭过头，披着满身晨露望着她，好像在检查她跑没跑。

船下午就开动，汽笛声一响，旻镇的叶家就四分五裂，如朝露腾空。

苏倾站到了叶芩面前，看见叶芩怀里放着一个满当当的牛皮纸袋，就从口袋里鞠出十几个小香包，转身倒在贾三手心："要是睡不着，就挂一只。"

一股混合着药香的清香飘出，贾三见那香包上的布料都是衣服边角料，显然是连夜赶出来的。这是旻镇的布，旻镇的香草，旻镇的姑娘。

苏倾看见他眼圈发红，没逗他说话，刚转过身，怀里冷不丁被塞了一大包东西。她下意识伸手托住，沉甸甸的，是那个牛皮纸袋，一股带着热气的香甜冲上鼻尖。

一道阴影笼罩了她，叶芩站得笔直，骨节修长的手盖在纸袋上面。

"不许给别人，也不许给狗。"

说完，他把手拿开，袋子里面满当当个头饱满的栗子露出来，每一颗当中都拿刀楔开了一条缝，在蜜糖爆炒中绽开澄黄果仁的肚皮。

苏倾怀里抱着牛皮纸袋，他忽然发现她手背上烫红的伤痕竟然已经全消了，白皙的，能看到浅青色的血管。是一双时常泡水的手，手背好似一层细腻的雪霜。苏倾说"谢谢"，耳朵尖上的一点红，盘绕不去。

别人给她的伤害，一夜之间便抹去，可是爱与欢愉，在她身上却久久不散。

他想，要是亲吻她，从上至下，一寸一寸，把她整个儿地浸在爱里，会怎么样？

……

苏倾听叶芩交代，清晨的风带着湿气扫过脖颈和肩膀，可是怀里甜香的热气，不住地往脸上扑，弄得她的眼睛也有点潮湿。

他坚持站着，额头上渐渐生了一层细密的汗珠，看着她时，眼睛里似乎也有一层雾，这雾混沌如梦，似乎又爱又恨："只许你自己吃，一次不要吃太多。"

"听到了吗，苏倾？"

船开走了。旻镇上的叶家老宅几乎成了个空壳。

瀑布边的雾散了，苏倾再也不到湖边去了。太阳晒着他们常坐的那块石头，石头上偶尔有只小甲虫爬过，针样细的腿总是打滑，只好张开翅膀飞走了。

苏倾每天晚上擦拭脖子上的圆环，圆环停留在那个弯上，幽蓝的、水纹一样一闪一闪。她想起叶芩那支冰凉的宝蓝色钢笔撩过她的头发，拿根树枝在地上学他写字，等学得一毫不差，再去阴凉处放着的纸袋子里剥栗子吃，她舍不得太快吃完，一天只吃五颗。原来栗子是这么甜的。

叶芩去平京六年，沈轶去边关也是六年。当时她没能等到，这一次，大风刮来，她把双脚作根扎在土里，也一定会等。

（二）

叶家如黄粱一梦散，旻镇人津津乐道了好些日子。苏煜第一个幸灾乐祸，但也总算与她和解，觉得他姐的日子终于恢复正常。

苏倾去挑水时，翠兰正倚在门前嗑瓜子，意味深长地看她："那叶家少爷还不是走了呀？"

苏倾抬起眼，巴掌大的鹅蛋脸上缀着这双乌黑含雾的眼睛，看得人头发软："我妈说兰姨前些日子眼睛花，去看过了吗？"

翠兰愣了半天，才反应过来苏倾拐着弯儿骂她，气得想用瓜子壳扔她。苏倾早已担着桶走远了。

她看着那背影走得稳稳当当，平肩膀，腿修长，衣服里隐约一抹腰又细又韧。苏倾还是那个苏倾，挑水洗衣服磋磨不了她，少爷来了又去，她也没少吃一顿饭。

她怀疑苏倾从来没变过，芯子里还是个木讷没开窍的石姑娘，真是苏太太搞鬼说她坏话。

苏倾走着，心里也想，她什么时候也会这么怼人了，她竟也不知道。原来自己对叶芩的事情，竟有这么在意的。

挑水走到半路，突然降下夏日雷雨，雨点像滚豆子一般从她脸上头发上落下去。路上的人开始往家跑，条石路上溅起点点水花。

只有她是反方向的。有个人撑着把大黑伞迎面走来，她给人让，那个人却径直走到她跟前，停住了："哎呀，小苏，可找到你了。"

黑伞把她的脑袋也盖住，苏倾仰头一看，看到一把花白胡子，杨老头圆圆的黑墨镜上溅上了细细的水珠。

首饰铺的屋檐底下，杨老头把长把伞上的水甩干净。

苏倾把扁担和桶立在一边："您找我有事？"

杨老头又把墨镜摘下来，擦上面的水，有意哼笑："答应了做我的忘年交，我不找你，你就再不来找我？"

苏倾怔了一下，抬头看着他，目光里仍是疑惑。

杨老头柔和道："铺子里要人帮忙，识得几个字就行，不用会算术。"

苏倾一顿，对视的两人均默了片刻。杨老头又说："工钱不多，够你吃饭。"

叶家财政大头流向平京，小镇子上的首饰铺生意能不能维系下去都是问题。苏倾知道，这绝不是幸运，一切恰到好处白送到她面前的，大都因为有人默默无声推波助澜。

杨老头见她半晌不应，也不逼她，他知道苏倾聪明，故而垂下眼，慢悠悠地吸起烟斗："再考虑一下？"

苏倾却忽地抬头："您先上去，等我一会儿。"她连扁担和水桶都没拿，就这样赶着冒着雨跑了回去，远远看着，没入雨帘子的影子小小的。

杨老头有些意外，把烟斗放下，眯着眼睛看。房檐上的水汇成好几线，哗啦啦地流下来。

不多时，苏倾跑回来，怀里的两袋沉甸甸的东西"哗啦"堆在柜台上。她还拿了一页沾湿打了卷的纸，垂下浓密的睫毛，快速铺开，趴在柜台上飞快地写起来。天气太冷了，她悬笔的手发青，有些哆嗦。

杨老头不吭声，拿烟斗杆子把那布包轻轻撩开，里面满当当的都是银钱。

苏倾写完，拇指放在唇边一咬，红艳艳一片印在纸上。她将纸扭过来，朝他推过去："您看看。"

杨老头让这干脆利落的一套动作震住了，低头一看，惊笑了："小丫头片子，野心不小。"

苏倾自己写契，写的竟还是伙资契约。他那手指点点她那钱袋子，语气不经意间放沉："这么点钱，还想跟我合伙做生意？知道我这铺子值多少钱吗？"

苏倾眼里静静的，毫不怯人："加上五少爷给您的，够不够？"

杨老头靠着椅子，抽烟不语，手里捏着那页潦草的契约看。

叶芩走之前，盘下他半间铺子，换眼前这位一个容身之处。他本想着一个小丫头，雇她几年也就算了，其中内情不说，谁能知道？他敢肯定叶芩没跟她通过气，五少爷那人，有些地方张狂外露，有些地方实在含蓄幽微，做了，生怕别人知道是他做的。

哼，等他到老了就知道，真心最好还是论斤称，否则都是付诸东流。

他复又低头看这份伙资契约，错漏之处不少，但骨架齐全，条理极清，她这是在告诉他，她是不好随便糊弄的。那纸上的字，临的是卫夫人，少也有七八年的童子功。

原来这位苏小姐，这才算露了锋。

苏倾一板一眼地说："要是您答应，往后咱们就是一条船上的人。生意不好，先生不必给我结工钱；生意若好，该给我的分成，先生一定算得清楚。"

烟雾袅袅地上升，杨老头默了一会儿，笑出了声。

雨势不减，黄泥水花四溅，黄狗越过栏杆，躲进鸡鸭棚圈里避雨。

苏太太的门让人敲响了，敲门的节奏像啄木鸟似的清脆。苏太太打开门："你找谁呀？"

门外站着个短发的女孩，一双眼睛黑亮。苏太太斜着眼打量着她旗袍外面露出的白生生的胳膊和腿，心里直念阿弥陀佛："你是苏煜的同学吧？"

女孩的眼睛闪闪的，迟疑了一下："我……我找苏倾。"

屋里，两个人面对着面坐着，茶碗里一袅烟雾斜升。

三小姐不太习惯苏太太悄悄打量她的眼神，那眼神里含着好些鄙夷和猜测，好像她没穿衣服似的。

苏太太鞋底也不纳了，专心致志地窥探眼前的人："她不在。那丫头一大早挑水去没回来，我是她妈，有什么事可以跟我说。"

三小姐不知道为什么叶芩让她一定找苏倾当面说，可他既然嘱咐了，她也不敢违背。

苏太太又紧盯着她看，生怕她这股不知廉耻的新风，把苏倾也给带坏了："小姑娘，你到底找她什么事呀？"

三小姐搓着手臂，觉得就这么对坐着，太难忍受了。她尴尬地笑了一笑，随便扯了个谎："呃，上次我见苏倾的舞跳得好看，我想找她学学。"

然后她看见苏太太的笑容立即消失了，脸色变得异常难看："你说什么？"

苏倾在首饰铺里耽搁了一会儿，这才挑着水急匆匆地回家。

雨水打湿的衣服贴在身上，她伸手推了门，刚准备把扁担放下，忽然一股巨大的力量将她扯进了屋里，随后，扁担被人晃了一下，一桶水劈头盖脸、从头到尾地将她浇了个透湿。

辫子被人狠狠扯着，手臂被拖着，跌跌撞撞地拽进了屋里。

水沿着她的脸颊和脖颈向下流。她眼前好半天才有了光，看见了那个"呼哧呼哧"喘气的猛兽，是她身板矮小的养母。

屋子昏暗，沉窒的檀香味道拥塞不出，一排排高高低低的牌位底下，有层层明灭的火光。

苏太太抓着她的肩膀往下压，惊雷般喊道："给我跪下！"

"跪不跪？"苏太太发现她虽然瘦，骨头却是很硬的，竟然直挺挺地戳在那里，"你长本事了啊，苏倾？"

她呼哧呼哧地喘着，匀了一口气，手指头颤颤的，指着面前呼吸样的点点火光："给老祖宗看看，你这个狐狸精小赤佬，怎么明里一套背地里一套的，我养出来了一个什么样的白眼狼啊！”

苏太太的眼睛格外地亮，亮得烧人，好像一头气得发抖的雌豹子。

苏倾侧头看她，脸色有些发白：“妈……”

“你要脸吗？”苏太太再度扑上来，按住她的肩膀，“跪下，给我跪下！”

她觉得这样太慢，弯腰从柜子底下抄起一根棍，这是苏鸿留下来的祖宗家法，别说用，以前她连拿都拿不起来，可是这一刻她如有神力，一下子便挥舞出去。

苏倾立即跪下去了，照着脊梁骨去的棍子“咻”地滚了个空，险些把苏太太带倒。她又把棍子抡起来，忽然听得跪着的苏倾对着祖宗牌位开了口，红光冥冥映着她凝脂似的脸：“谢苏家十三年养育之恩。”

话音未落，她霍地伸手一捋，那细细的手臂在桌上一扫，桌上牌位全仰头栽下来，层层翻覆，灰尘腾起来，好些摔在了地上，发出此起彼伏的响声。

“你反了，反了！”苏太太嘴唇哆嗦，眼睛瞪得奇大，红了眼抡起棍子，“噼啪”一声垫在她脊梁上。苏倾反手挡了一下，右手用力抓住棍子的一头一夺，苏太太哪里夺得过成日里担水洗衣的苏倾，她细细的十指抓得如同生了根，那细骨伶仃的手腕一甩，反将苏太太搡倒在地上。

苏倾顺着摸过去，从排位底下摸到一个泠泠作响的东西，捏在了手上：“我的东西，我得带走。”

苏太太跌在地上，眼睁睁地看见那一圈坠着白玉小兔儿的璎珞抓在她手里晃着，几乎闪坏了人的眼。

当时她只是烧了衣服，见这璎珞值钱没舍得丢，就暂时留着了。

可是她怎么知道自己把它放在牌位下头？

“你去哪儿，你给我回来！”她尖叫一声，挣扎着爬起来追着苏倾跑。苏倾也急了，走路脚下打飘，脸色白得吓人，她把璎珞往包裹里一塞，又往厨房去了一趟。苏太太一瘸一拐地追到了厨房，几乎要昏倒，尖叫着骂：“好啊，锅你也带走！”

苏倾面色苍白地走到门口，水顺着辫子嗒嗒地滴下去，听了这一声，忽而折回去，将剩下的一桶水提起来，照着苏太太的脸泼了过去。她不习惯这举止，动作笨拙，多数泼在了外头。

苏太太让这冷箭一般的雨一淋，两眼一翻，真以为自己在做梦。

外头也是稠密的雨，她肩上背着沉重的包裹，包裹里一只铁锅的柄伸出来，真似巨大的龟壳一般倒扣在她背上。空气里靡靡一层雾，她像发烧一样漫无目的地走，不知什么时候走进了林子里。小动物踩着腐烂的落叶快速掠过，一股湿漉漉的泥土味道。落叶里隐蔽着一座小木房子，门口倚着一个穿碎花小袄的小小的人影。二丫倚在屋檐下，大眼睛闪烁着，温柔疑惑地看着她，仿佛能盯着这天地一整天。

苏倾沾湿的头发贴在额头上，目光安静而飘忽，见了这样一双眼，仿佛看见了这世上少有的亲人："能让我进来避避雨吗？"

二丫动了，一把拉住她冰凉的手："快进来。"

苏倾见她神情亲热，毫不见外，也如同梦中："你还记得我？"

"我记得你呀，你是神仙。"

苏倾放锅的手一顿，有些赧然："我不是神仙。"

二丫嬉笑道："就是你，你又想吃梨了。"

苏倾感到胸口一阵阵地发烫，二丫指着她的领子说："还不是神仙？你看，都发光了。"

她低头看见透出衣服的一弯蓝光，呼吸一般闪烁着向上蔓延，心里觉得有些诧异地好笑。幽冥之主的性子，似乎十分跋扈，竟连他给的这神器都睥睨规矩，只管自己舒坦，那些尊卑伦常，休想绊住了他。

杨记首饰铺的第一笔生意，是小孩子的长命锁。

旻镇人穷，但不会短了小孩诞生时的礼物。天气暖和起来，出生的孩子也变多，杨老头没有再进玉石手钏，先打了一批新锁。

苏倾跪在地上，用那一双写秀气小楷的手，在半尺长的大幅黄纸上挥毫写大字，一跪就是几个时辰，把"吉祥如意"攒成个四四方方的块，像一枚板正的印章。

杨老头抽着旱烟，看着苏倾不仅写，还能画，锁子上的莲藕、金鱼、小蝙蝠，她看一遍就能描在纸上，将那张巨大的纸勾得满满当当，再从二层窗口悬出去，在窗台上压两块砖头。

风把黄纸吹得贴在屋檐上，上面的大字显眼，马上就引得地上的人们仰头观望，一抬头，看到窗口飞快地缩进去一个姑娘。

杨老头笑："你这是给我悬了块招牌。"第一批长命锁三日内售空，人们的步子来来去去，只和杨老头说话，不理苏倾，充其量打量她几眼，窃窃私语一阵。

苏倾在白日里沉默，等客人走了，她手里不是拿着块抹布，就是捏着鸡毛掸子，上上下下地洒扫，把柜子擦得纤尘不染。

杨老头看了夭寿，皱着眉拿烟杆敲敲柜子："祖宗，歇歇吧。你是咱们这儿二当家的，谁支使你了吗？"

二当家的抬起小脸看看他，不知道听没听见他说话，忽地伸过抹布，仔细地把他磕出来的烟丝抹了去。

杨老头不敢再磕了，放下烟斗逗她："苏老板，做生意有意思不？"

苏倾正在擦首饰架子，闻言只是"嗯"了一声。她做事的时候很专心，一双宝珠似的眼睛里好像只剩下了眼前的活计，像狐狸类俊俏灵光的动物，竟让小玩意儿迷了心窍，有种单纯的娇憨之趣。

杨老头惋惜似的摇头："做生意哪，脸皮薄，吃不着，你这样的，这辈子就只能当个二当家的。"

苏倾搁下首饰架子笑了笑，没作声。她从苏家逃出来，苏太太当晚就气病了，街坊邻居听说她在首饰铺，都来劝她回去，她不要家，就是大逆不道。翠兰家里还请了跳大神的，要给她驱邪，让杨老头关店赶了出去，临走时还咒她嫁不出去。镇子小，坏事传千里。她不抬头都有人说三道四，要是脸皮厚些，恐影响铺子里的生意。

夕阳的余热透过玻璃窗漫进来，女孩的皓腕上落了一层金黄颜色。杨老头借着光哗啦哗啦地翻报纸，忽地把报纸扭过来，点一点："你不是识字吗？喏。"

苏倾低头一看，巨大铅字向下排列，仿佛一个个黑色的骷髅头：总统换选，建立仅一年的平京新政府，再度陷入混乱。苏倾心里一紧，可这一切，距离旻镇这个平静的下午似乎极其遥远。杨老头尚在事不关己地晃脑袋："皇帝换了，这天恐怕要变。"

晚上，二丫与苏倾挤在一张小床上睡，苏倾躺在侧边，二丫热乎乎的身体总是贴过来，环抱着她的腰，让她想起留在家里的那只黏人的黄狗。二丫很喜欢苏倾，自她来以后，屋里每一天都干干净净香喷喷。还有，二丫搂着苏倾的时候，才认识了什么是腰，原来人长得不是一个筒，是中间细、两头宽、有凸有凹的，她喜欢搂着苏倾那凹的部分，把自己舒服地嵌进去。苏倾身上有一股好闻的香味，是要把鼻子贴在她脖子上用力闻才闻得到的。

小木屋不防潮，被子上似乎一拧就能拧出水，夜晚又湿又冷，所以苏倾默许二丫搂着她，还伸手给她露出的后背盖紧被子。可她的手总是好奇地乱动，像一条扭来扭去的小蛇，苏倾在黑暗里一把抓住她的手腕，睁大眼睛，轻轻道："哎，这里不能摸。"

二丫像被捉住的犯人一样挣扎："为什么呀？"

见苏倾不作声，就没甚意思地放下手："那好吧，神仙是不能摸的。"

苏倾有点想笑，可她连笑的力气都没有了，几乎立即沉入梦境。

小木屋顶上有道梁，下面拴着锁链，可以悬着锅在火坑里烧，这方法是她上一辈子在小画册里面看到的，当时她娘说，老祖宗就是这么做饭的。

苏倾从家里跑出来，油都没有，从没想过有一日会按老祖宗的办法做饭，却连饭也做不熟。

劈柴做饭洗衣都担在她一个人身上，顿顿饭食不知味，二丫胖了，苏倾却显见地瘦了，下巴越发削尖，人好像风一吹就要倒。

三小姐在午饭时间找到了小木屋。当时铁锅里炖着土豆，一股股呛人的烟从柴火堆里涌出来，马上填满了屋子。苏倾被呛得咳嗽，一会儿蹲下扇风，一会儿忙不迭地看着锅。

三小姐四下看看，眼睛瞪得铜铃般大："天，这里能住人吗？"

她还不知道如今这局面，都是因为自己一句话，此刻一把握住苏倾的手："走吧，去我家里住。"

算起来，她们两个没打过几次照面，却好像很熟了一样。

苏倾抬起头来看了她一会儿，垂下眼，忽然笑道："三小姐快上高中了吧？"

三小姐怔怔地盯着她看："我下个月就去英国念书了。"她马上接道，"但没关系，我家里人都是顶顶海纳百川的，他们一定喜欢你。"

苏倾乌黑的眼底沁有笑意："是你的意思，还是叶芩的意思？"

三小姐心里一惊，赶紧说："……那自然是我的意思了。"

苏倾握着她的手，笑起来眼里含着两汪盈盈的光，说："多谢你了，祝你一路顺风。"

三小姐扒拉开纵横的树枝，从树林深一脚浅一脚地踱步走的时候，呆呆地回想着苏倾照看铁锅的画面。跳动的火光照在她苍白的脸上，让人有种错觉，好像她内里的魂魄也正燃烧着一样。苏倾这个人这样外柔内刚，她果然不肯再寄人篱下。

栀子花浓艳的香味在热浪中四溢，六月也只剩个尾巴尖。杨老头一有时间，就从抽屉里小心翼翼地捧出那串璎珞，拿着个放大镜对着光看。

"这可是好东西呀。"

苏倾坐在一旁支着手剥栗子，剥得很专注，阳光落在她发顶上，暖融融的一环金色。

"小苏，知道什么是璎珞吗？妙法华莲，无量光明。骨头是金，缀下来的是珍珠翡翠、玛瑙水晶，这串小兔都是羊脂玉，一点杂质也没有。"

苏倾的眼睛还落在栗子上，问得有些漫不经心："您知道这是谁做的吗？"

"做？"他横了小姑娘一眼，"这不是做的，是上头传下来的。"

"簪缨世家，非富即贵。"他看看那串闪烁着五颜六色光芒的璎珞，觉得可惜，"就不上京去找找？"

苏倾把手伸进纸袋内去摸，淡道："哪有那么容易找到。"

这乱世年间，多的是孤独亡魂，散落游子。

最后几枚栗子滚落开去，那只牛皮纸袋终于见了底。她忽然摸到翘起来的什么东西，拿出来一看，一沓折好的小块红纸，展开来好大一张，红艳艳的纸上写了密密麻麻的小字，乍一看好多年月日，那笔迹刚硬恣意，一字见心。她展着那张红纸呆了一呆，杨老头恰走到她身后，背着手把头伸过来看："哟，谁给你写的求亲聘书。"

一点风从细缝里渗进来，吹动了红纸的边角，窸窣地响，仿佛有人附在她耳边说话，语气冷冽似冰。

他说：不许给别人，也不许给狗。

（三）

这一年，苏煜从初中升至高中，三小姐去了英国，他整个人像被抽掉了主心骨，做什么都提不起兴趣。

他不知道每天浑浑噩噩地上学有什么用，但他更不想回家，自苏倾走以后，他怕看到他妈那张歇斯底里的脸。

苏太太这回硬气，谁都不肯求，她觉得苏倾离了家在外风餐露宿，一定熬不了多久，等她熬不住了就会求着自己让她回家，到时候她再把这笔账好好跟她算一算。

可没想到，先熬不住的是他们母子俩。

苏煜从小到大，从来没有挑过水、砍过柴，不是磨破了肩膀，就是磨破了手。他不禁想，往常总见苏倾担水担得很轻巧，原来装满的水桶一点也不轻。那她是怎么担的？

他到首饰铺里找过苏倾几次，她趴在柜台上专注地学打算盘，暖色的日光落在她鼻梁和睫毛上，小巧的嘴唇抿着，脸蛋如浮雪，他一时间竟然看得呆住了。以往，他总觉得姐姐是狼狈土气的大人，头一回觉得她是这样精致的，好像手心上捧着的日本产的人偶娃娃。可让他失望的是，苏倾见了他，并没有多热情，也不提回去的事，只是嘱咐他好好念书。她神色愈淡，他心里愈不是滋味。

这一两年里，苏煜个头蹿得极猛，他站在她面前的时候，忽然发觉自己比苏倾高出许多。

从仰视变成俯视以后，眼前的人也跟着变了，从前他最不耐烦她的莞尔一笑仿佛都含了从未见过的柔媚滋味。

失了苏倾的苏太太这些日子过得算是屋漏偏逢连夜雨，一个人在家里从早忙到夜里，腰酸腿疼，有时连饭都做不动。她一个人担着桶，扁担压弯了她的腰，迈着那双小脚艰难地下峡谷里打水的时候，脚一滑，险些从石头上跌下去，幸好有一只手稳稳地扶了她一把，才让她免于落水。她站住了脚，喘着粗气回头一看，竟然是许久未见的苏倾。

她镶嵌在鱼尾纹和泪沟中的眼睛，目光如刀地打量苏倾：她也瘦了许多，脸只剩巴掌大，可年轻人毕竟年轻，眼睛里还有两团星火似的神气，还是老的更憔悴些。更可恶的是，苏倾对她说话的语气柔和一如往昔："苏煜已经长大了，何必为难自己？"

苏太太气得眼睛都红了，扁担一甩，小小的身板担着两只空桶往回走："不用你管。"

苏煜越长大越无法无天。高中里有好几个留洋回来的公子哥，每次考试，都同他一起吊车尾，一来二去，几个人混到了一处，他们带着他出入百乐门，潇洒玩乐，抽烟，喝酒，赌牌，回来的日子极少，张口就是要钱。有时她看着这张与故去丈夫越来越相似的脸，会感到一阵陌生。眼泪顺着她新增的皱纹弯曲下流，凭什么呢，凭什么苏倾一走，她的家也跟着散了，这白眼狼究竟算什么东西？可是夜里，她直挺挺地躺在床上，屋里空无一人的静，只剩下老屋渗下的水滴答滴答，她又不禁想起了苏倾。她从小乖巧听话，从来不哭不闹，谁哄她，连好吃的都不用给，只叫她一声"倾儿"，她就冲人甜甜地笑。

她丈夫苏鸿病死前的那年春天，他拿竹签子做骨架，说要给女儿做个风筝玩。苏倾当时不足五岁，就能娴熟地抱着襁褓里的弟弟，安安静静地站在院里看，可那双乌黑的眼睛里，分明怀揣着兴奋和希冀。也许是因为苏倾从来不哭，从来懂事，总是笑着，所以她才总不注意她，从不珍惜她。一滴冷泪，横着跨过眼角，让枕巾无声地吸收了。

第二天早晨，苏太太起得晚了一些，眼泡也肿了。她拢拢凌乱的头发，拍了拍干燥的脸，准备再去挑水的时候，发现水缸已让人填满了。

苏倾给叶芩回了一封信。可是那封信犹如石沉大海，始终没有回音。外面的风言风语传说，新政府要解散了，新总统不做总统，想当皇帝。旻镇人都笑平京人折腾，可谁都没能预见冰层下的危机。苏倾时年已满二十岁，犹如鲜花盛放，掩不住、遮不掉的华光，有大胆的人，敢在铺子里目不转睛地盯着她看。妇人忌惮她的名声，翠兰家的柱儿已拖不过，娶了别家的女孩，可年轻人想攀这朵娇花的人多，不畏艰难，到苏太太那儿去提亲的被人打了回来，一张张聘书又递到杨老头这里。

他问："这怎么办？"

苏倾站在柜台后面记账，脸都不抬："还回去。"

杨老头怕她吃了亏，悄悄托信客去平京寻叶芩，得知二少爷、鹤知和六姨太太都在平京，叶芩早就离家，现在他们也在找他。平京人海茫茫，叶芩竟然再无消息。

现在首饰铺里的热销品除了银锁子之外，还有银镯子，镯子上挂着一对铃铛，晃起来叮当作响，很受小孩欢迎。每出一款新镯子，苏倾都要新写一张黄纸。太阳落山，店里打了烊，杨老头踱上二楼，黄澄澄的光线里，苏倾还跪在纸上，一板一眼地描那张"吉祥如意"的大招牌，汗水濡湿的头发贴在耳际。

一个月前，杨老头给了她前一季的分成，那笔钱不小，杨老头让她快去裁身新衣服，把洗得发白的这件换下来。

她确实去裁了两身新衣服，不过是给二丫的，二丫穿着上好的绸缎粉衣迎了新年，笑得像个年画娃娃。剩下的钱给木屋换了新的被褥，又在林子里打了口井，教二丫在井里打水，匀了她肩上的担子。那间林中木屋现在很像回事，苏倾在不远的隐蔽处垒了个结实的灶台。肚子里有了油水以后，两个姑娘的脸色白里透红，极其好看。

这几年，苏倾从不骛远，只看眼下，走得慢，却踏实稳当，总在向上。

"小苏，"杨老头抽着旱烟，眯起眼，"我有没有说过，你这辈子只能做个二当家的？"

苏倾的算盘已经打得很熟练，削葱似的指尖将那算盘珠子噼啪拨弄着，有很多人喜欢看她打算盘，一看就是一刻钟。

她闻言停下手，抬起头，目光里有些疑问，却仍是柔和地答："说过了。"

杨老头笑了一笑，拿颤巍巍的手从抽屉里取出了一本账册："是我浅薄，我从今天起教你怎么做掌柜的。"

每到月底洒扫用水那日，家里的水缸早上起来总是满的，苏太太有时在夜里听到响动，就披衣坐起来，悬着一双小脚垂泪。

人家既在夜里来，不就是不想撞见她吗。

有时，苏太太想好要放下身段求苏倾回来，好像她回来这个家就会再次圆满，可临到出门又失了勇气。苏太太老了许多，背也驼了，头发也灰白，打水时镜子样的湖面上倒映出一张老妪的脸，她闭着眼不敢看。她什么簪子都不戴了，可是手腕上还留着两个孩子给她挑的那只银镯子，起锈了都不肯摘。她有时候恨苏倾，有时候后悔，这两年来，后悔的时候多一些。倒是有一次，苏煜逃学回家，在院子里看见了苏倾。银色的月光下，她弯腰把桶拎起来，熟练地把水倒进家里的水缸。那道纤细的背影给他造成了巨大的冲击，月色下的这场景，好像有什么魔力一般掼进他的脑袋。

上学的这几年，他见多了大世面，对大胆袒露胳膊小腿的贵妇小姐不再感到心潮澎湃。他学会了更高级的欣赏女人的方法：看她们的皮肤是否细腻，指甲是否整洁，双眸是否明亮，仪态是否如璞玉生辉。然后他后知后觉地发现，他一直以来竟遗漏了一个近在眼前的人。这个人是跟他朝夕相处的姐姐，本来顺理成章是他未来的女人。这么想着，心底一片怅然，想他从前真是个蠢蛋，竟然目不识珠。不过，虽然中间出了错漏，让她与家里决裂，可是这些年来苏倾一直不嫁，是不是表明对这个家，对他还有几丝情分？

他禁不住一阵心热，脱口而出："姐，既然放不下，就回来住吧。"

苏倾的背影僵了一下，甚至没有抬头看他，只是侧过身子说："你们好好过吧，我以后不来了。"说完，她披着寒凉的月色转身出门，脚步飞快，转眼就没入树林里。

苏煜心里仿佛燃了一片火，跟着那背影一路小跑追出去，追到了那座林子里的小木屋前，木屋内上了锁。那扇推不开的门如一盆冷水，浇灭了他心里所有的热情，他垂头丧气地回家去了。

二丫看着苏倾把一张桌子吃力地挪到门边，披着衣服起身："为什么每天都要挪桌子呀？"

苏倾挡好了门，脱了棉袄轻轻说："睡吧。"

第二天中午，苏煜魔怔了一般又踱到了木屋门口。

苏倾去首饰铺了，屋里只有二丫，正拿着个桶在汲水。她打好一桶水，又笨拙地拎着桶跑去屋外的灶台边，小心地倒了一点儿在锅里。灶膛里的火冒着红光，二丫歪着头看锅，她现在会烧水了。

小木屋的门半开着，苏煜宿醉的脑子昏沉沉的，却格外兴奋。他忽地想起昨天夜里，他心里闷得慌，同几个狐朋狗友勾肩搭背去喝酒。他们听了他的烦心事，都帮他出主意。有个声音在他耳边笑说："这还不简单，把她的后路断了，看她回不回家。"

苏倾从首饰铺回来的时候，远远看见树林里一丛浓烟滚滚，直上天际，好些人冲着那里指指点点。

她心里咯噔一下，好像被人掐住了脖子，一头扎进林子里，跑到小木屋前。

越靠越近，热浪扑面，木屋已经淹没在火光里看不见形了，烧得变形的梁柱像蜡一样焦化跌落。四周亮着红彤彤的光，二丫蹲在门口号啕大哭，脸上一道一道的黑灰。

苏倾见她没事，稍松一口气，把她拉起来，眼前乱冒金星："房子怎么着了？"

二丫哭得干呕，眼泪鼻涕一齐往下流："不、不知道。"

问得急了，她说："那可能、可能是我点的。"说着又哽咽起来，抱着苏倾哭喊爹爹。

那屋里有桌椅被褥，还有她换好的纸币。苏倾一双眼望着那火光冲天，立在那里，无声地拍了拍二丫的后背。

她们在大路上碰见了苏煜。苏煜听说二丫的房子给烧了，显得很关心："那你们以后住在哪里？"

苏倾垂眸不应。苏煜掂不清她心里在想什么，又乖觉道："姐，回家来住吧。"

"哪来的地方。"苏倾紧握着抽泣着的二丫的手，"我不能跟她分开。"

她也不可能再在苏太太旁边打地铺。

"没问题啊。"苏煜说，"我们家里，不是还有一间屋吗？"

苏倾抬头看着他，好像第一次认识他一样。那间屋里摆放着层层的祖宗牌位，是个简陋的祠堂，正是她和苏太太最后决裂的地方。苏煜竟然肯把那间屋子让出来。

苏煜认真地说："屋子不就是给活人住的吗，那些牌位放哪儿都一样。"

苏倾注视着苏煜，这张脸变得成熟刚毅的同时，好像褪去了原来的阴沉，现在的苏煜会大大方方地对她笑，倒跟小时候一点儿不像了。

"我不会再帮你们洗衣服挑水。"

苏煜赶忙接过她手上的包裹："姐，我都长这么大了，家里的活交给我就好。"

苏倾觉得苏煜变了许多，仿佛一夜之间就长大了，懂事了。

回去的第一日，苏太太喜极而泣，拄着一双小脚忙不迭地做了一桌子饭，可是饭冷了也没人来吃。

小木屋外的锅灶还在，苏倾给二丫把饭做好，吃完才回苏家老屋去睡。

不吃他们的饭，不洗他们的碗，客人一样泾渭分明。

苏太太的兴奋变作了失望，每天晚上，还是只有她一个人吃饭，她的筷子头搅着稀饭，屋里安静得好像能听得见自己的呼吸。苏煜前两日还殷勤地待在家里，可是苏倾傍晚以后锁上门不出来，基本不和他照面，他一连数日蹲了个空，渐渐也失了耐性，又过上了夜不归宿的生活。

混战爆发时，苏倾正在首饰铺里打算盘，忽然楼下一阵嘈杂，从二楼往下看，楼下人头攒动，好些旻镇见不到的鲜艳的衣裳，也从来没有来过这么多人，没有这样吵嚷过。有女人穿牡丹花纹、紫罗兰色的旗袍，领子上戴着貉子毛围脖，男人们好些穿着灰色黑色的西装，手里夹着公文包，只是他们灰头土脸，好像是土坑里爬出来的，马叫得声嘶力竭，混杂着小孩子清脆的哭喊。

杨老头也定定看着下面道："逃难的。"

总统变作皇帝只两个多月，刚建好的新王朝就被掀翻了。总统唁电到来的那一天，苟延残喘的叶老爷也直挺挺地去了。逃难的一来，就说明天下又大乱了。天下似乎安定不长久，十几年前的苏倾和苏太太也是这么逃到旻镇的。只不过那时是躲白莲教，现在是躲军阀。

旻镇人对此见怪不怪，反正神仙打架，再怎么打也打不到这里来。

有细高跟鞋咚咚地踩着楼梯上来，一个八字眉的女人用带点儿方言的尖嗓子问："你这店里可以住人吗，我出钱的。"

杨老头很不高兴地摆着柜子里的首饰："我们也要做生意的。"

女人嘟囔："哟，做生意，人人都要做生意，明天等人打到你家门口，看你还做不做得下去。"

杨老头呵呵一声冷笑："谁能打到咱们旻镇来？"

"您别不信。"女人边咚咚地下楼边恨恨地说，"哑巴将军正同别人争你们这块风水宝地，争不到手，仔细他毁了。"

苏倾一怔，追到了楼梯边上："您是从哪儿来的？"

女人的声音已经很远，说了个附近的地名，她又说："你们不要小瞧他。我们那儿环山，别人都说难打，哑巴将军一来，三天就把城下了。"

苏倾半个身子悬在楼梯上面："哑巴将军，他姓什么？"

女人远远地喊："谁知道他叫什么，但是他丈人我识得，是原来平京政府里的林夔，他二人把持军政好些日子，小将军年纪轻轻拥兵百万，平日不说话，开口便杀人，人才叫哑巴。呵，我看活阎王还差不多……"

林老头见苏倾的嘴唇都泛白了，忙问："小苏，你怎么了？"

苏倾说："今天不舒服，先回去了。"

又是一年盛夏，阳光刺眼，喇叭花挂下墙头，圆圆的影子投在苏倾手里的红纸上。她的手有点哆嗦，带得那纸也簌簌地抖，纸上还写"月老之书""百年之好"，还写了她苏倾的名字，可墨迹都有点褪了。原来的苏倾，十八岁那一年死去，到今天都化成一抔黄土了。六年了，栗子要是不炒来吃，种在土里秧都该半人高了。可是她全吃光了，连点凭证都没留下。

林夔，她怎么不记得呢，这字难写，当时她一下就记住了。那是林小姐的爹啊。

苏煜这年高考落第，外面的学府没有一个肯要他。他不敢回家去面对苏太太，就卷了家里的钱，浑浑噩噩地随着几个好友去了东江，让人哄着抽了一种新烟，那叫一个筋骨舒适，快活赛神仙。他在东江玩得正高兴，就让一梭子枪给打回了旻镇，原来全国已经狼烟四起，带着兵的将军们逐鹿中原。

他随着逃难的人回到家，忽然发觉这座生他养他的镇子似乎变了个模样，连店铺外头都安安静静的。别人见他大剌剌地走在街上，赶紧过来拉他："别这么大摇大摆的，快回家去吧。"

苏煜问怎么了，那个人神神道道地说："哑巴将军在这儿驻下了。"

"哑巴将军？谁啊？"苏煜左顾右盼，好像被看不见的蜜蜂给追了，"什么玩意儿，在哪儿？"

那人指了指远方："就在叶家原来的老宅。"

等苏煜回到家，看到母亲的脸色，才知道事情八成是真的。

因为她见他全乎个儿地回家来了，不怪他考不上学，也不怪他带着钱去玩，抱着他一阵哭。

苏倾也破天荒地坐在桌前，冷淡地看着他："外头乱，往后别乱跑了。"

数日不见苏倾，他的眼光在她那黑眼睛、长睫毛上走了一遭，竟然是越看越舍不得移开。

"姐，那你也别去首饰铺了呗，咱们都家好好待着。"

苏倾说："你别管我。"

说完起身出门去，倒好像脾气比原来大了。那藏在宽松衣服底下的腰线，看得他心头发痒。哦，他在东江也开过荤，抽完一杆烟再快活一阵，真让人骨头都化了，那滋味只要有过一次，这辈子是再戒不掉的。但那些舞女歌女，庸脂俗粉，都比不上他这天仙似的姐姐。他起了这个念头，半天都收不回去，回头拉住泪眼婆娑看着他的苏太太的手，蛊惑似的跟她说："妈，你帮帮我吧。只要娶了姐姐，我的心就定了，再也不离开家，一辈子伺候妈。"

苏太太嘴唇翕动，眼睛瞪得奇大。

说完那句话以后，苏煜真就像鹌鹑似的，安分卧在窝里。他百无聊赖地混着日子，等待母亲想通。有时候坐在宽大的桌椅旁，他想起原来苏倾替他抄写课文的样子。一灯如豆，她低头，皓腕凝霜，侧脸被昏黄灯光映着。不管多晚，她答应了，就一定会抄完。早上他打着哈欠起来，桌上放着一沓厚厚的纸，字迹永远端正隽秀。为课业而烦恼的日子恍若隔世，可是那种心安，闭上眼睛就能回想起来。他神思飘飞，甚至开始幻想以后的日子。只要有苏倾在，家里总会是温柔乡。

旻镇的夏季闷热多雨，两声惊雷过后，豆大的雨珠又开始噼里啪啦地砸窗。苏倾入夜后还没回家，因为二丫病了。她下午不知吃坏了什么东西，上吐下泻，赤脚医生看不了，只得让人背到镇上的医院去。医生检查过后，说要吊西洋药水，要准备钱和过夜的东西。

苏倾撑了一把伞，在雨疏风骤中连夜回家，门没来得及锁。

屋里传出些轻微翻找的响动，惊醒了苏太太和苏煜。

这一晚雷声很响，一声雷下来，好像床铺也跟着一震。苏太太心里总觉得不安，就披上衣服起了身。

苏煜则让一阵空落落、百爪挠心的欲望唤醒。他睁开眼睛，窗棂上雨点迸溅，又潮又湿，冷得仿佛全身浸在冰水里，不住地发抖，嘴角开始不受控制地痉挛起来，口水顺着歪斜的嘴角流了出来。他站起来，可是走路的线都不是直的，眼睛也有点儿花，他好像是饿，可奔向厨房时又觉得胃疼。他很慌张，这到底是一种什么样的空虚滋味？随后他听见苏倾房间里传来窸窸窣窣的声音，她的门只是虚掩着。他轻轻推开，看见她背对着他，蹲着在柜子前找东西，辫子下面宽松的衣服绷紧了，隐约可见衣下身量。心中邪火猛蹿，他有些激动地想，原来是这个。他觉得事不宜迟，就是今天吧，他实在太难受了。

他推门进去的时候，苏太太恰好走到厅内，她眼看着苏煜走进去了，吓了一跳，肩膀如筛糠般颤抖起来。她脑中不禁回想起苏煜说话时那可怜的祈求的神情："妈，你帮帮我吧。只要娶了姐姐，我的心就定了。"

她应该怎么帮呢？

苏倾是她唯一接受的儿媳，是她给儿子觅到的良配。她本能地扑上去，把门锁住了。她想，这是没有办法的办法，倘若生米煮成熟饭了，苏倾便不得不答应了。可她的手从门锁上放下以前，又想到另外一种可能。

倘若苏倾不愿意呢？

在祠堂那一天，手腕粗的家法棍杖，换不来她真心实意地一跪。逼得急了，细细的手臂一伸，摔裂无数祖宗牌位。她软和可欺，是她愿意；她若不愿，金石相撞，玉碎一地。

第四章　不相离

（一）

苏倾急着找放好的银钱，没注意身后的响动，等她系好包裹扭身，忽地发现一团影子斜拉在地上，一个人坐在床边凝神看她，仿佛屋里多出的一尊雕塑。

苏倾稍惊：“你什么时候进来的？”

外面雷声大作，雨点急促如纷乱马蹄。

苏煜的印堂发黑，看上去竟像青面鬼一般，直直地看着她：“姐。”

“快回去。”苏倾飞快地往门边走。他忽地起身追上来，苏倾往后退了一步，才发觉他的步子左歪右倒，没拦住苏倾，自己先扶住了墙，没骨头似的，顺势歪坐在了地上。苏倾怀疑他喝醉了，可他身上并没有酒味。

他用一双眼睛巴巴地看着她，没什么力气说话：“你坐呀，我有话同你说。”

“我得出门。”苏倾经过他身旁时，犹疑地打量他发青的脸，“苏煜，哪里不舒服吗？”

苏煜双手抱住脑袋，目光涣散，嘴唇不住相碰：“我好难受，难受……”

目光聚集又散开，忽地发现苏倾已经走到门口去叫人，不顾一切地膝行几步，像个小孩似的，扑过去一把抱住了她的腿：“别走……”

苏倾让他这行为吓了一跳，脸色都发白，忙把腿往出抽：“你这是做什么？”

灯下，他嘴角痉挛，牙齿打战，浑身的肌肉发出咯咯的响声，一双眼混乱地翻了眼白，连凝神都困难。

苏倾想，完了，这是烟瘾犯了。

“苏煜，快起来，跟我一起上医院去。”她满头大汗地拉了半天，苏煜软泥似的不肯起，偎着她的小腿喃喃说话，她听了好半天，才听清苏煜口中的话是：“你就可怜可怜我吧，帮帮我，救救我，跟了我吧……”

苏倾霎时怔住了。眼前这个人，忽地和襁褓里那个胖胖的婴孩割裂开了，现在跪在她面前的，就是一汪扶不起的黑色泥沼，不是她抱过、逗过、帮忙写过功课的弟弟。

“你说什么？”她平和地问。

“我是真的想娶……”低喃戛然而止，因为苏倾一脚跺在他肋骨上。

苏煜对她毫不设防，一下子给踹倒下去，后背咣当撞在了墙角上，前后夹击，好像浑身的骨头都给压碎了。他横在地上，眼冒金星，好半天才吸进去一口支离破碎的空气。

等他有了知觉，忍着剧痛，目瞪口呆地爬将起来，见苏倾竟然正安安静静地坐在梳妆台前梳头。

她坐得端正，衣袖底下露出伶仃的手腕，捏着把牛角梳子，一下一下，把头发散了，又仔细地绑好辫子，露出的一截脖颈修长，夜里显得白而细腻，仿佛传说故事里午夜而现的妖狐女鬼。

他让这画面吓得不敢动弹，怀疑苏倾给什么东西上了身，头皮发麻，背后凉了一片。

辫子梳得整整齐齐的苏倾站起来，走到他跟前。他瞪着眼睛，直往后退。

苏倾不再理他，拎起包裹顺利地出门，临到门口，又想起来什么，没甚表情地侧眼："我这就给你想办法去。"

她走到门口，垂眸看了看锁，哗啦一声把门从外面锁了。

外面的雷雨变作蒙蒙细雨，被风卷着洒在脸上，格外沁凉。苏倾的脑子一片空白，让胸前挂着的那圆环的热度烫了一下，才回过神来。

刚才那一下，仿佛急着赶路的人一跺脚，就完完全全地甩掉了鞋上的泥，豁然而来的轻松畅快，竟是她这辈子从未有过的体验。

叶家老宅犹如一只将死的灰色长虫，环绕着灯火通明的灰色房子，这里住的人比原先多，却比没人时更加安静，连蝉鸣声都仿佛被一只看不见的手压制住了。

苏倾走到门口，两个穿青呢军装和长靴的兵上前拦住她："什么人？"

苏倾把伞收了，夏日的蒙蒙细雨沾湿她鸦青的鬓发，她眼里带着点谦和的笑意："我找五少爷。"

两个年轻的警卫员对视一眼："谁是五少爷？"

其中一个见她身形瘦弱，怜香惜玉，耐心解释道："你是叶家原来的丫鬟？叶府没了，房子让我们征了。"

忽然从身后传来一道吊儿郎当的声音："吵吵什么？都跟你们说了，遇到叶家乱认亲的直接赶走，还跟他们废什么话。"

那道身影从灰房子里走出来，还未及看清脸，忽而从楼上传来一道模糊不清的女人凄厉的号叫，叫得如同野兽低声咆哮，几个人都怔了一下。

片刻，两个警卫员的头都让一双大手扭了回来："看什么看，站你们的岗。"他回头，不耐烦地点了一个人，"你，去，给老太太送烟。"

门内嗒嗒的脚步声纷乱，人影也散乱，月光照在那张脸上，看到苏倾的瞬间，他愣住了："哟……"穿着青呢军装的贾三，领子还有些歪斜，依稀还是那股机灵跳脱的做派，只是眉眼里那股刀兵冷气，已经给沙场磨出来了，什么热闹都是随便一看，上不了心。可是见了苏倾，刚才端起来的范儿，顷刻间土崩瓦解了。

苏倾的身量、打扮，连看人的眼神都与从前丝毫未变，让他疑心这还是六年前，在溪流里头给她搓衣服呢。

他垂下眼四处乱看，慌乱地开出条道：“还不请苏小姐进来！”

苏倾一路走一路仰头看，原先厅堂里那只旧的水晶吊灯换了更大更豪华的，照得中厅光影璀璨。脚下的深红色地毯上开出硕大斑斓的花朵，伸展开的无数片绵密花瓣仿佛要吃人，寂寞的贵气。

苏倾收回目光：“夫人在吗？”

贾三走在前头，闻言愣了一愣，扭了扭头：“哪个夫人？”

苏倾说：“林小姐。”

贾三好半天才“嗐”了一声，有些复杂地看着她：“没过门呢。”

见苏倾疑惑，他言简意赅地解释了一下：“快了，就这个月中旬，要等林先生过来。”

苏倾点头。最开始的时候，叶芩和林小姐，也不过就是一桩政治联姻。

旋转楼梯宽阔，扶手像是花须，墙上挂了栩栩如生的油画，一直挂到很高的顶，漂亮，但是陌生。她想起原来在叶芩屋前的楼梯，那么陡，上面只有一盏惨白的风灯，一吹就乱晃，可那在她眼里，竟然美得像诗一样。

“少爷。”贾三唤了一声，马上打了一下自己的嘴巴，“今晚邪门了，将军。”

可这一声，也让那人虚拿在手上的书险些掉了。苏倾看见了沙发里坐着的人，再柔软的沙发他也只坐了三分之一，板正的腰略微前倾，衬衣前摆让空气略微鼓起，又让泛着光泽的牛皮腰带紧紧扎住，那是瘦削但绝不孱弱的腰身。茶青色的军装搭在一旁，衬衣下他的手臂伸出来，苍白的皮肤下依稀可见青色血管，血管蔓延到手背，那一双骨节修长的手，正捏着线装书的书籍。

苏倾一声不吭，似乎极有耐心，空气里默了一会儿。

他的眼垂着，眼睫的影子让光投在眼底，似乎还在看书：“过来坐。”

苏倾也学他只坐三分之一：“不好意思，这么晚打搅你。”

她的语气柔和而冷淡，他蓦地把书撂下，抬头看着她，那一双眼眸和鼻梁，都是冰雪雕琢，从前看人一眼，只是觉得淡漠，现在还带着迫人的冷厉。

苏倾的面目一点儿没变，睫毛柔软地垂着，怀里抱着那个包裹静静地说：“我想来要点福寿膏。”

她知道他这里肯定有。从前他说过要怎么对待六姨太太，如今说到做到。

她话音未落，未料叶芩猛地站起身来，一把扣住她的手腕，把她往身边拉。

苏倾全然没想到他会这样，瞪大一双眼睛挣扎起来。叶芩放开她的手腕，跨了一步过去，扣住她的后脑，右手按上了她的脸颊，直将她的眼睑翻开仔细一看，淡色双眸里的颤抖的惶然这才消了。

他无声地松一口气，丢开她的手，只是情绪似乎半晌没能缓过来，背过身去不理她，背上被汗打湿了一片。刚才他太急，弄得苏倾颊上一个指印，半天消不下去，她觉得脸疼，心里不知怎的也有些恼了。红纸往桌上一放："我拿这个换。"

叶芩转过来一看，抿着唇，看那张红纸的神情冷得可怕："装好。"

他似乎怕苏倾没听明白，拿起来叠成小块，给她塞进包裹里，又替她把包裹系牢，系得那布都发出咯吱一声响。

他把包裹塞回苏倾怀里，忽然低着头说："我带你看看这房子。"

原来大少爷和二少爷两家人住的房子，现在只供着他这尊大佛，房子大得近乎空旷，走在楼梯上似有回音。西式制服的女仆垂手站在房间门口，打个招呼又踮着脚步回去，连头也不敢抬。走过几间房，她也没仔细看，只是垂眼盯着叶芩军靴上面的膝弯琢磨，他现在走得这样顺，前面不知吃过多少苦头？

叶芩回头问她，声音沉沉地响在她耳边："怎么样？"

她胡乱说："挺好的。"

林小姐是留学回来的，西式房间一定住得更习惯。楼上的房间比她住过的任何一间都要大，桌上铺着珍珠白蕾丝桌布，束好的纯白窗帘后面是一整扇格子窗。西式双人床横亘着，玫瑰红的床单，上面放了好几个形状不一的靠垫，还有一只毛茸茸的玩偶小猫，乌黑眼睛，雪白雪白地卧在床上，做得像真的一样，她不禁多看了两眼。

叶芩侧眼望她，顿了一下，忽地说："进去看看。"

说完他侧过身，让她先进去。

苏倾不敢碰房中摆设，走得很拘束，见了那小猫也不敢摸，想到以后有人会把它抱在怀里，心里忽然一阵抖，她不知道叶芩给她看这些什么意思，她自己倒也发疯，怎么就忘了正事，真的乱看起来。

所以她僵直地面对着床，轻轻道："看好了。"

她不再看什么，急着要出门，叶芩伸手封住门口，拦了她去路。

"苏倾，"他微抬下颌，看着空气，"金屋给你搭好了，还回鸡窝里去？"

话说完后，苏倾半晌没应声。

叶芩低头一瞧，正看见苏倾柔软的发顶，她一猫腰，敏捷地从他伸出的手臂底下钻了出去，从他身边过去的瞬间，他竟看到她眼底亮晶晶的一点光。

苏倾不回头看他。她又不是不知道典故的，金屋里面藏了的陈阿娇，最后又为什么写《长门赋》？

她的脊背笔直，声音也平静："你的金屋，我受不起。"

苏倾怀里抱着包裹咚咚下楼去。贾三正上楼来，与她错肩，看她的目光里满是震惊。

"苏小姐，这、这……"

"贾三，"楼上的人扬声唤，语气好像沉甸甸一朵乌云，"去，给苏小姐拿烟。"

苏倾拿了福寿膏，头也不回地走了。贾三跑回来的时候，发觉叶芩就坐在楼梯上，长腿斜放着，手臂撑着膝盖，手背落下的影子，遮住了半张脸。

“少爷？”他赶忙凑过去，许久没有这样叫，一时还挺亲切，赫然发觉叶芩额头上的冷汗把头发都浸湿了，露出的嘴唇发白，一看就是头痛得厉害。贾三赶紧往楼下跑：“我去给您拿药。”

坐着的叶芩忽然出声：“送到家了？”

贾三的身形一顿：“啊？”

叶芩人不舒服，脾气也坏极，手指捏着鼻梁骨，骂道：“滚出去。”

他就坐在大厅的楼梯上，人还能往哪里滚？

贾三忙说：“小的这就滚……”

叶芩打断他，说的却还是刚才那件事：“叫人去追。”

贾三一面哄他，一面侧身下楼梯，点了两个人去送苏倾。等他急着赶回来的时候，叶芩竟已经自己熬过去了。

他原模原样地坐在沙发上，膝上摊着之前那本书。

远远望去，他仍然淡漠不辨喜怒，扎在那里就是定军心的旗，可是走近了才发觉，叶芩的目光游离着，根本没落在书上。

这一次他先立直身子，乖觉地报告：“让人跟着送回去了。”

叶芩沉默，贾三一时搞不清楚他是听进去了，还是仍在神游。

好半天，他才说话：“她刚才问你什么了？”

“噢，苏小姐问‘夫人’在不在，我说林小姐还没过门。”

叶芩脸上没甚表情：“还有？”

“没什么了，我就说下个月中旬等林先生到了才能过门……”他说着，有些不太确定起来，“小的说错什么了吗？”

叶芩垂下眼睫：“林先生什么时候能到？”

贾三焦躁起来：“少爷，您可别犯糊涂。多少双眼睛都盯着林先生，我们的人连他去茅房都跟着，一个月下来也得吃几发枪子儿。现在非常时期，这事必须缓着来，急不得。”

他忧心地揣摩着叶芩的表情，生怕在上面找到一丝儿女情长。

他忽然想起六年前离开旻镇的时候，他还曾想用苏倾绊住叶芩，不由得有些好笑——那时候的他，眼皮子真浅，真没见过世面。

古往今来多少年，每逢乱世，必出豪杰，躲起来一辈子安逸，迎上去才是纵横天下的真男儿。

叶芩用一年时间练习走路，手肘、膝盖的皮都掉了几层，从那以后，真似脱胎换骨，凤凰涅槃。他收买人心，从来不用利诱，就像调教贾三那样，惯于把人逼到死胡同里，逼得求死不能，再扔出一条生路。所以跟着他的，都是死心塌地的，他们连死都不怕，这便滚出了一支虎狼之师。可是真等打起来了，知道死守城里五天五夜弹尽粮绝，旱地里只能喝雨水吃泥土是什么滋味，淌过血泊河、碎尸阵，开膛破肚给自己取过子弹以后，贾三才明白，小院子里的那些刑罚根本不算什么，原来的五少爷待他，也根本算不上苛刻残忍。

毕竟，叶苓在前头，坐镇中军，顶不住了，也与他们同死。这不是奴隶主，这是将军。

队伍扎在东江的时候，是他们最安逸的时候。叶苓给他们放了两天假，让他们在灯红酒绿的都市里快活了一遭。贾三知道，人在杀戮和死亡里绷得久了，就得疏通，骤然找到了发泄口，大伙儿都疯了，不在窑子里快活上一天一夜不算完。里面是划拳声、摇骰子声、妓女的娇笑声，热热闹闹的红房子外面，唯有叶苓一个人坐在台阶上吹风。

他从不睡女人，也不同他们一起失态，自持到可怕。

他坐到叶苓身边，好奇地问他："少爷，您还想苏小姐？"

叶苓沉默，眯眼听着屋里的喧闹声，静静地抽烟，眼里好像有些迷离的醉意。

行军五年，原先厌恶的，现在也抽得熟练。

贾三全然不敢相信一个人有这样的执念，尤其在他看来，他们甚至连进一步的接触都没有，苏倾充其量就是那江南水乡的旖旎一梦。如今千帆过尽，换作别人，说不定连乡下女孩的脸长什么样都忘了。

他觉得有点不值当："那苏小姐也想着你吗？"

叶苓淡淡说："她会等的。"

"要是她不等呢？要是她早嫁了人，生了孩子……"

叶苓锐利的目光骤然扫过来，他以为自己要挨骂了，可是没有。

叶苓极缓慢地吐出一口烟圈，眼神散漫，散漫的雾气背后，好像燃着一团明亮的火焰："谁敢强娶，回头杀了。"

贾三不再问什么了。他好像忽然理解为什么叶苓宁愿独自一人往平京来，心却还向着旻镇。身边带着苏倾，他会惜命，拼杀刺刀时，就没有这么硬的心肠。偏偏心里有个苏倾，他才战无不胜。

此时此刻，在这座灰房子里不过才安定下七天，诸事烦扰，忙起来没完，又再度因为苏倾，要紧关头，枝节横生。

贾三警告他急不得，叶苓却极淡地笑："我偏要着急。"

贾三真急了："那可不行，万一……"

叶苓意兴阑珊，把书册往茶儿上一撂，拍板定论："让他慢慢来，我不等他了。"

贾三愣了一下，好半天才反应过来他的意思："这……林先生能答应吗？"

叶苓冷笑了一下："你长了几张嘴，非得告诉他。"

"那到底是以苏小姐的身份，还是……"

"全天下都知道我要娶林小姐，"他顿了一下，目光又游离开来，半晌，凝成了两道冷箭似的光，"好好'照看'林先生，做两手准备。"

这个夜晚似乎无限漫长，雨后云开雾散，月亮照着地上闪亮的水洼，仿若一面面小镜子。

苏倾走得很快，但好像没怎么看路，好几脚生生踩进小镜子里，碎成一地银光。

苏倾骨子里仅剩这么一点上辈子的娇气，在苏太太家受了委屈，找谁去说？山不就我，我就山去。辫子也要梳梳好，能让人看出来她委屈，谁知道在他那里，还有更大的委屈。她这么想着，小镜子碎得更多，溅得更远，弄得她裤腿都湿了，这才想起来，走得太急，搁在灰房子门前的伞都忘拿了。苏倾不舍得怪他，但也不愿再想这些事，就转而想起苏煜来。刚才他那半死不活的样子，是不是自己那一脚踢得狠了，万一踢破了内脏，她还把他反锁在房里，恐闹出人命。她不由得加快脚步。

刚一进屋里，就听见一阵混乱的哭闹声。苏太太披着衣服，端一盏灯蹲着，想把苏煜扶起来，可躺在地上的苏煜正在犯混，瞪圆了眼睛，失心疯了一般咒骂她，骂她是克死丈夫的老寡妇，言语污秽不堪。苏太太哭得肝肠寸断，以为眼前的两眼冒绿光的儿子，让什么脏东西上了身。

门一响，烛火乱晃，她尖声叫起来，声音都嘶哑了：“苏倾！你干什么去了？怎么能把他搞成这样？”

苏倾觉得燥热，将领子扯了扯，顶头那颗扣子不堪重负崩开去，她才意识到自己原来是负着气的。她从包裹里取出福寿膏，扔到了半死不活的苏煜胸膛上，砸得他痉挛似的闷哼一声，哼哼唧唧地停了骂声。他抱着纸包，像狗见了生肉一样贪婪地让鼻子嗅着，鼻子一抽一抽地痉挛。

苏倾冷眼看着苏煜，却是朝着苏太太平静地说话：“我给他要烟去了。”

苏太太张了张口，如遭雷劈，她万万没想到，苏煜竟染了这害人的东西，她见过抽大烟的人，不是抽成了皮包骨，就是抽成了活死人。他还这么小，他的下半辈子，就已经完了？

她觉得苏倾的话就像一把铡刀落下，她也跟着一道被劈成两半了。纷纷光晕晃动着，好半天她才反应过来，是自己的手在哆嗦，拿不住烛台了。暗淡烛光下，苏倾的脸色发红，领子上的一颗扣儿也开了，露出一点雪白的肌肤。苏太太不禁想到了更可怕的事情，嘴唇哆嗦起来：“你……打哪儿要烟去了？”

苏倾静静看着她：“将军府。”

苏太太差点昏过去，仿佛这一辈子都是竹篮打水一场空，什么都没有了。她扑过来揪住苏倾的领子，噙着眼泪盯着她：“你……你……你拿什么换了？”

“哐哐哐——”忽然门外响起一阵剧烈的敲门声，半晌没人去应，门“哐啷”一声让人踹开了，两个穿笔挺军装的兵径直走进来，如入无人之境，一个手里横着她那把伞，活像托着杆军旗：“苏小姐，您的伞忘了。”另一个走过来，目不斜视地拨开了苏太太，把那把折了一半伞骨的旧伞竖起来，毕恭毕敬、不容拒绝地给苏倾递到手里。做完，二人后退两步，动作一致地转身走了，硬邦邦的皮靴，踩得那地板哐啷直响，仿若两个上了发条的机械玩偶。

苏太太直愣愣地看着这两个人，双眼通红，脸白如纸，一时竟连反应也忘记了。

苏倾捏着伞，不知他搞什么，把伞往柜子旁一搁，跨过了苏煜，连夜把自己和二丫的东西打包收好，运出了门口。

苏太太追到门口，好半天才说出了一句话，几乎是冲着她的背影喊出来的："你不要以为那军阀是真心对你好，都是豺狼虎豹，现在贪恋你容貌，往后有你哭的那一天！"

苏倾的身影在夜色中拉出一道长影，风把耳侧的头发丝向前吹出个弯儿，她远远回过头来，额头、鼻梁和嘴唇，都化作缥缈的剪影，从此以后就要消失在苏太太的生命里了。这一次，没有哭，没有笑，什么表情也没有，就像普通陌路人。她好像想说什么，但最终一句话也没留，就这样走远了。

（二）

杨老头开了首饰铺的锁，上到二楼来，吓了一跳，苏倾和衣趴在柜台上睡着，地上还有一席地铺，躺着一个淌口水打呼的二丫。为着这一片狼藉，首饰铺开门都比往常晚一个时辰。

杨老头替她发愁："你这往后怎么办？"

苏倾说："这两日没处可去，占了您的地方，对不起。"

杨老头急忙摆手："我不是这个意思。"两个大姑娘，不能总夜夜睡在店里，总要有个栖身之所。

苏倾边记账边垂眸道："先攒攒钱，走一步看一步吧。"

杨老头抽了杆烟思考这事儿，说："要不我先支你一年银子，你看看哪儿有房子，先找找？"

话音未落，他又忽然想到什么，觉得她傻："小苏啊，五少爷不是回来了吗？他那里那么多空房，一个人住着不嫌冷……"

苏倾手底下算盘珠子一拨，噼啪一声脆响，第一次在他说话时打断了他，她头也不抬地说："不到他那儿去。"

杨老头仔细瞅她两眼，见苏倾两颊稍鼓，脸色泛红，眼睛里两汪亮亮的水光，定定地盯着算盘珠子，不是羞的，竟然好像是急了恼了，不由得大感惊奇。

这边话音未落，楼梯上传来咚咚的一阵乱响，无数双脚整齐划一地迈上楼梯，不一会儿，铺子二楼就挤满了人，一水儿的皮带长靴，镇得小小的店里都如同笼上一层化不开的兵刃冷气。二丫吓得躲到苏倾背后。

"我……我、我犯什么法了？"杨老头从左看到右，肩章绶带晃花了眼，不由得愣了一愣，“这是唱哪一出？”

有人高喊了一嗓子：“我们是迎亲的。”

其他人“哄”地笑了，年轻小伙子个个眼里亮闪闪的。

“迎、迎谁？”

“咱们将军要娶苏小姐，车就在楼下，请苏小姐跟我们走。”

二丫张大了嘴。杨老头回头去看苏倾，苏倾的脸更红，不知是气的还是热的，抑或是急的。她从柜台下面取了一本皇历，纤细的指头飞快地翻了翻，定定地看，今天才月初，离中旬还有十几天。别说她不答应，他就是真心实意娶她当姨太太，还能比夫人早过门，压人家一头？她觉得叶芩简直胡闹，不由得更生气了，冷冷地看着那个打头儿的兵，不知怎的就说出了一句气话：“我不坐车，让他拿八抬大轿来抬我。”

苏倾知道，叶芩如今是旻镇有头有脸的人物，跺跺脚就是一场地震。大家都知道他丈人是林先生，八抬大轿要抬走的人是林小姐，她当着他手下的面，故意这么说，正是让他下不来台。有了这句话，他就算为了面子，往后也不可能再自讨没趣。

那群兵缄了口，你看看我，我看看你，谁也拿不定主意，眉来眼去了一阵，一窝蜂地又通通下楼去了，首饰铺二楼的气氛这才轻松起来。二丫羡慕地咂咂嘴：“八抬大轿。”

苏倾把皇历小心地放回柜子下层。杨老头盯着她，长长出一口气：“小苏，糊涂呀你。”

苏倾趴在柜台上，扇子般的两丛睫毛垂下，继续低头记账。杨老头惊异于她还拿得稳笔：“你可想好了？”

他三步并作两步走到窗边，往楼下看：“唉，我刚才就该替你拦着。”苏倾不作声。杨老头恨道：“这事传开了，以后谁还敢提亲？”

苏倾抬起眼来，那双眼睛安静，含着让人不忍苛责的天真疑惑，好半天才用细细的声音问：“人为什么非得嫁人？”

十来个人排成两排，顶着灿烂的太阳往回走，身上配饰闪光，引人侧目，又不敢大方地看。空车来，空车回，气氛一时微妙。

有人说：“你们说苏小姐到底什么意思，我看她真恼了，是不是将军会错意，人压根儿不喜欢？”

另一个人插嘴：“当时，人要走，她没拦。这么多年真的一直等，不嫁人，你说喜不喜欢？”

车开动了。有人笑说：“没看出来吗，这苏小姐挺烈的。”

几个人马上笑得越发没边了：“长得漂亮还烈，难怪将军看不上别的庸脂俗粉。”

一个少年马上兴致勃勃地凑过来：“刚挤在后边，没看清，多漂亮？”

“真漂亮，哎，说不来，我也只看了一眼，没敢多看……”

一直默着的带头的那个兵“嘶”了一声，跳起来给他们一人后脑勺儿来了一下。

叶芩日理万机，回到灰房子里时天已晚了，他立在窗边抽烟，背对着下属听汇报。天气闷热，衬衣袖口挽到了肘上，轻薄的布料透出隐现的腰和背，他把窗帘撩开，窗口的晚风把他的发丝轻轻扰动，那道身影高而清癯，如笔直插在坟墓里的一把冷剑。待听到下属磕磕绊绊报出“八抬大轿”一说，他摆弄窗帘的手顿了一顿。

屋子里空，他不说话，别人也不敢说，压抑得只剩下下属不安的、稍显急促的呼吸。

贾三站在侧边，伸长脖子，熟练地察言观色。从他的角度，可见叶芩没在阴影里的英俊轮廓，缕缕烟雾如拉成丝线的魂，从他指间夹着的一星火光里幽幽地挣脱出来。他的睫毛垂下来，竟然在笑。

旻镇小，稀罕事情传开只要一天。杨老头的担心一点没错，洗衣服、择豆角的妇女里最刻薄的一群，转瞬间人人都在笑苏倾。

“苏倾真有本事，哑巴将军拿洋车接她，她都不肯嫁，要人家拿八抬大轿抬。”

“我看是人把她捧得太高，忘了自己是谁。”

翠兰哼笑：“早几年我儿子也给她送过聘书，人都不要，我还以为她是有相好的了，原来是心气儿高，等着攀高枝做人上人。好在没娶她，仗着自己有几分姿色，眼睛长脑袋顶上去了。”

“苏太太还到处找人哭呢，说她女儿白给人欺负了。我看哑巴将军够意思了，人有钱有势，要什么样的女人没有，让她一个乡下姑娘进门，算是有情。”

“有什么用，让她这么一作，姨太太都没的做。”

有个年轻的小媳妇眨巴着眼睛笑：“哎，你们说苏倾心里后悔吗？”

“肯定后悔死了。隔壁水儿跟她同岁，孩子都抱上了，再这么熬几年，熬成老姑娘，她可不得恨死自己，以后见到轿子就要哭鼻子！”

胳膊肘让人一撞，正说话的住了嘴，回头一看，一道纤细的影儿，苏倾正从她们身边过。一群人讪讪地停止了笑，但眼睛都往苏倾脸上、身上粘着。她脸上不发黑，眼圈也没发红，脸还白得似嫩豆腐，越是美得一如往昔，越让人失望。

终于，翠兰朝着她的背影，挑衅似的喊了一句：“苏倾，八抬大轿好坐吗？”

旁边人纷纷拉扯她手臂，嫌她看热闹不嫌事大，当面往人心上插刀。

苏倾顿了一下，回头轻轻说：“我有腿走路，干吗坐轿子。”夏日晴空，万里无云，映在苏倾乌黑的眼里。她给二丫买了个小糖人，拿在手里边走边看，心里想，人为什么非得要嫁人呢？上辈子她嫁了沈祈以后，就没有一天是高兴的。

旻镇人没想到的是，隔天，震天的鞭炮声打破了宁静的午后。人都从屋里跑出来看，尤其是刚逃难来的外乡人，女人都吱吱哇哇乱叫着跑出院子，还以为旻镇也让人拿炮给轰了。

苏太太也迈着一双小脚出来看，刚好碰上隔壁翠兰，二人仇人相见，嗤笑一声，都把头扭向一边。随后她们听见一阵唢呐礼乐，前前后后好多人的脑袋，簇拥着一个红缨缨顶，慢悠悠地、摇摇晃晃地从围墙后面游过去了。苏太太好半天才反应过来，哆嗦着嘴唇说："……花轿，这是花轿啊。"

旻镇人结婚很少搞这排场，换身新衣服，带上新被褥就去了。苏太太年轻时在平京也是坐轿进苏家门的，她一下就认出了那个挂着流苏的顶。

当时，苏倾正在首饰铺里逗二丫吃糖人。二丫张开血盆大口，啊呜一口就把糖人全吞了。忽然外头人声鼎沸，鞭炮声震天响，唢呐吹吹打打地由远及近，吓得二丫瞪大眼，嘴一张把糖人全吐了出来，以为是糖人的爹妈找她算账来了。

外头看热闹的人都远远地跟着轿子走，不敢靠近。大红花轿前面两排高头大马开道，年轻的小伙子们穿军装，长靴踩着马镫，气派威武，个个脸上喜气洋洋。有一个人一眼看到了在窗边往下望的苏倾，还未靠近就扯着嗓子喊起来："新娘子下阁楼哎！"这么一喊，四周一呼百应，唢呐吹得更加用力，腮帮子都鼓得通红。苏倾在一片嘈杂中下了楼，远远地看着他们。

她漆黑眼睛望着眼前一片的红，心想，叶芩竟真能胡闹成这样。轿子落了地，前面骑马开道的还是那天那几个兵，手撒了缰绳抵在嘴边，扯着嗓子喊："苏小姐，八抬大轿接你来了，你数数，够不够八个人抬！"声音洪亮，后半句话几乎引得空气震颤。他们又哄笑起来，笑得像一片雷，四周议论的声音更巨大了。

她迟迟不动，急得贾三从轿子后边出来，马儿迈着小碎步走到她跟前。他从马上翻身下来，冲着她无赖地笑："苏小姐，说话算话，将军敢拿八抬大轿抬你，你不敢上轿？"

苏倾贴在胸口的圆环直发烫，她用手遮着胸口，默了片刻，真迈腿掀开帘子坐上花轿。顿时，瞬间高起的欢呼声如浪潮般把人淹没了。坐在轿子里，她手心汗湿地想，有什么不敢的。卸下来放在膝上的圆环一明一暗地闪着光，倏忽又往前进了一弯。逆天改命，进了这顶轿子，也算是勉强做到了吧。日日夜夜过去六年，等了那么那么久，就算他总有很多不得已，也总算嫁给他了。

她的手撑着往后挪了挪位置，忽然摸到什么，拿起来一看，座榻上放着一条绳子，绳子头上也绑一串红绸，好像也要沾点喜气似的。苏倾眼睫下的黑眼睛里闪烁着一点光，好像恼了，又好像想笑。怎么，她不愿意，他还准备把她绑回去不成？

灰房子门口也绑了数朵红艳艳的小绸花，迎风招展。将军府里的女仆把她围拢起来，就在叶芩带她看的那间卧室里给她梳洗换衣，换一身华贵的暗红色旗袍。系上最后一枚纽扣的时候，苏倾有些奇怪，因为这次的衣裳竟也恰好合身。烫头，苏倾已经见怪不怪，任她们摆弄她柔顺的长发。女仆们训练有素，并不像从前那些嬷嬷边拾掇她边调笑，她们说话轻声细语，弄得她连呼吸也跟着放轻："屋里有个铃，您有需要就按铃。"

苏倾说："好。"

苏倾这样白，暗红色的旗袍是托着她的花瓣，露出的手臂和脖颈像是质地绵密的奶霜。

她坐在妆台上那面又大又清楚的镜子前出神，好半天才意识到女仆们不知何时都退出去了，背后一股极淡的烟草味道。她抬头，在镜子里看到叶芩的茶青色军装，金色的纽扣钉在上面，金属样的冷。他就站在她背后，低着头给她戴耳坠。镜子里，他的手指捻起她的耳垂，摇摇晃晃的珍珠耳坠在他指尖颤抖，拉出一道道炫白，她同时也敏锐地感觉到，他微凉的手指触碰到了她。镜子里叶芩眼睫微垂，冷淡的容颜异常专注，与当年他用钢笔整理她发丝的神情如出一辙。

苏倾的耳朵和脖颈即刻晕开一片红。她胡乱从他手里夺过了耳坠自己戴，夺得太急，尖钩把那雪珠似的耳垂扎了个红红的印子，叶芩马上收了手。镜子里，他背后是玫瑰红的大床，雪白无一丝杂色的小猫玩偶趴在床上，如同趴在了层叠的花瓣里，又好像真是被人娇养着。苏倾的心还剧烈地跳着，胳膊肘撑上了妆台。

叶芩站在她背后，同她留有一点距离，她的背影印在他浅色的瞳孔里，阳光照在他脸上，鼻梁和睫毛都承着一点光。

叶芩执着地望着她的背影："我给你下过聘书。"

苏倾戴了好久才把耳坠扎进去，垂眸"嗯"了一声。

叶芩又默了片刻："往后睡这里，睡得习惯？"

苏倾也不想抖，可是心跳带着声音一齐抖："可能不太习惯。"

叶芩似乎有些着恼，但六年后的他收敛锋芒，不形于色的时候多些，他轻声道："那先习惯两天。"

苏倾一下午再也没见着他。傍晚，女仆叫她下楼吃饭，精致的西点中点，装在一个个漂亮的白瓷盘里，只有她一个人吃。苏倾不敢问，勺子碰碗的声音都很轻，吃到一半，贾三来了，斜倚着，坐在她对面唉声叹气。

她喝一勺粥，贾三就叹一口气，她喝不下去了，抬头无措地望着他。

贾三赶紧摆手："小的不是故意的。"

他趴在桌上，小心翼翼地看着苏倾："真不知道少爷在书房干什么，平时到这个点，一般都忙完了。"

苏倾怔了一下。

贾三又说："这两天，因为您要来，事情都排开了，肯定是不忙的。"

苏倾看着他，眼睛黑得安静纯粹，耳朵下面两点珍珠耳坠摇晃着。

他吐一口气，轻轻点桌子，似乎有些恨铁不成钢："少奶奶，今天是你的大喜日子呀。"

苏倾发现他叫错了，没顾得上提醒，因为她极聪明，见贾三一句接一句地说些无关紧要的话，感觉到他在暗示什么。她坐在空荡荡的大餐桌旁，明白他的意思，那就是叶芩专程躲她了。

她回想刚才在房里他们说的话，叶芩让她习惯两天，习惯是指什么，有他在身边不习惯？苏倾也有点儿糊涂，从他从背后碰到她的那个瞬间后，她人就是糊涂的，也不知道自己说了什么。

她站起来，女仆们赶紧阻住她下意识拾掇碗筷的手："太太，放着就可以了。"

她们也叫错了。苏倾做梦似的跟着一个女仆上楼去，想起来问："林小姐的房间在哪里？"

跟她一样的布置，还是比她的大一些？理应大一些的，但她下午走过一圈，发现她的卧室已经占了最好的位置，不知道这样合不合适。

女仆回过头来，不太确定地看了她半天："林……小姐？"

不等苏倾答话，她又怕自己服侍不周，匆忙补充道："最近没有专门准备谁的房间，如果是您有朋友来住……"

苏倾怔了一下，觉得叶芩实在怠慢，忙道："那要开始准备了。"

"……哦。"

"还有十天左右，够吗？"

女仆愣愣地点头："够了吧。"

苏倾不太放心地回房间去，门轻轻掩上，屋里极静，她坐在了床上。

床柔软地陷进去，她发现床单上是有底纹的，底纹是暗红色的花朵，她伸出指头描了描花朵的轮廓，把一个垫子抱在怀里，又摸了摸小猫的毛。悬在床边的一双小腿匀称笔直，脚上一双黑色软牛皮小猫跟落了半边，平日里遮掩起来的脚踝，大方袒露出来。这种后跟细细小小的鞋子叫"小猫跟"，穿上就像小猫踮脚，摩登女孩喜欢搭配旗袍穿，将军府里有一柜子，女仆挨个儿捏过去，给她挑最软的一双出来穿。

苏倾在这样舒服的房间里，感到新奇，又有点寂寞，因为屋里太大了。她抱着白猫玩偶在屋里走了一圈，看到了梳妆台上摆的雪花膏，铁盒上画着一个抱琵琶穿旗袍的丰腴女人，打开盖，一股香气扑面而来；还有一个小玻璃瓶里装着的香水，弄得她打了个喷嚏。她用手背轻轻蹭了蹭鼻尖，抬起头的时候，从镜子里看到自己发红的双颊。

随后她注意到了衣柜，衣柜看上去有些年头，和其他崭新的家具比起来，显得有些小和旧了。她觉得这衣柜有点熟悉，手掌顺着木纹纹路贴上去抚摸着，好像忽然想起来什么，把柜子门拉开。淡淡的花香漫出来，柜子里大都是他早年的西装，是他还在当五少爷的时候穿的衣裳。旁边露出一个白色的角，她伸手一拉，熟悉的样式送到她面前，蕾丝、珠饰、纱制裙摆。她穿过的那条裙子。苏倾一时怔住了，她慢慢蹲下去，想起来，在他的房间里，她钻过这个柜子，在里面换过衣裳。

她把手掌伸进去贴着柜子底，却被荆棘扎了一下，她缩回手去，疑惑地把裙子撩开，柜子底下躺着一枝新鲜的玫瑰花，静静地开在黑暗里，开在她裙下。艳红绸缎一样打卷的花瓣，在她拿起来的瞬间，掉了一片，轻擦过她的膝盖，无声地落在地上。

苏倾把柜子关上，可是那朵花，她舍不得把它放回黑暗里，就把它浸在自己的喝水杯里，掉在地上的花瓣，也捡起来搁在桌上。苏倾坐在床边发了一会儿呆，想起女仆同她交代的话。她的目光在屋里睃巡，真的在床头发现一个电钮。她一揿电钮，立刻便有人跑来，这个女仆是个生面孔，她刚才没见过，但是她见到苏倾的时候，满脸都是兴奋的喜色："太太有什么吩咐？"

苏倾不知道对方笑什么，她客气地说："请叫将军来。"

女仆笑着说："马上。"喜滋滋地旋身跑下了楼，裙摆都绽开一朵花。

这座房子里统共就只有一个铃，电钮在苏倾房间里。她是专门守这个铃的，惴惴不安等了好多天，总算有人叫她。

（三）

叶芩从书房走出去时瞥了一眼挂钟，九点钟了，窗外夜色已深。旻镇不同于热闹的都市，这个时候家家户户都吹灯拔蜡，整个小镇一片寂静，灰房子里璀璨的灯火，反显出一种奢华的寂寞。

他的靴子踩在地板上，不徐不疾，发出清脆空旷的声响。他在走廊中间停下来，因为三四个女仆正戴着手套忙进忙出，他侧眼看着，影子落过来，女仆们的动作马上停止了，训练有素地低头站成一横排。

"太太让我们十天之内收拾一间房出来。"

叶芩微怔："干什么？"

"说是给林小姐住。"每次说到"林"，她们都要迟疑一下，好像那是什么难念的字。

"……不知道是姊妹，还是朋友？"

叶芩目视前方，掠过了她们："按太太说的办。"

门里悄无声息，他抬手敲了敲门，才发觉门虚掩着。苏倾坐在床上，暗红的旗袍只堪堪遮住膝盖，越发衬出她的双腿洁白。只是她双腿并拢，一双手规矩地叠在大腿上，坐得非常拘束。他反手把门关上，构造复杂的金属锁自己发出"咔嗒"一声钝响，苏倾乌黑的眼睛一下子看过来，与他撞上了。

叶芩脸上没什么表情，眼神也不往她身上落，顺手把外套解了搭在椅背上："怎么？"

语气同以前一样的散漫冷淡，甚至带一点刺的挑衅，不了解他的人，会让他这种态度吓得不敢开口。

苏倾却感到一阵轻松，发狂的心跳平复下一大半，不由得露出一个挺高兴的笑："我想同你商量件事。"

“嗯。”

“我能不能带二丫来住？从前无处可去的时候，承过她的恩。”

叶芩定定看着她许久，启唇：“无处可去？”

苏倾张了张嘴，还没想好从何讲起。他已经掩住了眼里些微上涌的戾气，轻慢道：“我知道了。”

他停了一下：“让她住二楼右手边第二间。”

苏倾刚想点头，又急忙反应过来：“不行，这个房间有用的。”

叶芩走过来，竟然挨着坐在她旁边，床微微陷下去一点。他侧头，目光掠过她额角的发丝，平静的呼吸吹在她脸侧，似乎有一点故意的挑衅：“有什么用？”

苏倾替他着急：“你该给林小姐准备一间房的。”

他眯眼：“谁？”

“林小姐。”

让他气势压着，苏倾声音小了一截，可是不赞同之意愈加明显，一双眼睛闪闪的，不屈不挠，像是和夫子理论的学生。

叶芩看着她半晌，沉着脸说：“没别人。”

苏倾想，他大约不想提，她也再不说了。

叶芩坐在她旁边问：“还有事吗？”

苏倾默了一下：“我仔细想了想……”

叶芩摆弄袖扣的手稍停一下，悄无声息地，屏息听她想了什么。

“我既然坐上轿子，就是答应了做你的姨太太。”苏倾的脸红透了，她自己没觉察到，只是觉得喉咙里塞了棉絮似的，说话有些费力，“要是不给你碰，是不是有些矫情？”

她也不知这样说对不对。上一世在大红喜帐里，她怕得要死，把自己抱成一颗又冷又涩的石头，沈祈暖不化她，就硬把她掰开，把她四分五裂地掰碎了，见她眼泪含在眼睛里，掐着她的下颌骂她矫情。他把酒给她强灌下去，说哪个女人成亲不如此，怎么偏你就不行。

她虽然不是人群里掐尖要强的，但也怕给人戳了脊梁骨，怕人说她不正常。

“……”

叶芩默了好长时间，一时间竟不知该抓哪个词，总算抓住一个，便语气不善地问出来：“姨太太？”

苏倾放松多了。因为想到沈祈，就觉得现下不知好多少倍。她的手撑着床沿，腿像小孩子一样轻轻地荡着：“要是别人，我兴许不肯。不过给你做姨太太，倒可以。”

叶芩没出声，像是僵成一座雕塑了。

苏倾踩着小猫跟蹲下来，把手环过去。从前她无数次跪着给沈祈解革带，这一抱倒也熟练，但是叶芩的腰身是不同的，她丈量过去的时候，他身上那股萧索气息和烟草味道环住了她，她就有些目眩了。

叶芩总算动了，他蓦地拉住她的胳膊，强硬地把她拉了起来。

苏倾以为触怒了他，可下一秒他就抓住了她的腰，把她一把托起来抱到膝上，卡住了她的腰不让动。他低着头，一寸寸仔细端详她。

苏倾腿岔着，骑大马似的跨在他腿上，旗袍下摆太窄，绷到了腿根，露出的雪白膝盖半搭不搭地落在床沿。这样坐着不舒服，也不妥当，但她没敢挣扎，更不敢抬头看，好像跟他腰上的皮带杠上了。

好像解开了，就是给自己松了绑。

可惜这扣儿她没见过，不会解。牛皮带上圆形的金属扣子闪着寒光，冷的，弧形镌刻的洋文字母像一枚一枚寒星，让她想起那支宝蓝色的钢笔。

她的手指在冰冷的皮带扣上摸了几下，好像有些痴迷，把自己原本要做什么给忘了。

叶芩修长的手指蓦地覆上来，把她的手摁在皮带上。他的语气很淡，气息却有些乱了："给你卸下来玩好不好？"

叶芩不待她回答，按着她的手轻巧地把皮带扣打开。

苏倾与他贴得紧，惊得挣动了一下。叶芩迅速抽着皮带，膝盖一抬，形成个斜面，苏倾又往前滑了一步，两手抵着他胸膛，脖子全红了。

十个指头蚂蚁似的在他心口舞蹈，苏倾还没反应过来，一双手腕就让皮带利落地圈圈缠上了。他脸上一点情欲没露，动作却已濒临失控了："你既信我，怎么不信到底？"

苏倾看着自己并在一起的手，捆螃蟹似的让皮带捆起来，下面一端垂着圆形的金属扣子来回摆动，像是给猫玩的毛线球。

那毛线球马上荡了起来，因为他一手搂着她的腰，忽然站起来。苏倾低着头，他也执着地低头去找她的脸，利落的黑色发茬下，脖颈流畅地没入衣领，背上一对蝴蝶骨将衣服撑起来："谁家娶姨太太，八抬大轿往家里抬？"

苏倾双手困在胸前，只能靠他托着维持平衡，悬空的瞬间，背上冷汗都出来了，一双腿下意识地夹紧了他的腰。

她知道不雅，急得要哭，赶紧又把腿放下，心在嗓子眼里狂跳，连他说什么都没空细想。

叶芩躁得不可收拾，迅速转身，把她原样放回床沿，落下去的时候，她的鞋子都掉了一只。

苏倾乌黑的眼睛往上看，与他对上了。皮带扣在空里荡得人心烦，他一把抓住，俯下身，猫一样冷淡的眼睛看着她："不许跑了。"

他连外套都没顾得上穿，就匆匆出门。

贾三正倚着楼梯扶手看女仆收拾房间，顺便注意着苏倾房里的动静。

本来他以为今晚没戏了，谁知过了九点钟，少奶奶又把他家少爷叫进去了。

他以为这下有戏了，可才过了十分钟，叶芩就自己出来了，步子没章法，但是急，掠过贾三的时候，他觉得自己都能被带着打个转儿。

然后他发现，叶苓总是利落扎在裤腰里的衬衣下摆竟然拉出来了，懒洋洋地搭在裤子上面。他伸手猛地把窗户推到最大，一股风呼地卷进屋子里。

叶苓倚在墙壁拐角，几乎把自己嵌进墙里去，叼着细长的烟，眼睫垂下来，拇指摩挲着那支滚轮式火机，"啪嗒"地一打，火星就让风给卷熄了。他竟也耐心，反复许多次，好像是在无意识地拿它玩儿。

贾三看清他的神色，觉得有些吃惊。叶苓五官锋利，冰雪刻出来的冷和硬。他城府深，一直是个心里有数的人，从军以后，更不容许自己不清醒，走到哪里都绷得像一杆旗。不过此刻他靠在墙壁上点烟的时候，几根发丝让风吹得乱飞，他仰脸迎着风，贾三发觉他自持的那股劲儿全散了，比红房子里玩到黎明的那群兵还散，何止是散，简直是意乱神迷。

苏倾坐在床沿上，伸着捆在一起的手，弯腰小心地够那双鞋子。她视野里看到一双锃亮的军靴进来，手让人捉住。叶苓蹲着，静静地给她松开，皮带一甩，顺手挂在肩上。他微凉的手指碰到她裸露的脚踝，苏倾缩了一下，让他一把抓了回来，利落地把小猫跟穿好。

苏倾看着他的发顶，发胶梳过的头发又黑又硬，泛着点亮光："你刚说的是什么意思？"

叶苓反手把妆台前的凳子拉过来，跟她面对面坐，是个不常见的严肃姿态。

他看着她，默了一下才说话："苏倾，你可能姓林，也可能不姓，但十天以后，不管怎样，你都必须姓林。"

苏倾这样聪明，只怔了一下就明白了，只是她不太敢相信，嘴唇仍是紧张地绷着："林小姐……"

叶苓定定瞧着她，瞳孔透亮："嗯。"

苏倾出了一身冷汗，不知是惊讶事情峰回路转，还是不安。她想起女仆们迟疑的表情，还有贾三那句"少奶奶"，原来这屋里的人除了她都知道，叶苓娶的只有一个林小姐。

骤然的松弛，弄得她的黑眼睛里有些茫然了："怎么会是我呢？"想了这么久的林小姐，在脑海里勾勒出她白天鹅一样的脖子，三小姐一样妩媚的短发，笑起来一口白牙齿，能把叶苓也暖化的人，一定是鼎鼎闪光的，可这个清晰的剪影，慢慢融化成一摊稀软的泡沫，又化作水，倒映出她的脸，只剩下她和迷茫的自己对望着。这个灰房子，玫瑰红的床和趴着的小猫儿是她的，原本就是给她的。

"你既不姓苏，为什么不可能姓林。"他手上玩着那皮带扣，解开了又扣上，一声声的清脆的响，"林小姐还是苏小姐，搞不清也没什么干系。"皮带扣悬在他手里荡一荡，他看着她，眼里含着一点恨恨的作弄，"还玩不玩，叶太太？"

苏倾的腿悬在床边荡着，通红着脸说："不玩了。"

这夜长得漫无边际。

苏倾抱膝坐成一团，陷在玫瑰红色的床里，柔软的丝绸睡衣盖在脚背上，洗过以后有些湿的头发，掩住了雪白的脊背。

叶芩背对她坐着，单手解衣服纽扣，听见苏倾用细细的声音问他：“那我们还过不过新婚之夜？”

他的手指一顿，没作声。等他换好衣服，回过头来，苏倾一双细长的手臂还抱着膝盖，下巴抵在膝盖上，乌黑眼睛安静地看着他，好像在耐心地等。

叶芩不能看她的眼睛，只垂眸看着她半露出来的莹润的脚趾，踩在玫瑰红色床单上。

“你想过？那你过来亲我一下。”说完这话，他自己耳根子先热了，撑着床凑过去，嗅她脖子间的味道，半干的头发味道很淡，他却觉得香得似开得冒热气的鲜花。

他的鼻尖碰到她，苏倾好像是怕，呼吸猛地停顿了，他伸手往她肩头一推，就把她摊平推倒了。

她背后枕着微卷的发丝，睫毛下眼睛乌黑，映出两朵明亮的顶灯，迷蒙又剔透。

他的手从她脸上虚虚地抚过，掠过胸口的荷叶褶，往下极慢地滑过去，又一下勾住了她的衣裳。

苏倾闭着眼睛，睫毛一直颤着。她不知道这是什么感觉，他的手像不怀好意的小虫，她越害怕它出其不意地爬，越是敏锐地等，轻微的触碰，就变成浑身上下的战栗。不用喝酒，她就已软得陷进床里去了。

她闭着眼，叶芩才敢放纵地欣赏她，恶劣地再滑一遍：“叶太太，巴巴地想给人当姨太太。”

苏倾睁眼，红着脸想辩解什么，他蓦地俯身下来，咬在她浮雪似的耳垂上。

身下的人猛地颤抖了一下，好像要跳起来了，可是他把她箍紧了，手从她脸上滑过去，到了脖颈，一下一下地轻按，指腹所到之处这样地软，一朵接一朵红云绽开在他指下。

苏倾眼前模糊一片，好半天才回了神，因为叶芩停止撩动她了。他撑着床，琥珀似的眸子似乎在嘲笑着她：“今天先饶你一天。”

“知道为什么吗？”他见她不搭话，故意往她脸上一下下轻点，大人给小孩做，是“不知羞”的意思，偏他做出来，带着点轻佻的缠绵，“碰你哪里，哪里就红一片，怕你受不住。”

苏倾的脑子轰地沸腾了，好像要从两只耳朵里冒出滚烫的水汽。他说出来的话不加掩饰，就像刀片反刮木板，把她的心起得全是毛边儿。

叶芩仔细端详着她，目光有些迷离了，好像想给自己找补偿似的，脸贴下来，吻上她的嘴唇。

柔软的，唇齿相依，尝过就舍不得放开。

叶芩睡着后气息很浅，像只安静的猫，苏倾只与他挨住一点，睁着眼睛看着黑暗中的天花板。

小时候，府里得了一罐巴蜀辣椒，大家瞧着新鲜，都想尝尝。娘说，空着肚子吃，吃了伤胃更“烧心”。有一回她与五妹打赌输了，半夜去厨房偷吃了一大勺辣椒，晚上躺在床上辗转反侧，才明白“烧心”是什么滋味：好像心口燃着一团火，不得安宁。

她今夜没吃辣椒，怎么却觉得更“烧心”了？

叶苓也只是假寐，觉察她轻手轻脚地坐起来，就在黑暗里悄悄睁眼看。苏倾坐起来小小一团，略微凌乱的长发垂在身前，一个迷糊又妩媚的侧影。她的手小心翼翼地揉了揉他的膝盖，又往下摸到了小腿，好像在低着脸认真地检查。

他心想，这么黑，她看得见什么呢？

——她是不是想问，腿好了吗。

——好了，早就好了。若不赶紧好，怎么站着娶你呢？

苏倾悄无声息地触碰着他，最后把脸轻轻贴在他的膝盖上，她的脸颊是温热的。

他不用看，脑海中就已经勾勒出这幅画面。因为他见过，在溪边，苏倾搂着大黄狗的时候，手臂绕着它，从底下揉揉它的肚子。狗在夏天惬意地吐着舌头，她就像个小孩似的，把脸贴着它毛茸茸的脑袋。

贴着，就是亲近和喜欢的意思。

苏倾贴了一会儿，心满意足地放开，认认真真地给他腿上盖好被子。

叶苓坐起来，猛地从背后把她环住，嘴唇贴着她温热的后颈吻上去。苏倾好像惊了一下，瞬间软在他怀里，他吻了一会儿才觉出不对，因为她细细的手指一直掰他的胳膊，挣扎得厉害了，指甲在他小臂上挠出几道印子。他低头看她的脸，苏倾靠在他怀里喘着，黑眼睛里好似结了一层迷蒙的水雾。

他惊奇地默了一下，指头照着她后颈上细嫩的皮肤摩挲着，咬着她的耳朵笑：“小猫的这里是最没感觉的，母猫时常咬着到处跑，你怎么不一样？”

苏倾顾不得什么母猫小猫，只觉得自己难受得受不住，紧紧攥住他的手指不让他动。

叶苓说：“好了，不摸了。”

他声音都有些哑了，在前兜里一捞，手指绕着细细的金属链子，挂出一只怀表来。夜里黑，他一手搂着苏倾不放，好半天才看清时间，原来不过三更。

他觉得自己好笑，语气里就带了点笑意：“哦，一天还没到。”

苏倾问：“你是不是后悔？”

叶苓说：“嗯。”

但他只是亲了亲她的头发，就把她带倒躺下，连被子一起推到一边，很轻地说：“我答应你的话，永远不反悔。”

苏倾起床的时候，叶苓已走了，他简直就像古代的皇帝，天不亮就得上朝去。早晨的太阳光透过白纱窗帘洒在床上，把床晒成明丽的橘红色。

女仆敲门进来，手里拿了枝新鲜玫瑰花，要往衣柜里放。苏倾问她做什么，女仆说："将军交代了，每天都要换一枝新的，这柜子要永远有香味。"

苏倾指指妆台上的玻璃杯："放在那里吧。"

女仆走近了，昨天的玫瑰花还浓烈地开着，她看到这是给苏倾准备的水杯，吃了一惊："太太，那您拿什么喝水呀？"

苏倾笑着说："拿碗吧。"

她穿睡衣坐在床上，脚还赤着，没睡醒的烂漫，眼睛里也带着笑，露出一排白牙齿，沐浴在阳光里，好像整个人都在发光一样。

叶芩走了，但贾三留在屋里，陪她吃早餐。

"少奶奶，您知道少爷是怎么给您找着爹的吗？"

苏倾搁下勺静静地看着他，贾三最喜欢跟苏倾说话，因为无论他说什么废话，她都会认认真真地听。

于是他笑出了两颗虎牙："也是碰的。"

"少爷刚起势那会儿，姓林的看上了他，想拿联姻跟少爷谈合作。少爷不答应，他干脆办场舞会，把我们骗过去，再把他女儿叫来——真狠哪，那小丫头毛都没齐全，一张嘴还一口鸟语。我想这事儿没谱，谁知少爷转天应了，我问他为啥，他说那丫头跟您有五分像。我仔细一想，倒还是真有点像。

"姓林的以为这事儿妥了，乐得跟什么似的，可少爷跟他说，要娶的是他家大小姐。原来林家早年逃难的时候遗失过一个挺小的女孩儿，再也没找着，想来不是让乱枪打死，就是给野兽叼去了。那是林太太头一个孩子，她受不了，很快生病死了，所以林先生从来不提大小姐。当时少爷把生辰八字一报，他都惊呆了。"

苏倾的睫毛轻轻眨动着。

"姓林的心眼儿多，他怕少爷摸清了他家底细，编瞎话骗他，故意使缓兵之计，就跟我们约好，先定姻亲，他要来旻镇见了您，才许你们成婚。如果来了发现不是，少爷就必须娶他家那个满嘴鸟语的小丫头，少爷也应了。"

贾三叹了口气，一双筷子使劲戳着碗里的粥："最近风声紧，林先生让人盯着，困在平京过不来。谁知道少爷就这么着急，十几天都等不了，硬要现在成亲，不知道林先生过来了，得闹成什么光景。"

他见苏倾眼里满是愧疚，忙道："少奶奶，小的不是怪您——您放心，只要少爷说您是林小姐，您就是林小姐，姓林的不敢说半个不字，千万别害怕。"

他的声音又放轻了："少奶奶，您别怪我们瞒您，这认爹娘祖宗的大事儿，还是得谨慎些，万一给了您希望，让您盼了十几天，见了面又说不是，您心里得多伤心哪。"

苏倾把头发别到耳朵后面，低着头微笑，轻轻地说："我不怪你们。"

坐在餐厅里，苏倾才注意房子外那片香草花田改种了玫瑰花，女仆的花就是从那儿摘来的。

贾三解释道："少爷不喜欢那日本女人留下的味儿，那些香草全换了，屋子里也重装过了。"

苏倾问："二少爷和鹤知呢？"

"那两个人精，您还担心他们？"贾三撇嘴，"他们供着六姨太太的福寿膏，可不是白供的，养着六姨太太，就不怕少爷飞到天边。这不，花了两栋大宅子，才把六姨太太给换回来。"

说什么来什么似的，女仆忽然从楼上嗒嗒地跑下来，两手交握地站在苏倾面前，嗫嚅："太太，老六姨太太想叫您过去。"

（四）

苏倾怔了一下。贾三说："烟不够抽你不会给她拿吗，还要劳动太太？"

女仆说："不是，不是，她一直发脾气，问将军是不是成亲了，怎么成亲也不告诉她一声，还说……哪有媳妇过门不拜婆婆的，真是……真是没规矩。"

苏倾脸皮薄，脸马上就通红一片。贾三有些恼了，气就撒在女仆身上："谁吃了熊心豹子胆，敢使唤太太？这家里你到底听谁的？"

眼见着女仆要哭，苏倾忙起身："我去一趟吧。"

贾三小声拦她："不用理她，烟抽多了发疯呢，等少爷回来她就不敢作了——还嫌成亲不告诉她，她养过少爷没有呀。"

苏倾心里还是不安："我去看看，待不住了我再回来。"

六姨太太住在顶层阁楼，外头是坡屋顶，里头的天花板是倾斜的，苏倾一眼就看见上面结的亮闪闪的蜘蛛网。门没关紧，女仆就站在外面守着。

屋里很暗，悬了很多纱布剪成的帐幔，一股浓郁刺鼻的香味凝在房间里。

这些纱幔毫无生机地垂着，苏倾站在帐幔外面轻轻开口："婆婆，我是苏倾。"

她想象中的斥骂没有到来，根本没人应她。她等了一会儿，掀开帐幔走进去，房间里摆的是旧式家具，褪了色一般暗淡，笼在这灰暗的浓香里，也仿佛溺死了一样。

她走着，好不容易辨到了雕花的木床，床上也挂着帐幔，半遮半掩地漏出一个倚着躺的人影。这人穿着旗袍，连那旗袍的颜色也是灰蒙蒙的，火柴棍一样的手臂从松垮的衣服里支出来。

苏倾又说："婆婆，我是苏倾。"

片刻的安静，好像死了一般一动不动的六姨太太，喉咙里发出了沙哑的声音，好像砂纸磨了木头桌。她长长地出着气："你来，与我把帘子掀开。"

苏倾在床边蹲下，白色纱帘一点点卷上去了，床里床外仿佛颜色不同的两幅画，双双同时展开。卷帘子的手白皙，手臂纤细，暗红色的旗袍上，巴掌大的鹅蛋脸，樱桃小口，乌黑眼睛，细细的眉温柔秀气。苏倾也一点点看清了里面的模样，如同木头刻出来的一双干瘪的手搭在床头，惨白如纸的脸，她的脸颊凹下去，颧骨耸立起来，一双无光的眼，直勾勾地盯着她看。

两相无言，苏倾卷着帘子垂着眼："对不起，儿媳来迟了。"

六姨太太漠然盯着她，蓦地笑了，笑得无声而诡异，露出一口掉得参差的牙齿和萎缩的牙床，仿佛画书里吃人的鬼。

半晌，一支烟杆伸过来，那沙哑的嗓子又响："你，帮我点上。"

苏倾双手接过来，不知道怎么点，她见过杨老头抽旱烟，就把那烟叶子捏了，原样炮制。

六姨太太目光直愣愣地盯着她的手看，这样一双白嫩漂亮的手，点烟娴熟麻利，好像是在勤劳地纺纱、绣花一样，好像只因为这个，她就有点满意苏倾了。

六姨太太木着脸吸烟，风中枯叶似的身子熟练痉挛着，旗袍跟着哆嗦。她抽得多了，已经不像苏煜那样会露出飘飘欲仙的表情。

苏倾立着，暗暗在屋里找茶壶，因为她幼时是学过敬茶的。正想着，六姨太太已抽完了，捏着烟杆，挣扎着下了床。

六姨太太似乎许久没走过路了，胯骨都发出咔嚓响声，好像一具易散的骨头架子。她一步一摇地走到了那座破旧的妆台边，用颤颤巍巍的手抹了一把镜子上的灰。

一小块的清明，映出她脱了形的脸。仔细看去，她的眼睛是很美的，猫儿一样的浅褐色，叶芩那双凌厉又淡漠的眼，原是随了她。

"苏倾，是吧？"六姨太太望着镜子，忽地道，"你会梳头？"

苏倾把桌上缺了半块的梳子拿起来，帮她把盘起来的头发拆开："是要重新盘发？"

因为常年营养不良，她的头发干枯发黄，缠成一团。六姨太太忽然伸出枯瘦的手，握住她的手腕，手指习惯性地抖着："不梳这个。编辫子，会吗？"

苏倾怔了一下，一根辫子，是没出嫁的乡下少女的发型。

苏倾捋着她枯草似的头发，六姨太太长久地默着，忽然开了口："我年轻的时候，也像你一样美。"

她咧开嘴，露出那一口参差不齐的牙："可我，骨头太软。"

她轻柔摩挲着手里的烟杆，好像在抚摸情人："对，要是不软，怎么给它缠了一辈子？"

她的头发禁不起拉扯，一把把地落在苏倾手背上。苏倾急得背上生汗，还是难以拧成一股。

"编不了了吧？"六姨太太笑。苏倾发觉她的眼睛变得那样亮，原来是含了一点泪。她说："编不了，那就算了。"

她极慢地打了个哈欠。抽烟的人，总是爱一下一下地打哈欠，打完哈欠，她的泪便多了，盈盈地悬在眼里，让人错觉这双原本美丽的眼睛又有了神。

她缥缈地笑着："真不知道，我这样的人，怎么能，生出一个骨头这样硬的儿子。"

话音未落，她手一松，烟杆"啪"一下摔在地上。

苏倾一惊，想去替她捡，不知那烟杆什么材料做的，竟已断成两截了。

门也同时让人"咣当"一声推开，仿佛有一阵凌厉的风卷进来，苏倾的手腕让人一抓一带，手上的梳子也跟着滚在地上。

叶芩将她拉到背后，漠然望着六姨太太："我的太太，是给你梳头用的吗？"

六姨太太不说话，她还直直地看着镜子，好像还沉浸在刚才的疑惑里。

叶芩不待她回答，抓着苏倾的手下楼去。六姨太太这才启唇，镜子里，蜿蜒的泪从脸上慢慢地落下来，落在妆台上，砸开一朵尘埃。

"好好过吧。"

苏倾听见了，不由回头去，可层层帐幔把她的视线封住了。

前面，叶芩拉着她走，浑身落在光里，背影那样有力，大约赶来得急，背上湿了一小块，透了衬衣。

到了二楼，他才回过头来，一把将她抵到墙上。

背后是一幅油画的金属画框，硌得她皱了一下眉。他即刻注意到了，抓着她往平整的地方挪了挪。

他容色冷淡，眉宇里已有厉色："谁叫你你都去？"

骤然伸出手指，捏住她左边耳垂惩罚地揉了两下："耳根子这么软的？"

登时揉得苏倾脸都红了："我下次同你说过再去。"

叶芩一见她那模样，一声不吭地摸出烟来，侧过身对着窗口点，逆着光的侧脸像刀雕刻出的："没下次了。"

苏倾半天不应声。叶芩扭过来，却见她垂着头，正盯着他手里那个滚轮式打火机看。

他把火机抬起来，咔嗒，点了一下，不经意地睨着她的神情："喜欢这个？"

苏倾没说话，可她那双希冀的眼睛骗不了人，他手掌一伸，火机递到她面前："拿去。"

苏倾只巴巴看着，不敢接。叶芩把烟掐了，拉开她的手给她放手心上，忽地心里一动，低声说："你玩一个给我看看？"

苏倾刚才看过他怎么用，学得极快，指头转着那齿轮，啪嗒一下火焰升起来。天太亮，只有那点儿蓝焰看得清楚，剩下的，全化作两抹跳动的光，映到了她黑色的沉静的眼睛里。

叶芩想到他要干什么了，弯下背把烟凑上去，表情松动开来，头一次觉得她给的火像是鸦片叶子，他就是那急不可耐的瘾君子。

可吸进肺里，仍觉得不是滋味，他飞快地掐了，俯身吻上她的唇。苏倾安安静静地望着他，他克制自己，只留恋地碰了一碰就离开，手指点点让她紧捏在手里的火机，垂眸道："往后不抽了，你管着。"

苏倾得了个金属火机，紧紧握在手里，眼睛里既有天真的孩子气，又有勾人的迷蒙。

“好。”

二丫是晚上搬来的。贾三帮她把行李抬上楼，她第一次住这样豪华的房间，不由得惊呆了。

苏倾进屋的时候，她正紧紧抱着一个女仆，把头靠在人家怀里。苏倾忙道：“二丫，快松开。”

二丫好似在女仆怀里深深吸一口气，比画着自己的腰叹息：“原来大家都不是一个桶。”

女仆们都年轻，让她逗得咯咯笑起来，又怕惹恼了客人，纷纷捂着嘴下楼去了。

苏倾弯腰给她把床铺好：“搬了一天累了吧，早些休息。”

一扭头，二丫还站在原地笑呵呵地看她：“你真好看。”

苏倾一怔，旋即笑起来。伸手帮她换衣服的时候，二丫说：“你弟弟的房子给人烧了。”

苏倾的动作停了一下：“什么？”

二丫慢吞吞地捂住嘴：“噢，我忘了，方才那叔叔不许我说。”

二丫一直觉得自己小，见男人就喊叔叔，苏倾想，她指的大约是贾三。

“苏煜吗？”她如今听这名字，都有些陌生了，“他怎么了？”

“房子烧了，他和他妈住在牲口棚里，还跟狗抢窝。”二丫迟疑了一下，嘟囔，“他和他妈把你赶出去了，你才到我家来，是不是？他们真笨，不让神仙住在家里，给我捡着了，所以他们没房子，我有大房子，神仙好公道的。”

苏倾问：“这也是刚才帮你搬行李的叔叔说的？”

二丫虫子一样钻进被子里：“是呀。”

苏倾怀了心事回到房间，在妆台前呆呆坐着，叶芩还没回来，她拿手转着那只火机玩，有一下没一下地打着火。

那金属壳子和迸发的火星不知有什么魔力，竟然让她着迷，她玩得太专注，门响了也没听见。

直到叶芩捏住她的肩，冰凉的吻猛地印在她后脖颈上，她手一抖，火机咕噜噜从睡裙上滚下去，落在地板上。

“掉了……”

叶芩看也不看，将她从椅子上拖起来，抱到床上去。

苏倾在床上打了个滚，因为他还吻着她后颈不放，她好半天才翻过了身，陷在床里，眼里含着两汪水光，有些着恼地盯着他看。

叶芩已经散漫地靠在床头，瞳子里含了点笑：“那玩意儿就那么好玩？”

他拉过她的手，往自己腰上走，带着她摸上冰凉的皮带扣，描上面的花纹：“这个，还玩吗？”

苏倾生了片刻闷气，真的坐端正凑到他身旁来，手指来回摩挲金属带扣，好似出了神。

叶苓等得呼吸凌乱，摁着她的手“咔嗒”一声解开：“怎么还是不会。”

苏倾很不赞同，细细地辩解：“我会的。”

她有点生叶苓的气，明明是他让她玩，她才玩两下，他又不让了。

解开了，他也不急，依然靠在床头，指头把她头发轻轻撩开，顺着耳朵滑下去，声音已压低了：“昨天饶过了。”

苏倾微闭着眼，呼吸颤着，怕这种感觉，却又好像也喜欢。

她上一世床笫间事，留给她的除了疼痛和屈辱，就只有惶然。可是在叶苓身边，她生出一种从来没有过的感觉，这种感觉折磨困扰着她，好像又在“烧心”了。

叶苓手臂一收，把她搂过来，吻她的唇，直吻到她唇上如嫣红的一朵鲜花盛开，他才稍微离开了些，心里惦着她坐在那里寂寞出神的样子。

“刚才想什么？”

苏倾好半天才把神拉回来，仔细想了想，老实地答：“你是不是把苏家房子烧了？”

叶苓的眼神蓦地一利，仿佛刀锋闪了寒光，但不是朝她，眉宇间那股狠戾散在空气里，转瞬化没了。他有点恨她小小一颗心，非要装那么多不相干的人。

“不仅烧了，还差点弄死了人。”低头吻着她的耳垂，他恶劣地问，“林小姐，你还认识苏家人？”

他抬起头看看她的反应，苏倾没有说话，稍微有些迷离，却还是平静包容的黑，没有丝毫责怨。

叶苓总觉得她好像少了点什么，这会儿想明白了。她少的是对亲近之人的防备和惧怕，尤其是对他，无论他做了什么，她都敢往他心口上偎。

这么想着，就觉得心里燃起一大片火，他翻身把她放回床上。苏倾突然看着他说：“你可不要欺负我。”

他怔了一下，额头上竟然紧张地沁出汗珠来：“怎么算欺负你？”

苏倾说：“摸脖子后面。”

“还有？”

苏倾认真想了一下：“没有了。”

他觉得有些好笑，食指故意在她柔软的小腹上画圈：“别的，都不算？”

苏倾的睫羽轻轻一动：“不算。”

叶苓笑了一声。他头一次觉得，苏倾这曼妙的身子里，竟藏着股剔透稚拙的憨。

他摸了摸她的脸，手掌下移，又玩起昨天的游戏，只是这次没有留情，掌心的热度，足以把奶油和糖霜都融掉。

苏倾的两丛睫毛抖着，心底油然而生的感觉极陌生，让她害怕自己快要脱离掌控了，可她不知道怎么办，只得忍着受着。她感到自己犹如撑篙行船，下了篙船却刹不住，水花直扑船头。

叶芩骤然触到了她的情动，片刻之间意动神摇。

好半天，他哑着嗓子说："你这样，让我怎么办？"

迟来一夜，天翻地覆。原来爱与痛是一起的，爱是这样热的，像汹涌波涛，狂风席卷，顷刻间就能冲昏头脑，所以痛就成为划伤拇指的小树枝，再也算不上痛了。

她不离身的圆环，让她摘下来孤零零地搁在床头，就在这一夜，里面的水蓝色悄无声息地，犹如冲出峡谷的水流，绕了个弯直激终点，又退潮般缩回来，凝固的蓝色变硬变脆，成为圆环实心的一部分。

旻镇的夏天，天亮得早，灰房子的玻璃窗，最不吝惜让阳光进屋，薄薄一层窗帘遮不住。叶芩把手臂作枕，有些懒散地假寐，他的手摸过去，旁边是空的，床单让阳光晒得发烫。

苏倾正跪在凳子上，趴在妆台前，压着一双雪白的足。丝绸睡裙压了好多道褶儿，包裹着她纤细的腰。

他赤脚，猫儿一样悄无声息地走过去，看她捣鼓什么，却见她微卷的发丝从前面垂下去，露出的脖子和肩膀上满是痕迹。

他一时悔了，伸手轻轻盖住那些痕迹，眼睛垂下来："弄成这样，你怎么不说？"

苏倾让他吓了一跳，好半天才回话："你怎么起了？"

叶芩把脸埋进她发间，嗅了一嗅："那你怎么起了？"

苏倾对着桌面，露出个赧然的笑。眼睛弯下，整齐的牙齿露出来，饱满皎洁的月亮般地笑："我睡不着。"

叶芩把眼低下去，桌上分着堆了好几摊圆圆扁扁的小药片。她细细的手指头像拨弄算盘珠子一样，一枚一枚仔细数过去："我给你分好了，以后别忘记吃。"

叶芩想，原是治头痛的药。早年对抗余毒的是大药丸，要掰成四份才咽得下去，味道苦极；后来换了小瓶子里的西药，既没味道，药效又好。可是他总是忘记，或者是故意记不得，头痛与他相伴相生，似乎扎进他的骨头里，变成他的影子。

他这辈子无数的大小病痛，早就习以为常，可是苏倾在他身边这两天，他好像从未患过头痛似的，竟连这回事都忘了。

苏倾还趴在妆台上分药片，他蓦地想起一段模糊的记忆。

在六姨太太房里，灰暗闷不透风的屋子，他抬起莲藕似的胳膊牙牙学语，母亲不理会他。他的手指把她的脸都戳了一个浅浅的窝，她连眼皮子都不抬一下。

樱桃顺着他的喉管下去时，肿痛一片，他从凳子跌在地上，无数丫鬟环绕着他，可她们却好像都在冷眼旁观，相互笑着。从此以后他就懂了，家里的女人，是桌子椅子；外头的女人，是豺狼虎豹。

可是苏倾不一样。原来他缺省的那些部分，都是有的，注定要让一个苏倾填上去。

他有点想烟了，垂下眼，在口袋里摸了片刻，这才想起火机已经送给苏倾了。他无声地笑了一下，用指头把烟推回去，往凳子底下瞥了一眼，因为昨天火机掉在那里，她想捡，他不许。

早没有了。清晨起来，苏倾就把它捡起来，擦干净，小心地藏到自己的宝贝匣子里去了。

旻镇的夏天热烈多情，树干上无数知了，草丛中阵阵虫鸣。无数苍绿树木如浪潮翻涌，劈开旻镇的峡谷下水流奔涌，两岸灌木里开出了星星点点的白花。担扁担的货郎，抱着洗衣盆的妇女，依然沿着细细的条石桥来去匆匆。

有些女人认出了苏倾，穿缎子旗袍的年轻小姐坐在湖边，露出修长的手臂、小腿，依稀还是那屏风仕女图的眉眼，不过不敢确定。因为她们已经太久没有见过来担水洗衣服的苏倾了。

想走近看一看的时候，几个背着枪的兵忽然从犄角旮旯钻出来，客气地拦住她们。

她们咂咂嘴，比不得，做了太太，真是飞上枝头当凤凰。却不知道哑巴将军喜欢她什么呢？竟然喜欢成这样，两个人什么时候搭上的都不知道。

悬瀑跌下水面，远处的广阔湖面如鉴，倒映出整片蓝天白云。

那块石头上是够两个人坐的，以前他们也这样并肩坐过。可是叶芩硬要她坐在膝上，手臂斜斜地制住她的腰，手上捏一本书，书脊就轻轻抵在她小腹上，让她念来听。

苏倾臊得满脸通红，念得不太专注，时而拿脚尖踩地，悄悄撑一撑自己，生怕压坏了他刚好的腿。

叶芩的眼尖得像什么一样，明明没看她，却猜得透她想什么，膝盖一抬，苏倾又悬了空。她心里一慌，他的手臂已把她夹紧了，语气有些不耐烦："我还能把你摔了？"

他浅色的瞳孔在阳光下透亮，光滑而干燥的质感。从前是密不透风的冰层，现在却有些像这湖了，因为里面有了流动的波光，晃一下，又一下。

苏倾不知道他在身后做什么，直到他拉过她的手，把冰凉的镯子套在她腕上了，她才不念了，低头怔怔地看着那只镯子，两只鸾鸟摆尾，衔着一颗圆润珍珠。六年前杨记首饰铺的款，花了他一块大洋，舞会上她戴过几个时辰，最后让她卸在他的书桌上。

她看着那颗珍珠，好像看到一颗千锤百炼不肯言语的小石子。这颗小石子，是不是鸟吐出的心脏？

"贾三不是说，这是借我戴的？"

他闻言怔了一下，无声笑道："好，那就算借你戴的。"

叶芩缓缓转着那只镯子，蹭得她的手腕发痒："是借的，所以珍惜些，不许丢了。"

贾三已从远处来了，阳光太烈了，他拿手遮着，愁眉苦脸地踩过溪中小石头。站岗的人见了他，纷纷闪避。林先生已至旻镇，他们得回灰房子里梳洗准备，兴许许久都不能到这湖边来了。贾三一来，就是来叫他们走的。刺眼的光线里，苏倾茸茸的头发搭在耳侧，侧过脸问他：“借到什么时候？”

叶芩仰头，极淡地看着她：“借到我死。”

在他还不是将军，甚至不能像人一样利落行走的时候，躲在阴影中的五少爷，坐在房里的水泥地板上，拿一张大红纸一笔一顿给她写聘书的时候，就已想好拿什么给她做聘礼了。

第二卷　江城子

第一章　再重逢

（一）

“这事儿我说了不算，得看资方的意思。你也知道，资方没几个真正懂影视剧的。人投钱，就是要赚钱，没把握的就不会投，要眼睛能看到的利益——”陈立伸出食指和中指，从眼皮上移下来，眼前的姑娘还睁着一双漂亮的眼睛看着他，面对这么个妙人，他的脾气出奇地好。

“顾怀喻的片子我看了，演得很好，很有潜力。但是呢，资方重视的不是演员演技好不好，有没有潜力……”

那姑娘平静地问：“是因为我们不够红？”

陈立的一口气卡在胸腔里，心里想，原来她懂啊。

她直截了当的五个字出来，把他掰开揉碎的一大串话轻轻顶了回去，他不由得有些悻悻：“对……也可以这么说吧。”

姑娘默了一下，细细的手指头无意识地揉着滚烫的一次性纸杯，又看着他问：“那……男二号可以再商量一下吗？”

陈立靠在沙发背上，叹了口气，没奈何地问：“你说怎么商量啊？”他工作这些年，看人很准，眼前的女孩，不合适做这一行。娱乐圈，人前得抛头露面，幕后的也得八面玲珑，尤其是经纪人。管接洽，其实就是谈生意的一种。她聪明是够聪明，就是太“生”了。虽然她已经尽力在做，但他从她眼睛里，还能看得到一点费力的无所适从。骨子里拘束腼腆放不开的人，在这个圈里是不好混的。他想不通这样的女孩为什么不去做个舞蹈老师，或者读中文系，做一些文静符合她气质的工作。她有一张能被人一眼注意到的漂亮脸蛋，他见她第一眼，还以为是哪个小明星自己来了。但他很快知道不是，因为她的妆面过于简陋，描的眉毛有点轻微的一高一低，妆都化不熟练就出门，不可能是女明星。直到她的名片递上来，上面写了挺大的“演员顾怀喻”，下面才是她自己的名字“苏倾”，竟然还兼执行经纪，不知道是不是要连生活起居一并负责。十八线小演员，混得真够凄惨。

陈立知道顾怀喻的名字，只不过是因为导演礼貌性地给他了一个男一号的推荐，因为顾怀喻早年演过导演的一部毫无名气的文艺片《秋蝉》。但顾怀喻其人，在大众印象里查无此人，更别说花钱买面子的资方。说看过他的片子，也不过就是客套之词。不过，眼前这个苏倾倒是引起他几分兴趣，这年头，这样纯天然美丽的素人不多见，尤其是强势的经纪人群体里。大冬天里，她像一道温柔的暖风。

苏倾早晨七点就打车出门，已经在这栋大楼里坐了四个小时，前两个小时是在大厅里等。

约好的时间过去两个小时之后，她看见陈立和另一个穿西装的中年人有说有笑地走出来，陈立把人送到电梯口，两人还客套地握了握手。随后他站在电梯旁边的落地大玻璃前抽烟，显而易见的满脸疲倦，秘书踩着高跟鞋过去，说有约好的客人在等，他不耐烦地摆摆手，意思是不见。可是转过来，看见是她抱着文件袋坐在沙发里，他怔了一下，跟秘书说了什么，然后她就被带进了四面白墙的办公室。这部电视剧，是顾怀喻这些年来拿到的最好的资源，是他从业以来第一个影视剧男一号，要是给他演，不会有人比他演得好。可是陈立告诉她，资方已经指了另一位正当红的偶像明星来演。她问男二号，也不过是垂死挣扎。男二号的另一个竞争者，虽然也没有名气，却是正经科班出身，还是比顾怀喻有优势。苏倾又揉起纸杯来，杯子里的茶水已经凉了。

陈立说："这么着吧，要不等快开机了，看看哪儿还缺人，我再帮你问问？"

苏倾知道，那样的话，又得同以前一样，演统共没有几句台词的小配角，等到播出，说不定一个镜头也不剩了。但她还是低头说："谢谢陈总。"

陈立心里有点儿惆怅，因为事没谈拢，意味着苏倾马上就要结束谈话离开了。

她脱掉的风衣搭在沙发靠背上，那衣服散发出淡淡的洗衣液香味。她穿纯黑色高领毛衣，下面穿直筒牛仔裤，脚上踩一双栗色小皮鞋，头发就清汤寡水地披在肩上，妆也只是画了眉毛、涂了红色唇膏。她的打扮远大于她的实际年龄，但穿什么毕竟要看人。黑色毛衣衬得她尖尖的鹅蛋脸格外地白，漆黑眼睛里又有种小女孩的生涩，气质温柔沉静。

陈立反复看着她，觉得她有点像黄金时代年轻的港星。

复古，对，复古气质。他心思一动，滑开手机，飞快地点开了缪云的头像，恰好秘书进来给苏倾添水，他抓住机会，假装在找信号，飞快地拍了一张苏倾的侧脸。照片里，苏倾的黑发遮住半张脸，露出小巧的鼻尖、嘴唇和两丛长睫毛。她正前倾身子，双手接过纸杯，伸展的一双手白皙漂亮。苏倾真白啊，陈立把照片放大看，不是那种化妆品装点出的密不透风的白，照片里甚至能清晰地看得到她哑光的皮肤质感，和几乎看不见的小小绒毛。

他把照片发过去，打了一行字："有兴趣？"

陈立这辈子最值得的事，就是和缪云交了朋友。后者作为金融大鳄的独子，含着金钥匙出生，手握四五家知名影视公司的股权，实打实的霸道总裁，简直就是言情小说里的男主角走进现实。他这家公司，也多亏了发小的帮衬。缪云年轻，还在游戏人间，没结婚，身边女伴却从没断过。一起玩了这么多年，陈立借助职务之便，时常给他留心着不一样的女孩儿，有时候他觉得自己就像古代的太监，专门给皇帝选妃。信息发过去半天，缪云没反应。陈立以为他看不上，遗憾地锁上了手机。

苏倾站起来要走了，陈立留不住，只得同她道别。

苏倾走出大楼的时候，脸热得通红，这楼里中央空调暖气很足，不像他们那个没暖气的小小出租屋，除了她穿着毛衣，其他人都穿得像在过春天一样。

陈立的手机振了一下，他打开一看，对方回了两个字：“正脸”。他急忙追出去，透过落地玻璃窗，看见苏倾已经走到楼下，打开出租车门坐上去了。

此刻已经过了一点钟，苏倾心里有点着急，步子都加快了。便利店里人多得拥塞不通，附近公司的职员下班了，急着买便当吃。苏倾排着队，低头想从包里把手机掏出来，忽然有人撞了她一下，一个很高很壮的男人从她身前蛮横地硬挤进去，她被顶得退后两步，捡起了掉在地上的包，默然往他身后排去。

“大老爷们儿插队呀？要脸吗？”一阵香水味扑面而来，有人伸手拉住了苏倾的手臂，女人踩着高跟鞋，比她高出半头，超短裙下一双铆钉过膝皮靴，包裹住了修长的腿。她穿得美艳张扬，刷得根根分明的假睫毛忽闪：“你躲什么？他插队不带道歉的吗？”

这是苏倾目前的合租室友秦安安。她说话也张扬，弄得便利店里的人都往那男人身上看，那人也知道臊，匆匆买了东西，挤开人走了。

秦安安是做模特的，作息时间日夜颠倒。苏倾半夜给她煮过几次醒酒汤，秦安安毫不领情，碰都不碰。所以平时她们住在一栋房子里，井水不犯河水。

苏倾没想到会在白天碰见她：“你怎么上班了？”

秦安安嗤笑一声，烦躁地撩了撩一头长发：“别提了，遇到个事儿妈摄影，同一个动作拍了三四十遍还不满意，这不是找我的碴儿呢吗？我一打听，是一过气导演，转平面来了，难怪呢，既不专业又难伺候。”

苏倾乌黑的眼好像亮了一下，手机拿在手里飞快地开锁：“是导演吗？”

秦安安愣了一下，让她逗笑了，推了她一把：“你神经病啊，工作疯了吧。”这半年来，苏倾就像台扫描仪，到处寻觅机会，有时秦安安半夜醒来，看见她还坐在客厅台式电脑前一个一个记电话，或者在朋友圈里宣传广告，荧光屏幕的光映照在她的脸上、眼睛里。她从没见过一个经纪人做成她这样的。便当热好了，二人一人手里一个，苏倾步履匆匆。秦安安瞥着她用一只手不太熟练地打开手机，忍不住问：“你怎么在这儿买便当呀？”

苏倾垂着眼：“今天迟了，来不及做饭了。”她马上怔了一下，心里又惊又慌，因为手机上有两个顾怀喻的未接来电。

秦安安眼睛瞪得奇大：“你怎么还管做饭呢？他不是有个临时助理吗？”

苏倾没说话，她已经给顾怀喻打回去了，“嘟嘟”的长音只响了两下，他就接起来了。

顾怀喻接电话不先说“喂”，她也不说，一时间只听见他的呼吸声，停顿两秒，略微清冷的声音传来："走哪儿了？"

苏倾说："到楼下了。"

对方默了片刻："好。"

然后电话挂断了。

秦安安竖着耳朵听，等她打完了电话才忍不住开口："你们经纪人和艺人，都是这么生分的啊？"

苏倾还没顾得上说话，因为她发现刚才自己打电话之前，还错过了一条消息，是顾怀喻十二点左右发的。

他说："过来吃饭。"

秦安安又说："我看别的小明星不都挺巴着经纪人的吗？这姐那姐的，叫得挺亲热……"

不过她想起了顾怀喻那样子，觉得一切都说得通了。

她只见过顾怀喻一次。那天他到苏倾住的出租屋里来取合同，他比约定时间来得早，她出门倒垃圾的时候，他就倚在狭小的楼道里抽烟，那只清瘦漂亮的手，和他抽烟的那股野劲儿，一下子吸引了她。她站着不走，他就漠然地扭过来看她，他皮肤苍白，一双浅色的瞳孔，像猫一样，骄傲懒散。

她当时想，苏倾那么一个娇弱小姑娘，能压得住他吗？随后苏倾从房间里出来了，怀里抱着一个大文件袋，转身关上防盗门的时候，顾怀喻就在那短短几分钟之内掐了烟站直身子，朝她们走过来，身上那股金属样的冷意已经没有了，就像个普通的有点内向的英俊少年。秦安安想，奇了，竟还压得住一点。

顾怀喻的工作室在公司附近的一栋写字楼，顶层，门给她留着，堪堪虚掩。

她推开门，一盆带着阳光的绿萝叶片迎面扑来，是她前几天抱回来的小盆栽，没想到他把会它放在门口的木头柜子上晒太阳。工作室只有六十平方米，一室一厅，小房间兼做他的栖身之所，能用的只有客厅。说是工作室，因为员工太少，布置得和普通的住宅没什么区别。顾怀喻坐在沙发上，正低头把盘子里的饭菜快速拨到茶几上的一个个小盒子里，没定型的短发乱得挺桀骜。这里也没有暖气，但顾怀喻我行我素，只在T恤外面套了一件红黑相间的薄外套，拨饭的时候，冷白色的手腕露出一截，手背上面的青色血管清晰可见。他听到门响，睫毛一动，没有作声。

苏倾看着盒子里色泽诱人的番茄炒蛋，有点吃惊："月月来过了？"

秦安安记得没错，顾怀喻有个临时助理叫作月月，还是个兼职的大学生。

以旁人的眼光看，顾怀喻出道即巅峰，二十岁昙花一现地冒了那么一下之后，签了个快要散架的经纪公司羽炀国际，导致他自《秋蝉》之后再无水花。转眼五年过去，他见公司半死不活，带着苏倾跳出来，挂靠着羽炀开了自己的工作室。可又能好到哪儿去呢？资源还是差得可怜，连个助理都只能请到兼职的学生。月月刚来的时候，也是抱着能近距离接触明星的天真热情，可是干得久了，发现只是些订饭、借还衣服之类琐碎无趣的工作，那股兴奋劲儿也消了，今天说学校忙，明天说要实习，总是怠慢着。

苏倾委婉地提醒过她一次，她觉得顾怀喻是不能没有助理照顾的。当时，月月半天没吭声，过了一会儿，垂着眼睛说："苏姐，你不觉得顾老师太冷了吗？"

苏倾问："什么意思？"

月月噘着嘴说："他这个人太难处了。我跟他聊天，他都是爱搭不理的，有时候开点工作以外的玩笑，他还冷脸，一点也不绅士。是，他是个明星，可是我做他的助理，不就应该跟他是朋友吗？"

苏倾怔了一下，脑子里有点乱。从她从前认识的沈轶，再到第一结界中与她相守一生的叶芩，再到今天的顾怀喻，她在他身边只觉得很安心，竟然从没感觉到他是这样难相处的。

苏倾辩解："他只是脾气差些，其实……"

"好啦苏姐，"月月打断，看着她的眼神里有点带着审视的嘲笑，"你这样的老好人，别人怎么欺负你，你都感觉不到的。"

这场对话结束之后，苏倾再也没看见过月月。

月月不来，她就做着助理的工作，时间充裕了，就给顾怀喻做饭，打包送过来。可是难免有像今天这样来不及的时候。

看着桌上的饭，她以为月月又来上班订饭了，谁知顾怀喻头也不抬："我把她开了。"

他抬头，无视苏倾惊异的眼神，目光落在她手里拿着的便当上。又是只有一份。早上六点多，他一醒来，苏倾就在了，从这儿匆匆拿了资料就去了陈立的公司，早饭都没来得及吃。

现在已经快两点了，红色唇膏支撑着她的娇嫩和明丽，可她没涂粉底，看得出脸色有点发白了，下意识却还是只想着他没吃饭。买两份饭又怎么她了？

认识苏倾这么久，她一直就这样，心里只有工作和别人，没她自己。这半年来尤甚，有时候她看他的眼神，会让他一阵恍惚，觉得那是温柔至极的、看着挚爱之人的眼神。

他装好饭菜，手里捏着把几个盒子朝她一推，慵懒地靠在沙发上，疲倦地捏着自己的鼻梁："微波炉热一下，自己吃。"

苏倾仔细地把盒子扣好，挨个儿摞起来，突然想起来什么："你吃过了？"

顾怀喻移开手，把那张锋利的俊脸露出来，淡淡扫了她一眼："没吃。"

苏倾急着要去给他拿碗，顾怀喻叫住她，他浅色的眼瞳里盛着一点冰凉的光，看不出他到底是喜是怒。

他的眼神下移："我吃苏大经纪人这份，"他指指她手上的便当，"不是给我买的吗？"

下午两点，两人才对坐着吃完饭。苏倾吃着盒子里的饭菜，心里默默想，不知顾怀喻打哪儿订来的饭，有的咸了，有的淡了，还不如便当。好在他没吃。

她又想到助理的事，同他商量："你不喜欢月月，我们再招一个新的助理吧！"

顾怀喻顿了一下，低着眼说："不用。"

苏倾想，是不是工资开不出了？物价飞涨，工资不高是招不到人的。"从我的薪水里匀一点给助理吧。"顾怀喻混得再惨，给她开的工资依然高于业内平均水平，她的花销很省，化妆品和衣服买得都很少，用不了那么多。

顾怀喻把勺子一扔，抬眼定定地看着她，好像有点生气了。半天，他才启唇："你给我当助理怎么样？不用匀，我给你添。"

苏倾想，这倒是个省钱的好办法。在这个金钱横行四方的都市世界里，苏倾的脑袋里充满了生存问题。不过，她忙得过来吗？——可以吧，总比挑水劈柴工作量小些。就怕委屈了顾怀喻，听说别的明星，都是好几个人围着转的。苏倾出着神擦了擦嘴，口红掉了，露出原本嫣红的唇色。她柔和地垂眼："好，我尽量。"

顾怀喻内敛，苏倾也安静，除了工作相关的交谈，二人没什么额外的话说。

顾怀喻根本没问她那个男一号的事，看她铩羽而归的模样，他心里就懂了。

吃完饭以后，苏倾弯腰要收碗，顾怀喻靠在沙发上，手臂遮着脸，不耐烦地说："放着。"

苏倾抬眼看他，一时有些迷茫，觉得有时候经纪人和艺人的身份，在他们这里像掉了个个儿。

顾怀喻又说："以后订饭我自己来。"

苏倾说："不用，其实我……"

顾怀喻继续说他自己的，说话很轻，但有股不容反驳的气势："你人过来，吃完干活。"

工作室里有三台电脑，一台是顾怀喻惯于拿着打游戏的，苏倾先把他的那个弧形屏幕仔仔细细地擦了一遍，才坐在旁边一台电脑前开始工作。

她的工作很简单，把所有顾怀喻近期可以选择或争取的资源分类列成几张表，注明信息和一些分析，再交给顾怀喻看。

她的表列得事无巨细，有一次秦安安看到，吃了一惊，说她根本不像经纪人，简直像被老板压榨的文秘。其实苏倾这么做的原因很简单，她写得越多越细，要解释的就越少，这样就不用看着顾怀喻的脸，同他一直说话。她怕自己会说错话或脸红。

苏倾的黑眼珠映出一片蓝色发亮的电子屏，长而浓密的睫毛半天都不眨动一下，目光从眼前一行行条目中睃巡而过，忽然停住了。

纤橙传媒出品，网络剧《离宫》，男二号。

进入小世界之前，苏倾对它并不陌生，因为这部剧的争论，原主与顾怀喻分道扬镳。

原主对这部剧偏见极深，并不是因为她看不起网络剧，而是因为《离宫》的原著《秦宫秘辛》是一本以狗血、香艳、猎奇、变态为卖点的早期红文。

它曾经很红，黑红。

原主希望顾怀喻爱惜羽毛，而顾怀喻一意孤行。二人大闹一场，两败俱伤。原主辞掉了顾怀喻的经纪人，再也不管他了。

而顾怀喻最终也没接《离宫》。

有的是别人接。那个名不见经传的小鲜肉，因为《离宫》一跃成为讨论度极高的一线明星，但同时，艺术污点和舆论中伤也始终跟随着他，证明原主的担忧和预测都是对的。

但如果一个人命里注定要红，怎么样都会红。错过爆火的《离宫》后仅半年，顾怀喻凭借一部小成本电影《恋爱秘籍》二度翻红，只是那时，他已与原主形同陌路了。

苏倾看着屏幕，犹豫了一下，没有像原主一样刻意把它删去，而是把它不起眼地藏进一堆条目里去。她永远不会代他做决定。打印机“咔嚓咔嚓”地吐出一页页文件，订书机“啪嗒”一声刺透纸张。苏倾对计算机上手很快。她有种微妙的错觉，好像从前她就是个电脑高手，只是搁置了一段时间，再操作的时候，每一步似乎都是过去场景的重复。电脑、鼠标、键盘的外壳是塑料的，但她执拗地觉得这些东西的芯都是闪亮亮的金属，她正在透过它们的皮肤，触摸着它们诱人的骨骼。所以，苏倾看电脑过于专注，等她离开电脑的时候，发现顾怀喻已经不在屋里了。苏倾在他房间转了一圈，又在厨房走了一圈，意外发现案板是用过的，锅刚洗过，旁边放着两枚套在一起的蛋壳。她骤然想起有的咸有的淡的饭菜。午饭……不是订的？

苏倾拿着一沓订好的纸，踩着狭窄陡峭的楼梯上去，楼顶紧贴着阴云密布的天，楼顶的风很大，刀子样肆意穿梭的寒风，把她的长发吹得贴在脸上。她果然看见了顾怀喻，风把他敞开的外套吹得鼓起来，背影轻灵散漫，让她想起《秋蝉》里一个美得拔群的镜头。角色身上的某些气质，如果演员本身没有，要演出来是很困难的。

苏倾不敢惊他，远远地叫了一声：“顾怀喻。”

他听见了，微微侧头，灭了手里的烟。

苏倾走近了。他这个位置，能俯瞰楼下的居民房和工业区，基地里黄色的吊车正在上水泥，一片青灰色，没什么一览众山小的好景致，只是风大。

他接过苏倾递的纸和笔，翻了翻，仔细地看，看了一会儿，忽然回头看她。

苏倾弯腰站在他旁边，伸手不住地整理着被风吹得挡住脸的长发，眼睛却落在纸上，她看得认真而紧张，好像等待老师批改作业的学生。

他伸手抓住她外套背后的帽子一捞，帽子把她的脸拢住了，他拍拍女儿墙：“拉链拉好，坐这儿。”

苏倾怔了一下，把拉链拉到下巴，小小的脸缩进帽子里，也小心地坐下来，只不过她是背对着楼下，跟他稍微错开，微倾身子，看他手上拿着的纸。

顾怀喻拿笔，圈了几个，划掉几个。苏倾不知道他是以什么为依据做选择的，选得这么快、这么利落，但她也从没问过。

顾怀喻翻到第二页，看了很长时间，长到她以为他走神了，他才拿起笔，圈了一圈，又画一圈。

“先拍这个。”

他做决定的时候，语气沉而笃定。

苏倾低头一看，让他圈了两圈的那一项是：纤橙传媒，《离宫》。

（二）

五月的北方五线小城，天气闷热。这座城以钢铁工业闻名，到处都是工厂，狭窄道路两旁的行道树都是灰扑扑的颜色。小小的市民广场外头围了好多群众，看着主席台上坐的一排人：这帮人怪里怪气的，四五十岁的人穿着花里胡哨的运动服，戴着棒球帽，一个人对着话筒口沫横飞地喊：“八十一号，八十一号来了没？”

话筒是接线的，效果很差，后一句都淹没在前一句的回声里了，“……十一号”好半天还在天空上飘荡。这些人背后的一块红色大展板，也设计得花里胡哨，上头两个大字：“秋蝉”，“蝉”底下坐着个短寸头的老头，又黑又瘦，长得像工地干活的，一双眼睛却很精神，好像放着两道光。八十一号来了，还穿着中学的校服，上来就要话筒：“我唱个歌。”

主持人说：“我们不是唱歌的……”

他说：“那我跳个舞？”

中间那个老头猛地拍了下桌子，眼神利得吓人。主持人忙说：“情景表演，我们考情景表演。”

后围上来的人这才知道不是“快男快女”，而是招演员演大电影的。可是大电影为什么要跑到这穷乡僻壤来选演员？有人把道具递给八十一号，一把不锈钢勺。老头对着话筒又说一遍：“你是个穷孩子，这是一位迷恋你的富家小姐送你的礼物，你现在拿着它看。”

小孩瞪大眼睛看这普普通通的勺儿半天，挠了挠头，转身走了。后来陆续上来几个年轻人，有的很聪明，加了一些动作，用衣服小心擦的，用嘴唇轻轻碰的，老头才看一眼就打断了：“不要动作，只要看着。我想要一种……”他出神了一下，不太确定地形容，“油滑的眼神。”

八十五号深情款款地看着勺。老头漠然摇头。

八十六号眯了眯眼睛。老头俯身对话筒说：“注意是油滑，不是油腻。”

……

九十六号的眼珠子转动着，从勺柄滑到了缘口。老头有点累了，心里也失望，靠在椅背上，嘴上越发不留情面："这勺儿是你偷来的？"

话筒声很大，让他说一句，整个广场四周都听得到，丢脸。群众哗然了，他们觉得这老头是专门刁难人的，故意看他们出洋相。

议论声渐大，又没人上场，台上坐的人都很失望。主持人整整资料纸，问："总共九十六个人，还有人填报名表吗？"

眼看这些人收摊儿准备走了，人群里有人喊了一声"等等"。

他没从报名的入口进来，而是从另一个方向，翻过了胶带纸封带，走到主席台前。

这是一个很高很瘦的男孩，白色T恤衫挂在身上荡来荡去，他的皮肤很白，五官立体，睫毛又长又密，有点混血美感，只是太瘦，瘦得让人感觉他的骨头能戳死人。

他走过来，垂眼接过不锈钢勺，瞟了老头一眼，没等他说话就开始演，一起势老头眼睛就亮了。因为他是唯一的用吃饭的姿势随意捏着勺子把儿的试镜者。

是啊，人只记得勺是富家小姐送的，把它当礼物双手捧着，可勺子不就用来吃饭的吗？

他捏着勺一动不动，因为老头不让做动作，不过就像是吃饭的时候停驻的一拍，因为他垂眸看到了勺，想起了迷恋他的富家小姐。

他一穷二白，又痞又骄傲，女孩送他的礼物，他真就毫不珍惜地拿来吃饭。

老头屏息看他的眼神，所有人都看他的眼神。男孩的表情很淡，皮笑肉不笑。

他的眼神是直白的，看着那把勺，仿佛看着少女剥光衣服后的身体，因为富家小姐迷恋他，拜倒在他脚下。不加掩饰的肉欲，一点年少轻狂的沾沾自喜，还有那点混迹于社会、对于人情世故的信手拈来和不屑一顾，构成了这个有点魅力却到底青涩的社会青年的油滑眼神。

老头喊"停"，他的眼神晃了一晃，好像蹬自行车刹不住一样，半天才回了神，眼神里什么都没了，只剩下干干净净的寒冬样的冷。

老头问："你是几号？你叫什么名字？"

"我还没填报名表。"他说，"我叫顾怀喻。"

老头像捡到了宝，又后怕刚才差点错失了这么一个人物，佯怒："你怎么现在才上来？"

男孩顿了一下，平淡地说："我在看别人怎么演。"

背对他的人们议论纷纷，大家没看清他怎么打动导演的，只听见他的话，笑他滑头：等在最后才上去，白听了九十多句指导，猪也会演了。

但是有一个人看清了。这个人群里面的女孩，永远忘不了男孩拿着勺子的眼神。她是个孤儿，考到大城市里学传媒，暑假才回到家，浑浑噩噩地活到现在，终于知道自己要干什么了。她要找这个顾怀喻，带他演戏，把他捧成影帝。这让一个本来毫无梦想的人找到了梦想。

顾怀喻让老头带走了，去演《秋蝉》的男主角，事情传开了，小城里的人说正常。

"顾怀喻么，戏疯子的儿子，天生的。"人们说他的母亲是剧团的歌舞剧演员，少数民族，长得很漂亮，能下一百八十度的腰，踢一百八十度的腿，能从早上又唱又跳到晚上。可是后来剧团解散了，人都看电影看电视，没人去剧院，能欣赏歌剧的都去大城市了。那女人还在空舞台上面唱歌跳舞，看门的拉她走，她就喊，就哭，不久就死了。人们才知道她疯了，从此以后童话书里的《红舞鞋》，用的都是这女人做蓝本。

因为她生病欠下的外债，顾怀喻十七岁就不上学了，在汽车厂做工，从钳工开始做，灰头土脸地回宿舍，还要从枕头底下摸出本破破烂烂的文学书看。工友看看那串鬼画符，也不是英文啊？噢，因为他妈是戏疯子，他到底认得一点意大利文。他还喜欢看电影，什么片子他都看，目不转睛、一动不动地看，在影院、电视、手机屏幕里一遍遍地看，谁也不知道他是什么时候会演戏的。后来人们才知道，那个老头儿，就是老上电视的那个大导演徐衍，《秋蝉》是他五年潜心力作，灵魂之声，可是城市里面挑不到他想要的少年，于是穷乡僻壤的顾怀喻才能二十岁就演了男主角。

后来呢？人们左等右等，也没等到《秋蝉》在小城里的电影院上线。市场浮躁，国产电影里商业喜剧独占鳌头，文艺片一向吃力不讨好，尤其是这样细腻含蓄、晦涩难懂的文艺片，它是大导演的心声，是少部分顶尖艺术家灵魂的共鸣，可它不是大众的艺术。

《秋蝉》拿了个国际小电影节提名，随后票房扑街，一部大作就这样惨淡收场。顾怀喻的表现有多惊艳，圈内人有目共睹，可是最后谁都在观望，只有垂死挣扎的羽炀国际爽快地签了他——市场需要的是能做国民偶像、能带动粉丝经济的年轻人，只有熬到三四十岁的影帝才有资格不放下身段迎合市场。

顾怀喻一个初出茅庐的小新人，那股冷淡的傲劲儿，该给他安个什么人设才能讨粉丝喜欢呢？羽炀国际抓着这根救命稻草不放，死马当活马医，给他接的大量戏都是低成本言情偶像剧，让他演深情款款的公子、高贵冷艳的总裁，毫无逻辑却千篇一律地宠爱着女主，这样粉丝来得快。他们勒令他吃胖一点，他俊俏的底子还是在的，太瘦了上镜不好看。顾怀喻不愿意。他宁愿空几个月等一部正剧，在里面演一个说不了几句话的小角色，或在不同的剧组里不停跑龙套。市场最无情，观众最健忘。千千万万演员，拔尖儿的毕竟就那几张熟面孔。剩下的，要么跎蹉，要么在蹉跎的路上。羽炀放弃了他，最后连偶像剧的资源都没有了，只剩一个经纪人还守着他，还记着一些什么。

苏倾让这个漫长的梦搅得身心俱疲。夜里很冷，没盖到被子的地方像被人射了一箭。大约在原主心里，顾怀喻永远是那个市民广场上看勺的少年，她看中的就是他的那点傲气，所以她不可能让顾怀喻接这部成就他同时也毁掉他的《离宫》。可她却放任他接了，只因为他捏着笔，笃定画上去的那两个圈。

顾怀喻今年二十五岁了，不是个小孩子了，他已空熬了五年，做事总会有自己的打算。原来的顾怀喻，错过了《离宫》，总还有后来的《恋爱秘籍》，他最终还是走上了做国民偶像、跟各色女演员搭偶像剧收获掌声的平坦大道，与原主想要的他背道而驰。要是当初放他接了他坚持要演的《离宫》呢？她混乱地想，不管怎么样，她会一起陪着，成也好败也罢，永不回头。苏倾躺在床上翻了个身，从床头柜上摸到手机点亮，黑暗里的荧光屏刺得她双眼眯起。微信里有一条未读消息，竟然是纤橙传媒与她对接的负责人发过来的。

“不好意思，我们这边出了点问题，得跟你说一下。”

苏倾问：“怎么了？”

对方竟也没睡，立即回复了一条语音：“两个事情。一个是应上面的政策要求，我们这剧不好过审，剧本可能必须要大改了；还有一个是原来的导演，本来谈好的，不知道为什么违约了，我们这边也在争取，看能不能找到别的人拍。”

苏倾屏息，先问第一条：“剧本往什么方向改？”

负责人说：“纯爱肯定是不行了，现在就说可能要把这条线去掉，具体的我们再找编剧团队商量。”

听到这个消息，苏倾竟然松了口气：“好的。”

她停了停，想到什么，又说：“我们也帮忙找找导演吧。”

负责人发了个“谢谢”的表情包，向她倒苦水：“我们小门小户的不容易，老让人当备胎使，都快活不下去了。”

苏倾微微笑了笑。纤橙的确是小，小世界里原有的剧情也讲了，受经费和人力资源限制，《离宫》最后拍出来的效果也粗糙简陋。但这是一部自带热度的剧，好奇它的观众海了去，谁接了谁就可能红，可惜是块烫手山芋。正想着，手机“嗡嗡”一阵猛振，一连串消息涌进来：“开门。”

“苏倾，你怎么又把这个破防盗门锁了？”

“真服了你！”

随后她听见那扇老旧的防盗门被人暴力摇晃，一双猫爪子在上面挠。她顾不上披件外套，急忙掀开被子跑出去。

秦安安回来了。自上次便利店一面之后，秦安安跟她莫名其妙地熟了起来。秦安安也不知喝了多少酒，软得像条蛇，一路嬉嬉笑笑还唱歌，她个儿高腿长，苏倾架得艰难，被她一头长发糊了满脸。

“今天拍了多少遍？”

秦安安举起一只手直摆：“不多，也就三四十遍。”说完，她嘿嘿直笑，笑完又哀号起来，“全组人陪着他加班，我这是遇到了个克星！”

苏倾把她拖到房间里，她身上全是酒味，衣服上浸得透透的，苏倾甚至有点想拉到浴室帮她洗一洗，但是她不敢。苏倾跪在她床边，压她的被子：“还是上次那个过气导演？”

秦安安“嗯”了一声。

“他叫什么名字？”

秦安安张口吃吃笑起来："秦淮，就那个'商女不知亡国恨'的秦淮，你能信？"

苏倾舔了舔下唇："你能不能把他的微信推给我？"

秦安安眯起眼，定定看着她半天，伸出一只指头戳她脸蛋，一副慧眼如炬的模样："苏倾，你就是一条美女蛇。"

苏倾睁着一双黑眼睛："美女蛇是什么意思？"

秦安安笑一声，涂着水晶指甲的手指暧昧地划过她的胸，弄得苏倾哆嗦了一下，脸都红了："就是女特务。用美色勾人的，假装贤惠，就是为了偷我的情报。"

苏倾还没想好怎么反驳，她已经抡起胳膊，手机不耐烦地甩到她脸前面，一指头摁开锁："给你，自己弄去。"

苏倾没有刻意地找，因为秦淮的信息正一条条发过来，不断映入眼帘："小秦你好，今天辛苦了！但我想，我们是不是还可以更好一些？建议你看看史密斯丁的作品，再找找感觉。"

随后是四五张照片，苏倾点开大图看，金发碧眼的模特坐在桌子上、床上、衣柜里，穿着纸制的蓬蓬裙，摆出僵硬扭曲的动作，她们的眼神干净呆滞，又带一些新生的挣扎的亮光，好像有很多小虫正在眼里破茧，配色和构图都很大胆。苏倾立即被这几张照片攫住了呼吸，她不知道自己为什么会有这么大的反应，觉得这些照片很震撼。

她轻戳一下秦安安："这是在拍什么？"

秦安安扒过手机瞄了一眼，大着舌头说："嗐，真人娃娃，就是真人拍出娃娃的诡异感觉呗。"

她不耐烦地摆摆手："下次带你去我工作室看。"然后她支着手睡着了。

苏倾轻呼一口气，心跳声阵阵，把秦淮的名片推给了自己。

惴惴不安地等待秦淮通过好友申请的过程中，她抓紧时间查秦淮的资料。

出人意料的是，这个导演是个九〇后，非常年轻。他在学校被称为"鬼才"，因为他对艺术有着敏锐的把控力，他的摄影集和短片，都因为创意和大胆受到很高的评价，毕业作品就已经是为中央频道拍摄的短片了。有这样高的起点，大家都以为他走出学校以后会一炮而红，但是没有。他其实不是过气，是自称被封杀了。

秦淮的代表作和独立作品只有一部，是一部长达两个半小时的电影《永江八艳》，海报上是八个穿旗袍的性感女郎，这样的封面和导演"秦淮"，似乎都让人产生一种香艳的错觉。被吸引而去的观众出场便哗然。因为这部电影确实讲了八个女生的故事，但她们都是社会的底层人：发廊妹、站街女、洗脚城服务员。

她们长相普通，但经历过的事情惊心动魄，涉及一些社会黑暗面，他只点到为止，不着意说教，而是把镜头都用于表现人物的美感上。他的镜头语言是那样细腻无声，把那种东方式的风尘美表现得淋漓尽致：疲倦、讨好、漠然、毫无羞耻心的性感和一点脆弱的感性。

片子出来，立刻在电影评价网站上得到了两极分化的评价，有人说这是中国最好的艺术电影之一，有人说拍的什么垃圾？热议只持续了两天，就被官方掐断了——因为这部电影被封杀了。除了一些敏感镜头和不良的社会导向以外，“永江”就是真实存在的地名，有损城市形象。就这样，秦淮一气之下，从鬼才导演变成了个平面摄影。

苏倾问一个圈内朋友要了《永江八艳》的录制版连夜看，那画面昏暗又晃得厉害，她不知什么时候就枕着手臂睡着了。她是让顾怀喻的电话给叫醒的。

迷迷糊糊一看表，竟然已经十点了。顾怀喻的声音冷淡地响在电话里，带点嘲笑的腔儿：“起了吗？”

苏倾还愣愣地趴在桌子上，想着自己怎么没听见闹钟声，赶紧拂了拂贴在脸上的发丝：“嗯。”

她“嗯”得带着点弱弱的鼻音，骤听上去有些失态的撒娇感。电话那头的顾怀喻停顿一下：“别来了，接着睡吧。”

苏倾夹着电话，开始着急地换裤子：“这怎么行？”

顾怀喻的语气有些不耐烦：“我想休假，下午三点以前不许来。”说完就挂了电话。

苏倾裤子还没套好，一双又细又白的腿踩在地板上，正在蒙着，又接了一个电话，竟然是好几天前的陈立：“苏倾吗？”

“是。”

“是这样，这次没合作成，我觉得挺遗憾的。刚好我们最近要参加一个大投资商的生日会，虽然是私人场合，但是大家默认可以相互交换资源，我想着……要不你带你们家艺人一起来吧，挺好一机会。请柬我给你发邮箱了，记得打印出来。”

苏倾怔了一下，连忙打起精神：“谢谢陈总。”

陈立在那头笑了一下：“不谢不谢。”

电脑屏上的《永江八艳》还暂停着，阳光铺满了电脑桌。

苏倾查看一下微信，置顶的顾怀喻在九点钟给她发过一句“苏倾”，没标点的轻轻慢慢的称呼，她没有回，难怪他知道她睡过了。

还有一条，是秦淮通过验证了，发了一条默认消息：“接约拍，片酬可商量，其余事情不约，非诚勿扰。”

苏倾凝眸一想，这可能不是默认消息。

她的朋友圈开放着，全都是顾怀喻的相关宣传，秦淮翻过她的朋友圈就知道她是做什么的，故意发给她看的。

秦淮，他还在跟影视行业赌气呢。

苏倾想了想，咬着唇发了一行字：“秦先生，明天下午可以约拍吗？”

对方立即“正在输入”，却过了好半天才回过来，似乎打了又删：“拍谁？你吗？”

“也可以。”

“生活照发一张看看。”

苏倾犯了难，找遍了相册也没找到一张自拍，就现场打开前置摄像头随便拍了一张，她站在白窗帘前面，窗帘上满是阳光。

照片发过去，对面却诡异地沉默了。苏倾已经洗漱完毕去化妆了，还对着手机干等了半天，他才回复：“明天下午四点，新城 SOHO 不见不散。”

苏倾把《秋蝉》的碟片、顾怀喻的简历还有那本黑红的原著《秦宫秘辛》都准备好，拎着包去了顾怀喻的工作室。

她来的时候，顾怀喻正窝在沙发里抽烟，面前的液晶屏幕上放着一部法国的老电影，光线偏黄。光影落在他脸上，满是寂寞的迷离。顾怀喻根本没想到她会来。平时她在工作室里，他都去天台抽烟。看到她之后，他才从电影里抽了神，掐了烟，有点恼了：“怎么回事？”

苏倾急着坐在电脑前工作，有些歉意地冲他笑笑：“我来有事情跟你说。”她笑起来软和沉静，没卷过的头发柔顺地披在肩上，身上好像散发着一股天然的植物气味。打印机里“咔嚓咔嚓”吐出两张请柬，苏倾伸手一接：“后天你有空吗？我们一起去个生日宴会。”

顾怀喻默了一下：“谁过生日？”

苏倾也是这会儿才开始看请柬上的名字，磕磕绊绊念出来：“缪……旗天。”

顾怀喻再次沉默了，直到苏倾的目光看过来，他吐出两个字：“不去。”

“为什么？”

顾怀喻扬起下巴，瞥着她手里的请柬：“你认得他？”

苏倾摇摇头，又急忙点点头。

顾怀喻见她两颊发红，看着他的黑眼珠里写满希冀，他淡淡扫她：“我要不去怎么办？”

苏倾想了一下，听陈立的意思，参加这个生日会的有好多业内大佬级人物，都是自愿，哪怕递个名片也好。

“那也没关系，我去。”

顾怀喻移开目光，猫儿样骄傲的眼瞳里盛了一点冷光，不知是答应还是没答应。

“还有一件事。”

顾怀喻转头看她。

苏倾说：“我明天下午想请假。”

顾怀喻微怔：“怎么？”

一年三百六十五天工作日，苏倾感冒发烧痛经，都没跟他请过一天假，都是要他赶才走的。

苏倾不想拿导演的事情惹他心烦，就说：“我约了人拍一组照片。”

顾怀喻看她半晌，骤然问：“约谁？”

苏倾停了一下：“一个摄影师。”

顾怀喻默了一会儿，垂眼说：“你要拍照片，怎么不找我？”

苏倾怔了一下。他毫无征兆地拿出手机，照着她“咔嚓”拍了一张。照片里，苏倾站在窗边，穿一件小翻领厚外套，头发披在肩上，乌黑眼睛猝不及防地微微睁大。他刚才拍得仓促，现在看到才发觉人的轮廓有点拍糊了。

苏倾老实地问：“你也会拍照啊？”

他的手指下意识地移到垃圾桶图标上，可是最终没点下去，指头一收把屏锁了，满眼的黑：“去吧，明天下午不用来了。”

内河边上的新城 SOHO 是一片艺术产业园区，一片旧工厂改造的，还保留着原来的烟囱水管，走工业风，聚集了一大群文创产品从业者。苏倾提早到了，因为秦安安的工作室也在其中的一栋楼里。工作室是开放的，她说过要带她参观。她一进门，休息间隙的秦安安就把她领进去。

“你真是分秒必争呀。”秦安安套在浮夸的德式军装礼服改造的裙装里，踩着一双光溜溜的腿，踩得肩章上垂下的黄色流苏直晃，“勾搭上秦淮河没？”

桌上放了好多画稿，无脸小人摆出各种各样的动作，秦淮是做导演的，连构图设计稿都像分镜一样一帧一帧的。

苏倾边看画稿边老实说：“还没有。”

“怎么这么没用啊你？微信都给你了还搞不定。”秦安安讥笑地扯扯她的脸颊，“用用你这张小脸行不行？”

苏倾注意到她脸上扑了黑粉，眼线勾得很硬气，鼻影也重，上的裸色口红，上唇上贴了一颗钻。

这是男妆。

苏倾好像没听到她的话，好奇地问：“你在拍什么？”

有人喊她了，秦安安应了一声往棚里走，顺手拿了桌边靠着的一杆道具枪：“胡桃夹子知道不？”

苏倾摇摇头。

“胡桃夹子你都不知道！”秦安安理理头发，“就是一小兵手办变成人了呗，你有童年吗？去去，自己查去。”

苏倾坐在角落里的凳子上安静地看，坐得很文静，膝上放着包。刚才她查了一下胡桃夹子的故事，再看摆出姿势的秦安安，就有些懂了。她那由制服改造的裙子，呆滞的表情，和一双扭曲僵硬的腿，竟然那么美。她入神地看着，一动不动，好像也变成了一个小巧的人偶娃娃。

秦淮个子不高，白净，一身黑色休闲装，普普通通的南方男孩，一边拍照一边简略地指导动作。拍摄的过程中，他注意到了苏倾。他知道那是谁，明星经纪人，想尽办法找他出山导戏的。他本来不想理，因为他不愿再碰影视剧了。可是这会儿她的表情和动作突然吸引了他。她不是在发呆，是在认真看着，怎么会有人看这种无聊的拍摄过程这么认真的呢？她眼里的光芒太寂静了，让他觉得她是看得明白的，虽然她什么也不说，光这种孩子样贪看的眼神，就触动了他，竟让他有种惺惺相惜的感觉。

拍摄很快结束了，因为秦淮挥挥手说："小秦，不行，你的眼神不在状态。"

秦安安气得吐火，苏倾却懂了。

她想起秦淮发过来的那几张真人娃娃的照片，那些女孩的眼睛里不只是呆滞，还有慢慢苏醒的新生儿一样的贪恋。胡桃夹子变成人了，那一瞬间，他拥有了欲望，得多迫不及待地想看看这世界啊。

秦淮背着相机走过来，语气平淡："苏倾是吧？"

苏倾跟着秦淮走了。二人一前一后，一路无话，到了楼底下，秦淮开玩笑似的打量她的牛仔裤和翻领外套，玩笑里掩不住的讽刺："苏小姐，穿成这样拍片来了？醉翁之意不在酒吧？"

苏倾哽了一下。两栋楼之间的夹道没人，带着铁锈的工厂大门，阴天底下沉郁的青黑色，是个很不错的景，秦淮心里有点痒。他拍片一向有瘾，一天拍不满意，他就像没吃饱一样浑身难受，这会儿他很想再拍点什么补回来。

他侧过头，看着苏倾："刚才你听懂了没？"

"什么？"

他觉得她这个迷蒙的表情就很合适，相机利落地从脖子上摘下来："就我刚跟小秦说的那些，她不懂，你明白了没？"

苏倾很聪明，包放在石磡子上，就自觉地朝那扇大门走了："我试试。"

秦淮的目光像检验商品一样审视地扫过她的长发、脸、脖子和身体，落在她脚上，皱了皱眉："鞋，脱了。"

冬天的室外，一呼气都是白雾，可苏倾二话没说，一双小皮鞋利落地脱了，还回头看他："袜子呢？"

秦淮心里有点儿触动，他觉得和苏倾合作真是太舒服了，一点就透，即使不懂也肯信人。

他说："也脱。"

四点钟了。

顾怀喻还坐在工作室里拉片，投影屏幕上是一个漫长的限制级镜头，热辣的外国女演员，躺在玫瑰花瓣铺满的大床上撩动双腿。顾怀喻眼里清清明明，就像当钳工时面对着引擎盖下的无数机械零件一样，审视地、鉴赏地、不带任何感情地看。可他发现自己有点走神，这在以前是从来没有过的，因为他看电影时会全身心浸入，像上学的时候解一道复杂的数学题，连窗外蝉鸣声也听不到。但是他走神了，西落的太阳从窗户里照进来，照在绿萝旁边的桌子上，落下一条条的平行斜带。他垂下眼，伸出修长手指，抵着花盆一推，慢慢地把它推到了阳光丰盛的地方。他想起那一天，电梯坏了，苏倾怀里抱着它爬了十六楼，他打开门的时候，叶子上面是她的小脸。

她额头上冒了一层汗，睫毛也是濡湿的，下面一双乌黑的眼睛，柔软地看着他，竟然对他毫无戒心地笑了："楼道里这两天刷漆，我给你拿盆绿植。"

他无意识地打开手机，无意识地翻到了那张有点被他拍虚了的照片。共事五年，他第一次存了一张苏倾的照片。照片里的苏倾双眼微微睁大，他忽然觉得多出来好多的细节，正争先恐后地冒进他的眼里。她微翘的发梢，外套里那件杏色衬衣皱皱的领口，领口下她挂着几根细长发丝的白皙皮肤。他静默地点了一根烟，像是在看着她出神，手指轻点在那块地方，照片颤动一下，又轻轻松开。

（三）

秦淮拍了两个小时苏倾，拍到天色渐暗，街边华灯初上，他才心满意足地长舒一口气，眼睛仍没离开单反屏幕，反复摁动按钮查看着相机里的照片。

苏倾赤脚站在地上，脚已经冻得发青，见秦淮拍完了，她一声不吭地穿上鞋袜，走到秦淮身边来："我要给你多少钱？"

秦淮怔愣了一下，才反应过来她说的是约拍费用，他以为苏倾是故意装傻，可那双眼睛里的天真居然那么理所应当。他随便瞟了下路边，指着一家咖啡店的室外伞："你请我喝杯咖啡算了。"两个人拉开椅子，面对面坐下。苏倾感觉手机一振，低头一看，竟是顾怀喻来的电话，心里马上乱了一拍。平时他很少给她打电话，除非她上班迟到，或者在约定的时间没有出现。

她怕有急事，马上接起来，那头的顾怀喻却没有说话。她屏息听了半天他轻轻的呼吸声，鬼使神差地冒了一句："马上回去了。"好像她知道他想问什么一样，明明他什么也没说。

顾怀喻听着，居然平静地"嗯"了一声，利落地把电话挂了，只是声音比往常低哑。

对面的秦淮不知什么时候不玩手机了，似笑非笑地打量着她的手机屏："查岗了？"

苏倾说："是老板。"

"行吧。"秦淮靠在椅子上，觉得她真能沉得住气，"没什么别的想跟我说？"

其实他已经快要答应她了，他觉得苏倾这个人有意思，她愿意这么捧着的人，一定也有意思。但他还需要一点理由来说服自己。

“《秋蝉》么？我看过。徐衍的作品，我都仔细研究过。”他轻描淡写地打断了正在往外掏碟片的苏倾，“你不要觉得顾怀喻没有人认得。这部片子，业内研究它的人很多，他演得确实很不错。”

苏倾掏简历的手也顿了一下，有些无措地看着他。

秦淮说：“顾怀喻是个苗子。可惜呀——哎，你知道徐衍老头儿为啥从来不提《秋蝉》吗？”

他顿了一下，俏皮地笑出一对小虎牙：“因为他摔跟头了呀，让市场教做人了呀，这不麻溜儿地回去拍他挣钱的商业喜剧和古偶了吗？”

苏倾像个学生一样认真听。秦淮往椅背上一靠，笑也敛了：“顾怀喻也是一样，没有紫薇星，没有提款机，身段儿放下，红是碰运气，要是追求梦想，就得往死里熬。”

“我呢，是搞艺术的。我看不上那些个臭鱼烂虾，搞不了好东西，小爷我就不伺候了。”秦淮双手抱臂，笑着看她，说，“梦想是要用面包支撑的。你选了我，就知道以后那是一条什么路。可能最后竹篮打水一场空。你们经纪人不是都喜欢为艺人考虑利益最大化的吗，我劝你想好了。”

苏倾垂下眼，从包里慢慢掏出那本《秦宫秘辛》递给秦淮，看着他翻书时拧成一团的眉头，就知道踩在云端的鬼才导演，从没接触过这种亚文化。

苏倾说：“顾怀喻，他也是高开低走。”

秦淮的心颤了一下，苏倾这个“也”用得过于聪明，一下子调动起他骨子里那点儿骄傲和不平：他与顾怀喻相似的经历，还有他半路夭折的理想。

她的目光落在书简陋的封皮上，安静柔和：“我们现在已经在最低点了，我们不怕输光衣裳。”

六点钟的太阳，冰水里泡过的一样。苍白的太阳光透过蓝色的环，把弧形的影子投在苏倾眼皮上。苏倾早早醒了，像个小孩一样透过圆环看窗外的天，几只麻雀化成黑点，在枯树枝之间乱跳。秦淮接下《离宫》，纤橙的编剧团队也已经把剧本一稿发到她的邮箱，手机里还有陈立发来的几条链接，是一些业内大佬的新闻，他提醒说：“这几个人都会在场，你一定要来啊。”

诸事进展顺利，在圆环上表现为前进的一段蓝色水纹。她的食指抚摸着圆环上长长短短的线，她意识到，原来这些线是刻度，每五个单位一条长线，就像这个世界的米尺一样。苏倾赶在早高峰前去了顾怀喻的工作室，开门的时候顾怀喻扫她一眼，什么也没说，尽管她比上班时间早到了一个多小时。阴天的早晨稍暗，客厅里的灯还亮着，她注意到茶几上挺挺地立着一个白色纸袋，上面印着某个奢侈品牌的logo。

顾怀喻起了，但不太清醒，坐在电脑桌前随意地打了两把游戏，他玩得很不专注，死了之后就把耳机随手撂在桌上，椅子一转，看见沙发上的苏倾。她安静地坐在沙发上等，手放在大腿上不安地扭着，黑眼睛亮闪闪，好像有什么事等着与他分享。

顾怀喻走过来，垂眼："怎么了？"

苏倾从包里掏出一个硬盘塞给他，硬盘里拷贝了录制版的《永江八艳》。

顾怀喻感受到了她的兴奋，苏倾罕见地没藏住心中的喜悦，乌黑的一双眼睛在笑，语气好像小孩子在邀功："认识一下你的导演。"

顾怀喻把硬盘接到电脑上。苏倾这才注意到那只白色纸袋下面还压着两张纸，是那天她打印出来的请柬。

她的指尖刚碰到请柬，就听见顾怀喻的声音："一会儿试试。"

他只是把硬盘接上，并没有打开看，这会儿腰倚着电脑桌立着，侧脸对着她，嘴里叼着根新烟，眼睫垂着，没有急着点烟。

苏倾斜过纸袋，里面是一条柔软的杏色裙子，有点不太确定："给我的？"

顾怀喻懒散地笑："不是想去人家的生日宴吗？礼服工作室报。"

苏倾还在纸袋里面捞，只有一件裙子，吊牌垂在她手背上："那你去吗？"

顾怀喻含着烟，看着她笑，浅色的瞳孔泛着一点儿嘲笑的光："你去检查一下我的衣柜？"

苏倾说："不用了。"晕红无法控制地从脖颈升到脸颊，她把裙子揉成一团抓在手上，扭身去了洗手间。

最像一个工作室的地方，大约就是这个分隔男女、兼做更衣室的大洗手间。

长条皮椅正对着贴在墙上的全身镜，顶灯瓦数很足，把她露出的肩膀和脖颈照得好像要发光，浅杏色无袖小礼服裙微微勾出了她的曲线，安全却不显保守。裙角还是微蓬的，倒把她衬得显小了几岁，镜子里的人略微紧张地呼吸着，两颊泛红。苏倾赤着脚，穿着裙子在工作室里茫然地走来走去："我没带高跟鞋。"

顾怀喻坐在电脑前，眼睛看着屏幕，默了一下才说："我床底下有，自己找。"

苏倾怔了一下，推开房间门。顾怀喻的东西很少，卧室对于他只是个凑合一夜的宿舍，屋子里空荡荡的，冷风把窗帘荡起来，没有人气儿。沙发床底下，果然整齐地摆着一双绑带的绸面细高跟。

苏倾坐着他的床，俯身穿上鞋子，打蝴蝶结的手指都有点抖，也不知道自己在说什么："还真的有。"

顾怀喻的目光稍稍错开屏幕，手指已摸到了裤子口袋里的烟盒，但只是摸了摸棱角："年会的时候你放这儿的，占地方，帮你收了。"

苏倾踮着前脚走过来，尽量不发出声音，微蓬的裙摆下又细又白的一双腿，脚踝让芭蕾舞鞋一样的绸带缠绕，细高跟好像天生为她打造。

顾怀喻靠在椅背上，侧眼看她，目光很淡："行，下午就这么去。"

苏倾说：“好。”从沙发上捡起了长外套，套在了外面。

屏幕上的《永江八艳》还在片头暂停着。他等苏倾靠过来，慢悠悠地问：“你看过了？”

苏倾说：“没看完。”

“看到哪儿了？”

她回忆了一下睡着前的画面，伸手指了一下进度条。顾怀喻直接把进度条拖到她指的位置，点播放键，屏幕动起来了。他单手把旁边的椅子拖过来：“坐这儿。”

苏倾坐在他旁边，不敢挨他太近，一边看一边简要介绍了一下秦淮的情况。顾怀喻看着屏幕，没作声，侧面可见他高挺的鼻梁和一动不动的睫毛，苏倾知道他看片子认真，也不再说话了。

昏暗的画面里，按摩床上，站街女的长发狂乱地晃动，镜头拉近了，照出她漠然毫无波动的眼，眼角卡粉的细纹，眼珠里映着玻璃茶几上面倒扣着的相框。镜头又切到茶几底下，透过玻璃看到了照片的正面，是女人抱着女儿在公园前面的一张合照。喜迎节庆的斑斓大花坛前面，任何一对母女都会笑得这么开心的。

苏倾感觉心里沉甸甸的，同时感觉那种沉甸甸的感觉下移了，小腹痉挛了一下，随即像刀片搅动似的剧痛起来，一阵又一阵。她知道这是什么感觉，咬住嘴唇睁大眼睛。原身是个孤儿，没人像她娘一样教她保暖，所以她从十六岁开始痛经，因为工作强度大又不注意身体的缘故，痛得越来越厉害。这一次经期提前了小半个月，大约是因为她昨天赤着脚在室外拍照，冻着了。她一手支撑着椅子扶手，一手摁着小腹，小心地站起来，往洗手间走，细高跟鞋忽然间变成了踩高跷，走得踉踉跄跄。眼前一阵阵发黑，仿佛一辆一辆大车压着她的肚子撵过去了。她往前弯了腰，蹲在了地上，忽然感觉到有人的腿轻轻贴住了她弯起的脊背，下一刻，她被一双手臂从背后强硬地捞起来：“苏倾？”

“我想去……去一下洗手间。”顾怀喻的手臂夹着她，没让她倒，贴得那么近，他的呼吸落在她后脖颈上，她于疼痛之外，又是一阵眩晕的腿软。她开始没什么力气地掰他的手，顾怀喻往常避嫌得厉害，此刻却不肯放，强行把她提离了地面，三步并作两步走到洗手间门口，脚尖点开门，把她架到长椅上，低头仔细看她发白的脸色：“你行不行？”他眼里有点别样的薄戾，好像在跟谁置气，跟她说话的语气却异常地轻，好像大人怕吓哭孩子。

苏倾并着腿坐着，咬着唇不看他：“可以。”

顾怀扭身出去，关上了门。

等苏倾慢吞吞地出来，顾怀喻已抽完了两根烟，靠着椅背站着，浑身都是萧索：“换衣服，不去了。”

苏倾就怕听到这句话：“我没事，我已经好了。”

顾怀喻不理她，目光落在茶几上，语气还有些冷：“水喝了再说话。”

苏倾乖乖喝了一杯热水，喝得很急，嘴唇让水润得嫣红柔润，乌黑眼仁里满是慌乱急切。

顾怀喻做决定："今天放你假，就在这儿坐着。"

"我不想放假。"苏倾手里捏着水杯，少见地反驳他，倘若那不是个玻璃杯，一定让她无意识捏扁了，"顶多一两个小时，不会很久。"

差几个小时功败垂成，她不死心，两只眼睛流露出柔软的恳求："顾怀喻，我们去吧。"

顾怀喻默了一下，旋身走到客厅的另一头。

苏倾看着他背对着她蹲下，拉开二层抽屉找了一盒药，回来"啪嗒"一声扔在茶几上，好像不怎么高兴。

她低头一看，有点意外，他这里竟然有她常吃的止痛药。

她伸手要拿，指尖碰到之前，药盒又让他摸了去。他低头一目十行地看了一下说明，帮她把胶囊从锡箔纸里拿出来，搁在茶几上："吃一半。"

他顺手把剩下的揣进衣服内兜，拿起热水壶把水添满，一言不发地进屋换衣服去了。

顾怀喻出来的时候，苏倾就站在门口巴巴守着，生怕他变卦，见他领带腕表都穿戴整齐，才松了口气。他外套里的衬衣领子有点卷住了，她伸手帮忙理了一下，触碰到他的时候，他忽然垂下眼开口："舒服点了吗？"

他的语气又淡又轻，响在她头顶，莫名显得嗓音发沉。

她缩回手，退了一步："没那么快的。"

顾怀喻不置可否："拿瓶水，下车库。"

顾怀喻有辆开了四五年的 SUV，车沉，平时不大开，今天不知道为什么，明明要去比拼排场的场合，偏要开它。

苏倾抱着装热水的瓶子坐在副驾，安静而好奇地看着他发动车子，各式各样的仪表盘上也有一个一个刻度，闪烁着红色黄色的光。顾怀喻不看她，掰过后视镜，手指"吱"的一下把暖风扭到了最大挡。

缪旗天是本市金融大鳄，人际关系网复杂，参加生日宴会的人实在太多，后来演变成一场当地的交际盛会。缪氏旗下的一家五星级酒店，每年这个时候负责清场，专门承办这场交际盛会。

一排豪车夹着顾怀喻的 SUV，如同生产线上的一排罐头，慢悠悠驶入地下。苏倾的电话响了，是陈立："来了吗？"

"下车库了。"

"好，"他笑着说，"一会儿上二楼餐厅，我在这边等你们。"

顾怀喻停好车，一手放在安全带扣上，一手翻着手机信息，默然等着她打完。

在纤橙的《离宫》商讨群里，秦淮一连圈了三遍负责人："剧本不行，我申请参与剧本讨论。"

顾怀喻单手打字："我也希望参与剧本讨论。"

半分钟后，秦淮加了他的微信。

而负责人焦头烂额，一时还没回复。

一旁苏倾的电话里露了只言片语，顾怀喻迅速翻着邮箱里的剧本一稿，一心二用地问："谁给的请柬？"

苏倾说："毓华传媒的陈总。"

顾怀喻的手指停顿一下，那部剧已正常开拍，没有用他做男主角，毓华与他们的生意往来，早该到那儿为止。为什么他到现在还跟苏倾保持着联系？

苏倾说："陈总让我们直接去二层找他。"

顾怀喻清淡地"嗯"了一声："下车。"

缪旗天在三层大厅办生日宴，陪伴他的是他的家人和同等阶层的朋友，剩下的人即使受邀，也分布在一层和二层，难以见其真容。

苏倾与顾怀喻乘电梯进入二层时，长相甜美的电梯小姐软糯地问："请问先生小姐是东厅还是西厅呢？"

苏倾怔了一下。电梯小姐解释："东厅是缪小姐的场，西厅是缪公子的场哦。"

苏倾身后的顾怀喻开了口："西厅。"

同时，苏倾收到了陈立的微信："进来了吗？二层，西厅。"

酒店走廊很长，落地玻璃窗通透，窗帘背后是造型别致的混凝土桁架，窗外是绿意满眼的欧式喷泉花园。

苏倾前后都有身着礼服的人在往西厅走，大多是娱乐圈人士，容貌身材都是拔尖的。

陈立就站在入口处同三五个人聊天，聊得有些敷衍，时不时分神看看入口，一抬头，第一眼看见了人，眼神一亮："苏倾？"

如他所料，苏倾稍加打扮便惊为天人，但杏色小礼服裙过于保守，该露的地方一丝没露，像个皮肤雪白的洋娃娃，捧在手心那一款，难以一眼生出什么绮念来。

可惜，真可惜。

还没打量完，苏倾已经把身后的人让到前头来："陈总，这是顾怀喻。"

陈立垂下眼"噢"了两声，心里有点恼苏倾不会看眼色，但他热情的脸上丝毫不露："你好你好。"

理论上，这是他第一回见着顾怀喻。

顾怀喻很高，黑色礼服下的皮肤呈现一种禁欲的苍白，他母亲好像是俄罗斯混血？传递到他这里，变作深邃锋利的五官，尤其那一双十指线条流畅的手，伸出来仿若一个贵族。

陈立没什么滋味地握了握那双手。现在娱乐圈有几大"串儿"，就是混血艺人的外号，里面绝对没有顾怀喻，因为他身上亚洲少年的肆无忌惮的野劲，完全压过了这一点疏离的矜贵。

缪云生来显贵，他不似也不屑。

不知怎的，陈立就这样不自觉地把他与缪云比了一下，比完，他赶紧在心里同发小道歉。

这俩人，天上地下，眼睛不瞎的都会选。

陈立从餐桌上取了一杯酒，走得飞快，一路走一路给苏倾介绍："这位王总，这位李总，这位陈总……"

苏倾走马观花地招呼了一路的"总"，都来不及停下来多说两句，就又往前走了。她心里有些茫然，不知道陈立做何打算，只得先把这些人的姓氏和脸死死记住。

陈立的脚步终于慢下来了，转过来时满脸的笑："怀喻，这位我可要好好给你介绍一下，姬总同你是老乡！"

顾怀喻顿了一下。眼前那位红光满面的中年男人已热络地叫住他："顾怀喻？我知道你呀，我也是津北人。哎呀，我们那个小地方，总算出了一个大明星。"

顾怀喻说："不敢当。"

"哎，你家在哪里啊？汽车厂旁边啊？你妈妈那个剧院，我上学的时候常逃学去看的……"

陈立低声叫住苏倾："小苏，让他们在这儿聊，我带你去见一个大老板。"

见苏倾发愣，陈立催她："投资商！"

苏倾赶紧把名片捏在手里，跟着陈立走到西厅另一边，卡座上坐了四五个西装革履的人，众星捧月，轻声细语。

坐在沙发上慢条斯理切牛排的男人是那个"月"，看其他人恭维的眼神就知道。

"缪总。"陈立叫了一声。

那男人抬起头，金丝眼镜下，一双熟悉的带着寒气的桃花眼，撞进苏倾眼里。

苏倾到了嘴边的话马上咽了下去，看着他，竟然失神地倒退了一步。

这张脸她见过好多次的。

原身辞职以后，给他当了五年的地下情人。日日夜夜，让他圈在大房子里养着。就是这张脸同她快活，未能尽兴，便旋开灯，把她的脸扳过来，意兴阑珊地问："你怎么像块木头？"

当然了，原身本来就只有顾怀喻一个梦想，梦碎以后，苏倾就再没有魂了。

眼前的缪云涵养很好地与她开玩笑，像逗小孩子："苏小姐，第一次见面吧？我长得很可怕吗？"

陪着他的人都笑开。陈立圆场说："我跟她说见大投资商，她是紧张的。"

一只高脚杯塞进她手里，冰过的酒在玻璃表面结了一层水雾，打湿了她的手心。陈立笑着说："苏倾，快敬缪总一个。"

缪云骨子里带着贵族教育下的英式幽默和绅士风度，他看着苏倾，温和地笑：“还是我敬苏小姐吧，谢谢你赏光来家父的生日宴，你今天很漂亮。”

陈立见着他眼底流转的光，就知道苏倾给他留下的第一印象应是很好。

可苏倾僵硬地捏着杯子不动：“谢谢。”

缪云心底有些奇怪，因为他觉察这不是紧张，是抗拒。

他有些匪夷所思，从小到大，他的人缘一向很好，女孩同他说话，羞涩或者殷勤，都是表达亲近的意思，绝没有人怕他怕成这样的。

他抬手安抚，唯恐吓着了她：“不勉强，女士沾个杯就好。”

陈立说：“香槟而已，喝个高兴。”

苏倾把冰凉的杯口抵住嘴唇，迟疑了一下，一只手伸过来，把她的杯子一把夺过去。

“不好意思。”顾怀喻立在她身前，微微垂眼，指腹压着高脚杯沿口，用一种暧昧而强硬的动作，轻巧地把她留在杯口的口红印抹去，“我的经纪人出门之前吃过头孢。”

他端着苏倾的那杯酒，伸到缪云面前，杯口一直下压，直压到缪云酒杯的杯底，才倾杯轻轻一碰，脸上带着一点极淡的笑：“顾怀喻敬缪总一杯。”

几个人面面相觑，无声地互相交换着眼神：“这是谁？”

缪云一时怔住。他是投资影视公司的，见过太多的艺人明星，各式各样的男明星，在其他场合怎么样他不清楚，不过在他面前，都只有一种样子：干净谦和，阳光向上。最敬业的下属，天生矮他一头。

眼前这个人是一种什么气质？

混迹于社会阴暗巷口凝成的外露的痞气和薄戾，游刃有余、八面威风地横行于各类场合。

他的杯口压得那么低，背后的无声气焰却高得顶了天，连一声“缪总”都能让人听出些特别的意味来。

缪云看着他：“顾——”

“顾怀喻。”他喝光了酒，口齿清晰地重复一遍，漂亮的眸中带着一点默然的笑意。

连他表面的谦虚都像是一种无声的挑衅。

缪云靠在沙发上，手指轻轻点太阳穴，向他微笑点头，示意自己记住了。

他转向苏倾，打扮得似小公主一样的苏倾，立在这样的顾怀喻身边，不像主事的经纪人，倒像他的助理，或者妹妹。

他一时觉得没意思：“既然苏小姐身体不舒服，就先回去休息吧。”

旁边几人见他发话，纷纷附和。

苏倾利落地说：“缪总、陈总再见。”

顾怀喻把空杯递给侍者：“谢谢缪总。”

唯独这意味深长的一谢倒像真心实意，缪云笑了一笑，启唇：“不客气。”

眼见苏倾真的跟着顾怀喻走了，陈立跟在后面喊，让缪云喊了回来。陈立说："就叫她喝杯酒而已，又不是怎么着她了……"

他自个儿也有些心虚，后半截话渐渐没声儿了。他想，顾怀喻的嗅觉也过于灵敏了，看来有时候只有男人才最了解男人。

另一个人嘲笑他："没听人说吃过头孢嘛，出事了你负责？"

缪云拿手支着脑袋，心里倒是没什么愠怒。因为这短短一面里，苏倾的气质还没呈现出来，就让顾怀喻压掉了大半。他只耿耿于怀一件事，就是她瑟缩一下的黑眼睛，她到底怕他什么呢？

顾怀喻一直走到酒店的室外阳台，上楼梯时，他回头看着苏倾的发顶："屋里坐会儿，我抽根烟。"

苏倾怀疑他生气了，一直跟着他走到了室外。顾怀喻见她贴过来，把烟盒推回去，扭身回了走廊。

屋里空调热，他的外套敞开，摸到那半板止痛药："还疼吗？"

因为吃药的缘故，苏倾出了很多冷汗，耳际的发丝都濡湿了，她伸手摁了摁小腹，认真答："还可以。"

顾怀喻点点头，左手手指拽着领带用力松一松，把那穿得整齐的礼服肆意弄乱，轻描淡写地说："毓华的陈立，可以删了。"

不是什么好货。

只是苏倾大学一毕业就做他的经纪人，有些事情让他伸手挡了，她经的事毕竟太少。

陈立数日的殷勤，苏倾现在也明白过来，不过她犹豫的是另一件事：才第一次见缪云，就出了这样的事，会不会得罪了他，以后打压顾怀喻？

下一秒，她就收到了缪云的好友申请，备注是："苏小姐，失礼了。"

微信名就是真名，还有一个小小的实名认证符号，她迟疑了一下，利落地把陈立删了，然后通过了缪云的验证。

"缪总不用道歉，是我们失礼了。提前离场很不好意思，恭祝令尊松鹤长春。"

缪云似乎愣了一下，很客气地回："谢谢。"

缪云没有再起话题，似乎暂时不准备与她聊天。苏倾道完歉，手指一点，把他也删除了。

"笑什么？"

她一抬头，顾怀喻正噙着笑盯着她看，她摸了摸自己的嘴角，她刚才竟然真的在笑，小孩子做了坏事一样狡黠地、得意地笑。

苏倾的脸马上通红一片。

顾怀喻侧头睨着她的脸，眼神懒洋洋的，手里的木质烟盒却紧绷地一下一下轻磕着桌角："三月份，苏助理跟着我进组。"

纤橙传媒出了一个工作小组负责《离宫》的前期准备，第一次开会，就形成了导演、主演和编剧团队共同讨论剧本的特殊现象。

与会人员人手一本《秦宫秘辛》，秦淮手上那本已经快被翻烂了，顾怀喻书上压了一张白纸，纸上放了一支笔，他已经把《秦宫秘辛》的剧情骨架里外理了一遍，正看着那张纸出神。

这篇小说之所以饱受热议，因为里面不仅充斥大量花样百出、带有性虐待元素的同性描写，还是以历史真人为原型创作的，所以招致历史爱好者的不满，抗议作者污蔑历史人物。

“我感觉真的挺对不起你们的。”

苏倾旁边坐着一个瘦瘦高高、戴眼镜的文弱女生，笑起来满脸羞涩，是纤橙多方联系参加筹备工作的原著作者“一条鱼”。

《秦宫秘辛》还是她上高中时候创作的作品，如今她已经从英国留学回来参加工作了，再看当年的旧稿，自己也觉得狗屁不通，不忍直视。

“那时候学习压力大，就想着发泄一下。”她腼腆地推了推眼镜，“所以根本没有考据什么的，也没想剧情，当时我对这个比较好奇……没想到会红。”

更没想到会有一个工作小组专门研究她的作品，要梳理她的剧情，拍成电视剧。

连作者都放弃挣扎，大家一致地沉默了一下，纤橙的负责人心里甚至生出小小的抱怨。

顾怀喻神色如常：“历史的事情很好解决，原来的设定不要，改成架空。”

秦淮点点头，翻了翻打印纸：“剧本一稿我看过了哈，毫无竞争力。原来是皇帝对侍卫强取豪夺，你把它改成侍卫和宫女的爱情故事？请问有爆点吗？”

编剧团队负责人有点儿不高兴：“原著百分之八十都是情色描写，就这根副线正常，您说怎么改？”

苏倾赶紧给满脸尴尬的“一条鱼”添了杯水。

第二章　云雾散

（一）

秦淮“嗤”地笑了一声：“小姑娘，这本书是怎么红起来的？”

编剧负责人垂着眼嘟囔：“不就是因为情色描写……”

秦淮猛拍一下桌子，声音高了几个度：“这本书要真一无是处，你告诉我它是怎么红起来的？”

大家都让秦淮突如其来的火气吓了一跳，被他凶过的小姑娘眼圈都红了。“一条鱼”连忙劝：“秦导……”

秦淮还抱怀盯着那个编剧团队负责人：“我告诉你，观众不是傻子，红一定有红的理由。”

秦淮默了两秒，偏过头，看着顾怀喻安静得近乎漠然的侧脸，好像玩性大发：“来，男主角你说说。”

顾怀喻看着眼前空白的纸，却好像上面有字一样：“欲望，强权，屈辱，爱。”

秦淮屏息一下，好的演员，对于人情的感知力一定是最敏锐的。

“作者姑娘，”秦淮朝“一条鱼”勾了勾手指，“别以为你这书是误打误撞红的啊。市场我不懂，就艺术来说，剥掉情色描写这层皮，它的精神内核，确实踩到了读者审美的几个点，这才是我们要保留的。

“大尺度剧改编，两个办法，一个像你们那样，副线变主线；其实还有一种最简单的，直接走言情……”

负责人打断：“可是皇帝对宫女强取豪夺，这很烂俗呀。”

秦淮忍无可忍地吸了口气。顾怀喻开口，似乎轻轻掐住了这口气：“是转高位者。”

所有人都看着他，顾怀喻的声线冷清：“强权是不分男女的，强权是一种象征。观众想看的是怀莲的毁灭，想看他怎么在强权下弯腰、破碎、放浪形骸，越堕落，越好。”

“怀莲”就是原本的男二号，顾怀喻的角色，同性关系中的弱势一方。

顾怀喻和秦淮的判断惊人地一致，这个原本的男二号，才是真正的男一号。

苏倾坐在对面，注意到他微垂的眼里流露的光芒，仿佛顾怀喻正在轻描淡写地念一首危险暗黑的诗。

他觉察到苏倾专注的凝视，他们目光在空中相接，顾怀喻没有收敛那种眼神，甚至放任它继续发展，含了一点放纵的笑意注视着她。

她觉得心口战栗一下，魔鬼正诱惑小女孩，张开乌云般的黑色的宽大斗篷，要将她装进去，可惜旋涡张开，只一瞬间。

“就这么个意思。”对面的秦淮一拍手掌，好像把这场魔术给结束了。

顾怀喻的睫毛盖住了眼睛，手指捏紧笔杆，指甲微微泛白。苏倾的心仍在扑通扑通跳着。

“一条鱼”的疲态一扫而空，推了推眼镜，有些激动地说：“那个，我是学策划的，我能不能跟着剧组？”

每次讨论结束，苏倾都不急着离座，她用一个透明文件袋仔细妥帖地把所有文字材料整理好，一个角儿也不能折。

顾怀喻就在她旁边，懒散地反靠着椅子立着等，漂亮的手指安静地滑动手机屏幕，脸上的表情平静安然。

这画面构图落入那个挨了骂的编剧负责人眼里，竟然异样地平衡，她很少见到话这么少却这么和谐的经纪人和艺人。

刚刚会上被秦淮质问，让她觉得这个小组成员都不太友好，唯独苏倾看起来比较好亲近，她就坐在了苏倾身边：“不好意思，我刚才态度不太好。”

苏倾正把她和顾怀喻的两本《秦宫秘辛》小心地装在袋子里，闻言回过头，冲她笑了一下：“没事，秦导没有怪你的意思，他只是要求比较严格。”

她在席上一直缄默，这会儿开了腔，声音竟然这样柔软好听：“我理解，这只是你们工作中的一项。但是对我们来说，这是最后的机会了。”

她的眼睛闪动，编剧与她对视着，被里面柔韧的光震撼了。“我们真的，真的很想把它做好。”

听到她一连说了两个“真的”，顾怀喻的手指停顿了一下，目光从屏幕上的一个个小字中涣散开去。

并肩走在路上的时候，顾怀喻忽然问：“你当时怎么不问，我为什么要接《离宫》？”

苏倾想了一想：“其实你接什么都可以。”

顾怀喻回头看她，苏倾还把那个大文件袋抱在怀里，像个珍惜书本的女学生。

一路上都如此，他的梦想就是她的梦想。她的长发向后披散着，耳边两缕黑发，是云雾捻出的纤细丝缕，让她的耳垂和脸颊都变得神秘莫测。

苏倾觉出他眼神里几不可见的一丝迷乱，指头把文件袋捏紧了，耳垂慢慢染上红色：“……我都会把分内工作做好。”

二月的风依旧如刀，顾怀喻转过脸去，半晌无声。

苏倾忽然想起三月进组要带的东西还没准备："对了，我要去趟超市。"

顾怀喻默了一下："开发票，回来报销。"二人在十字路口分别。苏倾沿着街走，忽然发现横桥下的水边柳树都吐绿了。背后传来引擎声，车轮轻轻地碾过井盖，极慢的"咕咚"一声，苏倾靠边走去。

那车子还耐心地跟着她，没有鸣笛，她贴着桥头站好，回头看，黑色轿车从她眼前慢慢驶过。车窗慢慢降下去："苏小姐。"

车窗内，缪云含笑的桃花眼看着她："不知道被你删了的人，有没有荣幸请你喝杯咖啡？"

苏倾没有想到会骤然见到缪云："缪总……"她顿了一下，"抱歉，我得去超市。"

缪云说："那好啊，我送你去超市。"

"不要拒绝。"缪云搁在方向盘上的手转了转，腕表轻巧地晃荡，"我们挡着后面车的路了。而且，你如果拒绝，会显得我强人所难。"

十字路口的交通灯由红变绿，顾怀喻立在原地，身上的薄外套敞着怀，让风吹得衣角飞扬，他远远看着苏倾拉开车门，上了缪云的车。

那车从他浅色的瞳孔里疾驰而过，他眯了一下眼，眼里被溅起了尘土样的薄戾。

"五点前回工作室。"

苏倾一手推着购物车，一手茫然拿着手机，屏幕顶端的时间已经是四点半。她想了想，还是回："好。"

又是一条消息，他似乎在笑："不要急。"

两条消息竟然是完全矛盾的，像在逗弄她。

购物车里只有几把牙刷，苏倾买得很局促，因为西装革履的缪云就在旁边走着，不住地打量着她："苏小姐好像很怕生啊。"

苏倾不知道他为什么一直陪着她逛超市："缪总也很忙吧，耽搁您的时间，真不好意思。"

缪云望着苏倾长发下的一截粉颈，她细长的手指上是修剪整齐的指甲，指甲的形状端庄漂亮。

她挑选商品时会仔细地看一看生产日期，是块安静的璞玉，引得人不住地想要探索。

确如调查所说，她的经历是一张白纸，比许多人干净：中学时连跳两级，因为年龄小，没有什么走得近的同学，大学一毕业就做顾怀喻的经纪人，这期间连男朋友都没有谈过，身上有一点儿与社会脱节的天真。

……跟她走得近的只有顾怀喻，那个顾怀喻才是真有意思。

"你这东西也是给小艺人买的？"缪云拿起一把牙刷，眼里懒懒的，透出上流社会的冷漠的好奇。

"给工作室。"苏倾认真纠正，不知道是不是热的，她脸有点红。她不太习惯缪云看她的眼神，像在看一件蒙尘古董。

缪云笑了一下，桃花眼本就自带笑意，他问：“你有没有考虑过，不做顾怀喻的经纪人了？”

苏倾干脆地摇摇头。

“我好像没表达清楚。”缪云随意地说，“挣钱的行当很多啊。好一点的公司，不用这么辛苦，工资就能到你的四五倍。”

苏倾缓和地说：“我觉得做经纪人很好，我们工作室刚刚起步。”

缪云好像有点儿惊讶：“你该不会以为你家小艺人离不开你吧？”他开玩笑似的说，“他没你想的那么简单，没了你，十个工作室照样风生水起。苏小姐签给他五年了吧，应该多考虑爱护自己，享受享受生活。”

苏倾抬头望着他，他从货架上拿下一瓶苏打水，手指有意无意地扫过她的手腕，苏倾浑身都僵硬了。缪云睨着她的表情，语气很温柔：“女孩嘛，宠着捧着才对，哪有让你当牛做马的？”

苏倾怔怔地看着他，缪云熟悉这种表情。

任何一个价值观重构的女孩，都有一个接受的过程。

他体贴地笑：“逛完了？我送你回去吧。”

苏倾心事重重地让缪云送回了出租屋，秦安安又喝醉了，在卫生间吐得一塌糊涂。苏倾给她喂了些水，这才猛然想起顾怀喻说要去工作室的事情。

她看看手机，五点钟的时候顾怀喻发过一条信息，不知什么意思：“天快黑了。”

她单手打字：“没什么要紧事的话，我不过去了。”

顾怀喻顿了一下才回：“怎么？”

苏倾想了想：“不是不急吗，那明天早上再去。”

秦安安跪在地上，吐得更厉害了，苏倾拍着她的后背。秦安安一头长发散在背上，趴在马桶盖子上醉眼蒙眬地问：“刚才，把你送回来的那个男人是谁？”

苏倾把她扶起来：“缪云。”

“……你认识缪云？”秦安安眯起眼，笑了一声，“怎么，他想泡你啊？”

“不是。”

“别藏了。”秦安安瞥她一眼，躺在床上喘气，“对你没意思，巴巴儿把你送回咱们这个七扭八歪的小区？不怕把那儿百万的豪车蹭了？”

苏倾笑了一下，眼里竟然有好奇的纯真：“真会有人答应？”

秦安安冷笑一声：“他又没结婚，看各人想法呗。有的人谈恋爱是为了爱情，有的人只是排遣一下寂寞。”

她瞪着天花板一会儿，把头转过来看着苏倾，语气轻得有些奇怪：“你没这个想法，那你……把他名片推给我呗！”

苏倾脸上没有任何多余的表情，真的拿起了手机。这是秦安安最喜欢她的一点，苏倾从来不轻易干涉或评判她的生活方式，也不会像她从前认识的那些乖乖女一样，人后谈起她，语气轻薄。

有时她觉得苏倾身上少点什么，生得这样灵的一个人，骨子里竟有点呆。

苏倾却犹豫了一下："我泄露他的私人信息，是不是得先告诉他一声？"

"算了算了，你傻吗？"秦安安烦躁地摆摆手。苏倾抱歉地笑了一下，进洗手间去接水了。

她的手机就放在秦安安床上，屏幕还亮着。秦安安鬼使神差地拿起来，悄悄调出缪云的微信号拍了一张，同时她瞥见顾怀喻给苏倾回消息了："有人送你回去吗？"

她冷笑一声，酒精上头，顺手回过去："有，今天送到楼下，明儿就送到家里来了，后天人就搬到大别墅里当金丝雀去了，长点心吧大明星。"

苏倾端着一盆水走过来了。秦安安把记录删掉，飞快地躺下，闭上眼睛。

第二天早晨，苏倾把可怜的几把牙刷装在牛皮纸袋里带去了工作室。

早春的城市依旧浸泡在片片阴云中。客厅很暗，苏倾拉开窗帘，摁亮了电灯。

顾怀喻没有打游戏也没有看电影，侧坐在椅子上，手肘搭在椅背上看着她，灯亮的时候，他无声地眯了一下眼，似乎不太适应忽然盈满房间的强光。

苏倾放好牙刷，觉得背后的顾怀喻安静得像一株植物，正在出神地想，低头看见了茶几上满当当的烟灰缸。

混这个圈子压力大，吸烟的人多，顾怀喻平时每天一两根，心情不好也许多抽点，但绝不会这么多。

她心底一沉，脱口而出："少抽点吧。"

"好。"顾怀喻立刻回答。

苏倾心底的感觉很奇异，她当经纪人的这段时间，从未干涉过他的任何私人行为。她转过身，犹豫地问："你会听吗？"

顾怀喻依旧支在椅子上看着她，浅栗色的瞳孔含着点迷蒙的笑，又或许是更复杂的东西，轻描淡写地说："你管我，就会听。"

"你"字的重音像一个魔咒，他意味深长地乖顺，带着以退为进的侵占感。

苏倾坚持盯着他不动，半晌没能说出话来，憋得脸微微发红："那我管。"

顾怀喻看着她笑了一下："那我能管苏经纪人一件事吗？"

苏倾说："你说。"

"工作时间，不许赴与工作无关的约。"

苏倾回想了一下缪云那张似笑非笑的脸，爽快地点头："好。"

顾怀喻身上的阴霾似乎全部散去，他从椅子上跳下来，目光落在装牙刷的小纸袋上：

“再去一趟超市，把没买全的补完。”

在同一家超市里，苏倾推购物车的动作松弛了许多。

顾怀喻走在她身边，熟练地从货架上拿下短途旅行的各类用品。超市顶灯照得他的皮肤苍白更甚，他脸上的表情很淡，嘴唇微抿，似乎正在心里核对名单，买什么他都有数。

路过卫生用品区，他伸出手越过她头顶，取了一包浅粉色的卫生巾，袖口露出的漂亮的腕骨，像雕塑家的艺术品。

他看看上面印的小兔子，睫毛上凝着一点光：“那边条件不好，能准备的先备好。”

秦淮为了《离宫》画了有上百张设计稿，苏倾翻着看过，阴郁瑰丽的风格。

他抓心挠肝地想要这样的景，最后托了大学同学的关系，找到了外省的一个新建的影视基地，在一个没开发完全的古镇里。

苏倾看着他线条流畅的手指捏着包装精巧的进口卫生巾，耳根发热，轻声说：“我不用这个。”

顾怀喻转头看货架：“用哪个？”

苏倾指了一下货架中层的中档产品。

超市的设计也很有意思，中档产品最受青睐，所以摆在黄金地段。太贵的滞销，女士都够不到。

顾怀喻扫了一眼价签，利落地把手上拿的放进车里，推着车子，连带她一起强硬地推走了：“这次试试这个，工作室报销。”

三月份，城市里的早樱和白玉兰开了，浅浅淡淡的一片，河水里的浮藻都泛出新绿，苏倾跟着顾怀喻进组。

剧本让秦淮改过两次。第二次，他看着小编剧呈上来的剧本大纲：“嗯，挺不错的，比上次好多了，但是……”

他拿指头一下一下戳着纸面：“贵妃娘娘？这就算强权了？”

编剧说：“那……皇后娘娘？”

秦淮摸着额头长长叹了口气：“姑娘啊，咱们都已经架空了，你脑洞能不能开大一点儿。你们女孩不是喜欢搞女权吗，怎么还把自己限制在男权框架里，我们搞个女皇不行吗？”

编剧的嘴巴微微张开：“武……则天吗？”

一旁的顾怀喻笑了一下，眼睫下那双总是清清淡淡的眼里，含了一点光：“不是武则天。高于任何皇帝的女皇，她是权力的顶峰。”

三稿在十天后提交。这一版剧本里，有一位坐于至高位金銮大殿上的女皇。冠冕后的面目和性别模糊，只知道她垂眼就有生杀事件，抬袖便有血雨腥风。

怀莲出场于离宫，沿用了原著的设定，从前是别苑围场的铁骑少年，只有这样的女皇才能同时摧毁他的骨骼和精神，他是帝王的奴隶，也是强权的禁脔，他毁灭的同时又盛开。

第三次开会时，秦淮带来一位四十多岁的妇人，素面朝天，披着一条复古的黑色羊毛披肩。

“给大家介绍一下，”秦淮说，“这位是李丽芳李老师。”

李丽芳笑着向众人点头致意，大家都吃了一惊。她是几十年前红遍大江南北的玉女演员，在老一辈心里，永远是清纯柔美的样子。

没想到当年的国民女神，如今竟然像个普通的家庭妇女一样，朴实低调地坐在众人面前。

——过气玉女，能演得了女皇？

秦淮开玩笑地看着李丽芳：“李老师也是因为没能及时转型让市场淘汰的，这也是她翻身的最后机会了，是不是？”

一直安安静静的李丽芳笑了，眼角纹绽放，眼里的两道光迸射，直言不讳：“我演了一辈子的小花旦，很想演一次大青衣，请让我试一试。”

——在这个圈子里的，谁没有野心，谁甘心被淘汰？

整个剧组的工作人员，大都是刚入行的年轻人，也是纤橙能给到的最多的人，连“一条鱼”和苏倾都算上，像个闹哄哄的草台班子。

第一次开会，秦淮腰上别着个扩音器，蹲在满地电线中费力地说：“工作人员都是九〇后，有好也有不好吧。年轻人的缺点，没什么经验；优点……”他眯了眯眼，“身体好，能熬。”

当时大家“哄”地笑开，不过没过几天，马上就意识到导演没在开玩笑。

秦淮年纪不大，脾气却不小，进入状态以后眼睛里都瞪出血丝来。三天下来，工作人员上上下下都给他骂了个遍，低气压蔓延了三五天，原本吵吵闹闹的剧组逐渐变得安静起来。

导演要求的压力、赶进度的压力，还有心底蔓延出的不知道从何而来的压力，凝成一把悬在头顶的剑。每个人眼底都是淡青色，摄影的盒饭都是架在机器上吃的，一边嚼一边盯着屏幕看，腮帮子一动一动，像嚼草的骆驼。

秦淮坐在小马扎上，拧开一瓶矿泉水喝，用力过大，把瓶子都扭得变形了。桌上忽然摆上一杯枸杞茶，他一抬头，苏倾削葱样的手指捏着个塑料盒摆上桌，盒子里是码得整整齐齐的圣女果，红艳艳，水灵灵。

古镇里没小番茄，只有土杏儿和杨梅，吃了十几天，早吃腻了。站在导演周围的人都凑过来，一人捏一个抢光了，苏倾又从袋子里拿出一盒切好的火龙果打开。

大家一阵欢呼赞叹，真像过节了一样。

男一号的经纪人，水灵灵的美人，在这剧组里比小助理跑得都勤快，谁看见她都降火。

秦淮捧起枸杞茶，新奇地问：“哪儿买的？”

苏倾说：“镇子外面。”

秦淮吓了一跳：“十几里路呢，这地儿不熟，别瞎跑。”

苏倾点了点头，又小心地问：“你觉得早上那场怎么样？”

早上是女皇和怀莲的对手大戏，剧本半页纸，却拍了一上午，顾怀喻下场的时候，她看见他背后的衣服都湿透了。

穿着戏服的李丽芳挽着裙摆正从他们身边走过，上身套一件羽绒背心，弯腰凑过来：“导演讲课呢？”

造型师下了狠功夫，李丽芳这张温婉的脸大变样，下颌骨被强化出来，一双吊梢眼高傲凌厉，没有刻意遮掩的鱼尾纹，一根一根都如同被刀斧刻出。

据说李丽芳为了这个角色断绝通信，疯魔了一样全身心浸入，导致人在戏外，身上仍然带着冷锋，看人的眼神如同看一件死物，有时候助理也被她吓着。

让她这么扫一眼，谁也想不起她从前的脸了。

秦淮扭头笑：“李老师评价一下搭档呗！”

李丽芳沉思了一下，露出一个赞叹又怅然若失的微笑：“后生可畏。”

等李丽芳走了，秦淮倾过身子，笑着压低声音：“苏倾，你这端茶倒水的，是不是收买我呢？”

苏倾反应过来，冲他和煦地笑了一下：“那就是吧。顾怀喻没有上过演艺学校，你不要骂他。”

秦淮吸一口气，拿指头点她，苏倾的电话突然振动起来，竟然是缪云。

她走到另一边去接，与顾怀喻擦肩而过。他身上穿着描金的黛色骑装，腰带在阳光下闪光，他垂眼看着她的发顶，睫毛下沉寂的眼里还留着戏里的高傲与歇斯底里。

苏倾的手指捂着电话，似乎信号不好：“缪总……”

顾怀喻垂着眼，坐在苏倾坐过的地方，从烟盒里摸出两根烟，递了秦淮一根。秦淮看着他两指夹着烟，低头熟练地点，那烟形细长，在他手指里燃出股莫名的美感。

纸烟在秦淮手里一转，烫金的标志露出，他挑了一下眉：“我的老天，我不敢抽。”

“我穷。”秦淮调侃，“哎，你们学表演的是不是再怎么扑，都比我们导演有钱？”

顾怀喻自顾自烟雾缭绕，眼里带着一点冷淡的笑，过了一会儿，两个人就对坐着吞云吐雾起来。秦淮随意地问：“什么时候喜欢表演的？”

顾怀喻说：“小学吧。”

“那怎么没考电影学院啊？”

顾怀喻笑而不答，过了一会儿问：“电影学院什么样？”

“早晨出早功，期末拍大戏，熬夜熬得熊猫一样，一群牛鬼蛇神当同学，处好关系，指不定以后哪个就飞升了。”

顾怀喻形状流畅的手指轻轻地掸了掸烟灰，没有作声。秦淮说：“你给我的感觉像舞台剧演员，上台烧血条的那种。会唱歌剧吗？”

“会一点。”

“厉害啊。”秦淮惊叹一声，又笑，“不上电影学院也好啊，学院派就是个小框，你在框外面。”

顾怀喻眼里有懒散的笑：“野路子。”

“野路子也是路子。”

古镇的信号不太好，苏倾直走得靠近配套酒店，才听得清缪云说话：“进组了吧？”

苏倾说：“是。”

缪云的语气温和：“地方条件怎么样？”

苏倾的手指捏着电话：“还可以。”

缪云笑了一下，仿佛没听出她的局促，依然用一种春风拂面的语气说话：“要不要我来探个班看看你，给大家改善改善伙食？”

苏倾头上冒了一层冷汗：“不用，谢谢缪总。”

“我没什么事，就当旅游了……”

苏倾吸了口气，轻柔的声音响起来：“缪总，这里信号不好。”

在她反应过来之前，手指冷静地碰到那个红色圆点上，这个艰难的电话已经断气了。

四周安静得厉害。她心底不知生出一种什么情绪，好像有些负罪，又有些畅快，她无意识地点开朋友圈，一边出神一边翻动。

秦安安发了一条新的动态：“你是上天的礼物。”

附带一张撑着脸发呆的自拍，她身材火辣，长相美艳，连散乱的头发丝都充满热情，桌子前面摆着一瓶漂亮的香水。

苏倾仔细看着，在她衣服后面的远景里，看到一辆熟悉的黑色幻影的车头。

午休的时间很宝贵，大家坐着靠着，都有些昏昏欲睡。秦淮把小马扎挪了挪，坏笑着靠到顾怀喻身边来：“对了，给你看样东西。”

他调出手机里存着的苏倾的照片，是从上次的片子里精选出来的，他得意地扬下巴：“你经纪人，漂亮吧？”

顾怀喻看着照片，半天没说话。

照片里的苏倾就穿着那一天的小翻领外套和牛仔裤，头发柔顺地披散下来，靠着青黑色的工厂大门。她乌黑的眼睛里空荡而又渴望，一对雪白的脚赤着。

真人娃娃。

秦淮的镜头，色调和构图都是一等一的，换成任何一位模特，效果都是漂亮的。可是他启唇，迟迟说不出这个“漂亮”。

因为照片的主体过于突出了。

主角是她，他心里构图的天平刹那倾塌了，所有的布景和光线、审美与创意拧成一股，都拉不住他落在苏倾身上的目光，她似乎从这张照片中剥离出来了。

顾怀喻捏着手机屏，睫毛迟缓地眨动一下。他再也无法再以一种冷淡而清醒的目光、不带任何感情色彩地鉴赏它，判断它到底美不美。

他脑海里从此涌现出无数不相干的事情，再也想不起最初的艺术动机，只是与照片里的苏倾长久对视着。

为什么不穿鞋子，地上这样冷。

（二）

女皇将整座离宫赏赐给怀莲，怀莲变成了离宫的王。

奢靡的近乎空荡的大殿，五瓣莲花与狼牙图腾纹样的帐幔被风卷起，赤金、绛紫、煤黑，怀莲披着绣金纹的锦衣，头发没有冠，脸色是漠然的略带病气的苍白。

长条桌上一排玉杯，手指在其上虚虚掠过，挑一杯，其余的骤然挥袖，拂在地上。

玉杯落地声音清脆，像雪粒在地上弹跳。怀莲的指节捏着玉杯，逆反的骄矜得意，无声间，垂眼看到了酒面倒映的自己。

镜头拉得很近，快要贴上他的脸，怀莲的睫毛几乎根根分明。

这个短暂的停顿是一个小小的点，有后期音效，大概是“咯噔”的凝弦。不过拍的时候很难注意到，远处看去，演员只是自然地低了一下眼。

摄影已经紧张得手上冒汗。这张脸骨相好，不挑角度，但他们怕抓不住他转瞬即逝的表情。

秦淮一动不动地盯着监视器，手上捏着一张捡来的传单纸，刚才顺手拿起来扇风的，这会儿他全神贯注，轻轻屏着呼吸，那张纸被鼓风机吹得颤动。

此时的怀莲已为强权屈服，带着认命的自我厌弃和一点飘飘然，散了头发，敞了襟口，红润的上唇之上淡淡的青，开始弥漫出浪荡纨绔浓郁的靡艳气息。

今天是一个值得庆贺的日子，整座离宫都属于他。

但权力与富贵，也是耻辱的烙印，庆贺的酒就是一面冰冷的镜子。

这里顾怀喻应该会处理一下，也许皱眉，也许拿杯的手会颤。

但镜头里的顾怀喻一动不动。他眼中掠过一刹难以察觉的惊痛，如同被捏了一下心脏，很快就后劲不足地熄灭了。他眼神茫然，好像在盯着玉杯上的花纹发呆。

年龄和身处的阶级，限制了他的毅力，在绝对的权威面前，他没有铁铸的精神坚持反抗。连觉悟也是这样迟钝的、不确定的。

不过他的神情很快松弛了，为自己找到了浮木样的理由，或者是逃避的借口。

他失去了很多，但总得抓住一样东西。自古男儿醉心权力，也许他能走上这样一条路，也许他就是为了这个才牺牲的。

愉悦和迷离从他脸上升起，按剧本，怀莲该喝掉这杯酒了。可是在顾怀喻这里，音乐只进行了一半。秦淮不喊停，微微皱眉盯着监视器看，没有人敢打扰他。

杯口微倾，怀莲报复似的看着酒液凝成一股，倒在桌面上，好像从浪费中获取了一种倚仗权势的快感。

苍白的手玩弄着空荡荡的玉杯，怀莲的脸色趋近无法无天的轻浮，骤然停手，照着金环架上的鹦鹉一丢。

绑在架子上的鹦鹉是个仿真道具，让杯子砸得“当”地向后仰倒打了个转。摄影快疯了，秦淮一声叠一声地催：“镜头、镜头，镜头给怀莲！”

机器发出巨大的噪声，工作人员移动步子，还有人被电线绊了一下，一片嘈杂中，顾怀喻漠然坐在金殿上，似乎处于另一个时空，对外界毫无感知。

打得又准又毒。从前也是拉弓射箭的人，小小一个点，烈日下眯着眼睛射过去，也能一击即中。

怀莲望着空荡荡的鹦鹉架子，脸色沉寂下来，什么表情也没有了。

“卡。”秦淮喊了一声，背后透湿，“可以了。”

四面八方传来自发的掌声，零零落落的。没有对白的独角戏，这段即兴行云流水。工作人员把仿真鹦鹉安回架子上，心里挺不是滋味：“导演，明儿咱们花钱做个特效呗，这个假的，太那个了。”

这么好的镜头，条件跟不上，太浪费了。

“做……做……做。”秦淮仰头咕咚咕咚喝水，松了一口气地高兴。

顾怀喻还坐着，似乎在出神。他从戏中抽身，就好像嬉笑怒骂的偶人褪了颜色，眼里冷冷清清，人都不敢碰他。

只有一个姑娘径直走过去了，没烫过的黑色长发披在杏仁白工装外套外面，灯芯绒直筒裤下纤腰细腿，她挑开帘子，弯腰给他递了一瓶水。

顾怀喻苍白修长的手从宽袖下伸出来，轻轻接过去。

“苏倾，快帮他换衣服，咱们赶场子。”秦淮对了一下时间表，嘴上急得起泡，扬声喊，“休息一下，三点钟下一场，男主角辛苦一下。”

苏倾有点迟疑地侧头：“好。”

顾怀喻没回秦淮，专心盯着她手里捏着的东西看：“这是什么？”

苏倾摊开手掌，白嫩的手心，掌纹细细密密，躺着翠绿色玻璃瓶：“风油精。”

顾怀喻笑了一声，斜着仰视她：“怕我撑不下去啊？”

事事精益求精，进度略慢，戏拍到五分之四，几乎到了赶场的程度。李丽芳身体受不了这强度，早上请假去打点滴，下午还要坚持返工。

顾怀喻连轴转四五天，每天沾枕头两三个小时，入戏的时候多于清醒的时候，整个人越发沉默。

苏倾也睡不踏实，他们拍夜戏，她就抱着个小抱枕坐在椅子上等，不小心睡着了，头发丝披散在抱枕上。

惊醒时，顾怀喻一手夹着烟，另一手手指轻轻勾起她的长发，在夜色中睨着她，神色淡而平静："回去睡去。"

苏倾夹着枕头回去了，从细心码好的箱子里找了一盒风油精。

顾怀喻把风油精从她手心没收，站起来，拖动迤逦的衣摆："走，换衣服。"

化妆间很简陋，化妆师也几夜没合眼了，正趴在桌上睡着，他们进来也没醒。

戏服烫好了，就搭在椅背上，顾怀喻坐在凳上摘掉配饰。场景变换，换衣服也就是外袍和饰品的区别。

苏倾看了一眼挂钟，距离三点还有半个小时，心里一动："要不，你睡一下，我帮你换。"

顾怀喻顿了一下，没想到她能提出这种办法。

他侧头看着她："什么？"

苏倾也看着他："你睡一下。"

"然后呢？"

他看着她扇子样的浓密睫毛颤动一下："我……帮你换。"

空气微妙地沉默了一下，顾怀喻扬了下巴，似乎饶有兴趣："你演示一下。"

苏倾把头发往耳后挽了挽，露出白玉一样的耳垂，真的蹲了下来，虚虚环抱住他的腰，按住腰带的搭扣。

这个动作，她从前做过无数遍，埋入他怀里时，还是感觉一阵细密的战栗，像双脚浸入热水的瞬间。

"这样。"

顾怀喻的声音很轻："嗯。"

苏倾却不动了，抬眼看他，那双明艳执拗的眼，盛着化妆灯的两个小光圈，黑若曜石："闭上眼。"

顾怀喻的眼睛轻轻阖上，苏倾默认他睡了，熟练地把他的腰带取下来，转到他背后，轻手轻脚地把外裳脱下，动作温柔小心。

顾怀喻见过护工照顾生活不能自理的人，不外乎如此，脑子里一片混乱。

好像一条即将蜕皮的蛇，绷着缠着，痛苦不堪，风吹过来，窸窸窣窣的一根狗尾巴草搔它，他动不了，一旦让他挣脱束缚，会怎么样他也不知道。

苏倾帮他把灰蓝色外裳穿上。怀莲加官晋爵，衣裳也要换，道具腰带更加精致，革带上镶着一个一个金属狼头扣，桀骜地盛着寒光。

她的手指不受控制地抚过坚硬的獠牙，跟它嬉戏，悄悄地玩了一会儿。

顾怀喻的呼吸有些颤抖，他注意到苏倾拿手指抚摸着他的腰带扣，低垂的眼里露出他从未见到过的专注神情。

他是研究戏文的，世上千百种感情他都有所涉猎，一眼觉察出这样的迷离竟与原始的情欲挂钩，可是她自己没有意识，抚摸他腰带的神情痴迷而天真。

他的手指猛地按住她的手腕，声音有些不稳当："怎么了？"

苏倾似乎被惊了一下，像被抓包的小孩子，一双乌黑眼睛抱歉地看着他，连抽手都忘了："你醒了？"

片刻，她低下头，原来是揣在外套兜里的电话响了，闹钟一样把她唤醒了。她的手从他身上离开，把落下的头发别回去，就势坐在一堆塑料纸袋上。

顾怀喻垂眸瞥着闪烁的屏幕，半晌才开口，语气很淡："缪云每天都给你打电话？"

苏倾看了看手机："也不是每天。"

每当她以为缪云要忘了她的时候，他就会打电话来问候几句。

顾怀喻侧眼看着她，睫毛下的眼睛似乎还带着怀莲的逆反的笑意："怎么不接？"

苏倾看了看他，把电话拿起来："缪总。"

"最近怎么样？"缪云近来连"苏小姐"都省了，语气中的温存随意，仿若多年夫妻。

"还可以。"

缪云笑了一下："昨天三点钟还在发宣发动态？工作不要太拼了吧，女孩子熬夜，对皮肤不好。"

苏倾刚要张口，顾怀喻倾身过来，影子挡住了她，不知从哪里掏出她那瓶风油精，指尖上倒了一点，轻轻沾在她太阳穴上。

她不知所措，想说什么，全部忘记了："啊。"

缪云还在继续："对了，我这里有两张时尚发布会的票，你跟组回来，可以赏光陪我出席一次吗？"

顾怀喻不笑，他又倒了一点，指尖在她额角停留一下，又沿着脸颊往下滑动，似乎带了点情绪，无意掠过她的耳垂。

苏倾的身子猛地颤了一下，莹白如玉的脸上，顿时泛起一层红晕。她秀气的眉轻轻蹙起，似乎有点急了，看他一眼，往后靠了两步，躲开了他，别过头去："可是，缪总不是有女朋友吗？"

缪云沉默了片刻，随即如常开口："哪里听来的小道消息？"

苏倾没作声。缪云说："总之，那个展在四月十二号，你看着时间，想来就给我打电话。"

电话有些仓促和尴尬地结束了。

化妆师还睡着，顾怀喻不扰苏倾了，自己涂了点风油精提神，神色冷冷清清。

苏倾怔忪地盯着屏幕，无意看到上面的时间，一下子爬起来："糟糕。"

秦淮说休息到三点，现在已三点五分了。

电话那头，缪云和陈立面对面坐着。阳光从落地窗照到咖啡杯上，陈立说：“她知道秦安安的事了？”

缪云淡笑一下看向窗外，桃花眼里显见的有些冷寂。

“这是你追过的最难追的一个女孩儿了吧，油盐不进哪。”

缪云哼笑了一下，仿佛听到无稽之谈：“这算追？”

“也是。你耐心陪人家玩猫捉耗子的游戏，也是你愿意。”陈立拿勺子搅了搅咖啡，“不过，她主动提秦安安的事儿……醋了？”

缪云浏览财经新闻，淡漠地说：“不清楚。”

“她们这种女孩，太端着，没揣明白。追你就得为你守身如玉了？开胃甜点和正餐哪是一回事。”陈立回想一下苏倾，天生丽质的美人，跟娱乐圈的任何小花都不一样，难怪缪云放长线惦念着，就是……

“你不觉得苏倾挺奇怪的吗？”他说，“没什么私生活，一心只有工作，也没朋友，就围着那个小明星转。没见过这么内向的女孩。”

缪云喝了一口咖啡，睨他一眼，笑：“爱玩的有爱玩的好处，内向的也有内向的好处。”

陈立心领神会：“你这么一说，确实……耐得住寂寞，不往外乱跑，就巴巴等你一个人。”说得他都有些心驰神往了，“不错呀。”

“顾怀喻那边——”

陈立说：“我正要跟你说这事儿。

“顾怀喻名下资产，连那套小工作室房产算进去，不到两百万。”

他干笑了一下：“五年，没通告，没广告，靠那点点片酬，他这工作室怎么活下来的？”

事实上，顾怀喻这天一直候场到下午四点，戏还没开始。

黄昏的阳光从窗户里筛进来，照亮他领子上的银色绣纹。秦淮叉着腰站着，满脸的烦躁。

联系人拿着电话走过来：“导演，小张来不了了，怎么办？”

秦淮瞥了一眼电话，伸手把棒球帽扭了个向，冷笑一声：“怎么办？凉拌。一寸光阴一寸金，让她另谋高就吧。”他皱着眉哗啦哗啦地翻时间表，看看哪一场能顶上来。

《离宫》剧组资金有限，很缺演员。好几次需要群演的时候，都让工作人员带着自己的亲戚朋友客串。配角都是找刚毕业的小演员，小演员一份简历投多个剧组，等待出演的过程中难免出现状况。

“就一句词，要不……谁能凑合演一下小艾？”

小艾就是原作里与怀莲有感情线的那个宫女，一版剧本里，她差点成了主角；可惜到了最终版本，她变成了只剩一句词儿的过客。

在工作人员眼里，群演和这种小配角的区别不大，都是只有一两个镜头，当初秦淮挑专业演员演一个宫女就挺奇怪，难怪小演员心里不乐意。

“凑合不了。”秦淮毫不犹豫地否决。

几个人面面相觑。“一条鱼”小心翼翼地说：“我当时写这人，就是为了狗血三角恋，也没有什么特殊的意义。要不然这条线不要了？”

秦淮严肃地瞥她一眼：“不行。”

在秦淮心里，配角和群演不是以镜头多少划分的。哪怕只有一句词，配角就是配角。

一直默然坐着的顾怀喻忽然开口：“让我经纪人试试。”

因为秦淮才发了火，四周静悄悄的，这轻轻的一句话便显得格外清晰。很久没听过顾怀喻说台词以外的话，大伙儿安静了一两秒，在脑海里对上了苏倾的脸，骤然沸腾起来。

好主意啊。

副导演长得恁歪瓜裂枣的都客串了一个侍卫，让苏倾演个宫女能不合适？那几个镜头，还浪费她这张脸了。

秦淮则冷静得多，他沉思片刻，闭上眼睛滤掉了一切外部条件，想到的是苏倾拍人偶娃娃那组照片时看镜头的眼神。

“行。”

宫女的衣服形制仿唐仕女图，驼色印碎花上儒，纯色两片式齐胸襦裙，泡起来，看不出什么腰身。

但布料没有用时下大热的雪纺一类，而是用垂感很好的仿真丝，在浓墨重彩的瑰丽宫殿中，宫女们是渗入的一片山水田园。

造型师给苏倾梳个双丫髻，露出她修长的脖颈。苏倾把脖子上的蓝色圆环摘下来锁好，浅色碎花包裹着雪白的皮肤，像高级包装下凝固的牛乳。

裙头上方露出一点惹人遐思的沟壑，苏倾觉得衣服快要掉下来了，手指捏着裙头悄悄往上拉了拉。

化妆师跟她脸贴着脸上眼妆，口罩上眼睛弯弯的：“呀，你皮肤真好，给你化个漂亮的。”

苏倾不敢睁眼睛，浓密的睫毛微微颤动：“辛苦你了。”

工作人员把一切准备妥当，苏倾小心地走到布景里，道具是一只小砂锅，她端着砂锅的两个把手，手心冒汗。

大家聚集在外面看热闹。秦淮拿着剧本跟在她后面：“你从外面走进来，问他‘殿下，放在哪里’，他说‘依你’，等他说完你走过去，给他放在桌子上，然后从柜子底下取两只碗摆好，弯腰从刚才那个门退下去就可以了。整个过程你低头，不要看他。”

苏倾点了一下头，抬起那双乌黑认真的眼睛：“导演，砂锅里装的是什么？”

秦淮愣了一下："是药。"

苏倾垂眼看着砂锅把手："那要趁热的，得拿两块布垫着。"

秦淮一拍脑门："快快，道具组。"

棉布放在了桌子上，顾怀喻走到苏倾身边，掀开砂锅盖，把手上的矿泉水扭开倒了多半锅。

"试试看端得动吗？"

苏倾双手端起来，手臂比刚才又绷紧些："还可以。"

她抬眼，化妆师替她上了浅粉色眼妆，在漂亮的眼尾处着一点嫣红颜色，使得这双眼睛美艳无双，像一张瑰丽的画。

顾怀喻看了看她："过来点。"

苏倾靠过去。顾怀喻拿纸巾沾了点水，低头给她把眼妆擦掉了。

化妆师在底下跳脚："顾老师！"

顾怀喻置若罔闻。秦淮笑骂："该擦，化太浓了，又不是妖妃。"

"扯淡！我给别的宫女也这样化的。"

"好好，我不懂你们女孩化妆。"秦淮扬声，正色，"抓紧时间准备好，开拍了。"

怀莲初次见小艾，是在猎场的溪边。小艾十四岁，一个人坐在石头边挽起裙摆，一双雪白的脚丫浸在水里，踢着水花玩儿。

他从林中策马而过，无数高耸的细水杉变成黑色的格栅，将这个亮得发光的画面切成无数帧，飞快地掠过。

怀莲掉转马头回来，在她背后无声地看。女孩的脚，怎么能这么白。

小艾是无数宫女中普通的一个。但因为这次秘密的偶遇，无数普通的宫女里，有一个不再普通。

小艾温柔、天真，如果仔细观察一个人的一举一动，怀着秘密的情愫陪着她长大，很容易在心里留下一道刻痕。

怀莲当时没说，也就永不能说。小艾二十四岁，在浑然不知的情况下，让离宫主人远远调离。

今天阴差阳错，她来当值，细细的胳膊吃力地端着砂锅，迈入怀莲的寝宫。

秦淮没有跟苏倾说太多，她没有经验，只能先试一试镜头，有问题他再指出。

他盯着监视器，竟然意外地发现，这两个人之间的气场异常和谐。怀莲坐在榻上，小艾低眉顺目，两人没有对视，却仿佛有暗流涌动。

他背后的人似乎也感觉到这一点，四周慢慢安静下来。

"殿下，放在哪里？"

苏倾不怯镜头，一双眼低着，密密的睫毛垂下，声音柔柔的，语气恭敬。

怀莲不应声，好半天才说：“随便。”

顾怀喻改词了。

跟那句“依你”比起来，这句“随便”干干的，带着冷淡的刺，一点儿可能的暧昧都被掐灭。

秦淮并没有喊停，似乎在沉思。

小艾安静地走进来，随和地把砂锅放在桌上，蹲下从柜子里取出了碗，浅色碎花衣衫下的脖颈白而修长，是平凡人家田园之乐，温婉妻子，贤淑母亲。

怀莲默然望着她的背影，那道目光代替他从背后拥抱她，含着被碾碎的憧憬和希冀。

小艾起身从他面前擦肩而过，因为他一直不作声，侧头瞧了他一眼，带着无声的担忧。

秦淮拧眉，苏倾怎么也把导演的嘱咐忘了。

跟他一起看监视器的人都很好奇。怀莲在女皇面前的温柔魅力已无懈可击，与小艾对视时，会露出怎样深重的爱意？

“大胆。”怀莲启唇，惊碎了所有人的猜测，他轻轻别过脸，冷淡地避过了她的目光。

小艾急忙一福，躬身退下。她走了。

怀莲的脸朝着窗子，眼底空荡荡的，窗棂交叉的黑色影子是一座十字架，困在他苍白的脸上。

原来，强权之下，他是一朵堕落绽开的妖花。

真爱面前，他是一颗又涩又硬的青果儿，敲不开，碾不碎，埋入土底也不会发芽，此生此世无人可知。

演员们的住房是小镇的配套酒店，单间的民宿，每两间共用一个阳台。顾怀喻与苏倾的阳台就是同一个。

秦淮站在苏倾的阳台上抽烟，忽然注意到阳台上摆了几个小木盒，苏倾装了点土，里面发着细细嫩嫩的绿豆芽。

他把那眼熟的小盒子扭过来看，果然见到上面烫金的标志，是顾怀喻常抽的空烟盒。

苏倾从屋里给他取了盒水果，出来就看见秦淮好像被烫到似的缩回手，喃喃自语：“资本主义呀。”

苏倾把水果搁在窗台上，也看着那烟盒：“你想要吗？我去帮你拿几盒。”

“几盒……”秦淮把她扯回来，“你等会儿。”

“我问你呀。”他真有点儿好奇了，“顾怀喻平时买烟走公还是走私呀？”

苏倾好像没太听懂，老实地说：“不知道。”

秦淮点点装火龙果的塑料盒：“这个呢？”

苏倾拿塑料袋把盒子仔细装好：“拿我自己的工资买的。”

“他给你开多少工资？”

苏倾说了数，秦淮揉了揉脸，倚着阳台栏杆看了她好半天："你们工作室有会计没？"

苏倾看着他，摇摇头。

秦淮觉得顾怀喻的工作室简直是一个谜，但看苏倾单纯得像白纸，也够令人震惊的。

他换了个问法："平时是你管账还是他管账？"

苏倾让他问得也有些不安了，因为她没管过账："应该是他。"

"你们这个工作室……总共就你们两个人，他是老板，你是员工？"

"然后你除了接洽，房租、水电、服装，一切跟钱沾边儿的你压根儿都没管过，要钱了都是顾怀喻给出，对不对？"

苏倾怔了一下，点点头。

秦淮踩灭烟屁股，揣着兜自顾自笑了一阵，笑得挺开心。

苏倾骤然想到缪云同她说过的话，他说"顾怀喻没有你想的那么简单"。她现在回想起来，也觉得有很多处说不通。

只是她吃了不解世情的亏，反应太迟钝了。

"你笑什么？"

秦淮把水果提起来，还在怪笑："我怎么觉得你们这个模式，怎么说呢，有点儿不像个工作室。"

苏倾犹豫了一下，追问一句："那像什么？"

秦淮看着她笑，小虎牙尖尖的："像大老板包养金丝雀。"

（三）

苏倾一言不发地看着他，秦淮赶紧敛了笑："哟，生气了？开个玩笑，没什么别的意思。"

苏倾停顿了一下，转身回屋。

"哎，苏倾，"他忙在背后喊，"你和顾怀喻都很敬业，你们就是纯正的同事关系，别听我瞎说哈。"

过了片刻，苏倾竟然又回来了，手里拿着一沓纸，走过来把秦淮挤到角落里，大有地下党接头的架势。

秦淮盯着她侧脸半天，喃喃："没生气啊。"

苏倾黑亮的眼睛看着纸面，指指打印纸表格里的第二列："这些人，你认得吗？"

秦淮低头看她手上的表格，一行一行写着密密麻麻的字，让人用红色中性笔画得乱七八糟，批改作业一样，有的划掉，有的圈出来，压在最上面的一张纸很久远了，纸面有点儿泛黄。

苏倾把手机后置灯亮起来，贴心地给他照着。

秦淮一目十行地扫了一眼，有几个名字如雷贯耳："这个，这个，这个，负责人风评不好，事儿多，爱刁难人；这个，团队不错，但是导演不行，喜欢占女生便宜；这个，老板发家前有性骚扰案底……"

他忽然皱起眉不说了，苏倾的呼吸也微微停顿了，她很聪明，片刻就懂了。

秦淮指出的这几个，无一例外，都已经被红笔叉掉了。

很久之前，她就不知道顾怀喻接戏是以什么为依据的，怎么能那么快而决绝地做出选择，直到现在。

秦淮一直往后翻，这里面有些人和公司名他听说过，有些是根本不认得的，看着上面肆意的叉，越翻越觉得心惊："没看出来啊男主角。"

苏倾咬着唇，指尖在屏幕上跳跃，飞快地打出"缪旗天"三个字。

屏幕的蓝光照在她脸上和眼睛里，黑字介绍"唰"地加载出来，她往下一拉，迅速拉到"亲属"一栏：

"长女缪凤儿，现为缪氏集团总裁，集团涉足食品、服装、新媒体等多个领域……

"与现任妻子所育次子缪云，为鸿飞、紫涵、毓华传媒、眠云国际四家影视公司控股股东……"

——请问先生小姐是东厅还是西厅呢？东厅是缪小姐的场，西厅是缪公子的场哦。

——西厅。

——毓华的陈立，可以删了。

秦淮还站在一旁吹着夜风翻那沓纸，发自内心地慨叹："太可怕了。人不在江湖，手掌江湖事啊。"

所有混乱的声音画面，让一阵钝重的响声打断。

顾怀喻不知什么时候出来了，远远地倚着另一边的阳台栏杆，懒洋洋地看他们。他手掌拍拍栏杆，声音顺着金属管传过来，震到秦淮身上："十二点了。"

秦淮让他震得赶忙跳起来，笑嘻嘻地把水果拎起来晃一晃，回头对着苏倾做了个"自求多福"的口型："谢谢，小爷走啦。"

阳台上只剩苏倾和顾怀喻远远对立着。他看见苏倾一双漂亮的手伸进文件袋里，妥帖地把打印纸的每个边角抚平，她低着头，长睫毛在脸颊上投下毛茸茸的阴影，安安静静的，一点儿都不看他。

"苏倾。"他轻轻喊一声。

苏倾一顿。她发觉顾怀喻叫她，多半没什么要紧事，而是带着一种逗弄小动物的戏谑，好像故意让她抬个头、应个声，他就觉得愉悦得很。

她偏不抬头，垂眼专注地扭门锁，把那圆形的门把手锁上又扭开，还用纸巾仔细擦了一遍："十二点了，还不快睡。"

拍戏后期很艰苦，李丽芳一共进了三次医院，人有些浮肿，脸色蜡黄，化妆师遮都遮不住。她拿面镜子，一有空就反复地补妆，情绪非常焦虑。

秦淮说：“别补了李老师，你这个状态刚刚好啊。”

李丽芳放下镜子，焦虑地问：“真的吗？”

苏倾得了空，坐在凳子上看戏，她看到女皇那张无坚不摧的面具脸上，因为忧愁和恐惧有了裂痕，一旦有了裂痕，神便不再是神，衰老和死亡将接踵而至。

秦淮闭了闭眼，分镜画面在他脑子里飞快地过一遍，他用力一拍巴掌，脸色严肃起来：“就这样，来，准备开始。”

其时正黄昏，窗户外面是暖黄的光线，遮住了有些可惜。苏倾伸出手，把窗帘卷起来，监视器中的画面在不知不觉中变了颜色。

秦淮刚准备开始，看着这片光，愣住了。

太漂亮了，太完美了。

从前的布景是浮世绘，黑色幕布做基底，大量高纯度色块交汇碰撞，绮丽诡异的一场东方魔术，拍至此刻，画面刹那间有了温度，却是沐浴在一片虚幻的圣光中。

离宫的世界将要土崩瓦解了，这一场戏，就是最后的粉饰太平。

无数思路灵感从脑子里井喷式地冒出来，秦淮不知道该与谁分享：“苏倾，你学过画画吗？”

苏倾微笑着摇摇头，安静地坐回了角落。

秦淮揉着太阳穴，觉得十几天来积累的疲倦和灵感枯竭一扫而空。

他深吸一口气，心里有了一个悲壮的模糊的影子——秦淮的代表作不再是《永江八艳》，从今以后，就是《离宫》了。

他扫视了一眼在场的所有人，沉声说：“来，男女主角准备。”

布景中的顾怀喻回头看着苏倾，好像画中人远远注视着画外人。

她喜欢光，无数次他见到她伸出纤细的手臂仰头把窗帘拉开。可她永远坐在阴影里，一堆杂物旁边小小的一个影子。她坐在那里安静地等，牛仔裤膝头搁着一个保温杯、一瓶矿泉水，一切能想到的、想不到的，在她那里都能得到答案。

金黄色的帐幔中间，女皇身披玄色绣金龙龙袍，翘起的披肩，如同蝙蝠的一对翅膀，她拿起弓箭，一道光从金色的弓箭上飞掠而过。

女皇与怀莲的对手戏是渐入佳境的。开始时，女皇眼里什么也没有，而怀莲匍匐于地，他们在同一个画框里，却好像对着空气演戏。

直到第一场含蓄的激情戏，怀莲总算明白，至高无上的女皇与别的女人，也没有什么不同。他开始有了不平，有了怨憎，有了生理优势和心理劣势的矛盾割裂感。

他们每亲密一次，这种割裂感就增加一分，二人的互动也增强一分，直到最后，万千情绪沉酿成一壶酒，被二十四岁的小艾无意中点燃。

“不是这样用的。”他走过来，奢靡衣袍下的手伸出来，轻轻抚过这把长弓。

怀莲越发瘦了，眼里的星火却越发璀璨，他燃烧自己的心血，也燃烧着整座离宫。

“哦，我忘记了，你原来曾是青羽卫的。”女皇垂着眼，轻描淡写地回忆，“你来拉一下看看。”

怀莲伸出手臂，暧昧地拥过她的身体，女皇眉心微跳，却纵容他的僭越。

她的一切，得来得太过容易了。所有人都心甘情愿匍匐在她脚下，所以才会被怀莲眼里的挣扎和矛盾吸引，他的灵魂一半屈从，一半负隅顽抗，她从中找到了一丝棋逢对手的快意，既想将他驯服，又期望看到他不驯的样子。

怀莲的手握着女皇的手，弓“咯吱咯吱”地张到最大，箭头瞄准殿中金柱，怀莲的双眼慢慢眯起。

女皇说：“先不要放箭。”

怀莲笑了一笑，手微微一松，羽箭“倏”地蹿出，钉入柱中。女皇微微一惊，怀莲握紧她的手，将她抱在怀里。

“大胆。”女皇感到危险的同时也感觉到了安全，这种安全竟然来源于身后的奴隶。

“陛下治臣死罪。”怀莲笑着跪下，他的脸，他身上的气息，充满着浓醇得挥散不开的诡丽。他有足够的把握，笃定女皇不会怪罪。

女皇的面具碎裂了。

女皇和怀莲，究竟谁先输掉这场游戏？

苏倾想，也许是女皇。

怀莲心底有恨，恨支撑着他不择手段地从泥沼中爬升，看着敌人死去。而女皇心底什么也没有，只有不败之地的寂寞烟云。

六点钟，下班时间，总裁办公室。

陈立敲敲门，反坐在办公桌上的秦安安跳下来，挽了挽头发，踩着高跟鞋“咚咚咚”地离开，手上拿着一盒没吃完的冰激凌球。

坐在桌前的缪云拿纸巾慢条斯理地擦了擦嘴。

“行啊你。”陈立回头看着走廊里远去的窈窕身影，“够辣的呀。”

缪云笑一笑：“知道我看上她哪一点吗？”他转了转椅子，“聪明，心里有数，知道自己要什么，也知道我要什么。”

陈立坐在他对面开玩笑：“那得了，既然这么满意，你就长期发展一下。那个要不算了吧。”

缪云从他手上把一沓文件抢过去，他平时工作忙，感情吃快餐多，很少走心。看到陈立，他才会想到谜一样的苏倾。

除了外表的美丽肉眼可见，她的一切都藏得很紧，这是他头一回对女人的好奇大过了原始本能。

“其实我也不是非要她不可。”缪云淡淡地说，“我只是很好奇，她为什么这么抵触我。”

还有，她与顾怀喻到底是什么关系。

桌上是顾怀喻的资料。平平无奇的一个人，底层单亲家庭出身，十七岁辍学，二十岁还清外债，背井离乡。五年十八部戏，零个代言。

“因为顾怀喻的经历比较励志，媒体关注度比较高。《秋蝉》结束之后，徐衍曾经以个人名义捐给他两百万的梦想基金，有点一别两宽的意思，因为徐衍之后转型拍偶像剧去了，没办法保证带他接着演戏。顾怀喻拿这笔钱还了五十万外债，应该还剩一百五十万。

“当时他选择签给羽炀国际，除了那边比较热络之外，还有就是羽炀出的价最高，一口气买断十年。所以五年前，他手上至少有三百万的存款。”

缪云皱起眉头，如果没记错，五年前那个时段恰逢房地产低迷，股市暴涨，被称为“黄金年”。

如果——

不可能，他的眼皮跳了一下。一个连高中都没读完的小演员，怎么可能有这种眼光。

“顾怀喻这边断了。”陈立打断了他的思绪，“不过呢，我找到了一点好玩的东西。苏倾不是传媒大学的吗？毕业的时候要退校内邮箱，我找了点关系，复原了她的邮箱的最后一个曾用密码，你看。”

纸上写着：“20090515YD”。

“20090515 肯定不是谁的生日。”陈立笑，“2009 年 5 月份，徐衍的《秋蝉》开始在各大二、三线城市海选演员。5 月 15 日，选到了津北。苏倾的籍贯和顾怀喻是同一个地方，津北人。”陈立有些兴奋地说，“现在你猜猜后面为什么不是 SQ，是 YD。YD 是什么？”

缪云有些诧异，许久才不太确定地开口：“影帝？”

“对路。”陈立仰靠在椅背上，“你现在知道她为什么这么紧着顾怀喻？没看出来吧，这妞儿是个梦想型选手，她想自己捧出个影帝。”

一天的戏结束，到了晚上十点。

顾怀喻坐在化妆间里，造型师打着哈欠给他卸下头套和妆，大家都很疲倦，相互之间没有对话，顾怀喻的眼睛稍稍阖上了。

古镇昼夜温差很大，凉风不住地从窗缝里灌进来，他身上只穿了一件很薄的衬衣。

苏倾从背后给他披上一件外套，伸手把他挽到手臂的袖子放下来。

顾怀喻睁开眼，她正弯着腰，丝丝缕缕头发落在他身上，很耐心地帮他系袖口的扣子，她指尖碰过的地方，异样地痒。

他偏头看她，苏倾发现他醒了，马上放开他，像一尾鱼一样，安静地从他身边挣脱了。

回去的路上没有行人，零星几声狗吠在空中荡出回音。苏倾跟着顾怀喻走在坑坑洼洼的泥路上，手里拿着手机照着，一抬头，发现顾怀喻停下来，扭头看着她。

“你走前边。”

苏倾看了看他，依言绕到他前面。他忽然伸手，轻轻拽住她的衬衣后摆，把她向后一拉：“别那么前。”

苏倾侧过身，手机的后置电筒灯下，顾怀喻的睫毛上落着蓬勃的白光，他在光里像猫一样眯了眼，眼里似乎在笑。

“昨天晚上，”他慢慢垂下眼，“秦淮跟你说什么了？”

苏倾犹豫了一下，乌黑眼睛看过来：“关于工作的。”

顾怀喻看着她，声音很轻：“真的？”

“嗯。”

“好。”他的语气轻巧地挑起，看着她，猫儿一样的眸，含着诡秘的气定神闲，“我的经纪人说什么我都信。”

苏倾停了片刻，果然轻轻慢慢地开口：“顾怀喻。”

他笑了笑：“嗯。”

她慢慢抬起头，那双明艳的杏眼里似乎含着一汪水，有无数情绪汇在里头。

“我这个经纪人，是不是当得很差？”

顾怀喻脸上的笑容瞬间消失，变了脸色：“谁说的？”

“谁也没说，我自己这么觉得。”她低下眼笑了笑，眼神里是剔透的伤感，她引用了缪云的话，“没有我，十个工作室你也照样风生水起。”

“这五年，我好像都没有帮到你什么，反倒一直拖你的后腿。其实你可以……”

“苏倾。”顾怀喻打断，眼神里罕见地有些愠色，冷冷淡淡地说，“你跟我，签的是五年合同，现在还没到期。”

苏倾看着他笑了一下，笑得像一朵干净的雏菊：“我不是想要违约。”

顾怀喻扫视她片刻，仿佛无声地松一口气，语气有些冷：“工作中夹带着私人情绪，你说怎么办？”

苏倾想了想，低下头：“那你，扣我工资。”

“先记你一次，”顾怀喻沉吟了一下，微微抬起下巴，“三次以上，你免费给工作室加班一个月，包括双休。”

苏倾说：“好。”

他有他的方式，她也有她的方式。

她没有什么更好的办法，只有日复一日、年复一年地坚持，到了最后，坚持也变成了意义本身。

阳台上放着张长条凳子。

苏倾用小浴室半凉不凉的水冲了澡，擦干头发，换上柔软的棉布睡裙，坐在阳台的凳子上乘凉。

晚上风冷，她身上披一件薄外套。头顶上是民宿的晾衣杆，挂着的两件衬衣被风吹得摇晃，金属衣架相碰，发出风铃一样的“叮当”声。小烟盒里的一排绿豆苗，颤动着细瘦微弯的腰肢和叶片。

苏倾双手撑着凳子，小兔子的拖鞋荡着，安静地仰头看天空。

古镇空气污染还没有那么严重，可以看得到满天星星。她把脖子上的环摘下来放在眼前，歪着头，透过环看满天星星。

语文书上是怎么形容星星的？

——“像天鹅绒上镶嵌的宝石。”

闪烁的星星璀璨，不知不觉就迷了眼。

过了零点，圆环上的蓝光闪烁起来，活动筋骨，精准地前进一个单位刻度。《离宫》每拍一天，圆环就前进一点儿。

苏倾感谢秦安安，没有秦安安，她就找不到秦淮，就不会有今天的《离宫》。

刚想到秦安安，苏倾打开手机找到她的头像，刚点了一下，屏幕一闪，接到了缪云的第五个电话。

“苏倾，睡了吗？”

“缪总。”苏倾一手拉着外套，一手拿手机，眯眼笑，“四月份的那个展，我恐怕不能去了，对不起。”

缪云有点惊讶于她今天松弛的温柔，温柔而坦然地抹去了一切可能性。

“不是要跟你说这个。”他无奈地笑了一下，停了停，“我今天，想跟你聊聊顾怀喻。”

“顾怀喻？”苏倾顿了一下。

“是。你对你们家小艺人，有什么职业规划吗？”

苏倾沉默了一会儿，轻轻地说：“缪总不是说，顾怀喻也不是离不了我吗？我想，下一个阶段，也许……”

“不不不，你误会了。”缪云实在后悔自己前面把话说得太死，“你很重要，苏倾，你是我见过的最好的经纪人之一。”

苏倾笑了一下：“谢谢。”

“我的意思是……他的发展，跟你的努力是分不开的。”缪云的声音稳了一下，变得谦和而有说服力，“羽炀国际对他的定位，和他本人的气质完全不符，你有考虑过带他解约吗？”

“解约？”

“没错。”缪云放松地靠在椅背上，桃花眼里迸出散漫的笑意，“你知道，我是四家影视公司的大股东。鸿飞和眠云是后起之秀，需要一些新鲜血液。”

他听着电话那头苏倾平静的呼吸，感慨自己终于找到了跟她沟通的正确方式。

“如果你愿意，我可以帮顾怀喻解约。未来五年，鸿飞或眠云，将会不遗余力地主捧顾怀喻。你应该知道，这个圈子拼的不是实力，是资源，再有实力的人，没有人捧，也一样会被埋没。”

苏倾静静地听着，一模一样的话，缪云对原主也说过一遍。

任何礼物都已标明价码，原主的心思埋得太深，只肯说是自己贪慕虚荣，此后就成了顾怀喻与她不可调和的矛盾，以至于决裂。

他们明明看重对方，却输在不懂彼此。

苏倾问：“捧到什么程度呢？”

缪云放沉了语气：“比如，捧到他当影帝。”

她低下眼，指尖摩挲蓝色的环，水波正在闪动着。她冷静地演完这场戏：“我考虑一下。”

缪云说：“好，等你的好消……”

声音戛然而止，苏倾的手机让人从耳边夺走了。

抬起头，一道影子笼罩了她。

顾怀喻垂着眼，面无表情地把她的手机挂断，颤抖的指尖摁了好几下才成功关机。

他把手机揣进裤子口袋，低头静静地看着她。她从没见过顾怀喻露出这样可怕的表情。

“苏倾，”他的眼底一片冰凉，半晌，轻轻说，“看不起我？”

她平静的毫无底线的背后退让，他已经受够了。

顾怀喻的那根弦崩断了。他欺近了一步，像被激怒的凶兽一样冷笑：“你以为你是谁？我的星途，还需要你苏倾给我铺？”

她仰头想要辩解，他骤然伸出手，掌心一张硬邦邦的银行卡，按在她脑门上。

他低下头，咬牙切齿：“去，拿这张卡查查。”

他很少有这么失态的时候，展现出不可违抗的强势，声音都变得低沉沙哑：“看看我不演戏，能不能养活你，用不用得着你把自己卖了。”

他的手一松，卡从她脸上掉下去，砸在她手里。她无意识地把它捏紧，捏得手心都痛了。

苏倾闭着眼睛，睫毛慌乱地颤动着，她身上沐浴液的香味不住地散发出来。她的脸这样近，肤如凝脂，那一点唇红，毫无戒心地绽放在他面前。

他的手慢慢地慢慢地下移，像变一个心照不宣的魔术，盖住了她闭着的眼睛。

他的右手掌心贴住她的后脖颈，下一刻，他的嘴唇贴上来，微凉的，吻住了她，蜻蜓点水般触了一下，终于尝到了滋味，随即是失控地攻城陷阵。

好半天，他才想起来放开她，手指轻抚过她发红的嘴唇，征询一句：“喜欢我吗？”

苏倾没有回答，伸手搂住他的脖子，身上披着的外套一下子掉落下来，金属扣子“嗒”

地划过凳子，她也没顾。

她搂得这样熟练，这样自然，让他有种奇妙的错觉，好像她已经很多次这样扑进他怀里。

直到终于抱住了她，才感觉整颗心放下了，熨帖了，丢失在外的，全都找回来了。

顾怀喻抱了一会儿，搂着她的腰一抬，把她架着坐在了阳台栏杆上，冷淡地仰视她的脸："那从今以后，别让我再看见你跟缪云联系。"

顾怀喻双手扶着她的腰，风从背后吹起她的长发，裙子下赤裸的小腿贴着冰冷毛燥的青黑色水泥墙，悬空着，只能靠他两只手的支撑。

苏倾后背冒了冷汗，紧紧扣着他的手臂，手里紧张地捏着那张卡。

顾怀喻仰视她，眼神里带了点极淡的顽劣的笑："答应了，就放你下来。"

苏倾看了看被压折的豆苗儿，忙说："好。"

顾怀喻笑了一下，一把将她抱下来，发觉她身上的睡裙很薄，稍一用力便向上掀去，露出修长的腿。他微微一顿，捡起地上的外套掸了掸，披在她身上。

他的目光顺着苏倾的目光，落在她手心里那张银行卡上，红色卡面上落了无数道刮痕，已经不太光滑。

"开户人叫何娟子，"他冷淡地睨着，"是我妈。从她还欠款的时候，一直用到现在。"

他翻开苏倾外套内兜，把那张银行卡塞了进去，随意地拍了拍，看着她笑："今天晚了，明天去查。"

苏倾的睡裙很薄，她一言不发地把外套穿好，拉链拉到脖子上面，揣着兜，睫毛忽闪忽闪，耳根微微泛红。

顾怀喻贪看她，手指恶意地沿着那红描绘："去你那儿还是我那儿？"

苏倾的眼睛微微眯着，不吭声。

"苏经纪人，说话。"

"你那儿。"

顾怀喻反手关上门，心中气血混乱一片，颠三倒四，把她压在门板上，低头亲吻。

上瘾。

民宿惨淡的一盏白炽灯，照着叠得一丝不苟的床，床单白得发青，屋里空荡荡的，充满木制家具的味道。

苏倾陷在他的包围圈里，晕头转向，伸出手搂紧他的腰，脸耍赖似的埋进他胸膛，偷偷喘息了一会儿。

顾怀喻克制了一下自己，退了一步把她放出来，伸手整好了领子，低哑地说："随便坐。"

坐哪儿呢？

房间的格局都是一样的，屋子很小，两张狭窄的单人床，窗台被粗糙地改造成榻榻米，斜放着两个编织靠垫。

苏倾有些局促地往窗边走，顾怀喻站在原地看着她的背影，从背后伸手一捞，轻而易举把她捞回床上。

卷帘“吱吱吱”地放下来，把窗外暗蓝的天幕遮挡严实。屋里仅剩冷色调的顶灯，照着四面白墙和床铺。苏倾很乖，抱膝坐在他的床上，下巴垫在手臂上安静地等他，头发散在肘弯和背后，黑色的眼睛，绯红的嘴唇，像梦一样。

顾怀喻没法儿跟她好好说话，手指专注地描过她的眉眼，像摸着一样珍稀的玩具，半晌，他说：“抬头。”

苏倾的下巴抬起来，他俯身吻上去，衬衣绷在脊柱骨上。他碾磨她的两片唇，又慢慢往脸颊移去，像动物在温柔地嗅辨同类。

双手抚过她的脸，把她的头发往后别一别，低头吻向那小巧的已经通红的耳垂。

苏倾吸了口气。

顾怀喻笑了一下，艰难地停住了，呼吸痒痒地落在她耳朵边：“不行？”

苏倾搂住他的脖子，手掌顺着他脖颈上漆黑的发茬儿往下，轻轻拍了拍他弯下的背，声音细细柔柔，含着迷糊的沙甜：“坐下吧。”

顾怀喻怔了一下，睫毛垂下，低眼看她。

苏倾的手轻轻揉动他的脊柱骨，扇子似的睫毛动了动，很认真地说：“这么弯着，不好。”

他的手伸进她膝弯下，拦腰一抱，把她平放在床上。苏倾一张雪白的脸枕着散乱的青丝，蒙昧得惑人，他的手臂撑在她身侧，俯身看她笑：“那躺着，好不好？”

苏倾侧眼一瞥，他禁锢的手肘已经靠近床沿，她艰难地把手腕伸到眼前，腕表一点点儿转过来，指针指向凌晨一点。

顾怀喻不满意她的小动作，一把抓住她一双手腕按在头顶，俯身吻下去：“几点了？”

苏倾让他弄得脸色通红，好半天才颤颤睫毛，睁开漆黑的眼：“我得回去了。”

顾怀喻怔了一下，似乎有些新奇：“你还想回去？”

苏倾说：“这个床小，睡不下。”

顾怀喻啼笑皆非，眼皮一掀，瞥了一眼侧面：“旁边不是还有一个。”

苏倾仔细想了想，说：“那也好。”

顾怀喻似乎拿她没办法，目光沉沉地扫过她的额头、眼睛和有些红肿的唇，想不明白她怎么这样天真，天真得致使一切过于顺利，让他有一种心悸的不安全感。

“你在想什么？”

苏倾看着他说：“你该睡觉了。”

她补充一句：“明天早上七点起来，第一场戏就是你的。”

顾怀喻沉着脸地看了她一会儿："好。"

苏倾的眼睛往下看："那你要下去吗？"

"我是谁？"

"顾怀喻。"

"再想。"他的手虚抚过她的脸，勾勒出苏倾的面部线条，脸上表情淡淡的，"说不对，不放你走。"

苏倾低眼默了一下，秀眉微微蹙起。

顾怀喻的手指焦躁地滑过她的眉心，漫不经心："这么难想，在外面答应我什么了？"

苏倾咬唇想了片刻，聪明的她猜对了这个字谜："男朋友。"

顾怀喻在她唇上轻啄一下，仿佛得了确认："嗯。"

窗户外的小虫噼里啪啦地拍打玻璃，如同在窗户上撒了一把小米。

苏倾掀开被子坐起来，手表的指针过了"3"，太阳穴涨涨的，却睡不着。

半晌，她轻手轻脚地走过去，蹲在他枕边，借着被窗帘滤掉的清寒月色，打量他的睫毛和鼻梁。

她好像知道顾怀喻为什么喜欢摸她的脸了，昨天还是艺人和经纪人的关系，今天就在一起了，她也觉得很不真实。

可是再要退回去，也不行，她竟已经想不起原来是什么样子。

她的手伸出来，轻轻触碰他的眼皮，手腕倏忽被他一把攥住了。

顾怀喻眼睛还闭着，睫毛颤动，翻了个身面朝她，懒懒散散地说："今天晚上，别想睡了。"

苏倾让他搂着躺在单人床上，她身量纤细，埋在他怀里小小的一团，倒也不太挤。

他的手抚摸着她的长发，像是抚摸一只猫儿。

"你当时为什么愿意做我的经纪人？"

苏倾说："你第一次见我，是什么时候？"

"签约的时候，羽炀的会议室。"

苏倾轻轻地说："其实是在津北的市民广场，我是你的观众。"

顾怀喻撩动她头发的手停了停，无声地笑了一下。

苏倾摸到口袋里那张用了好多年的银行卡："你跟你妈妈，是不是很像？"

顾怀喻随意地开口："我妈年轻的时候，当过国家大剧院的舞台明星。

"她父亲是个苏联作曲家，母亲是舞蹈演员，从小就是'音乐精灵'，养到十六岁，却被一个四十多岁的艺术家骗了，不顾父母阻挠跟着他跑到津北的小县城，生了一个孩子。"

顾怀喻讽刺地笑：“她为舞台剧而生，除了演戏，什么都不懂。我看过她的戏，演得很好，但那有什么用呢？”

他微微抬起眼：“你知道我第一次吃到家里做的饭是什么时候？”

苏倾说：“什么时候？”

“是去年正月十五，助理请假，你在工作室的厨房里，给我煮了一碗汤圆。”

苏倾仰头看他，黑暗里只能看得到他下颌的棱角，看不清他的表情。

“我妈可以在舞台上跳十二个小时，不在乎工资多少，能不能养家糊口。”他平淡地继续，“剧院拆掉那一年，她拿一根皮带在家上吊，逼债的人找到我的学校，打掉了我班主任的两颗牙齿。”

他在脑海里描摹出有些模糊的母亲的面容，有着高挺的鼻梁和白皙皮肤的一张脸，浅灰色的瞳孔，五官带着男人样的硬气，那灵巧的腰身和腿，好像有如火的热情和无穷无尽的力气。

可那只是在台上，下了台卸了妆，纸片儿一样的人，一戳就稀碎了。

“我跟她是很像，我也喜欢演戏，但这辈子，我绝不会跟她一样。

“我留着她那张卡，替她记着，梦想是不能当饭吃的。当演员也好，不当也罢，我会比大多数人活得更好。”

苏倾感觉到他的手撩开她的头发，带着薄茧的手指轻轻摩挲着她的耳垂。

她的身子微微颤抖着，顾怀喻搂紧了她，附在她耳边，淡淡地说：“苏倾，你说错了。没有你，我一个工作室也开不起来。”

这五年一路走来，他遇到过无数个可以转身离开、埋没于人群的路口。

这世界上庸庸碌碌的大多数人，又有几个能把一颗初心完好地捧到最后？

支持着他的，除了不甘之外，还有那个永远抱着文件袋跟在他身后东奔西走，甘愿替他披荆斩棘的苏倾。

她没有一天说后悔，他又怎么会放弃？

第三章　人与月

（一）

《离宫》拍摄的最后十五天，集中了大量的外景戏。

秦淮对布景美术的要求非常苛刻，坚持拍真景。他对常用的 PS 背景深恶痛绝：“弄得像几十年前的挂历一样，难看。”

“这个我们和村委会谈好了。”“一条鱼”说，“我们这个剧免费给他们做旅游宣传，他们愿意派向导指导我们上山、进竹林。”

就这样，除了宫殿以外，群山、溪流和古镇里的竹林，也变成了免费的资源。

这一点，“一条鱼”是从戏服上获取的灵感。当初，秦淮把网络剧当作电影来拍，一有时间就画场景图，在导演的影响下，年轻的美工组不眠不休，自己赶制了主角的几套重要戏服，请镇子的绣娘帮忙完成，免费给古镇快要消失的刺绣手艺打广告。

手工刺绣和机器绣出的不太一样，风格密实淳朴，针脚带着山寨女人的野蛮劲儿，设计图上写意的金线图腾穿在演员身上，好似张牙舞爪地有了生命。

年轻的剧组，自有年轻人摸爬滚打的办法。

秦淮讲戏的时候，点了根烟，气定神闲地伸了三根手指：“故事精彩，画面好看，气质独特，我们至少占一样，才能算及格。”

大家散去的时候，心里都有种微妙的感觉，介于兴奋和不安之间——这部戏，恐怕不只是及格而已吧。

——那为什么不干脆把三样全占满?

从这一天开始，片场各个角落的饮水机旁，摆了大盒速溶咖啡，来来去去的工作人员取用随意。

五月初，古镇中的树木郁郁葱葱，B 组演员陆续杀青。剩下的工作人员，正联系自己的亲朋好友进古镇，客串群众演员。

女皇与怀莲的最后一段戏，就是群演最多、花费最大的一场外景戏。拍至收尾处，四五处爆破点烈火熊熊，火舌噼啪作响，烟雾在空中荡出重叠曲线，把浓密树冠的形状扭曲。

怀莲向来一丝不乱的头发有些凌乱，锦衣华服也不太整齐，脸上的笑、眼里的光，都是虚浮散乱的，他背后拖着一把剑，一步一步地走回寝殿。

鲜血从刀刃上流下来，积聚到了剑尖儿，在地上画出一道蜿蜒的暗红曲线。

帝国宫倾。掩盖在国泰民安之下的私欲和暴力，一旦脱离五指山，就变成了一场没有底线的狂欢。

强权是一种畸形，强权压抑之下的产物，追寻的自由竟也是畸形。

潘多拉的魔盒打开，小艾在这场大乱中如尘埃灰飞烟灭，怀莲方知这是多么可怕的一股力量。

他们不比女皇好多少，历史不过是一种重复。

怀莲不知道自己究竟做了什么。他的报复迂回矛盾，使女皇昏聩、偏信、失去冷眼旁观的能力。

退一步说，他只是使得女皇从神变成一个普通女人，她空无一物的眼里有了像人一样的东西，马上被臣下嗅知。

既然女皇是同类，凭什么不可取代？

怀莲走进寝宫，一片如灿烂的金子一样虚幻的日光里，女皇坐在他常坐的榻上，冠冕滚落，额发散乱。

柱子上还钉着他上次射的那支箭，箭羽露在外面，他垂下眼，左手弹奏琴弦一样，拨弄箭羽，发出“铮”的嗡鸣。

女皇安静地听着这金戈悲鸣，威严的脸上惯于没有表情，眼里却忽然有了荒诞的笑意：“怀莲，你赢了。”

多么荒唐，竟有一日，女皇向他认输。

怀莲一步一步走到她面前，拖着的剑尖在大殿上摩擦出金属啸声。

高位者和屈从者的博弈，竟然是强权最先服输。

喊杀声涌入离宫，鲜血染红溪流，火光漫上阁楼，瑰丽的宫殿，最后绚烂了一下，归于尘土。

离宫别苑，帝王消暑去处，国富力强，方大兴土木，征服自然。

离宫的所有奴隶，都是依附于强权而生。镜头倒放，倒到十四岁的小艾在溪边戏水，而他从竹林经过；再倒，倒到怀莲与伙伴驰骋于马场，蓝色的天上，慢悠悠地，飞着几只彩色的风筝。

——赢了，又怎么样呢？

女皇说：“你会成为这个国家的王。”

怀莲笑了一声，这沙哑的一笑如同动物濒死的悲鸣。他的脸也如焚毁的景，最后艳丽了一下：“我为什么要当王？”

女皇有些意外，同床异梦这些年，他们第一次如知己般互诉衷肠。

“那你，究竟想做什么？”

怀莲眼里迷茫，还有狂热退却后的灰败和无趣，许久，泪盈于睫，化成了一个有些天真的惨笑：“我想当青羽卫。”

最初扣错了一粒扣子，他花了大半生不得其法，不能倒回，最后纵火焚毁整件衣服。

没解开的，化成了灰，也依然没解开。

女皇的眼睛，在最后一刻，通达醒悟，贯穿古今，猛然涌出了属于爱人的生动哀伤。

怀莲拾起冠冕，戴回她的头上。

女皇不再是强权的象征，威严仪仗在她身上，突然变得万分违和。

“陛下。”怀莲的恨和嘲讽，最终变成了彷徨的怜悯，他长久地看着她，两败俱伤的猎人和猎物，在彼此的眼中看到一样的眼泪。

“如果要当陛下，就永远不要成为爱人和母亲。”

铮然一声收鞘。

秦淮先轻轻拍两下掌，将这氛围小心地戳一个窟窿，才对着扩音器喊停：“OK，很棒，休息一下。”

两个人都没有动。顾怀喻立在那里，好半天，眼神慢慢松弛下来，像跑完千米长跑一样，精疲力竭。

李丽芳沉浸在剧情中，好像情绪已经崩溃了，哭得泣不成声，捂着脸把头埋在膝盖里。助理围上去：“李老师。”

“李老师……”

秦淮皱眉：“下去下去，让李老师调整一下。”

他跨过电线走到布景中，用力拍了拍顾怀喻的肩膀和背：“没事吧？”

他对结尾要求严格，顾怀喻的长镜头重来了三四遍。这种戏拍到最后，情绪到了临界点，对演员的身体是很大的考验。

顾怀喻垂眸看着地板，秦淮递了他一根烟：“没你的好，凑合凑合抽吧。”

顾怀喻捏着烟，好像一时半会儿不知道这是什么东西，半天才开口：“苏倾呢？”

秦淮怔了一下，赶紧叫：“苏倾！”

苏倾在杂物旁边坐着，一听到秦淮喊，立即抱着保温杯和矿泉水走过来。

她把矿泉水塞给秦淮，拧开保温杯盖儿倒了一小盖，又从秦淮怀里拿过矿泉水掺了点凉水，递给顾怀喻，眼睛一直看着他：“小心烫。”

顾怀喻压着袖子，接过来喝了，好像从一场大梦中醒过来了。

秦淮感叹：“你这服务也太到位了吧。”他看着苏倾从口袋里掏出一颗奶糖剥着，瞪大了眼睛，“哎，我说，有我的没？”

顾怀喻很轻地笑了一下：“那给秦导。”

苏倾转而把奶糖递给秦淮，秦淮又嫌弃地摆手：“咦——小爷才不吃这种小孩吃的玩意儿。”

苏倾觉得挺可惜，就放进自己嘴里，浓密的睫毛垂下来，浮雪般的腮帮子鼓鼓的，惹人怜爱。她又掏出一颗，走过去放在李丽芳膝头。

李丽芳已哭完了，红肿着眼呆滞地看向前方，看见这颗包装有点儿可爱的奶糖孤零零地躺在膝盖上，一下子被拉回了阳光明媚的现实世界。

她感激地抬头："谢谢。"

苏倾含着糖，不好意思地点点头。

顾怀喻看着苏倾问："拿我烟了吗？"

苏倾垂下眼，熟练地从手袋里掏出小木盒。秦淮皱着眉："少爷，您是多嫌弃我这烟啊？"

顾怀喻接过烟盒，无意中触碰到她的指尖，掩住眼里的笑意："乖。"

苏倾缩回手揣进口袋，耳根无声地红着。顾怀喻瞥见她濡湿的耳际："热不热？先去化妆间坐着。"

苏倾说："好。"

秦淮不客气地从烟盒里抽出四五根据为己有："别拿你经纪人打岔。"

顾怀喻借了火，半天，含着点散漫的笑说："知道我为什么抽贵的吗？"

"为什么？"

"想抽，又不想死。"

秦淮笑骂了一句。

二人面对面吞云吐雾，顾怀喻忽然抬眼："导演，可能要加两场戏。"

秦淮缓缓吐出个眼圈，笑着揉揉绷得发疼的太阳穴："嗯，我也觉得。"

大部分角色杀青，化妆间已经很空，空调吹着，每个毛孔都沁凉。化妆师戴上口罩："顾老师，最后一场了吧？"

顾怀喻从镜子里瞥向苏倾，苏倾正坐在沙发上低头看电影，琼鼻樱唇，两排垂下的睫毛浓密："不一定。"

化妆师说："那还卸吗？"她看了看镜子，顾怀喻的妆不浓，他本身五官立体，眉毛尤其漂亮，"顾老师，你这个眉毛是我画过的最好画的眉毛。"

顾怀喻默了一下："我后面是不是没了？"

化妆师点头。顾怀喻说："我的经纪人不太会画眉，你空了可以教教她。"

苏倾想到自己描得一高一低的眉毛，赧然地认真学。化妆师把着她的手，对着镜子边描边说："小美人儿眉型细细的，对，轻轻勾出来就可以了。"

这会儿没活干，化妆师同他们打了招呼，背着包去吃饭了。屋里剩下他们两个，一时变得极安静。

顾怀喻戏服还没脱掉，站在苏倾椅子后面，弯下腰，握起她拿着眉笔的手。

苏倾仰头："干什么？"

镜子里，顾怀喻依旧是怀莲浓艳的装束，靡艳的，反手带着她扫另一弯细细的眉，猫儿样的眼，高傲地睨着镜子："给小美人画眉。"

苏倾咬着唇，红着脸让他握着手把眉毛画完，只感觉长眉毛的地方麻了，悄悄地从他手里挣脱。

顾怀喻把椅子扭过来，低头看她："糖好吃吗？"

苏倾从口袋里掏出一大把各种口味的糖，拿得太急，还从手心里漏出几颗。

她膝盖一并，忙接住了："吃吗？还有好多。"

顾怀喻理都不理，抬起她的下巴，吻上她的唇："我尝尝甜不甜。"

苏倾用腿接住的糖吧嗒吧嗒地掉了一地。

秦淮带着负责人进化妆间的时候，顾怀喻正穿着戏服蹲在地上一粒一粒捡糖，未束的长发散在背后，侧脸锋利冷峻。

他叩叩门："男主角别捡了，领导来了。"

负责人一扭头，先看见站在沙发边的抢眼的女孩儿，身材纤细，长发，脸色绯红，眸中仿佛有一片晃动的湖："这是女主角？"

苏倾局促地递了她一张名片："我是顾怀喻的经纪人。"

"噢。"她无趣地收回眼，等大家都坐下，开口道，"导演说的情况我了解了，我觉得你们说的戏不太好加。"

她本来就对纤橙出品的网络剧不看好，没大牌，没名导，原著还先天不足的"三无"产品，市面上一抓一大把，这个导演还三番五次申请经费、改剧本、加戏，实在有点儿讨人厌。

"你们这个剧本改过三四次了吧，快拍完了就赶紧收掉好了，还在折腾什么？"

秦淮说："我和男主角都觉得要把这部戏撑起来，必须得暗示怀莲和女皇存在感情。"

负责人不停地看着自己的手机消息："为什么？这不就是一个被包养的小白脸反杀富婆的故事吗？复仇完了就完了，这种狗血套路要感情干什么，斯德哥尔摩？"

秦淮抿着嘴，几天没好好休息过的脸色很难看。

顾怀喻的睫毛动了一下："那么您怎么看待《哈姆雷特》和《雷雨》？"

负责人好笑地抬起头，还未开口，顾怀喻垂眼冷淡地说："抱歉，我不是要拿我们的剧本和这些经典比较。我的意思是，优秀作品也会有一些复杂的感情冲突，处理得好，可以增加艺术性。"

负责人傲慢地打量他两眼："嗯，那你们的艺术性是怀莲的恋母倾向？"

顾怀喻默了一下："基于我对角色的理解，我觉得他存在类似的感情。"

她笑了一下，拨弄着自己闪亮的美甲："这个东西，影响很不好的呀。"

秦淮急了："好的剧本一定得自圆其说。我们能成为一个复杂饱满的艺术作品，就不能把它局限在怀莲的个人悲剧上面。"

负责人皱眉："小秦，你要清楚低成本网络剧的市场定位是什么，它就是一个粗糙猎奇的东西，骗大家看一看，骂一骂完了呀。你扯这么多……"

顾怀喻强硬地打断："定位错了，我们的受众是有一定鉴赏能力的高端观众。"

"对。"秦淮抱怀靠在沙发背上，"我根本就没指望观众全能看懂。"

"这部分观众明明有这个需求，但是没有对应的剧，都跑去看电影话剧了。市面上的网络剧，猎奇的多，高端的少，现在我们能趋向后者，为什么不拼一把，拔个尖儿呢？"

负责人无言以对，十分钟以后，踩着高跟鞋沉着脸走了。

秦淮押着"一条鱼"快速写了要补拍的戏，打出来交给苏倾，跟顾怀喻说："甭管她怎么说，回去琢磨琢磨，明天咱就给速战速决了。"

这天晚上，顾怀喻就坐在椅子上一动不动地看剧本。

苏倾烧了一壶水，给他倒了一杯放在桌子上，也坐下来有条不紊地整理文件和工作计划，堆成一沓，然后她趴在桌上，睫毛耷拉下来，有些困了。

顾怀喻侧眼看着，轻轻叫她："苏倾。"

苏倾惊醒，起身走过来。

他攥着她的手腕，一把将她抱到腿上，苏倾挣动了一下，他箍得更紧。她着急地说："你不是在工作吗？"

"别动。"他圈着她，翻了一页剧本，上面用荧光笔画得色彩斑斓，垂下眼，"就是在工作。"

苏倾盯着那页纸想了想："我要跟你商量件事。"

"你说。"

苏倾说："我们以后在剧组，还像以前那样行不行？"

顾怀喻淡淡地说："以前什么样？"

"就像普通的经纪人和艺人那样。"苏倾眼里闪出几丝羞愧的恼意，"万一别人看见，不好。"

他的手爬上来，揉弄她的耳垂，听着她慌乱的呼吸声，像丝缕缠绵的云气，心也有些乱了："看见了，就官宣。"

他的吻越过她的长发印上后脖颈，嗅她头发上的香气，恶劣地问："怎么样？"

微凉的唇贴在脖颈上，像花瓣滚落无数次的心悸，源源不断地辐射周身。苏倾的指尖无力地挠着桌子，急着下去。

顾怀喻把她往上抱了抱，理好她的头发，不动她了："陪我对个台词。"

苏倾有些模糊的视线好半天才对焦在剧本的一个个蚂蚁似的小字上，顾怀喻的指尖指着女皇涂红的台词："念这个。"

苏倾逐字逐句仔细看了一遍。这场戏加在怀莲刚刚臣服的时候，他在冬天大病一场，半梦半醒，发觉女皇静坐在床边守着他。

她依然威严、淡漠，心如明镜："怀莲，离宫赐给你，你心里还有什么过不去？"

人在生病的时候格外脆弱。他有种错觉，女皇早已看穿他一切的虚与委蛇，给他离宫，是无言的妥协，和无奈的讨好。

像严肃的父母，给哭闹的小孩一颗糖。

"陛下，"他在高热中胡言乱语，"我有兄弟姐妹、朋友爱人，我是一株有根的草。您是什么？"

他仗着病呓尖刻地冷笑："再贵的玉石也是一颗石头，死的，孤零零地来，孤零零地去，没有心，永远不明白。"

"……苏倾？"顾怀喻温热的手指抚上她的脸颊，竟然摸到一点儿冰凉。

苏倾恍然清醒，刚才剧本上的无数小字，好像倏忽变成了无间地狱地面上方圆百里闪烁着的小虫。

幽冥之主高居于上，空灵地念着属于她的诅咒，无限幽冥，只有她，和过境的风。

她用手背冷静地揩干眼泪，把他的手指握住，慢慢从脸上移开，接着看剧本。

怀莲觉得，他可能快要死了。这次撒疯会触怒女皇。可女皇真的像是石头刻出的，仿佛没听见他说什么，没有丝毫表情地摸了摸他单薄的衣角："难怪风寒。"

女皇立起来，静默地走了。却不知道经年累月，水滴石穿，再硬的石头，挡不住一颗草籽的萌动。

剧本上没台词了，顾怀喻却还在念："陛下。"

他紧紧搂着她的腰，苍白的手轻轻撩开她的头发，蛮横地亲吻她的耳垂和侧脸："陛下哭什么？"

半晌，顾怀喻利落地把剧本合上，"啪"地关掉了台灯。苏倾眼前还余下灯泡橙黄的影子，迟疑地问："不看了吗？"

顾怀喻把她扭过来，低眼看着她。

这样一双眼睛，黑眼珠像擦过的宝石，透亮光滑，泪珠子滚下来都蓄不住，顺利地坠到了颊上，又从凝脂般的颊上滚落下去，谁也看不见。

苏倾做他的经纪人五年了，在外头让人刁难的模样从来没让他看见过，在工作室，永远是微微笑的，这未知的眼泪让他心悸："刚才哭什么？"

苏倾说："没什么。听到那儿，就有些伤心。"

顾怀喻回想那句平平无奇的台词："我念得太狠了？"

苏倾摇摇头，朝他笑："念得挺好的。"

顾怀喻注视她一会儿，手指不太温柔地刮擦过她的脸，冷着声调："不说实话，让你再哭一次。”

苏倾看着他，半晌，笑容敛了，红着耳根从他腿上挣扎下来。顾怀喻伸手一拦，捞住她的腰：“剧组有谁为难你？”

“没有。”

他还不放手，问急了，苏倾细细的手指掰开他的包围圈：“你欺负我。”

顾怀喻愣了一下，她已经脱了拖鞋爬上另一张床，灵巧地拉开了被子盖上，抱膝露出一双眼睛：“不看剧本，就睡吧，十一点了。”

那就睡吧。

可是半夜，她又轻手轻脚地爬下床，走过来给他盖被子，盖完了，伸出手指，小孩一样摸他颈后短短的黑发。

他翻了个身，压住她的手，掀开被子把她卷进怀里，手掌一下一下地抚摸着她睡衣下的脊背，眼角带着一点凉凉的笑：“苏倾，我哪里欺负你了？”

她洗过的长发上的香气不断地飘散过来，他微微眯了眼睛，为了不欺负她，只抵着她的脸，低头轻轻印了一下她的唇：“这样算吗？”

她不吭声，感觉到他的动作略微加重了些，碾磨着她的嘴唇：“嗯？”

苏倾的呼吸急促起来，忽然伸出手盖在他的眼皮上：“睡了。”

女皇只需以权杖轻轻点地，灯便彻底熄了。裙下之臣掩住眼底流连，遵令退场。

怀莲生病这场戏结束后，李丽芳杀青了。为这一部戏，她一共进了四次医院，挂过三次水，还有一次是因为表情过度，崩坏了早年植入鼻子的一块假体。

最后一场戏演完，她要把女皇从体内剥离，就像剥离血肉。窗外的阳光和鸟鸣，微博里的消息提醒，都恍若隔世。

拍摄结束之后，秦淮请大家坐在一起吃了顿小小的饯行宴，热热闹闹把李丽芳让到了上位。酒过三巡，她站起来还没说话，先一咧嘴，红了眼圈：“我是真的没有想到……”

大家忙一声叠一声地喊：“哎，李老师……”

四五张纸巾手把手地传，到了她手上。她的鼻头红红的，也不在意形象，当着大家的面叠起来擤了擤鼻涕：

“我以前拍戏的时候，进剧组先给导演递烟，几个腕儿争一个化妆师，有时候搭档互相看不顺眼，故意 NG，还有为了戏份多与少大吵大闹，我以为这些才是拍戏。

“秦导演请我来的时候，说这个剧组都是比我小一轮以上的弟弟妹妹，我就很担心，害怕自己进组以后融入不了这个集体，自己又是一个过气儿的，会不会被人看不起。”

她擦了擦眼泪：“我是真的没有想到，没想到你们会这么好。

“亚洲是少女审美，大部分女演员都吃青春饭，人老珠黄以后就没路了，很少有作品可以给我们四五十岁的女演员演的。谢谢你们让我演了一次大青衣。

“我敬你们年轻人一杯。”她哽咽着端起酒杯，扫视所有眼眶通红的工作人员，“你们是这个圈子未来的希望。”

大家都鼓掌，小姑娘笑着抹眼泪，把妆都抹花了。

沸腾的火锅容纳了无数双筷子，蒸气在炫目的顶灯光线中慢慢向上飘升。

秦淮拿玻璃杯敲桌子，敲碎了光怪陆离的笑闹：“吃完这顿饭，咱们放两天假哈，回去休整休整收尾。”

在一片欢呼中，苏倾收到了一条消息，打开一看，顾怀喻给她发了两张机票的截图。

她转过头去，坐在她旁边的顾怀喻睫毛垂着，脸色淡然地滑动着手机，好像什么也没发生。

“要回去吗？”她低头看了看机票上的时间，顿了一下，“今天晚上？”

一顿饭吃得群魔乱舞，秦淮忽然想起来男主角还没怎么说话，回头一看，席上空空的，顾怀喻和苏倾竟然已经不见了。

“苏倾。”他夹着烟拨了个电话，“你和你家小艺人哪儿去了？怎么一声不吭就没影儿了？”

话筒那边传来呼呼的风声，沙沙乱响，苏倾好像正在跑。

“不好意思秦导。”细细柔柔的声音有点喘，满含歉意，“我们……赶晚上的飞机，快来不及了，所以先走。”

秦淮的酒意都醒了大半：“飞机？你们这大晚上的要去哪儿？”

那边一阵嘈杂，隐约听见一个冷清的男声说“给我”，随即说话的人变成了顾怀喻：“我们回家了，两天后见。挂了。”

“噢……”秦淮皱着眉盯着屏幕上一分三十秒的通话记录，酒精让他的脑子昏昏沉沉的，一时没反应过来有什么不对，他揉了揉眉心，扬手说，“那行吧，服务员，买单！”

服务员微笑着过来：“先生，这桌单已经买过了。”

“买过了？”

（二）

飞机在晚上十一点落地，久违的城市正处于热岛效应中的盛夏，夜风里充斥着树叶的土腥气。

苏倾除了随身的包，什么行李都没带，脱下来的外套抱在手里，让顾怀喻拉着上了一辆出租车。

车停在距工作室有一段距离的地方，她常去的那家便利店灯火通明，里面的店员正在上货。顾怀喻进去，飞速地买了一瓶水，拧开了塞进她手里。

手里的水带着冰柜里沁凉的水雾，苏倾抿了一口，矿泉水里有着若有似无的甘甜。

这是她第一次跟他并肩走在这条熟悉的路上，晚上行人很少，路灯汇成一条银河，还有成排的汽车堵在路上，车灯是一双双红色的眼睛，在夜里疲惫地叹息。

她好像忽然理解了“我们回家了”的意味。

顾怀喻忽然搂着她的肩膀，带着她拐了个弯，24 小时银行的门头亮着，用玻璃隔出了一个 ATM 机。

彩屏映照了他的侧脸，他摊开手：“卡。”

苏倾想，原来他还记得这个。她从钱包里掏出那张红色的储蓄卡，看着顾怀喻把卡塞进去，瘦长漂亮的手指缓慢地按下一串数字。

按完之后，他就不动了，苏倾有些迟疑，他把她的下颌抬起来，她才发现他一直看着她：“记住了吗？”

苏倾看着他，摇摇头，他微微蹙眉，卡退出来，又按了一遍。

苏倾说：“记住了。”

顾怀喻这才展颜，扬起下巴，指尖点了点数字上面的好几个分隔号：“自己数。”

苏倾听出他语气里的一点负气和一点笑意，抿唇笑着，一位一位数过去，听着他的声音继续：“津北有几套房子，去年底刚卖了，以后在这儿换套大的。”

他把卡退出来，利落地放回苏倾钱包里，垂眼：“放心了吗？”

苏倾阻住他的手，她数了那一串数，知道那是多少。

她的睫毛动了一下：“是不是不太好？”

顾怀喻看着她：“工作室资产，经纪人替我保管，不好？”

苏倾默了一下，低头把钱包小心地装起来。

住了两个多月拥挤狭小的民宿，客厅的灯打开的时候，工作室好像忽然变得很大。客厅右手边放着熟悉的三台电脑，屏幕上面落了一层很薄的灰尘。

茶几上的绿萝叶片已经趴下去了，她抱起玻璃瓶，步履匆匆地替它换了一瓶水。

顾怀喻出来时，苏倾正在仔细地擦拭着弧形屏幕。

屈起的手指关节微微发红，奶白色卫衣背后散落着黑色的长发。他挑起一缕，在指间细细看。

苏倾无意间扭过身，那缕头发从他手里滑落了。

他的手还停在半空中，她的表情无辜而平静。

他伸手拽着她的衣服角，把她囫囵个儿地圈进来，轻柔的吻落下来，苏倾睁着那双琉璃似的眼睛看他，浑似不知道怕。

拇指划过她的脸，轻轻落在耳垂，不轻不重地揉捏，苏倾的耳根那一点儿红飞速蔓延开来，细细的眉毛蹙起，似乎想躲。

他的吻越发失控，不给她丝毫喘息的机会，苏倾想到了进门时的绿萝，觉得自己也像那叶片一样，软趴趴的站不住，顾怀喻的手掌制着她的腰，撑住了她。

苏倾伸手搂住他的脖子，以往这是她求和的方式，这次他却携着她的腰将她一带，抱进房间，放在床沿上。

他蹲下来端详她，手指拂过她脸上的发丝，很轻地别在耳朵后面：“给我吗？”

苏倾的双腿悬着，卫衣领口的双扣儿开了一颗，露出来的皮肤都是泛红的。她静静看着他，唇色嫣红，眼睛里既坦然，又懵懂。

顾怀喻竟然怕他二十五岁的经纪人听不懂。

他认识的女人里没有一个像她，剔透得能一眼望穿，却让人看不懂。

苏倾看着他，慢吞吞开口，说的是其他的事：“得换床单。”

他浅色的瞳孔望着她：“还要干什么？”

“洗澡。”

他笑了一下：“还有呢？”

苏倾看着他说：“做你想做的。”

她的上下唇轻轻相碰，吐出一个魔咒，就把他此生困住了。

窗户开着窄窄一条缝，纱帘轻轻鼓起来，兜住了热风。苏倾的长发散落在他手臂上，他抚摸过她晕红的脸，像在抚摸上好的瓷器。

“喜欢我吗？”他呢喃着问。

苏倾又长又密的睫毛抖了一下，睁开眼瞧着他，眼底盈盈地含着水色。他受不了这双眸子，伸手挡住了它。

苏倾在他手底下轻轻点点头，像是拿额头蹭着他的手掌。

他轻轻咬她的唇：“说话。”

在他没有走入的过去二十多年里，他不知道她是怎么生活的，不知道她对别人是不是也如一道春风。

他妒忌着让她温柔对待过的每一个人。

有时候他只想双手捧着她，将她束之高阁，生怕碰碎了她；有时候又很想就这么弄碎了她，惊醒这副玉质的壳子里装着的有些迟钝的芯。

他的指尖像薄荷，带着魔力扫过她的眉眼，一点薄薄的被晒干的烟草味。

他操控着她在浪尖儿上行走，带一点唯恐失控的羞怯和沉迷，脚下是波涛瀚海，头顶是万顷星空。

苏倾说：“喜欢。”

顾怀喻好像喜欢听她说话，笑了一声，把她抱起来。

天渐渐泛白，又变成有温度的黄，写字楼靠着街道的一端很快热闹起来，早高峰的鸣笛，短促沉滞。

苏倾把工作室的窗帘拉开，车道上一排排汽车依然堵得水泄不通。

她跟着顾怀喻进组以后，三个月才休了一次双休，骤然闲下来，还是六点钟就醒了。

工作室的空调和窗户同时开着，屋里稍冷，电脑屏幕亮着，只不过停留在游戏界面，顾怀喻倚在转椅上，看着面前一道一道蓝光闪烁。

电子游戏，烟酒，基本上占据了压力巨大的年轻男演员的放空时间。

顾怀喻偏过头看着她逆着光的背影。衬衣被光透过了，露出腰线的轮廓，牛仔短裤下一双细而白的腿毫无防备地袒露着，不是在家里很放松，她不会这样穿。

“过来。”

苏倾伏趴在他的椅背上，长发落在他肩膀上，憧憬地看着屏幕：“我不会。”

他的椅子一扭，把苏倾抱在腿上，把她的衣服下摆往下拉了拉，盖住大腿，随即拉着她的手握住鼠标：“教你。”

他好像很喜欢这种姿势，从背后圈着她，苏倾仰头，只能看见他的下颌骨。

二十分钟后新开一局，顾怀喻撤开手，蹙眉盯着屏幕上大开杀戒的小人儿，半晌，目光移到了键盘上。

苏倾细细的手指飞速按动键盘，闪出了雪色的重影，屏幕在她眼里化作两个闪动的亮块。

对面让她压得几乎毫无还手之力。顾怀喻把下颌放在她发顶上蹭了蹭，眼里露出点懒散的笑意：“这么凶啊。”

苏倾咬着唇，还在认真地一个字一个字读对面发过来的消息，发现是一连串辱骂之后，睁大眼睛看着屏幕，有点不知所措。

前方迎面掠过一个，苏倾按着键盘，对方还未近身就被“秒”掉了。顾怀喻侧眼盯着屏幕：“你怎么知道他要杀你？”

苏倾点点路口：“走到这儿的时候我就知道。”

“你怎么知道他往哪儿走？”

苏倾说：“他往左转了。”

他顿了一下：“我怎么没看到？”

苏倾有些不太确定地说：“他很慢啊。”

“慢吗？”他眯眼盯着那只蝙蝠，刚才它几乎是在半秒之内掠过来的。

苏倾联想到了那一连串辱骂字眼，觉得心里有点儿发慌：“这么打，是不是不对？”

顾怀喻笑了一下：“怎么不对？打游戏，就是要赢，不赢，有什么意思。”

他勾起她一缕发丝，轻轻一吹：“以后你就拿这个号玩儿，看不惯谁，直接杀了。”

苏倾想了想，认真地点了一下头：“好。”

空出来的第二天，顾怀喻开着那辆 SUV，载她到她的出租屋。

秦安安拎着包回来的时候，门口摞了三个大纸箱子。

以往苏倾总是紧紧锁着的那扇老式防盗门，她走了她也记得锁，现在却半开着，不住地被风吹得“啪啪”打在门框上。

她艳红的嘴唇微动了一下：“苏倾……”

她走进门，苏倾正背对着她，蹲在地上把一叠衣服装在背包里，旁边零星地摆着她的刷牙杯、水杯和吃饭的餐具，稍远处还有一盆小盆栽，叶子正微微摇动。

“苏倾。”

苏倾回过头，一米七八的秦安安踩着高跟鞋站着，落下颀长的一道影子，背包的金属链勒在墨绿色的运动背心上，勾勒出饱满的胸部曲线。

她一动不动地看着她，戴着褐色美瞳的一双眼睛大而无神，脸色很古怪。

好半天，她僵硬地说：“戏拍完啦？”

苏倾冲她笑了一下：“没有，放两天假，之后还要回剧组拍最后几场。”

秦安安半天不应声，苏倾对她的大起大落习以为常，扭过去继续收拾衣服：“吓着你了？我回来本来想提前告诉你一声，可你电话关机了，我就想先收拾好……”

“所以你就连这么几天都等不了了？”

秦安安骤然打断她的话，苏倾站起来，竟然发现她的眼珠里全是红血丝，好像得了眼病。

秦安安有些失态地撩了一把头发，别过头，侧脸只能看见她的一对过长的假睫毛忽闪着：“行，我知道。是我秦安安对不住你，你恶心我，不想看见我是应该的。”

这些日子，她心里格外地不踏实。她是从小当小太妹混出来的，以往她对不住谁，都没有这么不踏实过。

偏偏这个万事都包容、从不会大声说话的乖乖女让她难过了，让她觉得她逢场作戏的虚荣和等价交换的爱情，都是从别人那里偷来的。

苏倾停了好半天才开口：“你是说你跟缪云的事情吗？”

秦安安漠然地盯着墙，轻轻地说：“你别收拾，要搬也是我搬。”

每次都是这样，遇见一个陌生人，慢慢熟悉，相互厌恶，在一个临界点爆发，然后老死不相往来。这很正常的，这也没什么。

她吸了一口气，要往屋里走，苏倾站起来挡在她面前：“我没有生你的气。”她仰头说，“我要搬到顾怀喻的工作室去住。”

秦安安皱眉：“你都搬到工作室去住了还说什么不生气？”

苏倾一双漂亮的黑眼睛看着她，好半天，颊上冷静地浮出两抹红：“我要搬去工作室和顾怀喻同居。”

“……”秦安安的表情凝固在脸上，她反应了好半天，眼珠才恢复转动。

“你、你把你们家小艺人给睡啦？”

苏倾想了一下："嗯。"

秦安安有些难以置信："你，和顾怀喻？"

苏倾点了一下头："不过，这件事你先不要告诉缪云。"

她有点怕他和他手里的几家公司，起码也要等到《离宫》播出，一切才算稳妥。

话音未落，防盗门让人敲响了，"当当当"三声，短促有力。

顾怀喻已经把三个箱子搬上车，他倚在空荡荡的门口，背靠着楼道的白墙，静静地燃了一支烟，苍白的手臂上青色血管清晰可见。

苏倾跳起来，张开双臂抱了抱秦安安。

秦安安感觉到一个柔软温暖的身体贴了上来，她的脸颊贴着她的胸脯，手掌在她背后轻轻拍了拍："晚上回家注意安全，再见。"

在这个世界里，秦安安是她为数不多的走得很近的亲密伙伴。她放开秦安安，蹲下身飞快地把剩下的东西装好，拉链"吱"地拉紧。

秦安安静静地看着她，半晌，很轻地笑着："真要走啦？"

她慢慢地低下头，指着地上的那盆绿意盎然的盆栽说："这个别带走了呗，留给我做个纪念。"

苏倾背起包，把盆栽递给她，叶子上面是她柔和的眼睛："我走了，有事可以给我打电话。"

秦安安怀里抱着盆栽，垂着眼睛看着，假睫毛一下一下眨动，好半天才微不可闻地说："谢谢。"

顾怀喻的最后一场戏也是全剧组的最后一场戏。顾怀喻杀青的这一天，大家在市中心的饭店订了个超大包间，核心工作人员陪男主角吃杀青宴。

转盘中间放了只通红的大龙虾，"一条鱼"欣慰地叉动筷子："吃了三个月盒饭，总算有顿像样的了。"

秦淮蜷起指头顶了一下棒球帽檐儿，意有所指地看着顾怀喻："今天这顿算我的，谁都别跟我抢哈。"

席上的人又笑又闹，就像交掉了考卷的高考生，吵起来发疯，"扑哧扑哧"地开了七八瓶啤酒，挨个儿满上，站起来相互敬酒，泡沫儿撞出了酒杯。

"这杯敬顾老师。"秦淮和顾怀喻一碰杯，看着他的眼里是带着坏笑的敬意，"你是真牛啊，前途无量。"

顾怀喻低眼，眼里是很淡的笑意："导演辛苦了。"

二人碰过以后，桌上的人一个一个灌顾怀喻啤酒。

中式宴席上，酒就是通往心灵的敲门砖，他一杯一杯喝完，不见醉态，就是一种友好的态度。大家酒酣耳热，忘记了顾怀喻平日的冷淡和寡言，都拍着桌子起哄让顾怀喻说几句。

顾怀喻站起来说："感谢大家的辛苦付出，我敬大家一杯。"

说完一饮而尽，旁边的人欢呼雀跃。

顾怀喻用手背抹了一下唇，悄悄瞥了一眼旁边的女孩，又倒了满满一杯："这一杯，敬我的经纪人，跟组辛苦了。"

苏倾看着他，他不动声色地喝酒，脸上一丝多余的表情都没有。

自她那一次跟他"商量"过以后，他在外头，真的一点儿也不越界，没有一个人看得出来他们之间有除同事以外的关系。

有个女孩儿说："我们也该敬苏姐一杯，在片场太照顾我们了，谢谢苏姐。"

在座的都见过苏倾忙前忙后的模样，都吃过她买回来的水果，纷纷端起酒杯一窝蜂地感谢。

苏倾也拿起酒杯，顾怀喻拿手掌轻压了一下她的杯口，似乎在对大家解释："我经纪人不能喝，意思一下。"

大家也很体谅美人，纷纷附和"苏姐意思意思就行"。

苏倾笑了一下，站起来，双手捧着杯子："我敬导演一杯。"

秦淮让她的郑重搞得受宠若惊，急忙跟她碰杯："简直了，你跟我还客气。"

大家惊呼了一声，因为苏倾没吭声，细长的手指抬起杯子，竟然"咕咚咕咚"全喝完了。

顾怀喻定定地盯着她看，捏着筷子的指节泛白。她再倒酒时，顾怀喻把啤酒瓶挪开，她看着他，小声说："还没敬完。"

摄影看不见顾怀喻的脸色，笑着说："苏姐不是'一杯倒'啊，一杯下去也没见脸红。"

一阵七嘴八舌的热烈讨论，直到苏倾已经从另一边拿起酒瓶，又满上一杯，其他人才安静下来。苏倾的眸子漆黑透亮，仿佛含着明媚的星子："大家辛苦了，谢谢你们成就了《离宫》。"

柔柔弱弱的苏倾一连喝了三杯，直接将宴会的氛围推向高潮。

秦淮让平日里饱受他剥削的工作人员灌得找不着北，回头想让顾怀喻帮他挡挡，一摸，摸了个空。

顾怀喻和他经纪人又不见了。他摸出电话给苏倾打过去，响了好多声，竟然也没人接。

"行了，停停停！"他挡开伸到面前的酒，站起来踹开椅子，"小爷我去个厕所，回来再战。"

底下的人"哄"地笑作一团，有人喊："导演，龙虾还没请，你可别尿遁了。"

秦淮远远回过头啐了一口，他扶着墙，一路跌跌撞撞走到男卫生间，走过拐角，顿了一下，又倒着退回去，酒都吓醒了。

他好像看见顾怀喻了。

顾怀喻正把一个姑娘按在拐角的墙上，手指捏着她的下颌。

他很高，这么欺身一迫，挡住了姑娘的大半个身子。

秦淮低头，抵在顾怀喻黑色长裤后的一双白皙匀称的小腿，中学生一样踩了一双朴素的白色休闲鞋，这鞋一撞进眼里，他脑子里“嗡”的一下。

苏……倾？

手机自带的铃声响起来，先是短信音，随后又有语音电话，旁边就是敞开的楼梯间，一串铃声带上了回音。

她好像挣动着想翻包，让他把双手并起来一抓，压在头顶。

“不许接。”声音很低，散散漫漫。

苏倾的一双眼睛里确实没有醉意，脸上的红是因为他离得太近。没看出来，她还是个酒罐子。

顾怀喻低着头，空出来的手压在她唇上来回摩挲：“在外头，不能说自己会喝，知道了吗？”

这作态秦淮见过，混社会的街头少年玩弄姑娘，熟练得很。

虽然他是搞艺术的，不分阳春白雪和下里巴人，可是毕竟和普罗大众有点差距，距离劣性底层则更远。

他不敢相信这是一条戏重复十几遍也没怨言的、敬业而寡言的男主角，尤其他还是个会歌剧的高级艺术从业者。

他有一种感觉，好像有什么野生的东西从顾怀喻那副冷淡高傲的壳子里脱出来了，眼前的这个才是最原始也最自然的那个他。

苏倾辩解：“是跟你们，才喝的。”

她的声音压得很低，不知是不是因为这个，感觉那声音也跟平时说话不一样，仿佛春风呢喃。

“我们？”顾怀喻看了她一眼，“有‘们’就不行。”

他低头用嘴唇揉弄她的唇，又抬起头，心平气和地继续解释：“你能喝多少，五杯？十杯？接了第一杯，后边刹不住。”

苏倾两颊生晕。在酒精的作用下，他浑身的血流得都比平日快，似乎是忍不住，低头狠狠蹂躏她一番：“不听我话，别当我经纪人。”

苏倾一听这话就要急，一把搂住他，玉笋样的手指上，修剪得干干净净的圆润指甲，挣扎地揪着他背后的衬衣。

秦淮的手“啪”地捂住了眼睛，转了个身晕乎乎地往回走去：“好家伙……”

（三）

拍摄结束，秦淮的工作还没结束，瞪大眼睛督促着后期和剪辑。

《离宫》剧本改过之后故事较为凝练，镜头本来就少，秦淮还大刀阔斧地删去冗余，只留精华，剪下来剩了十九集，资方意见很大。

“现在市面上哪儿还有三十集以下的剧啊！最近爆火的那个，那么点儿内容拆了七十八集，播了一个暑假才播了三分之一，赚得那叫一个狠。”

秦淮没好气地说：“怎么没有了？咱们就十九集，干脆利落讲完了，两边都清净。”

工作人员问：“资方那边怎么办？”

“资方？我寻思着拍戏的时候资方也没奶过我们啊，道具鹦鹉都买不起真的。”他烦躁地吐了口烟圈，“就让他们认准我秦淮，以后再别找我了呗。”

做后期的大家都一片颓丧：“那我们过不了怎么办呀？”

“不可能。”好几天没睡过囫囵觉，秦淮眼睛里满是血丝，翻开手机开始找，茫然地找到了一个头像，停一停，一咬牙开始觍着脸打字：“吴老师，我是秦淮，不好意思……”

不到五秒钟，之前出事时吵得不可开交、说过要跟他恩断义绝的恩师轻飘飘地回话儿了：“嗯，我先看看你拍出了什么。”

他拿拳头抵住发烫的眼眶，看起来像在做眼保健操。

手机忽然一振，顾怀喻给他发了一条汇款信息。

一张银行转账的电子凭证，一连串零上压着鲜红的椭圆形章：“后期做一做，账记你名下。顾怀喻。”

“都过来！”大家听到导演满血复活地扬声叫喊，“有路了，今晚请大家吃火锅儿！”

人生不如意事十之八九，上天却总为逐梦者开出绿灯。

五天后，顾怀喻去纤橙传媒补录配音。

秦淮戴着头戴式耳机，像严格的音乐节目导师一样，侧耳听着顾怀喻的台词。

他的台词念得很好，普通话标准，不吞音不含音，自带那种沉沉的冷清。配长段台词掷地有声，短台词配合气声，又缠绵悱恻。

“停一下。”秦淮卸下耳机，“刚才喊陛下那儿，情绪不够。”

他指着屏幕上暂停的面对女皇的怀莲：“太收着了。爱意，爱意在哪儿没听见。”

顾怀喻看一眼屏幕：“再来一遍。”

秦淮还是不满意：“情人的呢喃会不会？”他敲敲桌，“你背着我们喊苏倾是怎么喊的？”

顾怀喻登时抬眸，锐利凶狠的眸光扫过了他，却是虚张声势的，好似有片刻狼狈。

秦淮顺着他的目光侧头望去，穿着天蓝色布裙的苏倾，就在玻璃窗外面站着等。

她听不见里面说什么，看见两个人齐齐看过来，就把手小心地贴在玻璃上冲他们笑了笑，黑发乌眸。

那玻璃仿佛是一个结界，她站在结界里，像水晶世界里锁着的安琪儿，正小心地触摸这世界。

顾怀喻的台词一遍通过，结束之后，两个人靠在椅背上抽烟。

秦淮问：“下一部戏接什么？”

顾怀喻说：“先休息一段再看。”

“也是。”秦淮笑了笑，“再难遇到演得这么痛快的片子了吧。”

说不定以后再也不用跑龙套了。

“不要怪徐衍，人都有私心。不是谁都能像年轻时候一样烧血条儿的。”

秦淮的小虎牙尖尖的：“我的血条儿还没烧干净。当时我辛辛苦苦拍的第一部片子就给禁了，我到处找人理论。我老师劝我说，‘秦淮，壮士断腕，聪明一点。’我不肯，就跟他散伙了。我没想到他竟然还肯帮咱们，帮完了，劝我说人要圆融。”

他笑了一下：“他说得挺对的，可年轻人那么圆融做什么呢。”

“你知道苏倾请我的时候，说什么把我打动的吗？”

顾怀喻说：“什么？”

秦淮回忆苏倾当时的神态，街边露着光的防晒伞，塑料桌旁安静注视着他的女孩儿，眼睛里有一片从容的光。

“她说，你们已经在最低点了，不怕输掉衣裳。我想，那我还怕什么。”

顾怀喻在烟雾缭绕中淡淡笑着。

苏倾骨子里有股轴劲儿，就像他见过的一种走路的机械人玩具，无论前面有什么挡着，都坚持而不知疲倦地迈脚走着。

他怜她，敬她。

沉迷于她。

秦淮长叹一声，放空：“你拍部戏，媳妇儿都有了。我呢，哎，两手空空。”

顾怀喻笑了一下。半晌，利落地掐灭了烟，打开手机：“我在山居看上一栋别墅，你看看户型。”

《离宫》最终是以秦淮上学时的导师、电影学院吴教授实名推荐作品的名义被最大的网播平台买下，三个月后就悄悄上线，首日更新六集，此后周更两集。

上线第二天，苏倾用电脑进入网播平台，在电话里听着纤橙的负责人抱怨：“位置太偏了，连一个海报也没有。”

她的目光迅速掠过成排的影视剧推荐，在左下角的角落里，找到了不起眼的《离宫》。

“同期有三部古装剧，都是大热剧，压得我们抬不起头。播放量太惨淡，我们就不能周更了。你问问你们公司有没有办法，不行我们准备买热搜了。”

苏倾点开封面，看到了为数不多的几条评论，大多是“踩”：

“原著好好的纯爱改成言情，看了一眼简介就看不下去了。”

“我就是来看激情戏的，快进了五集也没有，委屈，走了。”

“这女皇脸刷得太白了，大半夜吓死我了。怎么不请个年轻漂亮的女明星演啊。”

“色调好暗啊，服装怪怪的。”

“只有我觉得男主角挺帅的吗，但是后期要被强上啊啊啊接受无能，怀莲你为什么不去演一些正经剧呢？”

苏倾说：“好，我想办法联系一下。”

“酒香不怕巷子深”在娱乐圈不适用，一般情况下，新剧开播，男女主角的经纪公司是要出大力气宣传的。

可是不论是纤橙、羽炀国际、顾怀喻的工作室还是已经变成个体户的李丽芳，都没有一呼百应的能力。顾怀喻甚至连微博都没有开通。

苏倾专注地坐在电脑前，又把那几条评论仔细读了一遍。

她们的头像是一些当红男明星和可爱的漫画少女，ID后面跟着的后缀“99”“00”“02”，暗示着第一批看《离宫》的很可能是一批低龄的、还在上学的女性观众。

她忽然想起顾怀喻对领导说过的那句话：“定位错了。”

定位确实错了。

苏倾脑中浮现出不久之前浏览到的微博用户年龄分布表，大部分用户与这些观众是重合的，如果一个不喜欢这种风格，一百个也一样不喜欢。

如果用时下流行的热搜宣传，很可能会激起观众的逆反心理。

她把这几条评论和用户ID拖进Excel里，飞速地做了个简单的表。微信发了一行字：“先不要买热搜了。”

对方很惊奇：“你们有办法啦？”

“是。”

她给“一条鱼”拨了个电话，原作者也在垂头丧气地刷着评论：“我看见了，还有好多读者发私信骂我，说我见钱眼开。都是没看剧就开始骂的。别提啦。”

苏倾停了一下：“你是学策划的吗？”

“一条鱼”来了精神：“有什么我可以帮忙的？”

苏倾说：“怎么样可以让《离宫》先在审美挑剔的观众群体里打出知名度？”

“……我想到一个办法，就是有点儿……”

苏倾垂下睫毛，拿笔记了一下，看了看，柔和地说：“试一试吧。”

下午，《离宫》内页增加了一句巨大加黑的宣传语：“电影学院副教授吴玉实名推荐作品，东方版阿离莱特《离宫》。”

同时，知名的文艺青年论坛“天蓝BBS”中出现了一条语气嘲讽的帖子：“还记得当年千人嘲的《秦宫秘辛》吗，扑街蹭热度号称自己是东方版阿离莱特。”《阿离莱特》是最近大热的一部欧洲神话电影，以瑰丽的色调和高艺术性获得讨论度，但因为剧情松散，只有天蓝色这些审美比较刁钻的用户，对这个关键词敏感。

大家点进去看，楼主放了一张男女主角对视的剧情截图，一张宣传海报截图，还有一张历史爱好者抗议《离宫》污蔑历史人物的新闻截图。

“就是那个篡改历史，乱写秦皇汉武的奇书，拍剧了。闲着无聊看了几集，辣眼睛，纯爱改重口味言情，女皇和小白脸相爱相杀的恶俗故事，男主角十八线，女演员居然是老牌玉女，糊到这种程度了，真可怜。”

“天蓝 BBS”的帖子很多，每分每秒都在更新，这条普通的吐槽贴平平无奇。

可微妙的是，在电影论坛里把符合主流价值观作为艺术作品的唯一评价标准，就踩在了这些文青用户的雷点上。

本来只是随便一瞥的人，心气儿不顺地想反驳一嘴，于是认真看了看剧照截图。

“我怎么觉得色调还挺好看的。”

马上就有了响应。

“楼上 +1，感觉服装很有特点。”

“+2，布景材料很垃圾，但是配色竟然意外地和谐。”

“这居然是李丽芳？李丽芳能演女皇，突然对这部剧产生好奇。”

“男主角骨相挺好，胜过大多数小鲜肉了。”

因为回复率高，帖子越顶越前，更多的评论涌入：“这么狗血的网剧居然是吴玉推荐的，吴玉可是严肃学院派啊。”

“楼上，吴玉推荐好像是因为导演是他学生，搜了一下导演第一部戏就是文艺片，有点意思。”

“你们看过徐衍的《秋蝉》吗？挺老一片，个人认为是徐衍文艺片最佳。楼主说的小白脸好像是《秋蝉》的男主角。”

“我看过《秋蝉》。是那个男主角吗？还以为他转行了。我得去看看剧了。”

“刚百度了一下，全片 19 集，这已经让我很有好感了。”

……

同时，原帖的转帖出现在“历史同人贴吧”和花瓣影评论坛里，引起了强烈反响。

苏倾滚动鼠标，双眼一眨不眨地盯着开始慢慢增长的后台数据，忽然下腹一阵尖锐的坠痛，脑子里的思绪瞬间全变成了雪花。

她低下眼，手掌盖在小腹上轻轻按了按，马上痛得闭起眼睛。

生理期，又到了。

她整个冬天都很注意保暖，前两个月本来已经不痛了，可是这两天忙着宣传的事情东奔西跑，还熬了夜，旧疾寻到缝隙，又卷土重来。

她撑着桌子站起来，艰难地走到洗手间换好卫生巾，在那面巨大的穿衣镜里，她的脸色惨白。

苏倾放不下正在变化的数据，抿了几口热水，又慢吞吞地挪回了电脑桌前。

仿佛一阵一阵利刃翻绞，痛得厉害了，眼前闪着黑色星星，她一只手抚着小腹，手臂垫着桌子趴了一会儿。

不知道顾怀喻什么时候回来的。她只感觉到有人捏着她的肩膀，把她从桌上捞起来：“苏倾。”

苏倾茫然抬起脸的时候，额角满是冷汗，鬓边的头发粘在脸上，嘴唇发白。

顾怀喻衣服上还残存着室外的暑气，看她两眼，眼神利而冷冽。他把手伸进她膝下一捞，迅速地把她抱起来。苏倾挣了一下：“我还要看……”

“还看什么？”他打断，侧头看她，语气轻而冷。她感觉到他好像生气了，缄了口。

顾怀喻一言不发地把她放在沙发上，把杯子里的热水填满，塞进她手里。蹲下来，拉开抽屉：“药吃过了？”

“还没。”

里面整整齐齐三盒，他拿了一盒拆开，把抽屉推回去：“先吃一半。”

苏倾并着腿坐在沙发上，就着他的手慢慢喝了药，喝得很乖，像只小雀儿。杯子握在手里，鸦翅般的睫毛颤着。

顾怀喻停了停，目光下移落在她小腹上：“我给你揉揉？”

苏倾脸上笼上一层红，黑眼睛看着他：“我没事。”

顾怀喻置若罔闻，从抽屉里拿了一片冬天拍戏常备的暖宝宝，撕开了，凑过来贴在她衣服上，触碰到僵硬的残余的痛，苏倾没吭声，只是眼睛闪动了一下。

顾怀喻觉察到了，眼中戾气盈满，动作却更小心，把她抱在腿上，环过她的腰，皮肤苍白的手轻轻覆盖上来。

暖宝宝开始升温，他的手轻按在那层温暖上面，缓慢游走，辐射出更高的温度，她的额头沁出薄薄的汗水。

苏倾安稳地坐在他怀里，手盖在他的手背上，他揉得太轻太缓了，像拨弄羽毛，她放松了，呼吸慢慢平稳起来，眼皮慢慢地发沉。

他的吻却猝不及防地轻落在她后脖颈上，苏倾身子一抖，几乎跳起来，顾怀喻牢牢锢着她，垂着眼，炙热的呼吸在她脖子上游移。苏倾睁着眼睛，眼角含一点水色，好像是茫然的委屈。

——都这样了，怎么还欺负人。

顾怀喻慢慢地说：“下回生理期前后，一切工作暂停，听我的话。”

他又吻了一下，感受着苏倾在他怀里战栗，一时也有些喑哑：“答应了，就不罚你。”

苏倾咬着唇不作声，可生怕他再来一下，目光落在自己手背上却凝不了神，心跳如擂鼓。

顾怀喻见她不搭话，发狠地说：“不答应，辞了你，不缺苏经纪人一个。”

苏倾听了这话，竟然背对他笑了一下，身子前倾，笑得天真烂漫。顾怀喻顿了顿，在她头上没好气地揉了一把。

止痛药渐渐起效了，她感觉小腹的坠胀远去，精神又好起来，她侧过头：“我能不能看看手机？”

“看什么？”

“一个论坛。”

顾怀喻顺手把自己的手机掏出来给她玩，苏倾低着头，指尖飞速地输入网址，进入天蓝色 BBS，发现那个帖子就浮在首页，竟然已经跟上了一个红色闪烁的“hot”。

她一直往下拉，评论越来越长篇大论，开始有了更多截图和视频片段。

眼睛迅速掠过几条短的评论：

“我就说电影学院那些爱惜羽毛的人怎么会搞一部网剧，是我太天真，吴玉推荐是有理由的。”

“楼主，我看完放出来的六集了。眼瞎是病，得治。”

“谢谢楼主的吐槽，差点错过一部好剧。”

“布景太漂亮了，看得我热泪盈眶。”

“以楼主的眼界和审美，也只能看到个女皇和小白脸的狗血剧情了。《秦宫秘辛》能改成这样，作者应该烧高香感谢上苍。”

“完全出乎意料。这个剧我追定了……”

她退出帖子。天蓝色 BBS 首页，雨后春笋般地冒出来了许多带有“离宫”关键词的帖子——

“实名 diss 刚才那个嘲讽贴，我觉得《离宫》明明比《阿离莱特》拍得好。”

“今日安利：国产良心《离宫》，我看到了匠人精神。”

“这是我看过的最棒的国产配色！电影学院鬼才导演《离宫》果然不同凡响。”

“看完 6 集《离宫》的感慨：神奇魔幻，有莎士比亚风格的东方戏剧。”

“求你们快去看看《离宫》吧，说不出话来了。”

……

苏倾一眨不眨地看着，呼吸越来越急促。她的手机忽然旋转振动起来，顾怀喻一手抱着她，伸手从茶几上够到了她的手机，摁了免提。

“苏倾！”“一条鱼”的声音里带了哭腔，前言不搭后语，“你看到数据了吗？从下午两点开始，我们的数据飞了！评论，评论现在有九千多条，还在往上涨。刚才网播平台的人给我们打电话了，说给我们一个头条推荐……”

她知道的，贴着她胸膛的圆环正在发烫，一下一下地闪烁着水蓝色的光。

这部凝聚了多少人心血的片子，它是那么好，只是需要一个契机，被理解它的人看到，好风借力上青云。

苏倾出神地想着，然而电话那头的“一条鱼”等得着急，呼哧呼哧地喘气，只听顾怀喻“嗯”了一声。

“苏倾？”一条鱼有些错乱，“啊……是顾老师吗？”

“我是顾怀喻，”他看了苏倾一眼，把免提摁掉，贴在耳朵边，右手轻轻地揉着苏倾的小腹，“苏倾不在。”

苏倾不赞同地挣扎了一下，让他搂紧。

“呃，您听见我刚说的了吗？”

“听见了。还有事吗？”

“没，没事了……”

“一条鱼”百感交集地挂了电话，顾老师，真艺术家，果然是宠辱不惊。

《离宫》红了。

谁也没想到，在暑期档三部大热古偶剧相互倾轧的时间段里，冲出的一匹黑马，是一部只有 19 集的低成本网络剧。

《离宫》最初是从小众艺术论坛天蓝 BBS 上火起来的，天蓝的一千万用户形成一股口耳相传、互相推荐的庞大力量，直接将《离宫》送上了热搜。

有了剪辑片段和一些优美的文案之后，《离宫》于热搜上再度开花。

《离宫》处处怪异，但处处个性，处处新鲜：新的影棚，真的外景，东方艺术上再创造的配色和服装，不用磨皮滤镜的天然色调，还有生面孔的、自己配音的男女主角——

李丽芳完全蜕变了，抛弃了一切的美貌和年轻的包袱，全心全意地化身为一个手握强权、仿佛戴着面具的女皇，她的脸和雕梁画栋的石柱子、金殿堂融为一体，毫无违和。

而顾怀喻和时下很火的小鲜肉都不一样，他一意孤行地保持着两颊略微凹陷的瘦度。带一点混血感的英俊皮相，配合这样锋利的骨相，让年轻观众领略了什么叫“电影脸”。

——在荧幕上，他的个人特质被淡化了，被镜头捕捉到的只是脸上的几个点，是那个阴郁、矛盾、痛苦而艳丽绽放的怀莲。

全剧只有 19 集，给人以电影级别的感官刺激，却不至于审美疲劳，反让人觉得意犹未尽。

有些剧火起来，观众才会另眼相看。低层级观众跟风看得开心，一群演技派，演一出香艳的狗血剧，女皇养面首，相爱相杀，好刺激。

高层次观众看得舒心，镜头、配色、场景和台词，都是精心布置，可以无限解读。

《离宫》播到第三周时，已经占据了微博讨论话题的半壁江山，无数同人画手写手，就简短凝练又含蓄隽永的剧情，发展出许多分支和衍生，罕见地形成了全网追剧的热潮。

有好事者扒到了那个最初在天蓝色 BBS 上吐槽的楼主的 IP，发现它与原著作者“一条鱼”的 IP 地址重合：“都醒醒吧，这是一场有计划的反炒！”

但质疑也挡不住《离宫》的燎原之势，这条帖子很快被埋没在了汹涌的剧情讨论中。

真正的好东西，人们不会在意它是怎样为人所知，只会庆幸它终究被人所知。

《离宫》热播的过程中，观众很好奇，这么优秀的团队，之前怎么悄无声息？

尤其是年仅二十五岁的男主角顾怀喻。他只接受了中央网络媒体的采访，回答平淡而简短，其余采访一概婉拒，摆明不想走明星这条路。

戏外生活太低调，越是神秘，越是引人好奇。

于是，顾怀喻早年的经历被网友一一挖出来，众人唏嘘之余，把他跑过的龙套全部翻出来看，反带红了当年完全不火的《秋蝉》。

新媒体采访到了徐衍头上，问他慧眼识珠把顾怀喻带出津北，是不是看中他的傲骨和不慕名利的气质。

白发苍苍的徐衍有些尴尬，仓促地回答："当时，只是因为没有比他更合适的人选。"

徐衍已经转战古偶五年。与《离宫》同期打擂却被压下的那部大古偶，就是他拍的，当初这部戏选角，还玩票了顾怀喻，让他的经纪人在毓华总部干等了四个小时。

可娱乐圈就是这样，三十年河东三十年河西，无心插柳，柳总成荫。

他默了一下，又对着镜头说话，一双锐利的鹰眼，似乎又透过镜头看向更远的地方，直望到津北那个灰扑扑的小城镇里，台上一个寻找梦想的导演，台下一个孤注一掷的少年。

"我非常喜欢《秋蝉》，也很欣赏顾怀喻。他们得到认可，我感到由衷高兴，这说明我们新一代的年轻的观众，于艺术理解力和鉴赏能力上是在不断进步的，这是我们每个中国影人希望看到的局面。

"这一行的光鲜背后，面对着许多选择，有的人选择坚持，有的人选择妥协，希望大家理解，因为各行各业都首先需要生存。

"选择坚持，就要甘坐冷板凳，十几年、二十年无人知晓的大有人在，顾怀喻空熬的五年，已经是幸运中的幸运。

"这是我徐衍敬重但没能拥有的态度，看来，最后摘到月亮的总是痴人。"

（四）

"痴人与月亮"这一词条迅速在第二日登上热搜。各行各业的人都被现实磋磨太久了，迫切需要一剂鸡汤，注入不甘平庸的血液。

五年前，羽炀国际不知道该给不驯的顾怀喻安个什么人设，现在，时间和观众一股脑儿地替他安好了——不为五斗米折腰的追梦者。

热闹都是外面的热闹，工作室里还是一样的安静。苏倾托腮坐在顾怀喻身边，与他看着同一块屏幕，顾怀喻的手指平淡地滑过这些陌生的人设，径直翻到了下一条社会新闻。

苏倾的声音压在掌心里闷闷散散的，又有一点儿糯："说你是摘月亮的痴人。"

顾怀喻笑一笑："南方物价又涨了。"

他没有那么伟大，他充满了功利和私心，只是比起别人，骨子里多了一点点的不甘。

当《红舞鞋》的主角变成他哭号着舞蹈的母亲，他提着书包，仰头茫然望着校门，门卫披着制服出来赶他："哪个班的？上课了还乱转什么？"

他像一个混混一样扯开校服领口的扣儿，书包往肩上一甩，再也不回头看："没班。"

那本破旧的戏剧集在手里翻动，被吊扇吹得卷页，夏天燥热不堪的狭小宿舍，充满灰尘和汗味，工友都凑过来看他翻书，嘻嘻哈哈地笑："里面有没有裸女？——没有裸女你看什么？"

他的经纪人正月十五不放假，在工作室里给他煮汤圆，为一个角色等了四个小时还被人戏耍，磨到一点钟没吃饭，脸色苍白地走回来，对他笑，怀里抱着给他买的便当。

只是有很少的，一点点的不甘心。

提醒着他，自己是谁，要不要坚持下去。

"喂。"苏倾又在接电话了。

她这一个月不知婉拒了多少新媒体采访，做梦都在说"不好意思"，可是她说得那样温柔愉悦，好像初认字的小女孩，在念一句一句的诗。

她挂了电话，发现顾怀喻正在看着她："收拾收拾，我们下个月搬家。"

苏倾怔了一下："搬到哪儿？"

顾怀喻垂眼，手指轻轻地摩挲着口袋里烟盒的棱角："搬到稍微大点儿的地方。"

《离宫》播完全片之后，余温久久不散，入选了在金秋时节开幕的网络剧年度盛典。

羽炀国际特地派人来找苏倾，欲哭无泪："顾怀喻已经推了多少通告了？这个千万不能再推了。"

顾怀喻虽然单独成立了工作室，毕竟还挂靠着羽炀国际。顾怀喻一红，羽炀也跟着起死回生，他们希望《离宫》剧组能够代表纤橙和羽炀，参加这次有网络直播的年度盛典，也给公司撑个面儿。

负责人聪明得很，让苏倾去找顾怀喻商量。当时他的腰抵着桌子，两根手指转着打火机玩儿，默了一会儿："去也可以。"

苏倾低头记行程："好。"

他抬起头看着她："你跟我一起去。"

"我也得走红毯吗？"

她还没有走过红毯呢。苏倾不怯拍戏的镜头，但她很怕围在警戒线外的长枪短炮，密集闪电一样的闪光灯，上一次某个当红女明星被裙子绊住脚摔了一跤，隔天就上了头版头条。

“不是说请全剧组吗，”他眼底又露出逗弄她的浅笑，“小艾？”

在年度盛典的前一天，四散于全国各地的核心成员乘飞机汇聚在同一城市，提前聚了一次。

这是《离宫》剧组拍摄结束之后的第一次重聚，大家的精神状态都很好。

李丽芳因为《离宫》翻红，成功签约了一家新的经纪公司，第二年的影视计划已经排满。

她已经完全脱出了女皇的角色，面色红润，喜气盈盈地捧了捧脸，笑眯了一双眼：“胖了，浮肿还是没好。”

秦淮也已经开始筹备下一部电影。这几个月在东南亚踩点，晒得皮肤黝黑，伸臂亲热地搭上了顾怀喻的肩，递他一根烟：“男主角最近怎么样，听说你要空一年？”

这半年以来，顾怀喻是曝光度最低的一个，走红后没有接任何代言，采访也很少。

选择了私人空间，就意味着自主放弃了流量和人气，走最艰苦的一条无人簇拥的路。

虽然如此，短时间内苏倾还是接到了不少邀约，顾怀喻看了一遍，竟只圈了一个一年后开拍的历史大剧。

消息传开，圈内人大多不解，因为热度总是易散的，不赶着站稳脚跟，以后有得哭。

顾怀喻叼着烟笑了笑，浓密的睫毛颤动：“还好。”

秦淮把手机掏出来：“告诉你个好消息，你不是友情赞助《离宫》了吗？那笔钱没漂，赚回来了，还翻倍了。”

他拍了一把顾怀喻的背，得意扬扬地给他看转账记录：“可以吧？山居别墅至少能少还两年贷。”

苏倾说：“我们已经搬进去了。”

秦淮：“……”

他眯眼打量苏倾一眼，苏倾一脸坦然地回视他。

她和刚见面时一点儿没变，只是头发又长长了，快要及腰，发丝落在白色衬衣的双肩和后背，没染没烫，用时下流行词怎么说？有种天然的仙气儿，引过路人频频回望。

顾怀喻没抬头，自顾自笑了一下。秦淮一把将他撇开：“我可算知道你为什么敢空一年了，根本就是玩票呗顾少爷。”

他叹了口气，向苏倾扬了扬脸：“经纪人，空一年了也不担心？给你家小艺人再接个活儿呗。”

苏倾依言把备忘录打开：“接什么？”

“跟我拍电影去，带你们俩去东南亚玩儿。”

苏倾记了一下，扭头看顾怀喻，声音很轻：“去吗？”

秦淮敲敲桌子，厉声打断：“哎，问他干吗？你俩谁是经纪人？”

苏倾像作弊被抓的学生一样缄了口，耳根泛红。顾怀喻掐了烟，笑着睨她：“东南亚，想玩儿吗？”

苏倾没说话，乌黑的眸子一转，刚对上他的眼睛，他就轻描淡写做决定：“接了。”

秦淮看看顾怀喻，回头点着苏倾，笑骂：“这经纪人当的，公私不分。”

苏倾冲他软和地笑了一下，唇红齿白，秦淮从没见过一个女的皮肤这么好，小女娃似的，一个痘痘都不长的：“我问问啊。”他也把烟掐了，心驰神往地看着天花板的吊顶，“山居别墅好住吗？”

苏倾想了一下：“挺好的，就是有点儿大。”

“这不废话吗……”

房子在市郊凉山脚下，标准的富人区。建筑密度很低，依山傍水的简约风格小别墅，藏在湿地的芦苇后面，上了釉的桐黄木格栅，大片反射阳光的玻璃，外面望不到边的水杉和层叠远山，黄昏的时候尤其漂亮。

苏倾每次远远地望过去，都有种奇妙的感觉，觉得这个新的工作室像是尘埃落在这座城市里的家。她跟顾怀喻这么说的时候，他沉默了好长时间，才淡淡说：“就是家。”

新房子地下室是一个巨大的游戏体验馆，她下了楼梯，第一脚踩上去的时候，一束蓝光从她脚下绽开，迅速点亮了整个地板。

她吓了一跳，仰头才看见一面墙那么大的弧形屏幕，还有她不认得却让她心跳加速的电子设备。她走过去，爱不释手地，挨个儿摸了一遍。

顾怀喻倚在楼梯扶手上看她：“喜欢吗？”

她回头望去，天井的光从他头顶落下来，柔和地落在两肩，是追光灯下寂寞动人的独舞者。

其实顾怀喻不是很迷恋游戏。

他只是喜欢看着苏倾绽开裙摆，盘腿坐在地上，两眼专注地盯着屏幕，又白又细的手指熟练地操纵着手柄，懵懂地把对面杀得溃不成军的样子。

半晌，苏倾搁下手柄扭过身。

“不玩了？”

苏倾说：“不玩了。”

“怎么？”

她低着头，把头发别到耳后，似乎有点难以启齿：“这个游戏，角色死得太血腥了。”

顾怀喻绷不住笑了一声：“还不是你杀的。”

苏倾让他说得更加愧疚。顾怀喻散漫地靠着柜子，懒洋洋地切换屏幕：“来换个不血腥的。”

苏倾趁他忙着，悄悄穿起鞋子，利落地爬上楼去了，等他回头，苏倾正趴在在楼梯栏杆上看他笑：“我去做饭吃吧，你想吃什么？”

裙子像低垂的铃兰开放，两条白皙的腿向上，将泄未泄一点春光。

最后也没有按时吃饭。顾怀喻的手遮着她迷蒙的双眼，语气很克制：“这几次都算饶你，等以后再说。”

苏倾的睫毛扫在他的掌心，一下又一下：“等什么？”

等什么他也不说。

二层有一个专业的化妆间，配备有很大的更衣室，更衣室里依旧有一面落地的穿衣镜。

镜子前面的地上放着一个空的纸袋，苏倾记得这个袋子和袋子上的logo。

这件黑色礼服裙和当初那件杏色小礼服裙好像是同一次买的，风格却截然不同。

穿好高跟鞋，苏倾捏着裙摆轻轻向下拉了拉。

这是她穿过的最简洁却露得最多的一条裙子。

顾怀喻敲门进来时，苏倾正把圆环从脖子摘下搁在桌上。

脖子上有点空，她好像也看出来了，对着镜子，指尖无意识地触了触自己的锁骨。

她挑了一条秦安安送的锁骨链，不可见的透明线，坠一颗小小的三角形水钻，镶在锁骨中间。

双手伸到脖子后面，渔线很细，半天系不上扣。

项链让顾怀喻夺了，轻巧地帮她戴好。低头，细细的吊带勾着双肩，露出雪白的脖颈，裙摆在膝盖之上，背上露一截若隐若现的腰窝。

没什么多余的修饰，魔术师把星空截下，裁成浑然天成一块料子，捧出一个雪塑的人。

顾怀喻从背后搂住她的腰。苏倾在镜子看见他低头了，眼睛睁大，心猛地一跳。

下一刻他的唇果然印在她脖颈上，苏倾一把扣住他的手臂，却挣脱不开。

镜子里她的脸绯红，眼里含着水光，不敢看自己的模样，就挣扎着看手表。秒针一跳一跳地走，她看了半天才看懂：“要迟了。”

话出了口，她才觉出一点求饶的调儿，闭上嘴不敢说了。

顾怀喻置若罔闻，吻得愈加放肆，缠绵不去，她站不住了，他的手臂夹紧她的腰，撑住了气喘吁吁的她。

苏倾咬着唇，忽然发觉他有点坏。她拧眉生了一会儿闷气，是了，这个人在做沈轶的时候就不是好人。

顾怀喻搂着她，抬起她的腕子看了一眼表，再不出发确实要迟。

他顺手把她的手表卸了，揣在自己兜里，手指摩挲过她手腕上压出的一点浅浅的表印，薄唇碰了碰她发红的耳垂，看着镜子里苏倾长而翘的睫毛猛颤一下：“一会儿网络直播，脸不许红。”

这座城市一年四季难见晴天，云头是咸鸭蛋壳一样的淡青色，绵密厚重。

第一组嘉宾踩上红毯时，甚至飘起了绵绵细雨，空气中飘散着一股湿意。

两旁的闪光灯迅速亮起，尽管这是一个不认识的男明星挽着女嘉宾，停下来挥手时，仍然咔嚓咔嚓一片声响。

“假睫毛掉了一只。”

“嗳，看到了，好尴尬。”

前排的女记者们低声窃笑，头发丝上沾着细密的水珠。

网剧兴起没多久，年度盛典只是个“小红毯”，无论规模还是正式程度，都远比不上真正的电影节、电视剧颁奖典礼。来的大都是出演网络剧的年轻爱豆，礼服也简单，不像那些大花争奇斗艳。

“快看，刚过去那个。”有人笑，“就那件蓝裙子，我有件同款，断码的，八折。”

“助理也不知道给蝴蝶结熨一下，后期好难修。”

“咔嚓咔嚓”的快门声伴随着有一搭没一搭的笑谈。

女孩们个个锥子脸、大眼睛，高光粉亮得发青，一双双腿瘦得苛刻，像圆规的两个脚。年轻的脸几乎是一个模子里刻出来的，走马观花记不住。忽然集中来了几个长相突出的，快门声一阵密集，再定睛一看，原来已经到了小有名气的一组。

雨点密集了一些，记者的手指抹了抹监视器屏幕，忽然一阵喧闹：“来了来了，准备。”

原来，《离宫》剧组代表的车已经到了。这个剧组不是年度盛典里最大牌的，但一定是最稀罕的。

因为这是他们拍完戏后的第一次合体，也是顾怀喻走红以后第一次出席现场节目。

主持人还在背景墙前喋喋不休，聊天的嘈杂声一下子停止了，能架起来的，都把相机抬起来了。

秦淮下了车才发现天上飘了雨星，仰头看了一下天，乌云密布的天，卷着雨星的寒风瑟瑟。

苏倾身上本来穿了一件浅蓝的牛仔外套，她贴着窗户观察了一下外面不怕冻的衣香鬓影，扣子解开一歪，露了肩上细细的吊带。

顾怀喻顿了一下，从后视镜里看着她：“别脱了。”

苏倾又把外套穿了回去。

两男两女还没走近，记者们已经开启了连拍模式，快门的声音噼里啪啦，闪光灯疯狂地闪烁起来。

顾怀喻屈臂挽着李丽芳，后者穿了一身雍容华贵的曳地长裙，有人注意到上面的刺绣是秦汉瓦当上面的龙图腾，也是古镇绣娘的手笔，像是一个属于女皇的彩蛋。

李丽芳这么多年来身材一直保持得很好，风华不减当年，只是自《离宫》以后，她终于从玉女形象中脱出，尝试一下霸气侧漏的风格，意外地很有时尚感。

她停下来朝着两边打招呼，顾怀喻也一言不发地停下，耐心地等。

“顾老师，顾老师走慢点！”有人喊起来，一众女记者纷纷附和：“多拍一会儿嘛！”

年轻的女记者们同时聒噪起来，气氛一时间非常热闹，以往人气非常高的当红男明星才会有这样的待遇："我很喜欢《离宫》的，我看了好多遍了！"

"我也是，都剧荒了。顾老师平时喜欢看什么剧呀？"

扛着摄像机的一个个女战士，忽而又化作嗲嗲的女孩子，一群人连声地抱怨，又哄笑起来，带着一点大胆调戏的味道。

顾怀喻一身裁剪得体的黑色西装，腰细腿长，衬衣扣子扣到了顶，打了领结，手揣在口袋里，面容苍白而锋利。

现代装好像更贴他一些，尤其是挺阔的西装。众人拿着照相机拍，私下交头接耳。顾怀喻属于比较冷的一挂，只安静地听她们说话，不与她们互动，甚至好像连听都听得不太认真，偏偏是这股心不在焉的散漫劲儿，让人心跳得不行。

粉丝是衣食父母，做了爱豆，必须谦逊、宠粉、会来事儿。娱乐圈里好久没出现过这样的款了，没粉丝，只有观众。

"顾老师你都不笑！"

"顾老师笑一笑嘛！"

顾怀喻侧对着镜头，浅浅勾了嘴角，那一双浅色的眼睛却还是冷清的，如同冰过的一汪泉水。他笑着冲她们低声说了一句什么，有人看口型猜出来了，他说："拍李老师。"

又一片哀号声："好绅士啊！"

顾怀喻挽着李丽芳，在一片"咔嚓咔嚓"的快门声音中走到背景墙前，签下自己的名字。

后面慢慢走过来的一对，大家知道男生是90后新锐导演秦淮，挽着的女孩却不认识。

黑色礼服裙上还穿着牛仔短外套，一双腿又细又白，细高跟凉鞋露出形状优美的踝骨，还没走过来就成了焦点。

"这谁啊……我的妈，好好看啊！"

她抬了头，这一张脸是哑光肤质，没涂高光。巴掌脸上一双乌黑的杏仁眼，妆面干净得近乎朴实，小巧的嘴唇没什么技巧地涂着正红色口红，衬得面容白得发光。

一组连拍十张，除了糊掉的，其余的都不用修，这在大花里都是极为少见的状况，因为五官再好，也总有皮肤状态不好的时候。

众人一阵骚动："秦导，旁边的美女是谁啊？看着好眼熟。"

秦淮带着苏倾扭了个向："来，小艾给大家打个招呼。"

苏倾站定，对着镜头腼腆地招了一下手。众人兴奋地喧哗，原来是小艾！

只有一句台词的小艾，当初在剧里也算惊鸿一瞥，有人以为是小演员，真跑去搜，但是演员表上的名字连词条都没有建立，更别说资料了。

快门一阵咔嚓咔嚓，有人喊："小姐姐你底子这么好，打不打算进娱乐圈啊？"

有人说："她好像是顾怀喻的经纪人啊。"

"真的假的！"

"真的啊，顾怀喻的经纪人不是也叫苏倾吗？"

“重名儿吧……”

一个男记者冲她比喇叭：“小艾，你里面的礼服很漂亮，不打算让我们看看吗？”

“是啊！怎么还穿着外套！”

秦淮跟她说：“外套脱了拍张照吧，红毯的机会不多。”

苏倾的外套脱了一半，骤然想起顾怀喻的话，挂着外套犹豫了一下。

记者已经举起相机：“好的好的，就这样，sexy！”

镜头里的姑娘，牛仔外套没脱到底，松松挂在胳膊上，露出肩上的黑色系带，别致的小礼服裙包裹着纤细的身体，长发上沾着晶莹的雨珠，天真与野性，放纵与束缚，混合成一组过了许多年还流传在网络上的照片。

苏倾穿好外套，与秦淮签好名字。有人远远地指了一下：“哇，你们快看！”

“顾怀喻吗？”

离得太远了，隐约看见一道穿西装的影子等在后台，伸手轻佻地勾了一下苏倾的外套。

随后她慢吞吞地把它脱下来，他伸手接过去，两人并肩进场，女孩那一抹雪白的脊背，远远地还很晃眼。

大家集体呆滞了一下。

颁奖典礼已经开始了。会场里面开着空调，倒很暖和，主持人激情的声音回响着，苏倾握着手机，小心地从席间走出去。

马上就要颁到《离宫》，秦淮去外头抽烟还没回来，电话也不接。

“苏小姐。”她从侧边离开时，一身名贵西装的缪云站在通道口，叫她一声。她回头，无措地拨了一下滑到脸上的头发：“缪总。”

缪云笑了笑，有点怅然，看着她的眼光像看着一道永远答不对的题：“好久不见了，苏小姐。”

那个不了了之的电话以后，公司出了点财务危机。足足一年时间，他几乎没有想起苏倾。

他不缺女人，不缺陪伴，走到这一步回头想想，他感觉到苏倾从一开始就是偏向顾怀喻而抵触他的。

他不喜欢太勉强地得到一样东西，除非那样东西本身就浑浑噩噩，拿不定主意。

而这两个人无意中自成一个坚实的圆，外头的人无从下手。

桃花眼轻轻眯起，目光睃巡而下，落到她的小礼服上。

顾怀喻心机太重，他心想，初见面的那一次酒会，如果他不把她扮成洋娃娃，而放任让她穿这一件，也许他根本不会追得这么漫不经心。

苏倾看了一眼手机：“缪总，我得先走了。”

秦淮给她发了一条消息：“小爷回来了，你跑哪儿去了？”

她转过身去，缪云叫住她：“苏倾。”

“能不能告诉我，我和顾怀喻相比，差在哪儿了？”

她转过身去，缪云似笑非笑的眼睛里，有一点儿轻微的、失利后的恼怒与不甘。

女主持人情绪饱满的声音还在继续：“年度最受欢迎男演员，《离宫》怀莲，恭喜顾怀喻！”

热烈的掌声将全场淹没。大屏幕上切到了顾怀喻的脸，手上的水晶奖杯，西装口袋处的一点鳞片装饰，在舞台灯光下不断闪着斑斓的光芒。

他的声音很稳：“感谢编剧、导演、剧组所有工作人员，希望以后能带来更多更好的作品，作品上映后再与大家见面。”

主持人逗趣：“顾老师的目标是什么？是当影帝吗？”

“《离宫》毕竟只是一部网剧，距离上星电视剧、电影，还有不小的差距。”顾怀喻慢慢地说，“我从小就很喜欢舞台。”

他停顿了一下：“我没有什么太长远的目标，只要可以出演喜欢的角色，我就感激每一场表演。”

没什么套路的朴实回答，台下掌声如潮，久久不歇。

“其实我们并不合适。”苏倾轻轻侧头，柔和地解释，“您是个很优秀的人，您一直在向前走，而我会始终停滞在这里。”

哪怕睡在一起，也只是五年的同床异梦。

她笑了一下：“缪总再见。”

苏倾很快地走远了。

缪云看着她纤细的背影消失在鼓着掌的观众席中。

——自己是一直向前走的人吗？

风月场里走马观花，旧的弃之如敝履，新的永远还在前头，浮光掠影的情事，红尘男女从不留恋，永远寂寞着，永远不餍足。

停滞的人，又是什么意思？

他看着手机，她当真能一心一意守着一个人一辈子？

“看到了吧？”陈立从侧边出现，阴阳怪气地点点他的手机屏幕。

“都是一样的通稿，各大媒体全都准备好，八点一到同时发。”

“我这辈子都没见过这种放自己料的狠人。”

缪云淡漠地笑一笑：“好大的排场。”

他想，也许她说的没错，他们和他，根本不是一类人。

屏幕上，一张两个人十指相扣的模糊背影，配合大标题：“顾怀喻与经纪人恋情坐实，怀莲小艾戏外终成眷属。”

指针慢慢滑向七点五十九分。

明亮的舞台灯光下，顾怀喻目视黑色小礼服裙的苏倾从第四排慢慢走回座位坐下，身影在他眸中化成一道小小的、璀璨的流星。

他手上正拿着话筒，全场四百零八号人，还有看网络直播的几千万观众，都在听着他说话。

他无声地笑了笑。

“我有几句话，想对我的经纪人说，烦请大家做个见证。”

第三卷　点绛唇

第一章　欢喜帐

（一）

夏天，暑气很盛，知了在树上齐声长鸣。

春纤手上的簪花比在苏倾头上，换了一朵又一朵：“红的好，还是绿的好？”

桃红显娇，翠绿显俏，衬着这张芙蓉面孔都不出错——不到十七岁的年纪，水红的樱桃小口，雪地雀儿一样灵的黑眼珠，不凝神时，仿佛含着潋滟水光。

守门的小丫头“吱吱”地打起竹帘儿，丝绸袖口落下，露出一截像麻秆一样的手臂。帘子外面好几个深色衣裳的嬷嬷鱼贯而入，躬身低头，手上捧着托盘：“陆尚仪，苏尚仪。”

苏倾接住掉下来的簪花，随手搁在桌上，前面飞快地掠过一道影子，同屋的陆宜人已经板正地走了过去。嬷嬷们排开了，托盘里整整齐齐地叠着崭新的宫装。

尚仪，内闱从五品女官，司礼仪，掌文墨。

苏倾调来的时候，陆宜人已经在这个位置上稳坐了四年。

苏倾跟在陆宜人身后，安静地看着她伸手翻动两个托盘里的料子，好像在检查尚衣局的刺绣那样又捏又摸。一样的颜色和形制，衣料子却是不一样的，有一件是带暗花的蜀锦，另一件只是普通的丝绵。

陆宜人丢开衣服角，嘴唇绷得很紧，像她梳得紧绷绷的发鬓，她的目光锐利地扫过眼前的奴婢：“给我们的吗？”

嬷嬷低头应道：“是。”

她的手一收，把蜀锦制的那一件拎起来：“那我要这件。”

嬷嬷们面面相觑，脸色好像很焦急，为首的那个握住拳抵着嘴唇，咳嗽两下。

陆宜人脸色一沉，眼里的神色嘲讽夹杂着恼火，刚想丢回去，旁边伸出一只纤纤的手，把另一件拿起来，抖展开：“正好。”

苏倾把丝绵官袍交给春纤，回过头来看了面前几人一眼，好像在对嬷嬷心平气和地解释：“我不喜欢那件上面的暗纹。”

嬷嬷们松一大口气，垂手喜道：“是。”

守门的丫头又“咯吱咯吱”地放下帘子，脸木得像个稻草人，帘子把耀眼的光慢慢挡住。陆宜人冷眼睨着她：“苏尚仪好大度。”

苏倾看了她一眼，坐回妆台前。

用惯了后世的水银镜，泛黄的铜镜上面好像蒙着一层化不开的雾。她伸出手指揩一揩，眼角瞥见陆宜人还直挺挺地站着，平和地说："陆尚仪好气量。"

陆宜人眼睛一瞪，冷哼一声，衣服往架子上一甩，转身大步出门了。

春纤手掌心里一把谷子，逗架子上的黄鹂鸟，等人走了，才从哑巴变成了会说话的丫头："马上搬出去了，您别搭理她。"

苏倾正在临摹字的手抖了一下："你怎么知道？"

黄鹂鸟蹭着春纤的手掌心，发出一连串清脆的啼鸣，春纤喜滋滋地摸它的脑袋："明眼人谁看不出，也就是陆尚仪，非得争这口没意思的气儿。"

"我与陆尚仪平阶，出了尚仪局，还能往哪儿搬？"

春纤说："您且宽心。汪公公给我透过底，您这从五品就是个踏板儿，等到陛下解决了那桩心事……"

"春纤。"苏倾打断她，话音未落，外面划破长空一声尖叫，那声音还有几分熟悉，春纤脸都吓白了。

一阵噼里啪啦的声响，好像鸽子急促地拍打翅膀，又好像什么人凌空落下。

春纤觉得自己是个乌鸦嘴，怔怔看着苏倾，嘴唇动了一下，没发出声。

外面嘈杂起来，打帘子的丫头这会儿不像木头人了，脸孔雪白，一下一下地喘着气。苏倾从她身边经过，从底下撩起帘子走出去。

"尚仪，尚仪！"春纤跟在她后面急促地唤，可不敢大声，憋得脸色通红。

苏倾已经走到尚仪局门前，远远地看见一袅红，沉滞的猩红，阳光下红得打眼。

依本朝惯例，官阶越高，官袍颜色越鲜丽。比如年迈的王丞相着正红官袍，表明他已是一人之下万人之上。

但还有一个人，官袍是这种浓稠的血色，还压丞相一头。

这个人是大司空。

大司空旁边蹲着一个精瘦的靛蓝衣衫的少年，腰间横出一柄长长的黑色旧剑，正看着抖成一团的褐色身影。

携护卫入宫，随身带利器，是对王上不敬，但这一切，放在明宴身上，没有什么说不过去。

"明大人早晨觐见了陛下。"春纤追出来，紧张地同她咬耳朵，"也是陆尚仪命不好，赶上了。"她看了一眼那个褐色的影子，苏倾身上也是同样的浅褐色宫装，叹息着，"尚仪，快回去吧。"不知道苏倾知不知道，春纤可知道明宴如何飞扬跋扈，默许侍卫西风在宫里大杀四方，"听说俞西风出现，一定会割下一个头才肯罢休，要是有兴致，带回去剥了皮晾着。"

苏倾静默地听着，拧着眉不出声。

“尚仪……”

“陆尚仪可是中暑昏倒了？”苏倾开口叫了一声，唬得春纤捂住了嘴。

苏倾看不清那边人的脸，那边的人也看不清她的脸，她扬声道：“坐在那里干什么，还不起来，挡了明大人的路。”

少女的声音平和细软，略带一点黄鹂啁啾似的稚声，四周一时间死一样的静默，只余陆宜人小小的一团在抖，全无平日的威风，好像老远都能听见她簌簌的哆嗦。

半晌，蓝色影子仰头，似乎在征询那抹红。又过了片刻，俞西风站起来，意味深长地往这边看了一眼。猩红官袍的明宴似乎觉得无趣，竟已经旋身走出老远了。

那一红一蓝离去了，四周传来窸窸窣窣的声响，仿佛春天到来，万物都苏醒一样。苏倾这才注意到四周是有不少人的：

“陆尚仪发癫了，竟敢冲撞大司空。”

“哎哟，可吓死我了。”

明宴权势滔天，就像天上的太阳，一个动作、一句话触怒了他，候审都不用，俞西风从墙头上飞落而下，就是一场噩梦，就算是王见了他，也要避上三分。

陆宜人好半天还坐在地上。苏倾侧头：“快去看看陆尚仪。”

春纤不敢去，一双眼睛谨慎地盯着他走远，要确认他不可能再回来：“您知道明大人杀过多少人吗？据说他府里夜夜百鬼同哭。”

苏倾要说话，内侍公公已经大老远地跑来请她：“陛下不适，请苏尚仪过去一趟。”

南国的宫殿，廊桥相接，曲折环绕，水汽被太阳晒得蒸腾在空中，溽暑沉积。湖中接天的荷叶大如巨掌，粉红色的荷花立于丛中。

苏倾的裙摆过拱桥，又入回廊，掠过前殿，寝宫的大门“吱”地打开。

明宴觐见一次，王上就要生一次病，苏倾已经习以为常。

垂着的帘子是黑色底，彩线刺绣的二龙戏珠，边角以玉环作结，垂有长而密的流苏。

苏倾平举双手行礼，深黑的大理石地面模糊地映出她的影子：“陛下。”

几个丫鬟齐力推着沉重的殿门，在她身后慢慢闭合，把烈日挡在外面。大鼎中的坚冰徐徐生烟，锦帐中伸出一只手，慢慢地把帘子掀开：“苏尚仪。”

“陛下身子好些了吗？”

南王燕成堇有一张男生女相的阴柔面孔，冠冕之下的皮肤苍白，黑眼珠郁郁地看着她的发顶，脸上没有笑意，甚至有些难以言喻的恐惧：“孤很难受。”

苏倾茫然抬起头。他从锦帐中钻出来，衣袍半敞着，里面是真丝的浅黄色睡袍：“你陪我下一局棋好不好？”

他说着蹲下身去，苏倾这才发现锦帐下的厚重地毯上，除了满地散乱的折子，还有零星的几颗黑色白色的棋子。

“陛下，臣来捡吧。”苏倾额头上冒了冷汗，撩起裙摆蹲下，数着数把一枚一枚的棋子装好，发现白色的少了一颗。她没有作声，把地上的折子也拾起来叠好，还是没有找到。

燕成堇直勾勾地看着她的动作。寝殿里一个近身服侍的宫人都没有，只有坚冰化成水的一点轻微的滴答声。苏倾把棋子装好，齐全的黑子让给他。

“苏尚仪，”燕成堇慢慢地开口，“你说丞相和明宴，哪个更该死？”

“陛下，后宫不得干政。”

燕成堇笑了一下，少年的眼角划出一片诡异的艳色：“快十七了罢，你不急吗？”

苏倾沉默了片刻：“臣当恪尽职守。”

燕成堇的目光在她平静的脸上流连，似乎想找出点什么来，最后没甚意思地垂下眼。

她太静了，少年老成，让人无趣。

“孤能即位，靠的是明宴这条咬人的狗。”他幽幽地说，“可惜恶犬就是恶犬，早晚有一天要咬到主人身上。你知道外头的人怎么说？大司空，实为摄政王。”

他冷笑一声，审视着棋盘，眸中呈现出迷蒙的恨意：“丞相呢，那老东西连狗都不如，从孤登基那一日到现在，没有一天让孤舒服过。”

苏倾熟络地让他半子，她发觉燕成堇在盛怒的时候，棋仍能走得很有条理，可见这种冷静的计算已经融入他的骨子里。

他一连胜了三局，方才痛快，抬眼端详她的面孔：“苏尚仪怎么不说话？”

“陛下是南国的王，无须如此担忧。”燕成堇看着她，蓦地笑了一声，他慢慢地伸出左手手掌，掌中端正地摊着一枚白子，看着她的眼神，像在看一个笑话。

苏倾默了片刻，从他掌中接过棋子。他幽幽的目光，划过她小巧的鼻尖和嘴唇，眼神近乎迷恋，在她耳边吐出来的话语却是冷静的：“不要太聪明了。”

苏倾起身告退，燕成堇在背后叫住她：“折子也带走，孤不想批。”

苏倾抱着一沓折子出了殿门，热气扑面而来，蝉鸣、鸟鸣和水声也一并涌入耳中，她像一个恢复了五感的人，世界又再度变成了熟悉的世界。

已经过了中午最热的时候，尚仪局的门口却空荡荡的，往常踢毽子的、树下打牌玩闹的一个也看不见，苏倾向窗里面望，没看见春纤，连粗使丫头都没看到一个。

她尚在疑惑，扭过拐角，冷不丁撞见一个猩红的背影。她第一次这么近地看见大司空的官袍，满眼的亮，像骤然直视了太阳，革带上一个个金属纽扣，雕刻着张牙舞爪的猛兽。

还没等看清，跪在地上的春纤仰起脸，远远地朝她使眼色，原来尚仪局上下都聚集在这里，早上被吓病了的陆宜人，正脸色蜡黄地跪在最前头。

清凌凌的少年声音压在她耳后，身上冷刃出鞘，“哧”的一声，语气里带着一丝冷铁般的戾，颇有些咬牙切齿的味道：“见明大人，岂敢不跪？”

苏倾立刻撩摆跪下，入目是明宴官袍的一片红，平展展，袍角银蓝双线，绣瀚海波涛。

院子里针落可闻，半晌，一道微微喑哑的声音，慢悠悠地响在她头顶：“早上，谁喊的‘陆尚仪’？”

此话一出，蔫茄子一样的陆宜人脸色都变了，肩膀歪了一下，险些跪倒。

官宦世家女，勤勤恳恳做了四年尚仪，最看不起的就是空降而来的苏倾。二人明明平阶，吃的、穿的、支使的奴婢，苏倾的都更好，阖宫上下，明里暗里都对苏倾巴结。谁都知道她背后是王上，将来要做南国的王后。

她不傻，只是不甘心被人处处压着。吃了她那么多脸色，想必苏倾心里也不会喜欢她。她到现在也没想明白，苏倾到底为什么要冒这个头。

苏倾跪得离明宴最近，就在他脚下。称臣只对王上，她只好说：“是我。”

也许明宴在打量她，但她看不到。面前是他的锦衣袍角，银线波涛如万顷雪浪，扑面而来，阳光下闪烁着华贵的冷光。

“你是谁？”明宴好像很不满意她的说辞，皮笑肉不笑地、慢慢地拖长了调子，刻意咬重了那个“你”，句尾又轻轻落下，惹人战栗。

“内闱从五品尚仪苏倾，见过明大人。”苏倾双手交叠行一拜礼，睫毛轻轻动了一下，细细的声音传出，“屠苏的苏，天倾西北的倾。”

明宴长久地默着，站如青松，耐心地整理袖口，听得很不专心。

华冠下漆黑的发，苍白的脸，刀刻般的五官，两排垂下的睫毛很密，眉间弥漫着一股淡淡的阴郁戾气。

常年呼风唤雨的威慑和嗜血的杀戮，才能凝成这样气定神闲的煞气，低眉抬眼，看过来的目光像放了一束冷箭。

他不说话，苏倾就不能起，额头贴着手背，伏在地上艰难地等了半刻钟，对方才松了口。

“谁给你起的名字，不好听。”

轻飘飘一句话丢下，一点冷清的讥诮，苏倾慌忙抬头，明宴已拂袖而去。

俞西风翻上墙头，又是“呼啦啦”一阵鸽子拍翅的声音，背着剑的靛蓝色身影敏捷地在飞檐上点几下就没了影。

一片死寂的院子，好像被解了禁一样，刹那间活了过来，跪得整整齐齐的宫女揉动着双腿歪坐在地上，七嘴八舌，低语呜咽。

“你们知道吗，方才我闻见明大人身上的血气，浓得让人透不过气。”年龄大一些的宫女绘声绘色地讲，“那袍子一定是拿死人血泡出来的……”

年龄小的，已抱成一团。

“别胡说。”苏倾轻轻打断，嘈杂声马上止住了。

她很少拿尚仪的款儿，一双双眼睛且敬且畏地落在她身上。

苏倾低着眼：“刚才我离他最近，什么味道也没闻到。就算真杀了人，还能不换衣裳？”

再说下去没意思，悻悻的，人都散了。

“哐当——”一直没作声的陆宜人脱水倒地，惊得诸人退后，尖叫阵阵：“陆尚仪！”

苏倾的耳膜刺痛，在一片混乱中抱着一沓折子踏进尚仪局。春纤不知何时赶上来，就像一道悄无声息的风，轻轻扶住她的手臂：“尚仪，好胆量。”

苏倾侧眼看她。春纤低眉顺眼，一点冷酷的伶俐，掩盖在胆小如鼠的面容后面：“只是您身份特殊，以后别再以身犯险了。”

苏倾看了看她：“陆尚仪待你如何？”

春纤低着眼，半天才羞惭地启齿：“不偏不倚。”

苏倾点了一下头，坐下来，柔柔的笔尖在稍有凝固的丹砂上反复浸润：“她只针对我，不曾针对你。

“陆尚仪是个好人，这一年来，每天鸡啼一声就起床当值，没收过宫人一分好处。”

是个和她父亲同类的人。如果是男儿，为官做宰，两袖清风。

春纤立在桌前低着头，乖觉地替她研墨，半晌才说：“多一事不如少一事。”

苏倾从不勉强别人，翻开折子，细细的手指按在中缝上，从上压到下：“我不干涉你，你也不要管我。”

春纤不再多嘴，恭敬地退下：“是。”

雪片似的折子，一多半是弹劾大司空目中无人、气焰嚣张，苏倾撑着额头，叹了一口气。

五年前南国宫变，是时任十二卫都统的明宴一力拱卫十二岁的幼太子，一手持剑开路，另一手拎猫似的提着燕成堇的后颈，生生把他安上王座。

说忠，这是忠君报国；说佞，这是狼子野心。

司空这一虚爵，为的是明升暗降，架空实权，可这五年来，明宴像一把利剑，以狠厉手段荡平各方势力，手上的权力滚雪球似的越来越大，行事越发肆无忌惮，放纵恣睢。

最终，大司空变成一个遮天蔽日的阴影，笼罩在南国上空。原有的复杂党派，前所未有地团结一心，皆以攻讦明宴为乐。

每天数这么多遍明宴的罪状，燕成堇见了折子头痛，实属正常。

苏倾翻了一份，又一份，忽然发现一份不大一样的。六品荆姓小官，上书请王上赐婚，称家有待嫁妹女，请配大司空明宴。

似乎觉得言语不够恳切，还配以女孩儿的生辰八字、寥寥数笔画就的小像。

传神的一张脸，瓜子脸，圆眼睛，五官姣好。

笼子里的黄鹂鸟儿会唱歌争宠，啁啾了一遍又一遍，却也没人理。

苏倾拿着这一份折子，默然看了半天，笔尖悬在空中，不知如何作答，想了想，合起来，四指按着，慢慢推到了桌子的另一边。

南国居于水上岛屿，绿洲密布，河网纵横。稻田里水车吱呀，小女娃五六岁就会凫水，白浪里鱼儿一样穿梭，七八岁就会撑篙，在荷叶丛里穿梭采莲。热浪里蒸发的植物味道，伴随着长得永远过不完的闷热夏天。

明府大门缓缓打开，看门的是个穿黑色短打的瘦弱少年："大人。"他伸长颈，朝明宴后面看，"西风呢？"

明宴不理。马厩里洒扫的小厮，一手撑着栏杆，燕子一样轻盈地跃出来："大人回来啦！"

俞西风的靛蓝色身影像走钢丝一样，一脚挨一脚地踩在高墙上，闻声蓦然跃出，束起的发辫飞甩，一个筋斗落了地，那把旧剑"嗡"地出鞘，照着那道猩红的背影直劈过去。

眼看劈到了头顶，那道身影猛地一动，鬼魅一般闪到了侧边，长靴一抬，轻轻格住收了力道的剑刃："皮痒了？"

俞西风嬉笑："我试试大人的功夫生疏没有。"

明宴阴沉地睨他一眼，浅色的瞳孔琥珀一样透光："拿不稳，就给我还回来。"脚尖微微一动，四两拨千斤，将剑挑起，反将俞西风冲得倒退几步，长剑"铛"地落在地上。明宴袍角扬起，自顾自向前走了。

蓝衫少年卸去在外凶悍的面具，跟普通的少年人无异，噘着嘴"切"一声，把那把剥落了漆面的旧剑小心抱进怀里："送我了，就是我的。"

此前看门的少年、喂马的少年，闻声都跑到院中追着明宴。跑得最快的却是从厅堂里钻出来的书童，一溜烟儿挡在明宴面前，仰头扯着鸭公嗓说："您也喂我两招，不然不让您过去。"

剩下三人闹起来："北风耍赖！"

世人只知俞西风，却不知道走狗里还有俞东风、俞南风、俞北风。

明宴回头看一眼，心里默数一遍，东南西北四个人齐了，这府里却好像还少点儿什么。

眼底压着翻腾的烦躁，手抓住俞北风瘦弱的肩膀一拨，就把他甩到了一边。

明宴默不作声地进后园了。四个少年面面相觑，都是街市上混大的，心眼密集。俞西风的肩膀马上给另外三个推来搡去："怎么了呀？你守着，哪个不长眼的敢惹我们大人？"

北风龇牙咧嘴地揉着让明宴甩痛的肩膀："是不是王上？"

"不是。"

"那是谁嘛？"

俞西风偏过头看着万里无云的天，想起站在他面前那道纤弱的、小小的影子，抱着剑冷哼一声："见着了不想看见的人。"

香炉里细细的烟雾慢慢攀升，苏倾看折子入神，不知不觉到了下午。被窗棂割碎的光投在木隔栅上，错落向下，慢慢变成了浓艳的橙黄。

同屋的陆宜人不在，尚仪局忽而变得空旷而安静，苏倾觉得有些发倦，脑子昏沉沉的。

春纤来给苏倾添水，低声说：“尚仪仔细眼睛。”

她的声音从未如此绵软过，苏倾禁不住奇怪地看她一眼，春纤的眼帘垂着，看不清眼睛是睁是闭。

下一刻，膝上一热，苏倾低头一看，春纤的手垂着，手里的壶嘴儿早移了位，全浇在她腿上了。

苏倾理应跳开，可是不知怎的，身上使不出力气，只得拼命夺下了春纤手里的壶。

春纤的身子晃了晃，疲软地倒在了地上，脑袋靠着她的腿，竟打起鼾来。

她看见架子上的鸟儿左摇右晃地走在杆上，浑似喝醉了，同时觉得眼皮渐沉，眨眼变得又涩又难，就这么支着脸，坐在桌前阖上了眼睛。

屋里异香盈满，桌下不知何时立了一双绣银线的长靴。

一只苍白的手，慢慢地从猩红袖口中伸出，从她面前的案头堆满的册子里随便抽了一本，单手翻开来看。

半晌，他发出一声轻嗤。

黄鹂儿哀鸣一声，他蓦然回头去，眼神锐利。

食指与拇指一把捏住鸟颈，鸟儿无力地拍动翅膀，他松开手，于上利落地摘下一片羽毛，鸟喉咙里发出“咕噜”一声，眼半眯，就像哑了的病鸡。

那片羽毛在他指尖随便地一吹，他慢条斯理地旋过身，靠近了桌子。

苏倾还坐在案前睡着，浓密的睫毛投下一片影，两片唇如初绽的花瓣，诱人采撷。

他撑着案台，慢慢俯下身子，睫毛垂下去，又慢慢抬起来，目光冷淡地端详。

这样近，两张脸差一点就能相碰。他却已直起腰，倚着桌子，掀开没批的那一摞折子，翻一翻前面写过的“准”字，这么多年，字都没变。

他蘸了蘸笔，一目十行，一本一本快速地批完，堆到她放好的那一摞上面去。

屋里很安静，香料燃着，细细两缕，慢慢消失在空中，从窗外传来树下宫女踢毽子的玩闹声，并着有气无力的蝉鸣。

他的目光在桌上睃巡一周，落在左边桌角上孤零零的一本，放得太远，半个身子都掉了出去。捡过来顺手一翻，一张陌生女孩的小像露出来，荆家求王上赐婚，满朝文武不选，要嫁大司空明宴。他顿了一下，目光微转，落回苏倾脸上去。手背撑着的那一张白皙柔美的脸，毫不设防，宛如一座玉雕的神女像。今年该满十七了吧？只是睡着的，软的热的，轻轻地呼吸起伏和微颤的睫毛，便使得神像破碎开，变成了一汪诱人又烫人的水。他看了她一眼，折子按在楠木案台上，垂下眼，笔尖轻佻地点在纸上，玩儿似的慢慢写了个“准”。

（二）

满地碎金似的斜阳铺洒在桌面和地面，窗户大敞着，热风荡起镇纸下的纸角儿，扫到了苏倾的胳膊上，她慢慢地有了知觉。泡了水的裙子还湿着，贴在膝盖上，风吹来一点凉，空气里残余的一点香气吸进鼻子里，苏倾心里有点恼，挣扎地坐直。从羌邦搜刮来的不入流的迷香，名叫“梦浮生”，只有一个人敢肆无忌惮地用，白天出入内宫女眷居所。尚仪局里摆设分毫不乱，只有她书桌让人动过，她大约猜到来的是谁。手伸进衣领里，把脖子上的圆环捞出来，刚前进的一个刻度，果然又退了回去。

春纤揉着额角爬起来，四下看看，脸色惊恐地望着她：“奴婢睡着了？”

苏倾指尖一抖，不动声色地将圆环放回去，湿裙子下的腿悄悄调整了一下位置：“你也累了，且下去吧。”

“是。”春纤退下去之前，眼神讶异地看了看她的脸。

待她走了，苏倾霍地站起来，朝铜镜里一看，自己额头上给人拿朱砂笔点了一朵艳丽的三瓣莲花。镜子里的模糊人影长久地与她对视，脸发红，不知是气的还是热的。苏倾把湿衣服换下来，拿一页白纸浸了水，摁在头上，拓出个鲜红完整的花印子来，歪着头静静地看了看，吹了吹，小心地夹在书里，才用湿布把额头上的花擦掉。桌上的折子堆成一摞，她翻开几本看，全给他批完了。她忽而想起被单独拿出来的那本，在桌上扫视一圈，没有，一本一本翻过去，在中间找到了它，上面已写了一个鲜红的“准”。

苏倾望着这个字，心一沉，第一反应竟是将整本折子藏了。

可是燕成堇一颗七窍玲珑心，既然能数着地上的棋子，谁知道他会不会数着折子，专考验她？王上的厉害之处就在这里，几次三番的试探，潜移默化地培养了她对于他的忌惮和惧怕。即使他不在这儿，她仍然感觉背后有一双幽幽的、冷森森的眼睛。

苏倾犹豫半晌，硬着头皮提笔在前面添了个“不”字，勉强变作“不准”，只是两笔丹砂浓度略有不同，不能细看。

可燕成堇是什么人？这日他靠在榻上复核奏章，果然从一沓中挑出了那一本，凝眸看了半天，目光慢慢落在她脸上，慢慢地问：“苏尚仪，这到底是准，还是不准？”

苏倾跪在他对面，想了一下才开口：“臣拿不定主意，本来想找陛下定夺，事情太多，一时忘了。”

燕成堇盯着她的脸，他喜欢看阳光落在她的颊上、睫毛上，一张脸如玉刻般透光，好像不沾染任何权术和污秽，和看着长在阳光下的藤萝一样舒坦。

“拿不定主意？”他意味深长地笑了一声，“给我一个不准的理由。”

苏倾说：“荆家小女与明宴身份悬殊，且私下并无往来，荆官视满朝才俊为无物，急于投入大司空翅羽之下，恐助长谄媚之风。”

燕成堇“嗯”了一声：“那准呢？”

苏倾想了想：“大司空年近而立，依然无妻无嗣，孑然一身，于理不合……”

越说越低的话，被燕成堇一声笑打断，他好像走了神，倾过身子，在她耳边呢喃：“难道只有他是无妻无嗣，孑然一身？”

他的眼神暧昧，薄唇轻轻贴过来。

苏倾偏头避闪的动作触怒了他，他的眼神马上变作了暴戾，脸就这样停在空中。

苏倾僵硬地笑一笑，声音依然柔和：“您已有两个采女，怎可说孑然一身。”

“孤是王上。”他坐回榻上，冷冷逼视她，“普天之下，就这一个王上。不要闹不合时宜的脾气。”他心里略有些烦躁，觉得她最近一年冷淡异常，好像变了个人似的，从前那些伶俐、体贴和察言观色，全都变成了谨小慎微、刀枪不入的闪躲。

他抚摸着拇指上的玉扳指：“记不记得刚认识的时候，你是什么样子？”

苏倾凝眸看着裙下的大理石地面，不作声。

三年前，原身提着篮子走在集市里，遇见一个没带钱的布衣少年，出了五个铜板，请他在街边吃了一碗豆腐花。

少年连声感谢，吃到一半，少年腰间藏的盘龙玉佩露了一个角，无声落入她眼底。那顿饭吃得畅快，吃完豆腐花，还逛了集市，少年同她相谈甚欢，走前他看着她说，若你有意，明天这个时候，还在这里等。

她提着篮子慢慢地慢慢地走回去，明府后园扶桑花盛开，满园都是香味。那时北风还小，小蛮牛似的在花丛里跑来跑去，脚下踩倒了一大片，攥了一把鲜花，脏着小脸跑到她面前，要来送给她，“呀”了一声：“你怎么哭了？”

她飞快地擦干了眼泪，好像做好什么决定，把篮子里的小弹弓拿出来给他玩，北风马上被唬住了，拿着弹弓兴高采烈地跑远了。

第二天街市上人来人往，步履匆匆，化作片片的影儿，她提着一个小包裹，像一只断线风筝，孤零零地站在桥头等，等到了燕成堇，跟在他身后，一路头也不回地走到了王宫。

如果苏倾早些来，必然制止一切发生，可来的时候，自己已由宫女升作尚仪，阖宫上下，对于她是什么身份，心里都有了数。

比起世家女，燕成堇大约更想要一个自己挑选的、聪敏听话的、心里有数的王后。

他笑一下，阴柔的眼眯起，含着警告的意味：“别被底下人捧得昏了头。”

钝重的殿门让人叩了一叩：“陛下，丞相求见。”

燕成堇淡淡转向她：“你且退下吧。”

苏倾躬身，在门口与正红官袍的丞相擦肩而过。王丞相身量高大，隆起的肚子撑着黑色革带，更显其威仪，说话声音浑厚，颇有些压人：“陛下，大司空手上军权未免过重。”

苏倾的脚步微微一顿，在门口旋身。

听人墙角不好，可是……

今日的南国，唯有王丞相能与明宴抗衡，二人相斗数载，恨不得生啖对方血肉。

燕成堇扶着头冷笑一声："削了给谁，给你吗？"

两相拉锯没有结果，王丞相说不动王上，便叹气："大司空忠义，想来视权力如浮云，当年明大人一手持剑，一手护着陛下登基……"

"放肆！"提起这件事，就是踩了王上的痛点，燕成堇果然暴怒，抬手掀了桌案。

呼呼的风声肆虐，太阳让乌云遮住了，远处传来阵阵由远及近的雷霆。

苏倾不再听下去，快步回了尚仪局。陆宜人病已大好，看见她，头一回没有出言讽刺，披着衣服恹恹地坐着。

外面下起暴雨。

春纤手上提着笼子，拿手拍一拍，黄鹂儿在架子上拍了一下翅膀，又无精打采地眯起眼睛："奇怪，生病了吗，怎么不会叫了？"

苏倾伸手："给我吧，花房里的李公公最会驯鸟。"

雨点打在紧挨着的一大片荷叶上，如同敲击薄面鼓，叶面上蹦跳着明亮的水珠。

苏倾提着笼子，沿着曲折的回廊行走，雨水从伞尖上滑下，滴滴答答地落在木头地面上，走过拐角处，霍然撞见一抹猩红衣角。

明宴两肩已有加深的水渍，鬓角沾湿，小小水珠顺着他苍白的下颌棱角落下来。俞西风不在身边，他独自一人倚着墙，两眼望着湖面。

苏倾停在他面前，他瞥见了她，冷淡的目光从她脸上滑过去，就像看过廊上一根柱子。

苏倾把手上的伞轻轻斜在墙边："明大人，兔死狗烹，鸟尽弓藏，丞相暂时动不得，还请收敛行事。"

明宴垂下眼，睫毛在眼底落下了影子。他慢条斯理地玩弄修长的手指："我认得你？"

苏倾乌黑的眼睛看他一眼，默然地向前走了，笼子提在手里，里面哑了的黄鹂儿跟着懒散地晃来晃去。

他侧过眼，墙边一把小小的红梅纸伞，还安静地靠着。

一连数日暴雨，白天出不得门，明府的少年们要给憋坏了。

俞东风一般端碗蹲在门口，边吃饭边守门，因为下雨才入了堂，上了桌。

一顿饭吃得闷闷不乐，好像这天气也把人的心泡发了，泡得一股旧书霉味儿。

"你们还记得吗，"他用筷子点点自己身旁空出来的两个座，忽然开了口，"从前老头坐在这里，她坐在那里，老头吃饭吧唧嘴，她却跟小猫一样不出声。"

北风说："记得呀，她补衣服手多巧，搁现在，十个八个丫头都笨。"

南风冷笑一声："老头儿算得没错，人家天生凤命，志不在此，能是真心给你补衣服？"

北风反驳道："可我小时候生了满头癞疮，她还抱着我给我喂水。细胳膊细腿的，搓衣板似的，像我娘一样抱着我。”

“你忘了她怎么跪在大人面前，哭着求大人放她一条生路，给她一个良家子籍入宫？你是没看见大人当时的脸色，好像我们大司空府这些年都虐待了她似的。”

一直不说话的俞西风筷子猛地拍在桌上：“不许提那个叛徒！”

饭吃完了，雨也停了，俞西风还在生闷气，背起剑，“噔噔”地钻进后园。

青石板上弥留的积水很快被暑热烘干，树叶子被雨洗过，绿得发亮。

明宴如此鲜亮的衣袍，姿容跋扈昳丽，背影却生出几分难言的寂寥，他指间捏着一块手帕，正一言不发地擦着老头的墓碑。

大司空府已不是原来的大司空府，鲜花着锦之下，已经是冷落门庭。

这些年，他看着明宴如何扶摇直上，也看着他如何变得越发沉默、阴郁、无人能解。

少年眼眶发烫，背上宝剑“嗡”地出鞘。明宴听见风声，反应迅捷如电，侧身一闪，又让他劈了个空。

明宴让人扰了清净，神色不豫，手上的帕子丢过去，砸在他脸上，又落下来，露出一张郁结的少年的脸。

“大人，我想跟您试一招。”

明宴蔑然一声笑，半晌，他打量西风一眼：“输了怎么办？”

“输了任您调遣。”

“你说的。”

话音未落，明宴反手折断了被雨打折的树枝，树叶哗响如劲风，叶子上的水珠飞甩，打在人身上，凌厉如箭。

不到三招，俞西风被他下了剑，往前狼狈地扑了几步，护住了剑。

“您让我干什么？”他涨红着脸问。

明宴垂着眼淡淡说：“去，给苏尚仪送只会唱歌的鸟儿。”

少年的脸色由红转白：“给、给谁？”

苏尚仪，哪个苏尚仪，世上还有几个苏尚仪！

明宴指尖玩着树枝不作声，眉间神色颇为不耐烦。俞西风畏惧他的神色，可还不情愿：“我们哪来的鸟？”

明宴与他擦肩而过：“凭本事捉。”

俞西风多年来头一次走到后园深处，当年那座小木屋还保留着，几乎要被长起来的荒草掩盖，像一个残缺不全的旧梦。

背着剑的少年沉着脸，捉了只肥胖的布谷装进竹笼里，不想看见苏倾，只把笼子丢在尚仪局门口便回来了。

明宴政务繁忙，两三个时辰才顾得上呷一口茶，见他空了，西风才凑上去：“大人，送好了。”

明宴没作声，手底下又过了一张军报："笑了吗？"

"笑……"俞西风有点傻了，茫然中瞥见案上放了一把陌生的红梅纸伞，"没注意看。"

丢在台阶上的竹篓是让春纤捡回来的。她翻来覆去看了半天，笑了："这个小竹篓我小时候编过，装蛐蛐儿用的。"

苏倾笑了一下。

俞西风小的时候最会斗蛐蛐儿，编竹篓麻利得很。那时候他很皮，笑起来两个酒窝，不似现在像个阎罗王。

进了笼子的布谷鸟上蹿下跳，长尾像个锥，顶得笼子左摇右摆。

她看出来这鸟是个野的，羽毛沾着林间雨露，不服关，就像满脸矛盾的西风。

陆宜人披着衣裳，悬着枯瘦的手腕写字："王上把十二卫划给了宋都统。"

苏倾将鸟捉了出来："王丞相的女婿？"

"嗯。"

陆宜人兄父都在朝堂，消息比苏倾灵通。她愿意像普通同僚那样同苏倾相处后，尚仪局的日子开始一天天顺了起来。

"大司空肯答应吗？"

十二卫是明宴的旧部，这些年一直对他俯首帖耳，听他统帅，此举是折了他半边羽翼。

陆宜人停顿了一下，她对大司空还有些忌惮："都统掌权，名正言顺，王上站在丞相那边，明面上只能答应。"

苏倾点头。陆宜人垂眼："不过，听说他回府以后大发雷霆，笞死了三四个通房才解气，誓要与丞相不死不休。"

苏倾蹙了一下眉，在她印象里，明宴从不挥鞭子，也没有通房。"这种私事，旁人怎么知道的？"

"坏事传千里呗。"陆宜人轻轻一嗤，觉得与苏倾聊天倒也不坏，她的声音细细柔柔，进退得宜，像涓涓流水。

核验完最后一本账册，她伸个懒腰："王上安抚大司空，给他赐了一桩婚。"

苏倾眼皮跳了一下，心马上乱了："是荆家女儿？"

陆宜人看她一眼："消息倒灵通。"

这些年，没有高门贵女敢嫁大司空，一方面知道他不好女色，阴沉跋扈，难以讨好；另一方面，大司空今日泼天富贵，权倾朝野，谁知道明天会不会跌下高处，死无葬身之地。

陆宜人收好东西："是个六品小官，安抚……我看像羞辱。"

苏倾把鸟往竹篓里一装，从桌旁起身，披上了外袍。春纤跟过来："尚仪去哪儿？"

苏倾笑一下："我把这鸟放了，不必跟来。"

她出了门。隔了片刻，陆宜人皱起眉，叫住要出门的春纤："苏尚仪不是不让你跟？"

春纤慌忙福了一下："瞧奴婢这记性。"

陆宜人掀起眼，定定地望着她："要是闲，把苏尚仪的桌子帮忙收收。"

"……是。"

苏倾站在回廊上静静地等，站得两脚发麻。

正是下朝时候，远远看得到对岸三三两两往出走的官，内宫是王上私产，女眷众多，众人避之不及，这里面只有一个人敢穿过内苑湖景出宫，是王上称之"位比王爵"的大司空。

忽而腿上一阵锐痛，苏倾低下头，手上拎着的竹篓贴着腿侧，布谷鸟尖尖的喙正穿过竹篓的孔隙一下一下地啄她，勾破了她的裙子。

夏天的官袍轻薄，她把竹篓移开，支起腿，手指伸过去摸了一下，尴尬地穿过那处破洞，轻易地摸到了大腿的皮肤。

余光瞥见一双黑色靴子驻足，她抬起头，不想是在这种情形下等到了明宴。华冠之下，他的容貌苍白锋利，难以接近。她拨弄了一下裙摆，慌忙站直。

俞西风看见了她手里的笼子，脸上阴云密布："苏尚仪，你……"

"明大人，"苏倾抢先说话了，她仰头看着明宴，明宴侧眼望着湖面，眼底是漠然的光影，"荆小姐的婚事，请务必慎重考虑。"

在小世界里，答应了这道赐婚，就是明宴犯错的开始。从这场婚礼开始，他将彻底激怒王上，等燕成堇铲除了丞相这最后一道障碍，一个集权的帝国，不会再容许大司空争辉。

俞西风很想上前打断她，说一句"关你屁事"，可是明宴还未动，他不敢妄动。

明宴的眸光锐利，半晌，淡淡扫她一眼："内闱女官，管好自己分内事。"

明宴拔脚离开。苏倾在身后说："这鸟住不惯笼子，带回去放了吧。"

俞西风心跳着侧头，他有种错觉，明宴的脸色比刚出来时还要冷淡，还要漠然。

苏倾追了几步，坚持把竹篓挂在俞西风背后的剑柄上。

俞西风彻底恼了，想把她甩开，可触到苏倾那一双漆黑的眼，被震住了刹那，脚像粘在地上似的。那双安静的眼睛里好像含了无限将说未说的恳切，同从前一样柔柔地喊："西风。"

苏倾站在廊上，远远地看着二人走远。竹篓提在俞西风手里，一荡一荡的。

大块的坚冰徐徐升烟，大殿里近乎阴冷了，燕成堇披着衣裳惫懒地靠在榻上。

"几次了？"

"第三次了，还是在秦泽湖边的廊桥上。"

王上盯着她看："是他找苏尚仪，还是苏尚仪找的他？"

春纤跪着，跪得膝盖发寒，她其实有点怕这空荡荡的死寂的大殿。

她怀念起有阳光的尚仪局，苏倾身上有舒展的香味儿，笔尖蘸着朱砂，落下一行娟秀的小字："陆尚仪是个好人。"

苏尚仪，您也是好人。这世上，如有余地，谁也不愿当坏人。

"偶然碰到的，都是大司空先搭话。只说话，没有逾矩。"

燕成堇慢慢地捏着眉头："下去领赏。"

待春纤退下，他抬抬手，站在门侧的嬷嬷无声地围上来。他说："定个日子罢。"

几个嬷嬷对看一眼，迟疑道："帝后大婚，至少需得准备一年。"

"就在大司空成婚之后一个月内。"

"王上，时间紧促，恐礼数不周……"

燕成堇充耳不闻，下了榻，伸出手掌，在床侧的墙壁上抚摸着："这里，抑或这里，给孤锻一道锁链。"

日头很大，晒得地面发烫。树上的果子落地即化，变成一地黑紫色的黏液，一踩一脚的黏。

尚仪局门口立了一道纤长的影子，走近了才发现是抱着臂、目光锐利的陆宜人。

"春纤，该当值的日子，你去哪儿了？"

俞西风是准备扔鸟儿的时候发现竹篓底部的字条的。

刚拿出来，他"咦"了一声，另外三个人马上凑上来，几个脑袋紧紧抵在一起，费力地辨识字条上面的小字：

"王上已非十二岁孩童，当以一国主人视之。有妻有子，即有软肋，可做他人把柄。大司空为人恣睢，但绝非泯灭人性，否则不会救尔等于街市，多年来悉心教导。还请各位为大人考量。"

四个人几乎是同时呼一口气，吐出了一口夏日的燥热。

南风没好气地扇着风："不是已经与我们恩断义绝了吗？还伸这么长的手。"

"大人二十八了还未成婚，她真狠得下心。"

"我倒觉得，她说得挺有道理的。"

几人默了一下，纷纷点头，恰逢明宴从屋里出来，他们便一窝蜂地凑上去："大人真的要答应赐婚吗？"

北风说："那荆姓女可丑啦，我可不要您娶她。"

四个人七嘴八舌地阻挠，明宴不胜烦扰，沉着脸径自走出门："都滚。"

西风发现，对这门婚事，明宴从头至尾未发一语，刚这么想着，便听见明宴冷清的声音："俞西风，你过来。"

第二日朝堂之上，大司空明宴奉旨答应娶荆女为妻。荆姓小官，本来是曲意逢迎，聊表忠心，没想到大司空真的答应，当即骇得跪伏于地。

明宴要请十日休沐，准备大婚，王上爽快地准了。

大司空府外车水马龙的街市，这日空空荡荡。封街一日，只为一人。

大司空要亲自挑些婚礼用品，无人敢近其锋芒，唯恐被烧成灰烬。

明宴向来懒得做出平易近人的假象，就这样倨傲坦然地享受着自己的特权。

夕阳平播，从窗户进来，落在他浅色的、猫一样的瞳孔里，给霜雪带上些浓艳的颜色。他斜坐着，撑着头，私袍华贵迤逦于地上，漫不经心地听掌柜的说话。

“大司空要带一条元帕吗？”

掌柜的见他没有传说中那般难伺候，出手阔绰，胆子更大了些，嘻嘻笑着：“我们铺子里的帕子用料是最好的，色白如雪，红梅落雪地，多年不褪。”

明宴听了这话，依旧是懒懒散散的，脸上没甚春色，目光淡淡地落在他手上的木匣子上。

掌柜的一个一个地推开，指着上面不同的暗花纹样一一介绍：“这个是‘吉祥如意’，这个是‘百年好合’，这个是‘白头偕老’，这个是‘一生一世’。”

“一生一世。”掌柜的闻声抬起头，明宴不知何时已经看着窗外。明艳的落霞在他苍白的侧脸绽放，他意味不明地笑一声，嘲讽地，又像叹息：“包起来吧。”

明宴四日后迎亲，全城轰动。人们想看大司空娶妻是什么模样，大司空是不是满脸横肉，敢嫁他的女人是不是三头六臂，可未得允许，又不敢聚集。

街市上红妆十里，从荆府铺到了大司空府。

尚仪局依旧事务繁忙，不知是不是天太热，苏倾的脸色有些苍白。

陆宜人把账册一扔，敲敲桌面：“你把墨盒的数量记错了。”

苏倾看了一眼，忙持笔改了：“对不起，多亏你发现了。”

陆宜人皱眉：“想什么呢？老是心神不定的。”

春纤挡在苏倾面前：“陆尚仪少说两句罢，听说帝后大婚的日子已定了，要准备的事情太多，苏尚仪是心里紧张。”

陆宜人让她梗得闭了嘴，苏倾恹恹地垂下眼：“春纤，我有些热，你帮我去要一碗冰碗吧。”

春纤说：“好。”

刚入了伏，天气一日赛一日地难挨，苏倾坐在妆台前梳了梳头。

陆宜人走到她身后，镜子里她的脸色和嘴唇都略显苍白，杏眼乌黑的，含了两汪水，看上去有几分病美人的楚楚之意：“怎么啦，你不会是中暑了吧？”

苏倾瞥一眼滴漏，说不出话来，心疯狂地跳着，几乎要跳出胸膛。

明宴生了一身反骨，如果她之前的屡屡警告没能拦住他，马上……就是那惊世骇俗、罪无可赦的李代桃僵。

窗户开着一条细细的缝儿，一缕迷香，小蛇一样地进入，她闻见了味儿，手一抖，梳子掉在妆台上。

“梦浮生”扩散得很快，迅速占领了整间屋子。陆宜人昏倒前，一把抓住她的脚腕：“你……你不能走。”

苏倾垂眼看她，涣散的眼眸里有一丝浅浅的哀愁：“你会告发吗？”

陆宜人勉强抵抗着睡意，有些焦躁：“纵我不会，你那丫头也会卖了你——你到底图什么，你明明马上，马上就要……”

苏倾的心里急剧挣扎着，从原身到她今世，一切妥协和苦心孤诣，都号称为了他好。

可是她以为的好，难道就一定是真的好吗？

思维已经慢慢变得混乱一片，郁结和矛盾，最后变成一道吃人的旋涡，蹂躏着、吞没着她的心。

走还是不走，抛却一切，手贴在心口问问自己吧，真的愿意留下？

——不愿意。

她听到一个声音在她内心一遍又一遍地说，不愿意留下来，不愿意嫁给燕成堇，不愿意做笼子里的王后。这些声音变得越来越洪亮，越来越清晰，最终化成了一句：

我想走，我想跟他走。

这一刻，她觉得胸腔猛地一痛，好像她与原身之间的隔膜被猛地击穿了，涌出了狂风暴雨般的情绪，无数隐匿的感情和遗憾将她淹没，血肉模糊中，她与原本的苏倾变成一个人，或者本身就是同一个，在时空交错中叠合了前世今生。

——你到底图什么？

——什么也不图，不求荣华，不求富贵，只是我愿意，我想。

“我不怕死，”她轻轻说，坚持着把已经失去意识的陆宜人的手小心地掰开，慢慢垂下眼，“我只求能与他共进退。”

昙花一现，也好。

二层阁楼，雕花窗户一点点地颤动着，一双着绣鞋的脚颤巍巍地将窗户踢开个缝。

“劝你老实些。”西风将桌子“吱”地挪开一段，将她拉离窗户，被他捂住口的姑娘狠狠咬了他一口，脱开了他的桎梏，脂粉抖了他一手：“好大的胆子，你可知道我夫君是谁？十个你都不够杀头！”

西风揪着她的衣领，把她摁在窗前，打开窗。她以为自己要被贼人摔下去，一把抱住了西风的手臂，声音里马上带了哭腔：“别，不要……”

俞西风皱眉，把她的脑袋扭过来，朝着楼下：“自己看。”

街市上十里红妆，花轿慢慢停下，大红喜服的明宴弯腰进了喜轿，将新娘拦腰抱回大司空府。

喜帕之下，娇容不被世人窥见，只见钉着无数宝珠的大红裙摆飘在空中，宛如一面鲜艳的旗。

“看见了吧？你且安心在这里住着，短不了你吃喝。”

匾额上挂着红花红绸，三个少年拦在他面前，一动不动地盯着明宴，脸色都差得吓人。

喜帕已经随风落下，他怀里那个，分明，分明是……

“闪开。”明宴启唇，低头瞥了一眼怀中的人，又漠然瞥向旁边的荒草，哪怕在早年屠戮的过程中，他也从未露出过如此冷静而偏执的神情，“这是荆小姐，多说一个字，死。”

东风、北风、南风已经齐齐跪下，红了眼眶：“愿为大人生死效劳。”

内室悬着重叠喜帐，燃着龙凤双烛，连撒帐的果子都是齐全的，平凡众生至少有一次的朴素的大婚。

他抬袖，两杯极烈的合卺酒，都入了他的腹。

喜烛映着苏倾白玉般的脸颊，浓密的睫毛自然地弯着一道弧度，垂下浅浅的阴影，安适平静的一张少女面孔，苍白孱弱，像夏天里被晒蔫的一株植物，惹人怜惜。

绣金丝喜袍的袖口落在枕边，明宴的指腹轻轻滑过她的脸，似在恶意玩弄指下凝脂般的皮肤，留下一道道极浅的红印：“三年前我放你一条生路，你聪明些，不来招惹我，大可各走一边。”

他将她纤腰抬起，那条“一生一世”的元帕平平垫在她身下，他抚平她褶皱的裙摆，垂下睫，极淡地说：“招惹了我，就别怪我发疯。”

（三）

苏倾梦到了南国的冬天，万物凋敝，百草萧瑟。

长褂衫的爹，手里拎着二胡在前匆匆走着，她跟在后面，攥着一双落了漆的红牙板，指节冻得发木。

天气冷了，街上的人不愿出来，没有人捧场，只好上门找生意。敲开了一户门，又一户，挂着大匾额、蹲着石狮子的是权贵府邸，看门的都很凶，打量一眼衣裳就把人赶走，爹的一串吉祥话吐出来也不管用。

锦绣朱门里自有舞女乐司，她见过，腰肢细软，声如黄鹂，根本用不着民间乐师寒酸的二胡。可是她不能说，糊不了口，爹也会很凶。

天气不好，贵人的大门都像冻住了似的懒得开，唯有一户开了门，看门的是个小崽，一双眼睛警惕地看出来，看到了她，眼睛“噌”地亮了。爹把她拎到前头，大掌在她头上一按：“快，作个揖。”

她像小狗似的作了揖，逗乐了那个男孩子，就让他们进了这户门。这家很阔，前院比她去过的任何一家都要大。他们穿过院落，进了堂屋，一桌几个大人小孩，正在吃饭。

爹说给贵人献个曲儿，只有几个小男孩好奇地停了筷，上座那个一身锦衣的男人垂着眼，像没听见一样。

坐在他旁边的白须的老头儿露出豁了的牙口：“几岁了？”

她怯怯答：“七岁。”

老头儿笑一声：“能唱出个什么来。”

爹点头哈腰，二胡声卖力地响起来。她也是前日才学曲儿，娘病死之前，是娘来唱，她只负责拍牙板，但娘没了，就得由她来唱。

淫词艳曲儿从她嘴里吐出来四不像，男人蹙了眉，冷冰冰的一眼扫过来，疏离地反感，抑或是什么别的。她又骇又畏，好像给冻住了似的，接连唱错了好几句。

“送客。”他吐了两字。

二胡声“吱”地一刹，爹冲她使眼色，她知道是让她要钱了，她不敢去，也不想去。那眼神让她明白了什么：她唱坏了，饭桌上倒了人家的胃口。

她不动，爹就急了，弓子抬起来，“啪”地抽在她背上，打得她向前走了两步：“青姐儿，让你不听话。”弓子打得又重又狠，是为了让她哭闹，当着雇主面打孩子是故意的，他们看不下去穷人的闹剧，马上就拿钱打发走，买个清净。

可是她瞅着院子里的一棵枯树，哭不出来，这个冬天，树和人都不太好过。

又一弓子甩下来的时候，让人挡住了，老头儿拿一根筷子架住了爹的弓，再一使劲儿，爹手一抖，弓就掉在地上了。

她单薄的衣裳被人从背后掀起来，背上全是紫印儿，她知道羞，挣扎着从老头儿怀里钻出来，豆苗扎根似的站直了，听他在背后骂了一句：“小孩儿。”

看门的男孩子拿锦帕包了银圆走过来，年轻的锦衣男人说：“等一下。”

她和爹都紧张地看着那块锦帕，生怕他变了主意，不给钱了。他淡淡扫了那银圆一眼：“再添些。”

又一把金叶子倒进来，爹从来没见过这么多钱，手都打战了。千恩万谢地接过来，可是刚接过来，又听见一道清冷的带着威慑的声音：“人留下。”

爹拎着二胡走了，驼着背，走得也慢，好像拿袖子擦了擦脸，但也没回头。她看着院子里的枯树枝心想，原来爹把她给卖了。

那一年明宴十八岁，都统府刚开没几年，院子里的树都是新栽的，西风吹来枝干瑟瑟，树枝下面站着一个小鸡似的毛丫头，含着两汪眼泪看着门口。

明宴没有爹，只有一起生活的老头儿。老头儿喜欢捡小孩，尤喜欢捡街市上偷人抢人的刺儿头，都统府里捡足了四个，每次一开饭，就像饿狼抢食，他左踹一脚，右敲一下，那几头狼崽子才抖抖毛，收敛成人形。

他们不知道的是，明宴是老头儿第一个捡来的，够狠够凶，血光里泡了四五载，做了南国史上最年轻的十二卫都统。

老头儿笑嘻嘻地说："出息了，你是要养着我们的。"

养着倒也没有什么难的，都统府不缺钱，狼崽子命贱，扔在地上就能活。多了第五个，无非是添双碗筷，再添个丁口。

只是他从来没养过毛丫头。

可她就这么顺理成章地活了。一开始，东风、西风总欺负她，笑她说话有股方言腔调，她从不还手，慢慢地话也少了，只余一双黑漆漆的眼睛看着人，像只乖巧的猫。

她就睡在后园里的小木屋，这里有好多树，她喜欢这些树，喜欢在阳光最好的时候在草地上打滚，有一回他撞见了，小孩在草丛里滚得正高兴，露出了一截白生生的肚皮，头顶就是一棵大树，雪片似的槐花落了一地，见了他，赶紧爬起来站好，一双眼睛怯怯懦懦地看着他。

他扫她一眼，从园子里默然走出去了。

她来以后，什么都会做，什么都学着干，会点灯给北风缝刮破的衣服，在破洞的地方绣一片青叶子，会给一样大的西风做木头枪木头剑，不出一年，她身后跟着一串小孩，听她指挥叠着罗汉爬树摘槐花。

她抱着罐子在树底下接着，接了半罐子，饭桌上就有了清香四溢的槐花麦饭。

老头儿鼓动她唱个曲儿助兴。她问："唱什么？"

老头儿说："唱你那天唱的那个。"

她不敢唱，她知道自己唱得不好。她还记得那一天明宴看她的厌恶眼神，好像看到一个人在大街上没穿衣裳。

可是东风、西风都拍着桌子起哄，她只好唱那个"灭烛解罗裙"，一边唱一边观察他的脸色，唱到"婉伸郎膝下，何处不可怜"的时候，明宴没绷住，笑了一下。

她其实不太明白，他这会儿怎么笑了，仿佛她不是唱艳曲儿，是演了个滑稽戏。

明宴只笑那一下，就沉下脸："开春学认字，这些都给我忘干净。"

明宴休沐也不歇息，在府邸里办公，每次都是毛丫头给沏茶，他喝一口温度正好的新茶，才想起来总是丫头来丫头去也不好，上了学总该有个名字，就叫住她问道："你叫什么名？"

她小声说："我叫苏青青，青草的青。"

明宴皱了一下眉："这名字不好，给你改一个。"

当时西风就在旁边，哈巴狗似的趴在桌上听。

因为明宴记得自己的母亲姓俞，所以捡来的小孩都姓俞。俞西风想，东南西北排够号了，接下来该是春夏秋冬。

明宴却说：“叫苏倾。屠苏的苏，天倾西北的倾。”

西风看他写了“苏倾”两个字，马上大喊起来：“不公平，凭什么不叫她俞春风！”

明宴在他后脑勺上一拍，不耐烦道：“滚。”

苏倾一双眼睛黑漆漆的，看着他。明宴说：“知道怎么写？自己来看。”

苏倾凑过去，个头矮看不全，抓着桌案踮了两下脚。身后忽然有一双手，将她一把托起来。

她跪在十二卫都统膝上，趴着他的桌面，手指轻轻地描着那两个字，仔仔细细地看她的新名字。

明宴的影子让月光拉长，错落地落在台阶上，屋檐的影子落在他脸上，盖住了一双漠然的眼睛。

他想起三年前她跪在他脚下哭的模样。

苏倾七岁入府，七年里从没掉过眼泪，眼睛里总是带着笑的，唯有那一次，她还没说话，两串泪珠子先从宝石似的眼睛里落下来，无声地沿着两腮下滑，又“吧嗒”一声砸在地上。

他的怒火哑了，把目光错开：“那是王上。”

她说：“我知道。”

她行三拜九叩的大礼，眼泪还在掉着，濡湿了裙摆：“奴婢倾心于王上，此生不渝，请大人看在奴婢伺候七年的分上，赐奴婢良籍，放奴婢一条生路吧。”

十四岁的苏倾，抽了条，开了花，就绽放在大司空府上，变成“倾国倾城”的倾，一口一个“奴婢”，就是最卑劣的划清界限的方法。

她比狼崽子还狠，在她补衣服的时候，一针一针悄悄地把人心都织在一起，潜伏了这么多年，骤然扯开，整个明府都让她晃散了。

他这辈子从来不与谁亲近，唯独在这里翻了船。

她喜不自胜地跟着燕成堇离开的时候，像一只无牵无挂的燕子。那背影头也不回地走远，好像有什么东西硬生生从他心里剥离开了，那个时候他就恨上了她。

老头儿给她算过一卦：“天生凤命，贵不可言，我们府上留不住她。”

他不信。

他走到了灯火阑珊的书房，慢慢地脱下喜服搭在椅背上，坐在桌案前，椅子是冷的，青玉案是凉的，桌上的军报看着恍若隔世。龙凤喜烛烧到哪儿了？明早起来她要淌眼泪，淌眼泪也不放过她。

要是不跋扈一次，当这个大司空有什么意思。

寅时稚鸟叫了，夏天日出早，不一会儿天光大亮。俞西风还没有回来，东风来取笔，见他支肘坐在案前，吓了一跳："大人……"

他让阳光迷了眼睛，睫毛上都是细碎的光，伸手遮了一下，不耐烦道："几时了？"

"辰时了。"东风答话的声音都变得小心了，"她……惹您了？"

明宴说："叫人给她端点东西吃。"

东风诺诺道："不吃怎么办？"

"不吃就不吃。"他顿了一下，"要是摔碗，就让她摔，碎片收好，不许放她出门。"

东风说："是。"

他动了下手臂，按了按痛楚的太阳穴，睁眼又看到面带难色的俞东风："闹了？"

东风摇了一下头，似乎难以启齿："……还没起。"

外头阳光灿烂，照得书房里一片亮堂，苏倾往常起床从不超过辰时，鸡啼一声她就起床，天亮时已经忙了许久，过去许多年都是这样。

东风说："不会是梦浮生出问题了吧？"

明宴顿了一下，站起身："我去瞧瞧。"

其实苏倾早醒了，睁着眼睛盯着帐子顶看。

被褥都是新的，绸面顺滑，贴在手背上凉凉的，宽敞的喜床上只躺着她一个，吉服没有脱，身下压着五色同心花果有点硌人，她伸手摸出两个桂圆，放在鼻尖下闻了闻，粗粝的果皮，一股带着涩的清香。

外面天已大亮，大红的帷幔垂着，露出几丝蒙昧的日光，外面的鸟叫得正欢。她静静地躺着，没想好该怎么起。

小世界里，原身一早起来脱下了喜服，换回少女装扮，无论明宴怎么反应，都冷着脸，逼着他放她回宫。

她不承认这桩婚，不敢承认。侥幸地祈祷在燕成堇还不知道这回事的时候，能把一切拨回正轨，可那怎么可能？

南国宫中，处处是王上的眼线，俞西风前脚将她带出宫门，燕成堇后脚就收到了消息，摔碎了寝殿内所有的琉璃器皿。

王上发难，只是早晚问题。上一世她人在局中，高估了自己在燕成堇心中的地位。

燕成堇打掉牙齿和血吞，绝不是因为对她有多么深的感情，而是因为……王丞相未倒，明宴暂时动不得。

苏倾想得脑袋发涨，手指盖在温热的额头上停了一会儿，伸向帘子。

还是得起床。

还没碰到，帘子先被人掀开。明宴的身影背着光，一圈耀眼的金边，刺得她眯了一下眼。四目相对，他拉帘子的动作一顿，她的手也停一下，飞快地缩了回去。

苏倾竟然又平平地躺下了。睁着的一双杏眼看向帐子顶，黑眼珠间或转一转，像是不安，两手绞着放在小腹上，绣金凤的裙摆层层叠叠堆砌着，被揉得皱巴巴，好像睡在盛开的花盏里。

明宴垂眼："怎么不起？"

语气还是轻得像风吹浮雪，只有他自己听得见里面的干和涩。

苏倾编了好半天谎话，声音很小："……我不舒服。"

明宴伸出手，还未靠近她的额头，就生硬地收了回来，他转过身："哪儿不舒服，叫郎中来看看。"

一只手飞快地伸出来，揪住他的袍角："不用了。"

明宴转过身，瞥见那一截霜雪凝成的皓腕，再向上，没入宽大的袖口。

苏倾窸窸窣窣地坐起来了，拥着被子，坐得很利落，按了一下从发间脱出的金钗，鸦翅样的睫毛垂着，耳根带着可疑的红："我要换衣裳。"

明宴没言语，迈脚从屋子里走出去了。

苏倾洗漱完毕，四下打量这间屋子。明宴的房间里新置了梳妆台，胭脂水粉都是没拆封的，桌上摆了几朵浅粉的簪花，重叠花瓣随风微微颤动着，空荡荡的房间，刹那间显了春意。

她把发髻梳上去，又想戴这一对花，取舍了半天，拆了发髻，小姑娘似的梳两个，一边戴一个。

簪花下一颗玉珠，束着短短的浅青色流苏，她摇摇头，流苏也跟着晃晃，镜中人双眸如点漆，爱抚地捋了捋鬓边两簇流苏，好像嘉奖两个乖孩子。

外间的丫头送来新罗裙，时下最兴的四五个样子，让她挑选。苏倾选了一件藕荷色，觉得其他的也不错，多看了两眼。丫头马上乖觉地说："全都给夫人留下。"

苏倾一下得了五件罗裙，抱着衣服放进柜子里，木头柜子里放满明宴的官服和私服，扑面而来的干燥的松木味，混合着他身上的沉水香。

她把他的衣裳从柜子里抱出来，摊在床上，分门别类重新理了一遍。床上有一块雪白的帕子，她拿起来看了看，上面一点绣花也没有，不知谁落下的，她小心地叠起来，顺手揣在怀里。

柜子里挤出个角落来，她把自己的裙子塞进去，顺手勾了勾革带上的带纽。

关上柜子门舒一口气，明宴便进来了，单手端着托盘，托盘上放着一碗白粥。他把粥搁在桌上，抬眼见了苏倾，眼底一怔。

做少女打扮，却戴了他的花，这怎么说？

他的神情变幻莫测，指节在桌上一叩，"笃"的一声脆响："吃些东西。"

苏倾规矩地坐回床前，捡起勺子搅一搅，忽然想到什么："大人吃过了？"

明宴扫她一眼，半晌，"嗯"一声。她点了一下头，一勺一勺慢慢舀着，一天没吃什么东西，胃里空得很，禁不住越吃越快，可入口才发觉白粥不是白粥，里面有熬化的芋头，还放了糖，甜香四溢，她舍不得吃太快，又放慢了速度。

明宴就坐在她身边，手轻轻撑着膝盖，默然看着她，又似在出神。少女乌发间那两朵像旋涡，玉珠下短短的流苏晃动，些许浅青色的丝缕挂在鬓边，勾魂夺魄。

——为什么不闹着回宫？难道她也知道这夫妻做不得真，当他在跟她戏耍？

苏倾发现他神色怪异，执勺的手停顿一下，抬起头，小心地舔一下唇："大人想吃一碗吗？"

明宴把目光移开，冷淡地说："不吃。"

苏倾默了一下，安静地把粥喝得见了底："我想去后园转转。"

明宴不作声，下颌线绷着，睫毛在光影里动了一下。

正值炎热夏季，后园树木茂盛如云，蝉鸣如雷，槐树下散落铜钱般的光点，笼罩着老头儿的墓碑。苏倾在碑前拜了一拜，撩摆要跪，明宴抓住了她的手臂，拦住了她："地上脏。"

苏倾立直了："什么时候的事？"

明宴说："你走后半年。"他侧眼看着墓碑，脸上没什么多余的表情，"人老了，就要死，生死寻常。"

要是普通的老头儿，教养不出可提剑战三军的明宴，教养不出飞檐走壁的西风；要是个心术不正的老头儿，会教出个江洋大盗、占山土匪，绝不会养出一个拱卫王上的十二卫都统，也不会养出进退得宜的苏尚仪。

这个老头儿是先帝太傅，早就渔樵山林，却放不下庙堂间事，一颗心终究是向着南国的皇室。这几个小孩，都是他给南国添的薪火。明宴云淡风轻地拂去一片落在碑上的叶："操心太多，难怪夭寿。"

一团白毛狐狸在草地上打滚儿，滚到他腿边，用脑袋拱他的靴子。他弯腰把它拎起来："当年府里猎得只白狐，你巴巴地想要，但那是上供于王上的，我没留。"

他侧过眼，好像在瞧她的表情，又好像没有。

苏倾记得原身是怎么滴水不漏地拒绝："贪恋王室贡品，是我不懂事。"

她想了想，从他手里把白狐抱了过来，抱在怀里不撒手："那就谢谢大人。"

明宴怔了一下，脸上的神情幽微复杂。苏倾的脸颊亲昵地蹭蹭狐狸的耳朵，抱着白狐慢慢走远了，见他没跟上来，还回过头来，一双眼睛坦然地看着他。

苏倾直到吃饭还搂着狐狸不放，这白狐活泼，左顾右盼，耳朵抖抖，尖尖的嘴拱弄着她的襟口，苏倾面颊微红，把它抱远了些。明宴倾了身，沉着脸从她怀里把这畜生拎出来，丢给了南风。

明府男女从不分席——也从来只有她一个女孩，苏倾还坐在自己的老位置，抬眼就能看见窗口的一棵葱葱的柏树。

饭桌上缺了俞西风，倒很宽敞，苏倾面前有一道光泽透亮的红烧排骨，她像原来吃饭那样，习惯性地把荤菜换到北风面前。

北风食指大动，喜滋滋地拨拉米饭："谢谢倾姐。"

这么多年一点儿没变，这么坐着，就好像她从来没离开过大司空府一样。

明宴垂着眼说："换回去。"

北风的动作马上停滞了，半天，慢慢地舔掉唇上的一粒米，巴巴地看他一眼："噢。"

他的手伸向食盘，明宴的睫羽微微一动，筷子敲上俞北风的指节，痛得北风表情狰狞："说你了？"

苏倾默了片刻，急忙伸手将两盘掉了个个儿，征询地瞧他一眼。明宴不看她，耐心地挑着鱼刺："这道菜做得不合口味，问清谁做的，赏三十大板。"

俞南风的目光在众人脸上转了一圈，表情绷得严肃至极："是。"

苏倾有些急了，忙夹了一块进碗里，还吃了一口，他好像没看见，她在桌下拉拉他的衣角，又吃了一口。

明宴微掀眼皮："二十大板。"

苏倾忙说："口味不合，卖相甚佳，不若大人把板子免了。"

明宴听了一会儿她急促的呼吸声，才笑一笑："那便免了。"

后半程吃得安静了些，北风吃得尤其矜持，苏倾低头专注地看着满桌菜肴。一片乌云游来，天色晦朔几番明灭，外头的风大了起来，花窗外的柏树枝叶抖动。

明宴落了筷，苏倾发现他一顿饭压根儿不碰胡萝卜，轻声说："大人不可偏食。"

内堂统共四个人吃饭，屋里极安静，这一句话出来，明宴筷子顿住，侧过头，所有人都看着她。

苏倾眸光镇静地回视张大嘴巴看她的北风，耳根泛着红，顿了一下才说："偏食，不好。"

北风怔怔地趁机夹一块排骨飞快放进嘴里，点头："对，不好。"

这日晚上下起了暴雨，空气里翻滚着土腥味，俞西风风尘仆仆地回了大司空府，身上淋得透湿，水珠从背上的剑柄不住滑落。戴着斗笠的俞东风放他进了府门，兜头一声闷雷降下，如同野兽在头顶咆哮，他怔了一下，返身又奔出门去。

东风大喊："你去哪儿啊？"

西风远远地摆摆手："哎，回客栈去，别等啦。"

东风从门口跳出来，扯着嗓子吼："回客栈干吗——"

西风也远远地扯着嗓子吼："荆大姐还在客栈哪——"

东风骂了一声，扶了扶斗笠，伸臂"吱呀吱呀"地闭上府门。

窗外雷声咆哮，雨点急促地打着窗框，屋里有股潮气，苏倾坐在床沿上，偏过头去，一左一右地把簪花拆下来。

喜床还没撤下，帐子映红了她半边脸。明宴慢慢地脱下外袍，盯着她的脸看。苏倾把簪花拿在手里，指头玩着花瓣，衣裳穿得整整齐齐，好似在等待什么。

他冷冷收回目光，抬脚离去，给她行个女儿家的方便。

她却突然出了声：“大人还要去书房吗？”

他旋过身，目光从她的额头慢慢打量到嘴唇：“不然，睡在这里？”

苏倾说：“就睡在这里吧。”她偏头看一眼窗外，蹙眉，声音也让雨水浸得潮湿柔软，“打雷了。”

明宴逼近床前，居高临下，他的下颌微抬：“从前没见你怕雷。”

苏倾仰头看着他，说瞎话紧张得很，声音都小了：“其实是怕的。”

明宴轻轻一嗤：“出息。”

他终究住了脚步。站在她面前，垂下眼俯视她的发顶，半晌，指尖轻弹一下革带上的带扣，眼里的晦涩与语气里的沉稳，竟是全然不相符的：“会卸吗？”

第二章 痴情锁

（一）

她真的伸臂来环他的腰，让他抓住一双胳膊，向下丢开："知道什么意思吗？"

苏倾觉出他语气里的薄怒，揉了一下手肘，低头想了想，闷闷答："妻子本分而已。"

好一个"本分而已"。明宴冷笑一声，扬了下颌："往里面睡。"

苏倾怕挤了他，脱了绣鞋，拉开被子睡在了最里面，脊背紧贴着湿凉的墙壁。

被子却猛地让他掀了，明宴和衣压上来，未卸的带扣压在她小腹上，又凉又硬。他伸手挑着她小衣系带一勾，大片雪白的肌肤露出来。

"防人之心，教你这些年，我看你全都忘了。"他掐紧她的下颌，拇指按在一对唇瓣上狠狠狎弄，他低着眼，冷冷看着她，"妻子本分，跟谁学的？"

苏倾睁大眼睛看着他，只剩贴身的抹胸堪堪裹着春光，稍有不慎便露了。她剧烈地呼吸着，热气从耳尖升起，好像透不过气了，手臂动了一下，马上被他扣住。

"大人……"她的嘴唇被他按着，出的声拢在他手里，模糊成一小片氤氲的雾。

外头雷雨交织，一下又一下的雷，似乎下不来一场酣畅淋漓的雨，天也憋闷得很。

"坐了我的轿，进了我的府，就是我的人。"他冷冷睨着她的脸，"别指望谁来搭救你。"

苏倾的睫毛垂下，好，一辈子别来搭救。

眼睛游神地看向别处，马上睁大了，他的手隔着抹胸，覆上那处压了一下："王上这样碰过你没有？"

红色从她耳根迅速蔓延至整张脸，他绷着脸狠劲揉捏起来："说话。"

苏倾的脸憋得通红，两只白皙的手抓住他的手臂，似乎是急了，半天才憋得出一句话："没有，谁也没有。"

你可不能这么待我。

明宴挑起她的脸，打量半天，吐出两字："胡说。"他说，"今天那畜生就碰了。"

他一撒手，苏倾慢吞吞地把被子拉到颈边，一双乌黑眼睛转着，还在想谁是畜生。他已跪直了，慢慢抬起双臂，宽袖垂下来，层叠地铺在床上："替我宽了。"

苏倾没反应过来。他垂下两丛睫毛，琥珀似的眼里满是嘲讽："妻子本分，忘了？"

苏倾抓着被角坐起来，想了想，把被子披着，蚕蛹似的慢慢蹭过来。

明宴扫她一眼：“像什么样子。”

苏倾顿了一下，把小衣捡起来，赧然道：“那你等我披件衣裳。”

明宴看着她背过身去，被子松了，大片莹白的背上只绷着一道浅绯色的抹胸系带。她飞快地穿上了小衣，系好带子，转过来脱他的衣服。

她卸了革带，手刚碰到他的胸口，他蓦地说：“这个算了。”

苏倾愣了一下，往下捧住他的靴口。明宴见她要跪，一把拽住她的手，将她拉起来：“用不着你来。”

苏倾乌黑的眼睛里跳跃着烛光的影儿，不知该怎么办，茫然地停在原地。

明宴背对着她，自己脱了靴，背面的一片明里的波涛绣图抖一抖，外衣也宽了，他的肩上盛着光：“往里面睡去。”

苏倾默默地，又贴住了冰凉潮湿的墙。

外面的雨直下到后半夜，檐角挂着的风铃“叮叮当当”地响动，帐外的烛光没有全熄，从帐子里面看，朦胧的两个橘色光点，偶尔抖动一下。

明宴背对她躺着，躺得很远，被子只在窄腰上盖了个角。她轻轻翻过身，伸手丈量他们之间的距离，心里暗想，要是一个手臂能够到，她就从背后抱抱他，要是够不着，那就算了。

指尖堪堪触到他的发梢，她在心里算作够到，慢慢地贴了过去，要伸手时，想起他方才怎么待她，决定不抱了。

“大人睡了吗？”她借着昏暗的光线，蓦然在他漆黑发间看到一根闪亮的银丝，伸手小心地捻了出来。

明宴感觉到她的呼吸就落在他颈后，身体自发地绷紧了，眼睛阖着，懒懒开口：“何事？”

苏倾说：“柜子不够用了，添个柜子好不好？”

明宴沉默一下：“嗯。”

苏倾细细的声音仍响着：“荆家女儿安排好了？”

明宴说：“用不着你操心。”

苏倾静了一下，又轻轻地说：“梦浮生，实非君子所为……”

他蓦然翻过身，她没防备，手里捏着的那根白发一下子脱出。明宴同她几乎脸贴脸，淡淡的呼吸落在她额头，冷道：“睡不睡了？”

苏倾马上闭起眼睛，睫毛颤动着：“就睡，扰了大人。”

明宴微凉的手伸进被子里，挑开小衣，在她柔软的腰上猛地掐了两把。他指腹上带着薄茧，弄得她瑟缩一下，马上弹开来，明宴将她拽过来，把她全身上下摸了个遍。

她抱着被子抖着往里躲，几乎嵌进墙里去，指甲无意中把他手臂刮了几个印儿，他才撒了手：“什么是君子所为，我不懂，你且教教我。”

天刚刚亮起时，明宴转醒，苏倾已经坐起来，披着白色小衣，乌黑的长发垂在两肩和后背。她没发觉他醒了，正安静而小心地掀开被子，往腿上瞧。

明宴说："怎么了？"

说着就要掀被子，苏倾死死按着被角，小声道："不可。"

明宴眉眼间似乎覆了一层霜："我看看。"

她俯下身，从脚踝处把被子捋上来，裤腿下一双笔直的腿露出来，被子盖紧腿根，红了耳根："这样看。"

阳光已透过帐子洒进来，大腿上近膝盖处红了一片，明宴看着那片刺目的红："这怎么了？"

"那日春纤睡着了，茶水就浇在我腿上。"

明宴想了一下那日情形便明白，手指轻轻覆上那片红，雪塑似的脚趾马上瑟缩一下。他顿了一下："我弄的？"

苏倾红着脸说："不是你，是壶。"

明宴一时没了言语，窗户让人"笃笃"敲了两下，他猛地看向窗外，反手拿被子把她盖了。

"大人，陛下诏您进宫小叙。"

明宴请了十日休沐准备大婚，朝堂上少了这座大山，人人都松快不少，巴不得他一辈子沉浸在温柔乡别回来。

如果不是他换了亲，染指了未来的王后，再请十天，也不会有人耐不住找上门。

窗户"笃笃"又两下，愈加急促。

"知道了。"

明宴迅速地换了官服，蹬了筒靴，猩红色的大司空官袍加身，就逼出了一股带着血气的凌厉。

袍角瀚海波涛耀人眼目，"啪"地一掀摆，在空中抖展平整，苏倾给他撑了一条革带，他抓住另一头，猛地一扯，轻巧地夺过来系在身上，淡漠道："不要急，不一定就是来接你的。"

苏倾叹了口气，靠在了床头，眼睛里似含着什么将说未说的东西，化作一点稀碎的光亮："大人小心应付。"

明宴看她一眼，扶正冠带，头也不回地出了屋，冷风将袍角掀起。俞南风追出来："西风不在，要不我陪大人进宫吧。"

明宴冷笑一声："你？"

南风咬了一下下唇："我是不如西风轻功好，可到底也跟老头儿学过几招，万一有什么事，多少能应付些……"

明宴跨上马，扫他一眼："你那两下子，强弩一发，将你串成糖葫芦。"

南风还要再说，明宴已一鞭子抽在马背上，绝尘而去："去备一盒烫伤膏。"

燕成堇的寝殿四角摆了四个大鼎，每两日换一大块地窖里的坚冰，可见王上是畏惧暑热的。

可是他的脸色是常年不足的苍白，在室内披着厚重的衣袍，不知这般折腾是为了什么。

今次明宴过来，寝殿的大鼎变作了八个，温度极低，刚从室外迈进空荡的大殿，一股寒气小蛇一样从头顶钻进身体里。

燕成堇披了一件宽大的玄色龙袍，帷幔半掩着他的身影，他正在饮酒，苍白瘦削的腕骨凸出。

"大司空，陪孤喝一杯如何？"

明宴行臣下礼，撩摆坐于他对面。

明宴的肤色亦是苍白，只是他眉飞入鬓，鼻梁高挺，常年的杀伐培养出的刚硬气质，烈过深宫之内的燕成堇。

"天热用冰，亦需克制。"他淡淡扫过多出的四个鼎，"王上为一国之王，还请保重身体。"

燕成堇笑一声，眼角艳色深重："大司空看不出来么，孤这几日心火重，不用冰，降不下来。"

明宴默然不语。宫女款款而来，添了酒樽，倒了美酒。

"爱卿近日新婚，美眷可还安好？"

明宴垂眼："甚好，谢王上关怀。"

"是吗？"燕成堇抓着蟠龙金樽，手有些抖，手指仿佛要嵌入金樽里去，呼吸间似乎拖出绵长的情绪，那一双漂亮的眼睛却像蛇，吐出湿冷的芯子，"那孤祝贺大司空新婚。"

明宴喝了酒，长袖掩着，熟练地吐了一多半在袖口。

问完那一句，燕成堇好似又变回了平静带笑的王上："今日叫爱卿来，是有一件重要的事要同你商量。"

他从袖中拿出一枚令牌，按在桌上，慢慢推过去："十二卫是大司空旧部，念着旧情，也不该从爱卿那里收回。

"可惜都统做了王丞相的女婿，你也知道，王丞相党羽遍布朝中，齐心协力，孤也拿他们没办法。"

明宴看出那令牌是等同圣旨的南君令，一时间心念百转，睫毛垂下，敷衍道："结党营私，君王大忌。"

"是啊。"燕成堇凄凄笑一声，"王丞相欺孤年幼，屡屡专断独行，孤忍让多年，而今越发变本加厉。"

明宴蹙了一下眉头，王上自幼孤僻自负，绝不允许有人践踏他的尊严，很少主动示弱，尤其是对他，恨不得处处压过他才好。

又听得他道：“大司空助孤登基之忠义，孤心里一直记得，若论辈分，孤还得尊你一声‘叔’，想必明叔也不愿看到孤坐不稳爱卿浴血得来的王位。”

“陛下。”明宴忍不住皱眉打断。燕成堇笑一下，似乎从自怨自艾中抽身而出，眼睛看着桌上的南君令：“令牌拿好，孤赐你一把尚方宝剑。”

那一双阴柔的眼睛看着他，极轻地说话，似乎怕被人听得：“王丞相不仅是爱卿的眼中钉，也是孤的肉中刺。”

“爱卿听明白了么？”他慢慢放下金樽，“事成之后，不做大司空，带着新妇做藩王如何？”

白狐狸跃过草地，“咔嚓”一声踩断了草丛中的树枝，雪团般的身影在一片绿草中灵敏地穿梭。苏倾跟在后面走着，旁边是陪她散步的北风。

“后园一共修过三次。”北风步子里带着蹦跳，“据说现在有好多奇花异草，珍禽走兽，你仔细找找就能看到。”

“大人很喜欢这个园子？”苏倾鸭蛋青的衣裙透着轻柔的光，手从轻薄的宽袖里伸出，拎起裙摆，以免沾了草叶上的雨水。

她的黑发未绾，搭在腰上一晃一晃，裙下露一截白皙的小腿。

在南宫里是绝不能这样衣衫不整地出门的，但在明府上，最可以不讲的就是规矩。

北风说：“嗐，大人才不喜欢这个破园子呢。”脚尖骨碌碌地踢开一颗石子，“还不是那老头儿作妖。”

北风作怪，捏着嗓子学老头儿：“‘凤非梧桐不栖，非醴泉不饮。我们府上留不住她。’大人不信这个邪，天下哪儿还有比大司空府更好的去处？”

他斜斜看过来，苏倾乌发散着，轻衣宽袖，像山野间披着云雾的精灵：“我瞧你脑门上也没写字，他怎么看出来的？”

苏倾走着，似乎在想些心事：“这是什么时候的事？”

北风说：“四年还是五年前？你十三岁的时候吧，大人说你大了，不能像猫儿狗儿一样一直住外头，要给你拾掇一间屋，老头儿就说收也白收，反正留不住。”

他们走到了那间小木屋前，屋后一棵巨大的槐树，四五月份会挂出串串的槐花。

那时明宴还在当十二卫都统，每天晨起练早功，那把黑色的剑，还没有送给西风。

他持剑，片刻之内能过七八招，剑风凌乱，横扫过来，低处的树枝“咔嚓咔嚓”地落。

枝叶擦过苏倾的衣领，有的扑簌簌砸在她脑袋上，她也不肯挪动步子，就在房子后躲着看那道惊鸿似的影子，不知道人怎么能动得那么快。

树叶和槐花落得越发急了，纷纷扬扬像下雪一样，她越退越后，剑啸声忽地停了，那道影子立在她面前。

她不敢抬头，就看着地面，剑尖儿让他拖着，随意地拨弄着地上的落花："好看吗？"

她头上沾满花叶子，细细地说："好看。"

明宴笑一声，不知是笑她有趣儿，还是笑她会奉承。他再不搭理她，提起剑走了，带走了整个春天的花朵与香风。

北风仰头看着槐树："槐花麦饭真好吃呀，我都快忘了是什么味儿了。"

苏倾说："明年春天，我再给你们做一次。"

"明年，"北风回过头来，一双眼睛湿漉漉的像小狗，低声嘟囔，"明年你还会在吗？"

他见苏倾不搭话，就玩弄起自己的手指，语气很侥幸："你跟着王上进宫以后，他也没有娶你呀。"

苏倾停了一停："差一点，听说仪仗都备好了。"

"真的？"北风睁大眼睛，"那老头儿说的'凤命'也是真的了？"

苏倾的手轻柔地抚上他的后脑勺，她笑了一下："北风，命是可以改的。"

"明年春天，我给你们做槐花麦饭。"

傍晚桌上有一道烧鸡，俞西风从客栈里回来，闷声不吭地大口吃饭，苏倾夹了一只鸡腿放进他碗里，他的筷子停了一停，抬起头，扫了苏倾一眼。

她正默然起身，细瘦的手腕搬了张板凳，慢慢走向门口，坐在了端着碗的东风旁边。

"收买人心。"少年狠狠地咬了一口鸡腿，盯着那道身影冷哼一声。

北风说："才没有，倾姐在等大人。"

天边是深沉的蓝紫色，一道红霞从天际线渗透出来，黄昏的暑气昏胀胀的，又有丝丝缕缕的凉风。

大门半敞着，偶尔听得见外面的声音。东风耳朵一动，听到了"嗒嗒"的马蹄声，眼睛一亮，碗朝地上一搁："俞南风，牵马。"

喊声和脚步声穿过院落而来："来了！"

沉寂的大司空府即刻间沸腾起来，东风拉住大门"吱——"地拉开。

明宴翻身下马，皱了一下眉头，因为东风南风一左一右地拥着他进门，争先恐后地说着什么趣事，他一个也听不清楚。

"出什么事了？"他漫不经心地拍拍袖口，衣服上和脸上都带着驭风而来的冷气。

无意中抬眼，怔了一下，看见了坐在门口的苏倾。

她坐在一张板凳上，裙摆拖在地上，双肘撑在膝上。原本安静地托着腮，看见了他，直起身子，一双乌黑的眼睛仰头看着他，含着一点亮晶晶的雀跃，好似等他很久了一样。

他慢慢走到她面前，冷声问："饭吃过了？"

苏倾反问："大人吃过了吗？"

明宴“嗯”一声。她笑一笑，眼睛闪闪的：“我也吃过了。”

北风说：“倾姐胡说，她都没吃什么东西。”

明宴把她从板凳上拎起来，抬头冲北风道：“席下了吗？让厨房再添几个菜。”

苏倾让他拖着往里走，边走边挣扎：“不用麻烦了。”

明宴头也不回，攥紧了她的手腕，冷笑一声：“我吃，你伺候着。”

苏倾不再挣了，握住了他的手，把自己的手塞进他掌中，削葱似的手指从他指缝里钻出来，指尖轻轻握了握他的手背。

二人十指相扣，掌心紧贴着，明宴侧头打量她的脸，见她唇角翘着，他顿了一下，一言不发地拉着她坐下，才撒了她的手。

桌下的手指虚虚握了握，仿佛还残存她柔软手指扫过的触感，像几片雪花落下来，覆盖在手背上。

厨房新添了松鼠鱼、几道解腻的小糕点，北风他们都退了出去，二人慢慢地吃着，天如墨色入水，一星一星地黑下去。

他默不作声，苏倾也不问他在王宫里的事，素手专注地剥着一只橙子，酸涩的清香溅在空气里。她剥好了，小心地掰开一半递给明宴，他扫一眼，移开目光：“自己吃。”

苏倾不答话，伸出去的手还在空中执着地晃晃。

他接过来，抬眼瞥她，苏倾正低着头，对着橙子无声地笑。

“西风，”他冷不丁扬声唤，手帕仔细地擦了擦手指上的汁水，“去把窖里的酒起出来。”

酒坛子上贴了一小块红纸，“哗啦啦”地倒下来，香味极浓，飘在空气里仿佛就能醉人。明宴给她斟满一盏，又给自己倒满一盏：“知道这是什么酒吗？”

苏倾摇摇头。明宴手腕转动，晃了晃盏中琼浆：“我发于市井，不懂这个，是老头儿说养丫头要埋一罐，可惜七岁迟了，不然酒味更浓。”

苏倾的脸有些红：“是我的女儿红。”

明宴看着酒杯笑了一下，眼里盛着恶劣的逆反：“当年我帮你埋进去，而今再帮你起出来，今日当婚酒喝了如何？”

苏倾还未反应过来，酒盏让他碰了一下，他已抬袖喝了个干净，指节轻抹一下唇角。

苏倾迟疑一下，也抬起酒盏，慢慢喝下去，整个肺腑都像烧起来了一样。

明宴定定地看着她，低眼又斟满了两杯：“我喝一杯，你喝一杯，能行？”

苏倾看了看酒面上倒映出的一盏立灯：“可以。”

他眼底带一点散漫的笑，似乎觉得她有趣，又喝了一盏。苏倾看他喝完，刚喝了半盏，让他夺了杯子：“行了。”

她抬起眼看他，眼底水汪汪的，让酒辣出了泪来，琼浆里泡过的嫣红的唇，微微张着。

明宴又叫西风：“把府里的烟花搬到院子里来。”

西风背着剑跑过来，没好气地瞥了他身后的苏倾一眼："搬多少？"

明宴说："全部。"

西风皱了皱眉："那么多吗？我们岛国硝火不行，都是靠番邦供的，攒了这些年，过年都没放过……"

明宴不耐烦地打断："做成烟火，不就是让人放的？"

他专断独行习惯了，西风不敢惹他，和北风两个合力把数十筒烟花搬出来，挨个儿摆在院子里。

明宴揪着苏倾的衣服角，把她按在板凳上，给她肩上披了一件大氅，淡道："你且坐着。"

苏倾拢在大氅里，仰头看他，不知他要做什么，神情像只懵懂的猫儿。他轻轻拍拍她的颊，低眼嘲笑："醉了？"

苏倾反驳："没有。"

"没有就看好。"

他弯下身，挨个儿捏出芯子来，手里拿一根蜡，从第一个开始点，火光"咻"的一声蹿上天，火树银花迸溅开来，"砰"，绽开一朵盘踞天际的花。

苏倾仰头一眨不眨地看着，烟花凋谢时，下坠的火星子好像流星，照着人脸俯冲下来，把人也燃成灰烬，可是它们在空中就消失了。

明宴弯腰点了第二个、第三个，一朵一朵璀璨的烟花"砰砰"地上了天，整个城镇似乎都被惊醒了，却不知是哪里来的庆贺。家家户户趴在窗口上看，看着开在南国天际的硕大无比的烟花。

明宴也仰头看着，看得漫不经心。火树银花映照着他艳丽的官袍，背上一团锦绣繁花映着绿色、紫色的光点，袍角的一片银线波涛，仿佛真如雪浪翻滚。他孑然一身，立在一片光辉灿烂之下。

他一言不发，不与她一同看，只是一个一个地点着，好像要在一夜之间把烟花全都燃尽。

苏倾从板凳上站起来，走到他背后："大人。"

明宴慢慢侧过身，懒散地问："好看？"

苏倾看着他说："好看。我从没看过这样好看的烟花。"

他扭过身来，睨着她的脸，她宝珠似的眸中映着两抹蓝绿的亮光，柔软如一汪倒映着圆月的水，神色像小孩一样认真。

他抬起她的下颌，慢慢俯下脸，盯着她的表情变化。他看到苏倾扇子似的睫毛柔软地垂下，未上妆的娇嫩的唇，竟轻轻往他这边倾来。

他怔了片刻，神情微微一动，猛然一捏她的两腮，迫使她把口张开，随即是狂风暴雨般的侵入和掠夺。

半晌，他松开手，看着她红着脸大口透气，压低了声音：“王上知道这件事。”

苏倾想了一想，木然点一下头：“噢。”

——心心念念的王上，就值这么一个“噢”？

他低着头，指头揉着她的嘴唇，语气凌厉，眼神却极温柔，从中透出压抑至极的欢喜来：“苏倾，你可万万不要玩我。”

（二）

院落里融融的月色，沥沥地沉在光滑的细卵石铺的地上。

鸭蛋青的宽袖滑下来，一双藕臂环住明宴的脖子，他抱着苏倾走过长廊，她垂下的裙摆，随着他的步子晃动。

檐下的柱形灯笼昏黄的一团，嘹亮的虫鸣声响起，走近了才发现柱子上斜绑着一个蝈蝈笼子，是俞西风闲来无事的手笔，碧绿的昆虫伸着长长的触须，在孔洞里四下跳动。

苏倾说：“大人，成亲当日我没有喝合卺酒。”

明宴低下头看她一眼：“今天喝的就是。”

苏倾轻柔地笑了一笑：“那明明是女儿红。”

明宴拿脚点开门，屋里帐幔垂着，萦绕着清幽的沉水香的气息。

几支烛光，一支照着木头的雕花窗子，一支照着妆台上的镜子，苏倾发觉浅黄的铜镜让人换了，映着一团明亮刺目的光。

明宴扫她一眼：“别看了，水银镜，不是嫌镜子照不清？”

苏倾扭过头，有些惊奇：“哪里来的水银镜？”

“想要什么没有。”明宴故意把她抱到镜子前，微微俯身，苏倾伸手摸着，他嘲笑地问，“还看得清？”

如雾般的朦胧散去了，苏倾在镜子里看得清他眼底极淡的笑，在昏暗烛火中闪着细碎的光，反倒有些局促了：“大人放我下来吧。”

明宴不应声，伸臂一抬，把她放在梳妆台上。苏倾腿下压了两只簪花，撑着桌子要下地，明宴扶着她的腰，把她抵在镜子上：“合卺酒已喝了，下头该做什么？”

苏倾看了看他，大司空的玉冠上精细地雕刻着瑞兽纹饰，中横一只尖细的发簪，漆黑的发丝梳得整整齐齐，铁石一样，泛着冷冷的光。

明宴见她走神，放在她裙上的手用力，轻掐一把那柔软腰肢：“怎不说话？”

苏倾回过神来：“大人说呢？”

明宴冷笑一声，抬起她下颌，撷了那片樱唇：“你问我？苏尚仪在宫里不是专司礼仪的？”

苏倾说：“合卺酒后……”她慢慢抬起眼，耳根已红了，“周公之礼。”

明宴“嗯”了一声，垂下眼：“还行，合格。”

撩开帐子胡乱上了榻，苏倾及腰的长发披散在被褥上，挣动之间，小衣里掉出来一团雪白的绸布，慢慢张开。

明宴停了举动，顺手捡起来，抖展开，低眼看着：“苏尚仪怎么把元帕藏在身上？”

苏倾让他一点，才认出这帕子来，脸色通红：“我可没有。”

又一番衣袖揉动，混乱中明宴捏住她的腰抬起来，展开元帕铺在下头，托着她戏弄道：“乱跑，一会儿落不上可要糟。”

她羞了恼了，就变成一株不会说话的植物，叶片软塌塌，香汗湿了小衣，他的吻羽毛似的落在她额上：“怕什么，我轻轻的，不让你疼。”

苏倾脑子里回荡着南宫的晨钟声，在嗡鸣的残梦中睁了眼，才发觉自己睡到了日上三竿。

侧过头，明宴已收拾停妥，懒洋洋靠在床头，捏着个眼熟的蓝色物什，正在手里转着，细细端详。

她心里一惊，伸手一摸，颈间空空的。明宴侧眼，眼底里还带着慢条斯理的欣赏的欲色，一点点打量她：“可睡醒了？”

苏倾缩在被子里将衣裳套好，靠到他身边，看着让他拿在手中的圆环：“大人，这个是我的。”

圆环在他手里转了转，半晌，他哼笑一声：“紧张什么？”

圆环中的液体即将过半，一半澄清，一半莹蓝，非玉非石，在首饰里也算得上一等一的别致。“谁给你的？”

苏倾扯了个谎：“……我娘。”

“胡说。”明宴扫她一眼，“你进府时怎么没戴着？”

苏倾说不出，额头上生了一层细密的汗珠。他扭过她的脸，亲了亲她的唇：“王上给的？”

苏倾摇摇头，乌黑的眼睛里似乎泛起了焦灼的涟漪，她慢慢地、肯定地说：“大人从前是见过它的。”

明宴看她一眼，复又低下头看那圆环，他理应再驳一句“胡说”，因为见过的都印在他脑子里，丝毫不会记错。

可是他看着这个奇怪的环，心底竟涌出一种道不明的惆怅滋味，半遮半掩，如云似雾。

他默然不语。苏倾细细的声音响起：“大人信我。”

明宴轻嗤一声，扭头望着她：“学会卖乖了？”

苏倾望着他不作声，这样专注地、安静地凝望，纯粹如冰雪。明宴把圆环拢进掌中：“不问便不问了。”

他低下眼，含着点儿不甘的戏谑：“叫一声好听的，还给你。”

“大人。”

明宴不应。苏倾咬了一下唇：“郎君。”

明宴这才抬眼看她，看了半晌，启唇：“叫明宴。”

苏倾慢慢吐字，一个叱咤风云、震慑南宫的名字，从来与权势滔天相连，惹人忌惮的两个会吃人的字，在她口中，回归这个美丽的名字本身：“明宴。”

明宴说：“再叫一声。”

“明宴。”

他忍不住吻住那念出他名字的樱桃小口，圆环塞进她拢起生了薄汗的掌心，低笑一声：“是让你再叫一声郎君。”

他手上捏着一本闲书看，手指在她发间缓慢地梳理她的长发，明宴抱她的姿势放松懒散，像抱着一只猫。

苏倾枕在他怀里，手上握着圆环，黑眼珠缓慢地转动了一下：“大人，三年前，我犯了一个错。”

明宴的手指停了停，移开书，垂眸瞧着她的侧脸。

亭亭的少女，长睫之下，一双乌黑闪光的眼睛。

“大司空府是我的家，我不该离家而去。”

十四岁的那一天，也是如同今日一样的盛夏，从蝉鸣声声的后园出去，穿过烈日正盛的前院，走到人声鼎沸的街市。

藤黄褐色的旌旗招牌，蒸包子的笼屉内冒出烟雾，草桩上插了一排小面人，她提着篮子左顾右盼，看到了那只猴儿面人，至今她还记得那上面的颜色。

是北风喜欢的彩猴儿，十二生肖里面就缺这一个，她买下来，放进篮子里。摊主是个矮小的老妪，驼着背，眯着眼看她半晌，轻轻推开她递过来的铜板。

她很奇怪：“怎么不收钱？”

“见了大司空府上的人，须得当爷爷奶奶供着。”老妪又从架子上摘下几个面人，放进她的篮子里，浑浊的眼睛里弥散出些不自然的讨好的笑，“还喜欢什么，尽管挑就是。”

苏倾怔了一下，明宴升任大司空不过一年，她身上穿的是平常的绮罗，头上戴的也是不逾矩的素钗：“你怎么知道我是谁？”

“知道，知道，是苏小姐嘛。”老妪吃力地仰着头说，“大司空是南国的太阳。”

她提着篮子，茫然地走在路上，眼睛瞥见篮子里那几个花花绿绿的小面人，于酷暑中感到了一丝寒气，顺着脊梁骨蜿蜒而下。

她折了回去，拆去头上素钗，花了一个铜板买了两只包子，站在角落里咬了一口，小声问："您可知道大司空？"

卖包子的是个十五六岁的少年，一面换屉一面搭话："谁不认识大司空？新令颁下，惠及民生，徭役赋税尽数改变，就是学堂里的孩子，第一课都要认'明宴'。千家万户，取名再不可用这个'宴'字。"

蒸气飘起来，模糊了她的眉眼，苏倾长久地默着，似乎想要挽回些什么："可是，王上才是真龙。"

那少年嗤笑一声，悄悄压低声音："说句不好听的，人离了真龙兴许能活，可人能离得了太阳么？"

卖烧饼的妇人凑了过来，悄悄递她一本册子。苏倾翻开来看，她苏倾的名字与东南西北风赫然在册，还附有对应的小像。

"大司空建府于我们锦阳。"她好意说，"你若是有心避祸，仔细背一背这册子，万不可冲撞了大司空身边人。"

苏倾茫然看着自己的小像，于烈日正盛中预见了什么正在失控的东西。

她亦读过史书。世间万物，至满则缺，极盛而衰。

女人看着她的脸，看久了，惊疑地"咦"了一声，顾不得拿走那册子，变了脸色，趁机跑掉了。

苏倾想，她只是一个小小的、小小的住在木屋里的侍女，就像住在后园里的一只白毛狐狸，她奋力地伸出双臂，也不过是螳臂当车。

怎么样，怎么样才可以帮到他呢？

当她无意间看到燕成堇腰间的皇室玉牌的时候，一切愚钝的笨拙，全部变成孤注一掷的剔透。

她想，如果可以的话，她愿意献出自己的一切，无论做一块垫脚石，还是做死局里一道破局的护身符。

这一辈子，本就没有什么。如果不是他撒的那把金叶子，她住不了这七年的世外桃源。如果不是他铁画银钩、力透纸背改了的那个"倾"，也许苏青青仍然在街头拍红牙板唱曲，随随便便，草草了了这一生。

太阳从窗口照进来，落在她漆黑的发上，他的指尖沾染了一点水渍，顿了一下。她倚在他怀里，睁着眼睛，一点儿声也没发出来。那眼泪冰凉的，在他指头上，却好像会烫人一样。

明宴默然无语，下颌紧绷着，瞳孔被光晒得透亮，谁也没看见他的喉结轻轻动了一下。

手指放在她唇上，沾着涩然的眼泪轻轻涂在她唇瓣上，慢慢地点了一点："既知道错了，往后再不许离家。"

明宴早无双亲，无须晨昏定省，他不发话，也没人敢上门拜见，日子过得平静安适，就像骇浪中的一座港，躲在里面瞧不见外边。

大司空府也有藏瓜儿果儿的地窖，西风帮着在房里摆上了冰，苏倾摆了一盘橙子，用手把盘子底焐热了，才端到明宴桌子角上。

明宴坐在案前，随便翻着厚厚一沓的奏报，一目十行地看："憋闷了？闷了去园子里玩。"

苏倾还用手掰着，把船型的两个角的橙皮利落地起开，指尖酸甜的气息飘散出来："没有。"

"那同我说说话。"

苏倾已经擦干净手准备挽着袖子研墨了，闻言有些惊异地抬头："大人不是在忙？"

明宴瞥她一眼。苏倾是闲不住的，从小到大，从早到晚，这道纤细的影，在他跟前安静无声地晃来晃去，能将屋里的各个角落照顾得妥妥帖帖，好像天生就比别人多一副手脚。

生了这么个天仙似的壳子，内里是一块顽石，没什么心眼子的实，还轴得很，只有困在他怀里的时候才乖。

墨锭在她手里化着，皓腕灵敏地转："大人休到第几日了？"

明宴拍了拍堆着的一沓军报："第八日了。"

苏倾"唔"一声不再吭声，细密的睫毛垂着，不知在想什么。明宴睨着她的脸，笑了一声："这是想我休，还是不想我休？"

苏倾没答话，因为她想到燕成堇。明宴的假期迟早结束，王上则是个定时炸弹，想到这个，她就真有些憋闷："大人，园子里的狐狸该喂了。"

她说着，拿帕子擦干净手指。明宴搁了笔："苏倾倾。"

有时他心情好，就叠字叫她，谐音着本名"青青"，这是一种恶劣的宠溺，他垂着眼睛："也不好好打量打量这屋里。"

苏倾偏过头去，果然见摆柜子的地方不知何时换了新的，沉沉的黑木，比原先的大了一倍不止。她走过去，"吱呀"拉开柜门，右边堆满了彩色绫罗，看样式也不像他的。

明宴说："到今年冬天都有衣裳换，明年再裁新的。"

"大人……"她刚叫了一声，窗户发出"咔嚓"一声断裂的巨响。

一道黑影石头一样砸了进来，还未落地，明宴身形一晃，已到了跟前，一脚将来人撂到了门边，砸得门也扑簌簌地落了漆沫，声音里带着一点儿阴戾的沉："规矩呢？"

"大人，出事了。"黑衣黑裤的约莫是个影子卫，这一脚不掺内力，却很结实，他捂着胸口，面色痛苦，"王丞相今日用过午饭以后，突然口呕鲜血，只怕……"

明宴脸色发沉，走近了一步，垂眸注视对方，声音只有他二人听得："死了？"

"郎中进去，现在都没出来，怕是不好。"

明宴冷眼瞧着他："同谁用的午饭？"

影卫又道："宋都统。他翁婿两个一向亲密，紧挨着坐的，桌上还有女眷，本以为只是个家席……"他"哗啦"一声伏下去，脑袋磕在地板上，"属下失职，请大人责罚。"

明宴默了片刻，手按在腰间，那块南君令他戴着，日日不敢离身，此刻硬邦邦地硌在手心里。

"你且下去，我去一趟。"他旋过身，目光扫过苏倾苍白的脸，已从凌厉转至柔和，不知在和谁说话，"不多时回来。"

"是。"

苏倾忙道："大人。"

他瞥了一眼椅子，轻道："坐着等。"

明宴出了门，招来东风、南风："我出一趟门，把夫人看好。"

二人领了命。他瞥一眼墙头，纵身一跃，身影"哗啦啦"一闪，在围墙上一点，转瞬消失。

苏倾坐在椅上，双手绞着，手心满是冷汗。不一会儿，窗外忽然吵闹起来，府中仿佛忽然间拥进了许多人。

有人在大喊大叫，她倏地立起来，透过窗口往外看，前院站着一个头上缠着白绸布条的男人，正是传说中攀扯裙带的宋都统："大司空草菅人命，竟敢鸩杀一国丞相，害我岳丈，天理昭昭，怎能欺人若此！"

俞东风见宋都统一个八尺男儿，哭得一把鼻涕一把泪，嗤笑一声，眼睛一瞪："你说大人鸩杀你岳丈，我还说是你呢。"

宋都统面色急变，手指点着东风鼻尖："大司空心狠手辣，六旬老人都不放过，瞧瞧这条疯狗的嚣张样，国有大司空，天下危矣。"

身后一队人马，皆是护院家丁，个个手拿棍棒，眼红得像要滴血，闻言骚动起来："大司空府，今日总得给个说法。"

东风冷冷扫视诸人一周，慢慢撸起袖口："想要个什么说法？"

苏倾攀着窗棂，眉头皱着。小世界中，丞相本应死于两天之后，明宴之手，可是现在……

门"哐啷"一声让人撞开，热浪滚进来，她转过身去，背贴着窗框，本以为是南风，可进来的却是几个嬷嬷，身上着的是燕宫的官袍。

为首那个上了年纪的她认得，正是王上的奶娘，身板硬朗，服侍于王上身侧，从前她出入于寝宫，总见到。

她锐利的眼扫过苏倾的脸，将她从头打量到脚，似乎在检验一样物品，末了才行了礼："轿子候在外头，请苏尚仪随奴婢回宫。"

苏倾望着她，还未启唇，她向后使了个眼色，又进来两个眼生的嬷嬷，一左一右地架起她的手臂，力大无比，捏得她的骨头都要折了，不由分说地将她拖出了门。

“站住！”南风手里拿了一根长棒，棒头挨着嬷嬷的衣襟，“还不放开。”

俞西风不在，北风出门未归，东风分身乏术，俞南风瞥见后门处停了一顶眼生的轿子，身形一掠，便从前院到了这处。

奶娘敛袖行了一礼，语气却是冷冷的：“小爷还请行个方便。”

“方便？”俞南风说，“从我们院中抢人，真当我们大司空府来去随意？”

奶娘眸光冷厉：“苏尚仪来贵府做客，久久不归，乱了宫中规矩，我等奉王上之命，特来接苏尚仪回宫。”

南风看了苏倾一眼，苏倾乌黑的眼睛也镇静地看着他：“这是我家夫人，没有你找的苏尚仪。”

“大司空迎娶的是荆小姐，小像奴婢可是见过的。”她冷冷一笑，从袖中掏出一枚南君令，“见此令者如见天子，苏尚仪十日后即为南国王后，今日大司空扣押王后，可是要反？”

她的声音极洪亮，前院与此处只隔一条狭道，“反”字一出，似乎廊上惊飞无数鸦雀。

立在前院的宋都统双眸一眯，头上系着的白布条迎风飘着个断头：“鸩杀丞相，扣押王后，司马昭之心人人皆知！大司空若敢反，我手下十二卫就候在门口，定当肝脑涂地，拱卫王上。”

一时间，前院、侧院皆静默了一瞬，似乎空气都停滞不动，无数双眼，各怀心思地交织着。

南风与东风对视一眼，眼中皆是忌惮。就是这犹豫的片刻，苏倾开了口：“嬷嬷言重了，大司空素来忠义，怎会行悖君之事？”

她扭了一下身，抓着她的两个嬷嬷见她面沉如水，手上皆放松了。苏倾站直，看了南风一眼：“是我回府探亲，误了时辰。”

奶娘脸上这才带了一丝满意：“苏尚仪这才是识大体。”

苏倾让人扶着上了软轿，远远地听见身后有脚步声和喊声传来，北风单薄的影子追着轿子跑：“倾姐，倾姐别走！”

奶娘放下厚重的帘子，把外头的光景全遮住了：“走快些。”

轿子让人抬起来，奶娘挤在苏倾身边坐着，轻道：“尚仪热么？打扇。”

旁边的扇子慢慢摇动起来，掀动了沉滞不动的空气，持扇子的手腕细瘦，腕骨上有一颗痣子。

苏倾侧头看了一眼，旁边人的脸没在昏暗里，似是察觉她看过来的目光，打扇的那只手怯怯地停了一停，随即更卖力地加快了。

小小的轿子里挤了三个人，奶娘体格健壮，担轿的嬷嬷抬得实在吃力，途中要停靠一下，奶娘无法，只得下了轿子，挨个儿叱骂。

苏倾掀开了帘子，借着一束光，回过头去，看到那张熟悉的脸：“春纤？”

春纤消瘦许多，眼里哀哀的，似乎有了比从前多出许多的愁闷的情绪，微张了口，却没能发出声音。

苏倾伸手抬着她的下颌，压住下唇慢慢向下。春纤拼命摇着头，慢慢地，喉咙里飘出了一声挣扎的嘶哑的气声："哈……"

苏倾见了那肉瘤似的断舌，指头麻痹了似的，从指尖凉到关节，她闭了闭眼睛。

"对不起……"

总是在关键时刻做哑巴的丫头，变作了真正的哑巴。

燕成堇用她做探子，却迁怒似的憎恨和厌恶她这张告密的嘴。

外面刚过了街市，喧闹声尚在耳边，天太热，抬轿的几个婆子坐在轿子杆上"咕咚咕咚"地饮着大碗凉茶。

苏倾茫然地想，要是走，此刻倒是好机会。

春纤枯瘦的手猛地扣住她的手腕，她惊了一下，忙回过头，春纤抓着她的手腕，眼里泪水涟涟的，慢慢往外推了一推。

走吧。

走吧尚仪，莫说对不起，其实是我对不起你。

苏倾呼吸着轿内闷热的空气，一双眼睛静静地望着她，反抓住她的手腕，掀了帘子跳下去，往外一拖，春纤眼睛瞪大，一只风筝似的让她带了出去。

绣着牡丹花的圆形宫扇"啪"地落在轿子底的绒毯上。

苏倾肺里似乎全是棉絮，没命地跑着。茂密的树冠如云，飘过人的头顶，踏过弧形的小桥，桥下的一条窄河，徐徐东流。

她听得见春纤费力的呼吸，两人牵着的手越绷越紧，像一条撑不住力的绳子，终于，"啪"的一声挣断了——

春纤让人扑倒了。

着银色铠甲的大内侍卫，源源不断地从桥的两端拥过来，桥下的河像一条光带，折射着刺目的光。

趴在地上的春纤给翻了个个儿，让人一巴掌抽得鼻血横流。苏倾跪在她身前："大胆！"

春纤瘫在地上，死尸一样地躺了一会儿，颤抖着爬将起来。

后面跟着的侍卫围成一道人墙，一张张嘴都说着同一句话："请苏尚仪回宫。"

"这丫头煽动人心，其心可诛。"奶娘切齿道，"拉下去……"

话未说完，她的脸色一变，因为苏倾正靠在桥柱上，眼睛直直地看着桥下流淌的河，那身形单薄，仿若一阵风就能将人吹下桥去："是我带她走的，若要罚……"

奶娘在这双安静的眼睛里面看到炽烈的一把火，她好像预感到苏倾在想些什么。

春纤也知道苏倾在想什么，她猛地挣开拉着她的人，没人能想到她有这样疯子样的力气，她向着苏倾仓促地福了一福，酒窝里挂着眼泪，摇了摇头。

那道影子断线风筝般翻过桥柱，跳下桥去。

“扑通——”

苏尚仪初进宫时教导礼仪规矩，握着她的手一撇一捺地写“人”：“为主，要做良主；为仆，当为忠仆。一撇一捺，才立得稳。”

她嬉笑说：“我认得这个字，是大人的人，贵人的人。”

苏倾想了一想：“生而为人，不论尊卑。”

她那时想，苏尚仪可真好，不像她的娘，从小骂她是贱骨头。

当了一辈子的老鼠，总算当了一回忠仆。

（三）

明宴的袍角被风卷起，地上零落的粉白色花瓣滚动，院子里齐齐跪着四个人，一个女孩子站成了一根僵硬的柱子，不安地绞着双手。

这是荆月头一次见到自己名义上的夫君。他立在风中，像一杆不动的旗，没甚表情地低头注视着地上的人，覆下的睫毛之下是苍白的脸。

他一丝不笑，压得人喘不过气。这是一座刻像，是一尊幽冥之主，绝对不是一个丈夫。

俞西风的背压得很低，几乎趴在地上，背上的剑柄高高地翘起。

得到讯息后，他追了轿，但隔得太远，终究是被挡在一墙之外。

明宴开口了：“你跑哪里去了？”

“大人，”荆月颤抖着声音，“他、他是同我……”

明宴眼角凌厉地扫来：“问你了？”

荆月噤了声。

西风说：“属下错了，请大人责罚。”

东风说：“他们里应外合，同时作难，我没、没反应过来，早知那姓宋的带着家丁撒泼我就应该发现不对……”

明宴静静听着，又似乎没在听：“我走的时候说什么了？”

南风眼眶发赤，拳头紧紧握着：“大人，那宫里来的嬷嬷一口一个反名扣在您头上……”

“我是不是说‘看好夫人’？”明宴骤然爆发，一脚一个踹在肩上，四个少年被蹬了个仰翻。荆月腿一软，瘫在了地上。

明宴沉着脸，“啪”地抖了抖衣襟，径自进了屋，不消时出来，已换上一身猩红，簪冠亮得刺目。

南风扶着肩膀爬起来：“大人可是要入宫？”

明宴侧头看他一眼，那眼神让人触之生寒：“苏倾白伺候你们这些年。”

东风、北风都膝行过来，北风说：“大人，带我一起去吧，我们去把倾姐接回来。”

明宴淡道：“滚开。”他走到俞西风面前，越过他颤抖瘦削的肩膀，握住剑柄，“唰”地抽出了那把剑。

剑身出了鞘，滚下一溜寒光，剑尖上凝成一个刺目的光点。

四人慌忙扑到他脚下，明宴持着剑转身，剑尖虚虚扫过他们的脸：“没时间和你们纠缠。”

明宴提着剑走了。

南宫一共四道门，正东的安阳门，一向出入达官贵人的舆辇，两侧侍卫最会认人，最懂眼色。

远远见了大司空下马，交换一下眼神，纷纷跑过来，跪成了一道人墙。为首的那个，目光落在他手持的那柄长剑上，抱拳行礼：“不可持锐器进宫。”

往常俞西风进出宫墙自若，他性情暴躁，削铁如泥，与明宴是一对大小阎王，日日背着剑进宫，也无人敢拦。

但今次是不一样的，安阳门口从四个侍卫变作了八个，个个身披铁甲，筑成一道铜墙铁壁。

明宴低头瞥了一眼剑，皮笑肉不笑：“这也可称之为锐器？”

“请大司空勿要为难我们。”

“不为难。”他把剑尖抬起来，托在手心轻轻一拍，竟笑了一声，“告诉陛下，臣给他献刀来了。”

汗流似的水，从冒着白烟的坚冰上蜿蜒而下，“滴答、滴答”落在青铜鼎底，砸出闷重的回声。

燕成堇站着，看着跪在长绒毛地毯上的影子。衣襟两肩绣了萧萧竹叶，团簇着装点着白皙的肩胛。

原来脱掉官袍的苏倾是这样的，淡青色穿在她身上，柔得像一缕烟雾。

喉咙一阵发痒，他咳了两声，嗽声中拉出肺中“嘶嘶”的嗡鸣，他愈加用力地咳，震得内脏发痛。

室内除了坚冰散发出的冷气，还有浓郁的安神香，闻多了有些反胃。

“玩够了吗？”他用拳抵着唇，声音发闷。

苏倾默着，手里紧紧攥着一把团扇，扇面搁在她裙摆上，绣的是牡丹花。

她脸色淡淡的，近乎木然地松弛，好像丢了魂，不似从前那般谨小慎微的惧怕，也不再忧虑什么。

他伸手去拿她膝上的扇子，她这才忽然有了反应，手一收，小孩抢夺玩具似的攥紧了，一双眼睛里有了锋：“陛下。”

“你还知道孤是陛下。”燕成堇惨笑一声，贴近她的脸。

苏倾脸上的脂粉味极淡，闻着就像清晨里盛着露水的花朵，他贪婪地嗅着那气味，切齿道：“一走十余天，你把孤当什么了？”

苏倾瞥着他，瞥见他额角绽放了蜘蛛网一样的青筋，好像是让人用彩墨画在这张苍白阴柔的脸上似的。

燕成堇头一次瞧见她不敛眸光地打量他，仿佛在观赏一件不会动的物件，心里起了一层细细密密的毛。

苏倾在他面前一向很紧张，藏着那点儿小小心思，敬畏着，揣测着，那样至少还是在他身上花了心血的。

可就像煮蚌似的，煮熟了，蚌死了，壳儿也就敞开了，死物就是这样破罐破摔的。

他坐回榻上，披了两层衣裳，仍然觉得阴冷。也许她是被他吓着了。

他努力戴上平静的假面：“十日后就要帝后大婚，还是上些心吧。”

苏倾瞧了他一眼，这一眼里的不解，令他感到不妙。她双手平举，挂下宽袖来行了一拜礼，浓密的睫毛垂着：“臣不能与陛下成婚。”

他脑中“嗡”的一下，紧咬后齿，咬得腮帮子发酸，喝止从喉咙里滚出来：“怎么？你不是等这一天等了很久了吗？”

苏倾细软的声音还在继续着：“臣已嫁给大司空为妻。”

“谁说你嫁了人？”他揪扯着她的领子，把她拽起来，“那是明宴作死，挟持女官，故意挑衅王上，你是被迫的，是不是？”

苏倾的睫毛动了一下，眼睛抬起来，比旁人都要微大一圈的瞳仁乌黑明艳：“不是，臣亦喜欢大司空。”

他的手松了一下。苏倾站直了，纤细白皙的手整了整领子，眉宇间坦然如松风拂过：“臣与旁人已有夫妻之实，何以做一国王后？”

“你就非要说出来？”燕成堇的手颤着，仿佛被人左右开弓地抽了一个又一个耳光。他慢慢地、缓缓地坐下来，心仿佛被人捏着踏着，在胸腔里跳得难受。

这种滋味，仿佛一样珍爱器物，自己裂开一条缝，毁得面目全非，倒出来才发现里面早被老鼠啮透了，守着供着的不过是个空壳子。

他的语气变得喑哑：“真以为孤不敢杀你？”

苏倾笑一笑，自她从尚仪局随明宴离开，就预料到有这一天。

但她知道燕成堇不会要她的命，他坚持娶她，总还顾及着她的命格。得凤者得江山，信不信命，他都从来不拿运祚去赌。

“丞相府还未发丧，等消息传出来，明宴鸩杀丞相，你以为王丞相的人会放过他？”他眼角的恨，化作一丝压抑久了的快意，“跟孤作对，不会有好下场。”

苏倾垂下眼：“陛下以为除掉了大司空就是好吗？”

燕成堇眼里带着冷刃："总不会比现在更差了。"

他低着头，手上拿起什么东西，"哗啦啦"地作响，再定睛看去，是一条铸在墙壁里的锁链。

"以为明宴护得住你，你也太愚蠢了。"他拨弄着锁链，"孤再给你个机会。"

"十日之后，帝后大婚如期举行。在此之前……"他看向她掩在裙下的脚踝，混杂着憎恶和迷恋的矛盾，"你就住在孤的寝宫。"

苏倾瞥了一眼那条链子，慢慢地跪伏下去："王上的龙榻高贵，苏倾不配。王上既想让臣坐监牢，臣请下放暴室。"

"你——"

从那里出来的，大多断舌断发，十指鲜血，即使如此，她也决不愿睡在他的寝殿里。

苏倾从怀里取出了尚仪木印摆在地上，利落地磕了头。

"王上！"外面的人推开门，匆匆来禀，"大司空在安阳门大开杀戒，那边顶不住了。"

燕成堇的脸色由白转青，话语是从齿缝里一字一字挤出来的："他是想反了？"

他从榻上站起来，拢好衣裳，目光冷冷地扫过苏倾的脸："遂了苏尚仪的意，来人。"

宫人打着灯笼在前，苏倾腕上戴着枷锁，铁链很重，直往下坠着。

天晚了，她让四个人送着，从一条狭道转到另一条狭道。

暴室里常年弥漫着潮湿的血腥味，隔着厚重的惨白的墙壁，带着回声的哭叫凄厉，不断撕扯着人的头皮。

一直走到了尽头，宫人在一串钥匙中找了一把，"吱吱呀呀"地扭开了一间牢门，发霉的稻草的味道扑面而来。

高窗射出一道惨白的日光，凝成方形的光柱，斜射进来。

竟还是个单间。

"尚仪进去吧。"她背后给人一推，铁门"吱呀"一声关上。

脚下是垫得厚厚的稻草，像是踩在了地毯上，她扭过身，门外还有一盏灯笼停着，没有随大家走。

带兜帽的身影站着，同看守低语着什么，灯笼把栏杆一道一道的影子散乱地投射在她身上。

苏倾慢慢走过去，手指抓住了栏杆。打灯笼的女子把兜帽摘下，也靠近了她。

"陆尚仪。"

陆宜人的灯笼抬起来，照着她苍白的脸："你还笑得出？"她皱着眉，声音压低，"要走就走远些，还回来做什么？"

苏倾坐在草堆上，抱着膝，下巴顶在膝盖上，一双乌黑眼睛凝视着她，慢慢地说："铺了这么多草，累不累？"

陆宜人拿她没办法："哪用我亲自动手？"

她四下打量着，这里又潮又热，草里不知有没有虱子，看到她脖颈上雪白的皮肤马上有了两个红点，就让人担心这具身子熬不熬得过夜。

她双手握着栏杆，一双眼定定地望着她："挺好，我费了好大气力才将你挪动到这里，你可珍惜。王上消气也就是这几日，再苦再难也就熬几日，明白吗？"

苏倾笑笑："多谢你。"

陆宜人看了看她，点了一下头，戴上兜帽要走。苏倾叫住了她："陆尚仪可以把这盏灯留给我吗？"

陆宜人回过头，灯笼暖黄的光落在她痴惘的黑眼珠里，生生不息地跳动着。

苏倾守着斜放在地上的小灯笼过了半夜，脊背靠着墙壁。

她明白陆宜人的意思。她受过真金坠腹之痛，见过一个替她跃了桥的春纤。死多么容易，片刻的事，活着却要熬几十年。

手指头摸着裙上绣着的竹叶子，明宴备了一柜子的衣裳，夏天的裙子，她还没有穿完。

什么细小的东西爬上她的小腿，痒痒的，她拉开裙摆，是一只蚂蚁。

蚂蚁向上爬，忽而一束蓝光落在它身上，它像被烫到似的挣扎起来，从她腿上掉了下去，她伸手接了一下，发觉自己胸前的圆环正在发光。

那束光越来越炽烈，烫得她禁不住把它拉离胸口。

一道炽烈的光笼罩了她，她伸手遮了一下眼睛，耀眼的蓝光落在了手背上。

男人的声音带着重重回响，似乎从遥远的天际传来："苏氏。"

苏倾怔了一下，手腕一点点移开，一片如霜月色落在厚厚的稻草上。但她知道那不是月光，高窗外只有浓墨似的黑。

她颈上的圆环横平地飘浮在面前，里面的蓝色液体从顶端反复冲至另一端，像有人拿着蓝色的笔画满整个圆，清空，再画满。

她觉得这幅画面像什么，一时却想不起来。

"您曾说这是法器。"她紧张地看着它，"它现在闪烁不定，可是有什么指示？是这蓝光快要满了吗？"

幽冥之主从未在她面前现身，声音只是从遥远的天际传来。距离她跪在无间地狱的那一日，已有不知多少年，若不是这一声"苏氏"，她差点忘记自己是个漂泊亡魂。

"满？"幽冥之主冷笑，"那还差得远。"

苏倾有些慌张，却不知道是否是自己做错了什么，引得幽冥之主进入结界来提点她。

幽冥之主的声音不徐不疾："我的手下一百年轮休一次，我看你在结界内辛苦劳作，也不休息，我想给你一个奖励。你可有什么愿望？我可代你实现。"

苏倾福了福："多谢尊神关照，民女并无愿望，只是想求您告诉我……"她抬起眼，看着虚空中的亮光，鼓起勇气道，"结界里这些女角，同我是何关系？为什么我对这戏中人的命运与情感，总是感同身受，仿佛她们就是我，我便是她们？"

世界之大难以估量。她是荷乡苏倾，死后才知有块地方叫作幽冥。还有许多她不知道的事情，似乎埋藏在水下，被神秘的幽冥之主隐瞒。

她的呼吸颤抖着。幽冥之主静默数秒，徐徐开口，不悦道：“小聪明。

“你身处局中，何必窥得全盘？时机到了，你自然知晓。”

他停顿一下，讥笑道：“逆天改命，可不是要你改进牢狱之中的。”

苏倾手心冒了冷汗。面前忽地落下什么东西，砸在稻草堆上弹了一下，苏倾拿起来，吃了一惊，竟是她上一世的手机。

屏幕正闪烁着，显示有电话接入。只是上面的文字模糊不清，屏上仿佛笼罩了一层雾。

幽冥之主道：“你既不说你的愿望，我只好随机抽取一个送给你。”

苏倾颤抖着手指按了接听，将听筒贴在耳边，那边清晰地传来了熟悉的声音，淡淡的：“定妆照还没拍完，别等我了，睡吧。”

苏倾像哑了一样说不出话来。

她想起上一世，一天早上起床，手机上有一条凌晨两点同顾怀喻的二十秒的通话记录，可是她前一夜趴在沙发上睡着，不记得自己什么时候打过这通电话。

告诉他的时候，他笑着亲亲她的颊：“睡糊涂了，你还说给我留了灯，让我早点回来。”

“苏倾？”

电话那端的顾怀喻叫了一声。

苏倾沉默一会儿，垂下眼，柔和道：“早点回来，我给你留了灯。”

他的声音里染上一点笑意：“好。挂了？”

她笑笑：“嗯。”

电话“嘟嘟”地挂断了。

苏倾仍将听筒贴在耳边，似乎还沉浸在通话中发怔。不一会儿，听筒里又传来了声音，呼呼的，猎猎作响，似乎是风。

“我在江浦大桥上。”声音在风中时断时续的，一个冷清的少年的声音，骄傲又干净的首都腔调，“下面是江。你在哪儿呢？”

桥上间或飞驰而过一辆车，引擎声“呼”的一声由远及近，又变远。他逆风走着，似有些火了：“没死说句话，苏倾。”

“我……”她开了口，不知道该同这不认识的人说什么话。她一出声，对面马上安静下来，急促的呼吸的声音，暗示他在悬着心等。

“我在的。”她的睫毛颤着，“风这么大，快回去吧。”

他“呵”地发出气声，像是对她说的不屑一顾，隔了一会儿，声音放轻而平静，像被摆顺了捋平了：“衣服多穿点，外边儿冷。”

电话再度挂断了。

不一会儿有了第三个声音，没有了风，也没有了嘈杂。一个男人的声音在低低念数字“一百四十四”，停了一会儿，他平静地说：“早上好。”

苏倾说：“早上……”

他径自继续：“今天下雨了。”

播报员一样平稳而寂寞的语气。她愣了一下，才意识到这一次与前两次都不一样，电话那头是听不见她说话的。

她静静地等着听，可是等了好半天，他也没有再开口，取而代之的是一声警告的“嘟——”，随后耳边所有的声音都消失了。

她恍了一下神，手里抓着的电话，不知何时已经变成了那枚冰凉的圆环。晨曦的光透过高窗照进来，斜着投在刷得惨白的墙壁上，墙角结了两张蜘蛛网，挂着厚厚一层灰。

苏倾茫然睁开眼睛往外看，昨夜里陆宜人留下的那盏灯早就熄灭了，斜斜地摆在地上。

外面有了许多的声音，雀鸟的叫，暴室里远远传来的夜以继日的哭喊和惨叫也如惊蛰，蠢蠢欲动冒了头。

她撩开裙角，小腿上让跳蚤咬了成片细细密密的红点，手摸着又痒又痛。

她摸了摸胸前的圆环，有些不确定昨夜幽冥之主降临，到底是不是一场梦。

外面骚动起来，似乎有人进来，又有很多人簇拥和劝阻，最后一名狱卒慌慌张张地跑进来，用钥匙串用力拍了拍铁笼似的牢门，发出“哗啦哗啦”的巨响，是对她的震慑和警告。

“苏氏快起来，王上来了！”

晨曦之光是清淡的鹅黄，燕成堇的绣靴停在铁栏杆外面：“下去吧。”

苏倾慢吞吞地从草垛上起身，掸了掸衣裙，从容见礼。

燕成堇披了一件绣仙鹤的黑色大氅，一针一线都新得硬挺。大氅略有些大，显出他格外地阴鸷与瘦削。

他不说话，只是盯着苏倾看。昨日穿的那青色裙，裙角竹叶上面染了灰渍，她仍跪着，颈上四五个红点格外显眼。

这三年，吃的穿的，给她的都是头一份，他待她这般好，处处为她想着，南国上下，谁能有这样的殊荣，她是怎么待他的？

“想不想知道你的大人怎么没来接你？”

苏倾垂眼不语。

燕成堇掀起眼皮：“怎么不说话了？”

苏倾道：“王上说笑了。大司空为人臣，当遵君令。”

燕成堇冷笑一声：“原来你也知道谁是君，谁为臣。”他拍拍袖子，稀疏的光线落在他微凹的两颊上，病态的苍白。

“孤背后有整个内苑禁军，他们只会拱卫一个王上。孤不许他进宫，他就进不了宫。

若是硬要闯进来，那就是谋反。

“明宴他孬，不敢说出那个字，只得灰溜溜退出去。”

苏倾无声地笑笑。燕成堇那双微微女气的眼睛，马上捕捉到这个带着怜悯的表情，脸色沉下去：“你笑什么？”

苏倾说：“臣说大司空忠义，陛下从来只当反话听。”她静静道，“大司空若不是恪守纲常，早几年新朝未稳，陛下羽翼未丰，便该动了手。”

燕成堇脸上呈现出病态的潮红，似乎一口血上了头，颈上青筋暴出：“你也这么说，连你也这么说——”

“忠义，”他切齿道，“忠义之人，会让孤在他阴影之下惶惶不可终日，一次登基沦为天下笑柄整整五年？”

“可是，陛下，”苏倾静静答，“那日若无大司空，您可当得了这个王上？”

燕成堇的手指颤抖起来。苏倾跪着说：“明大人行事乖戾，但总算功过相抵。大司空本无反心，逼反了他，对陛下有什么好处？”

半晌，他惨笑一声：“总算说出心里话了，苏尚仪？”

他眼神复杂地端详她的脸：“这些年来，在孤的身边殚精竭虑，为心爱之人绸缪，真是辛苦了。”

苏倾注视着他，那双眼睛乌黑：“可王上待臣，也不过是逢场作戏。一枚白棋已输给王上，臣愿赌服输。”

燕成堇让她的话噎了一下。

那一年，新君根基不稳，而大司空如日中天，没有任何一个王上受过这样的屈辱，一举一动都仰人鼻息，诸臣畏权臣而轻君上，少年新君，如同架上傀儡。

民间流传小儿歌谣：世上可无真龙，不能少了太阳。

那一年他夜以继日地读书练剑，恨不得一夜之间长大，劈开挡在眼前的太阳。

他想了一千种一万种方法，可再好的方法，都需要积累和蛰伏。

明宴雷厉风行，独来独往，朝堂之上无从下手。

他也是后来才听说，明宴无父无母，没有手足，明府里有一个十四岁的女孩子，让他捧若掌上明珠。

他换了便装，装作没带钱的模样，在集市上徘徊，终于在第三天等到了她，花骨朵一样的女孩穿着藤萝衫裙，挽着篮子，眼睛里是他最憎恶的、常年被保护的柔软的天真。

她在街边请他吃了一碗豆腐花，袖口滑落下来，在肘部堆成一朵纱花，宝石样的黑眼睛望着他，专注地听他说话。

他没有费什么力气，几句甜言蜜语，相思倾慕，就将她的魂勾走了。

总归是有一点儿快意——明宴夺去了他的，他也让他尝尝处处掣肘的滋味。

他也是后来才知道，看见钩的鱼儿，是自愿咬了钩，用那种近乎愚蠢的天真热忱，把自己化作筹码，摆在君臣对垒的天平上。原来，她比想象中聪明。可是，究竟什么时候对她有了感情？也许是看着她矛盾地打转，让他感受到了一点乐趣。也许是南宫里头，实在过于寂寞。他咳嗽起来，拿拳头抵着唇，青筋一跳一跳。好半天才笑着，眼中悲凉："你们个个围着明宴，竟无一人真心待孤。"

苏倾抬眼望向他，轻轻道："陛下，明宴的养父，是先帝太傅，路斛路大人。

"王上觉得人人心思各异，可明大人和我们明府所有人，全是为了南宫和王上活着。"

燕成堇茫然看着角落里的蜘蛛网。路斛吗？

他很小的时候，父王曾经告诉他，那是一等一的良师，等他长大了，若路大人不致仕，还要给他做太子太傅。

可是这个本该教他的人，转而教养了明宴。一面未见的情分，怎么可能比得过朝夕相处十几年？

他转身，一言不发地走出暴室，绣仙鹤的大氅摆着，似乎已转阴鸷于一片颓然。

第三章　不称王

（一）

墙壁里的潮气透骨，苏倾背后的衣服一直湿着，当夜发起高烧来。

陆宜人送来的一碗水见了底，她感到身上发冷，抱紧膝盖，坐在草堆上缩成一团，几不可见地抖着。

迷迷糊糊中，听到几声布谷鸟的啁啾，她的眼睛微眯，迟缓地艰难地抬起长睫。

高窗外面传来窸窣响动，不多时，好几块墙皮扑簌簌滚落而下。高窗上，婴儿小臂粗的铁栏杆，竟生生让人扭出个豁口来。

块块碎砖雨点般砸在地上，腾起云雾似的粉尘，但因地上铺着厚厚的稻草，没有发出多少响声，倒是空中有一阵蝙蝠拍翅的风声。

有一股新鲜的风进来了，苏倾抱着膝，着绣鞋的脚缩了缩。

她的脊背一直紧紧靠着那面墙，仿佛这牢房统共只有那么小。

一双手轻轻落在她发顶上，触了一下。随即那道风近了，带着凉气的沉水香入鼻，他蹲下来，轻轻撩开她的裙角。

栏杆外一点摇曳的暗淡烛光晃动，小腿上入眼一片红疹子。苏倾动也未动，许久才有些迟钝地抓紧了裙子，声音小小的：“大人？”

明宴的手贴在她额头上，干燥冰凉的触感。随即他的手移开，手指在她腮边一捏，扭开口的水囊递到她唇边，慢慢喂了几口。

冰凉的甘霖入腹，马上给身体里干蒸的火气降了温，苏倾就着他的手又喝了几口，他把水囊移开：“歇歇。”

高窗上的碎砖仍往下落，铁柱之下让人掏出个大洞来，外面的月色泼在稻草堆上，凿子钩子“笃笃”的声音闷响。

外面飘来一丝“梦浮生”的味道，狱卒还在深梦中，牢门之外一片宁静祥和。

明宴把披风解了，平平铺在地上，手伸过她膝弯，将她拦腰抱上去。昏暗中她看不大清他的眼神，明宴的脸似乎沉着。

苏倾紧绷的、惴惴不安的精神一松弛，身体也软了。她两日只沾了几星水米，衣裳腰都宽了，胯骨硌人，身上的热度隔着裙子烫着他的手。

她半阖着眼，似乎有些糊涂了，手攥着他的袖口。

明宴的手轻勾着她颊边发丝，一根一根理到了耳后，像在精心整理一尊塑像。

苏倾任他触碰着，偶尔把温热的颊转着，贴一贴他的手指。

明宴的手指凝住了，似乎借着昏暗的光，深深地端详她。

她什么也不问，声音小得如同乖巧的孩童，想讨糖又不敢开口的呓语："大人抱抱我……"

他伸臂将她抱进怀里，手压在她脊背上上下摩挲，似乎在压抑些什么，平平道："这就出去了。"

苏倾在他绣着麒麟的肩头上露出一双眼睛，好半天才凝神，眼珠迟钝地转了转："大人在外面，遇到了拦你的人吗？"

明宴拍拍她的背："没有。"

她吃了一惊，忙道："恐怕今天走不得。"

暴室为防宫人越狱，都有重兵把守，平均百步一岗。要是畅通无阻，事出反常必有妖。

待到要起身，明宴压着她的脊背，将她扣在怀里，她抬眼看着牢狱惨白墙壁，许久才淡道："自己讨的，多受一会儿。"

苏倾让他抱着，出了一额头虚汗，慢慢地精神不济，眼皮发沉。明宴这时将她放开，抬着她下颔，低头碰了碰她的嘴唇，随即加重力道碾磨舔舐："我说能走就能走。"

苏倾正烧着，抓着他的衣襟，檀口轻而易举地让他撬开，浑浑噩噩地给他欺负了个遍，眼里的湿意越发蒙眬，她轻轻笑一下："那走吧。"

明宴托着她的脸，低头看她，似乎生了几分兴趣："真的？"

苏倾极认真地点了一下头，黑暗中瞳孔大了一轮，愈加乌黑透亮："真的，我也不想待在这里。"

即便燕成堇放空城计设了埋伏，内苑禁军候在外面等，哪怕被射成个刺猬——从前燕成堇就是那样对待背叛他的宫人的，那又怎么样呢？

她又不怕死，前路往左，抑或往右，只要她愿意，她想。

这么想来，所有的怯懦都没了，忽然畅快了许多。

明宴笑了一声，低头慢慢将她的裙子挽起来，推着她的膝盖，让她坐着屈起腿。

莹润的小腿肚和大腿根上成片密密麻麻的红点，他用手摸了一下，很快便唤起了被遗忘已久的瘙痒，苏倾的腿抖了一下。

明宴固住她的膝盖，听语气似乎是恨她："这么厚的草，就往一个姿势坐着，不知道动一动。"

他从袖里抓出一把马齿苋的叶子，揉碎了搽上去，摸到了腿根，苏倾的裙子一下子放下来，帘幕似的盖住了他的手，触感像是落花扫过他的手背。

她的耳根通红，柔声道："大人给我吧。"

明宴有些不快，但更多的是好笑，抬头睨着她，拉长了调子："给你？"

苏倾停顿一下，白皙的手心执拗地伸出来："叶子。"

明宴不再拿她取笑，抓了一把叶子放在她掌心，看着她用裙子遮着，边搽边同他搭话："大人怎么知道这个？"

明宴哼笑一声："我儿时混于市井，什么没受过。"

苏倾抬起乌黑的眼睛望着他，眸中含有温柔的悯然之意，像一泓水，把人环抱住了。

他冷不丁伸手，再度抚向她的额头，触了触那烫手的温度。苏倾闭上一双眼睛，睫毛徐徐颤动起来。

"府里养你七年，让你遭过这个？"他的语气阴沉下来，语调轻，却仿若山雨欲来，"燕成堇合该千刀万剐了。"

今次他提起王上，直呼其名，毫无尊敬之意，听来令人头皮发麻。一个黑影从高窗上那个洞口跃进来，明宴听闻风声，抓住她的手臂一拉，放下裙摆，遮严她的双腿。那人屈膝轻盈地落了地，是背着剑的俞西风，远远地瞥了一眼苏倾，见她四肢齐全地活着，这才道："大人，时间差不多了。"

"出去吧。"

西风闷闷的，又敏捷地从那洞中钻了出去，背上伸出的剑柄挂在洞壁上，险些将他挂得跌回牢中。苏倾无声地显了笑窝。

西风倏地回过头，脸上又红又白的，满心愧疚都变作恼怒："你笑什么？"

明宴蹙眉，一颗碎石头"啪"地打到西风腰上。

西风恨恨地落了地，碎石又落了两块，扬尘四起。苏倾慢吞吞理好衣摆，又正了正发髻。

明宴拉着她走到窗边，托着她的腰将她一把抱起，苏倾撑着洞口，紧张得手心满是汗水，手臂酸软，一时使不上力气。明宴贴在她身后笑笑："别急，我抱得动。"

他将她向上一抬，腾了一只手，手掌从底下稳稳托住她的鞋底："踩实了。"

苏倾额上生了一层密密的热汗，让风一吹一阵凉。北风从墙上挂锚下来，朝她伸手："倾姐抓着我。"

苏倾抓住了他的手，咬着牙爬过了暴室的高窗，荡在了空中，慢慢落了地。

天幕上悬着一轮弯月，倒映在广阔的湖面上，一上一下两个月牙儿。宫中已宵禁，四面只余一片高低起伏的虫声长鸣。

"倾姐，王上没有难为你吧？"北风拉着她上下打量。俞西风抱怀站着，斜着眼远远地看。

苏倾摇摇头。明宴像一道虚影跃了出来，拍拍袖口。

苏倾问："大人，我可踩疼了你？"

明宴看了一眼手掌，拿帕子慢慢地擦了擦掌心，又将帕子揣好，闻言笑一声："踩疼了如何？”

苏倾慌张，走过来看，脸颊因高热而泛着微红，让他一把拉到了身侧，声音已放低了：“走得了？我背着你走。”

北风说：“大人，我来背倾姐吧。”

俞西风也忙道：“我也可以。”

苏倾看了看四周，宫殿檐角翘着，悬着的风铃荡着，一阵清脆的响声。

她猜想这一次出门，自己不能拖了后腿：“我能走快的。”

明宴置若罔闻，将她一拉甩上了背：“西风、北风开路。”

二人脸色异常严肃，纷纷回过头去：“是。”

明宴将她托起来，拍拍她垂下的纤细的胳膊：“搂着。”

苏倾搂紧他的脖子，他头上簪冠和黑发都在眼前。

明宴背着她走在宫道上，忽而拍拍她的臀，低声道：“倒是忘了，刚才给这里搽过草叶没有？”

苏倾颊上一片绯红：“可没有被咬。”

明宴笑一声：“胡说。”

“真的。”她红着耳根，一板一眼解释，“我一直坐着的，小虫子都爬不进去。”

明宴不作声了，半晌才笑一声：“回去看看再信你。”

苏倾着急地挣扎了一下。明宴将她膝下勒紧，淡道：“可别动。”

一路沿着蜿蜒的泰泽湖穿越内苑，宫道上一个人也没有。月光照着泛着亮光的青石地面，西风、北风的影子落在后面。

风吹来，池中荷叶相碰，发出“哗啦哗啦”的响声。水中月碎成了一池光片，再向前走就是安远门了。

苏倾鼻尖嗅到一股淡淡的铁锈味，撒了手一摸，明宴肩上洇出血渍来，染乌了刺绣麒麟。她摸到了一手黏腻，声音都发慌了：“大人……”

明宴说：“搂好。”月色照着他的玉冠上繁复的刻纹，他的声音平静，“我自己弄的。”

苏倾默了片刻，抬眼望向前方，转过拐角就要走出宫门。明宴散漫道：“背誓的代价而已。”

苏倾不作声了。她隐约猜到老头儿死之前给明宴留了什么遗言。

到底是将他一手养大的恩人，明宴外表无情，骨子里却是个极重情的人，死人的承诺，他更不会轻易违背。

老头儿一生为了南国皇室鞠躬尽瘁，明宴是他锻出的一柄破云利器，曾经力挽狂澜拱卫了皇室血脉，可过于锐利，到底让他放心不下，须得用什么办法拦住他。

现在明宴要背誓，意味着他不会再受南国的皇室牵制，他也同她一样，只为自己而活。

她只看着，手不敢碰那处：“拿什么弄的，疼吗？”

明宴散漫地看着虚空中晃动的树影，只缓声道："你不要怕。"

苏倾点一下头："我不怕。"她忽地想到什么，"上一次发现大人有根白发，不知现在还有没有，若是找到了，帮你拔下来。"

她的手轻轻拨了一下他铁石般的黑发，不过短短数日分别，赫然在黑发底下发现了数十根银丝，怔了一怔："怎么添了这么多？"

明宴猫一样的瞳孔闪着微光，面颊绷着，颠了一下她，颠得她惊慌地伸手去搂他脖颈："苏倾，你话也太多。"

城门向外慢慢推开，发出"吱呀"的钝重声音。门外整整齐齐地候着东风、南风，和大司空的三支精锐卫队。

可是更远的地方，浮现了无数影子和光点。

隔岸星火点点冒出来，宛若亮起了一道银河，那是禁军手上熊熊燃烧的火把。

西风与南风都倒退一步，绷着声音："大人，这个人数，恐怕不止禁军。"

"大司空别来无恙。"那边为首的人骑在马上，远远笑着招呼，声音隔空而来，"鸩杀我岳丈的仇先放一放，深夜染指王后这一条，便够你死罪。"

他嗤笑一声："意外吗？我早说过，十二卫拱卫的永远只是王上。"

俞西风拔剑，脖子上青筋暴出："姓宋的怎么也偏偏赶着今日凑热闹。"

苏倾看着那片鬼魅似的阴影，难怪王上放手将十二卫划给了王丞相，当初只以为是挑拨丞相与大司空的关系，好坐收渔利。现在想来，原来宋都统早就暗中投了王上。

让王丞相压着，他永远得给人鞍前马后地当孝子，现在王丞相死了，他才好将权柄尽数揽入怀中，背靠更大的树，粉墨登场。

明宴托起她的两膝，放在他腰侧一按，伸手"唰"地抽出俞西风背上的宝剑，在手中拂了拂剑锋，侧头对她轻道："夹好了，可别掉下来。"

远处无数的火把炙烤着漆黑的夜，那边的人是发红的，近处的卫队却如同冷铁铸就的兵马，没在黑暗里。

不知是谁先喊了一句："誓死护卫大司空。"原本沉默的卫队，忽然震天动地呐喊起来："誓死护卫大司空——"

喊声在夜色中荡出雷霆般的阵阵回响。

这是明宴的亲卫，不多不少三千人，是他精挑细选出的骁勇之士。宋都统的马似乎被这一片雷惊退了半步，他勒住马绳，隔空喊来："大司空可是要反？"

明宴避说："宋都统若不挡我的路，我的亲卫如何会难为你。"

宋都统一声冷笑："大司空夜半挟持王后出宫，我若不拦，置王上于何地？"

明宴用袍角慢慢拭了拭锋："宋都统说笑，我南国哪有王后，一国王后，又怎么会囚于暴室？"

"诡辩，司马昭之心人人皆知！"

明宴慢慢抬头，眸色惊天动地地亮，像破云而出的闪电：“我带人来是反，宋都统带重兵夜现宫门之外，又是做什么？”

宋都统见始终无法激怒对面的人，背后出了一身热汗。

他不善丹田发声，嗓子有些发痛了：“那自然是……”

后半句话在空中破了音，就仿佛跑步没刹住力向前扑倒一样，但他明白没有退路了。

明宴紧绷的身影钉在对面的土地上，像插在土里的嗡嗡作响的邪剑，会横着过来割裂他的喉管。

肩膀让人拍了一下，身旁一阵骚动，着铠甲的将士们纷纷低头。

燕成堇的黑色大氅在空中翻飞，猎猎作响，他掩在一身黑中，坟墓里爬出来似的苍白瘦削：“是孤的意思。”

王上慢慢地策马过来，同他并肩，一行卫队匆匆出列，挡在他前面。

火光之下，宋都统注意到燕成堇脸上、颈上都是虚汗，仿佛浸了水似的湿漉漉，偏生眼睛里闪动着火焰似的光芒，一瞬间让人想到了绿眼睛的豹子：“王上，您还是——”

燕成堇没听到似的，直往对岸看去：“反臣明宴，杀。罪女苏氏，必然活捉。”

“领命！”

那边的声音如同一道闷雷砸下，“轰”的一声。

东风和西风慢慢挡在明宴面前，眼看着那边黑压压的人如潮水般涌过来，卫队也策马向前奔去，不出片刻，短兵相接的金属声便从最前头传出来，混乱摩擦着，咯吱刺耳。

马的嘶鸣和人的喊声交织成一片。

天上的月牙冷冷地挂着，明宴侧头，苏倾见他睫下的眼里似乎变作兽类的猩红，他把剑握紧，声音都仿佛动物胸腔里咕噜的滚动：“不许放手。”

苏倾搂得更紧一些，手和腿都发酸：“好。”

明宴得了她的回答，蓦然向前动了，风呼呼地从她耳边掠过。

黑色的一骑迎面赶来，东风、西风手上的长矛挥出去了，那人却从他们身边打了个圈，绕了回去，远远喊了一句：“明大人，最后一次。”

东风、西风对视一眼，眸中皆有惊喜之色。

十二卫隶属于外城禁军，是明宴旧部，里面有不少他儿时玩伴、提携过的后辈。王命不可违，他们只好对着卫队发难，默不作声地给明宴放水。

明宴一脚踹在西风腰上，切齿道：“看哪儿呢——”

俞西风脸色一变，长矛横出去，猛地穿透了偷袭的一人之腹。身旁掠过无数道虚影，刀兵的嗡鸣声灌入苏倾的耳朵。

内苑禁军原本被王丞相控制，丞相死后彻底被燕成堇收回。明宴三千卫队挡不住五千的内苑禁军，转瞬之间便有数人策马飞驰而来，欲取大司空首级。

明宴手中长剑削铁如泥，“扑哧”一划便能将人截作两半，热血喷涌而出，下半身仍骑在马上飞奔，上半身咕噜噜地栽倒下来。

苏倾感觉到他的脊背紧绷着，变得像烙铁一般滚烫，他眼角带着血丝，侧头，声音却柔："闭眼。"

她闭着眼睛，高热致使两耳嗡鸣，她安静地听着耳边的风声。

剑是一种优美的武器，于空中翻飞便可成舞，但此刻在明宴手里，彻底变作杀戮的刀。

剑啸声如尖锐的鹤唳，急促地割碎了风，他不戳刺，只用快速的开膛破肚的劈砍，鲜血不断"哗啦、哗啦"地喷涌而出。

一只手搭上了她的肩，抓住了她的衣领，下一刻剑光一闪，一阵凉风吹过她的脖颈，那只手马上就从她身上滚落下去。

南风、北风贴在她身后，急促地呼吸着，瞪着周围的人，脸上都挂了几道血痕。俞西风和东风走在前。

蝗虫似的点点攒动的人头中，六个人凝成一个点，慢慢地向前移动着，最显眼的是苏倾身上的淡青色裙，明府的女孩子在最中间，像鲜亮的一点花心。是明府不能沾血的旗帜。

俞西风一声闷哼，被刺入手臂的长矛掼倒。倒了一个西风便是开了个缺口，无数人朝着这个缺口攻来。西风咬紧齿根抵着矛，慢慢暴出了青筋。

明宴的剑带着兜头盖脸的风猛挥过来，拿矛的人从马上翻下，西风骤然松了劲，躺在地上，剧痛后知后觉袭来。

他这辈子没有这么痛过，无声地露出了挣扎的神色。明宴的靴子尖抵着他的腰，往起一踢，低头斥道："起来！"

刀径直袭来，一片雪亮的光，苏倾的眼皮跳了一下，蓦然睁开眼，刀已"哧"地没入明宴肩膀，血溅在她胳膊上。

她的手指猛地痉挛起来，刹那间凉透后背。

明宴一声不吭，左手握住了刀柄，瞳孔压在上目线上，缩成小小的一点。

他咬着牙，竟然反手压着刀，慢慢拔了出来，"唰"地带出一道喷射的鲜血。

挥刀的禁卫被热血溅了一脸，骇得怔在原地，马上让他以那柄刀削去了首级。

明宴像是铁铸兵人，吃了一刀，竟还又向前突围数步。燕成堇坐在重重护卫之后，手紧握成拳："还不快些！"

又一轮拼杀声如浪潮翻涌而起，明宴右手持剑，左手拿刀，前襟已看不清本来的颜色。

苏倾手底下湿漉漉的一片，下颌贴住他的耳尖："大人。"

"嗯。"

"大人。"

明宴的双眸眯了一下："再叫一声。"

"大人。"

明宴咬牙，将俞西风领子向前一拎，瞬间又向前四五步，忽而一阵清脆的黄鹂鸣声，在一片混乱中响起，啁啾婉转，拖出清脆的回声。

不，如果真是鸟鸣，早就掩盖在喧闹声之下。

那是人以口技模仿黄鹂发出来的声音。

转瞬间，铠甲“哗啦”相互碰撞，正与明宴拼杀的转身，散布在各地的禁卫军反戈，都同时拥向一个地方。

宋都统低头，失神地看向将他围拢一周的无数把长矛，像绽开的无数花瓣：“你们——”

明宴的卫队从四面拥出，将坐于马上的燕成堇围得水泄不通。

燕成堇握着缰绳的手哆嗦着，越过诸人直直看向明宴，哑着嗓子道：“内苑禁卫军何在？”

没有人答他，人人都只看着手上的矛，矛就立在王上喉管前，十二卫不敢轻举妄动。

鲜血在地上流淌着，风中又只剩下虫鸣的声音。清寒的月色下，一架吱呀作响的轮椅慢慢地转动至战场中。

轮椅上的老人膝上盖着栗色锦被，被子表面簌簌抖动着，他口鼻歪斜，脑袋将摇未摇地晃动，枯瘦的手臂不住地转动着轮椅，吱呀——吱呀。

宋都统的眼睛几乎瞪出血丝来。燕成堇握着缰绳的手也在颤动。

难怪呼不动内苑禁军，原来这股力量，从来就没属于过他。

明宴笑了一笑，剑尖的血滴答滴答地落在地上：“陛下不等人死透了就来揽权，未免过于心焦。”

他的手放在轮椅上轻轻一推，助目光如蛇的老丞相一臂之力，将他送到了宋都统面前，脸还朝着王上：“谁告诉您王丞相死了？”

燕成堇头上虚汗滚滚，一遍又一遍地冷热交替着：“你们，你们不是……”

“势同水火，难道就不能合作了？”

燕成堇冷笑一声，仰头看着明宴：“大司空与丞相不睦，素来针锋相对……一个狭道，两顶轿子不可一前一后，为此扩充了宫道……丞相夺十二卫军权，大司空怒而鞭笞下人，一日杀数人，要将丞相碎尸万段……原来都是装出来的？”

明宴笑道：“王上的眼线该换了。”

他的笑容慢慢敛去，抬起脸，黑暗中的俊容泡在血渍里，他抬袖一点点将脸上血污拭去，现出从未有过的阴沉来：“臣虚长陛下十一岁，丞相长陛下四十岁，陛下尚年幼，最好不要自作聪明。”

暗卫闯入房间那一日，明宴亲自前往丞相府，从后窗翻入时，屋里只躺着王丞相一人，面如金纸，襟下满是吐出的秽物血污。

传说中的郎中与女婿皆不在，他行至榻前，捏了把王丞相的脉，本以为死透了的老头，赫然睁开眼睛，一把反抓住他的手腕。

深陷于眼窝中的眼，死死瞪着他：“救……救我……”

王丞相未死，但已与死无异。

何其可笑，欢声笑语、其乐融融的自家府里，王丞相已让亲近之人下毒暗害，能相信的只剩一个平日里的政敌。

明宴冷笑，从怀里慢慢掏出一块挂着流苏的青铜令牌，在他面前戏耍地晃一晃。

丞相艰难地看着他，亦抖着手从袖中掏出一块一模一样的令牌。

（二）

两块南君令在空中遥遥相对，老人的脸慢慢扭曲起来，“嗬嗬”地露出一个狰狞的笑。

生长在两股力量夹缝中的王上今年十七岁了。

当他不再面红耳赤地同臣下争辩，而学会用示弱伪装自己的时候，他就成长为了可怕的第三种力量。

他不会身先士卒，而是躲在两股力量身后，煽动鹬蚌相争。

明宴甚至有些赞赏燕成堇的心思缜密了。

倘若他能早点独当一面，也不至于让他代掌大权这些年。

王丞相的手哆嗦着，南君令从掌心掉下来，“吧嗒”一声掉在地上。因为中毒的缘故，他口鼻中再度涌出黑色的血污：“我若死了……你也必死。”

明宴猫下腰，将南君令慢慢拾起来，抬头的瞬间，眼皮一掀，琉璃珠子似的眼睛里迸射出寒刀似的光：“威胁我？”

王丞相胸口抽搐着，口齿没在血沫里呜呜地说着什么。

模糊的视野里，明宴不紧不慢地睨着他，眼里似乎含着冷然的笑。

他故意的。

鸩杀丞相或有后路，大不了一反了之。今日死在这里，可就再没机会了。

生死面前，谁急谁输。

王丞相艰难地抬了抬手掌，似求救又似阻拦：“我……不同你……争。”

说完这句话，他闭上口，胸腔里“呼哧呼哧”地喘着，嘴唇不甘地翕动两下，像搁浅的鲫鱼。

明宴捉摸不透地看他许久，这才笑了一声，指间一枚褐色的九转还魂丹，塞进他口中。

王上毕竟还小，恨一个人便是真心实意，恨不得将其扒皮抽筋地恨，哪里知道政敌之间，倘若真的势如水火，那才真是越走越狭，会把自己逼死在困局中。

一弯金灿灿的上弦月，倒映于如镜的泰泽湖面。

这个夜晚，明宴距离安定门已走出百步，前胸的血沾染袍襟，直淌到脚下。

苏倾的呼吸轻轻扫在他耳边，平静的，略有些昏沉，带着灼灼的热气，像小动物的鼻息，却令他异常安心。

俞西风眼里充满了惊疑，今天这一场硬仗，他差点儿就以为是真的，倘若早有安排，他们何必要……

他捂着胳膊小声道："大人，我们……"

明宴绷着脸抬起两指，他噤了声。

靴底黏腻，明宴略抬起前脚，在地上不轻不重地踢蹭了一下，仿佛把什么东西踢得粉身碎骨。

王丞相就是能全意托付的？倘若他不出现，将明府一行人活活拖死，对一个行将就木的人也没有坏处。

明宴对着地上的影子勾起嘴角，那老妖魔记着仇，专让他也尝尝生死一线之际让人拖着耗着的滋味。

信谁都不如信自己。

四周安静至极，宋都统在抖着，头上的白布条断头也跟着抖，轮椅逼近时，他的后腰抵住了身后的矛尖，退无可退。

王丞相的眼球浑浊，眼袋下垂，像坟墓里爬出的厉鬼。

他眼里是怨毒的恨意，却只是歪斜着嘴问："小荷呢？"

宋都统腿一软，几柄长矛"哗啦啦"下放，即使他跪倒在地上也不放过。

"小荷呢？"

"爹……对不起，对不起……孩儿就是一时鬼迷心窍……"他几下将自己抽了个鼻青脸肿，眼泪鼻涕沾满了手掌。

王丞相人到中年方得一女，闺名糯荷，自幼娇宠，长大后成为威震一方的悍妇。

王丞相一生无子，唯有糯荷的婚事需要惦记。娶了他的女儿，就要登门做他王家的赘婿，但同时也将接手他所有的权力。

竞相提亲的人中，宋都统绝不是最优秀的一个，却是最豁得出的一个。他能夜夜睡前为妻子洗脚，起床帮丈人倒尿壶。

就是这个会奉承的草包，让燕成堇招至麾下，赐了丞相一死，马上迫不及待地纳了三四房妾室，将那悍妇原配百般糟践，快活得不知今夕何夕。

王丞相枯树皮似的手，咯吱咯吱地攥紧了膝上的被子。

"爹，这不赖我！"宋都统两手紧握着抵在喉管上的矛尖，双眼四处寻觅着救兵，定住了，"是王上，王上逼迫小人这样做的呀……"

燕成堇的黑袍在夜色里飘动，他面上现了疲态，闭了闭眼睛。他很累。

近一年半来，他时常会感觉到这种被掏空心神的倦意。

夜不能安寝，只得招采女服侍，欲望的尽端却是更深的恐惧。

他顾不上那边传来的推诿，睁眼看着明宴，肖似先皇后的柔媚眸中映出对方杀神一般的身影：“孤恶心你。”

明宴扫着他，话语从齿缝里一字字挤出来：“若不是陛下姓燕，流着南国皇室的血，你以为臣喜欢你吗？”

燕成堇头一次在明宴眼中看到了不加掩饰的厌恶和鄙夷。

“臣不喜欢委屈自己。”他反手托起苏倾滑下来的腿根，看着燕成堇笑了一下，“所以真正让臣厌恶的人，不是死了，就是快死了。”

他轻慢道：“陛下做梦都念着臣要反，帽子扣得太久，臣厌烦极了，今日反给陛下瞧瞧。”

燕成堇额角的青筋骤然隆起：“你——”

明宴下颔微抬，卫队无数把青黑的利刃“哗”地逼近，有几把已经挨住了王上的后心。

燕成堇脸同脖子发红，浑身颤抖，大口呼吸着，透不过气来的模样。

明宴瞧着他：“求我，饶你一命。”

他的食指在苏倾大腿上轻轻蹭了蹭，苏倾的睫毛抖了一下，阖起的双眼又慢慢张开。

这一幕，睡着多可惜。

“方才做了好几个梦了。”她轻轻地说，声音已有些沙哑。

梦见已经回了明府躺在床上，睁眼却发现还在这里。

明宴眼珠微转，听在耳中。

燕成堇死死看着他，敢让他受这样的屈辱，这样的屈辱……他似乎想要说什么，可什么也没能说出口，一张嘴，一口血“噗”地喷出来，利剑一样射在空气中。

他自己有些难以置信地睁大了眼，染了血的嘴唇发白，片刻，一头栽下马去。

拿长矛逼宫犯上的卫队惊了一下，不知如何是好。明宴淡道：“王上这是病了，送回寝宫。”

有人七手八脚地把燕成堇抬至马上。

僵持的局面被打破片刻，不敢妄动的十二卫霍然骚动一下。

黑衣将领单枪匹马“嗒嗒”飞奔过来，手上铁戟“唰”地直劈过来：“大胆反贼！”

苏倾一惊，眼前那人听声音耳熟，原是刚才放他们一马的人，双眼赤红。

十二卫旧部钦信大司空忠义，才徇私情，可明宴方才亲口说了，他要反。

一道风猛扑过来，扬起她的发丝，明宴的剑“铛”地抵住了那利器，剑光一动，马儿发出一声吃痛的长嘶，猛地扬起两蹄急刹于空中。

那人从马上骨碌碌地滚下来，明宴的剑尖正悬在他胸膛上方几寸。

十二卫将士骑于马上，月色下是他们发青的脸，众人睁大眼睛看着，鸦雀无声。

地上那人瞪着明宴，明宴亦低头看着他。半晌，他蔑然一笑，剑尖挪开几寸，脚尖照着他腰际一点，将他踢开。

“忠臣良将，赐黄金百两，擢为十二卫都统。”

众人都吸了一口气。

苏倾的头转了转，看到了一旁被王丞相捅成了筛子的宋都统，还在哭着求饶，爬着拖出一道道血痕。

亲卫齐声道：“是。”

他的剑尖远远扫过远处站着的十二卫众人，眼底的冷笑明显：“就一个人？养你们，木头似的。”

都是血气方刚的少年，让他这一扫，不出片刻，纷纷下马，铠甲相碰哗啦作响，默然拜于大司空脚下。

有的人，生来气质拔群。无论为君为臣，不可忤逆，只能尽忠。

月色底下，徒余马立着，战马旁边，乌压压跪了一地。

明宴瞧也不瞧，背着苏倾往回走去。

明府的侍婢头一次接了这么重的伤员。俞西风回来时，手臂上还插着半截断戟，为首的丫鬟吓得两腿发软，竟不敢靠近。

最后是南风和北风帮他清了伤口，荆月安顿他睡下了。

这一晚灯火通明直到午夜。

明宴踏进屋内，后面缀了一串丫鬟婆子簇拥着他。屋里的水盆和干净衣裳已经备好。

刚将苏倾放在床沿上，他的青筋蓦地一现，微一皱眉，唇边溢出一口血。

苏倾一个激灵坐起来，两手拉着他的袖口不放，高热使她面颊通红，眼里似乎蒸出一层水雾来。

明宴用手背擦了一把，同她解释：“不碍事，吐的是胃里的血，不似王上那心头血。”

眼角扫着婆子和丫鬟又惊骇地跪了一屋子，心里讨厌她们动不动就跪的脾性。

苏倾急得话也说不利索了：“这，都是血，还有什么不一样？快起来，给大人处理伤口。”

“谁敢？”他眼锋一扫，刚起身的侍婢们纷纷又跪下，“滚出去。”

一屋子人又匆匆退下去。苏倾强撑着跳下床来，明宴扣住她的手腕。她回了头，急道：“可要我也滚？”

明宴瞧她一眼，那眼里的不悦和纵容同时迸现。

她手里的帕子已经投进盆里，在温水里浸了浸：“大人先坐着。”

明宴撩摆坐下，想了片刻，把外裳也扯开，衣襟粘着伤口，他不出声，只皱一下眉头，眉骨上覆了一层亮晶晶的汗。

前胸的那一刀是最重的，皮肉外翻，黑黢黢的，像一道狭缝，待苏倾转过身来，他又反手将衣袍敛了。

苏倾靠近了他，感受到他身上的热气，他伸手捧住她近在眼前的腰，她身上的裙子皱得不成样子，他极淡的语气里带上些别样的意味：“先前说回来要给我看看哪儿？”

苏倾怔了一下，拧眉闷声道：“没说。”

“胡说。”明宴笑了一下，照着她臀上轻轻一拍，恨道，“我记得清清楚楚。”

苏倾鱼儿样地从他掌心挣脱，手上帕子的水滴滴答答落在他膝上，手指绞上他的袍子，轻声无奈道：“大人别闹。”

明宴反手按着衣领，怕里面的模样吓着了她：“闭上眼睛看。”

苏倾却微微睁大了眼：“闭着眼睛，怎么看？”她默了一下，覆上他的手指，想将他的手指硬掰开，“大人给我看了，我便也给你看就是。”

空气静默了片刻，明宴睨着她：“你说的。”

他的手指挪开，宽了衣袍，大司空瞧着偏瘦，身体却绝不羸弱，陈年旧伤留下淡淡疤痕，密布于硬邦邦的肌肉表面。他垂着眼，苍白的脸上，是鼻梁的阴影、睫毛的阴影。

苏倾将帕子拧得刚刚好，小心地擦去血污，血丝在水里漾开。

最早的时候，他换药都是西风几个来的，小崽子们下手没个轻重，他拧眉忍着，沉着脸不作声，他们便从不知道。

那时候做十二卫都统，受伤的时候不多。只有五年前那一次，他深夜从王宫返还，身上与剑上都披着夜露。

烛光摇曳着，北风和南风正盘腿坐在一处斗小木剑。他记得还算清楚，那时苏倾坐在榻上对着光紧赶慢赶地纳鞋底，一张小脸绷得认真严肃，鸦翅般的睫毛安静地垂着，偶尔才颤动一下。

他烦躁地将北风和南风拂到一边。北风的鼻子小狗似的抽动着：“大人身上有血腥味儿。”

纳鞋底的女孩停下了手中的活计，抬起一双乌黑的眼。

南风问：“大人又受伤啦？”

明宴很渴，呷一口茶，茶是烫的，他停一停，又喝一口，语气越发不耐烦：“打了一架。”

男孩子们对这样的事最有兴趣：“怎么打的？跟谁打的呀？”

他不作声。脑袋里涨涨的，仿佛还盘旋着王宫大殿上的剑啸。十二卫一支三十人的小队，直到后半夜才杀出一条血路来，到了最后，他持剑的腕子都麻了，变成一只野兽，杀人像是砍菜切瓜。

“大人，告诉我嘛！”

“告诉我嘛！”

他的目光茫然落在两张小脸上，他们根本不知道，天地差点就要改换了。他没办法说，不知同谁说。

他那时也不知道，护着幼太子上龙椅的那随手一拎，会让他明宴的名字永远留在史书上，以至改写了整个南国的命运。

那一夜，他只是觉得烦躁头晕。

“你们先回去吧。”一向沉默的苏倾忽然说话了，还是那柔柔的腔调，“让大人歇一歇。”

她跳下榻，接过他手上的空杯，替他添了一杯温度正好的水。

南风不高兴了：“你这丫头，凭什么我们回去你不回去？”

北风急着听打架的详情，也跟着起哄。他看着苏倾涨红了脸，似乎头一次有些生气似的拉住他们的衣服角，把他们从榻上扯下来，顶牛似的用力推到了门外，把门关上了。

南风在门外敲门：“死丫头，你有种……”

苏倾的背紧紧靠着门，门被一下一下地顶弄着，她单薄的身子也跟着颤抖，她守着门，远远地同他对视。

屋里霎时安静下来，她睁着那双乌黑漂亮的眼睛，很轻地问：“大人需要换药吗？”

那一夜，头一次由苏倾给他换药。

她刚满十二岁，个头才刚过他的腰，那双眼睛里的灵，却已能无声地同他对话，理解他全部已说或未说的心事。

他害怕这双眼睛，心底却又战栗着兴奋，抑或渴望。

解开衣服时他也不情不愿，冷眼道：“出去随便换个人进来吧，仔细吓着。”

苏倾把头摇得似拨浪鼓：“我会是全府最小心的，一定不让大人痛。”

他嗤笑一声：“你试试？”

苏倾点一下头。沾湿的帕子轻轻地盖在他伤口周围，羽毛滑过似的痒。

原来由女孩子换药，果真是一点儿不痛的。

“知道今天发生什么事了吗？”他阖着眼睛问。苏倾的声音就那样轻轻地响着，呼吸落在他胸前：“不知道。”

他低低冷笑，恐吓，卖弄，抑或有别的什么：“宫倾了。”

苏倾默然半晌：“噢。”

她清理得极认真，说话的时候就像分不出神，他便不再同她说话了。左右她还不懂。

紧绷的神经松懈下来，倦意便上了头，屋子里静得只有烛火燃烧时偶有的噼啪声。她似乎在端详他的伤口，良久才极小声地说：“大人疼吗？”

她知道宫倾的。

天地改换，人命如蝼蚁。明宴胸前的纱布，早让血都浸透了，拿下的时候湿漉漉的，她的手指尖都麻了。

他听到了这轻轻一声，眼睛闭着没作声，蓦然感到一滴水落在伤口，沿着纹理蔓延开刺痛。

他睁开眼，看见她正惊惶地拭去脸上的泪痕，望着指尖发呆，似乎自己也诧异得很，又咬唇望望他的伤口，帕子绞在手指上，怕得不知道怎么办才好。

“怎么回事？”他骤然开口，声线是冷的。苏倾忙道：“对不起，大人……”

他的手指在她发顶轻轻一拍，倒像是揉了一把她的脑袋：“怎么还给我伤口上撒盐。”

……

苏倾绞着帕子的手指，正蜻蜓点水似的触碰他：“疼吗？”

这多年来，她低眉的样子一点儿没变，垂下的两排睫毛弯弯的。

明宴伸手去摸：“不疼。”

苏倾闭了闭眼睛，手法娴熟干脆，咬着唇快速上了药，几下缠好了他胸前的刀伤。还拿一块干净帕子蘸了温水，仔细拭去他额上的汗，呼了一口气：“大人还需静养几日，最好不要风寒发热。”

明宴“嗯”一声，利落地换下染血的衣裳，朝她扬了扬下颌：“苏尚仪坐那边等我检查。”

苏倾回头，见他指的地方是床榻，脸倏地红了。

只是既答应了他，不好反悔，只得坐上了榻，手局促地放在裙摆上，将那竹叶子揉成一团。

明宴打点好一切上了榻，她仍僵直地坐着，脸憋得通红：“不知道大人想怎么看？”

明宴瞧着她：“你想给我怎么看？”

苏倾默了一下，小声说：“我说没有疹子，便罢了。”

“嘴上说怎么作数？”他淡淡道，瞥着她小巧的耳垂红得像要滴血，薄唇轻碰两下，她便抖起来。

他抵住她的膝慢慢往上推，裙子卷起来，露出白玉般的双足和小腿，还是在暴室里的姿势，原来还是记她的仇：“这次不许遮。”

他的手抚过她的小腿，借着光仔细看了一回，原来的疹子淡了许多，只剩一道浅浅的印子了。

苏倾手里抓着裙子边，只推到这里，不肯再向上了，两膝局促地相互抵着。他的手小蛇一样顺着小腿上山，又缓缓下山，到了腿根。她蓦地鼓了一大口气，猛地吹熄了帐边烛火。

眼前顿时昏暗一片。明宴的动作停住，俊容半淹没在黑暗里，眼底含着一点笑：“熄灯了？”

苏倾心仍在“咚咚”跳动着：“大人身上有伤，不可劳动，就躺平睡吧。”

停了片刻，烛光又亮起来。苏倾眯着眼，正看见他拿着根火柴点蜡，摇曳的烛光把他头上簪冠的影子投在深红色帐子上。

他反手拉着她的裙摆放下来，转身把她放平到床里侧，将被子拉起来，给她盖到肩膀。

“来人。”他平淡地招呼，“拿个冰袋来，让厨房煎着风寒的药，明天早上用。”

他接了冰袋，置在苏倾额头上，她登时觉得一阵凉气从额头注入了四肢百骸。明宴的手轻轻按在冰袋上，语气平平道：“仔细脑袋烧坏了。”

他身上有伤，咬紧牙关，手撑着慢慢躺下来，伸臂摸到了她的腰，将她搂到了身边，这才扬袖灭了帘外烛火：“夜里不舒服，叫我一声，知道了？”

苏倾紧挨着他躺着，眼睛慢慢地眨了眨：“大人不舒服也要叫我。”

明宴似乎笑了一声，不再搭话。

睡了两夜稻草，苏倾沾了柔软的床榻，不足半刻钟便沉入梦乡。

带着铁锈味的沉水香环绕了她，朦胧中感到他俯身下来，在她唇上轻轻地贴着，久久没有放开。

（三）

这一夜，外人看来平静无波，太阳升起时，集市照常开张，只是听闻安定门前夜里失了火，现在已经扑灭。

宫里传来消息，燕成堇夜半咯血三次，几乎没有醒来过，早朝未能成行。清早传来宋都统暴毙的消息，文武百官侯手持笏，在大殿门口议论纷纷。

宫人垂首低头，着青烟般的宫装，在桥上、廊上轻而无声地穿行，面色惨白地来去匆匆，荷叶下的锦鲤蛰伏不出。

昨夜宫门紧闭，门口的金戈碰撞和喊杀声如同一个噩梦，清早只留下满地鲜血断臂。几个宫人将尸体抬作一堆。

明宴手里的茶杯浮着两片茶叶，他晃晃杯子，将它们沉下去，低头扫着面前两个战战兢兢的太医：“找我说什么？”

太医斗胆望向上座的大司空，他身上伤口并未感染，只是失血，嘴唇的颜色极淡，整体看上去，比面如金纸的王上好得多。

“回大人，王上肾虚脾弱，多年来用药不得好转，加之情绪郁积于心，有中风先兆，一朝爆发咯血，至今未醒，恐怕……”

“王上还未大婚，宫中没有主事之人。”太医拱手，硬着头皮道，“臣等思来想去，只得来禀告大人。”

宫中无主，大权旁落于谁，人人心里有数。统治南国近百年的燕氏一族，从即日起走向式微。

明宴沉默着，默得两个太医出了一后背的冷汗，他才冷冷一掀眼皮：“参汤呢？吊着。”

太医对视一眼，松了口气，躬身退了出去。

明府的厨房里满是药味，人人都在忙着送纱布、换洗衣裳和热水，前院里的月季花枯死了一大片。

他们看出来，大司空府也元气大伤。

丫鬟用托盘端了两碗药来，苏倾掀了帘子坐起来，服侍明宴用了一碗，自己喝了一碗。明宴伸手按了一下她的额头：“怎么还烫着？”

苏倾奇怪地瞧他一眼，柔声道：“大人再摸摸。”

苏倾的身体底子算得上好，晨起就退了烧。

他将她的头发别至耳后，制着她的后脑，俯身吻了吻她的额头：“嗯，这样量才温度准。”

他的吻慢慢下移，掠过她的鼻梁，印上她柔软的唇，抵着她缠绵了一会儿。

苏倾的手臂挂上他的脖子，将脸微微侧开，长睫下宝石似的眼睛凝神看着他：“大人。”

“怎么了？”

她的眼中略显不安：“路大人辞世前，大人到底答应他什么？”

她忘不了那一日，明宴肩头洇出血迹来，说那是背誓的代价。

明宴单手解开衣裳，往下一褪，慢慢露出缠着纱布的臂膀，后肩一道十字形刀痕，皮肉外翻，已经凝成黑色的伤疤。

苏倾蹙起眉。明宴低眼，似乎在认真问她：“刻得还算周正？难为我反手用刀。”

他的语气满不在乎：“老头儿看得起我，要我起誓永不称王，否则天打雷劈，自绝于他坟前。原来我在别人眼中，还有几分能耐。”

苏倾抿着唇，食指轻轻覆上去，沿着伤疤移动，正在愈合中的皮肤登时痒起来，他一把攥住她的手。

苏倾半天才叹道：“大人当真遵守诺言。”

明宴说：“遵守诺言，这疤便在脑袋下。”他的拇指轻轻摩挲她的手腕，散漫道，“活人能让死人困住了？”

这两刀，算是还了二十年恩情。

苏倾偎着他问：“大人愿当王上吗？”

明宴极轻地皱了一下眉，只是道：“我不喜欢寝殿里那四口鼎。”

不只是鼎，地上的大理石砖面，他亲眼看见的泼过了血的龙椅，那陈年的血污不知道沉降在雕刻蟠龙的哪一片鳞的缝隙里。

他侧头：“你想做王后吗？”

苏倾微微笑着，帮他敛好衣裳，极轻地摇了一下头。

“为什么？”

苏倾说：“我喜欢住大司空府。”

外头粉红色的海棠花盛开，太阳从窗口照进来，落在木椅上，几缕光洒在她头顶，给碎发镶了道金边。苏倾鬓边花娇艳，下面一颗束着流苏的宝珠，折射着一线亮光。

明宴笑了一声："那就得指着王上早日生出个孩子来。"

长期的内斗之下，燕氏旁支几乎全部衰落，皇室再无血统纯正的继承人。倘若燕成堇膝下再无太子，待他百年之后又将是一场内乱。

他将苏倾抱在腿上亲了亲脸颊："却也不知道他行不行。"

入了秋，天气仍然大旱。南宫钦天监，自古以来为强权的爪牙，不出一个月，人人都知道紫薇星西沉，招致天象异常。

时年九月，休养身体三个月的王上燕成堇终于出现在前殿，披一身厚厚的狐裘，脸色惨白，下巴长出细密的青须，双目无神，看起来并不像是休养，倒像是被人囚禁于暗室中。

三个月来，流言蜚语不绝于耳，众人窃窃私语，但不敢大声，持玉笏站在最前面的那道挺拔的身影，是着猩红色官袍的大司空。明宴从不结党，不与人亲近，天生就是独一份的存在。

要么众人协力将他杀灭，要么集体拜服于他的脚下。可惜这多年来文武百官没有一日能做到齐心的。毕竟争名逐利的墙头草多，只要自己的一亩三分地不被侵扰，谁也不想多事，是以这些年来，就这么让大司空坐大了。

座上的王上，偶人似的转动眼珠，视苍蝇般嗡嗡嘤嘤的文武百官于无物，目光与明宴相对时，他嘴角牵拉出一道讥诮的弧度："孤登基六载，夙兴夜寐，然终究力不从心，未能有所建树，愧于祖先，今自愿逊位于大司空明宴，愿爱卿不负所托。"

空气仿佛凝滞住一般，朝臣鸦雀无声，只瞪大了眼睛，好几个人掉了笏板。

秋日晴空万里，天上轻快地掠过一行大雁。

明宴撩摆跪下，亦看着燕成堇，眼里的轻蔑，同他针锋相对："盛世清平，龙体永安。"

大司空一言既出，身后的朝臣"哗啦啦"跪了一地，山呼海啸："王上万岁万万岁。"

燕成堇坐在上座，听着下头波涛雷霆一般的恭维，内心一片木然。

他紧紧攥着龙椅扶手，绷紧了嘴唇，半晌，露出一个苍白讽刺的笑。

他抬起头，树梢上又一片黄叶蝴蝶抖翅似的飘落了，平落在湖里，小船似的慢慢漂远了。

即日起，明宴以大司空之职辅以摄政，军权归一，形同新王。

大司空府无客登门，俞东风坐在门口打盹儿。北风又给院中栽了几簇月季花，夏天到来花团锦簇，他哼着歌儿给花浇水，花丛里飞过一只蝴蝶，他将水壶翘了一下，故意洒了蝴蝶翅膀，白粉蝶挣扎着飞得更高了，他便搁下了壶，将外衣脱下来，扑着蝴蝶跑。

跑到了门口，"哎哟"一声跳了起来："大人回来啦。"

前院水缸里，一朵白色睡莲亭亭盛开。一旁坐着的苏倾头发未绾，长长地披在腰际，数层轻纱衣裙挽到肘上，拿着小银勺，喂膝上趴着的白狐吃花生。

明宴一只手撩了撩她的头发，在耳垂上恶意地拨弄一下，冷清的声音在她头顶响起：“没规矩。”

苏倾耳垂即刻红了，仍坐在椅上没回头，抱歉地笑笑：“我不能动，怕噎着了它。”

明宴蹲下身来，夺过了勺，本来慵懒趴在苏倾腿上、媚态横生的小东西，马上一抖毛滚成一团。

他将那一团拎过来，掐住尖尖的两腮，小狐狸作势要咬，让他捏着落不下齿，只有爪子在空中乱刨。它凶恶地一张嘴露出獠牙，明宴将那几颗花生一把塞了进去，拎着后颈毛丢下了苏倾膝头。

白狐噙着泪跑进了草丛，苏倾伸手去捞，它一歪身子，灵敏地躲过去了。

“大人。”苏倾责怪地轻轻唤了一声，这毛团儿让她哄了四五日才肯同她这么亲近。

明宴扣着她下颌，靠近了，鼻尖在她脸上游移着：“惯得你上天了，见我回来理都不理。”

苏倾让他弄得有些痒，便笑了一声，侧过了脸：“大人这是做什么？”

“闻闻有没有留下那畜生的味。”

苏倾笑得越发明艳了，仿佛所有的光都照在她眼睛里：“脸上怎么会有？”

明宴慢慢垂下眼，似乎从上而下地打量她：“舔过，蹭过，就有。”

苏倾低下眼，两丛睫毛簌簌抖着：“小狐狸不蹭我的脸。”

半晌，看着他掐着自己下巴的手指，轻轻补了一句：“倒是大人的手摸了它的。”

“……”明宴撤了手，横她一眼，又绷着嘴角低头看自己的手，阳光下掌纹清晰。

苏倾站起来，把板凳归位，裙子捋好，轻轻地挽住他的手臂：“回去换衣裳吧！”

明宴回来之前已忙了十日，南国上下，唯独大司空没有固定休沐的日子，与权力相伴而来的，是无穷无尽的烦琐事务。

今日清晨，内宫传来消息，王上的头个子嗣诞生，举国欢庆，早朝暂停一日，他因而有了假期。

明宴淡道：“男孩，长得像徐王后。”

已有一批新的女眷入宫，最早服侍王上的采女徐氏，如今已升为王后，只不过是没什么实权的王后。

并肩而坐的王上与王后伉俪，已成为南国的象征。

苏倾叹道：“燕氏的相貌，一点儿都没传下来。”

明宴整整袖口，闻言停了一停：“我倒觉得很好，燕成堇生得太过女气，不像个王上。”

苏倾微笑不语，脚尖轻轻踢过一粒小石子。

如果王上有心，此子应该成为他心中寄托，燕氏从这一脉开始起死回生也未可知。

明宴捏一把她的脸颊：“想什么呢？”

苏倾捂着脸别过头去："我在想，如果大人真像传言所说，就该扼杀此子于襁褓。"

"传言怎么说？"

"大司空窃国。"

明宴嗤笑一声，似乎全然不当回事："我喜欢什么，你不知道？"

他从不愿委屈度日，做权臣的日子过得滋润，但喜欢的总归不是生杀予夺。

二人并肩走过内院。荆月从他们面前路过，福了福："大人，夫人。"

她梳着妇人髻，脸还像个女孩子，苏倾冲她点一下头。

荆氏女的命运，说来也很传奇：早年嫁于大司空，不足半月便被休弃，又一月，配于都护卫俞西风。

荆月踩着阳光，"嗒嗒"地跑过了后园，拽着西风的袖子，将他从墙头上拽下来。

西风将剑猛地插在地上："姑奶奶，您又怎么了？"

荆月跺着小鞋儿，柳眉倒竖："大人有空便回府陪夫人，你为什么有空只来练剑？"

"那么苏倾有空就给大人做茶点，你怎么就只会吃？"

"你讨打！"

二人嬉闹的影子一前一后落在廊中，俞南风坐在马圈栏杆上远远睨着，嘴里衔着根草，"呸"地吐出来："北风，人还是不要娶老婆的好。"

北风点一下头："我看也是。"

荆月一直追打到了后园里，叉着腰呼呼喘气。槐树遮天蔽日的，在地上落下一大片阴影。

她在这里看见过一次苏倾。春天，她抱着罐子仰着头，四个长大了的男孩子都骑在树上，摇晃枝干，长腿垂着，槐花下雪一样纷纷落在她头发上和脸上，她柔声道："北风，晃准些，都浪费了。"

四人一起恶劣地疯狂摇晃起来，北风兴奋得满脸通红："倾姐，好不好玩？"

白色槐花落得更猛，苏倾双手抱着罐子，槐花不住地从她额头和鼻梁滚落，她只得闭上眼睛，笑着，睫毛簌簌抖动。

……

门窗紧闭着，浓郁的熏香，堪堪掩住满室旖旎的味道。鼎中的坚冰正在融化，苏倾的黑发散落在枕上，手从被子里伸出来，接过明宴手里的冰碗。

她身上只着底层纱衣，半遮半掩透出里面的抹胸。他将枕头抽出来，垫在她腰后，苏倾望他一眼，不太好意思地将被子拉至腰上，低头咬破了一枚樱桃，满口酸甜的汁水。

"好吃吗？"

她点了一下头。这样吃东西，若是她娘见着了，一定骂她没规矩。可明宴许她坐在床上吃，有时看着她，喂着她吃。

天气热，府里的冰碗实在好吃，这般没规矩，便变得不可抗拒了。

明宴坐在案前，翻她从宫里取回来的闲书，阳光落在他挺俊的眉骨上，平平道："一天只一碗。"

苏倾笑笑："好。"

书页里面冷不丁飘出半页纸，他在空中一捞，送至眼前看。

纸上印着一枚残缺不全的三瓣莲花，像是女子花钿反印在纸上的，斜阳之下，褪了色的温柔嫣红。

无尽告白

白羽摘雕弓
Bai Yu
Zhai Diao Gong
著

（下册）

四川文艺出版社

第四卷　玉京秋

第一章　碎流言

（一）

晚乡的市中心拥挤，狭窄的双车道上塞满了车。四十分钟的车程，司机几乎全程拍着方向盘鸣笛，最后用了一个半小时到达。车停在晚乡一中门口时，司机烦躁地把胳膊肘搭在窗外，吐了一口烟圈："你上学早点出门呀，一早上生意都没有了。"

一只清瘦的手从栏杆里默然递进几张叠好的纸币，车门"啪"的一声关上了。

红壳的出租车疾驰而去，江谚拎着书包到二班门口的时候，上午第二节课都要下课了。班主任不乐意占用高二年级重要的物理课，让他在办公室等一等，问了些无关紧要的问题。

"学籍留在那边？"

"是。"

"那么高考还是要回去的呀。"班主任点一下头，翻看着他的档案，意外地发现少年成绩还算不错，"别人都是在大城市借读，来这边考试，能考得好点儿。"他笑了一下，"像你爸妈这样……还挺少见的。"下一刻，他翻到了档案后面两个红色的处分，马上明白了什么。插班的理由是含糊的"父母工作调动"，兴许在原来的学校混不下去才是真的。

"马上高三了，好好加油。"他看了一眼眼前寡言的男孩子，有意无意地加重语气，"要跟同学和睦相处。"

江谚看他一眼，还没说什么，刺耳的下课铃响了。

班主任起身，趁着下课把他带到班里。一进门，一股长期不流通的、混杂着汗味的憋闷气息扑面而来，他无声地皱一下眉头。

在这座边陲小城最好的高中里，学习氛围近乎压抑地浓郁，课间静悄悄的，许多人趴在桌上抓紧时间写题，很少有人聆听新生的自我介绍。江谚站在讲台上，还没领到校服，上身穿白色T恤，宽松的黑色运动裤包裹着长腿，脚上踩一双一尘不染的白球鞋。规矩，跟这里又有些格格不入。有几个女孩子注意到了他拎着包的骨节修长的手，眼睛就没移开过。

临近考学的学生通常是不拘小节的，架着黑框眼镜，脸、胳膊和腰因为久坐堆积出一点臃肿，掩藏在拖沓的校服下面。大家普遍如此，因而他们对外貌也有些麻木，只是注意到讲台上的男孩子短发微乱，下颌角分明，鼻梁高挺，乍一看很有攻击性。

他的皮肤苍白，阳光下的瞳孔像一对琉璃珠子，漠然地滑过她们好奇的打量。

江谚被暂时安排坐到倒数第二排的陈景言旁边。

陈景言问："新转学来的？"

"嗯。"

陈景言看他有点儿混血相："C 市来的？"

江谚坐了下来，停了一下，敷衍："嗯。"

"打人不？"

C 市紧挨着国境线，常有国外的暴徒偷渡过来抢劫本地村民，被抓住后时常见报，他就拿这个开玩笑。

岂料新同桌横他一眼，眼光很利："说话小心点儿。"

冷清中带着点傲的腔，有点 B 市味儿。

陈景言讪笑一声："普通话说得不错呀。"

昨天飞机落地，今天就顺利坐在了陌生的课堂里，听着陌生口音的老师讲三角函数。江谚面前摊着空白的笔记本，捏着笔神游。

坐在车上，外面看到最多的是电线——B 市的旧电线是不会有那么多的——复杂缠绕的黑色电线密不透风，把阴沉沉的天空割成几块，密密麻麻地、蛛网似的缠绕在发黄的旧式单元楼前。阳台上挑出长长的晾衣杆子，挂着五颜六色的松垮的内衣裤，风一吹扫在电线上。

死气沉沉，这就是他对这座边陲小镇的印象。这种死气沉沉的地方，竟然能比别处更需要打黑除恶？终于挨到中午放学，饥肠辘辘的同学很快地冲向食堂，教室里一下空荡下来。

江谚坐着，等人走完了才起身，把教室老旧的窗户挨个儿推开。外面飘了浅浅的雨丝，飘在他脸上，仰头看，天空涨得发白。他开始慢慢地收拾书包，收拾到一半，烦躁地把书包一扔，从裤兜里摸出盒烟，走上天台。风像一双凉手掠过他的脖子。

食指推开烟盒，熟练地抽了一支出来，低头叼在嘴里，一抬头，却怔了一下。天台上已经有人了，一个打扮成熟的女孩，长发披肩，背对他坐着。就以同样的姿势，坐在他向来喜欢坐的管道上。他抬眼多看了两眼。蓝白条的校服外套盖在腿上，橙红色短上衣堪堪掩着细腰，在灰白色的混凝土中开了一朵花一样显眼，长发下一截白皙修长的颈。她手里拿着一枚打火机，拇指反复挑开盖子，"咔嚓咔嚓"地打着玩，似乎在想心事，披散的长发上沾着一点儿薄薄的水珠。

晚乡一中还有这样的？

江谚默着，烟从嘴里抽出来，转身下了台阶。下了两级，他又无声地扭头看她。女孩应当是化了妆的，侧面看睫毛拉得很长。地上落了几只麻雀，小镇上的麻雀不怕人，三两只聚集在她脚边。她正弯腰仔细地看那几只麻雀，睫毛半晌都不动一下。亮橙色的后衣摆掀起来，一袅腰线贯到背上去，腰又细又白。

江谚回过头，将那根烟随手丢进路过的垃圾桶里，去食堂随便吃了点东西。

晚乡一中的课塞得很满，七点半才放学，没有晚自习。楼里，背着书包的蓝白条身影沿走廊来去，俯瞰下去像密密麻麻的昆虫迁徙。放学之后，陈景言带着江谚去领校服，两人一路走着。陈景言问："你现在住哪儿？"

"景城。"

"那离学校不远，以后可以一起骑车。"

江谚不置可否。

不过他已经确定自己不想再乘晚乡的出租车。

走廊尽头的窗户透着夕阳的暖光，很漂亮地铺在地上。迎面三三两两背书包的身影里，夹着一个不太一样的。女生披散着长卷发，窈窕身形背光，是中午见过的那个。她没有穿校服运动裤，穿的是窄腿的牛仔裤，衬出又细又直的一双腿。校服外套敞着，松垮垮地盖着一点胯，她拎着黑色袋子，手保养得似嫩笋，打扮得比同龄人慵懒成熟。

江谚抬起头直视她，她精致的脸慢慢地从昏暗里走出来，一双又黑又亮的眼睛望见了他，眼神蓦地变了。他也在那一刻没来由地心悸了一下。他与她对视着，直到她从走廊与他擦肩而过。刮过一阵令人眩晕的香水的风，所有反常都让这股味道阻断了，江谚皱了一下眉头，绷着嘴角，用力揉了揉心口。

陈景言的手拍在他肩膀上："漂亮吗？"

江谚很烦乱。他当然认得清天生的漂亮脸蛋，只是有的漂亮是摆在橱柜里精致贵重的商品，打眼一看就没有亲近的欲望。可是刚才那一刻，美艳刹那间破碎，她看着他的眼神是一汪软和的水，平静的亲昵和热忱，那是看熟人才有的眼神。他回想了一遍过往认识的女孩，没有找到对应的这张脸。

他毫不客气地把那只手从肩膀上拂下来："你认识她？"

"十四班苏倾啊，谁不知道？家里顶有钱，就是坏。"

江谚问："怎么坏？"

"不学习呗。抽烟喝酒泡吧，没有她不做的。"

江谚的手指抵着口袋里的烟盒："这就算是坏了？"

陈景言补充："还炫富。"

走到楼下，一辆黑色卡宴横在大道上，江谚撞见苏倾上了车，一个保镖模样的高大男人弯腰替她关上车门，旁人见怪不怪地绕着豪车走。

“早几年就不许私家车进学校了。”陈景言悄悄指着背后的实验楼，“但，整栋楼都是她家里捐的。”

江谚冷眼注视着车子驶出校园。

苏倾局促地坐在车里，一左一右两个穿西装的保镖将她夹在中间，使得车里的空间变得有些逼仄。后视镜里映出司机老吴皱纹密布的眼。苏倾手指交握着，轻轻说：“我想回二中一趟，看看原来的老师和同学。”

二中在市郊，是她毕业的初中。

副驾坐着四十岁上下的吴阿姨，柔和地回过头：“等老板回来，我会跟他说的。”

苏倾点头。车开得稳而安静，外面的树木无声地向后掠去。

“我还想买几本书。”

吴阿姨的声音沙甜，笑眯眯的，没有丝毫不耐烦：“书名告诉我，阿姨替你去买。”

她报了几本教辅资料的名字。

车子就停在路边，不多时，吴阿姨坐回车上，将装满教辅资料的塑料袋递给苏倾。

苏倾手心出了汗，打开塑料袋翻了翻：“啊，刚才忘记说了，还差一本。”

车子刚刚加速开起来，老吴从后视镜里看她一眼。苏倾留心看着前面绿色的岗亭，抱歉道：“前面有个报刊亭，我去买吧，很快的。”

吴阿姨看了看她，柔和道：“好吧，注意安全。”

三百平方米的私人别墅里没有男女主人，吴阿姨是她法律上的监护人，同时负责她的日常起居。她接过苏倾的外套挂在衣帽间，有条不紊地替她倒了一杯温度正好的水，是个管家的好手。苏倾穿着毛绒拖鞋上了二楼，最大的房间是她的卧房。她将书包放在椅子旁边，铺开作业本，“啪”地旋亮台灯。一尘不染的玻璃杯里，热水在杯壁上蒸出热气，云雾似的白气飘到了明亮的灯泡下，徐徐消失。

一间布满粉红色的房间，粉红色的墙纸，脚下踩着浅粉的地毯，樱花色的大床上，有数个 Hello Kitty 和泰迪熊公仔，柔软的、毛茸茸的，连被子上都绘满一枚一枚的小花。风吹动蕾丝窗帘，苏倾身上穿着粉色睡裙，一切都是童话般温馨可爱的风格，只是对于十七岁的高中女生来说，显得有些幼稚了。作业本下放着一只手机，时下最新的型号，屏幕亮着，信号一栏是空的。苏倾手里捏着一枚回形针，快速地将手机卡取出来，把口袋里新的 SIM 卡装进去，重新开机，手有些发抖。电话卡实行实名制以后，晚乡只剩几家报刊亭还卖“黑卡”——不用身份证就能买到的 SIM 卡。她打听过价钱，三十块钱一张。

她快速编辑了一行短信："湘湘，我是苏倾。"

不一会儿，手机振动起来，一个电话打进来，她慌乱中摁断了，又有数条短信涌入。

"倾倾？"

"你跑哪里去了？原来的电话怎么打不通呀，你搬家了吗？"

"笃笃"两声敲门声，苏倾心跳加速，敏捷地将手机锁屏压在作业本下面。

房门先开了条缝，随后才全部推开来。吴阿姨笑眯眯地把一筐卸妆的化妆品摆在她面前："学习辛苦了，晚上要卸妆哦。"

苏倾很乖地点点头："好。"

吴阿姨看着她乖巧的脸，似乎有些不忍心地告诉她："老板来过电话了，他很忙，这个月先不回来了，下个月再来晚乡。"

苏倾点头，眼神不经意间松弛下来，浓密纤长的睫毛垂下："知道了。"

吴阿姨戴上套袖，跪在地毯上一寸一寸地喷除螨喷雾，边喷边解释道："这两天下雨，一定要注意卫生。"

"阿姨走了哦。"陈阿姨卸下袖套，伸着脖子往屋里看。

不知道现在的小孩怎么回事，像猫似的一声不吭，只在茶几角上压着一百块钱，给她做小时工费，连照面都打不上一个。是不是有那个什么，社交恐惧症？她把人民币规规整整塞进钱包里。什么父母，忙得连孩子都顾不上。

"嗯。"江谚应一声，等人关门走了，才放松地走到客厅。屋里没有开灯，黑漆漆的，窗口透着对面公寓楼寥落的灯火。江谚将倒好的水推到一边，从冰箱里拿了一瓶可乐，冰箱里的消毒蓝光映在少年浅色的眼睛里，映得他像一只冷戾的兽。他仰头喝了几口汽水，喉结上下滚动。回到房间拿起 PSP 打一局，没打完就失去耐心撂了手柄。屋里发闷，潮气很重，他不适应晚乡的气候。除了天台上那几分钟让他感到轻松以外，其他时候，都让他觉得透不过气来。

他手指拉着 T 恤松了松，坐在椅子前，散漫地摊开作业，刚在中缝用力掐了一道，电话就响了，联系人被他存为"周向萍"。他接起来，女人的声音很严厉："按时回家了？"

"嗯。"

女人松一口气："那么以后都这个点给你打电话。"

江谚瘦长的手指转着笔玩，眼睫侧着。

"你也马上是成年人了，我希望你对自己的行为负责，不要再给我和你父亲添麻烦了，好吗？"

少年垂下眼，讥诮地点了一根烟，在黑暗里缓缓抽，慢慢吐。

周向萍的声音又尖锐起来："江谚？"

旁边传来男人和气劝阻的声音，听起来，两人在车上，那边有刺耳鸣笛催促的声音。

“知道了。”

周向萍满面忧愁地挂了电话，红灯结束了，旁边穿制服的男人放下手刹：“你跟孩子好好说。”

“你会说你来管。”周向萍白他一眼，“这动不动就打人的毛病是跟谁学的？你吗？我小时候可不这样。”

江谚的两次处分，都是因为打架。第二次差点儿把同学的脑袋开了瓢，事闹得很大。

晚乡一中方面见了档案，本来不愿意收，但人家公职人员是专程调到晚乡为人民服务的，对他们的子女，应该给予照顾。所以说江谚还是卖了父母的老脸。周向萍做梦都没想到，自己会生出一个问题少年来。

江慎没什么表情地开车：“江谚小时候也很乖的，那时候咱俩整天开会，他在幼儿园每次等到最后一个，就搬个板凳儿坐在大门口等我。”他笑了一下，声音低下去，“小论出事以后他才这样的。”

周向萍眼睛里闪过一抹尖锐的哀怨的神色，她抬起手做了个“停止”的手势，平静地警告：“别再提那事。”

车里的气氛有些凝滞。

江慎不说话了，周向萍捋了捋头发，接了个电话，像是忽然变了个人一般温柔地道：“喂，老公？还在外面跑案子呢，你先哄陶陶睡吧。”

挂了电话，她瞥一眼车载屏幕上接入的新来电，冷笑着扬扬下巴：“你给你老婆也报个平安吧。”

江谚的桌子收拾得很整齐，显得有些空荡。顶灯没开，台灯发着一团白光，给少年的轮廓镀上一层绒绒的亮边。他写得最认真的是数学和物理作业，会耐下性子看题，寂静地沉思，笔尖在纸上擦出沙沙的声音，遇到类型一样的题，就顺手画掉。英语作业题目很多，阅读他只做最后一道，其余的 ABCD 随便填上去。作业摞成高高的一摞，他将它们推到一边，打开电脑，开始凝神阅读屏幕上细细密密的档案。

第三天早读，语文老师终于忍不住用力敲了敲教室前门：“江谚，跟我到外面来一下。”

语文老师姓秦，是一个大腹便便的中年人，兼任高二年级的政教组长，脸上带着颐指气使的威严神气。他一边抽烟，一边用眼角打量着他：“同学，学习的意义是什么？”

江谚不接他的茬，新校服袖子卷到手肘上，露出一截血管明显的苍白的手臂。

他正看着走廊窗外的学生打篮球，看得聚精会神。

“我理解你是新转学过来的，但你既然转过来，就要守我们这里的规矩。”

秦老师顺手拉了拉他垂下的拉链：“校服，请你穿好。作业，请你提交。我们晚乡一中每年升学率也很高的，不要把不好的习惯带过来。”

江谚侧头躲开，那神情他很熟悉，叛逆少年警惕和敌意的眼神。

他接着说：“你应该买本古诗文的册子，早读的时候大声朗读，而不是在底下干自己的事情。”

江谚说：“我只是在看课本。”

“不出声不算读。”

“我以为早读的方式可以自己选择。”

“对不起，不可以。在这里，你只有一种方式，就是像别的同学那样出声读出来。”

江谚的眉宇间生出了不解的不耐烦，路过的老师给秦老师耳边说了什么，他脸色一变，“嗬”的一声喊出来，满楼道都听得见：“公子哥怎么了？公职人员就是为人民服务的，高人一等了？公职人员的孩子犯错误，我一样能处理，拿身份压我，对不起，先回去自纠一下，别禁不起人民的考验。”

许多人往这边看着。秦老师满意旁人落在他身上的崇拜眼神，满脸风趣地继续：“同学，你要是不服管，让你爸妈再显显神通，转到十四班去。”

围观的学生低低哄笑起来。

十四班是所谓的“富二代班”，也是苏倾在的那个班。其他班的人提起此班，都是满脸鄙夷。

江谚一言不发地在原地站着，好像站在旋涡中心，与外界隔绝开，看着旁人的眼神竟然带上一点野兽似的纯粹的恨。直到一个人从角落里走过来，经过他身边，肩膀与肩膀相碰。一本巴掌大的古诗文手册落在他手里，将他从某种情绪里惊醒。

他嗅到那股罂粟似的香水味。苏倾站在他身旁，化了浓妆的稚嫩的脸上是标准的不良少女的横气，她仰头看了秦老师一眼，挑衅似的说：“十四班的拿着书也浪费。”

走廊上的人马上散去了。秦老师知道这个学生，心里暗骂一句，手心都出了汗，讪讪地接了个电话，仓促离开了。毕竟光是富，是起不到这种震慑作用的。当初不知哪儿传来的消息，说苏倾家里不好惹，惹她不快，小心被打击报复。消息传得有鼻子有眼，故而少女玩闹似的叛逆，都仿佛染上了可怕的戾气。她一向沉默寡言，独来独往。

苏倾转身要走，长发披散在肩上，不知是不是拿卷发棒弄的，今天的卷又比前几天少了。江谚忽然叫住她：“你认识我吗？”

她侧过头，这个角度能看到她睫毛动了一下：“不认识。”

腔调细细柔柔的，带一点紧张的怯，跟她刚才的模样完全不一样，好像他刚欺负她了似的。

江谚又皱眉了。

苏倾停了一会儿，见他没再发问，加快脚步继续向前走了。

江谚冷冷看着她。以他 5.0 的视力，能一眼看见黑色十字架耳钉在她耳后弯出个透明的环，原来耳钉是夹在小小的耳郭上的。

夹紧的那处都有些发红了。

回了班级，陈景言问他：“政教主任没难为你吧？”

江谚捏着苏倾给的那本册子，心不在焉地摇了下头。

陈景言拿书泄愤似的一拍桌子：“我也烦他，道貌岸然，就知道耍官威。”

正是课间，桌子前面的光暗了一下，一高一矮两个女生畏畏缩缩地、手拉手走过来站在他面前。矮的那个长了一张乖巧的娃娃脸，戴着框架眼镜，声音紧张地发着颤：“新同学你好，我叫吴甜甜，是我们班的学习委员。听说你是 C 市来的？学习上有什么不懂的，可以找我和杨露。”

瘦高的那个就叫杨露，是班长，也是专门来欢迎他的。

陈景言听见 C 市这个事儿还没撇清，“扑哧”一声笑出来。吴甜甜羞恼地打他一下：“你笑什么嘛。”

他说：“以前有新同学来，怎么没有这道程序？”

两双眼睛尴尬地瞪了一眼陈景言，又忐忑不安地盯着江谚看。江谚审视地看了她们两眼，点了一下头。

吴甜甜当即笑开了，新同学原来也没有那么不好相处。

杨露则看着他持笔的手，心想这双手弹钢琴兴许不错。

“听说你语文作业没有做？”吴甜甜关切地问，“高考第一门就是语文，同分数是按照语文成绩排位次的，你还不知道吧？”

江谚正翻着那个小太妹留下的册子。书里夹了一片小小的干燥的银杏叶，随着他的动作冷不丁飘到了桌上。他低头扫了一眼，扇子形的叶片不太规整，黄色里染了红的杂色，一片天生畸形的银杏叶。他拈起来看了半天，把这片叶子慢慢夹了回去。

直到陈景言拿胳膊肘撞撞他：“哎，人家跟你说话呢。”

江谚抬头，看见吴甜甜尴尬闭起的嘴，上课铃声打响了。

“不好意思。”

“实话实说，以前是不是有很多妹子追求你？”陈景言踢了一脚撑子，把自行车推出车棚。

江谚同他一起跨在自行车上，车头拐着弯慢慢走，框里放着他的黑色书包。车是新买的，划的是周向萍留下的那张卡：“没有。”

陈景言不信：“那你怎么对女生爱搭不理的？”

少年又不搭话了，仰头看着天空中缠绕的电线，电线后有几朵厚重的云。

“我知道了。”陈景言说，“你就是嫌吴甜甜长得不好看，你上次看十四班苏倾不就看呆了？唉，男人心。”

江谚锐利的目光扫过来，陈景言蹬着车子奋力地往前逃窜，单手远远一指，嬉笑：“你看你看，你心上人来了。”

江谚腿一支，把车停下来，面前就是那辆黑色卡宴，堵了出入口。少年绷着脸，摁了一下车铃。

黑色轿车车窗很干净，后窗没有摆毛绒玩具一类，隐约能看见两个高大的保镖，把那女孩夹在中间，她的背影被衬得很纤弱。苏倾回头看了一眼，模糊的玻璃外面是江谚的自行车。他一点不笑，短发上盛着黄昏的碎光，不耐烦地按着车铃，一下又一下。

她一把拉住要下车的保镖的衣服角，对前头的老吴说：“走吧，我想快点回去了。”

黑色卡宴终于缓缓驶出校园。

江谚骑得很慢，直到看见前面的轿车扎入滚滚车流中看不到了，才猛地加快速度。

路过晚乡街头一家开着的书店，门头亮着老旧的红灯，他想了想，“吱”地一刹车，把车停在路边。

老板见他拿出一本崭新的古诗文便携册：“跟这个一样的有吗？”

“有有有，卖得好呢，给同学多带几本？”

少年垂着睫毛掏钱，极淡地摇了下头。

江谚到家的时候，阿姨已经走了。桌上摆着几盘菜，拿拱形的防蚊虫纱罩罩着，还留了张字条，上面歪歪扭扭地写了几个字：“热一下再吃。”后面跟着一个笑脸。他坐在桌前扫了一眼，就着半冷的饭菜静默地吃完了饭，在饭桌的同一个位置，拿搪瓷缸子压了一张人民币。

（二）

吴阿姨的除螨工作持续了三天，屋子里飘散着一股淡淡的抹茶除螨剂味。窗户开了道小小缝隙，白色蕾丝纱帘被吹拂起来。

苏倾在写数学作业，食指放在答案的题解过程上，一字一字地仔细核对。

又错了一道题，有些解题过程看起来也一知半解，她拿着笔，把答案从头到尾认认真真抄了一遍，看不懂，只好把一些关键的叙述背下来。

越到后面，小世界过程和结局的记忆越少，可以调动的只有原身过去的回忆。可惜过去的两年里，原身几乎没有听过一节课。

她能清晰感觉到的，唯有上一世的自己留下的、心底翻腾不息的悲哀与仇恨。

作业本下垫着的手机振动一下：“倾倾，你什么时候能回二中？我们大家约时间等你。”

“一定要我本人去吗？”

“我问过学校了，毕竟是十万块，一定要本人来领才好走程序。别担心，过程会保密的，不会有别人知道。”

“初中毕业就联系不上你了，很担心你，快回来吧！【大哭】”

“我会在月底抽时间回去，谢谢你，湘湘。”

门“笃笃”地响了两声，苏倾熟练地将手机藏起来。

吴阿姨贴心地递上一杯牛奶，笑着说：“老板同意你回二中了，到时候让老吴送你去。”

苏倾刚洗过的头发散发着淡淡的洗发水的馨香，脂粉未施的一张脸柔嫩而干净，乌黑的眼睛闪现着纯粹的稚气，任谁看了都要心动：“可以月底吗？”

“当然可以。”

苏倾点一下头，吴阿姨快出去时，又被她叫住：“阿姨。”

她指着天花板墙角上那个小小的、黑色眼睛一样的监控探头，探头正对着她樱花色的公主样的床：“那个好像坏了，我看它不会转了。”

“坏了吗？”吴阿姨狐疑地向上看去，又马上笑起来，“好的，我知道了，明天叫人拆下来修。”

苏倾垂下眼，把抽屉缓缓关紧，掩住里面的玩具水枪。

这套私人别墅，光看装修的讲究程度就知道价格不菲。房子里加上保洁不过五个人，大多数房间闲置，吴阿姨的拖鞋踏在客厅的木地板上，有空荡的回声。她走过去，和沙发上的司机老吴并肩坐在一起。

老吴手上燃着一根烟：“睡了吗？”

吴阿姨点一下头，眼底有一闪而过的愁色，声音很低：“老板最近好像不太上心了。”

“我看也是，以往雷打不动的一个月住一天，这都两个月了还没来。刚说要去二中，问都没问。”

吴阿姨说：“房间监控坏了，以往他早该打电话过来了，今天还是苏倾自己提的。”她顿了顿，“说明什么？”

老吴一哂：“说明他没再看呗。”

二人同时沉默了片刻，老吴宽慰道：“两年多了，正常，别太担心了。”

吴阿姨叹口气：“我看她最近学习突然很用功，每天都在做题。这孩子很聪明，你说她心里是不是也有想法？”

老吴默了一下，点点头：“她也急了吧。毕竟都快十七了，总得给自己谋个出路。”

不太规则的银杏叶的茎捏在江谚指尖，在灯光下转了转。叶子失去了水分，变得干挺，像一片硬质铝箔。看那册子的簇新程度，连书都不怎么翻的人，竟会拾片落叶夹进去。

江谚面前是打开的笔记本电脑，电脑前摊着一本厚厚的线装本。他的兴趣非常广泛，天体物理、相对论，一切深奥的东西他都喜欢，但屏幕上出现的却是一份扫描得不太清楚的卷宗。每天看一个案子，是他给自己强加的功课。

夜里十一点半，外面漆黑一片。他动了动干涩的眼睛，把电脑扣上，转了转手上的叶子，厚厚的笔记本翻到了扉页。扉页上贴着一张2004年左右流行的大头贴，边角有点开胶了。恭喜发财的背景，两个眉眼相像的小孩儿紧挨着，大孩子十一二岁了，板正地看着镜头，小的那个豁着门牙，笑得蔫儿坏。

那是江论活着的最后一个新年。

江谚的目光在那张合影上停留了片刻，把银杏叶贴在照片旁边，合上了笔记本。滑开手机，陈景言正找他要练习题答案，他输入了几个，马上失去了耐心，一口气全删了，对着卷子拍了张照片。那头沉默了，显见的在对答案。过了一会儿，陈景言投桃报李，发了个网盘链接过来。

江谚看了一眼："干什么？"

"你懂的。怕你夜里寂寞。"

"……"

"记得戴耳机。"

男生之间心照不宣的话题，不用更多解释。

第一次月考还没到来，但陈景言看他解题写得很快，正确率还可以，就默认他是个大神，单方面地跟他混熟了。

台灯白光的照射下，江谚的表情淡而散漫。他戴着头戴式耳机，随手点开链接，视频转着圈儿加载了几秒钟后，赫然闪现了一条刺眼的白虫，高亢的尖叫猛地灌进他耳朵里。

他把耳机远远撇开，暗骂一句。

最讨厌这种。

陈景言："不客气，知道你看脸。"

江谚的手搁在键盘上想骂他，又想，理他干吗？

索性锁了屏幕，打开电脑继续看卷宗，鼠标滚动着，扫描的字符深深浅浅，看着很费劲又枯燥。不一会儿，心如死水无波，眼睫自然而然阖下来。他感觉自己趴在什么地方，手掌下面是夏天的竹席，印在掌心一棱一棱的。

他怀里有个柔软的身体，他低着头，拿牙齿把那黑色的硬邦邦的十字架耳夹叼下来，"啪嗒"一声轻轻掉在旁边的凉席上。耳垂上留下一个红彤彤的印儿，旁边是她弯曲的发丝。苏倾乌黑的瞳子里含着一汪眼泪，像一片黑色的湖，他把这双眼睛遮起来：“哭什么呀？”

他小心地舔那耳垂，像舔着雪糕，舔一下她就抖一下。苏倾穿着黑色衬衫裙，上衣下裙整整齐齐的，双腿并拢，领子都扣到顶上了。就是这样衣服贴着衣服，他还是感觉到一种无法言喻的刺激，直抵大脑。

“别哭。”他的心都扭在一起了，无法控制地顶了一下，女孩的眼泪就那么从他的掌心里滑下来，冰凉湿漉。

江谚坐在电脑桌前，在刺眼的台灯白光中张开眼睛，裤子黏腻一片。闹钟指向凌晨两点，他一动不动地坐了半天，突然摸过手机，把陈景言拉进黑名单，然后把手机扔到了床角。桌上那本古诗词册子，让他抓起来随便揉进书包里，因为动作太粗暴，角都折起来了。他预备明天路过垃圾桶就丢进去，不学习的人还要书干什么？

夜里睡得不好，江谚早晨六点钟就到学校了。他先在篮球场投了半个小时篮，发泄似的出了一身汗，才把书包甩在肩膀上，走进教学楼。六点半的校园还没有多少人，木杆支起的小树笼罩在一片浅浅的白雾中。昨夜下了小雨，水泥地面显出加深的颜色。水珠从铁栏杆下“吧嗒”一声滴落。栏杆上的蓝漆剥落，露出底下一块块的红色铁锈。栏杆上，一双雪白的手臂支着。

苏倾穿墨绿色吊带，外罩白色防晒服，牛仔裤，长发披肩，侧面可以看出刚刚发育的流畅的身材曲线。这种打扮是她模仿从前的秦安安的，可是衣服穿在明艳端庄的女孩身上，却有种不同的味道，违和造就的禁忌感。搭在栏杆上的那双手，正捧着一本单词书看。

吴甜甜负责巡视三楼走廊，两次犹豫着绕过那个身影，不敢靠近。今天是教育局下访检查的日子，走廊里不能被领导撞见仪容仪表不好的学生。

——让她换个地方待也没什么的吧，本来就是学校的纪律不是吗？

——万一被报复了怎么办？

——怎么还不走，她到底要待到什么时候啊？

她觉得心里很憋屈，跟杨露在角落里小声讨论起来。

“十四班的苏倾居然在背单词。你猜怎么着，我刚看见她的第一页不是从 abandon 开始的，是从 an 开始的。”

“背的初中词汇吧。”两人对视笑了一下，“她落得太多了，能来得及吗？我真替她愁。”

江谚抱着球，踩着室外楼梯上楼，迎面就听见这一高一矮两个女孩窸窣的交谈，是他们班跟他说过话的班长和学习委员，因为关系好，总是手拉手在一起，故而印象很深。

“你愁什么，人家家里有钱，跟我们不一样。”

“那也得高考吧，不然还上我们学校干什么？”

“她爸爸那么厉害，肯定能给她想到办法。”吴甜甜面露讽刺，“这个社会，有钱有势还有什么做不到？”

“我觉得那不是她爸爸吧。”杨露的声音忽而压低了，“我见过一次，接她的那个男的。看年龄也不像。而且他的手一直摸着她的脖子，你见过有爸爸这么摸的吗？”

吴甜甜脸上露出难以置信的神色：“真的假的，她不会是被那个了吧？”

“可能吧，”杨露意味深长地一笑，“有钱人的生活，我们不懂。”

江谚站定在原地，越过她们的肩头，远远看见趴在栏杆上的苏倾低着头，认真地翻了一页单词书。

“你有听说过 candy girl 吗？跟有钱老男人各取所需，一个金主换另一个的那种。”

“哇，长得漂亮有什么用啊，骨子里都烂透了。露露，我们还是挺幸运的……”

正说着话，蓦然一个很高的身影从她们面前直穿过去，吴甜甜肩膀被他冷不丁撞了一下，生吞下一口空气，惊得差点“啊”地叫出声来。

苏倾回过头，看见江谚伸手递过来的册子，少年手臂上看得见青色血管：“还你。”

他的表情很淡，眼睫垂着没看她，看上去好像不太高兴。

苏倾看了看他，柔声道：“你拿着吧，我用不上。”

江谚瞥她一眼，眼神里似乎藏着尖锐的倒刺：“谢谢，买得起。”

苏倾顿了一下，伸手接过，江谚转过身，头也不回地走了。

整节早读，陈景言像苍蝇一样，模仿着宫廷剧里的语气，嗡嗡叫个不休：“同桌，同桌，你为什么把我拉黑了？臣妾做错了什么？”

江谚不搭理他，烦躁地翻了一页书。

陈景言把英语书挡在嘴前作为遮掩：“不漂亮吗？那可是我新发现的最漂亮的姐姐，看了都说好。”

江谚冷不丁回了一句：“有苏倾漂亮吗？”

陈景言被一口唾沫呛了一下，马上不吱声了，好半天才说：“你要这种眼光，那可难找。”

江谚从早上开始就不大高兴，他一不高兴，周身就会散发很重的压迫感，眼睛里全是讽刺。

陈景言小声说：“你还真的跟苏倾过不去了？那哪是我们凡人够得上的，小心被美女蛇咬。”

江谚满不在乎地翻着书：“她谈过几个？”

陈景言说：“没听说过她要朋友啊。”觉察到江谚的目光看过来，“这个我得给你解释一下，她家不好惹你知道吧？她家里不喜欢她跟别人走得太近，所以，惹了她的和接近她的都没好下场。”

江谚绷着嘴角不说话了。脑海里忽然浮现出那天的画面，透过卡宴的后车窗看到的、夹在两个保镖中间的女孩，像长在两块大石头中间的细弱绿苗。

十四班的早读很安静，可以听得见外班传来朗朗的读书声。

老师坐在讲台上睁一只眼闭一只眼，底下一半座位是空的，在座的有人玩手机，有人睡觉。

苏倾面前摊着一本单词书、一本语法书，在小学生用的四线三格的书法纸上抄单词，一边记，一边练习娃娃体手写，落下的字母整齐圆润。长长的睫毛动了一下，她在语法书的页码上做了个标记，明天再看。文综和语文都过得去，数学也勉强在提高，只是英语……横着排的字母，一门新的语言，她读得慢，写得也慢，基础停留在初中乃至小学阶段。

十四班人少，单人单桌，谁也不挤谁，过道宽敞得很。同班的女生从苏倾身旁经过，看见她把英语资料写得密密麻麻，扬扬眉：“你也要出国？”

十四班的人，大半是要被父母送去国外的，平时学学英语，看看美剧，一天就算混过去了。

苏倾抄着笔记：“不出。”

女生把耳机戴上，与她擦肩而过，一阵高级香水味的风飘过：“也是，你这种程度，花钱也不好出去，不如让你家里给社区大学也捐栋楼。”

苏倾的笔顿了顿，女生已经走回自己的座位。这个班里人与人交情比较浅，更多的是互相看不起。写完英语，她把本子和资料整好，翻开了江谚还给她的小册子，忽然发现扉页上多了几个黑笔写的字。男孩子熟悉的铁画银钩落于右下角，字迹刚硬恣意：“高二（十四）班 苏倾”。

第一节课发了卷子，数学小测。苏倾的背绷得紧紧的，一边看表一边做，用光了一沓草稿纸，把能写的都填上去了，到点还是没做完。眼巴巴地看着卷子收上去，她挫败地靠着椅背，咬着唇回想一下，早上背的英语单词又不太记得了。照这么下去，过二本线都难。

上午的情绪有些低落，苏倾用手指描了描江谚替她写的名字，浓密的眼睫垂着，思绪平静地飘远了。初二的时候，她第一次拿二中英语演讲比赛的奖，那是一个打着红色蝴蝶结的小金人的奖杯。她拿回家，故意摆在显眼的桌子角上。爸爸看到以后，把那个奖杯捧在手心仔仔细细地看："倾倾真厉害，以后去美国留学好不好？"

她笑着摇摇头，两条辫子上的蝴蝶结跟着上下飞舞。

爸爸戴一副小圆眼镜，笑起来拉出和气的眼角纹，待人总是温吞，说话都不会大声。

那时候一家人住在湾峡的两居室，房子很小，妈妈在客厅拖地，听到这句话，脸马上拉下来："别给孩子胡乱承诺。"听人说去美国留学至少要一百万，不是普通人家负担得起的。爸爸把眼镜摘下来，仔细地擦拭，好脾气地笑着，不再应声。

那天晚上，爸爸坐在她的课桌旁边，给她辅导数学功课。还没讲到一半，就垂下头，下巴一点一点地打起盹儿来。苏倾看着他没来得及刮的胡茬儿，有不少变成了白色，她伸出手，小心地把台灯调暗了。

妈妈拖地拖到了苏倾屋里，猛地一支拖把："苏凯，你能不能讲？别坐那儿影响孩子。"

爸爸一下子惊醒了，不知是不是累的，眼睛里冒出血丝。他烦躁地松了松衣领，侧头说："怎么算不影响呢，我天天在外头挣钱，你体谅我了吗？"

那段日子，原本都是教师的父母跟风下海，刚开始也赚了一笔，母亲何雅丽尝到了甜头，辞职在家做主妇。但后来经济危机袭来，晚乡创业失败的十之八九，父亲只得跑货运赚钱，家里变得难以维系。

何雅丽抬高声调："难道我容易？外面的肉、蛋，哪个不要钱？衣服叠几百次你试试看！"

体制易出难进，母亲还没有工作，一日日过去，心里满是后悔和焦虑。

原来他们是不吵架的。只是因为这个家庭遇到了生活的槛儿。苏倾看看爸爸，又看看妈妈，心被他们震得一跳一跳的，揪在一起。苏凯一回头，见到苏倾黑眼睛里安静地挂下两串眼泪，一双眼睛像被淬洗过一样，满是无措。苏凯的心狠狠颤了一下，他用手指把苏倾小脸上的泪珠子全部抹净，摸摸她的脸："乖乖，不哭了不哭了。爸爸错了，爸爸今晚一定给你做出来。"

苏倾握着爸爸的手，点了下头，又露出了甜甜的笑窝。

何雅丽红着眼眶，默然走出去了。

早上起来，爸爸已经走了。桌上摆着做好的面包片和牛奶，旁边放着她的数学作业，白纸上写好了解题步骤。

她坐在椅子上，发现妈妈给她加了道糖水荷包蛋。她过回头，何雅丽穿着围裙，正在扫地，干干地说："祝贺你拿了演讲比赛的奖杯。"

苏倾从椅子上跳下来，去接妈妈手里的扫把。妈妈向后一躲，轻皱眉头："走，你吃你的，不让你碰。"

苏倾慢吞吞地吃完了荷包蛋，最后一滴糖水也喝干净，把解题步骤抄下来，数学作业妥帖地装进书包里。那天阳光很好，落在妈妈粉红色的围裙上，家里干净得好像要发光。

她走到门口了，何雅丽又在背后喊："回来。"

她走回来，妈妈撇下扫把，在她的头上没好气地揪两下："辫子都扎歪了。"

湾峡依山傍水，是晚乡自然风景最好的地方，天气好的时候，天空蓝得像画出来的，几朵白云在深蓝的天上游走。她背着书包往学校走，外面到处拉着鲜红的横幅："顺应潮流发展，加快拆迁步伐""造福湾峡人民，建设高端新区"。她从那些横幅和广告牌中轻快地走过，没注意上面的字。书包上挂着的毛团钥匙链晃来晃去，她心里只高兴地想着，那道数学题总算解开了。

（三）

下午四点，是晚乡一中高二年级的篮球赛。作为晚乡市重点，学生们对体育比赛不是非常热忱，选拔赛就在室外的一块简陋的小场地悄无声息地进行。这场是二班对十四班，十四班的女生几乎倾巢出动，在一旁的水泥看台上花枝招展地坐了一溜。她们跷着腿玩手机，挑染的栗色、灰色头发在阳光下泛着光。

球场上正打得热火朝天，江谚控球，对方支着手死死防着，队友朝他猛使眼色，让他把球传过来。

江谚熟视无睹。他打球一向很野，一言不发，横冲直撞，眼底带着专注的凶戾。

二班的男生头回跟转校生一起打球，本就有点排外，见他这样自负，心里很不舒服："江谚，打球太霸道没朋友啊。"话音未落，男孩已经突围出来，在一堆伸出的阻挡的手里高高跃起，投了个漂亮的三分，马上又向篮下跑去。

队友讪讪地摸了下鼻子："厉害。"

十四班的女生外行看热闹，见里面有一个男孩敏捷利落，投篮中了一个又一个，马上吹口哨欢呼起来。

十四班的男生火了，朝场外喊："给谁加油呢你们？！"

作为晚乡一中的"富二代"班，十四班上场的男生身上穿的、脚下踩的都是限量版，让二班的书呆子们打了个115:80，早就窝了一肚子火，尤见江谚不顺眼。等他再过来的时候，有人故意伸脚猛别了他一下。

江谚落地没防备，踝关节扭出一个可怖的角度，踉跄了几步才站稳，脸色蓦地白了。

陈景言看得汗毛倒竖，一把扶住他："你脚没事吧？"

江谚没出声，痛得冒了一头冷汗，脑袋里什么也顾不上想，一把推开他，一瘸一拐地下场："没事。"

队长拍拍手："让他休息，来来来，别看了继续打。"

江谚慢慢地走到场外，短发上沾着汗珠，像打湿了一样，浑身冒着热气。他低头试探着扭了扭脚踝，感觉皮肤正在发烫。按以往的经验来看，骨头没事，应该只是崴着了。就是后面不能继续打了。心里这才酝酿出几句脏话。他抓着运动裤，回头看了一眼，球场上还在胶着，陈景言尤其笨，像猴子捞月，跑着都能掉球。他眼角漫出刻薄的嘲笑，掸了掸裤脚，扭头准备回班了。

一抬头，冷不丁撞见了苏倾，半透的黑色衬衣配牛仔短裙，搭扣的高跟凉鞋，大胆露出的一双腿，奶油凝成的一样。她怀里抱着一瓶冰镇矿泉水，瓶上水雾凝成水滴，顺着她的手往下滴，在裙摆上打出水滴形的深色的痕迹。

她侧着头，正紧张地盯着他的脚看。

他一瞬间有点恍惚，好半天才想起来，这是他们班对十四班的比赛，她跟那些女生一样，给自己班男生送水加油来了。他用手撸了一把头发上的汗，绕开她往洗手池走，苏倾却伸出手，把那瓶水朝他递过来。薄薄的衬衣袖子下露出皓腕上一条闪着光的细手链。

他让水钻的光刺得眯了一下眼，再抬头时满眼都是冷意："送错班了吧？"

苏倾捏着水瓶晃了晃，小声说："最好别拿凉水冲头。"

江谚歪着嘴角冷笑了一下，是不屑的意思。

小太妹也忒自来熟。

苏倾四下看看，见他不接，就谨慎地把水收回来。

忽然一双手捏住了水瓶，一个气喘吁吁跑过来的男生夹在他们之间，满脸通红。

他目光闪躲着，捏瓶子的手都在颤抖："我想跟你认识认识，能不能，能不能……给我个联系方式？"

苏倾一下子撒了手，后退一步，朝他摇摇头："不好意思。"

男生往前欺了一步，像马上要冲出栏的斗牛："给我个联系方式吧，我没别的意思，就是想认识认识……"

一双手臂猛地夹住男生的肩膀，将他整个儿拖后了两步。

江谚搭着他的肩，调子拖得很长："没听见人说不给吗？"

男生挣扎着回身，眼里冒了火："你谁啊？关你屁事。"

他被江谚挟着脱不开身，咬着牙涨红了脸，头又咯吱咯吱地让江谚用力扳了回去，面对着苏倾。

江谚瞥了苏倾一眼，指了指她："刚来的？她家可不好惹，现在认识了？"

苏倾的手攥着裙摆，闻言无奈地皱了一下眉，欲言又止。

男生怔了一下，手里的水让江谚抢过去，扭开了，当着他的面"咕咚咕咚"喝了半瓶。还没喝完，刚扭伤的脚踝挨了重重一脚，他"嘶"地倒吸一口凉气，眼里猛地涌出戾气，伸手扯着趁机逃跑的男生的帽子一拽，狠狠把他摔了个仰翻。那男生顾不上痛，一个翻身爬起来，撒腿就跑。

苏倾靠过来："你的脚要紧吗？"

江谚手里拎着水瓶，向后躲了一步，冷淡地警告："别。"

苏倾只得停住了，乌黑的眼珠映出他的影子："你得去医务室看看。"

"不用。"

她好像有点急了，谨慎地左右看看，似乎在确认有没有人看着他们，随后按着裙子蹲下来："你撩开裤腿我看看。"

江谚让她顾盼的动作激怒了，冷眼睨着她栗色的发顶："凭什么给你看？"

他咬重了那个"你"字，矿泉水瓶在手里捏得咯吱作响，转身一拐一拐地回班了。

走了十几步，他回头，苏倾还站在原地，无措地望过来。风扬起她的长发，背后是操场上空的艳红晚霞。

江谚挨到了第二天中午放学，等人走光了，他坐在座位上挣扎了片刻，把烟盒掏出来在空中一抛。落下是正面，就去天台抽；要是反面，就去操场抽。两次都是反面，他不信邪地又抛了一次，烟盒立着落在桌上，他伸出指头一推，"啪"地正面朝上。

江谚这才露了一丝笑，揣着烟走上天台。坐在巨大的排水管上，烟雾从指尖徐徐上升。慢慢地抽到第二根的时候，背后终于传来簌簌响声。他扭过头，苏倾抓着扶手上天台，骤然看到了他，眼里露出些惊异的无措。

她站在那儿，进退两难的模样。

少年垂下眼，没作声，当着女孩的面表演了一出娴熟的吞云吐雾。

苏倾上来了，不过离他很远，脊背拘谨地贴在栏杆上，远远地将他望着。

"我叫江谚。"他吐得字正腔圆。

名字都不知道就敢递水，难怪叫美女蛇。

苏倾笑了一下，马上就敛了："我知道。"她往他脚上看去，校服裤子遮着，什么都看不到，"脚好点了吗？记得拿冰敷，一直疼要去医院的。"

江谚看着她的脸，她总是这样，一朵飘忽的玫瑰。跟他说话这样柔声细语，不是叛逆少女吗？怎么突然这样会做人。

苏倾注意到他的指尖在水泥管上"嗒嗒"地敲着，跟据前几世的经验，这是不耐烦的表现。

——不想同她说话了吧？她默了片刻，趁他出神，悄无声息地溜走了。心里一条条盘算着，回去要看语法书，做数学试卷，还要背今天的单词。

"哎！"背后冷不丁一声唤。

江谚火冒三丈："话说一半就跑，什么毛病？"

苏倾怔了一下，扭过头，不知道该怎么办了："……我打扰到你了？"

他从管道上跳下来，远远地倚着女儿墙睨她："没。"

二人隔着四五米的距离，江谚不同她搭话，却也不让她走。

——那要跟他说些什么呢？

时间一分一秒过去，她慢慢地靠近，身上的香水味飘到了他鼻尖，她终于咬咬牙，看着他说："我问一道题吧。"

"……"

她从口袋里掏出一本便携题册，颤巍巍递到他面前，手指轻点了一下其中的一道，眼睛看过来："这个。"

江谚扫了一眼题目，英语，且是道很简单的语法题。他嗅着苏倾身上的香气，瞥见她通红的耳根，轻而易举地得出了结论：

她在勾引我。

苏倾感觉到少年锐利的目光审视地扫过她的脸、脖颈和胸口，可就是迟迟不开口，她的睫毛动了动，在疑惑和不安中沁出了一额头的细汗。

好在江谚接过习题册，平板无波地讲起来。

苏倾的注意力马上转到了题目上。

江谚讲得言简意赅，似乎觉得选项不够他发挥，举一反三地蹦了好几个易混词。

苏倾的睫毛不住地抖着，额头上又冒出汗来："等一下。"

江谚皱着眉，冷眼看着她又从口袋里掏出本子和小铅笔，垫在手掌上翻开来，接着前面密密麻麻的字迹，飞快地写起来。

"这什么？"

苏倾抬起乌黑的瞳子看看他，小心翼翼地答："改错本。"

江谚睨着她，古怪地沉默了片刻。

苏倾记完了笔记。江谚懒散地靠在栏杆上，转着自己的表带玩："你数学怎么样？"

"还可以。"

"上一次月考多少分？"

"九十五。"

江谚锐利的目光瞥过来，含着清冷的讥笑："满分一百五，你考九十五，还可以？"

苏倾不知道该怎么跟他解释，从四五十分进步到九十多分，已费了她好大力气。

江谚又说："数学题也可以问。"

苏倾有些意外，心底漫上些暖意："谢谢。"

江谚仿佛是故意要冷淡地顶回去："不谢。"

苏倾看了看手表，午休快结束了。她同江谚告别，小心地走下了天台。

江谚沉默地看着她的背影。

苏倾这个人太奇怪了。她看他的眼神，就好像那天她看着地上的麻雀，平静里带一点不谙世事的懵懂。

还有那本记得密密麻麻的改错本。

这些，同她的表象是完全割裂的。

脑海里响起杨露的话：“你有听说过 candy girl 吗？跟有钱的老男人各取所需，一个金主换另一个的那种。”

是谁教她露出的诱人天真，难道是用惯了的诱捕猎物的手段？

他侧着眼，把手上的空烟盒三两下叠了个烟标，照着垃圾桶“嗖”地一丢。

那天在操场上，她左顾右盼的，在看谁？

垃圾桶里响起清脆的“吧嗒”声时，他蓦然想起，苏倾还没有要他的联系方式。

江谚每天中午跟着最后一批人去食堂，大锅饭几乎打光了。他一连吃了一个礼拜的土豆炖萝卜，吃得心里窝火，随便应付几口就回班了。时间还早，他在空无一人的教室里百无聊赖地写了一会儿题，迈脚朝天台走。教室里太闷，他想，就去天台吹吹风。拾级而上，一袅玫红衬衫在风中鼓动，在视野里一点点露出来。女孩的长发披散着，背对他坐在管道上看书。

他有点意外，又毫不意外，说不清心底是什么感觉，停在在楼梯半中央，懒散地倚着栏杆打量她。苏倾的打扮不知道模仿谁，两天一套，花蝴蝶似的不带重样的，有时新潮，有时复古。而且她善于驾驭旁人驾驭不了的颜色，诸如橙红、玫红，故意外放的艳丽。今天又是港式荷叶衬衫，小牛皮鞋上露出整齐的白袜边缘。她从来不穿整套校服。

江谚突然明白为什么高中规定女生穿校服，素颜，扎马尾。

她这样的，让人总想去看，不看都不行。

他悄无声息地站在她背后，越过她肩头，看见她捏着笔迟疑着，半天，选了个错误的答案。想了想，划掉，选了个更错的。

“哎。”他鄙视地叹一口气。

苏倾的肩膀惊得抖了一下。也许是他的错觉，苏倾回头看见是他，漂亮的眼睛里仿佛亮起了两颗星。下一刻，她把手里的书一本本翻开，要问的题目都画好了红圈，刚要开口。

“起来。”他高傲地抬起下巴，“这是我的地方。”

苏倾好脾气地从管道上跳下来，裙子降落伞一样鼓起了风，她伸手拽了拽。小皮鞋并在一起，站在管道旁边，耐心地等着他抽完一根烟。

江谚皱着眉，伸手挥了挥烟雾，冷不丁看着她问：“好闻吗？”

苏倾怔了一下，他琥珀色的眼底满是冰凉的讽刺："还不躲远点儿。"

苏倾默默地靠到了另一边，趴在栏杆上抓紧时间看单词书。小册子的纸张被她翻得蓬起来了，不像那本崭新的古诗文。

——要是她记单词也像背古文一样容易就好了。

江谚夹着烟，低头看着她摆在管道上的题，三本英语，一本数学。数学题的难度远高于那几道可笑的语法题。

他扭头看向苏倾，他发现这人对英语有别样的执着。

"来。"他把烟掐了，顺手拿起英语练习题，"你把这句话给我读一遍。"

苏倾弯下腰，头发垂下来，就着他的手看着，尽了最大努力，磕磕绊绊地把那个长句念了一遍。念完，就好像丢了丑，自己耳根先发烫了。江谚不去注视她发红的耳垂，手指用力捏着书，修剪整齐的指甲微微泛白。

他默不作声地听着，眼角瞥着她的玫红衣角和发丝，有一个生词是不认识，其余稍难点儿的单词，要么发音不准，要么重音不对。他冷静地做出了诊断。

"你得先学国际音标。"

苏倾看起来挺高兴地点了一下头，从包里掏出一个纸盒递给他。

一股奇异的味儿从那盒子里飘出来，江谚接过来一看，一盒扭伤药膏。

江谚觉得自己发疯了，居然连续一周牺牲午休时间，坐在天台上教人学音标。

入秋了，天气渐凉，晚乡交错的电线上空，飞过一排排凝成黑点的候鸟。

苏倾用的是网上购买的中小学教学的橘黄色音标卡片，每一张上面都有可爱的卡通娃娃。一沓卡片捏在苏倾白皙的手上，一张一张地认。

"aː。"

"e。"

江谚皱眉，不懂女孩为什么很难做出夸张的口型，那樱桃小口含蓄地微张着，看起来像矜持的古代闺秀。

他忍不住上手捏住她两腮，撬开她的嘴："嘴，张开。"

苏倾的眼睛微微睁大，脸倏地红了，脑子里骤然涌进多世的记忆。每当他这样做的时候，下一刻都会迎来暴风骤雨般的入侵的吻。她平静坦然的眼神头一次慌乱地闪躲起来，鸦翅般的睫毛颤个不停。

江谚的指尖触到了凝脂般的皮肤，嫩豆腐一样又软又热，从他指腹滑过去，手指好像被火灼了一样。他闭了嘴，心烦意乱地从烟盒里抽了根烟，叼在嘴里。

他垂下眼，苏倾那白皙的手指也从他烟盒里飞快地抽走了一根。

"哎。"他心底蹿起一道火气，冷冷警告，"是你抽的吗？"

苏倾看了他一眼，也学他把烟含在柔软的红唇间，那眼神意外地软和无辜：“你不是也抽了吗？”

她夹烟的姿势老练又魅惑，他想起陈景言的话：“抽烟喝酒泡吧，没有她不做的。”

他的眼神变得又冷又利。

苏倾手里的烟让他一把夺过去，他垂着眼，嫌恶地捻了捻她留在烟嘴上的唇印，竟然又把那根烟装回烟盒里，冷笑：“抽多了嘴张不开。”

苏倾迟疑地站在原地,心里矛盾地想,要不要让他把那根她抿过的烟丢掉？多不卫生。

江谚的长腿岔开，似乎不满意她走神，干净的球鞋在地上跺一跺，天台上的粉尘让他踩得腾起薄薄一层。他拿牙齿抵着烟上下摆动，含糊道：“你打火机呢？”

苏倾从怀里拿出那只打火机，原本一打开盖儿还会亮灯的，让她玩了太多次，灯都玩坏了。她拿指头把盖儿顶开，火苗蹿出来，江谚俯身凑过来点烟，校服上的香皂味混合着他身上的浅浅烟味，拢在她怀里，她看见了他短发下的两个桀骜的发旋。她很想伸手摸摸这头短发，手指贴在裤侧勾了勾，忍住了。

江谚俯身的时候，看见她牛仔裤口袋里鼓囊囊的，竟然还揣着个单词本，两根手指顺手掸了两下：“背单词按读音背。”

苏倾让他弄得往后退了两步，红着脸“嗯”了一声。

江谚没留心她的表情。他仰头看着天，心里有点憋屈。其实他的英语算不上好，不过因为沾了大城市重视基础教育的光。他真正好的是数学。

苏倾见他不耐烦地掸了掸烟灰：“快点儿学会英语吧。”

台灯映照着苏倾专注的脸，晃动的笔的影子落在笔记本上，抄写的每个英语单词后面都注明了音标。四线三格里，娃娃体已经写得顺滑流畅，乍一看，圆润的字母排得整整齐齐，像打印出来的一样。

吴阿姨敲敲门：“热水和换洗衣服准备好了哦。”

苏倾的笔顿了一下，瞥了一眼表，九点整：“好。”

透亮的浴室里水雾朦胧，大浴缸里放好了热水，漂浮的玫瑰花瓣散发着幽幽香气，人闻着仿佛要微醺。宽阔的大理石洗手台上整齐地叠放着浴巾、睡裙和浅粉色的内裤，在灯光的照耀下，一尘不染。苏倾脚下踩着毛绒拖鞋，检查了一下门锁，仰头，平静隐忍地看了一眼浴室墙角的黑色摄像头。她站在逼仄的拐角里，动作尽量小地脱去衣服，底裤从纤细的小腿上落下来，她蹲下将它拾起来，卷起来放在架子上。这个角落是监控的死角，是她观察多日后得出的结果。

连毛巾一起卷在身上，她把花洒卸下来，远远地拉到了这边，快速地给自己冲了澡，花洒对着摄像头长久地冲着，也给它洗了个澡。擦干身体，换上了干净的睡衣，她走到浴缸前，挽起袖子，把手伸进漂浮着花瓣的热水里。手在池底下摸索着，找到了阀门，水“咕”的一声漏下去。湿透的花瓣发蔫地躺在浴缸底，浴缸上方的摄像头，湿淋淋地滴着水，依然闪烁着待机的黄灯。

苏倾吹好头发，轻手轻脚地坐回课桌前，钟表指向九点四十，房间外面一片平静，她的心扑通扑通剧烈地跳着。在这套房子里，每晚九点的洗澡，是个定时定点的节目。她已经这样逃避了一周，她的观众却没有任何反应。她仰起头，房间里被她拿水枪弄坏的监控，拆下之后只余几根电线，一直拖着没装新的。

上一世也是这样，晚乡猖獗的黑色势力发展到这一年，出现了严重的问题。在国家重点打击之下，晚乡头顶的乌云即将散去。他做好准备壮士断腕，忙着收回散布在各处的下线，自顾不暇，更别说欣赏她这只笼中鸟雀。上一世的自己得知这个消息，野草般生长出慌乱和焦急。而这一世的她，心中充满了平和，还有对自由之日的分外期待。她从抽屉里拿出一本带锁的笔记本，小心地输入密码，本子里粘贴着许多花花绿绿的剪报。

她把本子翻到最后一页，纸上从上至下写了五个人名，一笔一画，力透纸背。这五个名字，已经被人用横线画去了四个，表明在过去的两年里，他们已经以各种形式消失在世界上。

只剩最后一个叫“董健”的，括号里注明“原晚乡市市领导”。她拿着笔，默然在这个名字上面画了几个圈。日历又向后翻了一页，距离月底还有十天。

第二章　向暖阳

（一）

高二年级转眼迎来了新学期的第二次月考。

苏倾在这次考试里头一次尝到了自信涂卡的滋味，试卷发下来，英语考了九十八分，比上次进步了整整三十分，这三十分里没有什么蒙或猜的水分。英语老师看她的目光，变得有些古怪。

“要向苏倾同学学习。”

班级里零零落落的掌声响起，有些是漠不关心，有些是看她笑话的讽刺。

苏倾安静地把试卷整齐地折叠起来，收进试卷夹里。这天中午，苏倾抱着试卷夹坐在天台上等，仰头看着多云的天，腿垂下来荡着，可一直等到一点半，天台上都只有她一个人坐着。刺耳的上课铃拉响了，整栋楼震动起来，她从水管上跳下来，脚底都震痛了。走廊里多的是“咚咚”跑回班里的学生，苏倾路过二班的时候，歪头朝里不动声色地看了一眼，手心生出了汗水。

教室里几乎坐满了，江谚和他同桌的座位却空着。有人看到了后门口浓妆艳抹的冷艳女生，三五个人开始窃窃私语。学校里也有盯着她的眼线，苏倾收回目光，揣着口袋，目不斜视地回了十四班。事实上，月考之际，二班发生了一件不大不小的事件。

事情的起初，江谚根本没放在心上。那天下午，陈景言抄江谚作业的时候，递给江谚一张字条。他展开看，纸上歪歪扭扭地写了几行字：“你还写诗？”

“写什么诗！”陈景言抄得愤愤，“那是政教主任总结出来的高考作文二十四字方针。”

江谚看着上面的“开题”“破题”：“这不是八股文？”

“可不。但你最好按他说的写，不然他会骂人，骂得你生不如死——你上次不是领教过了？”

江谚冷笑一声，将“方针”叠起来丢进笔袋里。

陈景言摇摇头：“没办法，对于我们晚乡的普通孩子来说，老师就是绝对权威。”

江谚想起他看过的几份卷宗，没搭话。

月考两天，江谚应付得还算轻松。考试难度同他从前的学校整体持平，只是题目偏旧，还用着五六年前的外省题。发卷子的几天，课程比平时松一些。天花板上老旧的吊扇旋转着，吱呀作响。体育课刚结束，男生们汗流浃背，教室里响着“哗啦哗啦”的纸张扇风的声音。风扇搅起的风“哗啦啦”地吹动着薄薄的卷子，劣质的油墨味不住灌入鼻子。

吴甜甜反向跨坐在江谚前面的椅子上，胳膊肘搭着他的桌子，捧着脸看他写题，是个很亲昵的动作。几缕长长的碎发落在他的前额上，她发现江谚的眼睫毛是很密的，鼻梁挺直，垂眼的时候敛了锋芒，显得很秀气。

“小江同学，上次看到你跟十四班的苏倾讲话，你们什么时候认识的呀？”

江谚一目十行地做着英语卷子，卷子是他给苏倾布置的作业，他得自己先做一遍，才答得出她奇奇怪怪的问题。

陈景言拿纸巾满脸擦汗，对吴甜甜伸出一根指头：“别问了，就刚转来的时候走廊里对视了那么一眼，一见钟情。”

吴甜甜的脸色变了，她想起那天在拐角说人是非时江谚撞她的那一下，那种警告的冷意，心里像被什么堵住了一样。

“苏倾那样的，很招你们男孩子喜欢吧？”吴甜甜抿一下唇，“她们那样的女生，都是先物色好一个目标，搞到手又丢掉，根本不会走心的，影响的只有别人而已。”

江谚对了下答案，手底下那道题做错了。

“什么阶段就该干什么阶段的事，提前吃了人生的果子，以后会后悔的……”

手底下一连错了好几道，他骤然把笔往桌上一摔，抬起的眸泛出冷光。

拖长的语调刻薄：“有你什么事儿？”

吴甜甜脸涨得发红，从前桌“呼”地站起来，陈景言仰头看看她：“谚哥别凶嘛……”

吊扇的风把卷子卷走了，江谚一言不发，伸手“呼啦”一捞，按回了桌上。

“同学们，”讲台让人拍了两拍，上课铃还没打，政教主任就站上了讲台，一沓语文卷子压在他掌下，“今天我们先讲讲纪律问题。”见他脸色发黑就知道要发火，嘈杂的教室马上安静下来。

“老师千叮咛万嘱咐，怎么还是有人不听劝，非得自己走弯路。”他低头看了一下名字，“江谚。”

江谚脸色平平地抬起眼，把笔盖“啪”地扣好。

“江谚同学，请你起立。”他把薄薄的答题卡抽出来，扬了一下，“作文怎么写的，给大家念念。”

江谚走上讲台，接过答题卡。秦主任却不松手，眼里是压抑的怒：“老师教没教过你作文该怎么写？”

江谚捏着另一头的手放了下来。

“秦老师，”陈景言在下面举起手晃了晃，“他刚来的，怪我忘了给他讲二十四字方针。”

“他讲过了。”江谚平平地接。

“哎……”

“大家应该有独立思考的能力，没必要千篇一律。”

江谚的普通话带着股文明的傲。一双双担忧的眼睛望过来，又怕，又期待热闹更大一点，最好这节课也不用上了。

“你跟我在这讲独立思考？”

“中华五千年文明，您的二十四个字概括得了几年？”

“你什么意思？”

江谚介于秀气与邪气之间的脸上，抬眼掀起了讽刺：“我以为没牙的人才吃别人嚼过的东西。”

“江谚！”秦主任勃然大怒，“你以为你写得好是不是？你能耐是不是？什么东西！给我出去！”

江谚转身往后门走，上课铃声猛地响起，淹没了身后的咆哮：“还有你，也给我出去！”

陈景言撇嘴，闭着眼睛做了个哆嗦的动作。

同桌真是刚啊，心情不好就敢杠老师。那张嘴，真损，真痛快……

江谚刚走到门口，金属讲台被人砸得“通通”两声钝响，似是不满的提醒。

他看见陈景言把椅子艰难地反架在了头顶，椅子四个细腿朝天，木板下压着他可怜的脑袋，正翻着眼睛往上瞥，压低声音提醒他：“谚哥，谚哥，喏。”

原来“出去”也不只是罚站而已。

江谚二话不说，书包捡起来撇在地上，抡起椅子架在头顶，手臂承了力，绷出肌肉的轮廓。

陈景言见他转身往前门走，以为后门锁住了，也艰难地掉了个头跟在同桌身后。

架椅子好啊，出去以后还能放下来坐着，反正老师又盯不住……

江谚走到了讲台前。

“诶，谚哥？你走歪了……”陈景言话音未落，眼睛瞪大，嘴巴张成了个圆。

江谚架起的椅子往前一抡，“咣当”一声猛地砸在了黑板上，板擦“砰”地弹射出来，爆炸似的溅起无数粉尘。女生们吓得尖叫起来。

他面无表情地把椅子捡起来，以一种娴熟的打砸姿势，再度猛砸在讲台上，秦主任吓得倒退一步。他掀起狠戾的眼盯过来，那一刻秦主任觉得自己是在与一头狼对视，狼的目光幽幽的，咬着后牙问：“体罚是不是？”

二班这一上午鸡飞狗跳。

江谚挪了个位置，站到了有空调的班主任办公位旁。他站没站相，校服短袖下，一双清瘦的手臂松松插在裤子口袋里，鞋尖一下一下地轻蹍着水磨石地面，睫毛半垂着，不知低头在看什么。不多时，班主任推门进来，身后跟着一个穿黑色制服的短发女人，边走边客气地谈笑着。那打扮精干的女人和江谚对视，脸上的笑容马上淡了下去，远远地瞪了他一眼。

周向萍是从单位直接给叫过来的。政教主任在电话里把“个人品质”“原则问题”“犯罪”这样的字眼都用上了，她连衣服都没换就驱车赶来。这还是她头一次来江谚的学校。一进门，人人盯着她的制服打量，愧得她脱了外套，可白衬衣里面穿了件红文胸，看她的人更多了。

她只得又把制服穿上，只狠狠地把胸前的国徽摘了下来，捏在手心里。

班主任说：“江谚同学表现还是很不错的，这次月考还拿到了年级第六名的好成绩……”

周向萍说：“老师，真是对不起，砸坏的东西我们会全部赔偿的。”

班主任说：“我相信一切都是事出有因，孩子的本质肯定是好的，毕竟有这样引以为傲的父母……”

周向萍说：“给学校添麻烦了，回去我们一定批评教育……”

江谚冷眼看着两个人互相点头哈腰。

周向萍踩着黑色高跟皮鞋“笃笃”地走过来了：“江谚，跟妈道歉去。”

江谚瞥她一眼，不作声。

周向萍耐着性子：“听话。”

江谚扭过头：“我要转班。”

她皱起眉：“转什么？”

班主任手机响了，到门外接了个电话，办公室里只剩母子两人。

江谚抬头望着她，周向萍惊异于儿子的面容有了棱角，不知何时已经几乎褪去稚嫩。

“转哪个班？告诉我理由。”

“十四班。”少年的表情藏得很深，面上只有吊儿郎当的冷。

周向萍不是个说不通的人，她深知江谚自小长在大院，缺乏管教，骨子里那股无法无天的戾气，养到十七岁，已不好硬管了，只能慢慢引导。她真去十四班转了一圈。

回来时怒气冲冲：“不行，绝对不行，那里面都是什么人啊！”

江谚复插着口袋低下头：“要么转班，要么转学。”

提起转学她就头痛。就他背的那两个处分，晚乡一中好不容易才收了他，这么偏远的地方，再换更差的学校，弄不好真耽搁了。

“你生下来就是讨债来的。”周向萍瞪着他，“我怎么会有你这么个儿子？”

江谚看着地面，冷冷笑了一下：“我不是您儿子，陶陶才是。”

“你……”

班主任推门回来，赔笑道：“江谚妈妈，我们说到哪儿了？”

周向萍尴尬地撩了下头发：“发生这种事，对二班老师同学也不好交代，我想着……要不给江谚转个班？”

班主任怔了一下，歪头看着她身后的少年：“你先回去上课吧。”

江谚默然走出办公室。

门闭上了，班主任飞快地填着转班表格：“江谚妈妈，您知道十四班是个什么情况吧？”

“是，我知道。”

她现在最大的愿望就是江谚上个普通大学，找份普通工作，安安生生的，十八岁之前别给关进少管所里去。

“我和江谚父亲十年前离异，对他……疏于管教，希望学校多担待一些。”

班主任有些意外：“那平时，您和他父亲谁管的比较多一些？”

“我们……”周向萍有些难以启齿，“一起管。”

班主任皱了下眉头。一起管，通常就是都不管的意思。

英语老师的讲课被打断了，门口，一个脸生的少年步调懒散地提着书包走进来。

苏倾的眼睛蓦地睁大了，一眨不眨地盯着江谚。江谚没理会她，目光在后排睃巡了一下，随便找了个空座。

英语老师的适应能力很好，老僧念经似的继续讲，苏倾却再听不进课了。

江谚面前铺着他做了一半的卷子，看了半天，脑海里冒出将它揉了的冲动，手已经卷了个边，又慢慢放下来。

他掏出笔继续写，做着做着，仿佛从兽又变回了普通的少年。

下课了，苏倾坐在座位上没动。今天她盘了头发，搭配低后领的衣裳，露出天鹅一样修长的脖颈。

她在犹豫要不要去问，忽而什么东西挨住了她的后脖颈，丝丝的尖锐的痒，她刹那间浑身战栗起来。

扭过头，江谚抵在她脖子后的试卷发出“吱啦”折皱的脆响。

她的拇指压在卷子上接过来，江谚马上松了手，冷淡地走回座位，半道上就让人拦住了。

“可以呀，半中央转班。”

说话的是个戴着耳钉的黄毛，十四班的刺儿头，搡了一把他的肩膀：“刚那女的是你妈吗？那么瞧不起我们怎么还把你转过来。说话啊，好学生？”

江谚的手猛地扣住他的手腕，指节收紧，冷铁般咯吱作响。黄毛眼睛马上瞪得通红：“打人怎么的？”

苏倾茫然看着卷子上红笔写满的错题分析，密密麻麻的，笔印像拿刀刻出来的小槽，一笔一画都在撒气。

江谚抓着他手臂一转一背，一个过肩摔将人腾空“通”地撂在地上，溅起水泥地上薄薄一层灰尘。

围观的人发出惊呼。

地上的人背像虾一样弓起来，露出痛苦的表情，青筋都暴了出来，还抓着江谚的衣服角不放，将他的领子都扯变形了。

江谚蹲下，同他鼻尖贴着鼻尖：“打你怎么了，打的就是你。”

黄毛一拳迎过来，江谚一偏头避开，脸上擦过一阵劲风。剩下的人起哄：“打人了打人了，检察官公子打人了！”

一个女生抱着怀：“那个谁，你小心点儿，我们这个班的谁还不是太子爷了？小心把你爸妈铁饭碗摔了。”

江谚的眼睛霎时变得赤红，瞳孔缩小，看上去有些骇人。

脑海中混乱地浮现着不知何时的画面，他蹦跳起来，和比他高两头的少年抢一根冰棍，少年躲着他把包装好容易剥开，低头直接塞进他嘴里：“算了，给你了。”

两个人并肩走，他的书包一颠一颠，金属铅笔盒就跟着哗啦啦作响。江论的手按在他后脑勺上：“怎么又跟人打架，小屁孩之间有什么好打的？”

他舔着冰棍躲开他的手，眉眼颇不耐烦：“你不懂。”

“我有什么不懂的。”江论拉了一下书包肩带，微微笑，笑得跟爸爸一模一样，“江谚，男子汉以理服人，不是比谁拳头大。”

小孩睁着一双带着生劲儿的眼睛，盯上他校服外套上那枚亮晶晶的团徽：“这个好看，送我呗。”

“这个不行。”江论的手护住胸前，“等你长大点儿就有了。”他把他穿得歪歪扭扭的校服拉正，点点他半垂下来的队徽，笑起来，露出一口整齐的白牙，“这不有一个么？”

“骗谁？我这是铝的，跟你这个珐琅的能一样？”

他知道那俩徽章根本不一样，他就是想要，哥哥的优秀、儒雅、正气他都想要。

“那你听话，我跟你换。”

“真的？”冰糕的冷气顺着嘴唇蔓延，砖砌胡同里有小孩在踢球，球撞在墙上“扑通扑通”地闷响，自行车“丁零零”地响着从他们身后拐着弯挤进来：“让一让，让一让。”

生锈的车把上挂着袋滴水的豆腐，都滴在他胳膊上了，真凉快。

“怎么算听话？”

“在外头乖乖的，好好学习，不给我们家丢脸。”

那个时候，江论把一切惹是生非定义为“给家里丢脸”。

在医院最后见到江论的时候，他的领子也歪了，洁白的衣服上漆黑的一道轮胎印，脸上、胳膊上全是刀刻的划痕，嘴角凝固着黑红的破口，眼睛黑得宛如一口破井，似乎充满了疑问。

这就是从没打过架、没说过一次重话、从来心向光明、以理服人的哥哥，最后的结局。火化的时候，从他半蜷着的手里掏出来一样东西——一枚弯了针的团徽，金灿灿的稻穗里头全是他的血迹。

“江谚——”

少年紧绷的身体像烙铁一样滚烫，苏倾挨住的瞬间，大脑马上发出警告，告诉她可能会被直接甩开，但她还是抱紧了他的手臂。

只要能将他拦下来。

（二）

江谚揪着黄毛的领子，拳头被阻住。他本能地反手想要推开桎梏，抱着他的人棉花糖似的软，扭股糖似的黏。稍稍一动，胳膊肘顶到一团软绵绵的东西，对方吸了口冷气，劲儿猛松了一下，又执着地贴上来。他力气却收住了。

扭头看去，苏倾睫毛膏有些化了，长睫毛几根几根地粘在一起，他皱一下眉头。

那一团黑下面的瞳仁却跟琉璃珠子一样，映出他的脸，拗得让人心疼：“江谚，你写的我没看懂。”

二十分钟后，一切归于正常。聚众闹事的各位回到各自的座位上，仿佛什么都没发生。

那黄毛就坐在江谚后头，拿卫生纸按着脸上的擦伤，笔杆戳他脊背：“兄弟，你练的是哪门哪派啊？可疼死老子了。”

江谚颧骨上也挂了彩，任凭血珠子凝固没管，歪了一下肩膀，好像想把背上的苍蝇抖下来。

黄毛讪讪地把笔架在耳朵上：“还挺傲。”

中午放学了，江谚架着书，维持着原样不动。眼睛向下瞥的时候，瞥见一双女孩穿的棕色小皮鞋。

苏倾就立在他身边，窸窸窣窣的，半晌也不吱声，他禁不住回头，她低着头，手上耐心地拆着一片创可贴，干干净净的手指捏着，递过来，眼睛抬起来看着他。

他撕开就要往脸上贴，苏倾轻轻“哎”了一声：“你得稍微处理一下伤口。”

她谨慎地望了望后门，才俯下身仔细打量他的脸，擦伤的血道里还留着地上的灰尘和沙粒。

江谚也瞥了一眼后门，外面什么人也没有。他冷冷与她对视着，手掌一翻，创可贴“啪”地贴在了桌面上。见不得人是怎么的?

苏倾轻皱了下眉头，直起身子。

江谚扭过头不理她，半晌，他侧眼，圆头的小皮鞋还规矩地在他身旁立着，又一阵窸窸窣窣的声音。

回头，苏倾垂着眼，小嘴抿着，面色平静地又拆了一枚创可贴。

他侧眼睨着，哪儿来的这么多创可贴。

苏倾不仅把外包装撕开，还把胶条也摘下来，小心地捻在指尖，侧过头打量他的脸，亮晶晶的眼珠转着，似乎在想从哪儿下手。

江谚的心慢了一下，梗了口气似的，沉沉地撞动胸腔，他的眼皮微动一下，睫毛慢慢覆下来。

苏倾见他嘴角还绷着，满不高兴的模样，低头瞧了瞧手上的创可贴。

江谚等了半晌，忍不住掀起眼，正看见她也学他，把那枚创可贴“啪”地拍在桌上，跟他刚才贴的那个错成了个十字。

苏倾揣着小外套口袋扭头走了。他冲着她的背影皱眉：“回来。”

苏倾顿了一下，没停，走出了后门。江谚冷着脸，“哐当”一声踹翻了前桌的凳子。

（三）

洗手间的镜子前，少年扬起下颌，指头轻轻触碰自己的脸。深邃的五官和苍白的肤色，本是冷情的一张脸，现在多了颊上红彤彤一道擦伤，显得有些滑稽。“嘶……”手指碰到那处，他无声地皱一下眉。扭开水龙头，脸伸到龙头下，粗鲁地冲了冲伤口。水滴顺着脸颊滑落下来，流进衣领里，在锁骨处聚成小泊，打湿了T恤衣领。伤口火辣辣地痛，他满意地左右看看。这么清洗应该够干净了。

回到教室，他怔了一下，空荡荡的教室里坐了个女孩，牛仔外套披在肩上，正低着头吃盒饭，动静很小，安静得像只猫。他走过去，苏倾身后的桌子上放着一份打包好的饭菜，左半边是青油油的莜麦菜，右半边是肉和蛋，拆好的筷子放在一旁，卖相极漂亮。

江谚低头看了一眼，舌尖轻顶一下上颚，又看一眼。

原来食堂还有黄焖鸡呢。

他就坐在她后面的位子上吃完了饭，懒得挪窝，就在那儿看书。长腿支着，似乎没处可放，往前一伸，碰了一下她的椅子腿，冷淡地问：“刚碰到你哪儿了？”

打架的时候拦人，真敢。他下手一向没轻重，也不怕连她一起打了。

苏倾心里有点生气，她用胳膊小心地碰了碰文胸托，那里现在还疼呢，她能说吗？她只好咬着牙不吭气儿。

江谚见她半天不理自己，抬起眼。苏倾绾起的头发捎带着卷，像一朵花苞，靠近脖子的细小鬈发打成一个个自然的圈，像戴了一串项链一样，耳根不知怎的红透了。

他停了一下，又问："哪儿没看懂？"

苏倾猛然扭过身来，闷声不吭把卷子铺在他桌上，似乎是带着气的，上面拿铅笔画满了圈。

江谚瞧了一眼，笑了一下："你要累死我？"

苏倾没搭话，又开始专心地撕创可贴了，睫毛在眼底落下几道触须般的影子。江谚的手掌马上紧张地压住桌上的胶条，警告："十字架够了啊。"

苏倾抬眼看看他，指尖捻着带胶的一面递到他面前，细细地出了声："你自己来吧。"

江谚脸上贴了一道创可贴，不仔细看，就跟流氓眼下的刀疤似的，他挺满意地按着卷子，真的挨个讲下去，苏倾的胳膊肘搭在他桌上，支着脸安静地听。

她很少撒娇，总是沉默，沉默的时候不讨好，像冰山美人。眼睛那股黑，里面透着踏实的执着，是沉在地下的泥土。不像其他浮夸的女孩子，一言一行会溅起空中的尘埃。

有时江谚也想，这样的一个人，到底为什么做 candy girl ？

他这么想着，没骨头似的靠在椅背上，侧着眼睛瞧她。江谚的目光又沉又冷，审视着她，带着一点挑剔的嫌弃。

苏倾说："怎么了？"

"讲不下去了。"他恶劣地答。

苏倾疑问地看着他，冷艳的浓妆下，那模样竟然看出点乖。

"我熏你，你也熏我是不是？"他指尖拎着，把她衬衣领子翻起来，铺到她鼻尖上去。苏倾闻到了自己专门反复喷在衣领上的黑鸦片香水味。

"把你身上这股味儿给我去了。"

江谚本以为，转到十四班以后的生活会是他人生的谷底，后来才发现并不如此。事实上，待在十四班的日子比他待在二班舒服得多。十四班的班主任是个胖胖的中年人，听说班里来了个年级第六，感激涕零，专门把他请到办公室里坐了坐。桌上摆着两杯果汁，红鲤鱼的纸杯后是他笑容可掬的脸："江谚同学，橙汁、葡萄汁，想喝哪个自己拿，不客气。"

江谚扫着纸杯，憋出一句话："您先选。"

王老师面上的笑自打见了他，就没消下去过："江谚同学，你有没有意向做我们班的班长和学习委员？”

江谚果断地摇头，觉察到王老师有些失落，他抬眼敷衍了一句：“我……还需要再历练。”

王老师点了点头，又笑说：“听说你和苏倾的关系比较好……”

话音未落，少年的眼睛猛地看过来，含着锐利冰冷的防备。

王老师的表情很无辜：“……你想不想和她同桌？”

江谚的拳头松了，默了一下：“我们班不是单人单桌？”

“规矩是可以改的嘛，我也有意向让大家增强交流，共同进步。”

江谚在脑海里想了一下苏倾，想到的是她打扮得花蝴蝶一样的俊俏模样：“不想。”

他语调平平：“她影响我学习。”

“噢……”王老师有点失落，学习好的同学，原则性和自律性都比较强，不想让这群纨绔干扰了，也是可以理解的。

江谚觉得十四班的日子舒坦，除了单人单桌互不干扰以外，还有一点，就是讲题变得更加方便了。

苏倾坐在第三排，打眼一望就能看到，跑不了。每天中午放学，他就慢慢踱到她后面的空座坐下来，一伸颈就能越过她肩头，看她慢吞吞地写字。

字写得倒很秀气，一笔一画的，小学生一样。

有时讲得寡淡了，他也会踢踢她椅子角，苏倾黑宝石一样的眸子看过来，他的烟已经叼进了嘴里，懒散道：“上天台讲。”

水管外面的防护套都被他的裤子磨得勾了线，他伸手勾了两下，手一撑反坐了上去。秋天的风渐大，吹乱了他的头发，他拿手挡着风，细弱的火苗刚在他掌心里卷起来，便觉察到旁边人的眼睛“噌”地亮了。他掀起眼皮，苏倾目不转睛地看着他的掌心，风把她的头发卷起来，拐着弯挡在脸前面，只露出一双眼睛。

他顺着她的目光看下去，掂了掂手上的火机：“喜欢这个？”

打火机挺旧，金属轮廓有些生锈了，机械齿轮有一部分外露着，倒有种粗犷的别致。

他好半天才想起来，这还是当年江慎再婚搬走时落在家里的，他从角落里拣出来，加了油接着用，得有五六年了。

苏倾没吱声，可她眼睛里那股劲儿骗不了人。江谚说：“你打火机呢？”

苏倾把那个翻盖的打火机掏出来，江谚把他的放在她手心里，把她的拿走了：“总得让我有个点烟的吧。”

苏倾一下子合拢了掌心，仔仔细细地看她的战利品，好像连金属上面的锈痕都让她迷恋。

江谚把她的火机在手上抛着，上面镶嵌的宝石折射出耀眼的光，表明它的价格不菲。他捏住它端详了一下，“嗯”了一声：“我赚了。”

苏倾摇了摇头，江谚扭头看她，她把火机在耳边晃了晃，瞳子里闪烁着细碎的光，竟然冲他弯唇笑了：“你这个油是满的。”

江谚觉得，苏倾跟他熟了的表现，就是问问题的时候越来越不怕他。他烦得摔笔她也不怕，就那么抿着唇盯着他，好像算定了他最后都会捡起来接着讲。有一回，他挑菜似的把摊在天台管道上的几本各式各样的辅导书拎开，竟然还在底下发现了一张地理试卷。

他回头凉凉地看着苏倾：“我学理科的。”

十四班是个理科班，但里面有七八个理化基础实在薄弱的学生，只能在家靠家教补习文科，还有人是艺术生。各有各的门路。

苏倾的情况特殊，短短几个月内，要把原身落下的进度赶上来，只能也靠着原来的底子考文科。苏倾也觉得自己有些过分了，歉疚地把地理试卷拿回去：“对不起……”

江谚沉默地抽了根烟，又说：“拿过来我看。”

他皱眉盯着满卷子洋流箭头看了半天，看不懂。

卷子用力折了两折，顺手揣进裤子口袋里：“等我回去研究一下。”

苏倾看着他笑了一下：“谢谢。”

江谚不咸不淡地应：“不谢。”

应付完作业是十一点半，江谚合上笔盖，滚动鼠标看卷宗。桌上一盏台灯亮着，是黑暗中唯一的光源，漫反射在白色纱帘上，沙沙的一片。黑笔在本子上写着，贴着江论照片的那个厚皮质本，用掉了四分之三。闭目转转眼珠，站起来活动两下，背贴门框边缘，捂住左右眼，认了一遍贴在对面旧墙上的一张视力表。倒数第二行蚂蚁一样的小 E，看清依然毫不费力。他坐下来，掏出月考的成绩条，展开来，抬起塑料桌布，压在下面，总成绩那一栏写着：644。旁边一张字条：公安大学，599。

只是月考而已，这个成绩以后还可能变动，但是不论再怎么变动，也要高出分数线 50 分。江谚的目光变得很深，至少高 50 分。做完这一切，他有些惫懒地靠在椅背上，闭着眼睛从裤兜里摸出那张地理试卷，好半天才懒洋洋地眯缝着眼睛看。女孩写的一排小字工整清晰，压在大红叉下，显得分外委屈。同一个类型的题，全错了。能错成这样的，是压根儿没学懂。

他叹了口气，睁开眼，鼠标滚轮滚动着，键盘“嗒嗒”响起来。任务栏右下角白色的时间显示着：01:11，搜索框里一个个字快速闪现：

“季风……环流……”

这天晚上，江谚连做梦都是洋流。

第二天一早，江谚顶着黑眼圈一进班，蓦然看到一张熟悉的面孔，坐在他的座位上，正冲他用力挥手。他怔了一下，倒退一步，抬眼看了看班牌。

“别看了谚哥，你没走错。”陈景言兴奋地把一张桌子挪了过来，跟他拼成个长桌，“是我转过来了，谚哥。”

江谚把书包扔在座位上，荒诞地往前面看去，整个十四班只有他一个人有了同桌。

“你潇洒投奔女神而去，留人家一人在秦主任的淫威之下，天天活在水深火热之中……”陈景言挥袖假哭，“同桌你好狠的心……”

江谚“哐当”一踢桌角，瞪他一眼：“你有病。”

江谚抽了三张 A4 白纸铺在苏倾面前，那张地理卷子摆在最上面，折痕压得太重，四个角都不安分地翘起来，像只四脚朝天的龟。

苏倾以为他要变魔术：“这是什么？”

江谚的笔在白纸上沙沙写起来，不耐烦道：“给你重讲一遍。”

“你请的那什么家教？可以辞了。”

尸位素餐，不如他一个才研究三天的外行。

苏倾把头发丝别了别，安静地笑笑，没搭话。

那个人不容许她同别人走得太近，尤其是异性长辈。所以她在学校很少问老师题目，天天坐在她书桌旁辅导的家教，更没有可能。

江谚皱一下眉，听见手机的振动声，抿住唇不讲了。

半晌，苏倾才迟钝地动了，低头看着屏幕上的“吴阿姨”发怔。

这张电话卡是动过手脚的，只能接，不能拨，除了他与吴阿姨之外的人打不进来。

而吴阿姨几乎没有打过这个电话。

——他们被发现了？她不禁慌忙地四下看去，没有摄像头的白墙上仿佛都让她盯出了黑漆漆的镜头。手心里渗出了汗水。

她把手机贴在耳边，无声地做了个“嘘”的手势，脸色发白。江谚对微表情很敏锐，目光沉了一下，盯紧了她的脸。

“吴阿姨。”女孩乖巧而机械的声音响起来。

“倾倾啊，吃饭了吗？”

“吃过了。”

“嗯……是这样的。”吴阿姨顿了一下，罕见地有点儿举棋不定，“明天不是要送你回二中吗？但是你吴叔突然想起来明天限号的，我想问问你，晚两天行不行？”

苏倾的睫毛动了动，松了口气。恍然意识到，明天竟然就是 30 号了。

江谚面无表情地听着听筒里漏出的只言片语，手指摩挲着笔杆。黑色卡宴的牌照尾号是3，明天限号纯属瞎话。

苏倾却知道为什么。

这两日，晚乡打黑力度前所未有地大，那辆卡宴，还有她住的那栋奢华的别墅，都是灰色资产，避避风头为佳。

但事情再拖下去，她怕生出变数。捏紧手机，声音柔柔怯怯："可是，我和老师同学已经约定好了……"

江谚忽然指指自己，苏倾眨眨眼睛看了看他，一时没反应过来。

她分神的时候，眸光里含着迷茫的水色。

"没关系。"吴阿姨耐心很好地应，"明天我打车送你去吧。"

江谚又沉着脸指指自己，无声地做口型：我送你。

"吴阿姨，"苏倾提了口气，为难地说，"我的高中同学也要回校，想跟我一起去，可以吗？他还不认得您……"

吴阿姨揉着太阳穴想了一下。

她近来参与转移财产，焦头烂额，见识到了情况的严重，好几宿没睡着觉。身家性命的大事面前，什么事都变成了小事。

苏倾一向很乖，她太听话了，就像自己主动把脚拴在笼柱子上一样，从来不让她多操一份心。——也是，风一吹就乱跑的浮萍，离了他们又能靠谁呢？

"那么，你就跟你的同学们一起去吧，五点之前一定要回家哦。"

电话挂了，苏倾仿佛松了口气，皱皱眉，怪他横插一脚："明天要上课的。"

江谚的笔杆反着一下一下地敲着桌面，"啪"地把笔扔到她面前，冷冷地审视着她的脸："地址写这儿。"

阳光灿烂的周五，晚乡狭窄的两车道依然堵得厉害，喇叭声此起彼伏，江谚的自行车停在道边，皱眉看着字条上的字。

"卫德街公园北门。"

骗他。

他听见她们的谈话内容了，要去的明明是哪个中学。

公园茂密的绿树从栅栏里挤出来，在地上投下道道阴影。北门是后勤出口，半个人都没有，一座变电箱立在他旁边，地上堆满了腐烂的枯叶。

他看看周围，心里敏锐地生出个念头——她在躲什么。

否则，一起从学校出发多方便，何故把他诓到这个荒无人迹的中间点？

地上的落叶发出"咯吱"的轻响，斜坐在车座上发呆的江谚心不在焉地抬起头，怔了一下。

眼前的女孩穿着娃娃领的奶白色外套、直筒牛仔裤，头发整整齐齐地梳成了马尾，脸上的妆很薄，明艳干净的一张脸。

赶得很急的缘故，她还在匀着气，脸颊白里透红，像多汁的苹果。配上那对乌黑的杏眼，看上去又乖又小，像换了个人似的。

“走吧。”见他半天不说话，苏倾急着走过来，有些发愁地打量自行车小小的后座，这个后座看起来单薄，可能不是载人用的。

江谚已经神色自若地跨过车座：“上来。”

看她站在原地半天不动，“丁零零”地响了下铃：“快点。”

“这能坐吗？”

江谚不耐烦地瞟她：“怎么不能坐？你屁股多大？”

苏倾让他噎得在路边红了脸。他低了低头，似乎在丈量臂弯里的尺度：“不行坐前边？自己选。”

苏倾默默地跨过了后座。

这车可真矮呀，她的脚垂着就能踩着地，双手小心地抓着他的 T 恤两侧。江谚劲瘦的腰线，从透光的白色布料下显出来。

车往前一动，车头马上往左边歪，苏倾生怕自己把车压翻了，脚点了一下地。

车头又歪向右边，她又撑一下。

车子半天走不起来，江谚回过头来，正看见她的脚点在地上撑着，气不打一处来：“就你长腿了？”

苏倾忙把脚抬起来，车子滑出去。她揪着他的衣服，心里生着闷气，半晌，低低地说：“你怎么骑得歪歪扭扭的？”

江谚侧眼瞧她：“因为有人不搂紧啊。”

“……”

骑过一个减速带，江谚没绕，车身“咣当”地颠一下，苏倾差点儿颠下去，一把抱住他的腰，隔着衣服触到了他滚烫的皮肤，手又悄悄收回去。

细虫在他身上爬一样。

她放在他腰侧的手被他扣住，猛地向前一拽。

她的脸猝不及防地贴住了他的脊背，江谚身上混合着香皂和烟草味的男孩儿气息笼罩了她。

江谚不耐烦地看着红灯读秒：“扶好了，别乱动。”

“前面，左转。”

自行车轻灵地拐了个弯，女孩带着微卷的马尾被风扬起来。

“从前面的巷子穿过去。”

巷道很窄，两旁都是单层排楼，门面又小又破，管道里泄出的污水淌了一地，车轮从水泊上碾过。

“前面还怎么走？”江谚知道他们绕路了，却出奇地耐心，铃也没有按。

她怎么清楚这么偏的路线？

她的手臂紧紧抱着他，两个人贴在一起，他感觉得到她羽毛挠动似的呼吸，看不到她的脸，却本能地相信着身后柔软的身体。

“直走。”苏倾的声音柔而笃定。

她像出笼的鸟，扭着头贪婪而小心地打量着四周的晚乡民居、新建的商业大厦和斑马线上的行人。

自行车沿着大路畅通无阻地滑行，两排金黄的英国梧桐投下团团阴影，中间夹着湛蓝的天，远处黛色的山峦起伏，只剩若隐若现的轮廓。

晚乡竟然还有这样的地方，江谚骑车的速度放缓了，四下看了看。

身后的苏倾忽而轻轻地说：“漂亮吗？这是湾峡。”

依山傍水处，绿意满眼，一幢幢的高级别墅没在山水之中。摩天大楼崭新的玻璃幕墙反射着刺眼的光芒，宛如波涛粼粼的一片湖。

江谚觉得奇怪，这里的开发强度甚至超过了晚乡市中心。

“到了，前面。”苏倾说。

车子“吱”地刹在二中门口。

湾峡二中像被新城包围的旧城残片，民国时期黛瓦白墙的旧校舍，中庭有棵参天古柏，很有意境。大约上课了，校园里传来嗡鸣的撞钟声。

苏倾从车子上下来，看一眼手表，却是先奔小卖部去。

这地儿江谚不熟，就靠在车子上安静地点了根烟，在烟雾中，远远看见她从冰柜里熟稔地拿了两根奶糕，从口袋里摸出两枚硬币，正在拿他听不懂的地方话同老板讲话。

咿咿呀呀的，很软。

门口坐着的老太太约莫八十了，戴着顶深红色的线织帽子，一口牙都没了，还坚持说话：“囡囡你可回来啦。”

“您还记得我呀？”

“记得你呀，冰糕给你留着呀，很甜的，夏天怎么不来吃？”

那时候她最喜欢吃小奶糕，一次要买两支，一支路上悄悄吃掉，一支拿回家里去，因为何雅丽不让她吃太凉的东西，冰棍都要在杯子里化成汤了才让她捧着喝。

有一回回家，她把小奶糕乖乖地放进玻璃杯里，妈妈把她看了又看：“路上偷吃了没有？”

她摇一下头：“没有。”

“没有？”

她“嗯”地点点头，何雅丽的手往她脸上落，她还以为妈妈要打她了，慌忙闭上眼。

结果妈妈只是轻轻抹了一下她的唇角，好像勾走了一只小馋虫，笑骂：“嘴上都沾着还没有？”

“下回不要偷偷吃。”妈妈给她揣了一袋子的硬币，放在她书包夹层里，重重拍了一下，“想吃买一根吃，最多一根，听见没有？”她又拿湾峡方言骂，“拿你没办法。”

拿工行的黄色呢绒布袋装的硬币，现在还装在她书包里，一枚都舍不得用。

苏倾停了一下，低头望向手上捏着的两根小奶糕，半晌才说：“我考进市里的一中了。”

老太太笑得很开怀：“那好啊，囡囡原来就厉害。”她把柜子上的硬币推回去，佯怒，“拿走，不收你钱。”

柳树下江谚的身影落在她眼睛里，房檐下，她微微笑起：“请你同学也吃一根喏。”

第三章　抑锋芒

（一）

河边柳条随风漾着，苏倾拿指头小心地揭开外层的蜡纸，仔细妥帖的动作和当年的江论如出一辙，剥完了，安静地递给他。

江谚的语气很淡："自己吃。"

苏倾已经习惯他的喜怒无常，把冒着冷气的雪糕放进保温杯里，旋上了盖子。

又拆了一根，放在唇边轻轻咬了一口。小奶糕白得软糯，侧面结了一层细密的冰碴子，她的嘴唇印在上面，像雪地里落下的樱花。

檀口小小的，奶糕上的缺口也小小的，看得人心里发痒。

江谚问："好吃吗？"

"你要尝尝吗？"苏倾把奶糕伸到他眼前，似乎注意到了什么，指头动了一下，把没咬过的那一边转向了他。

江谚冷眼看着，毫不客气地夺过来，垂睫看了看，猛然咬了一大口，连带着她咬的那个缺口一起，全吃进了嘴里。

毕竟是秋天，含了这么大一块雪糕，牙齿马上酸得发痛。他微微鼓起腮吸了口气。苏倾的脸色很紧张，把双手伸到他下颌底下："太凉了？吐出来吧。"

她拿手接。

江谚一时间有些怔愣，好半天才让冻得发麻的舌头唤回了神，"啪"地拍开了她的手，背过身，一股脑儿咽进喉咙，"呼"地吐出了一口寒烟。

二中门口有位穿灰色西装裙的女老师，专程接待他们，老师旁边站着穿校服的楚湘湘。两个阔别已久的女孩见了面，马上紧紧抱在一起，看得出原本是关系很好的伙伴。

楚湘湘将苏倾左看右看，有些意外："倾倾，你……你好漂亮啊现在。"

苏倾化了淡妆，逼人的明艳大方，抱在一起时能感觉到她身材的凸凹，说不清楚哪里不一样了。而自己似乎还是从前一根麻秆的样子，像个小孩。

两个人说笑了一会儿。女老师的手搭上苏倾的肩膀，语气柔和地催促："走吧，学生代表还有银行的人都在里面。”

苏倾点了点头，跟着她走进校园，走到了楼道口，回头不放心地看了一眼江谚。

幸好今天是他陪着来，不知省去多少猜疑和麻烦。

少年双手插着兜斜斜立着，正站在布告栏前随便看着什么，脚下落着一团浅浅的影子。

楚湘湘见她回头，远远地朝她挥挥手：“你去吧，我陪你朋友。”

江谚百无聊赖地扫着布告栏，本来是打发时间，看到布告栏里贴着每一届学生的毕业照，目光便顺势睃巡下去。

她是多少级来着？

他顺着年份找到了 13 级的合影。二中是个小学校，年级统共四五百号人，穿着自己最正式的衣服拍毕业照，一片花里胡哨。

他本来想找一找苏倾解闷，没想到第一眼扫过去就猝不及防地瞧见了，因为她就在照片中央，前排坐着的老师们像两丛绿叶左右倾斜，捧起了第二排正中的花骨朵，显眼，晃眼。

照片里的女孩穿着荷叶领白衬衣，海军蓝背带裙，领子让风翻卷起来。一左一右两条麻花辫，辫梢系了蓝色的蝴蝶结，乖巧地垂在肩头。一张白皙俏丽的脸，黑如曜石的眼睛，笑窝又甜又干净。

这是——苏倾？

指尖隔着玻璃印上去，明知是摸不到的，手指在她略带稚气的脸上投下一片小小的阴影。

“找到苏倾了吗？”

楚湘湘见江谚盯着布告栏不作声，鼓起勇气同他搭话，一股脑儿说了一堆：“她在你们晚乡一中好不好？还跳舞吗？有没有考第一名？”

江谚的心不知缘由地，猛然锐痛一下。

拍过多少回集体照了，怎么会不知道？照片那个位置，通常都是留给最听话、最优秀的孩子的，比如江论。

江谚的嗓子有些哑，看着苏倾最后走入的那栋楼，开口问楚湘湘：“她还有什么手续得在你们学校办？”

正是上课时间，中庭一个人也没有，不知哪班的教室开着窗，传来集体读课文的声音。

楚湘湘有些怕他身上冷清疏离的气质，尤其是那双猫一样高傲又带着攻击性的浅色眼瞳，瞧着人的时候，总让人觉得自惭形秽。

看上去很不好处的样子，不知道苏倾怎么会同这样的男生混在一起。

心里蓦地闪出一个念头——苏倾不会是早恋了吧？因为早恋，她才变得那么不一样。

她红着脸问：“你是她男朋友吗？”

江谚皱眉看了她一眼，没吱声。

“这是她的隐私，是、是她男朋友，我才可以告诉你。”

“是。”他的语气利落又骄矜。

楚湘湘心里一坠，她觉得早恋是不对的，可放在苏倾身上，她又分辨不出到底对不对了：“那你……可要好好对倾倾啊。”

她左右看看，眼圈有些红了：“今天取的这十万块，是初中毕业的时候，我们学校同学和老师给她的捐款。

“她是‘5·18’爆炸案唯一的幸存者，她家都没了。”

阳光落在办公室的木头桌子上，反射了白光的打印纸刺眼，上面的黑字有点飘。

苏倾对面坐着慈眉善目的老校长，手指伸过来，点点“签名”一栏：“签在这里，就可以了。”

苏倾看着空白的签名栏发怔。银行负责人说：“小姑娘，这是你老师同学的自愿行为，以后到了社会上，哪怕挣钱了再还给他们也行，眼下既然需要这笔钱，就拿着先用，不要有什么心理负担。”

校长和缓地说：“苏倾啊，你赶快取走了，我们心里的石头也就落下了。当时你钱也没要，人就消失了，这两年我们总想起这个事情，你刘老师下班以后老骑车去护城河边转悠，见着有人捞起来了，就急着跑过去看看。”他说着，呵呵地笑了起来。

苏倾笑着，喉咙却有些发痛。

穿制服的刘老师腼腆地说：“这不没事吗，我就是爱瞎操心——对了，现在谁跟你一起住？”

“和吴阿姨一起。”

“阿姨？是你妈妈那边的亲戚？”

苏倾停了停，垂眼“嗯”了一声。

坐在她身边的老师都欣慰地点点头，办公室的茶几上摆了一束鲜花，飘着平和馥郁的馨香，屋里很安静，她手上让老师塞了两个蛋黄派：“别干坐着，吃点。”

中考前夕，平静的生活不知不觉发生了一些变化。晚上的时候开始有人敲门，拍打得很用力，几乎像在砸门一样。

她穿着睡衣，害怕地从屋里走出来。爸爸坐在客厅的沙发上，哄她回去睡，说：“没关系，是外面有人喝醉了，找错了家门。”

拍门声持续了好几天，她没有放在心上，耳朵里塞了两团棉花，侧枕着睡，心里想，这个醉汉怎么总找错门。

直到有一天早上，何雅丽送她出门，在家门口看见了两辆卡车，邻居夫妇正吃力地抱着一个个纸箱子往车上搬。何雅丽见了，脸色变了变："你们也走呀？"

"唉，能不走吗？"女人累得汗流浃背，"昨夜又敲了一夜的门，可吓死人了。"

苏倾说："那个人也敲你们家的门……"

话音未落，何雅丽在她后脑勺上轻轻拍了一下："上你的学去。"

苏倾背着书包走到了行道树下，远远地回头，母亲还站在原地和他们攀谈，脸色是她从未见过的忧郁。

那时，何雅丽是在问："报警了吗？"

"报警？"女人脸色古怪地打量着她，"你们是外地过来的吧？咱们这儿，一直这样。"

她谨慎地转动着眼珠子，食指指指天，又指指地，嘴唇微动，声音压得很低："都一块儿的。"

何雅丽变了脸色，却不吭声。

她当初的确是因为苏凯的工作调动搬过来的，年轻时，家里不同意她远嫁给一个无父无母的农村孩子，她当晚收拾了行李就跟他跑了，十几年来一次都没回过乡。晚乡的湾峡，青山绿水，很符合他们心中理想的家。

他乡做故乡这么多年，她才发觉这地方的美丽背后，还有不为人知的一面。

一连数晚，苏凯回家都很早。客厅的灯昏暗地亮着，家里阴云密布，烟灰缸里的烟蒂积了厚厚一层。

"我现在都不敢看手机。"何雅丽哽咽着说，"真的从来没遇见过这样的事情。"

不知信息是从何处泄露的，两个人的电话几乎被打爆了，大量信息塞满信箱，要求配合签约，否则后果自负。

"能有什么后果？"苏凯揉了揉僵硬的脸，又把眼镜摘下来温吞地擦着，"青天白日的，还能强闯民居？"

"他们给我们多少钱？"

"前天说四十万，昨天接了电话，说我们不识相，降成三十万。还威胁我，再往后拖，一分钱也拿不到。丽丽，要不然我们——"

"不行。"何雅丽的眼圈通红，"这房子我们十年前买的时候就四十二万了，现在房价涨得这么厉害，少说也翻了两番。拿三十万让人搬走，有这种道理吗？"她咬了一下唇，狠狠地说，"不行我们去法院告他们吧。"

苏凯烦躁地摇了下头："不成。我上网查了，是正经拆迁，有政府的批文。"

前些天有关领导上电视还说，他们现在住的地块，划成了高端住宅用地，虽然也是住宅，但性质是不一样的。推平以后，盖的是独栋别墅。

他们说新城建设是晚乡未来发展战略的一部分，虽然这战略大多数民众根本搞不明白——那么多别墅盖出来，谁来住呢？

“正经什么正经？又打电话又敲门的，这不是黑社会吗？”何雅丽把手里的纸巾绞成了纸絮，又哽咽起来，“倾倾六月份就要考试了，拿着三十万去哪儿，让我们住一室一厅，住地下室去？”

苏凯“唉”了一声说：“倒是。那再拖一拖，再拖一拖。”

二人看一眼表，六点半了，餐桌上的鲫鱼汤凉得发腥。

何雅丽先发现哪里不对了，一丝冰凉从脊梁骨钻进去：“倾倾怎么这个点还没回来？”

气氛陡然凝滞了一下，她把围裙一把扯下来，抓了抓头发：“我到学校，我到学校找她去。”

苏凯的手机铃声尖锐地响了一下，听筒那头传来了急促的呼吸声，半晌，稚嫩的压抑着恐惧的声音响起：“爸爸——”

那一天是苏倾值日，她关好门窗，背着书包出来时，天已晚了。紫红色晚霞铺在旷远的天幕底端，下面是远处雪松的树顶。

家离二中很近，大约十分钟的路程，故而她每天自己上下学。

书包上的绒毛团钥匙链在拉链上一晃一晃，她听到背后有“哗啦啦”的声音，想起妈妈给她装了一袋硬币，眼里倏地有了笑，书包搁在腿上，手伸进去取了一枚，在手心里捏得热乎乎。

她很贪凉，秋天也要吃雪糕。

距离小卖部还有最后一个拐角的时候，忽然一辆摩托车风驰电掣地驶过来，有人拽着她的胳膊一拖，将她拉上了车，捂着她嘴巴的手满是烟味。摩托车驶进了小巷子里。

书包上的钥匙链断了，孤零零地躺在水泥地上。

所幸天没黑透，巷道里穿拖鞋的妇女拿着绿色塑料盆，懒洋洋地出门倒脏水，溅在那两个胳膊画了文身的男人裤子上，那是个不好惹的妇人，他们吵着吵着推搡起来。

她穿着校服缩在墙角里，腿脚发软，一双空冥冥的眼睛睁着，手背在背后悄悄拨电话，手心让汗水湿透，几乎握不住手机。

长按“1”是110，“2”是爸爸的号码，她也不知道自己按的是1还是2，约莫是2，因为她喊了爸爸之后，那边半天没有挂断。

那两个人欺近了她，一根烟夹在手里，前面有很长一段垂下的烟蒂。

“你叫苏倾是不是？”

她摇头。

一巴掌上来，将她打蒙了：“让你说话。”

“别这么凶嘛。”另一个人闲闲笑着拦住他胳膊，手指滑过她发红的脸和颤抖的嘴唇，“妹妹，别怪我们，你们家里得罪了不该得罪的人，知不知道？”

“不知道。”她怯怯说，怕再挨一巴掌。

那个人打量她的眼神变了变，似乎含有其他的意味，慢慢贴过来，半蹲着在她身上扭蹭着。苏倾的后背紧紧贴着墙，差点喊出来，但她只是张了下嘴，因为另外一个人把滚烫的烟头靠近了她的脸：“敢叫弄死你信不信？”

她藏在背后握着手机的手抖个不停，但她没有叫，只是睁大了眼睛。

左手被蹲着的那个男人握在掌中，面团似的揉了又揉，拉着她的手慢慢往下，伸进他发热的裤子里：“你乖乖的，配合一点，哥哥不难为你。”

她的手握成拳，又被他强行张开，她蓦地大声说：“这是岷家巷。”

“岷家巷怎么了，有你同学？”那人笑着，声音都有些变了，“你长得好漂亮，是不是班里的班花？”

旁边抽着烟放风的男人猛然骂了一声。苏倾看到夜色里一个身影猛扑过来，手里拿着一根长棍，毫无章法地挥舞着，一下子砸到他肩膀上，很重的一声闷响，她身旁的两个人马上惊得弹开来。

“滚开，给我滚远点！”那个人声嘶力竭地大喊，苏倾好半天才听出来，这个人是从没大声说过一句话的爸爸。

摩托车的引擎嗡嗡地响着，后座上的那个人吹了声口哨：“给我识相点，今天是你女儿，明天是你老婆。”

尾气弥漫在空中。苏凯剧烈地喘息着，手上的长棍颓然放下来，原来那是家里的晾衣杆，中间都被打弯了去。

爸爸拉着她衣服角反复看了看，一句话也不讲，脸色有点吓人。苏倾怯怯喊了一声：“爸爸。”

这声一出，她一下子被他搂进怀里，爸爸拍着她的后背：“不怕不怕，爸爸错了。”他说了两句，竟然抱着她哽咽起来。

苏凯背过她的书包，要拉着她走。她把左手藏在背后，不给他牵：“我想洗手。”

苏凯停了停，嗓子都有些哑了：“现在不能洗，到地方了再洗，好不好？”

后来她才知道为什么不能洗。爸爸把她沾了浊液的手拍在桌子上，冲着值班的两个满脸漠然的民警吼“这算不算证据”的时候，她的手被几双神情各异的眼睛盯着，手指动了动，感到一阵屈辱。

那些目光很快落到了她脸上，带着别样的兴味。

当班的还有一个年轻的女警，她沉默地看着，抽了张卫生纸，在饮水机里接了点儿水：“给孩子擦擦吧。”

“不能擦。”苏凯生了一张文气的脸，也有知识分子的执拗，“在你们的地盘上发生这样的事，我们市民还能有安全感吗？”

“就是没上学的小混混，招惹这个招惹那个的，不是犯大事的人。这不是没怎么吗？听我一句劝，没必要立案。”

“我要求立案。”

“实话告诉你吧。”年龄大些的警察四十来岁，头发里掺着半数银丝，披着警服外套，一副和事佬模样，“立案了，也抓不住。晚上不安全，以后放学早点回家，不要在外面贪玩。”

苏凯的情绪有些濒临失控了：“你们不是有 DNA 检测吗？不是能把人定位了吗？恳请你们抓紧时间取证，我的孩子想洗手。”

两个警察对视一眼，都没有作声。年轻的那个抱着怀，目光从苏倾脸上滑过去：“你这孩子多大了？”

苏凯绷着嘴角：“今年刚十四。”

“哦，十四了。”他点下头，想了想，转向苏倾，“长得挺可爱呀，在学校有人追你没有？”

苏倾坐立不安地摇了摇头。

“那么有没有交一些社会上的朋友？”

苏凯猛地打断他：“你什么意思？”

“没意思。”年轻的警察说，“我合理怀疑你的女儿是在跟那个人谈恋爱，不敢告诉你，被发现了就谎称被侵犯，这种情况我们见多了，建议你们两个好好聊一下，不要占用公共资源。”

苏凯猛地站起来，让那个女警从背后拉住了，他伸手指着那年轻人：“你说话注意点。”

苏倾咬着唇，下唇都让她咬痛了，她才开口，眼睛只看着那个女警，声音细软却拗：“我没有跟他谈恋爱，我不认识他。”

女警怔了一下，手上也不知不觉松开了，苏凯扯着衣服坐下来。

“听见我女儿说什么了吗？”苏凯眼底发红，一双手搁在桌上扭在一起，半晌，疲倦的声音响起来，“如果这个不能立案的话，我可以再加一条——他们不是路过的，是有目的的打击报复，因为我们的现居地在拆迁范围内，目前还没有签约。”

他把手机扔在桌面上，颓然揪住自己的头发：“一个月以来，我们家受到了严重的骚扰，真的……没有办法坚持下去了，我请求你们……帮帮我。”

两个警察再次对视一眼。苏倾敏锐地觉察到了那种隐秘的情绪，隐隐有些不安——因为那好像不是她心中警察该有的眼神。

年轻的警察说：“那做笔录吧。”

在苏倾十四年的人生里，从来没有做过笔录，苏凯也没有。所以当她被单独带进那间小屋子里的时候，没有人提出什么异议。

后来过了好多年，她才知道，真正的笔录到底是什么程序。

那时，她一个人坐在屋子中央的圆凳上，那两个警察趴在桌子上，坐得离她很远，屋里光线很暗，排风扇缓慢地转着，让她有种错觉，像电视剧里的审讯。

具体问了什么，她有些记不清了，只记得在那次审讯中，两个警察显得并不敬业，她的尊严和自信不断地被凌迟、被践踏。

凌晨两点，苏凯才等到了从小屋里出来的苏倾，女孩脸上泪痕斑驳，眼神飘忽，六神无主。警察手里拿着她签过名的记录册，打了个哈欠："行了，回去等消息吧。"

苏倾在派出所的洗手间仔仔细细地洗了手。凌晨的白炽灯冷得发蓝，洗手台上放了一块很黑很旧的香皂芯子，她看了一眼，没有用，只是用清水冲。

身后有窸窣的声音，她回头，是那个警号尾号 9 的女警，她走过来，在苏倾手上倒了几十片干净的便携香皂片。

是茉莉香。苏倾说："谢谢。"

那个年轻的女警靠着墙，一言不发地看着她，等她洗完，女警蹲下来，从底下给她把校服拉链拉上去，把领子温柔地整好。

两人对视的时候，苏倾发现她的眼睛通红，含着许多不平的情绪，可是她隐忍着，只是喑哑地将她这个陌生人望着。

"路上小心点。"她最终说，"让你爸爸接送你上下学。"

这个女警通红的眼睛，让她幡然醒悟了。

原来她没有错，一点没有错。错的是那些人，是他们错了。

自那天以后，苏凯把工作调到了晚上，白天开着那辆小货车送苏倾上下学，要看着她迈进校门，才驱车离开。

有一天半夜，他下班回来，发现客厅的电视还亮着，苏倾在沙发上坐着，眼睛专注地看着静音的电视，闪烁的光映在她白皙的小脸上，一会儿是绿色，一会儿是蓝色。

他走过去看，电视上正放着市领导董健剪彩湾峡经济新区的午夜新闻，他眉头一皱，"啪"地关掉了电视："倾倾，几点了，怎么还不睡觉？"

自上次被人恐吓过以后，她就没有从前那么无忧无虑了，总是心事重重的模样。他也急，但是没办法。

苏倾说："就去了。"

她长发散着，抱着小熊抱枕慢吞吞地回到了屋里，扭头，乌黑的眼睛看着他："爸爸晚安。"

桌上留着一杯温度正好的菊花茶。

苏凯一个人坐在沙发上，喝了一会儿茶，无声地抹了一会儿眼泪。

苏倾在房间里拿着手机摆弄，她听了同学的介绍，第一次登录本市的匿名论坛，操作得不是很熟练。

搜索框里慢慢打出三个关键词：“晚乡”“湾峡”“董健”，论坛似乎对这个名字讳莫如深，只有一个帖子跳出来：

“晚乡市领导董健力主湾峡强拆，没有人管吗，世界还有没有王法？！”

十天前发的帖子，回复者只一个：“董健是大老虎。”

——大老虎，是什么意思？

晚上的敲门声仍在继续，有一天，小区的电闸甚至被人恶意拉了，屋子里一片黑。何雅丽端着蜡，出去游了一圈，回来宽慰大家：“没事，楼里至少还有十户没搬，咱们人多，不怕。”

那是中考前冲刺的最后一个月，苏凯和何雅丽对她保护得越发周全。他们自己有许多事不明白，但在孩子面前，却无师自通地围成一把大伞，伞下风吹不到，雨淋不着。

那几天，苏凯车里时常摆着一瓶红牛：“你不要担心，安心考试，爸爸妈妈都在呢。”

苏倾看着窗外掠过的成排绿树，湾峡的天还是那么蓝，远处的群山隐入青雾，如缥缈仙境。

这让她难以相信那些帖子里的话，他们把晚乡描绘得那么黑暗——怎么会呢？

爸爸以为她还在忧心，他耐心地说：“不要怕，等你考完了，爸爸去B市上访去。

“等到了B市，咱们和你妈妈一起去看白塔，见过白塔没有？”

苏倾摇摇头，拿手机顺手搜了一下白塔的图片，原来是琼华岛上的一座喇嘛塔，有帽子一样的尖顶。那么还可以再逛逛中轴路、皇家园林，还可以吃小麻花、驴打滚，她的嘴角慢慢弯起来。

五月的酷暑令人汗流浃背，她期待着上访的日子到来，迫不及待地想要去B市，去看看琼华岛上的白塔。

然而她盼望的暑假，终究没有到来。

一辈子也不会到来。

那天的餐桌上有一道糖水荷包蛋，蛋煮得正好，蛋黄是流心的。爸爸在饭桌上喝粥，粥很烫，他耐心地吹了又吹。

她换下拖鞋出门倒垃圾，走之前，何雅丽靠着门框看她，目光里带着笑，似乎怎么也看不够似的。

她摆摆手，轻快地下楼了，离开了空调房，外面凤仙花开着，热浪扑面。

楼下的垃圾桶被人搬走了，她不得已绕到了小区门口的垃圾堆。空气里有极轻的“嘀嘀”声，像蜜蜂在叫，下一秒，她背后传来“轰”的热浪，巨大的气流将她向前掀去，跪倒在路牙上，膝盖拖出一道长长的血痕。

耳鸣结束之后，她茫然扭过头，背后的半边天幕，都被烈火染成了赤红色。

（二）

“我记得‘5·18’的报道，媒体公布的原因是燃气泄漏。”江谚看着楚湘湘说，“二十一条人命，小区赔得倾家荡产。”

“对。”

男生的眼神冷静得几乎锐利：“苏倾应该拿到赔偿款了，你们为什么还筹款？”

楚湘湘有些混乱地说：“当时我们联系不上苏倾，很担心，又不知道该怎么帮她，就组织了一次捐款，倾倾太受欢迎了，一筹就筹了十万，也没想……”

“为什么联系不上她？”

“她被警方保护起来了，说是要做，做心理疏导……”

苏倾在派出所里待了一个星期，晚上住在旁边的招待所，她看得最多的画面，是值班的人将门外送来的衣服、零食和玩具熊不耐烦地堆进仓库里。

尽管媒体没有曝光她的身份，还是有爱心人士通过网络悉知了消息。

“能不能不要让他们送了？我们这里又不是救助站。”民警工作很忙，座机响个不停，来往穿梭的人路过她，就像路过道边一棵野草。

来同她谈话的人换了一个又一个，她坐在小房间里，窗户外面是一片生机盎然。

她把爆炸那天的事情描绘了几百遍，每一遍都是一样的：“爆炸之前，我听见了嘀嘀的响声。”

“这个案子已经结了，是管道老化导致的燃气泄漏。”

她坚持摇头：“我听见了，是电子器械的声音。”

“就算真的有，你离得那么远，也不可能听得到。”问话的警察耐心地说，“可能是你精神紧张过度，自己臆想出来的。”

“是那种定时器的声音。”

那人变了脸色，桌子被警示性地猛敲两下：“行了，那种胡编乱造的电影小说少看点。”

谈话又不欢而散。她安静地收拾好了自己的东西，背上了书包，埋没在等红灯的人群里，是不起眼的一个。

她的脸色是夏天中暑一样孱弱的苍白，却很平静。她知道流眼泪没有任何用，没有人再为她主持公道了。

晚上，她站在招待所的落地窗前，拉开窗帘。

楼下停着一辆车型舒展的黑色法拉利，车灯投出两道斜柱形的光，照着下面凹凸不平的石子路。一个穿黑色西装的男人靠在车上，正仰头向上看，指尖夹着一根烟，红色的亮点呼吸一样一明一灭。

他来了好几天了，若即若离地徘徊在她周围，低调却很晃眼。

她知道他不是好人，车里有时候会下来三四个高大的打手，毕恭毕敬地同他讲话。他有一双鹰隼般凶戾的眼睛，看人的时候漫不经心，却让人心头发怵。

这个人，她在论坛上见过照片。

他好像也看到了她，远远地，冲她笑了笑。

苏倾把窗帘拉上。

被子潮冷，弥漫着消毒水的气味，楼下的酒吧很吵，尖叫声和笑声持续到了午夜，她听着乐队唱着一首腔调怪诞的《浮士德》："把灵魂献给魔鬼，满足你欲望无究。"

第二天天亮，她背着书包去派出所的时候，那个人已经离开了。

房门口放着一捧深蓝玻璃纸和白色缎带扎好的红玫瑰。露珠从娇艳的花瓣上流下来，无声地淌到了地上。

她坐在派出所的小房间里做试卷，正确率很低。原来会做的题，也变得不会做了，她心里裂开了一道巨大的缝隙，里面夹着危险的惊涛骇浪。

原来整个世界那样重要的中考，在她心里忽然什么也不算了。

找她谈话的人来了，例行地问着她的情况，劝告她节哀顺变，再度询问她爆炸现场的事情。

苏倾转过头看着他："我想找你们这里警号尾数是9的女警。"

问话的民警想了一下，抽着烟哼笑一声："她不干了，回家结婚生孩子去了。"

他惊讶于这个复读机一样的女孩忽然间有了新的要求，不知是否表明她愿意不再防备？他掸掸烟灰，顺口多聊了几句："她家里锦西农村的，好穷一个地方，男的爱打老婆，女的围着灶台转。"

"我看过她在警校的成绩，体能拔尖的，拼了命从山沟沟考出来……哎，可惜。回去以后这辈子就这样了，你可不要像她。"

苏倾的笔蓦然停住了，睁大眼睛盯着纸上自己写出来的几个字，已不能算作是字了。

门让人敲了两下。

预约的心理医生来为她做定期心理疏导，他带了一盒水彩笔、一沓白纸，脸上挂着和善的笑容："倾倾，昨天晚上睡得好吗？"

她配合着他们，画了两个小时的儿童画，放下笔，冷静地对医生说："我想起来了。"

"那天没有什么声音，是我不愿意爸爸妈妈就这么死了，想让你们再查查这个案子，才这样说。"

围着她的人面面相觑，都松了口气，露出了宽慰的笑容。

心理疏导终于结束了，他们把她送出了警局大门，外面的阳光很刺眼，道旁的梧桐叶呈现出浪潮一样渐变的绿意：“你未来的人生还长，忘掉过去，开始新的生活吧。”

她背着书包走着，乖顺地笑着，转过头时，双眸黑如点墨。

忘掉？

这辈子都忘不掉。

路口停着一辆打眼的黑色保时捷，车灯打着双闪，车窗上贴的是偏振膜，青紫色的镀膜像镜子一样，映出她毫无血色的脸。

她猛地拉开门，坐上了车。

后座上的男人看起来毫不意外，似乎等到了要等的人，淡淡扭过头嘱咐司机：“开车吧。”

车子慢慢开动了，里面弥漫着真皮座椅的气味。

“得罪了董健，对吗？”那个男人三十多岁，眉角有一道不太明显的刀疤，近距离接触他，才能感受到他身上散发出的不近人情的威慑。

他漫不经心地抚摸她放在座位上的手背，激起苏倾背后一层细密的鸡皮疙瘩。

他的声音非常轻，多半时候是在用气音说话：“董健黑白两道通吃，左手鹰犬，右手嚣帮。你没死，命很大。”

嚣帮是晚乡新生的黑恶势力，而鹰犬，大约是指晚乡被腐蚀掉的公安系统。

苏倾黑色的眼睛安静地看着前方，不知道是不是车里的冷气开得太足了，她的嘴唇有些发白，似乎有什么没想好，又好像什么都决定好了：“我想跟你，可以吗？”

“乖孩子，你很聪明。”他宠溺地夸奖一句，笑起来像儒雅的教授，只是在言语间，偶尔露出刀锋样的锐气，“毕竟整个晚乡黑道，我坐头把交椅，嚣帮跳了太久，我也很不开心。”

汽车上了高速，扎入晚乡市区的烟尘中，远远将湾峡抛在后面。他将她的手背放在唇边吻了吻，带着古怪的虔诚。

“只要你听话，我会帮你实现所有的愿望。”

这世间正义，总有降临的方式。只是那个时候她年纪小，不够理智也不够勇敢。她等不及迟到的正义，急匆匆地赤脚走上了铺满荆棘的捷径。

江谚抬腕看了看手表，从二中离开的时候将近五点。

上了桥，岸边带着腥气的风吹皱河水，现出波光粼粼的涟漪。

他放慢速度，舒适地乘着风，身后的人全然不介意他背后汗湿，放松地搂着他的腰，将脸轻轻贴在他的背上。

江谚让她这样偎着，忽而生出一种相依为命的错觉。

“我有个哥哥，比我大六岁。”他顿了一下，余光往身后瞥，检查她有没有在听，“我爸少数民族，能生两个。”

她黑而浓密的睫毛垂着，保护着宝珠样的眼珠，浅浅抿着唇：“嗯。”

“我哥从小就很优秀，聪明，懂事。我爸妈感情不怎么样，我哥是他们仅有的连结点。”

苏倾不明白他为什么突然同她聊起这个，但还是耐心地听着。远处停了一排汽船，有的缓缓移动着，发出悠远的汽笛声。

“后来呢？”

“后来他死了。”他的语气平平。

苏倾猛地把头抬起来，哑然看着他瘦削的脊背。

“晚上放学回家，不配合抢劫，被抢劫犯杀了。抢劫犯一个礼拜就抓住了，判了死刑。”

“抢劫。”他笑一声，眼底泛出利剑似的清寒，“他多聪明，法务人员的儿子，会在那种情况下挑衅劫匪？”

“我去医院看过尸体，三十几处刀伤，每一刀都是为了泄愤。”

苏倾的喉咙收紧了：“是因为你爸妈？”

“没证据。”

江谚漠然地看着遥远的红灯，鲜红的数字跳动着，斑马线上匆匆来去的路人满面疲惫。两人都沉默了片刻。

现实太沉重，她以为他不会再说话，可他又说：“我的第一志愿是公安大学。”

她有些意外：“你想……当警察？”

警局于她没留下什么好的印象。江谚这样的人……她想，他可以选很多路，过很多种舒服的生活。

“检察官太远，够不着，要去就去第一线。”风把他的刘海吹乱，他无谓地抬头看一眼天，细碎的云映在他琉璃般的眼底，他对着天，吹了一声残缺的口哨，“死就死了，一抔土，一捧灰。”

“苏倾，”他的腿一支，自行车猛地刹在路边，侧头看她，平静地说，“有些事情你自己解决不了，就留给别人去做。总会有人为你主持公道，你明白吗？”

苏倾和他对视着，他很少正眼看人，全心全意盯着人看的时候，眼里那股疯狂的偏执的劲头，能将人整个吞没。

她的眼珠似乎蒙了一层润泽的水光：“晚乡是个不讲法律的地方。”

“会讲的。”他注视着她，心平气和地说。

她低下头。

下巴却让他强行抬起来，拇指印在她唇上，把她残存的唇膏印抹净了。

他低头盯着自己染红的拇指，掏出卫生纸仔仔细细地擦净，动作带着股干脆的狠劲：“等五年，十年，二十年，甭怕。”

自行车又向前骑去，远远地把湾峡抛在后面。

她蓦然想到刚才在办公室里，老校长同她说：“孩子，人一辈子会遇到很多坎儿。你以为过不去的，迈迈腿也就过去了。”

当时，她在协议上签下自己的名字，办公桌上放着的一盆翠绿的吊兰，支出来的叶子扫在她胳膊上，窗户上贴着一张时间表，边角融化在光里。

二中的老师办公室像被喧嚣尘世排除在外似的，管他疾风骤雨，五年十年，永远是书山清净地。

“想老师了，可以来躲一躲。但是前头的日子，是要靠你自己经营的。”他慈爱地笑着，“每个人活着，都得这么过，而且要越过越满，越过越红火。”

她接过那张银行卡，揣在自己钱包里。想到上一辈子的苏倾，结束一切之后，真的把自己沉在了冰冷的护城河底，当得起幽冥之主一句“悲苦薄命”。

但是她绝不。

如果说她从过去的三个世界里真的学会了什么，一曰不贱命，二曰敬自己。

高考，大学，工作，结婚生子，大把的好日子还在前头。她要越过越满，越过越红火。

期中考试结束的那天，陈阿姨做了一桌菜，酱油素鸡，红烧鲫鱼。江谚扫了一眼桌子，都是用了心的菜。陈阿姨摘袖套的时候，听见他随意地说：“一块儿吃吧。”

陈阿姨愣了一下，男孩生得清俊，说话字正腔圆，也不像他妈说的那么不成器。

“哎呀，也不成。”她有些愧疚地笑，“我还得回去接我孙子。”

江谚没再挽留，平静地垂下两排睫毛：“那您去吧。”

盘子下压了几张纸，他拿起来看，声音已压冷了：“江慎来过了？”

“噢，忘跟你说了，你爸爸来找了你一回，你不在，他给你送几张票，让你跟同学去玩呢。”

票是周末的《匹诺曹》木偶话剧的前排观影票，江谚不再吱声，沉着脸摆弄着手机。过一会儿，陈阿姨听见“嘟嘟”的响声，明白他在给别人打电话了：“那我就走了？”

江谚瞥她一眼，眸子里冷清清的，仿佛刚才那点温情全是错觉。

陈阿姨走了。屋里静得出奇，一只苍蝇落在印花的盘子边，他皱着眉赶了赶。电话响了好几声才通，那边的人喘呼呼的：“喂？”

压低了声音的招呼。

“找我什么事？”

“噢……”对方的声音有些哑，好像半晌才反应过来，“没什么大事，就是听你妈说你转班了……”

“票是你送的？”江谚把冗余的开场白掐断了。

江慎半天才心不在焉地笑了一下：“啊，是……是。挺有名的剧团来巡演的，你跟你同学学习累了，可以放松放松。”

“三张，《匹诺曹》？”江慎垂着眼，眼底是一针见血的讥诮，“你们一家三口不是正好？”

“这不是悦悦发烧住院……”

自知失言，话语猛地一停。江慎疲倦又烦乱地叹一口气：“忙昏头了。江谚，你听爸爸解释……”

“不用了。”

江谚扭头看着窗外，对面的公寓阳台上，一个男人把女儿扛在肩膀上玩大飞机，小女孩发出的咯咯笑声如银铃。

小时候看大院里土泥地上的篮球赛，江慎也这么扛过他，那时候他多大，四岁？五岁？江慎回了家里，逢人就傻笑：“第一个骑我头上的你猜是谁？我儿子。”

“老大还是老二啊？”

“那肯定是小的。大的多懂事，小的性子野，问他要不要骑他老子，他拍着手说好，这以后还能管得了？”

听的人竖一拇指：“那是福气。”

手上电话换了个边，语气淡淡的：“您照顾那边吧。用不着看我，我好得很。”

电话挂断了。他手上拿着木偶剧的票，伸到了垃圾桶前，又忽然收回来。

巡回木偶剧《匹诺曹》，背后印着落幕时演员和观众的大合影，观众大多是小女孩，头上戴着闪灯发饰，笑窝漾了蜜一样的甜。

他看了两眼，把票顺手揣进笔袋里。

票从笔袋里露了角，陈景言从早读开始盯上了它，眼神不住地打飘：“这个剧团很有名啊，一年才在晚乡巡演一次，你哪儿来的票，还三张？”

江谚默看课本，不吭声。十四班的早读氛围安静宽松，很合他心意。

“谚哥，你到底看不看啊？不看要不转卖出去，还能小赚一笔呢，外面一票难求。”

“木偶剧？”

“可不，这叫致敬童年。”

江谚嘴角弯出个不屑的弧度。

“你要不看，要不你送我，我把它卖……”

“谁说我不看？”他一眼看过来，陈景言蠢蠢欲动的手停在半空中。

"对，你可以请你的女神去看。"

男孩皱眉头："谁？"

"苏女神。"陈景言挤眉弄眼地扬了扬下巴。

透过重重人缝能看见教室前面的苏倾，缎子似的长发散在背后，发丛里斜着编了一绺小辫子，拿卡子别着。

江谚眼睛没从书上移开过，陈景言失望地拿胳膊肘撞他："你怎么不看啊，好不容易转到十四班，还近乡情怯了？"

江谚想，每天中午补习，想怎么看，就怎么看。用得着这样看？

恍神一下，陈景言又说了一串："快看快看，女神今天头发扎得好俏……"

"俏"字一出，好像有人在心上猛剜一刀，闷痛。江谚横他一眼，眼神又冷又利。

陈景言马上住了口。江谚的目光又落在那几张票上："三张票。"

陈景言反应好半天，才明白他在说票的处置，马上乐了："那不是正好嘛，咱们一家三口……不，一行三人一块儿去。"他一拍巴掌，"就这么定了，你不敢说我去说。"

陈景言猛地从笔袋里抽出票，走到了前排。江谚没拦他，就坐在座位上看，远远看见苏倾被叫得抬头，怔愣地听了一会儿陈景言讲话，随后隔了老远，扭过头来寻他。

等她看过来的时候，他就低下头看书。

苏倾瞟了半天，只看到江谚的两个发旋，手指按着卷子，微微叹一口气："我得跟家里商量一下。"

"肯定能行的。"没想到苏倾说话这么温柔，陈景言有点受宠若惊，瞟一眼她英语卷子上鲜红的"109"，笑得直摇尾巴，"都进步这么多了，肯定让你去玩。"这次期中考试，苏倾出人意料地没再吊车尾，甚至可以同其他文科班级的学生一起，参与全校排名了。

年级里议论纷纷，老师乐见其成。

陈景言踩着上课铃声欢快地跑回来："谚哥，谚哥，你女神答应了！"

没人知道其中的原因，江谚心里竟有一种隐秘的快意。

中午放学，教室里人走空了，江谚才慢慢地走到前面。

苏倾趴在桌子上，眼睛看向空中，一眨一眨的，双眸黑亮，看上去像在发呆。

江谚拿笔杆轻触了一下她的脊背，她也没有动。

"怎么了？"

"唔……生理期。"苏倾的嘴唇压在胳膊上，平静的声音闷闷的，比往常还要柔软。正是第二天，小腹隐隐作痛，她很不舒服。

江谚俯身过来："要紧吗？"

她嗅到他身上的味道，眼睛眯了眯，要睡着了一样，轻轻摇了下头。

睫下的眸光细碎，仿佛一只自知身处安全区的狐狸。

“给你这个。”他站在她旁边，从裤子口袋里好容易翻出一颗黑糖话梅，递到她面前。

苏倾伸手接过来，抬眸看他一眼：“这是黑糖。”她见江谚正盯着她，停了一下，一板一眼地说，“那个是红糖。”

“……”

他沉着脸，猛地俯下身，她敞开的校服里穿的露腰小 T 恤，被他暴力地往下拽了拽，盖住了肚脐，校服拉链“吱”地拉到了胸口。江谚起身，居高临下瞥她一眼：“肚子露在风里，活该。”他手指无意间擦过的小腹，痉挛着发痒，她打了个哆嗦，慌乱地趴回了桌上。

托着脸的胳膊肘里让人竖着插了一张票，窗外的风吹过来，纸质票轻轻扫着她的脸颊：“去不去？”

“去。”苏倾不管它，慢吞吞把糖纸撕开，含在嘴里，又酸又甜。阳光打在黑板上，一半是金黄一半是墨绿。

江谚脸还绷着，眼里却极快地划过一丝笑，睨她的背影，脚尖轻轻抵了抵她的椅子腿：“手机号给我。”

苏倾想了想，报了那张新卡的号码。

江谚一手揣着兜，一手点着手机，手机在抽屉里“嗡嗡”叫着旋转起来，将她吓了一跳，拿起来才反应过来是谁打的，看着手机，细眉蹙起。

她默记一遍首尾数字，却不存，删掉记录，径自按了退出。

江谚懒散地靠在桌沿上，解释自己要电话的理由：“你总骗我。”

苏倾扭过头疑惑地看着他：“我什么时候骗你？”

江谚盯着脚尖嗤笑一声：“周日下午两点，江浦大桥见。”

“有事打我电话。”

“噢。”

江谚把手机揣进口袋，从她肩头半弯下腰：“还有哪个题不会？”

她慢慢地将一张张试卷铺开。

他扫着卷子，眼里闪过一丝星芒，辨不清是喜是愠：“这题我都没对，你对了。”

苏倾仰头看他，有点不知所措：“那我……讲给你？”

少年五指张开扣在她发顶上，把她的脑袋扭回去：“我不听。”

烤箱上的手机播放着《好日子》，厨房里油烟呛起，陈阿姨边唱歌边翻锅的时候，一个背着书包的瘦高身影出现在她背后。

“哟，小江啊，今天回来这么早。”陈阿姨尴尬地摁断了音乐，江谚同她打了招呼，就站在一旁安静地看着。

陈阿姨心想，多半是他爸爸跟他谈话了，这孩子近来亲人了很多。她小心翼翼道：“有事吗？”

包子蒸熟了，笼屉里的白色雾气飘出来，在他睫毛上凝成几点细小的水珠：“您会熬红糖水吗？”

“哦——”

陈阿姨回过头，意味深长地打量他两眼。

十分钟以后，小火上加了个小砂锅，陈阿姨垫着布把盖子掀开，往汤里头娴熟地撒了一捧红枣：“最好再加点枸杞。”

她指着锅里漂着的枸杞：“看见没有，都是红色的，红的补血。”

江谚心想，这是什么歪理？但他还是一步一步地看下去，直到陈阿姨把火熄了，厨房里漾着股甜腻的味道，她好笑地瞟他一眼：“简单吧，学会了没？”

“嗯。”

陈阿姨摘下袖套，把它倒进保温杯里：“学会了以后自己做。谁嫁给你，谁可有福了。”

江谚瞧她一眼，没作声。

夜色深沉，作业本和演草纸堆成高高的一摞，笔记本电脑屏幕亮着，这次调来的卷宗是草草手写的，字迹潦草，很难辨认：“晚乡‘5·18’爆炸案证据提交卷……”

不锈钢保温杯压着卷子的一个角，透明桌布下换了新的字条：“期中测试：654”。

“公安大学：599”。

苏倾的粉红色房间内，同样亮着深夜的台灯。吴阿姨把牛奶从托盘里拿下来，观察着她的神色：“倾倾，这两天忙，委屈你了。”

苏倾摇头：“谢谢阿姨。”

老吴和吴阿姨忙于“正事”，对她的管理变得颇为宽松，她抬眼望着墙角，拆下的摄像头电线悬着，仍然没有装上新的。

“我明天下午可能要返校一趟。”她不动声色地扯着谎。

“为什么？”

“期中考试的卷子没讲完，得补课。”

“周日还要补课呀。”吴阿姨感叹一声，但没有对她提出质疑，“那让小郑送你，注意安全，早点回家。”

老吴和那辆黑色卡宴暂时用不得了，最近送她上下学的，都是从外面临时雇的司机和轿车。

这几日难得自由，她已算好了，从学校出发至江浦大桥，只要十五分钟。

“对了，又快要20号了。”吴阿姨欲言又止，宽慰她似的，“我问问老板，看他这月来不来？”

苏倾捏紧了笔杆，平静地答：“好。”

（三）

星期日是个好天气，街旁公园里有不少野餐的家庭，小孩蹒跚着在草地里玩闹。江上无数丛波，浮光跃金。

江浦大桥是一座斜拉桥，高耸的桥架上，紧绷的桥索像根根巨大的琴弦，尖锐地割开了天空。

江谚靠在桥柱上，刚刚洗过擦干的发丝被风捻起了几根，又黑又亮，也像桥索似的利。

“谚哥，要不我就不去了……”电话里，陈景言的声音嗡嗡的。

“你在哪儿呢？”江谚的语气平淡，懒洋洋地注视着来往的车辆。

“我……”陈景言没精打采的，“床上呢。”他打了个漫长的哈欠，“昨天上了个新游戏，没忍住试了几把，一不小心就通宵了……”

江谚看看自己骨节修长的手：“一点了。”

“噢。”陈景言又打了个哈欠，“好不容易休个周末，让我睡吧。”半晌，他轻轻嬉笑一声，“你和女神二人世界呗。”

“……”江谚毫不留情地把电话掐了。

干瘪的书包拎起来，拍了拍灰，往桥中心走。书包里只装了个不锈钢保温杯，他想起来这回事以后，忙扶了一下，怕它倒了。

触到它的时候，心里蓦地浮上些不自然的情绪。

他叼了一根烟，眯着眼睛吞吐几口。他不知道自己现在是什么模样，待会儿人迎着他远远走过来的时候，应该摆出什么样的姿态。干脆转过身胳膊趴在柱子上，远远地看着江。

和女孩单独出门，好像是第一次。

浴室窗外是艳阳高照的天，光线在磨砂玻璃上凝成颗粒状的亮蓝色。

纽扣一粒一粒扣到了顶端，将奶白的皮肤收拢遮掩。圆形衣领带着褶皱的花边，海军蓝的纯色布料同她纯净的眼、年轻的唇是同一种气质，由内而外的质朴柔软。

苏倾看着浴室里光线充足的镜子，镜子里的自己双瞳很黑，两颊泛着健康的红晕。

反手把微卷的长发梳在脑后，试探着扎了个马尾，许久，又慢慢放下来。

梳子走神似的在头发上走了两遍，半晌，她抿抿唇，心一横，造型梳尖尖的尾端从头皮上轻轻划过去，将长发快速等分。

手指熟稔地打着辫子，左边，右边，拉紧一对蝴蝶结。弯腰系好鞋带，裙摆微微一旋，浴室的门关上了。

吴阿姨抱着臂，默不作声地盯着她看，一排必用的化妆品里，她只挑了浅浅的粉红色，点在唇上，显得比实际年龄还小。

疑虑的目光钉在她背后，她硬着头皮没有理会，径直走到房间里，书包拉链拉紧。

吴阿姨扭头，出门接电话了："小郑，你到了吗？我家孩子一会儿……"

书包里的手机振了一下，她慌张地拿出来看，指尖汗湿在屏幕上印了个椭圆的指印，屏幕让她摁亮了，+86 开头的短信跳出来："我到了，你慢慢来。"嗓子眼里的心重重跳一下，慢慢舒缓下来，她打字："好。"

短信发出去的瞬间，头顶猛然响起一道声音："倾倾。"

她猛地抬起头。

刚才出了门的吴阿姨，不知道什么时候正立在她身边，目光深深地瞧着她。

这眼光是冷的，苏倾的心也跟着坠下去。

屋子里像被冻住了似的，吴阿姨的涵养依旧很好，只垂眸盯着她的手机："背叛老板是什么后果，不用我说你也知道吧。"

苏倾沉默着，指尖微抖，没有作声，屏幕熄了。

"不要听外面的风言风语，老板还活着一天，晚乡就是他的天下，他一根指头就能弄死你。"最后三个字出来的时候，带着股令人心惊肉跳的狠戾。

苏倾的唇抿了抿，看着她的眼睛极黑："那你去告诉他吧。"

吴阿姨看着她眼底破碎的冷意，这好像是女孩第一次忤逆她。她远比同龄人善伪装，能忍耐，但毕竟还年轻。

吴阿姨叹了口气，伸出手："把你手机给我。"

苏倾后退一步躲开她的手，用回形针取出 SIM 卡，当着她的面一下掰成了两半。

破碎的电话卡紧紧攥在她手心里，浑身像被淋透了一样湿冷。

吴阿姨拢了拢短发，让好阿姨的身份磋磨得太久，她已经和角色融为一体，不会大声讲话了。

只有生气时，神态里才偶尔露出年轻时枭雄美人的气质："我不告诉他。你自己处理掉，知道规矩？"

苏倾垂头走在前面，背后跟着吴阿姨，苏倾抬起手背，将唇上的唇膏一把抹去。

马桶猛地冲水，漩涡卷走了破碎的电话卡。手机再次恢复到无信号的初始状态。

楼下隐约传来细微的引擎声，吴阿姨的脸色微变。下一刻，洗手间的门被大力敲响，每一下都让人心惊肉跳。

磨砂玻璃外，老吴的身影焦躁晃动着："快，老板回来了。"

吴阿姨和苏倾对视了一眼，苏倾垂下眼。吴阿姨焦躁地打开门走出去，今天才15号，他怎么会突然回来？

苏倾把窗帘拉起来，落地窗外看得到别墅花园，喷泉下面没熄火的黑色保时捷停着，似乎近期没洗过，风尘仆仆，挡泥板上都是灰。

整个别墅里的人都忙乱起来，人人脸上呈现出慌乱的神色，没人说话，只有上楼下楼的慌忙脚步。

吸尘器在客厅的地毯上来来去去，一股湿润的消毒水的气味弥漫着，沙发上的罩子被掀起来，皮质的表面棕得发亮。

苏倾不喜欢这股浓重的消毒水味，感觉像进了医院里。

可是阚天要求家里这样做，他有几乎病态的洁癖，见不得一点儿不洁净。

苏倾的手臂被吴阿姨拉着，抓着拖进了浴室里，指甲在她胳膊上掐出了印子，又赶快放开。

她顾不上同女孩的不识相生气，只是反复地催促着："快点快点。"

褐色的药浴已经烧好，在浴缸里徐徐冒着热气，地上一路铺着雪白的地毯。

晚上九点是她自行沐浴的时间，但阚天来之前，她必须要经过严格细致的沐浴，恢复最干净原始的状态，才可以同他待在一起。

这种小女孩的模样，只能他见，她在外头的妆容和打扮，得向二十五到三十岁看齐。

浴缸近在眼前，吴阿姨拆她一枚扣子，她就抿着唇系上一枚，反复几次，一枚扣子也没解下来。

"苏倾，"吴阿姨把她的手臂丢开，像管教淘气孩子的家长，"一会儿还要拉直头发，抓紧时间，知道吗？"

苏倾说："我例假还没结束。"

吴阿姨的眉头拧在一起，四下看看，叹了口"老天"，似乎有些不知所措："那怎么办？吃点儿药吧。"

苏倾赤着脚站在地毯上："就这么同他讲。"

吴阿姨把药丸塞进她嘴里："要讲你自己去讲。"她见苏倾不说话，叹了口气，直直地看着她，"倾倾，说句不好听的，路是你自己选的。"

苏倾看着窗外，紧紧抓着自己的领口，她知道自己不该怨怼，可是……为什么偏要是今天？

从家到学校只要十分钟，从学校走到江浦大桥，她一路跑，十分钟就能赶到。

“现在几点了？”她的声音微有点儿哑。

“两点十分——问这个干吗？”

她的眼泪无声地跌下来，顺着雪腮挂到下巴，悬悬垂着。

吴阿姨从来没见过她哭，她以为苏倾是天生不会哭的，忙松了她的衣服：“你怎么了？哪儿不舒服？”

苏倾看着窗户外面，轻轻地说：“我迟到了。”

“没迟到，不会迟到的。”吴阿姨胡乱哄劝着，几张抽纸擦干净她的脸，开始拆她的辫子。苏倾向后移了两步，躲开了她，自己把辫子拆下来。

浴室的门却猛然被人推开，带过一阵外面的凉风。吴阿姨睁大了眼睛：“老板……还没，还没……”

她转头，苏倾连药浴都没泡过，赤脚站在地毯上，辫子拆了一半，散下来的头发卷曲着，脸上是斑斑泪痕。

浑身上下唯一妥当的是这件海军蓝的裙子，款式乖巧，总算合老板的意。

阚天有将近一米九的身高，他性子沉稳，这两年来，鬓边添了几根银丝，更显得威严迫人。他松开西装纽扣，慢慢蹲下来，口吻一如既往地轻：“怎么了？哭什么？”

苏倾低下头。吴阿姨垂着手，硬着头皮说：“还没收拾好头发。”

“就这样吧。”阚天漫不经心地应，粗粝的手指把她耳畔的发丝别了别，这模样像她第一次背着书包来找他的情形。

小女孩两条辫子，一双杏仁眼，脸皮薄得一碰就会通红，终究激起他一点所剩不多的温情。

他把苏倾打横抱起来，房间里充满了消毒水的气味，各个角落都被打扫过。

地毯上喷了除螨剂，床单被褥都换了新的，桌上摆着一束新的玫瑰花，庄严得像是一场郑重的献祭。

他把她放在床上，俯身将她脸上的眼泪吻干净，用气音说话：“为什么哭，嫌我最近没来看你？”

苏倾别过头：“……不是的。”

阚天对她极尽宠爱，解决了她的监护人问题，当年她没有参加中考，直接以艺术特长生的名义进了晚乡一中，住在市中心的别墅内，甚至她记下的那些仇人，他能一个一个地替她处理掉。

锦衣玉食，除却自由。借刀杀人，总要付出代价。

他的手指插入发间，拆掉了她的辫子，裙子纽扣一颗一颗解开，最后一颗是直接伴随着撕扯的动作崩落的。苏倾扭头看着地上那枚纽扣，眼泪又无声地掉下来。

他在她平坦的小腹上亲吻，包裹在浅粉色蕾丝文胸下的胸部，从前尚玲珑，十七岁时已经初现圆满的形状。

这样诱人的颜色，落在阚天眼里，却使他沉迷的动作停下了。

眼底划过一丝兴味索然的嫌恶，他松了松衣领。

苏倾趁机说：“我例假还没有结束。”

“哦。”他没有太失望的反应，眼底彻底清明下来，躺在她旁边，手漫不经心地摩挲她的手背。

苏倾松弛地看着天花板，背后出了一层汗，无声地松了口气，反手快速敛起了自己的衣服。

太阳朝西移动，江谚一直握着手机，手边的黑色书包被晒得发烫。

“对不起，您拨打的电话暂时无法接通……”

额头上晒出了一层晶亮的薄汗，他略微眯了眼睛，眸中有些茫然。

“嘀嘀——”桥上车辆越发密集，来往不断，在他面前连成一道密不透风的屏障。

他挂掉电话，垂下眼睛，指尖慢慢地扫过那个“好”字，这个号码明明是对的。

他打字：“苏倾。”

红色感叹号冒出来：“信息发送失败。”

“苏倾。”

“信息发送失败。”

“……”

脊背猛地靠在桥柱上，他发觉自己的后背都让汗浸透了。打开烟盒，心烦意乱地点了支烟，拇指虚划了几下，才反应过来，苏倾跟他换了的这个火机，是掀盖的。

他冷眼看了看这只镶着碎钻的打火机，学她那样抵开盖，火苗浸润了烟尾，他却没有及时移开。

他长久地睨着火苗，似在发呆，长而密的睫毛颤着。

手机振动，他无声地接起电话：“江先生是吗？表演开始半小时了哦，A5、A6是还没有到吗？”

他默了片刻：“帮我们取消了吧。”

“票一经售出概不退换哦，确认取消……”

“谢谢。”

挂掉电话，他望着来往的车辆发呆，脸色很淡。抽完手上这一根，把烟屁股随意地摁进垃圾箱里，拍了拍手上的灰，背起书包往桥下走去。

又骗他。

车来车往，他逆着车走，车子掀起呼呼作响的江风，扬起了他的黑发。他的外套敞开着，烈烈鼓着风。

他面无表情地走着，最后一次拿起了手机。他几乎把这串号码背下来了。

这回电话却通了。

“喂。”

那边的声音刺啦啦作响，信号很差，她的声音缥缈得像梦一样。

不知怎的，满腔的不满，听到那边呼吸的瞬间，全部变成了巨大的恐慌。

飞驰而过的车不住地擦着他耳边过去：“我在江浦大桥上，下面是江，你在哪儿？”

“……”绵长的、细弱的呼吸，似乎下一秒就要截断一样。

凉意顺着头皮往下爬，他的手都抖起来：“没死说句话，苏倾——”

“我在的。”小心翼翼的、细而怯的声音。她在他面前总是这个样，那双眼睛抬起来一瞧他，就瞧得他没办法。

她的声音平静而怜惜，好像对着陌生人说话一样：“快回去吧，风这样大。”

如刀的江风刮在他脸上，还知道风大？他停了片刻，火全哑了：“衣服多穿点，外边冷。你从……”

“嘀、嘀、嘀……”这通没头没脑的电话就这么挂断了。

他咬着后牙，反拨回去。

“对不起，您拨打的电话暂时无法接通。”

江谚用力抓了一下头发，觉得自己要发疯。

服侍阚天是一整套程序，现在连头都没开，便断了。

苏倾见他烦了，反身抱他的手臂，阚天果然抓住她的手腕，将她一把从身上扯下来：“今天算了，陪我躺一躺。”

两个人和衣躺在一张粉红色的小床上，谁也没有碰到谁。阚天闭着眼睛，烦乱从皱紧的眉头泄出。

“晚乡那条路修通了，从机场过来很容易。”他淡淡地开口。

苏倾发觉他的口吻发生了微妙的变化，从前那种宠溺和哄诱消失了，现在的口气，更像两个成年人之间轻描淡写的对话。

“从香港，还是云南？”

“缅甸。”

阚天早年辗转于东南亚，后来家族分裂，他带了一批人北上，扎在晚乡。

这一年来，他待在晚乡的时间变得越来越少了。

“晚乡没什么市场，再走就是死路。”他闭着眼睛说，半晌，忽而问她，“这段时间死的人这么多，你怕不怕？”

苏倾摇了下头，想起来他看不见：“不怕。”

阚天意味不明地笑了一下，终于想起她毕竟还没成年。

如果不是两年前的爆炸案扭曲了时空，他们所处的会是互不相干的两个世界，能有什么共同语言？苏倾七岁入学，他七岁学枪；苏倾十二岁上初中，他十二岁参与毒品押运，十六岁的时候被流弹击中，险些丢了命。

那一次使他神经受损，影响正常勃起。此后他开始有严重的心理障碍，越发洁癖，他的性事，也开始同别人不一样，要靠看、控制和赏玩。能让他兴奋的对象，不仅要漂亮和孱弱，还要从内而外的干净，完全从属于他。

“5·18”爆炸案之后，他开始留意这个女孩。那一年她刚满十四岁，欺霜赛雪，瞳子黝亮，是天生灵物，本人比探子发来的照片还要漂亮。

在招待所的小窗口咬着嘴唇，默不作声掉泪的模样，让人迫不及待地在她成熟之前，伸手采撷这朵尚幼嫩的花蕾。

苏倾额头上的薄汗被风吹干。窗帘盈动，顶灯上面趴了一只飞蛾，翅膀一动不动，像死了一样。

此时董健尚未倒台，上一世的她，只恨自己长大得太快，她想尽办法挽留阚天，注定事与愿违。他喜欢的永远只有小女孩，已经在别处找到了新的安琪儿。她崩溃，破碎，毁灭，她的一生已经毫无意义，沉在了二中旁边的护城河里。

苏倾忽地想到江谚同她说的话——等五年、十年、二十年。她那样赤诚地相信他，女孩儿做不到的事情，留给别人去做，总会有人来做。

——就放过自己吧。

阚天平躺着，呼吸均匀，似乎已经睡着了。

她背对着他，蜷在一起：“我小的时候，养过校门口卖的小鸡，拿颜料染了各种各样的颜色，有粉红色的、绿色的、黄色的。”

他从沉沉思虑间分神，耐着性子听。这好像是她头一次主动同他闲聊。

从前他很喜欢听苏倾讲话，希望她多说一点，可惜她从来对他无话可说。

她的声音细软而平静：“爸爸给我买了一只粉色的，我很喜欢它。每天放学回家第一件事，就是喂它，摸它，跟它玩，上学的时候也想着它。

“可是后来，小鸡长大了，有原来的两倍大，翅膀和喙都变硬了，它长了鸡冠，羽毛上的粉色掉光了——原来它本来是黄褐色的。

“我看着它在家里走来走去，在心里觉得它不可爱了，我更喜欢它毛茸茸的模样，不过我没有说出来，还是照样喂它、照顾它，可是……

“有一天中午回家，我发现小鸡不见了。我和爸爸四处找，再也没有找到。小鸡好像知道我心里不喜欢它了，所以它自己悄悄地走了。”

“……”

阚天的眼睛猛地张开。苏倾背对他侧躺着，离他很远，微卷的长发倾泻在枕上，头发下隐约露出白皙的脖颈，胳膊和小腿都纤细得可怜。

他翻身抱住她，摸她的脸，她眼下干干的，睫毛扫在他手上，她的表情同她的语气一样平静。

他的声音轻轻响在她耳畔：“你也太聪明了。”

人与人来往匆匆，错肩而过，这样近乎于敏感的聪明，有时尖锐得令他心痛。

他的声音很低：“这套房子，我留给你？”

“不用了。”苏倾在他怀里轻轻说，“好久没有住校了，我想和同学住在一起。”

他把她纤细十指握在掌中玩弄着：“离开晚乡之前，我让吴桐帮你办好住校手续。”

她释然微笑起来，仿佛完成了一场漫长的考试，终于走出考场：“谢谢老板。”

谢谢她十四岁以来跌跌撞撞的日子里走过的所有歧路。

阚天吻了吻她的手背，如同在那辆保时捷上，他第一次牵起她满是冷汗的手，亲吻她的手背。

苏倾知道，他也在同她告别。

阚天赶晚上八点的飞机前往国外，老吴送他。

别墅里所有人垂手立在门口等待分配，客厅的水晶吊灯和吊顶上的射灯全开着，璀璨如同白昼。有人领到了工资卡，捏着信封低低啜泣。

苏倾拎着沉重的书包，慢慢地从楼上走下来，吴阿姨站在楼下，仰视着她。

苏倾梳着整整齐齐的辫子，竟然穿回了自己最初那套衣服，两年前的旧T恤有些皱了，上面印着一个哭泣的女孩，下面是百褶的高腰牛仔裙，裙子侧面钉了几颗鲜艳的纽扣，脚上一双单薄的帆布鞋。

她素面朝天，像一朵苍白的浸泡在露水里的栀子花。

吴阿姨接过她有些小的旧书包，拉开一看，全部是试卷和课本。

“柜子里的衣服和化妆品，你也可以带走。”

“不用了。”她把辫子拉起来，轻巧地背好了书包，“都不是我的。”

吴阿姨复杂地看着她，半晌，张开双臂：“你赢了。”

苏倾从她的环抱里灵巧地钻出来，没有同她拥抱，只是后退两步，朝她轻轻鞠了一躬。

吴阿姨怅然想，她是对的。自己不算刽子手，也总算是个帮凶。

“你的住校手续至少得一个月才能办好，今晚就要走吗？”吴阿姨的声音急切地在身后响起，“你去哪里住？出了这个门，我可管不到你了。”

苏倾回头看了她一眼，辫子甩了甩，夜色中，她的双眸黑白分明，有一种属于野鸭子的清晰的亮，吴阿姨从未见过这样的她。

似乎住在玻璃棚里绵密脆弱的永生花已经死了，眼前的是黑土地里长出来的一朵新芽。

灯火通明的独栋别墅门口，拉出一道长长的影子，她什么也没说，扭头消失在夜色里。

夜晚的江浦大桥被灯光装点了桥洞，斜拉的桥索变成利落的剪影，江上倒映着远处建筑红色和橘色的璀璨灯火。

傍晚下了一场小雨，地面上湿漉，桥上汽车的车灯在地面上显出红色的倒影。

移动的红色倒影旁，是一双停驻的干净球鞋，鞋带扎得长短适宜，结打得利落且紧。沿着黑色裤子向上，是敞开的休闲外套垂下的椭圆形拉链。

少年把袖口挽到肘上，苍白的手臂支在桥柱上，静默地抽烟。

红色火光一明一暗，发梢上带着点点的水珠，晶亮亮的，衣服上也有洇开的雨点。

他吸烟的表情很散漫，似乎从尘世抽离，浅淡的眸子泛着淡淡的迷离，满不在乎来往车窗内好奇的打量。

理论上，从他接到那通电话开始，就该走了。

他不知道自己为什么不愿走。其间下过一场小雨，落在他发间和脸上，雨里有股涩然的铁锈味。

他容色冷淡地晃了晃烟盒，赫然发觉烟盒里只剩一根烟了。

他抽出来，夹在指尖细看，烟嘴上有浅浅的粉红色痕迹。

什么时候起，他取烟的时候会有意识地避开这根，刻意将它留到了最后？

他将它轻轻含在了嘴里，不由自主地想象她夹烟的样子，嘴唇微微发麻，火机冒着火，却迟迟没有点。

半晌，他眉宇间闪过一丝横气，低头，掌心护着点着了，似乎有丝丝缕缕特殊的香气幽缠进肺腑，他感到一阵眩晕的、灭顶般的快感，可随即是漫长的、黑洞般痛彻心扉的失落。

烟雾缭绕，仿佛擦亮了阿拉丁的神灯。一个提着书包的影子在车辆的夹缝中一路跑过来，路灯投下一团影子，两条辫子在她肩膀上飞舞蹦跳着，慢慢地靠近，映进他眼瞳里。

第四章　斗青春

（一）

苏倾身上微皱的上衣有些显旧了，已完全发育的女孩腰纤腿长，浅蓝牛仔裙绷在大腿上，让她穿得像超短裙。

两条辫子搭在肩头，她气喘吁吁地微微张开嘴，额头上蒸出了一层薄汗。

傍晚降了温，她穿得单薄，抚摸着湿凉的手臂，浓黑的长睫下，那双眼睛小心翼翼地打量他："对不起……"

江谚一言不发地瞧着她。他不高兴时，时常露出这种淡得近乎漠然的表情。只有微微抿起的唇，稍微泄露出一点孩子气的执拗。

江谚瞧着她冻得有些发白的唇微启："你可不可以借我点儿钱？"

"……"江谚面上波澜不兴，后槽牙咬得发酸。

路过一辆跑车减了速，"滴滴"两声尖锐的鸣笛，苏倾让它吓了一跳，往桥边躲去，车窗却降下来，里面的年轻人冲她轻佻地吹了声口哨。

她的手臂猛地被江谚攥住，一把扯到身边。

江谚抓着她，越过她的肩膀，往那人脸上看，司机一脚油门，车子嗡地开过去了。

两人贴得近，苏倾触到他身上混杂着江风和细雨的热气。她抬头想瞧他，发顶虚虚蹭过他的喉结，又被他不客气地推到边上去了。

"要钱干什么？"他绕过她，径自把书包背起来。

"住招待所。"

江谚抬头看她。

苏倾细声细气地解释："宿舍的申请，十二月下来。二中的那张银行卡，得明天早上去激活。"她停了一下，双颊浅淡地泛起红，将目光投到地上去，"我身上……没钱。"

江谚停了一下，心里已经闪过无数"原来"，只是什么也没问："搬出来了？"

她抬起头粲然笑了一下，眼里滚动着晶亮的光："搬出来了。"

江谚点了点头，扭身在前面走，她在后面静静地跟着。二人一前一后地走了几步，他蓦地回头，低眼瞧险些撞上来的苏倾："跟我走。"

后半句没在气声里，却是不容辩驳的独断。苏倾犹豫了一下，看着他点头：“好。”

书包肩带被他拽住，她本能地往后闪躲了一下。江谚不理会她，一伸手就把她沉重的书包捋下来。

身上的外套脱下来，和背包一起扔给她，把她的书包甩在肩上，继续向前走。

他的外套略有些长，苏倾穿着，下摆盖过了胯，热气从领子、袖子里笼上来，带着少年身体的余温，这温度冒得她头晕目眩，不敢拉上拉链。书包里咣里咣啷作响，不知道装了什么。

江谚走着，在想，她到底知不知道他要带她去哪儿？

要是不知道，刚才她说“好”的时候，为什么耳根泛红？

他想把这幅画面忘掉，可是越这样想，脑子里越是盈满她脖子后面的茸茸碎发。

——光滑的白玉样的脖子根得有这一点点细碎的鬈发装点，柔软的，让人想亲近，用手摸一摸，或用嘴唇蹭一蹭。

回过神来时，苏倾正在身后喊他，伸手拽着他背上的书包：“没吃晚饭吧？”

背后一阵窸窣，她没穿高跟鞋，踮起脚艰难地从背包夹层里掏出一块被压扁的三明治，扶了扶，重塑了一下形状，撕开包装递过来：“饿不饿？”

剧院外面有块大草坪，攻略上写着，看完木偶剧一定要在草坪上野餐，所以她的书包里，原本只装了两块三明治。

江谚把她的手推开：“自己吃。”

苏倾觉得可惜，刚叼住了打蔫的生菜叶子，便睁大眼睛停住了，因为他又回过头来，瞥了瞥她，又扭过头：“包里有水，自己喝。”

苏倾拧开瓶盖，不锈钢保温杯保温性能很好，里面的水还冒着甜腻的热气，浮着一颗玲珑的红枣。

苏倾抿了一口，唇上亮晶晶的：“红糖水……”

“早上剩的。”

江谚家住在一个中档小区，公寓楼间距很近，密密匝匝无数幢黑影。江谚摁亮了电梯，侧头打量她：“怕吗？”

他的眼神好整以暇，又似挑衅。

苏倾指尖收紧，悄悄捏紧了书包边缘，眼睫颤着，语气平静：“你身上也没有钱，所以……”

话音未落，江谚把钱包展在她面前，露出百元大钞的边缘。

电梯间的灯照着他的瞳孔，照亮他眼底一丝恶劣的笑意：“多的是，不乐意借你。”

“……”

他收回钱包，“咚”地跺亮声控灯，门上光秃秃的，不像旁边几户贴了鲜红的春联或是福字。

苏倾听见他掏钥匙，悬着的心稍稍放下来，屋里应该是没人的。

江谚打开客厅灯，扭头看见苏倾还迟疑地站着门外，包裹在他外套下的身体显得更娇小，拉链悬着，耳坠似的一荡一荡：“你爸妈工作忙吗？”

“进来。”他不耐烦地把她手上的书包接过来，取了一双新的一次性拖鞋扔到她面前。

苏倾换好鞋，他已经把保温杯取出来，晃了晃：“喝完了吗？”

“没。”

他把保温杯墩在餐桌上，像立下一个目标：“晚上喝完。”

苏倾的睫毛动了一下。

这间公寓是个两室一厅的小户型，简装风格，没有多余的配饰，显得很空，应该是个临时居所。

江谚带她进了空出来的那间房，里面堆了他搬到晚乡时的大行李箱和一些纸箱装的杂物，他挽起袖子，三两下搬到了阳台里。苏倾瞧着四面白墙，没有挂结婚照。

江谚从柜子里搬出一套备用的床单，浅灰色的，是陈阿姨帮忙挑的。苏倾见他娴熟地换床单，看出来这些事是他做惯了的。

“你一个人住？”她自然地弯腰接住被套角。

江谚的眸子转了一下，目光又移到了被套上，四处寻觅着拉链：“一个人住，不好？”

“起来。”被套挡着，只露出他略微不耐烦的眉眼，他抓着边角用力抖了一下。

男孩儿劲头很足，“哗啦”的一声，展得像狂风雷霆，每一个角都被甩得颤抖。

他把旧床单捋下来，捏了两个角叠在一起，一低头，下面钻出来一个纤弱的影子，把另外两个角递在他手心。

苏倾的两条辫子搭在肩膀上，眼底是温柔深沉的憨气：“换床单，要两个人。”

江谚把目光移开，手揣在口袋里，瞥着床：“将就一下吧。”

他把书包拎到了她房门口，半掩住房门，在门口停了一停：“我先洗澡，有事叫我。”

苏倾坐在柔软的床上，膝盖上盖着他的外套，抬了抬眼想说话，门缝外的影子已经移开了。

台灯“啪”地扭开，笔尖在A4纸上胡乱游走，电话响了好几声才通。

陈阿姨正在广场上扭扇子舞，满头大汗，天黑得看不清领舞的动作了，大家还在热忱地跳着。

震耳欲聋的音乐声中，伙伴拿着她的老年机找她，说“小江”来电话，她还不信：“不可能。那孩子独得哟，从来不给人打电话。”

接起来的时候，她就有些惶恐，想到的是周五煤气灶没关引发了火灾，或者周向萍找到了更好的钟点工。

“小江，家里出什么事啦？”

“陈阿姨，”江谚停了一下，笔尖在纸上无意识地画了一团黑，声音压低了，“请问家里的热水器怎么用？”

陈阿姨默了一下，大惊小怪起来：“你这孩子，搞半天现在还不会用热水器呀？那你以前怎么洗澡的？”

江谚语焉不详地“嗯”了一声，像小猫喉咙里发出的一声咕噜。

他懒得钻研这些东西，吃的是冷饭，喝的是凉水，洗的是冷水澡。日子得过且过，总归他以后入职工作，生活只会更随便。

直到今天。

“你去浴室，我讲给你听啊，很简单的，有两个阀……”

苏倾听到浴室的门“咔嗒”一声反锁了，客厅里安静无声。她悄悄推门走出来，把大敞的窗户关掉了一半，走到了厨房。

冰箱里整齐地摆放着新鲜的饭菜，看来家里是有专人做饭的，她稍稍放下心来。她不敢动这些菜，原封不动地关上冰箱门，又拉开柜子，低眉看了看，目光落在柜子里拆封的整包方便面上。

听说，不吃饭就洗澡，会低血糖。

浴室隐约传来淅沥水声，炉子上咕嘟咕嘟地翻滚着沸水。

江谚洗澡的时间，比苏倾想象中要长许多，长到她准备好一切，趴在餐桌上，手支着脸，昏昏欲睡，浴室的门才打开。

江谚擦着头发走出来。

屋里弥漫的浓郁香味，刺激着他的胃，一时间空得发痛。厨房的灯亮着，餐桌上摆了一大碗泡面。他惊异地抬起眼，穿短牛仔裙的女孩正娴熟地把锅里的水倒进碗里，一滴都没溅出来，经过抽油烟机，会灵巧地低头，不被撞到。

这幅画面有些虚幻，仿佛她本来就该在这里，已经在这里生活了十几年。

苏倾看见了他，怔了一下。江谚凌乱的头发上挂着水珠，皮肤呈现出轻薄透明的质地，不知是不是热气熏蒸的缘故，他向来没什么血色的薄唇，比平日要红几分。

她盯着他多看了两眼，就瞧见江谚眼里的急恼与不满——他没想到她会走出房间，出浴室只穿了长裤，赤着上身。

他几步走回房间，顺手拿了件衬衣套在身上，胡乱扣上扣子，未擦干的水在肩上、颈窝和背后洇开了大片水渍。

浴室的热气被他带出来了似的，萦绕不去，他拿手扇着风，脚勾开椅子，坐了下来，泡面的香气不住地飘散在空气里。

苏倾把泡面往他面前自然地推了推："吃吧。"

"不好意思，用了一下你家的厨房。"她细细解释着，手上正自然地搅着汤，拿勺子舀着吹了吹，期盼它快点凉。

"这是什么？"

"姜汤。"苏倾抿了抿唇，"不是淋了雨吗？吃完喝一点。"

江谚想要点头，可是事实上他并没有做这个动作。他自把面塞进嘴里开始，就停不下口，风卷残云地吃完了整碗面，吃得太急，胃里有些隐隐作痛。

筷子无意识地戳进汤料里，发觉下面还卧着只荷包蛋。

苏倾会做饭，很会做饭。

苏倾趴着看他，眼里闪着细碎的光，闲适放松得像只猫，声音很轻："够吗？帮你下了两包。"

江谚用筷子搅了搅汤，"嗯"了一下，淡淡说："水放好了，你洗澡去吧。"

"阀门位置不要动，直接打开。"

"噢。"

他侧着眼，听见她"咔嗒"地锁上门，才端起碗，一气儿把汤底全喝了。

公寓里的浴室比别墅的小得多，装修后没用多久，瓷砖白得生涩。有一些未散去的热气蒸腾，架子上放着一条没拆封的浴巾，塑料纸上沾着点点水珠。

苏倾把上衣和裙子脱下来，小心地搁在架子上，没有替换的衣服，因此旧衣服不能沾湿了。脱衣服的时候，她下意识地仰头去看墙角——墙角空荡荡的，当然没有摄像头。

她暗暗嘲笑自己，闭上门，只她一个人，绝对的安全。

拧开开关，按江谚说的那样，没有扭阀门，热水倾泻而下，漫过她的头发和身体，从她睫毛上分开两股滑落下去，她闭上眼睛。

进入小世界的几百天来，她第一次可以放松舒服地洗澡。致密的泡沫蹭在瓷砖墙上，像几只小鸭子。她的脸被蒸得红彤彤的，用手指捏出了它们扁扁的嘴，耽误了一会儿时间，又赶紧掬水冲干净。

她扭过身，一抬头，赫然触到一双窥视的眼睛，后背瞬间凉了一片。好半天她才看清，那是一只坐在排水管道上的褐色小熊，专门朝着她的方向摆着。

脖子上扎着漂亮的红色蝴蝶结，卷毛下玻璃珠做的神气的眼睛，正在朝着她笑呢。

她微微笑着，伸手去够，小熊放得太高，她踮起脚尖也摸不着："江谚……"

江谚手上捏的碗"哗"地跌进厨房满是泡沫的池子里，几乎立刻奔到了浴室门前："怎么了？”

衬衣袖子还没放下来，手臂上的水珠滴滴答答地沿着手指垂下，在地板上聚了一摊。

他一动不动地盯着门，磨砂玻璃挡着，只看得见里面亮橙色的化成了马赛克的光晕，映在他浅色的眼珠里。

苏倾跳了几下，还是够不着，收回手去，钻回莲蓬头倾泻的水帘里，仰头同它对视着。

“说话，苏倾。”

她的脸全打湿了，分不清是花洒里的水还是什么别的，她朝着小熊笑着：“谢谢。”

“……”门被他拿脚尖猛顶了一下，传来气急败坏的声音：“没事不许叫我。”

他走了。

苏倾抿唇笑着，拆开浴巾擦干身体。那枚圆环搁在洗手台上，她擦了擦它，圆环里的蓝色，已经走到了末尾。

她同沈轶认识时，他也是江谚这么大的年岁，只是后来错过了，一晃就过了六年。有一次她在席上远远地见了他，他一袭黑衣独个儿坐着，一点儿也不笑，脸上已有棱角，鬓边已添风霜。

她抚摸着圆环，乌黑的眼底有些湿润，她微笑着把圆环埋进衣领里。快了，就快见面了。

苏倾站在镜子前梳头，濡湿的长发上的水珠掉下来，把白色短袖背后打湿了一片。一只手把她搭在背后的头发拎起来。她反过身，江谚的唇抿着，把毛巾不耐烦地垫在她头发下面，长长的睫毛阖下来：“毛巾，多的是。”

苏倾扭回去接着梳头，他在后面悄无声息地注视着她，她从镜子里全瞧见了。

傍晚屋里的温度适宜，过堂风吹着，她坐在江谚的床上，看着他趴在桌上记笔记的背影，时而抬起头看着电脑。他的身材清瘦，衬衣背后一截若隐若现的脊柱骨。

房间里很空，布置得简简单单，书本整齐地摞在一侧，旁边只放了一支钢笔。

“讲讲吧。”

她看到他屏幕上的内容，意外地发现了“‘5·18’爆炸案”几个字：“你要帮我写文件……”

“我练练手。”他淡淡打断，转椅扭过来面对着她，笔在本子上敲敲，不耐烦的模样，不慎敲出了一片落叶。

江谚的神色变了一下，苏倾已经弯腰把它捡起来了，黄红的银杏叶柄捏在她指尖，她眼里有淡淡的惊喜：“原来在这里啊。”

“专门捡的？”狐疑的语气。想到自己随便拿了她的东西，江谚心底有点不自然。

苏倾转着叶子柄看它，长而密的睫毛颤着：“那天我走在学校里，满地都是黄色的银杏叶，每一片生得都很齐整。银杏叶都很漂亮，是对称的，像小扇子。”

她眼底露出了一闪而过的怜惜神态："只有这片不齐整，有杂色，还被虫蛀过。"

江谚默着，把本子张开，向她露出那页贴了江论和自己大头贴合照的扉页，脸上表情很淡："送我吧，夹进来。"

他看着苏倾把叶子放回去，可她不仅放了叶子，还立即被照片吸引了注意力，自然地用指尖抚摸着咧嘴笑的男孩的脸蛋。

"啧。"他脸上红红白白，警告一声，蓦地把本子合上，险些夹住她的手指。好像她摸的不是照片，是他的脸。

苏倾抱歉地看了他一眼："你小时候，同现在很像。"

江谚想，胡说，分明不一样。父母不认得，有时他自己也不认得。

"说爆炸案的内容吧。"他安静地翻到了最新的一页。

苏倾坐在床上，沉静地回忆。先前她已经在派出所无数次重复了爆炸当天的事情，但是这一次，同以往一点也不一样。

因为当她说"我听见了嘀嘀的声音"的时候，江谚的眸子蓦然抬起来，那双眼睛里闪现着不动如山的笃定和冷静："仔细描述，什么样的声音？"

"电子表，电子器械的声音。"

笔尖几乎划破纸张，他记下来，默了一会儿才说："如果是定时炸弹，不可能发出这么大的提示声，除非定时器分离，离你很近。"他盯着本子想了一会儿，打了个圈，"我会再求证其他的人。"苏倾看着他重重画下的圈，隐隐明白，有人肯听她说的时候，就是她最后一次描述这个画面了。

午夜梦回时，这个世界的苏倾再也不会永远地被困在爆炸当天。她拥有了正常的时间流逝，过去的一切开始褪色、消逝，真正变成了过去。

江谚的本子翻了一页又一页，风动窗帘，她说到巷口猥亵她的小混混、做笔录的警察、网上查到的董健的资料，还有阚天送到招待所房间门口的玫瑰花。她毫无保留，什么都告诉他，不论她说什么，他都垂着眼睛认真记下来。

"有两个摄像头，浴室和卧室，和手机软件联网的……每个月 20 号，他会来别墅一次，来之前三天，家里会提前准备好……"

"啪——"笔猛地在地上摔得四分五裂。

江谚的嘴抿着，似乎没从情绪里抽出身来，声音有些哑："对不起。"

他从口袋里掏出一支烟叼在嘴里，站起身，扯扯她的袖子，垂下眼："外边休息会儿。"

苏倾坐在餐桌前，小口小口地喝红糖水，侧头就能看见阳台上少年抽烟的背影。

他趴在栏杆上，冷眼看着窗外的万家灯火，风把他的头发吹得乱七八糟。

良久，江谚关上窗，推拉门打开，坐在桌子前面的少女头发散着，面庞像朵娇艳玫瑰，抱着保温杯看他："我全喝完了。"

心里的阴霾瞬间无影无踪，他笑一下："这么听我的话？"

"嗯。"

——她还"嗯"。

江谚俯下身来，带着些微烟草味的呼吸浅浅喷在她耳垂上，他清淡的眼半垂下，似乎是在专注地打量她。

苏倾最怕他这样接近，一时间心跳有些紊乱，他的手已经随意拨动了两下她的耳垂："别夹那玩意儿了，疼不疼？嗯，现在还有个豁。"

她小小的耳朵迅速泛出一层粉红，江谚怔了一下，心底泛着迷离的惊奇，着了魔一样撒不开手，状似无意地揉捏了好几下，直到她脸也通红，才轻轻放开。

"睡觉吧。"他的呼吸也有些乱了，揣着口袋，没有看她，轻巧地走回了房间。

顶灯开着，江谚发觉床上留着几滴浅浅的水渍，大约是刚才苏倾头发上滴下来的水滴。

他坐在床上，研究了一会儿，半晌，趴下去，鼻尖贴着濡湿的床单仔细嗅了嗅，果然有沐浴露的淡淡馨香。

他无声地笑了一下，马上直起身子，板起脸。

——你是狗吗？

早读课上，陈景言一直喋喋不休："谚哥，剧怎么样？好看吗？"

江谚不理他，他便嘤嘤假哭起来："人家也不是故意鸽你的嘛，还不是想给你和女神创造二人世界？"

陈景言性子跳脱，马上又精神分裂般地板起了脸，一副怨妇表情："我知道，你心不在剧，全程就盯着女神看了，男人啊……"

"挺好。"江谚看着书，冷不丁开口了。

陈景言顿时像闻到了肉味的狗，哼哧哼哧没完起来："快说快说，怎么个好法？票卖那么贵，有什么秘诀？"

江谚瞥他一眼："演驴的演员挺像你。"

"……呵呵。"陈景言干笑一声，扭回头去。

——什么世道，谚哥都会讲冷笑话了。

下午放学，江谚骑车载着苏倾驶出校园。

她干干净净一张脸，这样的打扮，让多数人没意识到她是谁。偶有嗡嗡嘤嘤，马上被远远抛在了身后："我去，你看那男生后座上是谁？"

"……"

她回过头，拽他衣角的手有些汗湿："江谚，我得去银行。"

江谚专心骑车，表情很淡："干什么？"

她眼睁睁地看着工行从面前滑过："把我的银行卡激……"

"不许去。"江谚皱眉，"没看见那块不让停车？"

她拍拍他的肩膀："没关系，前面左拐还有一个……"

车子嚣张地向右拐去，绕了几个大圈，直挺挺扎进了小区，江谚长腿一支，把自行车停下来。

苏倾细眉蹙起，刚要劝他，他已跳下了车，手臂搭在车座上，像是回头困住了她一样。他侧眼睨着她："我免费收留你，你是不是得谢谢我？"

苏倾愣了一下，看着他小声说："谢谢。"

"嗯，不谢。"

苏倾就这样让他带回了家里去，临到门口，她有些忐忑，屋里有人——陈阿姨在厨房里来往忙碌着，做了一桌子的菜，她都没能去帮忙。

江谚扯着她的衣服角将她拽进来，表现得落落大方："阿姨，我同学来家吃饭。"

"知道呢，没看桌上给你们添了菜？"陈阿姨淡然地擦着锅盖，打量苏倾两眼，冲她笑一笑，"去超市买了新拖鞋，穿着试试。"

苏倾怔了一下，忙道："谢谢阿姨。"

陈阿姨看着闹钟，蒸蛋出了锅，就到了她接孙子的点。她把袖套摘下来，余光瞥见江谚一言不发地站在她后面，叹了口气，把他拉到一边。

江谚漫不经心地看着她："您的工资翻倍，她以后可能会常来。"

陈阿姨一哂："瞒我？我看见被褥了，长住？"

江谚面色不变，也不言语，手揣在裤子口袋里，拿脚尖点着地，这是她头一次在这孩子身上感受到那股刀枪不入的痞气和横气。

"这么大的事情，不给你妈妈说？"

"用不着。"他抬起眼，眼底有隐隐的冷意，"她有自己的家庭，您明白？"

陈阿姨叹口气，又露出笑容："那个女孩子，我看着挺乖……"她拍拍江谚的肩膀，凑到他耳边轻轻说，"你们还年轻，千万别做错事。"

江谚愕然看她半天，半晌，别过头去："我心里有数。"

（二）

走廊里的顶灯温柔地亮着，打了蜡的木地板反映出毛茸茸的白色拖鞋，苏倾怀里抱着英语作业本，抬手准备敲门时，发现江谚房门口贴着半张随手撕下的纸。

他的房门关得紧紧的，纸条贴得很低，就在她脑门上方，纸上的字很大，笔迹桀骜："讲题可以，客厅。十点前不许找我。"

苏倾笑了笑，轻手轻脚地走回去了。

门里，键盘声密集地响着，不见丝毫滞涩，江谚敲下文档的最后一个字，滚轮滑上去，对着文档检查了一遍，无声地接起了电话。

“小江，你有事找我？”那边的人显见地很忙，一边说话一边大口嚼着盒饭，背景音是职工食堂的嘈杂。

“汪叔叔，我知道你们最近在查晚乡的事情，我想补充一份报告。”

他的语气缓了缓：“可能涉及故意杀人和猥亵幼女。”

对面的人停止了咀嚼，似乎非常惊讶：“你要……干什么？”

“我要提交一份报告，关于故意杀人和猥亵幼女，还有原晚乡市领导董健的个人腐败问题……”

“停停停。”汪叔叔默了一下，语气变得低沉严肃，“江谚，你知道自己在干什么吗？”

“今年高二了吧？学生的任务是什么？平时跟你没大没小，不意味着你可以随便掺和大人的事情，知道吗？”

“我手上有材料。”江谚脸上波澜不惊，把电话换了个边，执拗地继续下去。

苏倾这些年来借助阚天搜集的证据，不把他送进监狱，也够他喝一壶。

电话那端默了好长时间，对方压低了声音：“江谚，你知道晚乡这里的水很深，你是个成熟的小朋友，但毕竟还没有成年，很多事情你处理不了。就连我们的同事，如果没有足够的工作经验，我们都不会允许他们着手参与这个地方的事的！如果你真的发现什么问题，你应该跟你父母说，他们都是老江湖了，比我靠谱得多。况且，你们沟通起来会更安全，更方便……”

“不乐意告诉他们。”江谚骤然打断，声音带了一点近乎寒冷的漠然，“这份文档我提交给您，您就当我没打过这个电话。”

“喂……”

鼠标“嗒嗒”点了两下，加密的文档已经传输出去，他把密码以即时消息发给对方，锁上了手机。

一只飞蛾在灯下晃来晃去，翅膀生出无数道虚影。江谚靠在椅背上，拿手一赶，心中有些负气。

他丝毫不怀疑江慎和周向萍的专业程度。

如果不是因为二人在事业上优秀和专注得难分伯仲，也不会拖到老大不小才匆匆和自己的搭档结合，又发觉不合适匆匆离婚。

是因为这份档案里有苏倾的隐私。

江慎和周向萍作为公职人员不会歧视任何一个受害者，他只是自私地害怕着，害怕他们为人父母的偏见。

他推开门走到客厅，打开冰箱，熟练地取了一瓶冰可乐。

客厅里灯暗着，他余光瞥见厨房里一团亮光，听见窸窸窣窣的声音。轻手轻脚地走过去，他看到田螺姑娘背后系着围裙带子，双手灵巧地在泡沫中起伏。

推拉门让他"哗"地拉开，苏倾一惊，塑胶手套上的泡沫溅进眼睛里，她一下子眯起了眼睛。

"谁让你洗碗了？"

她通红的眼睛闭着，茫然中感觉胳膊让他攥着，他没好气地把两只塑胶手套拽下来，扔在池子边："你高几了苏倾？不写作业在这儿洗碗？"

江谚拧开龙头洗手，动作迅速而粗暴，心里还是气不过，洗净之后照着她的脸甩了把水，苏倾拿手背弱弱地挡了一下，抿了下唇。

江谚拽着她衣服角把她拎出去，回头看去，她头发、脸颊、衣服上都沾着水珠，乌眸里含着委屈的水光，像让露水打湿的鲜花，美得令人生怜。

他好像忽然觉出了欺负她的快意，想看她哭，看她生气，再抱在怀里。

疯了。

江谚用力晃晃脑袋，拿起了可乐瓶，苏倾细细的手指抓住了汽水瓶的尾端："别喝这个了。"

她拿餐巾纸擦着脸，露出的眼里还有点负气，声音小小的："你们家有榨汁机，我给你榨果汁。"

江谚怔怔地看她半天："我们家有榨汁机？"

"刚才发现的。"

她走进厨房，踮起脚尖从柜子里取下一个纸盒子。

他才想起来这个榨汁机是他在学校运动会上短跑第一名的奖品，摆在柜子里，一次没用过。

他看着苏倾熟练地从冰箱里取了三个又大又红的苹果摆在案板上，从纸盒子里把榨汁机取出来，拧开零件要烫一下。

不过盖子太紧了，她的指甲压得微微发白，半天也没拧开。

"起来。"肩膀被人拨拉一下，江谚夺过她手上的榨汁机，三两下利落地拆开，泡进池子里。

苏倾拿着说明书看着，不一会儿，绿灯亮起。机器嗡嗡振动，纸杯里接出了带着泡沫的果汁。

三个苹果，汁水榨出来只有多半杯。

"给你。"苏倾把纸杯顺手递过去，手里捏着剩下的干瘦的苹果梗小口小口啃着——苹果核进不了机器的，她也不愿浪费了。

她的长睫微微垂下，皮肤在灯下如白瓷般细密，围裙口袋上粗制滥造绣出的小熊也变得鲜活起来。

江谚接过杯子，低着头晃了晃，不知道想什么，又拿着朝她凑过去：“给你先尝一口。”

苏倾怔了一下，就着他的手喝了一小口，新鲜的果汁清冽甘甜。江谚的杯子却不移开，强硬地抵在她嘴边，微微往里倾：“再喝一口。”

苏倾又喝了一大口。

“再来一口。”

“……”

她好容易把脸躲开，看着案板，脸色已有些发红了：“再喝就没了。”

江谚瞥了一眼剩下的小半杯，皱着眉往她嘴边送：“多的是。”

苏倾又喝了好几口他才放开，毫不挑剔，仰头把剩下的底喝了个干净，无意识地舔了一下杯子边缘。

江谚仰头时，她可以清晰地看见他喉结滚动的动作。她偏过头，心神不宁地快速把榨汁机冲洗干净。

两人一前一后走出来，厨房的灯“啪”地灭了，客厅的挂钟指针指向十一点。

江谚回房间整理报告，苏倾要继续做英语试卷，二人进了紧挨着的两个房间。

苏倾的门关上，又慢慢打开，她的脸从门缝里探出来，乌黑的眼底有别样的神采：“江谚。”

少年回头。

苏倾冲他满足地笑：“晚安。”

苏倾从别墅搬出来之后，还没有正式采买衣服和生活用品。周末，她敲敲门，提出逛商场的时候，江谚即刻盖上笔盖，从书桌前站起来：“我也去。”

商场的女装一向走在季节前面，秋天还未过完，缀着绒毛衣领的冬装已经占领了橱窗。

二人肩并肩走着，江谚的手揣在裤子口袋里，一旁明眸皓齿的女孩个头抵到他肩膀，梳着两条麻花辫，偶尔会有路人回头看这一对，觉得他们有漫画般的和谐感。

苏倾好不容易才在一家店的折扣柜里发现了一排不起眼的秋装，她把衣架取下来，隔着玻璃橱窗比画给江谚看。

店里试衣服的女孩子很多，他懒得进来，就在店门口站着。

他看着她手上拿着的白色上衣，面无表情地摇了下头，指了指她身后。

苏倾回过头，后面是一件胸前打蝴蝶绳结的娃娃领短袖，很乖很板，绳结是海军蓝色，袖子上有暗褶。

海军蓝庄重、沉静，通常是制服的颜色，苏倾看着它，目光慢慢变得温柔起来。

苏倾换上了新外套和鞋子，捏着根棒冰吃，天气渐冷，棒冰冒着白色的寒气，贴在嘴唇上像粘住了一样。

江谚手上拎着四五个纸袋子，走到了一层的玻璃展柜前，苏倾俯下身去，两条辫子荡下来。

“江谚，”她点点展柜，“挑一只打火机送给你吧。”

“为什么？”

“今天你都没有买什么东西。”

江谚意味不明地笑了一声：“鼓励我抽烟？”

苏倾脸色变了，忙要直起身子：“那算了。”

刚要起身，他也趴在了展柜上，就趴在她旁边，同她一起往里看：“你说的，买给我。”

苏倾想，现在她有十万块，给他买什么不成？但是烟抽多了确实不好，便麻利地起身：“之前不是同你换了一个？”

胳膊让他一拉，又拽回展柜前：“你那打火机不成，中看不中用。”

她犹豫了一会儿，妥协了：“那你挑一个吧。”

江谚的目光在展柜里的成排火机上睃巡，默了一会儿，点了点宝蓝色的那一款：“这个吧，跟你衣服一个颜色。”

柜台小姐粲然笑着，露出八颗牙齿，把它取出来包好：“我们这边有优惠哦，任意两款可以打八五折，请问先生小姐参加吗？可以挑一个情侣款。我们这里还有新款女士烟……”

“不参加。”江谚把苏倾忙伸出的手摁下去，“她不抽。”扭头瞥苏倾一眼，眼神有点儿凶，“你自己说。”

苏倾看了看他，收回手，听话地说：“我不抽。”

柜台小姐的眼珠在两人之间灵活地游弋，掩口笑了笑：“好乖哦。”

江谚垂着眼，“咔嚓”“咔嚓”地试着打火机，浑似没听到。苏倾安静地拎过袋子，脸上泛出了浅浅的红。

商场外面阳光灿烂，门口有一家主题玩具店，几只熊坐在明亮的橱窗里，好多小孩子趴在橱窗前玩闹，在上面留下了带着水雾的指印。

苏倾好奇地看了一会儿，忽然发觉江谚没跟上来，街上人潮滚滚，她心里有些着慌，茫然看着街面，手心渗出了冷汗。

电话卡掰断以后，一直忘记去办，手机到现在还用不了。

好半天，她听见有人叫她，一回头，被一只大熊扑了个满怀，玩具熊硬质的鼻子猛地撞到了她脸颊上，她下意识地伸出手臂抱住了它。

鼻尖埋在绒毛里，眼睛微微睁大，随即看到了江谚的脸。

江谚打量她几眼，忽地笑了一下，转过身往前走去：“挺和谐，抱着吧。”

苏倾抱着熊跟在他身后，被周围的人笑着打量，一路走到了十字路口，红灯下聚集了一大群人。

江谚停了，微微侧头，附在她耳边，同她讲话：“苏倾，我跟你换的打火机在吗？”

苏倾单手抱着玩偶，艰难地从口袋里掏出那只齿轮打火机，送到他面前：“你要吗？”

手又让他推回去：“不要，装好。”

他低着眼，脚尖轻轻踱了踱地上的尘土：“你可别喜新厌旧。”

十四班众人发觉，苏倾好像中了邪。

她竟然改头换面，开始脸蛋素净、穿整套校服上课下课，就像晚乡一中里一个再普通不过的学生，但在十四班里，算是鹤立鸡群。

她一向独来独往，即使变成了异类，也依然与群体脱开微妙的距离。女生们只敢在背后评头论足一番：

“扎两个小辫，好土啊。”

“不知道什么年代的审美。”

“我觉得挺可爱的，长得好看披着麻袋都好看。”

“嘁。”女生们顿觉无趣，一哄而散。

更多的传言，是说苏倾家里的黑恶势力倒台了——“小太妹也得靠高考”，这使得普通学子对特权阶层的幻想破灭了。

高考，再度变成了学生们口中和脚下、日复一日为之奋斗的目标。

每天清晨六点半，江谚都骑车载着苏倾上学，然后在距离校门口五百米处的岔路口将她放下，两个人从两条路走进校园。

有时江谚也会骑着S线慢慢地跟在她身后，俯视前面的女孩头发下白皙的脖颈，“丁零零”地按动车铃。

苏倾往边上靠，怎么靠背后的铃都响个不休，回头一瞧，才发现是江谚，背着光，发梢上散落着耀眼的阳光。

她瞧他一眼，指指前面，让他“过去”，江谚骑到她面前，掩住眼底的笑意，拽住她的书包带：“给你拿进去。”

“不用。”

他拽着不放：“给我。”

苏倾刚把书包卸下来，他便夺过去往车筐里一丢，自行车风一样骑出了老远，不一会儿就不见了。

苏倾扬起的发丝慢慢落下来，笑一笑，随着早高峰的人群一起，在斑马线前慢慢地等红灯。

工厂改建正在进行，晚乡在这一年的年尾，竟也收获了几个蓝天。十字路口新添了修剪成圆形的树篱，鲜丽轻盈的绿色，开始在小城的角角落落蔓延。

中午，江谚开始同陈景言一起去食堂。

“谚哥……”陈景言惊讶地看着他在排队间隙掏出一本古文册子，翻了翻封面，“我去，你也太接地气了。”

江谚的眼睛没移开，笑笑不说话。

“哟，谚哥你竟然会笑了……”陈景言的眼睛瞪得牛大，肩膀猛地让江谚重重拍了一下，往前一推，“到你了。”

“哦哦！阿姨，我要这个红烧肉……”

学校的菜色比江谚想象中丰富，学生们穿着清一色的蓝白条纹校服，挤得前胸贴后背，充斥着人群的热气。

江谚承认自己是有一点洁癖的。但不知为何，他现在竟然觉得，这种翻滚的热气也算生动。

陈景言从人群中挤出来，顶着众人不满的眼神，强占三个座位，好半天，举着筷子四处东张西望。

“看什么呢？”江谚落了座。

“找苏倾——我说，我费心费力给你女神占座位，你怎么一点也不期待？”他失落地说，“自从她穿校服以后，人都不好找了。”

江谚专注地吃饭，睫毛垂下，没作声。

“哎这里有人……”

挤上桌的是个大块头体育生，凶恶地瞪陈景言一眼，他便哑火了，意味深长地转向江谚，好像在无声地控诉。

江谚淡淡说：“她不来。”

苏倾很少跟他同时出现在公共场合，上下学也坚持在十字路口上下车，她说这叫“避嫌”。

第四次月考，江谚的年级排名不降反升，重重打了德育主任的脸。十四班的班主任看他的眼神，就像看着大熊猫，对他的关注自然变得多了起来。

他们两个都是甲壳动物，不习惯被人注意着。保持距离，是对他的便利，也是对她的保护。

不过陈景言一直期待着有一天能看到江谚同苏倾同桌吃饭，可惜未能成行。他悻悻得出结论："这么看来，跟女神一起出去看剧，也算不上有多好的交情嘛。"

陈景言一直这样想着，直到有一天，他千辛万苦抢到了食堂最后一份限量水果捞。

他用胳膊肘护着水果捞一路挤出人群，长舒一口气坐下时，意外地看见江谚正在讲电话，脸上表情很淡："下来吧，第二排靠柱子。"

"咦谚哥，快吃啊你还跟谁打电话……"

话音未落，他看见女孩握着手机，远远地朝着他们走过来，站定到他们面前，乌黑眼瞳略带疑惑地瞧了他一眼，同他打了个招呼。

"……苏倾？"陈景言瞠目结舌，手心里生出了汗水。

女生这种生物好神奇，打扮起来像台上百毒不侵的女明星，清纯起来又感觉像个小妹妹，一碰就碎了的那种，前前后后，看起来像两个人。

苏倾安静地坐在了他们对面，眼神雾蒙蒙的，像沉浸在什么里面没抽出神，手里拿着便携单词本，时不时分心瞄一眼。

江谚忽然半弯着腰站起来，毫不客气地把她手上的册子抽走，水果捞朝她面前一推："吃。"

苏倾捏起了勺，似乎觉得有点不好意思，忽然抬头看看他们："要不，我们分着吃吧？"

她拿没用过的小勺子，给他们俩一人舀了四五块黄桃。那一小杯水果捞就米饭，吃得比哪次都香甜。

晚乡入了冬，外面的天气滴水成冰。

夜里十点，空调嗡嗡运作着，室内充满着干燥暖和的空气。

江谚从浴室出来，胡乱擦着头发，短发上的水珠有的被毛巾吸收，有的滚进衬衣领子里。

苏倾抱着英语作业在沙发上坐着。她洗完澡不久，半干的头发打着弯披在肩上，穿着过膝的棉质睡裙，套了件外套，坐得很规矩，两腿并在一起，小学生一样。

"等会儿啊。"

"嗯。"苏倾望着他点头。

纵然已经在一起住了好些日子，每当此时，他还是会控制不住地心跳加快。躲过她的目光钻进房间里，把头发擦干。

抬起下巴，在镜中上下检查着自己的衣服和脸，有没有不得体。

江谚出来的时候，拎着几个月前去商场买的那只棕色的小熊。熊耳朵捏在他手里，敦实的屁股坠在下面一晃一晃的，显得分外可怜。

苏倾好奇的目光一路跟着熊，直到他把它蹾在他们中间，也在沙发上坐下来。

他修长的手隔着熊伸过来，把她怀里的作业本拿过去。

玩偶熊挤在她腿边，苏倾有些疑惑："这是什么？"

江谚说："楚河汉界。"

两个人洗完澡，身上让热气萦绕着，隔着一只熊，苏倾身上、腿上散发出的温和沐浴露的气味，还是不住地飘散过来。

江谚记得自己从前让她把身上浓郁的香水味去了，不知什么时候开始，香水味就真的没有了。

现在，他连闻到她身上的气味都受不了。

同样的沐浴露，也许还有女孩用的润肤乳，浅浅地混杂在一起，也许还有别的什么，若有似无地萦绕着。

想把头埋进她脖颈里，狠狠闻个够。

他侧过头去，苏倾浑然不知，弯腰趴在膝上记笔记，他看着她笔下圆润的娃娃体，手掌好笑地摁在"楚河汉界"脑袋上，将它压得略微变形。

"苏倾。"她要问的题目越来越少，不出一刻钟就全讲完了。

"嗯？"她连头都顾不上抬。

他的脸板着："你分给陈景言的黄桃，为什么比我多一块？"

苏倾骤然抬头望着他："我没有。"

"就是有。"

"真的没有。"她乌黑的眸望定他，磕磕绊绊地解释，憋得脸都红了，"一样多的，我数着的。"

竟然还数着的。他忍住笑，面上波澜不惊，傲慢地"嗯"了一声："我信了。"

苏倾低下头看题，不理他了，负气的嘴微微噘着，润泽的唇上一点点儿的红，慢慢延伸到里面去。

江谚即刻灌了口冷水，四肢百骸都清醒了一下。他晃了晃脑袋，顺手拿起她放在茶几上的吊坠看。

巴掌大的圆环荡着，不怎么精致，做毛衣链都有些太大了，不知道她为什么日日不离身。

苏倾不知道什么时候抬起头来，随他一起睨着它："好看吗？"

她的声音缓和，眼底闪烁着平静的笑意。

有的时候江谚觉得她很小，有的时候又觉得她很成熟，这一刻，就是他感到她分外成熟的时刻。

他睨着那环："塑料做的？"

苏倾脸色变了变，神色意外地认真："你仔细看。"

他仔细转着看看，捏着圆环在桌角轻轻磕了两下，眉宇间闪过傲色，笃定道：“就是钢化玻璃，里面灌的是酒精。”

苏倾不客气地将圆环夺回去，宝贝似的挂在衣领里：“你去写作业吧，不同你说了。”

江谚拍拍裤腿站起身，瞧她一眼，苏倾还趴在茶几上认认真真地记笔记。

——用完了他就扔。

指针指向零点的时候，江谚看完了案卷。他轻轻扭开门把手，意外的是，客厅的灯仍然大亮着。

他轻手轻脚地走出门，苏倾果然枕在沙发上睡着，大约只是困得厉害，想小憩一下，这才扭着身子，这么别扭地坐着，不想却睡熟了。

她的手臂叠着枕在沙发扶手上，头发散下来，半遮着小巧的脸。薄外套从肩膀上滑落，露出白皙的肩头，睡裙两指宽的肩带在锁骨上落下一截阴影，像一截又尖又利的刀片，蓦地在他心上划了一道。

不痛，有点儿痒，酸涩微麻的那种痒。

他沉下脸，该把她拍起来穿好衣服了。可是苏倾睡得那么安稳，两排浓密的睫毛一动不动，像只乖顺安恬的倦鸟。

他俯下身去，拎住她滑下的外套，轻轻地给她穿好。

苏倾的睫毛动了动，似乎让他弄醒了，在他落下的阴影里，半眯着眼睛迷蒙地看着他。

“困了屋里睡去。”

“嗯……”她很安稳，又闭上眼睛，喉咙里发出猫咪一样细弱的轻哼。

他头皮一阵麻，浑身的血液都往一处涌，转头跑回房间之前，咬着后牙踹了脚沙发：“还不起来？”

苏倾吓得马上清醒，倏地坐直了身子，心怦怦直跳，茫然看着少年关紧的房门。

（三）

又一年酷暑来临，高二期末考试随之结束。

放学之后，苏倾没有同江谚一起走，她站在布告栏前面，巴巴地看值班的老师贴“红榜”。

她不好意思告诉他，她是想第一时间看看“红榜”——年级前五十名的姓名，会在布告栏里用红纸打印张贴出来。晚乡一中重理轻文，能排进红榜的文科生，下半年高三就有资格分到重点班。

她从后面往前快速看过去，数了三个就看到了“十四班，苏倾”。

头顶正对着的两行上面就是江谚的名字。

苏倾飞快地掏出手机，在老师们好奇的目光中颤巍巍地拍了张照片，转身往家里走，辫子甩出一个活泼的弧度。

她得赶快回去告诉他——她竟然考了年级48名！

“陈阿姨，门口垃圾您甭管了。”江谚在吸尘垫上蹭了蹭鞋子底，掏出钥匙开门。

客厅灯开着，里面安安静静的，没得到往常嘹亮的回应。

“陈阿姨？”

他走进的步伐骤然顿住——

沙发上坐着面色铁青的周向萍。

她抱着臂，身体因盛怒而微微颤抖，两眼通红地瞪着他，里面是淬了冰一样的冷。

“江谚，你长本事了。”

一块浅色布料照着他兜头盖脸地砸过来，在空中张开，落在他手臂上的时候，他才看清是一条女孩的碎花睡裙。

里面夹着的一根长发柔软地扫过他的手臂，似乎还带着它主人的体温。

狼狈散落在地的，还有他从未见到过的、扎着小蝴蝶结的内衣内裤。

周向萍的语气严厉得近乎咆哮：“我辛辛苦苦供你吃供你喝供你上学，是让你跟女生同居？”

江谚默然弯下腰，将那些内衣一件件捡起来，抖展，叠进臂弯里。

“你还捡！”周向萍看着儿子手里毫不避讳地拿着女人的贴身衣服，怎么看怎么生气，站起身来走到他面前，把衣服从他手里往出抢，“江谚，你听到我说话没有？你这孩子怎么这么不懂事……”

江谚往后退了一步，嘴角绷着：“撒手。”

“撒手。”他重复了一遍，她在他眼睛里面看到了六亲不认的横气。

周向萍松了手，气喘吁吁地看着他低着头，把衣服一件件叠好，好半天才哆嗦着说出话来：“你现在长大了，我管不了你……”

天热，周向萍汗流浃背，妆花了。她的打扮正统，眉浓得像文上去似的，正红色的唇，一头利落的短发，现在那张精干的脸上现了不少眼角纹。

她痛苦孱弱地叉着腰，她生气的时候会两肋发痛，小时候他一惹她生气，她就会用两只手扶着腰，胳膊像两只木桩子撑住了自己：“你转班，我给你转了，打了老师同学，我和你爸给你摆平。你呢？没满十八周岁，一天天都在干什么？谈恋爱，带女孩回家住？你真荒唐，江谚。”

电梯格数从“1”一层一层地攀升上来。

苏倾望着那数字跳动，心里仿佛有气泡在上浮，待电梯“叮”地一开，她就抓着书包带跑了出去，跑到了门口的垫子前面，蹭了蹭鞋子，刚准备敲门，笑容忽而隐没下来。

她听到了里面的高声争执，女人的声音歇斯底里。

“你们学校的还是外面社会上的？小小年纪，我不信她父母不管……”

她手心和后背都凉透了，慌乱，伴随着剧烈的歉疚，一下子把她淹没了。

上学期期末，十二月份，她就和吴阿姨完成了最后的交接，办好了住宿申请。可她私心拖着，一直没有办入住。

江谚不提，她就当作没想起来。

她知道会给他带来麻烦，可是她实在贪恋被他用自行车载着、和他挨着吃晚饭的日子，舍不得客厅里那盏灯和他买的小熊。

每一天内心都斗争着离开，可每一天他一喊她的名字，她就舍不得了。

这样的自私，对高中生来说，是灭顶之灾。

她咬紧下唇，背着书包，慢慢地走回电梯间，慢慢地摁了一下向下的按钮。

“我没谈恋爱。”

周向萍最讨厌听人狡辩，撕扯过他怀里的衣服，一把甩在他脸上：“没谈恋爱这是什么？这是谁的你告诉我！”

女孩的衣服从他脸上坠下来，他闭着的眼睛张开，周向萍叫他一推，顺势滑坐在沙发上，自己是没伤到一分一毫，但已经气得双目瞪圆，呼哧呼哧只喘气：“你反了！你敢对你妈动手？”

“怎么了？”少年也扬高声调，“哗啦”地拍碎了一只玻璃杯，茶几角上绽出了蜘蛛网样的裂纹。

他脸上是阴郁的戾气，看着她，一连狠狠敲了三四个，满地碎玻璃迸溅，好些水珠飞溅到她套装裙上：“嗯？怎么了？”

客厅里终于安静了，周向萍看着地上的碎片，张口结舌。

江谚已经长得比他父亲高了，他的脸、身材和声音，都趋向一个成熟的男人而非少年，是一个她不熟悉的、有攻击性的男人。

江谚以往从不摔东西，也不朝她喊。第一次，她有点被他吓住了。

江谚一声不吭地把地上散落的衣服重新捡起来，情绪很低落：“对不住，我刚才不该推你。可是，这就是你随便翻人东西的理由？”

他把衣服一件件叠好，用睡裙包裹起来，轻轻放在茶几上，语气里难掩厌恶：“你的职业素养呢，周检？”

“你太过分了……”周向萍还未说话，喉咙一哽，眼泪已哗哗下来了，她觉得委屈，“房子是谁买的？水电是谁出的？我是你妈呀，江谚，我在自己家里，你为了、为了这个……”

她年轻时脾气就很火爆，十几年了，她还是不知道怎么同他相处。

江谚不像他哥哥，也不像陶陶，他一身反骨，让她头痛。

她捂着脸哭："再怎么样，你怎么能对你妈动手呢？"

"是我错了。"江谚淡漠地看着她，脸上有种疲倦不堪的麻木情绪，"我只是想让您冷静些，听我说。"

他心里清楚，只有最没用的人才会控制不住情绪，才会冲女性动手，这是他哥打小教他的。他这会儿把手在裤子上蹭了蹭，对周向萍和他自己都充满厌恶，心里难过得不行。

"你说啊……"

"我同学遇到了困难，在家暂住。"

周向萍偏头看那堆衣服，用餐巾纸擦了擦眼泪，想到他对她的态度，还不如对那些衣服，心里莫名地有些发酸。

江谚的话在她那里根本没有可信度："什么困难还需要找同学解决？这女孩叫什么名字，我找她爸妈谈谈。"

"她爸妈都没了，谈的时候烧张纸。"

江谚的语气很冷，周向萍愣了愣。

随后他从屋里拿出两摞档案，撂在她膝上——这些东西，原本他是不打算让他们看的。

他漠然摸着裤子口袋，没有出声，他现在很闷，很想抽烟。

周向萍看文件速度很快，胶着的眉头慢慢松开，表情逐渐发生了变化，变得严肃起来，口中溢出一声惊呼："江谚。"

他无意回头，她摩挲着纸面，脸上满是难以置信的表情："这是……你写的东西？"

江谚不耐烦地瞥着她："怎么了？"

短短几分钟，给周向萍的冲击太多了。

在她不学无术的儿子这里，有一份含高官贪腐直接证据的文档，一个惊天动地的黑恶势力借意外故意杀人的案件记录，张张都是硬家伙。

更重要的是，文件竟然是他自己组织编纂的，细节有些错漏，但逻辑之缜密，已经可以媲美专业人员写出的正式文件。

这些，没有人教过他。

周向萍摊着材料，久久地看着江谚的脸——

她对这个儿子的了解，实在是太少了。

风扇呼呼地吹着，江谚的指尖调着档位，心烦意乱地低头，手机里忽而来了条短信："江谚，我明天住校啦，东西晚两天回去拿。"

他眼神蓦地变深，仿佛有什么抓不住的东西，沙一样从指尖溜走了："你敢……"

信息还没发出去，又来了两条短信："谢谢你的帮助。终于可以住校了，我很开心。"

第二条，是一个浅浅的笑脸表情。

他的指尖滑过那个表情，心里漫上一股说不清楚的钝刀割肉的痛感，一下，又一下，良久他才反应过来，是自己的胃在痉挛着抽痛。

周向萍扶着门框，换好了高跟鞋，脸上恢复了紧绷的神态：“江谚，你写的文件我带走当作参考，这个案子很大，我们会尽快给一个结果。你也可以参与，但这个女孩，还是请求学校的帮助，好吗？”

江谚坐在地上，背对着她。面前是不住吹起他头发的电扇，他的手抚在胃上，半天不动，额头上出了一层晶亮的汗，他的眸光有些涣散：“嗯。”

高三是从这个暑假开始的。苏倾在八月份搬回宿舍，住宿的集体生活过得还算顺利。

同寝的都是别的文科班的女孩，安静刻苦，似乎不知道她从前的“光荣事迹”，对她很照顾。

沙丁鱼罐头样的宿舍，小小的课桌和衣柜，小小的床板上放了一只玩具熊——她回去过一次，匆匆收拾了衣物，江谚把熊也扔给她，让她带着走。

每天晚上，她都抱着小熊睡觉。

早上被起床号叫醒，她安静地站洗漱的池子前面，同成排的大家一起抓紧时间刷牙洗脸，再走向教室。

一切好像回到了最开始的时候，简单纯粹，没有太多波澜。

这是八月假期补课的最后一天，蝉鸣剧烈，迈过明天的槛儿，他们就正式进入了高三。

苏倾趴在座位上整理笔记。椅子腿让人轻轻碰了一下，她侧过头，江谚立在她身侧，睫毛垂着，嘴里叼着一支烟。

整个暑假，苏倾都没怎么见到他。

他转身，不用言语，她就默契地跳下椅子，跟着他上了天台。

江谚坐在水管的老位置上抽烟，头顶是晚乡日益蔚蓝的天，碧空如洗，热浪在空气中翻滚。他手里拿着苏倾买给他的那只宝蓝色火机，拇指摩挲的盖子处已经磨掉了漆。

这个暑假，他被特批到父母的工作单位坐了十几天的班，负责跟进的就是董健的案子——案卷写得那样漂亮，有的是人乐意带他，让他少走些弯路。

当然，这也是江慎和周向萍对他亏欠式的关怀。

“爆炸案已经提给公安部门了。”他懒散地掸掸烟灰，“重新调查要走程序，再等等。”

苏倾点点头。每隔一段时间不见，他都会变得更加成熟和老练，更令人心安。

她无意中回过头，发现江谚正盯着她看，手里夹着的烟雾化成两道漂亮的曲线，袅袅上升。

他高傲的眼睛里含着些促狭：“看来食堂的饭不成。”

“为什么？”

他笑了一下，垂下眼：“把你养得就剩骨头了。”

苏倾瘪了一下嘴。陈阿姨在家的时候，顿顿都有红烧排骨、养颜猪蹄。天气热，食堂没油水，体重又掉了几斤。

最主要的，其实还是她没胃口。

“苏倾，”江谚看着前方，一反常态地又点了根烟，“明天开学，你去文科一班读吧。”

文科一班是晚乡一中唯一的文科重点班，苏倾的三个室友都在那里。

上学期期末她考进了年级前五十，已经获得了转班的资格。她蓦然扭头看着他，眼底执拗，小声说：“我在十四班也可以。”

“不可以。”江谚垂眸，答得专断，“十四班是理科班，高三总复习，你在这儿待下去就耽搁了。”

苏倾的嘴唇微微抿着，趴在栏杆上看远方，江谚知道她在考虑。

她很聪明，从来都知道自己要什么。

“明天填申请表去。”他代她做了决定，轻巧地掐了烟，跳下水管。半晌，他回头，苏倾还站在原地看他。

她双瞳乌黑，远远冲他微笑：“江谚，我转班去了。这一年我不打搅你，你好好加油。”

江谚嗤笑着扬了扬手，没回头：“谁也别打搅谁。”

当初来十四班有复杂的缘由，最大的理由或许是一时意气。

现在，他的意气同他对调了位置，一切似乎回到了最初的起点。

高三到了。

最大的感受，大约是“忙”。课时增加，考试增加。所有人泡在写不完的题海里，恨不得把每一分钟掰成两半使用，教室里的空气变得更加浑浊厚重，一张张课桌上堆满了高高的书本。

连最耐不住性子的陈景言，早读课上都安静下来，争分夺秒地做数学题目，插科打诨都少了。

刺耳的起床号响起，苏倾在一片刷牙声中站在水房的镜子前，辫子半天梳不起来，她胡乱地绑了个简洁的马尾，对着眼底的黑眼圈呼了口气。

文一班里，苏倾做完一张卷子，疲倦地趴在课桌上小憩，头侧着看着空气发呆。前门的玻璃外，匆匆过去的好些人里，有一个皮肤苍白的少年偏过头，下意识地往文一班里看，他的眼珠是琉璃珠似的琥珀色，面目显得骄傲而冷情。

二人的目光在空中相对，她无声地微微笑了笑，江谚停了一下，从一班门口无声地晃过去了。

自不在同一班、有了不同的课程和考试安排以后，两人碰面的次数寥寥无几。

夜幕降临。未开灯的客厅里，冰箱消毒灯亮着幽幽蓝灯，江谚从冰柜里拿出一瓶可乐，垂眼看了看，又慢慢放回去。

他走向寂静的厨房。案板、水槽干净得发空。水槽旁边静静搭着一双粉红色的塑胶手套，墙上挂着口袋上缝着小熊的围裙，调料台的角落里，放着一台落了灰的榨汁机，他顿了顿，把它拿了出来，拆开零件洗了一遍。

安静昏暗的公寓里，榨汁机嗡嗡响着，纸杯里接了半杯苹果汁。他摆在桌上，看着剩下的苹果梗，吃完了，再把杯子里的苹果汁喝掉。

不知是不是快要坏了，苹果汁里带着股淡淡的酒味。

他像平日一样有条不紊地写作业、测视力、看卷宗，台灯亮着，从未感觉到晚上的世界变得如此漫长而安静。

他抿着唇，扣上电脑。窗帘微动，风把笔记本翻到了扉页，带着丝丝红色的银杏叶，在书页上慢慢滑动。

浴室里，花洒里的水顺着男孩棱角分明的下颌流下去。江谚闭着眼睛，睁开眼睛时，看到排水管上夹着的棕色小熊，闷闷的，屁股对着他。

那一次，苏倾问他，是不是在水管上放了玩偶。她说洗澡的时候让小熊看着，也有点害羞，隔天，排水管上的小熊便背过身去，面壁思过。

他走近几步，轻而易举地伸臂将它拿下来，放在了马桶盖上，盯着它看了几眼。

苏倾在新班级当了历史课代表。临近中午放学，她从老师办公室领了试卷回来，在走廊上边走边低头点试卷。

一道影子立在她面前，抬头，截住她的是江谚，双手揣在校服口袋里，侧眼瞧着她的马尾："怎么不扎辫子了？"

江谚脸上不笑，眉宇间似乎笼罩了一层寒霜，比从前还要孤僻。

苏倾有一两个月没有看见他了，心猛地跳一下，好像在死水一般的生活中骤然吃到了几颗糖。

她眼里闪烁着亮光，随便解释着："因为早上来不及。"

她说不扰他，就真的一次也不再找他，似乎已经完全融入了重点班的集体，忙碌的，优秀的，回到了她初始的人生轨迹。

扎马尾的苏倾，让他觉得不熟悉。

江谚哼笑一声，一把抓住了她的发圈，捋了下来，苏倾的头发散在肩膀上。她吓了一跳，可手上抱着卷子，只能挣扎着往后躲，他的手下移，揪住了她后颈的领子，把她拉到了跟前："过来。"

“在走廊里。”她小声提醒，在少年眼睛里看到了一点失控的侵略性。

“就想在走廊里。”他紧抿着唇，面色不变，指头从她的头发中间滑过，把头发分成两份，不算温柔的触碰，激起她阵阵战栗。

好半天，苏倾明白他想干什么，红着脸说：“不够，只有一根皮筋。”

“够了。”江谚从口袋里掏出一个发圈，低眉看了一眼，随意地说，“我捡的，你落在浴室里。”

走廊上空荡荡的，光线从尽头的大窗中照射进来。她背过身站着，让他扎得方便些。

他用手指划等分线：“一样多么？”

“往左边点。”

“这样？”

“再往右边，嗯……好了。”

头发握在他手里，窸窸窣窣，从上往下笨拙地打麻花辫，偶尔牵拉着发丝，丝丝缕缕的疼。她脚步虚浮，耳根弥漫着热气，仿佛在受酷刑。

脊背让他拍了一下：“行了。”

苏倾被他拽到盥洗室的镜子前看，两条辫子整齐地垂在她肩头，她转转头，有些惊喜：“真好。”

江谚眉眼间带上一丝转瞬即逝的得色，他活动了一下手腕，背过身去叼了根烟，淡漠道：“行了，走人吧。”

苏倾洗了洗手，擦干，抱起卷子准备回班。

辫子又被人猛地从身后拽住。

江谚的动作飞快，拆掉了一根皮筋装进自己裤兜里，另一根皮筋打开，把两条辫子绑在了一处。

江谚洁净的外套领子上泛着薄薄一层光，他掸掸袖子，恶劣地笑了笑：“就这样，回去吧。”

江谚又拿了她一根发圈，待她走了，他才拿出来细细看，她最新用的这个是湖蓝色的，上面有一对小小的金色星星挂饰，他闻了闻，还留着她发间的清香。

苏倾旁若无人地顶着捆在一起的一对辫子上课，记笔记，随着人潮走向食堂，嘈杂的食堂里，她一面吃饭，一面仰头看着公共区域的电视。

静音的新闻里，严肃的主持人不知在说什么，面前有一行黄字标题：“晚乡市湾峡区：‘幽灵别墅’背后是谁？”

她咀嚼的动作慢了下来，低眼打开手机，手指哆嗦着，在热搜榜上找到了一条不起眼的大字新闻：“原晚乡市领导董健被双规，后续问题正在调查中”。

这条消息，隐没在花花绿绿的娱乐新闻中一晃而过，评论和点赞数都少得可怜。

“倾倾，你看什么呢，怎么哭了？”室友忙掏出纸巾，“是不是看到李锋脱单伤心的呀？”

李锋是当红小鲜肉，今晨公布恋情，热搜第一，点燃了全网热议。

苏倾的胸腔和腮帮子都发酸，接过纸巾飞快地把脸擦干净，点了点头。

“没事，咱不喜欢他了，帅哥多着呢，别伤心。你这么漂亮，以后找个比他还好看的男朋友。”

苏倾不知在想什么，又点点头，继续咬着酸梅汤的吸管。

睡午觉的时候，她枕着手臂侧着睡，这样就不会压到江谚给她扎的小辫。闭了好半天眼睛，她没睡着。

胳膊上出了一层黏腻的汗水，她拿过手机，眯着眼睛看时间，看到了一条+86的短信：“董健被规了。”

没存姓名，她也知道那是谁：“嗯。”

那边默了一会儿，回她：“没良心。”

苏倾的眼睛微微睁大，她不明白董健的事和没良心有什么关系，回过去：“谢谢你。”

江谚一定是嗤笑了一声，没再回。

苏倾还在执拗地慢吞吞地打字：“我想高考完去B市看白塔。”

那是爸爸妈妈同她，他们一家人未竟的心愿。

“我家就在白塔附近，随便看。”

天气热，苏倾有些恹恹。侧躺着闭上了眼睛，想起了那天在门口听到的女人的咆哮。她有点儿怕他家里人。

他们为她主持了公道，可是，这也意味着她的身世遭遇，在他们面前公开透明。也许她有万般苦衷，但在大人眼里，她的过去不光彩。

苏倾这一中午睡得头痛。

她胡乱做着梦，梦里有梦魇的尖啸声，还有男人模糊的声音：“二百零七。”

“早上好。今天有寒流入侵。”

“嘟——”

第五章　抱星辰

（一）

她从床上坐起来，脸色有些发白。

“吵醒你了吗？”室友忙用手捂住收音机，掌心外支出很长的一截天线，“对不起，我刚才在试这个收音机。”

苏倾摇摇头，迷糊着理了理头发，柔声说：“刚才好像听见天气预报。”

“嗯！说最近有寒流入侵，多穿点儿衣服哟。”

苏倾弯起眼：“好。”

晚乡大幅度降温的时候，第二场模拟考到来，考完上午第一场，高三的学生从各个考场往外走，手上拿着草稿纸，有的神采飞扬，有的闷闷不乐。

苏倾随舍友去学校附近的商业街改善伙食，路两旁站着两排热情似火的发传单的人，人行道上满地都是被扔掉的各种培训班的传单。

苏倾不好意思拒绝，谁递来她都接，拿了厚厚一沓，走到了街角的垃圾桶前，本想全部扔进去，停了一下，发现什么，从里面抽出了一张。

是一张眼镜行的广告，正面是广告，折起来的背面，是一张标准视力表。

她把这张传单留下来，小心地夹进书本，装进书包里。

下午开考前，苏倾走到久违的十四班门口，从窗口往里望，教室里没有书包，一个人都没有。她狐疑了一下，马上反应过来，这里被布置成了考场，桌椅已打乱了。

下午的考试结束之后，她在座位上坐了二十分钟，咬咬唇，背起书包站了起来。

穿过一条商业街和两条小巷就进了居民区，她已经很久没来这里，走得却依旧轻车熟路，像回自己家一样。公寓楼旁边的绿化带翻新了，种了鲜艳的天竺葵。

楼下停了几辆单车，她认出来有一辆是江谚的，他已经到家了。

她乘电梯上楼，轻手轻脚地走到门边。隔壁贴上了新的年画，那扇门外面还是光秃秃的白墙，门下放着一小块纯色防尘垫。

她从书包里小心地取出那张视力表，四下看看，没找到合适的地方，最后卷起来轻轻插在门把手上，就像普通的上门推销一样。

她记得江谚房间里那张视力表，边角都已经打卷了。

门紧紧闭着，她呼了口气，像做完了一件大事，背起书包，笑着从楼梯间下楼，书包上的挂饰活泼地跳动。

二模结束之后就是寒假，铃声一打，疲惫不堪的学生像流不尽的水一样涌出走廊，走到黄昏的晚霞之下，各个班级做着离校前最后的大清扫。

冬天黑得早，橙红的晚霞从走廊窗口泼进来。

有些事情有了第一次，就有第二次。苏倾在楼道口又被江谚截了一次。

距离上一次见面，又过了好几天。她被他拽到楼梯旁边，扎好的两个小辫轻晃。

江谚原本沉着脸，看了她几眼之后，语气缓和下来，只是嘴角绷着。他垂眼看着鞋尖："二模考得怎么样？"

"还好。"她认真点了下头，"你呢？"

江谚不答反问："这两天忙什么？"

苏倾想了想，老实地答："复习。"

她的一双瞳子亮亮的，滚动在他脸上，不知内情，洁净得像天上的新月。

他弯起嘴角，讥诮地笑笑："复习得挺认真。"

天知道他发出那句轻描淡写的"我家在白塔附近"的时候，心里有多没底气。他看着手机屏幕发呆，灭了就摁亮，不知不觉抽完了半盒烟，嗓子微微发痛。

可是她再也没回。

整个二模他考得漫不经心，涂英语答题卡的时候，他见了稍难一些的语法题，便下意识地记下来，心想这道题苏倾肯定错。

好半天他才想起来，她已经用不着他讲题了。

楼梯间像个被遗忘的角落，安静又昏暗。

他面上没有表情，捻起她一根辫子玩："你回来过？"

苏倾摇头："我没。"

江谚抬眼看她，男孩的头发剪得更利落，轮廓越发英挺，琥珀的眼睛在昏暗中闪着一点儿微寒的光："再说没有。"

苏倾哽了一下，仰头看着他摇头。

江谚冷笑一声："门上插了一份视力表。"

"可能是广告。"

"别家怎么没有？"

"别家……"

下一秒，被他迫近几步，用身体猛地压在了墙上，背后的书包硌着，有些不舒服，她慌乱中一扭，他低下眼，仓促地说："别动。"

二人错乱的呼吸纠缠在一起，在楼梯间被放大。冬天很冷，她校服里还穿了厚毛衣，紧紧贴着，倒没有什么多余的感觉。只是他身上的气息太浓烈，苏倾让他抵着，有些溺水般的眩晕。江谚低着头，后槽牙咬紧，一声不吭，似乎在抵抗什么，苏倾头一次听他喘得这么厉害。

细弱微哑的声音从她嘴里发出来，似乎有些不安："江谚？"

"……不许叫我。"他额头上冒了一层细汗，一把捂住她的嘴，咬牙切齿地低下头去，鼻尖蹭在她领口反复嗅着，似乎觉得完全不够，伸手在她领子上一拽，把校服拉链一把拽开了。

他的短发扫在她脖颈上，她全身都战栗起来，一把抱住了他的手臂。

江谚闻够了她身上的味道，强忍着把她放开，见她还贴着墙壁，脸色绯红地瞧着他，望着他的眼神呆呆的，"吱"地把她拉链拉上去，又把她校服整理好，狠狠道："回没回来？"

苏倾老老实实地点了点头，好像被吓坏了。他心里涌上了潮水般的愧疚，刚刚那股强装出来的气势马上熄了，低低道："对不起。"

他也不知道为什么忍不住。

他侧着身，眼底有一点破碎的光。苏倾理了一下头发，从墙边慢慢走过来，拽了一下他的袖子，好像在安慰他："江谚，你过年回家吗？"

江谚瞭她一眼："回哪个家？"

"你爸爸，或者妈妈家。"

江谚皱眉："不去。"

陈阿姨也要过年，张灯结彩那几天，他过得比平时还不如。

他忽然顿了一下，扭头看向她，心中陡然升起一点不可能的希冀。

苏倾拉着书包肩带，朝他笑："我一个人在晚乡过年，你愿意和我做伴吗？"

今年是晚乡头一年管控放炮，效果不明显，外头还是有大大小小的炮声。

客厅电视里放着《新闻联播》，沙发上却没人，只有一只棕色玩偶熊坐着看电视。

桌子上放着三盘凉菜。

客厅厨房里传来"嗒嗒"的切菜声，女孩系着围裙，削葱般的手指下摁着翠绿的豇豆。江谚被水槽里诈尸的死鱼甩了一脸水，"啪"地把洗碗布砸进水槽里。

苏倾没抬头，抿嘴笑了一下。

"笑。"江谚板着脸，侧眼看过来，手指在水槽里搅一搅，作势要用池子里泡过鱼的水撩她。

苏倾怕生鱼，马上敛了表情，声音细软软的："水烧好了。"

江谚甩了甩手上的水，走过去把大火扭成小火，苏倾抹干净双手，拆了三包面，同切好的蔬菜和火腿一起下进去，搅了搅。

浓香飘散出来。

过新年，她问江谚想吃什么，他说想吃泡面，她第一次在家做的那种。

苏倾想了想，泡面就泡面。但毕竟是大年三十，就在泡面里添了不少辅材，加上陈阿姨走前留下的凉菜和鱼，足够过一个相当惬意的年夜。

桌上没有酒，摆着鲜榨的苹果汁，一人半杯。

苏倾垂着眼，小心地挑着鱼刺，微微笑着："每年过年的时候，我妈妈都给我做红烧鱼。她做得好香，后来我怎么模仿，都做不出那个味道。"

江谚瞧着她的侧脸，筷子轻轻搁在碗边，极淡地说："过两天回去看看他们。"

苏倾答了声"好"，又问他："江谚，你们家过年吃什么？"

江谚默了一下："饺子。"

每年春节，家里都要煮饺子，周向萍不会煮，皮全是烂的，捞起来的时候，她罕见地露了无措的愧意："怎么回事，我老煮破。"

后来煮饺子的变成了江论，他则在一旁擀皮儿，转得又快，擀得又薄又匀称。江慎擀得都不如他好，急得向儿子讨教："江谚你是怎么弄的？"

他那时候小，扒着案板，满脸得色："不告诉你。"

其实，无非就是用一点巧劲。也不知道怎么就稀罕起来，弄堂里老人都跑到他家看，看小豆丁推着擀面杖，不费什么力气地擀皮儿。

"老江，你家这个老二不一般。"有人神道道地说，"你们家出的都是文曲星，这个以后是将军。"

"对，你们俩的手都是捏笔杆的，这孩子的手以后使枪呢。"

哥哥笑着挤在他身边，悄悄问他："你怎么看，以后真送你当兵去？"

他冷哼，不耐烦地扔了一张皮儿在盘子里："擀个皮还能擀出大道理来，真能扯淡。"

有一回过年，江慎吃饺子的时候嘎嘣一声，险些硌掉了牙，捂着腮帮子痛苦地问："这什么东西？"

周向萍脸上红一阵白一阵："哟，可能是我在里头包的硬币。没事吧老江——"

那次，连平素绷得很紧的江论都笑出了声："爸，您可有福了。"

"有什么福，我牙都让你妈弄掉了。"

……

一切的福气，从江论出事的那天起，就全部烟消云散了，剩下的只有冷锅冷灶，无尽的争吵、指责和埋怨。

后来的好些年，他差点儿忘了，家里还是有过一段时间温馨的平凡的。

苏倾把鱼夹在他碗里："我会煮，我们明天也吃饺子？"

江谚说："不用。"

"为什么？"

他看看她，很快垂下眼去，眼神竟然含了一丝温柔："麻烦。"

"噢。"苏倾继续挑鱼刺，电话响了，是楚湘湘，湾峡那边是震耳欲聋的炮声："倾倾，新年快乐哦——"

苏倾弯起嘴角："湘湘新年快乐。"

"你在哪里过年，还和你那个男同学在一起吗？"

苏倾眼睛倏地一闪，食指摁着音量键，飞快把电话的声音调小，江谚还是听见了关键词，不动声色地侧眼瞧着她。

苏倾搅着碗里的面，自以为很安全，放心地点头："嗯。"

他的心微妙地跳了一下，他的电话也跟着响起来。

周向萍的声音传来，比平时都要柔和几分："江谚，过年了，你过得怎么样？钱够不够用？上个月给你打的钱，多买点新衣服穿。"

对面的苏倾挂了电话，睁大眼睛，敛声闭气地看着他，筷子都不敢落，筷子尖含在嘴里，生怕发出一点声音。

他垂下眼，遮住眼里的笑意，答得敷衍："好。"

周向萍还要再说，不过那端传来了小孩子吵闹的声音，她把电话拿远无奈地骂了几句，小孩还在吱哇喊着什么。

江谚的手指放在红钮上，平淡地说："忙的话挂了吧。"

"等一下等一下。"周向萍似乎妥协，有些小心地说，"陶陶，陶陶想跟你说句话。"

"……"

"哥、哥哥！"小孩子咯咯笑着，清脆的声音很兴奋，"哥哥，祝你新年快乐！哥哥新年快乐！哥哥……"

伴随着周向萍生怕他恼，跟小孩抢电话的声音："行了，说一遍行了，吵不吵啊你陶陶……"

江谚举着电话没有挂断。当年他也是这么叫着江论，现在一转眼，他也做了哥哥。

"嗯，新年快乐。"

那边一下子寂静下来，好半天，周向萍语无伦次地说："江谚，你跟你弟弟说的呀？你……"

江谚说："没其他事的话，我挂了。"

苏倾悄悄地从厨房里端汤，没端稳，泼出来一点，顺着围裙洒在她的小腿上，她低头看了一眼。

江谚蹙眉，马上把电话掐了："放那儿。"

接近九点，也没等到江慎的电话，他现在的妻子不大喜欢他和过去的家庭有联系。但他还是发来了短信：“祝亲爱的儿子新年快乐。”

江谚收到这条短信时在阳台，看着外面的烟花抽烟，沾染了满身的凉气。

不知道是什么缘故，这个新年他心底格外平和，垂着眼，慢慢地回了条短信：“也祝您新年快乐。”

反手闭上推拉门回到客厅，赶上苏倾从浴室里出来，新睡裙下是莹润的小腿，她披着浴巾，擦着头发，觉察到他的目光，微微别过头去，露出纯白浴巾下的一点点儿红，长而密的睫毛颤着：“江谚。”

“嗯？”

她快步走向房间：“等我换好衣服，我们去贴对联吧。”

“哪儿来的对联？”

苏倾本来已经关上门，又打开门缝探出脑袋来，朝他稍显得意地笑：“银行送的。”

哦，存了十万块，还是银行的大客户呢。

楼道的声控灯灭了。

江谚“啪”地一拍手，惊亮了它，门框上面是深红色的横批“喜迎新春”，苏倾仰头看，他踩在小马扎上好高，横批才到他胸口。

“正着吗？”

“歪了。”

“右边往上……往下。”

少年皱眉头：“到底往上还是往下？”

苏倾笑了：“往下。”

“贴了？”

“嗯。”苏倾点头。他用力拍了拍，满地散落着双面胶的白色胶条。

江谚手里拎着两条春联抖了抖，低头看了半天上头的喜庆话：“哪边是上联？”

“仄是上联，平是下联。”

江谚分了上下，转过身去看着墙，又遇到了问题：“上联左边还是右边？”

苏倾笑说：“右边。”

“你怎么知道？”

“如果横批从右往左读，春联也是从右往左贴。”

江谚禁不住低头瞧了她一眼。

苏倾睡裙外头套了件棕色灯芯绒外套，蓬松暖和的，拉链没拉。

她双手揣着外套口袋，把衣服向下绷着，正仰着小脸看他，半干的长发弯曲地散在肩上。

从他这个角度，意外地看见了平视看不见的景象，女孩胸口的白皙起伏，没入宽松的睡裙领口，白得近乎透明。

他瞧了一会儿，收回目光，扭头不动声色地贴对联。

纤细的腿还有腰，那里却不算小，她怎么生的？

苏倾生气地拽他衣角："贴歪了。"

江谚醒神，对着对联沉默了片刻，跳下椅子，似是极不耐烦："……歪就歪了。"

苏倾呼了口气，把胶条扫在一处，让江谚拽着衣服拉进屋里，门"咣当"一声关上了。

楼道灯被炮声惊亮，门口添了崭新的大红对联，还有一个倒立福字。

电视机上放着春晚，两个人靠在沙发上，不太专注地看，时不时地看看手机，有一搭没一搭地说两句话，中间坐着那只充当楚河汉界的棕熊，琉璃样的眼睛映着蓝色绿色的光。

江谚长腿岔开，袖子挽到肘上，胳膊肘压着熊脑袋。苏倾坐得很板正，双腿紧并着，困了，也只是把一双腿平平伸出去，脱掉了鞋子，舒服地靠在沙发上。

她浅粉色的脚趾娇嫩，轻轻踩在茶几下的地毯上，脸上有一点安稳轻薄的红晕。

江谚侧眼瞧了她一会儿，忽然开了口："苏倾。"

苏倾稍稍阖上的眼睛一下子张开了："嗯？"

"困了进去睡。"

苏倾摇摇头，揣着口袋，一下子坐好了："我要守岁的。"

江谚笑了一下，别过头，不知道笑什么。光影落在他英俊的脸上："明天包饺子。"

苏倾偏头看看他："不是说麻烦吗？"

"嗯。"他心不在焉地应着，低头看看腕表，苏倾也看到了电视上闪烁的倒计时，外头一下子爆了好一阵凶猛的炮声。

苏倾笑着回头看他："江谚，零点了。"

江谚盯着腕表，嘴角勾起："新年快乐。"

春晚放到了落幕演职员表，凌晨一点了，少年走过去，"啪"地关掉了电视。

苏倾在沙发上睡得熟了，脸微微歪在头发上，呼吸绵长均匀。

江谚轻手轻脚地俯身，困住了她。

手掌撑在沙发上，压得柔软的沙发慢慢陷进去。

江谚的眼珠转动着，安静地看她半晌，他将手伸进她腰后、膝下，试探着将她横抱起来，她温热的身体慢慢地贴近他，衣料发出摩挲的窸窣声。

柔软的身体轻轻动了一下。

苏倾好像让他弄醒了。

江谚维持着起身的姿势，心跳如擂，下一刻，一双手臂自然地搂住了他的脖子，迷迷糊糊地，亲昵地把脸靠近他怀里，像只让人养熟了的猫。

她鼻尖蹭过他的胸膛，江谚从没红过的脸瞬间红到脖子根。

怎么……

他伸手去掰她挂在他脖子上的手，她搂得很结实，半天才让他拽下来，扔回了沙发上。

苏倾一下子震醒了，手背盖在眼睛上，遮住头顶发着刺眼白光的灯，睡裙里膝盖蜷起。

她像被惊到的鸟，心跳在胸腔里捶打。下一刻江谚俯下身，像是生气了，巴掌拍下来，落在她大腿靠近臀部的位置，“啪”的一下。

她让他打蒙了，张了张口，疑问的黑眸迷蒙地看着他，耳根红得发烫。

江谚觉得自己的手也烫得发烧，在裤缝边悄悄蜷了两下，捏了把裤脚，扭头走了：“衣服穿好，回自己屋睡觉去。”

苏倾慌忙坐起来蹬上拖鞋，赤着的脚胡乱塞进毛绒拖鞋里面，一面穿一面伸颈瞧他，看到江谚“砰”地关上的门。

外头炮声此起彼伏。苏倾在沙发上静坐了片刻，心跳怦怦地回想刚才她干了什么惹恼了他。

她眨着眼睛，慢慢地揉了揉臀，又看了看门口，半晌没想出来。

“江谚……”她轻轻叩门。

“睡觉。”他在门里威胁。

无声地叹口气，客厅的灯灭了。

窗帘上投射着一朵一朵展开的亮光，是外面不歇的烟花。

柔软的大床还带着洗衣液的香气，苏倾偎着熊，闭上了眼睛。

（二）

抽油烟机嗡嗡响着，阳光投射在沾着油腻的瓶瓶罐罐上，折射出醇黄色的浑厚的光。

苏倾捏着酱油瓶往锅里倒尽了最后几滴：“酱油没了，记得去买。”

“嗯。”

“买大瓶的，回来灌在小瓶子里。”

“……”

苏倾翻炒了两下，回头看，江谚散漫地倚在厨房的墙上，双手插在口袋里，嘴里叼着一根烟，却没有点，正在看着她，眼里有细碎的光。

厨房里光线很好，耀眼的午后阳光打在他脸上，却是一片寂寞昏黄。

觉察她看他，他低下眼，光滑落到他翘起的睫毛上：“炒你的菜。”

他猫着腰，表情清淡地出去了。

厨房隔壁就是阳台，窗户打开，春寒料峭，胡乱卷走他指尖的烟雾。

推拉门让人“当当”敲了两下，他转过头，扎两条小辫的女孩隔着玻璃冲他招招手，低头把围裙摘下来，蜷起的手指像剥好的嫩笋尖。

桌子上摆着三菜一汤，午后的阳光照在桌子上，莜麦菜绿得生动。苏倾背对着他蹲在客厅的地上，腰肢纤细，“吱”地拉开书包的拉链。

江谚说：“先吃饭。”

苏倾落了座，含着筷子尖点点头，把他的碗拿起来：“要汤吗？”

江谚看看她：“要。”

番茄蛋汤，她舀的时候撇得很仔细，蛋全舀给了他。

江谚等她舀了满满一碗，接过来倒进她碗里，又把空碗递过去，沉着脸说：“再来。”

苏倾黑亮的眼看看他，在汤盅里艰难地捞着，捞得额头冒汗，又捞了一整碗。

这顿饭吃得有些慢，到下午一点才算吃完。苏倾站起身端碗，让他伸臂挡住，他说：“你甭管。”

下学期是冲刺时间，高三开学很早，重点班从初八开始补课，这是假期的最后一天。苏倾回到寝室的方寸之地，还要打扫房间，换洗床单。

她下午就要出发返校。

江谚靠在椅子上没动：“我印了几张数学卷子，在我桌上，你拿走。”

苏倾“嗯”一声，蹲下去继续收拾行李，装进书包里的熊太大，总是露出一只不服帖的胳膊来，她塞得满头大汗。

忽然一只骨节修长的手摁住了它，将它硬生生折起来塞了进去：“你对它那么好做什么，惯着它了。”

江谚拽着她的书包，“吱”地拉上了拉链，动作里带着股利落的狠意，书包往她面前一推：“给。”

苏倾看着他的动作，不知怎的心里有点儿难过：“谢谢。”

江谚停了一停，转身走进屋里：“我帮你拿卷子。”

他出来的时候，拎着个小纸袋子，用食指挂着摇摆：“书包装不下了，这么拿着吧。”

“谢谢。”苏倾接过来，余光瞥见袋子里面还装了一板没拆封的进口巧克力。

她背好书包，侧头看了一眼：“我走了。”

江谚把外套穿起来：“我送你。”

“不用了。”她把门打开，小心地用鞋尖把门口的防尘垫摆正，回声响在阴寒的楼道里柔柔的，“我自己走回去就行。”

江谚默了片刻，背靠在门框上淡道：“那你走吧。”

“再见。”

“嗯。”

苏倾转过身去，吸进的第一口气是冬日的呛鼻的寒风，弄得她眼眶有些发酸。

下一刻，书包被人从身后拽住，一股巨大力量将她往后拉去。

“苏倾，”他低头看着女孩，认真道，“你永远不用和我说谢谢，我送你回学校。”

苏倾直到傍晚才从公寓返校，坐在江谚的自行车后座，脸颊软塌塌地偎着少年的脊背，看着向后奔去的枯树枝丫纷纷冒了新芽。

自行车一路骑到了女生寝室楼下，江谚停下车，把她的书包和袋子拿出来。苏倾跳下车，刚要说谢谢，想到了什么，闭了嘴，看了看他，转身上楼了。

“苏倾。”

苏倾回头，江谚低着眼，蓬勃的睫毛上凝着光，头一次显得有些无措：“如果让你生气了，我……对不起。”

几个室友都回到了寝室，正在换床单：“你回来啦？”

一片手忙脚乱的大扫除的嘈杂中，苏倾把袋子里那盒巧克力慢吞吞地拆开，大块大块地分给大家吃。

给自己剩了小小的一块，她才留意到锡箔包装纸底板上还拿钢笔写了一行无头无尾的字。

“给江谚喜欢的第一个女孩。”

苏倾把那小块巧克力含进嘴里，浓郁的黑巧，从冰箱里拿出来，坚硬而苦涩。

她舔了下手指，微微笑起来。她第一次吃这个糖，后味是甜的。

年后的学期过得飞快，三模后接踵而来的四模、五模、六模，间隔时间越来越短，让人无暇顾及多余的事。

江谚没再找过她，苏倾也很默契地没有扰他，只是偶尔趁着十四班上课的时候，踮着脚从前门玻璃往里看，看见陈景言用人中架着中性笔玩，看成了斗鸡眼，不一会儿懊恼地拍一下自己后脑勺，马上坐得笔挺板正看向黑板。

陈景言旁边的少年松散地坐着，表情很淡，但侧脸流露出的些微认真，又闪着股不形于色的韧劲。

苏倾抱着历史试卷从十四班门口走过，快步走回班级。

五月到来，校园里白色的广玉兰盛开，冬季校服换成夏季校服的时候，晚乡一中高三年级的七模结束。

进入文一班以来，苏倾的成绩很稳定，保持着一点点儿踏实的进步，大考结束后，可以放松调整几天。

苏倾收拾书包的时候，在语文书扉页发现了多出来的一张票。

票面有些熟悉，她拿到眼前仔细看，又是那个知名的剧团，木偶剧《匹诺曹》晚乡站巡演。

苏倾有些讶异地看向窗外，她听见蝉声正在盛起。

一年，原来这么快就过去了。一年前，她还住在别墅里，现在想起，恍若隔世。

手机“嗡”地一振，一条 +86 的短信进来，宛如时光回溯：“周天下午两点，江浦大桥见。”

剧院坐落在晚乡的一座公园里，老旧的建筑塑造成尖顶城堡的模样，大人牵着穿五颜六色裙子的小女孩，陆陆续续地向城堡走去。

苏倾走在江谚旁边，听着音乐声渐渐靠近，目光马上好奇地游离开。阳光落在大草坪上，孩子们吹出一连串的泡泡像游鱼，被风吹得偏向这边，一两朵在她睫毛上一碰，“噗”地破了。

睫毛颤动两下，匆忙闭起的眼睛睁开。

她忽然感觉到手被人轻轻牵住了。

她扭过头，江谚把头偏向一边不看她，未压平的头发镀了金光：“一会儿丢了。”

这是个可容纳千人的大剧院，进入室内，出了薄汗的手臂上马上泛起一层冷霜。人们好像被这股宏大的气氛压抑住了似的，只敢发出嘈嘈切切的私语。

光线暗下来，舞台上灯光亮着，木地板颜色橙黄，厚重的呢绒幕布反映着柔亮的光。座位在第三排正中央，身旁家长带领孩童进入，稍有童稚的喧哗声起，马上就被“嘘”地哄压下去。观众席的光暗下去，大幕缓缓拉开，所有的光线集中到了台上。

音乐声响起，白胡子的老木匠出现了，劈、砍、雕，木屑在光线下飞舞，台下传出了小小的惊呼声，底下舞台悄悄升起，小木偶匹诺曹跳了出来，他动着僵硬的胳膊和腿，滑稽地跑来跑去，一束舞台光追着它。

匹诺曹扑进了老木匠怀里。

“爸爸。”他快乐地喊出了第一句话，老木匠擦了擦眼睛。

江谚侧头看去，苏倾看得目不转睛，她的眼瞳很黑，乌葡萄似的，在黑暗里也闪闪的，好像借了远远的舞台上的光，那一点光装点出她小巧鼻尖的轮廓。

她专注得像是在发呆，他莫名地有些心慌，握住苏倾放在膝上的手，她的手很凉，他的五指充满侵略性地扣住她。苏倾的目光这才抽离，瞥向了他，分了他一点笑。

匹诺曹进入马戏团，同八字胡的老板讨价还价，五颜六色的角色粉墨登场，清脆童稚的声音伴随着踩点的音乐，时不时引发台下的哄笑。

苏倾没有看过《匹诺曹》，正如她不知道《胡桃夹子》。

走路蹦蹦跳跳的小木偶交了朋友，第一次长长了鼻子，孩子们笑着。花衣服下露出小木偶木头制的关节时，她好像挨了一闷锤，一种异样的悲哀慢慢泛上心头。

座下的出风口照着她的膝盖吹着，很冷。她的手被江谚拉在膝上握着，他的掌心温热干燥，她的指头动了动，江谚丛生的睫毛微微一颤。

“冷不冷？”他顺手把外套脱下来，盖在她腿上。往下拉了拉，触到了她冰凉的小腿。

苏倾的腿缩了一下，江谚却松开她的手，弯腰蹲下去了，手指掰着前面的座椅底部，T恤绷在脊柱骨上。

苏倾压低声音：“你在干什么？”

“这个出风口能调。”他的语气有点得意。把手挡在她小腿前试了试，拉了拉衣服坐直。

匹诺曹的鼻子又长长了，小金豆落了满脸，滑稽地跑着，撞在柱子上：“爸爸，爸爸在哪里？”

“你爸爸到海上找你了。”鸽子拍翅飞过。

大海怒涛翻涌，天色昏暗，电闪雷鸣。天际的海鸥与鸽子，全部被旋风卷入海底，一条大鲨鱼将天地吞没。

“爸爸，唔！咕噜咕噜——”

苏倾手心发凉，下意识地往旁边看，却见少年靠在座椅上，下颌微微扬起，眼睛不知何时早阖住了，睡得呼吸均匀。她定了定神，轻轻把他的衣服角攥在手心，又扭过去看。

昏暗的鲨鱼腹内，有一张点着蜡烛的小桌子。苍老的木匠咳嗽着，锯子的声音长而凄苦。

“爸爸，您还活着？”

“啊，是匹诺曹……”二人紧紧拥抱在一起。

浓烟伴随着熊熊的火焰升起，鲨鱼摇摇晃晃的，一个惊天动地的喷嚏，将老木匠和小木偶都喷了出去，飞在空中的还有金灿灿的星星、绸带和焰火。

观众席上传来一阵浪潮般的欢呼。

“爸爸，我去上学了。”欢快的音乐声响起，老木匠的锯子轻快有力，清晨的鸟叫声渐息，小木偶蹦蹦跳跳，披星戴月地回来，“爸爸，我来帮您。”

“从此以后，匹诺曹再也不撒谎了。”

幕布缓缓拉上了，再拉开时，是小木偶温馨的卧室，匹诺曹双手交叠，睡得甜香。

“一天早上，匹诺曹醒来……”

他推开窗子，清晨的第一缕阳光落在他金色的鬈发上。男孩饱满的脸颊上，有着健康的红晕。

他从床上跳下来，奔向客厅，穿错的袜子上，是白嫩的脚踝和敦实的小腿。

“他发现，自己竟然变成了真正的小男孩。”

苏倾睁着眼睛看着渐渐拉起的幕布，眼泪一滴一滴打在手背上，如潮的掌声在耳边轰炸似的作响，她才反应过来，忙鼓起了掌。

演出结束了。

直到他们随人潮走出剧院，进入午后的公园，江谚还在频频瞧她：“我怎么觉得你哭过了？”

女孩把头摇得似拨浪鼓，两条辫子飞甩：“我没。”

江谚绷着脸，伸手摸了摸她的头说道：“走吧，我送你回家。”

公安局派人重新取证“5·18”爆炸案的时候，正值酷暑夏季，高考结束，高三学子撒了疯一般奔出校园。

高考的过程平淡而机械，同平时的模考没什么两样，只是苏倾起床的时候，枕下的手机上来了一条短信：“准考证拿好。”

那时候，远隔千里之外的B市，气温高得能烙饼，男孩的单车快速地掠过蓝天下，“叮叮”车铃脆响，拐着S形弯驶向考场。

考完两场出来的时候，公安局的车停在晚乡一中校门口，省上来的重案小组，专程等着“5·18”的唯一幸存者高考。

“是苏倾吗？”蓝色制服飒飒，他们向她伸出手，去做真正的笔录，“我们需要你配合一下。”

傍晚，她趴在公安局宽大的桌面上，打开自己那本带锁的日记本，把最后一页上仅剩的“董健”三两笔画去，那一页纸撕下来，永远地留在公安局的垃圾桶里。

从她的生命中消失。

成绩下来是在十五天后，晚乡一中的学生们重新汇聚一堂，坐在教室里，高中时期的乖乖女、好学生，烫了头发，换了新衣裳，变了个模样，叽叽喳喳吵闹不休，好像用了十几天时间就推翻了过往被压抑的十几年。

只有苏倾还梳着略显稚嫩的辫子，穿着朴素的校服，安静地坐在教室里。她的分数是644，相当不错的成绩，足够她在全国范围内挑选大学。

晚乡一中的校长想邀请她给下一届的学生做励志典型，讲讲怎么从300分到600分。大家喧闹着报志愿的时候，她趴在桌上，绞尽脑汁地写讲稿。

午休，班里的人三三两两相约去吃饭。

身旁一道微风擦过，有个人拿脚拖过椅子，懒散地坐在了她前面，捞起她一根辫子玩。

被无意拽住的发丝痒痒的，激起后背一层战栗。苏倾盯着纸面，脸上微微现了笑意。

“志愿报好了？”他问。

“还没。”

“想好去哪儿了？”

苏倾摇头，把本子合上，放到一边：“你呢？”

江谚把一张大纸展开，铺在她面前，是一张 B 市地图：“公安大学侦查学。”

他捏着铅笔，睫毛垂下，画了个圈：“在这儿。”

苏倾趴在桌上，点点头，看着他在另一处画了个圈：“这是白塔。”

又画了个小圈：“我家。”

他抬眼看过来，阳光照在少年发梢和浅色的眼中，眉宇间的薄戾不知何时被磨平，琥珀色瞳孔像琉璃珠一样漂亮。

“苏倾，”他低头在地图上的大学区飞快地打了五六个圈，漫不经心地问，“在我旁边挑一个，怎么样？”

“……”

他低着头，半晌没等到她的正面回答，手心里生出了一层汗水。

“江谚，你知道我的情况。”苏倾看着他头顶的发旋，声音平静软和，“我的经历和其他的女孩，不太一样。”

尽管她的爱始终如一，这一世的江谚，不是沈轶，是一个独立的个体，有自己日后漫长的人生。此时，他尚年少轻狂，拥有成年人没有的冲动的英雄梦想。

她的目光温柔：“我希望你，不是因为想要救我。”

“我不想救你。”江谚平淡地打断，看着地图上的白塔，齿根咬得发酸，“我想要你这个人。”

苏倾怔了一下，江谚把笔猛地拍在地图上：“我的这部分你甭管。你的这部分，想好了吗？”

她抬头望着他。

“给你一晚上时间想。”

江谚站起来，淡淡瞥着她，语气柔和：“你想好了，明儿八点去桥上等我，我陪你报志愿。”

江谚到家的时候，屋里有人说话，周向萍在家，同陈阿姨结工钱。

陈阿姨含着眼泪看过来：“这孩子很懂事的，真不舍得。”

“江谚。”周向萍叫他来同陈阿姨告别，走的时候，江谚还提给她一盒营养品，留了在 B 市的地址，叫她以后来家里玩。

门关上了。

周向萍柔和地看了看他：“孩子，坐吧，我有话跟你说。”

高考以后，好像他顺利通过了考验似的，父母看他的目光一下子变了。从前是看一个总闯祸的孩子，现在像是看家里重要的成员，一个年满十八岁的、家里未来拿事的顶梁柱。

"关于你跟那个女同学的事情。"

"妈。"江谚竟然没有推拒，坐在了沙发上，平和地看着她，"我正想跟您谈谈。"

周向萍的嘴唇哆嗦了一下，掀起眼皮，打好的腹稿，在震惊之下忘得一干二净。

"江谚，"她惊异地尖叫出声，声音颤抖着，"你肯喊妈妈了？"

江谚低着头，无奈地笑了一下。他笑起来又俊又坏，好像阴霾被一束阳光驱散，马上露出了被遮掩的小时候的影子。

成长之于每一个人，都有不同的模样。有的人告别了童真的自己，有的人则拥抱了童真的自己，与世界握手言和。

柏油马路上的洁白斑马线被太阳晒得泛光，过马路的人群里，有一个俊俏的姑娘，柔软的粉红色阳帽之下，露出搭在肩膀上的两根辫子，她认真地看红绿灯。

江浦大桥高耸于马路对面，晴日之下，绷直的桥索根根分明，每一根上都凝着光。

苏倾过马路时，手机响了，是个陌生号码。

她摁了接听，那边传来一个陌生女人的声音："是苏倾吗？"

"是，您是？"

那边似乎有些僵硬："哦，我是江谚的母亲。"

苏倾的脚步停住了，仰头看着近在咫尺的桥。

"我儿子是不是约了你今天早上见面报志愿？"

"……"

手表指向八点三十分。

桥下江水泛着粼粼波光，汽笛声起，由低沉转向高亢，一艘货轮驶过。呼啸的江风吹乱他的头发。

江谚看表，注视着来往的车辆，他站得很直，胸口和胃开始隐隐闷痛。

"我家就在白塔旁边，随便看。"

"……"

"给江谚喜欢的第一个女孩。"

"……"

"你的这部分，想好了吗？"

"……"

她总是沉默，总是沉默，去往湾峡的繁花簇锦的路上，她这样沉默着，把脸贴在他脊背上，那明明是依靠的姿势。

但她不是菟丝藤蔓，用不着依靠任何一个人。

他的手抚摸着塑料外壳下面她的照片，十四岁的笑窝甜蜜的女孩子，海军蓝的背带裙子，幻化成天台上十七岁的她，被风吹起的长发，浓密的睫毛，天真忧郁的眼睛。

他站在原地连抽了两根烟，眼眶微微发红，垂下眼去摸手机。

手机——没有带吗？

江谚茫然四顾，心头发空。

站了片刻，从桥上逆着车流跑下去，他跑得很快，一路上人群、树木和天上厚重的云都在后退。

电梯上升得很慢，他的指节因为用力而发白，紧闭的门上还贴着那个倒福字，旁边是他贴歪了的下联。

他没再看，掏出钥匙开了门。

“妈，我手机没……”

他的声音滞了一下。

玄关处整齐地摆着一双小白鞋。

抽油烟机的声音嗡嗡，周向萍从厨房探出头来，声音里带着埋怨：“我说怎么不接电话，闹了半天手机都没带。”

她把短发随便扎起来，在围裙上擦了擦手：“快进来，苏倾来了。”

江谚扭过头，沙发上坐着一个女孩，荷叶边的裙摆落在膝上，一双白皙的腿紧并着，脚下没入绒绒的拖鞋里。白皙的脸庞上是他梦中的那双乌黑的眼。女孩手里捧着一杯果汁，正抿唇瞧他，微微笑着。

第五卷 洞仙歌

第一章　思无邪

（一）

“今日召集各位前来，是想商议一件难事。”

白须老者坐在藤椅上，七把藤椅团簇向心。中间一口圆形水池，当中生长一棵巨大的婆娑神树，足有五人合抱粗，遒枝缠绕。

神树虚空透明，像是琉璃雕就。向下不见根系，向上不见天幕。无数萤火虫似的光点升降于神树外侧，不久消弭于空中。

厚重云气于足下盘绕。七把藤椅上坐着服饰各异的人，六男一女，无一不是着装华丽，佩环叮当。

接话的是个面冠如玉的蓝衫仙人，绑发髻的白色绸带轻盈飘荡在空中，声音悦耳：“可是廿一的神位？”

对面的黑面仙者额心有一巨目，凛然生威：“那妖邪目无尊长，放纵恣睢，也配神位？”

老者沉吟半晌，反问：“但此子威力实在巨大，动辄引发天地动荡，不能为友，难道为敌？”

想起数月前的冲天霄云，几人一阵沉默。

“可我们诸人，或天生仙胎，或凭本事修炼成神。这么一个生来怪力的邪物，”三眼的仙者说到“邪物”二字时，语气里透出几分鄙夷，“要怎么样的封号来配？”

“杌机兄，这你可说错了。”蓝衫青年折扇轻摇遮住了脸，目光有意无意地扫过对面的女子，但笑不语。

瞬时，六个人的目光都意味深长地集中于这场讨论中唯一的女仙。

从始至终一言未发的女仙，黑发漆瞳，丹口一点朱，紫绯色纱衣下，肤如凝脂，当得起冰肌玉骨的形容。

只是那双曼妙的眼睛内古井无波，少了些风情。

“灵石，你说呢？”

女仙垂下眼：“还是个孩子，不必当他是大敌。”

白发老者笑了一笑：“他还不肯认你做母亲？”

其余人哄笑起来，轻慢的气氛在其中弥漫。

女仙双目坦然，对旁人的取笑似乎毫无觉察，口中一声轻叹："非亲非故，我的确没资格做他的母亲。"

"都是石头里蹦出来的，怎么能算非亲……"

老者扬手打住旁人越发肆无忌惮的奚落，面色归于严肃："灵石，杌机说得有理，他必须有个身份。否则，混沌孕育出的家伙，生来即担神位，恐难以服人。"

灵石不知避讳地瞧着他，想了一想："他不愿意，我不想强求。世间万物阴阳两分，既有正神，必有幽冥之主。幽冥事物，你们不愿料理，可交予他。"

诸神面面相觑。

倒也不失为一种解决办法。

老者无视众人面上嘲讽的表情，缓和道："就依照灵石娘娘的意思，封为幽冥之主好了。"

灵石面色无悲无喜，眼神似天真孩童，朝他一点头，翩然离开，纱衣尾摆拖在地上，翻涌的云气将她狭窄幽长的披帛高高扬起。

有人道："说走就走，好大的架子。"

蓝衫仙人微眯眼睛，瞧着那道曼妙背影步步生莲地离开。九天神界，许久没有女人，尤其是这样年轻美丽的女人。她以空中浮鹤为踏石，转瞬消失于天际。

停滞的扇子又扇动起来："一块顽石，何须同她计较。"

垂下的密匝珠帘，都是世间罕见的巨大蚌珠穿就，在神仙府邸熏陶得久了，外面笼罩着一层淡淡华光。

女仙撑着额头，和衣躺在榻上，垂下的繁复裙摆逶迤于地面，颈上一枚蓝色圆环滑落下来，铺在榻上，两旁打扇的是四个一般高的雪腮童子。府邸外设有结界，稍有异动，灵石的眼睛蓦然睁开，一双深色透亮的瞳孔，仿佛能映出世间万物。

片刻，侍女的声音慌张响起："娘娘，廿一……嗯，幽冥之主拜见。"

灵石默然从榻上起身，慢慢地理好衣服，朝外道："不必多礼，算你问过了，去玩吧。"

以往他极少拜见，这还是破天荒头一次，礼数这样周全。

"……"外头那股威压仍然不散。

灵石侧头向外看，未及目光穿到外部。

帘子骤然被人掀开了，一阵威力巨大的风使珠帘相碰，"噼啪"作响，打扇的童子惊得低呼起来。灵石坐在榻上，一动不动。面前跪着的布衣少年十一二，皮肤苍白，身板瘦削，手上还抓着一串珠帘，就像只顽皮好动的猫。而那双琥珀色的眼睛，瞳孔微缩，却是一双属于凶兽的、逆反乖戾的眼睛，他的目光划过哪个童子，童子就忙把头低下去，生怕触其锋芒。

他的目光，最后停留于灵石脸上，略带童稚的声音里，含着一丝冰冷的不悦：“娘娘怕我？”

灵石的眼睛里一片平静，像寂寞的雪地，似乎对这种情绪感到茫然无解，这样两双毫无感情的眼睛长久对视着，像照镜子。

男孩先收回了视线，低着头，只瞧见他睫毛的尖。他周身戾气默然翻涌，指节发白，把那珠帘扯得几乎要崩断。

灵石偎在榻上，如玉的脸上木然：“你拜过了，回去吧。”

灵石娘娘，确不是人，也没有修炼过。

她本是东海边天生地长的一块石头，经一路过匠人雕刻，刻成了曼妙女子的模样，经风吹日晒雨淋不损不坏，过往百姓供其为“石刻圣女”，吃了一千年的香火，进入神界，平白捡了个神位。

九天神界，最忌讳这等天地造物，面上尊称一句“灵石娘娘”，背地里都叫“那块顽石”，一尊死物也想同人相比，她又懂什么？

纵然知道一块顽石没有情绪，廿一还是敏锐地感觉到，娘娘不喜他，手里的珠帘“啪”地一撂，“噼啪”砸在一处。厌恶他的人，他也不喜欢。

灵石躺在榻上没有理他，如扇的睫羽一下下眨动，几乎快睡着了。

一年前，婆娑树下诞生极恶气团，是为混沌旋涡。旋涡每隔千年才浮现一次，每次净化，都需要云上诸神费心费神。

此次旋涡久久不散，竟凝成巨石，里外呈密不透风的纯黑色，有人猜测此为上天注定的恶生胎，九天神界谁也不敢碰这烫手山芋，一来二去，巨石送到了灵石娘娘府邸。

左右石人与石人之间，怕是更能亲近。诸神幸灾乐祸，退而观望。

灵石望着黑色巨石，不知道该拿这恶生胎怎么办，叫人将其抬至花园，以羽毛为窝，花枝为掩，以手设一仙障，将其妥善存放。

侍女见那巨石缩在仙障之内，光华流转，似滋润至极，十分疑惑：“娘娘，混沌旋涡，谁知生出个什么东西，不给吃喝，饿死它也就罢了，你怎么把它当蛋来孵？”

灵石一身霓裳，立在丛丛花枝中，茫然听着，颊上泛出薄薄一层红晕。

她未有生养。成神之后，她独自在天上，也孤独得很。诸神将这烂摊子推给她，她竟真的期待着石头里孵出什么来。灵石每天来后园看，恶生胎一连大半年没有动静，像是块实心的顽石，渐渐地，她也将此事忘了。

人间的四月廿一那一日，甘霖大降，不久雨势不减，酿成大雷雨。灵石从外归来，心里吃了一惊，府邸外无垠花园一片凋敝，漫天花瓣枯萎似鹰爪，不久寸寸成灰，地上巨石四分五裂，仿佛有什么冲出去了，气浪直冲天际。

整个六界为此震动，动静比她从人界封神时还要大上一倍。

灵石抬头，在巨浪中看见了恶生胎的模样，那不是个巨型恶魔，只是个让她留下的羽毛蔽体的幼童，兽一般四肢着地，狼一般仰头悲鸣。无数片羽毛如雪，纷扬飞去。他啸声一起，便引得上下一片地动山摇。

灵石忙将食指抵在唇上："嘘。"

他闭上了嘴，成片的黑云在他身前萦绕，那双浅色的眼睛，带着对一切的漠视和憎恶，冷冷地同她对视。

灵石扬起下巴，平静地打量那稚童，竟也生了些怜意："你合该叫我一声娘，我找衣裳同你穿。"

恶生胎依然冷冷瞧着她，满眼翻滚着戾气。她向他伸出手，谁知一道火光顺着他身前羽绒一溜烟烧过来，噼啪烧到了她指尖。

灵石挨了痛，便知道他不乐意，还满是敌意，收回手，拂袖而去。

那日是人间四月廿一，她给恶生胎起了名字，叫作廿一。

廿一不像她，他生而灵智开启，又野性未消，出入行踪不定，漫游六界撒野。他有可怕的修为，可自行进化，每精进一次，模样就长大几分。

终于，天庭耐不住，要给拿不住的孙猴子，封个弼马温。

这些事情，灵石不大关注。因为廿一很少找她，只偶尔宿在她从前孵化他的那处花园里，她也懒怠贴他，二人说过的话不超过二十句。

"娘娘，何必要与我讨个神位？"

廿一不叫她娘，却肯两个叠字叫她娘娘，从他童稚的嘴里吐出来的"娘娘"，毫无敬意可言，既生分，又讽刺。

现在，他不走，身上携着的那股威压不散。

灵石翻了个身，将脸埋在手背里："是让你知道，你如今也身居神位，以后做事，更该稳妥些。"

"……"

灵石，正是苏倾。她背对着他，无声地执起颈上的环，一句话也不想同他多说。

她很委屈。好容易集满了圆环上的蓝光，却不知怎的返到这里，幽冥之主现在还是个小少年，以后的某个节点，等他长大了，会遇见吞金而死的苏倾。

那么，她算是谁呢？

又该找谁兑现诺言去？

年少的幽冥之主从地上爬起来，一声不吭地抖抖衣袍，扭头便走。苏倾侧过头，余光瞥见他细白的颈子后面一道漫着血的印子。

"等等。"

廿一站住了，苏倾撑着脸盯着那新出现的血印子看，以他的修为不会有伤，即便有也会片刻自愈。

除非是吃了大亏，内息紊乱，绷不住遮掩了前面，露了后面。

“脖子怎么了？”

廿一伸手一摸，摸了一手黏腻，倒也没吭一声疼，只是有些慌乱。

“转过来。”

廿一转过来，绷着脸瞥她一眼，又很快移开目光。苏倾也不知道自己为什么能在这张乖戾不驯的脸上看出几分可怜来，也许是因为占了稚嫩面孔的便宜。

虽然可恨，但他现在还小。她总是对小孩子不忍心。

“被荆棘刺扎的。”他靠过来之前，随手把掌上的血抹在衣服上——好歹也是个尊神，打扇的童子们都皱眉头，扇子又摇起来，拂动灵石娘娘的发梢。

苏倾也微微皱眉。

荆棘刺长在扶桑之树上，那两棵相斜而生的树是神隐林大门，内有凶猛神兽蛰伏，人不犯我，我不犯人，没事不会有人前去挑衅。

她捉住他的领子，把他拉得更靠近一些，感觉到廿一就像被摁在水池里的猫一样僵硬。她把掌心贴上去的时候，像贴上了一道符，他马上服帖下来。

掌心同他快速跳动的脉搏相接，这是灵石不具有的东西，她好奇地感知了一会儿，浑厚包容的神力源源不断注入进去：“杀了哪个神兽？”

“……玄武。”

她好像并没有兴师问罪的意思：“为什么要杀它？”

“就是想杀。”

苏倾不再同他讲理。

恶生胎嗜杀，兽类本能使其尤嗜挑衅，霸道无理，而这是上天的偏爱。

只是可怜那只神兽，活了万把岁，折在毛头小子手里。这是它的命数。

没有什么公不公平，万物平衡，此消彼长，现在得意的幽冥之主，也终会有自己的命数。

伤口快速愈合，廿一好像被她丰厚的神力滋润得很舒服，眉眼间僵硬的寒意消融，指尖收紧，一把捉住她的手腕，还在她掌心留恋地蹭了蹭：“那乌龟脖子恁长，看着碍眼。”

他颈上皮肤细腻，苏倾却感觉像被猫抓了两下，从他指间挣脱，缩回手去，眉眼平静：“往后还是少惹些事。”

幽冥之主马上冷了脸色，梗着脖子不作声，看她的眼神里好像又盈满了恨，扭头便走，在门口倏地化成一阵白烟。让他掀起的珠帘噼里啪啦碰在一处，不一会儿归于平静。

苏倾对他的喜怒无常习以为常，起身往花园去。

四个童子随侍而行，周而复始地帮她种花、浇花，天幕一片绚丽紫绯凝成的混沌，很像人间晚霞。这样的天色映在她毫无褶皱的衣裙上，靡艳一片，瑰丽无双。

九天之上气候温和，没有春夏秋冬，日夜交替。

如无强大力量的波动，满园鲜花会始终盛开，像是铺了满地的积雪。在这里，无垠的空间从属于她。

尊神的生活于灵石来说十分平静，在九天之上，同伫立在东海边做石头时没什么分别。

她甚至有些理解廿一四处挑衅的缘由——这里的日子，实在过于单调无聊，且没个尽头。

苏倾捻起颈前蓝色的圆环，又一次问身旁的侍女："这是什么法器？干什么用的？"

侍女们都道："我等也不知道，自打服侍娘娘以来，就见您将它佩在身上。"

苏倾叹了口气，等料理完广阔无边的花园，便回到寝殿。

熄灭枕边鹤灯，日夜交替也可为她操控。来自人间的灵石娘娘，依然保持着睡觉的习惯。她抖展衣袍，躺在了榻上，闭上双眼。侍女携一盏灯，侍立在外。

苏倾没有睡着，一遍遍想着从前的事。没有风声、虫鸣声的寂静夜晚，对她来说形同折磨，不好辗转反侧，只得直挺挺地躺着。

忽然，苏倾的眼睛无声地睁开，她又感受到了那阵熟悉的压迫感。片刻后寝殿震动起来，像是被人从外侧推了一下，侍女们抱着灯前去查看。寝殿有禁制，下午让她又加强了一圈，那人修为不够，被挡在外头。

未等侍女们通过曲折的回廊走到门口，什么武器冲进来，在尖叫声中撞破了重重禁制，"当"砸在墙壁上。苏倾侧头，一股新鲜的土腥味涌入鼻中，那物什碎成几块从窗棂"吧嗒吧嗒"掉落在桌上。

脚步声纷乱无章："娘娘，可是有人——"

"无妨。"她歪在榻上，笑了一笑，"幽冥之主的恶作剧而已。"

童子们纷纷一怔。

灵石娘娘肌肤赛雪，眸似曜石，含几分笑意时，波光潋滟，一时晃人心神。

果不其然，扔了这一土块后，外头的人愤愤离去，一切风停浪止。侍女们心有余悸，拉下帘儿时还在往外看。

这厢苏倾嗅着那股残存的泥土味道，闭着眼睛，却已睡得熟了。翌日，苏倾前往花园时，发现了被踩坏一地的雪鸢花，这条让人踩出来的小径，直通向花田深处的大坑，坑中铺就无数轻柔羽毛，是先前恶生胎栖身之处。坑中没有人，羽毛已让人弄得一片狼藉，三两片残碎飘在空中。

灵童子们抱着水壶，一个挨一个跑过来看，七嘴八舌道："太过分了，怎可故意踩坏娘娘的花？"

回头看去，苏倾伫立于原地，望着花田沉思，心想："是我思虑不周，竟忘记留给他一条道。”

虽然来得少，但偶尔也会回来，可见廿一虽不承认这个母亲，却是承认这个临时居所。被满地的花挡住，兴许又会被他误以为她专门同他作对。

——谁知道呢，幽冥之主心里总是充满别扭的敌意。

通往幽冥之主窝的小径开辟出来后，侍女问她可要回寝殿休息，苏倾摇头，心血来潮道：“去神隐林看看。”

拍翅而飞的浮鹤充当她的舟渡，裙摆乘风鼓动，披帛轻扬，无数丝缕般的云气由耳后掠过，片刻间已轻轻落地。

斗叱之声不休，越靠近越响，搅得四周云气混乱。

荆棘刺如巨大的触须，毫不留情地甩动拍打，其间跳跃着一个瘦而灵敏的身影，正杀得酣，额上青筋尽显，身上笼罩着一层泠泠紫光。

只是无论他怎么试图闯入，那甩动的荆棘刺总是先他一步挡在前面，令他无比恼火。

廿一脸上挂着几处血痕，逼视着它，瞳仁微缩，双掌合十，掌中如育旋风，脸上带着横气，狠狠拍击而去。猩红色的荆棘刺却岿然不动，藤蔓上猛然生出无数张嘴，将那股乌云般的力量吸入腹中。

那些嘴桀桀怪笑着，露出獠牙，猛然朝他幼嫩的喉管袭来。

刹那，天地间清风袭动，一袅浅紫色披帛腾空而来，“哧”地打了几个旋，绕住象腿粗的巨藤。

浅色的绸带如坠千钧之力，寸寸绷紧，发出“咯吱咯吱”的响声，藤蔓上的嘴巴张开，发出呻吟咆哮，似被扼住咽喉。不一会儿，一张张口纷纷消失于刺藤表面，触须似的藤蔓像是厚重的门帘，无力地垂下，来回摆动。

廿一呼哧呼哧地回头，恰见那一袅披帛从空中划过，寸寸缩短，灵敏地钻回灵石娘娘身后。她平静地伫立于原地，唇上一点轻红，乌鬓钗环丝毫不乱，衣袂飘举，仙人之姿。

神隐林的大门已经敞开，他却不乐意进去了，几个起落到了她面前，小兽似的双手着地，仰视着她，见她不为所动，伸颈过去，嗅嗅她的裙角。

苏倾退了一步，低眼瞧他满脸狼狈，像泥地里滚出来的：“又在惹事？”

却也不知道神兽们倒了什么霉，要供这恶生胎骚扰取乐。

她语气严肃了些：“虽不是你母亲，也得管教你。”

幽冥之主哼了一声，似是无趣，一骨碌爬起来，脊柱骨像没进化完的动物似的挺不直，满是敌意地瞥着，围着她打了个转。

苏倾接着道：“你要无趣，以后来花园，我陪你练手。”

廿一滞了一下，似乎生了几分兴趣，伸手勾她飘在空中的披帛：“我要这个。”

苏倾动也未动，披帛从她衣裳间抽出，于空中落下，层层叠叠铺于他掌心，比他身上穿的布料柔软千倍，带一点儿淡淡的香。

苏倾转身离开，听得廿一道：“你的寝殿，我为何进不去？”

苏倾回过头，见方才叠得整整齐齐的披帛在他手里揉得乱成一团，他还在毫无怜惜地扯弄，好像想在上面掏出个大洞来。

“那是禁制。”她凝神想了想，“不然，我以后将禁制去了。”

“不行，你须得将别人都挡住。”廿一玩着披帛，专注的眉宇间无意识地生了横气，“但不许挡我。”

苏倾不置可否，在他抬头之前，早离去了。

熄灯躺在榻上时，她隐约感知到外面的花园里有人匆匆掠过去。

那人跳起来，无趣地打折了几处树梢，弄得满天落叶飞舞，又踩平了周围的花，最后打了两个转，慢慢躺在坑里不动了。

她闭上眼睛，微微一哂。到底是个孩子，没有人陪他玩，他也孤独得很。

（二）

苏倾第二日见到廿一的时候，年少的幽冥之主头上蒙着披帛，一动不动地蹲在她寝殿门口，好像一尊石狮子。

跟在她后面的灵童子骤然撞见，忍不住窸窸窣窣地掩口窃笑。

苏倾皱着眉，伸手把披帛拽下来，露出一张俊俏得锋利的小脸，

他长长的睫毛颤着，闭着眼，比睁着眼时多几分秀美。

廿一睁开眼，直直地看着她，那双琥珀色的眼睛，不含戾气的时候，干净纯粹得像一片雪地：“它在我手里，为什么不会动？”

昨天夜里，他拿着披帛戏耍，时而放在身下当褥子垫，过一会儿扯出来当被子盖，怎么都不如昨日在她衣裳间那样动人心神。

那披帛在她身上，宛如有生命一样灵动。落在他手里，就变成了普通的软布。

他想不明白。

苏倾见披帛上沾染了白色花瓣，垂下眼睫，耐心地伸手卷在手里：“你不玩了，还我便是。”

末端却被廿一死死拽住了，似是急了恼了，眸中戾气迸现：“不给。”

苏倾不与这小孩计较，松了手，旋身回了寝殿。

回头时钗环叮咚，见那道影子也随在她身后，一溜烟跟了进来：“咦，你进来做什么？”

幽冥之主绞着披帛，爽利地“扑通”一跪，抬起下巴，眼睛还不知避讳地瞧着她：“给娘娘请安。”

苏倾想，他约莫不知道到底什么是请安。苏倾坐在青玉案前掀开书册，笔锋在砚台内蘸一蘸，淡道：“你如今也身居尊神位，不必跪我。”

“这个在我手里，为什么不会动？”

廿一的侧颜执拗，翘起的睫毛半晌不动。

他不知跪与不跪的分别，谁也做不了他的主，一切全凭他心愿。这次来“请安”，就只是为了问问这件事。

苏倾手上翻着书册，耐心解释：“它本身自然不会动。我以气力操控于它，才可为我所用。你好奇，回头教给你。”

廿一一骨碌爬起来，到了苏倾面前，想看看她专注于什么，两手一撑，竟反坐上了她的桌子。他身上煞气盈满，肩膀挨到桌上插瓶的瞬间，顶端娇艳花苞急速枯萎，“啪嗒”翻落于书册。

侍女忙想阻拦，若是普通人，大可呼喝一句“不可对娘娘不敬”，赶下去就是。可见了廿一这模样，虽怒盈于眉，谁也不敢轻举妄动。

他凑过来的脑袋几乎碰到了她的发髻。苏倾神色平和，把落花拂至一边，他瞧见她头上珠饰高雅柔美，被鸦青色的如云发髻衬着，晶亮一片。

他伸手触碰她发间钗环，捻起流苏上垂下的萤石专注地玩起来：“什么时候教？”

苏倾让他弄得发痒，翻了一页书，低垂的睫毛浓密：“你下来，我同你说。”

幽冥之主即刻下了桌，耐心地立在桌前打量她，目光被她头上摇摆的流苏吸引着。苏倾瞥他一眼，将那华丽的步摇顺手摘下来搁在桌上：“喜欢便拿去。”

廿一也不怕被人耻笑，拿起来仔细地瞧，晶亮的萤石碰撞，美不胜收，他大方揣进怀里去。

苏倾把案上厚重的典籍转了个向，推至他面前：“你过来看。”

从这日起，苏倾再也没有空到花园里去，坐在桌前同这小幽冥之主纠缠。

廿一初始时还算耐心，不多时便皱了眉，对着册页上密密麻麻的小字要起横来：“你不是要教我如何用那带子么，看这个干什么？”

苏倾对他的不耐烦视若无睹，葱白的手指从宽袖中伸出，压着书页，漆黑的眼珠平板无波：“我教你料理幽冥事物。”

少年的眉头皱得更厉害，抬起手指一摁，直接将那枯萎的花苞压成了一撮灰：“那关我什么事？”

“身为尊神，便有责任。”

廿一唇角向下，不耐烦地瞥她一眼：“那么你的责任是什么？”

“……”这倒将苏倾问住了。

因为灵石娘娘似乎的确是白吃供奉，白得神位，闲得在九天神界养花。

她垂下眼，睫毛乱颤："我的责任……就是教导幽冥之主。"

廿一全然没注意她说什么，他发觉女仙那凝脂般的颊上慢慢地泛出一层红晕，又慢慢向下浸染了脖颈，雪塑般的肌肤，仿佛一下子有了实感，娇柔剔透。

他从未见过此等美妙的玩物，一眨不眨地盯着看，还想上手去摸。

伸手触上去的时候，恰逢苏倾偏头，让他摸了个空，五根手指蜷起，根根指腹都痒得厉害。

"人们走投无路，总会有求于你。"

廿一转去摆弄她桌上的砚台，抓起毛笔一掰两折，摁得满桌都是墨迹："你也有求于我？"

苏倾竟瞧着他，慢慢地笑了："是，我也有求于你，所以你需得好好学着。"

廿一摸了摸怀里的步摇，眉间生了横气，不甚在意道："你想要什么？但凡我有，全都拿去。"

苏倾听了有趣，不由低眉笑笑："那便谢过幽冥之主承诺。"

墨色从饱蘸的毛笔中流淌出来，一笔一画，拉就漂亮的簪花小楷。

"廿。"

少年斜着眼盯着纸面，长长的睫毛翘着，下头是琉璃珠一样的瞳仁。

苏倾的眉头蹙起，侧头瞧着他："这是廿，廿一，这是你的名字。"

小幽冥之主对此全无兴趣，低头绞着手指，身上杀气源源不断地迸出，直隔着门板，将天上飞出的浮鹤击得掉了羽毛，发出声声鹤唳哀鸣。

苏倾写下个"廿"字，手指移过去："这个呢？"

幽冥之主皱着眉瞥了一眼，又瞥一眼，半晌才干巴巴道："廿一。"

苏倾默了一下，有些迷茫："哪儿来的一？"

他伸指飞快地指了一下中间的横。

"扑哧"一声，侍女们低头掩笑，少年眉间顿生戾气，抬眸一扫，目光如箭。

寝殿里马上安静得针落可闻。

苏倾似乎无声地叹了口气，合上书册："算了，今天就到这吧。"

廿一眉宇舒展，"砰"地化烟而行，不一会儿，又"砰"地出现在花园里，已一扫郁结神态，高傲邪肆地在空中上下陡飞了一阵，身上黑袍御风而动，仿若鸟儿的翅羽，携起狂风席卷。

他眉眼间闪过一丝恶劣的邪气，树叶梭动，化作一柄柄尖锐的箭，呼啸着朝地上的人击去。

灵石娘娘端庄行于花径中，抬起下颌瞥他一眼，些微挑起的杏仁眼，乌眸黑如宝石，绕在她身旁的白色花瓣蹁跹，凝成一道蝴蝶阵似的卷风，与落叶对冲而去。

“簌——”两者相碰，一阵金粉迸溅，耀人眼目，唯见得神女伫立，衣袖翻飞。

廿一“砰”地落于地下，灵石愿意同他打的时候，是他玩得最开心的时候。

他痛快地在花丛中打了个滚，气喘吁吁滚到她层叠裙摆之下，见那扬起的裙摆如将绽未绽的木槿花瓣，不知底下是何光景，遂伸手去掀。

未及触到，灵石的身形刹那间消散，他神色一滞，扭过头，她出现在了数尺以外的地方，远远睨着他：“不可玩弄女仙裙摆。”

“为什么？”

“行事轻薄。”

他不懂她说的道理，她总有这不可那不可，不可跪人，否则是臣服；不许掀裙子，否则是轻薄。

也不懂是什么意思。

他闭了闭眼，指节敲击着，无趣地将手背搭在眼睛上，躺在花田里，看绚丽的天幕。

那万丈霞光似的流云一动不动，像幅贴上去的凝滞不动的画，映在她鬓发上和鹅蛋脸颊上，却漾出涟漪样的柔光。耳下一对目石耳坠摇晃着，光华流转，却比杀神兽有趣得多。

她慢慢走过来，蹲下身瞧他，他翻了个身，肩胛骨朝着她。苏倾的手指捻起他破破烂烂的袖口，皱起细眉：“怎么又把衣裳穿成这样？”

他骤然扭过身来，一把攥住她的手腕，鼻息温柔如幼犬，伸手过来，把那耳坠推得摇晃，玩弄了几下，苏倾立即摘了，熟练地丢给他。

右手轻轻一抖，将他的手抖掉，转瞬间退至三尺之外。她揉了揉腕骨，小小年纪，抓人倒是用力得很，语气不由得严肃了些：“不可抓人手腕。”

幽冥之主躺在地上，伸手捻着那耳坠对着天专注地看着，似满意极了，像只懒洋洋的猫儿，散散漫漫：“又为什么？”

苏倾一时竟没想好托词：“……总之不可。”

狂风拔地而起，烟云翻起，迷人眼目，不知何时幽冥之主已立在旋涡中央，扬起下颌朝她一笑：“再陪我打一场，就听你的话。”

这日，廿一翻了身，身下一阵珠玉相碰的沉脆叮咚。

在幽冥之主的坑里面，已有金钗步摇手镯耳坠无数，垫在下面的是那条披帛，就在层叠羽毛之上，现在他最不喜欢它，因为让他枕了太久，上面的那股气息几乎消散光了，沾染的全是他自己的气息，闻着便令人生厌。

但要让他丢了，他却是万万不肯的。是他的东西，化成灰也得属于他。

他日日拥着这些玩具睡觉，却总不得餍足，把玩两日便生厌，吸引他的永远是灵石身上佩的，头上戴的，这些玩具在她身上的时候最灵动，一旦到了他手里，即刻黯然失色。

但凡他要，她无不给，他拿了这样多的东西，却无以返还，心内亦觉烦恼。

幽冥之主抬眸望天，因灵石娘娘熄灭鹤灯，故而有了黑夜，她会在黑夜睡去，同在凡间一般。

廿一为混沌恶生胎，无须休眠。袍角翻动，他皱着眉，悄然起身，从灵石娘娘的寝殿门外直穿而去。

寝殿的禁制对他开放着，他走入廊内，如入无人之境。

侍女捧灯立着，见他闯入，未及大叫，廿一不耐烦地扬袖一翻，明亮的灯就“扑通扑通”落在地上，如同跳动的星子。

——九天之上渺无人迹，只有尊神居住。灵童子与侍女，都是蟾蜍所化，让他一击，都变回原形，落在地上跳来跳去，室内一时寂寂无声。

珠帘静静垂着，幽冥之主伸手，轻轻拨开。他的动作有些毛躁，弄得珠帘轻碰，发出沥沥脆响，他不由得屏住呼吸，身上汗毛根根立起。

他收敛身上气息，猫一样缓步进入。

床头亮了一支萤火似的小团烛火，映在她婉丽的脸上，浓密的睫毛在眼底投下花须似的影子。榻上神女和衣平躺着，浑然未觉有人侵入，呼吸绵长平静，睡得很沉。

这让他好得意。

廿一轻轻一跃，灵敏地蹲上了桌案，把那烛火拿在手里把玩半晌，又随手搁下，盯着她左看右看。

他自觉神力非凡，但跟灵石斗法时，却讨不到半分便宜，她站定不动，便可用厚泽的神力轻松应付了他。

几番来回，他对灵石既畏又妒，明白她的神位所得非虚，确是高不可攀。

头一次看到灵石这般乖巧的样子，他觉得十分新鲜。

不过，想起她曾想做他的母亲，总是管教于他，便觉得她太过张狂了些。

他这么想着，便觉得记了仇，抱臂瞧了一会儿，伸出手去，在她脸颊上恶意地摁了个浅浅的窝。

出乎意料的是，那处皮肤比丝绸更滑，比那些珠宝玉石更温软。

他停下来，摸了两下自己的脸，舔了舔下唇，歪头向空中望着。

却不知道摸着自己的脸和摸灵石的脸，感觉为何不一样。

他马上倾身下去，手指好奇地摸过她的脸颊和鼻尖，细腻的是皮肤，酥酥痒痒的是睫毛。

他丈量她的睫毛，好奇地同自己的比较，发觉她的睫毛比自己的长出一些，又撇了撇嘴。

如果她醒着，肯定不许他这样碰。

这样想着，一时间只觉得没什么比这更好的玩物，不多时，手指慢慢落于灵石的嘴唇。榴红色的唇，点在玉白的皮肤上，白日里见了只觉得很红，不笑时亦明艳，同那双冷清的眼睛是两个极端。

他摸摸自己的唇，他没有这样红。

伸手蹭了蹭她，那颜色没有掉，原来是天生的，且让他蹭过，似乎变得更红了。

原来嘴唇是比脸颊更娇弱的。

他颊上现了顽劣的笑窝，故意揉动两下，忽而觉得手背上痒痒的，低头见她的睫毛不安地颤了两下，一时间心跳如擂，“呼”地吹熄烛火，刹那间从床头跃下，转瞬躲至几尺外，带起的风吹得窗帘晃动。

苏倾翻了个身，侧向安然睡去，长发安静倾泻于榻上，缎子似的泛着泠泠冷光。

他心跳平息下来，却升起一阵被打断的不悦，竟还想再来一次。

幽冥之主焦躁地在房间里打了个转，伸手把珠帘推得噼啪作响，恨不得马上将她推醒，却又害怕她这样醒来。

不一会儿，思绪很快跳开，又烦恼起来。

他又取了灵石一样玩物，应该还予她什么呢？

苏倾起身时，在自己榻下发现了沉睡的幽冥之主，不禁吓了一跳。

少年的睫毛安然搭在眼睑上，高挺的鼻梁上落了阳光，越发显得轮廓深邃。这人以手臂为枕，两腿翘起，就这样躺在地上呼呼睡去。

身旁围着数只蟾蜍，声囊一鼓一鼓，蹦到他脸上，在他身上踩来踩去，让他睡梦中不耐烦地拨开去。

苏倾蹙眉瞧了半晌，捻个指诀，片刻，七八个侍女童子一齐扑到她裙下，七嘴八舌控诉着，哭得梨花带雨。

室内人声喧沸，苏倾一时茫然，眼睛微微睁大，什么也听不清，倒是越过他们肩头，见着了皱眉站起伸懒腰的幽冥之主，浑然不觉不妥。

她摸了把哭得最厉害的灵童子的脑袋：“廿一，你在这里做什么？”

廿一道：“睡觉。”

苏倾有些头痛，修炼难事，在于收，不在于放。

没想到他的修为已到达此种程度，在她眼皮底下潜入室内，她都没发觉。

“怎么不去园子里？”

“不想。”

“那也不可擅入寝殿。”

幽冥之主又冷了脸色，指节收紧，抓住摇摆的珠帘子，拽得嘎嘣作响：“外头那窝太小，我喜欢这处大的。”

苏倾顿了一下，仰头看看殿顶，想这寝殿也就是云气所化，又不值什么钱，给他何妨？

“那给你住，我另立寝殿。”

“不行。”幽冥之主焦躁地抬头，“就要住你住的地方。”

苏倾看他半晌，叹了口气，以云气塑了另一张稍小一些的华榻，远远推至珠帘之外。

忽而想到什么，扭头问他：“廿一，你可做君子？”

幽冥之主想，那是什么？

不管三七二十一，先答应了再说，便将头重重点了两下。

侍女们恨毒了他，泪眼盈盈，张嘴要反驳，他眉间戾气顿掀，手贴在裤侧，一个弹指，刹那间万芳失声。

灵石娘娘毫无觉察，“嗯”了一声，以玉手推发髻，转瞬间理好形容，她鹅颈修长，侧影落在纸窗上，仪态万方。因是晨起，又有浅浅慵懒之姿：“既做君子，从此以珠帘为界，夜晚不能过来。”

廿一瞪眼瞧着那泛着珠玉华光的帘子，茫茫然想，禁制都拦不住他，她怎想用这几根珠串将他挡住？

定是这道帘子有怪，且让他修炼一段再来挑战。

一时间，看向珠帘的眼神充满了忌惮。

苏倾铺开纸笔教他，只觉得廿一乖顺了许多，趴在桌上，似是心事重重的模样。

一本书册，艰难地念了大半，灵石娘娘平生所学，能教的尽数教给他。

她只盼着幽冥之主能快点长大，念及半路母子情分，饶了她不敬之罪，早日了却同她的约定。

只是……

她以书册为掩，侧眼瞧去，当时她战战兢兢跪拜的幽冥之主，如今趴在同一张桌上转着笔听她教习，对着书本一个接一个打哈欠，打得眼里泪光莹润，睫毛濡湿，像是让人虐待了一般。

心底有些不是滋味，辨不清到底是他可怜，还是自己可怜。

她无声地叹息，伸出手，试探着抚向他的发顶，幽冥之主竟破天荒地没有躲，半眯眼睛让她摸了两下。

可摸完，他马上伸手朝她袭来，苏倾在脸前一把架住他的手腕：“嗯？”

幽冥之主十指握紧又松开，十分不快：“你摸了我，却不许我摸你？”

她松了手，马上闭上眼睛。这少年心性如稚童，下手没轻没重，常常弄痛了她。

她周转了全身神力，省得这次有一掌落下，她防备不及。

等了半晌，那手掌却轻轻地落在她发髻之上，笨拙地学着她的模样，抚摸了两下。

苏倾的眼睛睁开，却见廿一瞧着她的浅色的瞳孔极其专注，温柔一片。

随后，他收回手去，闷闷看着自己的手掌，有些纳闷地嘟囔：“也没什么好摸嘛。”

苏倾笑了。拍拍掌，侍女将托盘端上来，里面有四盘各色糕点：“这都是人界常见的，你可尝尝看。”

灵石娘娘早已辟谷，恶生胎也无须进食，她只是看他关在屋里背书可怜，变着花样地给他找些事做。

廿一狐疑地看着，只觉得那盘子里的点点残渣那样小，都不够塞牙缝的。

目光又转向灵石去。她脊背挺直，银灰色纱衣平展，无一处不妥帖精致，手上一把团扇轻轻摇动，面色从容沉静。

迷迷糊糊地，他头一次觉出了神女同妖物的不同，他生啖的那些巨大的、带血的肢体是丑的，眼前盘里这些小碎块，同她小小的榴红的唇一样，才是雅的，美的。

他滞了一会儿，将信将疑地捻了一块扔进嘴里。

片刻后，少年两手大把抓起糕点塞进嘴里，两腮鼓囊囊的，如风卷残云。

苏倾把空盘子从他手中夺出来，拿走时他还在低着头舔盘子，舌尖不慎舔到了她的手指，一点微酥的麻。

她的指尖缩了一下，藏在了袖中。

廿一微眩的双眼瞧着她，舔了下唇，好像被勾了魂魄的猫。

苏倾扶着额头，叹一口气：“去再端一些来。”

幽冥之主对斗法的兴趣不甚浓郁了，因为灵石答应他每日给他做糕点吃，但她劝说不可贪食，否则便吃腻了。

也许是因为没有吃腻的缘故，廿一总是抓心挠肺地想着，慢慢地便不热衷于贪玩了。

他桌案上摆了香包、折扇、算盘，甚至草编的蛐蛐儿，每一样都可玩上数天，待夜幕降临，他枕着胳膊躺在榻上，学着不踢开羽被，不再看着天穹入睡。

他睁着眼睛四处看。

隔着珠帘，还能隐隐约约看到榻上华服神女的身形，不过光影朦胧，看不真切。

室内淡淡暖香流转，既心安，又有些心痒。

君子是什么意思?

他脑袋里想得一团糨糊，一骨碌坐起身，闭目修炼起来。

苏倾竟有数日不曾去过花园，这日带着廿一去向花园，远远见到空中浮着遮天蔽日的一穹盖，上有金纹裂隙，蛛网般蔓延了满眼，吃了一惊。

廿一的发梢在空中浮动，伸手一收，那物化作一面镜子大小，转瞬落于苏倾手心。

幽冥之主看着别处，眼里高傲得意之色迸现：“这是我送你的。”

苏倾对那穹盖形状看了半晌，眉心一动：“这是玄武的龟甲？”

廿一没有回答，踢踢踏踏，早跑进花园里玩了。

第二章　凤凰钏

（一）

苏倾翻来覆去地瞧着这龟甲。

神兽之甲有两用，一是卜测未来天机，二是做防御之盾，她忽然想到什么：“廿一，你的劫数是什么时候？”

恶生胎蕴天生神力，每受一次劫，神力、外貌乃至智慧都会进化一次，这就是恶生胎的成长方式。

但受劫过程于之不亚于剥皮抽筋的痛苦，现在他的神力已经够用，又已有神位，如果不愿意受罪，大可卜测准日期，顶着这壳躲过一劫。她甚至猜测先前他前往神隐林，是为了这个目的，并不是无故滥杀。

可是大鸟一样在天上飞来飞去的廿一顿了一下，没心没肺地答：“不知道。”

苏倾叹了口气，拿着镜子大小的龟甲看，忽而心脏猛跳起来，不动声色地操控着它。

却不知道，它还能不能卜到她那一朝的未来。

龟甲上的纹路几番变化，凝成一个个很快消失的浮动的古字。

“混战。”

她眉心一跳，后面的日期是“敬德五年”，新帝登基不久，正是她吞金死后三年。

“国内死三万万人，唯琼岛幸免。”

字迹像被人抹去了似的，马上消失了。

苏倾怔怔地看着卜甲。

廿一从顶上“哗啦”落下来，见她呆呆站着不动，顺手牵起她颈上的蓝色圆环，似十分好奇：“把这个给我。”

苏倾定定神，将它一把抽了出来：“这个不可。”

幽冥之主有些诧异，以往不论他要什么，灵石都会答应，却不知这个环有什么特别，让她这样宝贝，眉间不由得生出戾气来：“我偏要这个。”

苏倾紧握着环转身，心念百转，满脑子都是“混战”，有些没缓过神来：“往后你就懂了。”

幽冥之主脸色一冷，立在原地瞧着她。半晌，负气跑开了。

他同外来人擦肩而过，那书生打扮的男仙一身蓝袍，飘摇乘鹤而来，手上摇着一柄折扇，风流倜傥，越过他身侧，径自飞向灵石的寝殿。

廿一敏锐地停住，鼻尖动了动，在空中嗅到了一点残存的酒气，如同腐朽的桃花。

纸窗内人影微动，廿一一扭身贴在窗棂之上朝里瞧，嘴角绷着，长睫微动。

只见来的那蓝衫仙人已施施然落在客座，隔着珠帘同灵石交谈，声音如被什么挡住似的，茫茫然听不真切。

珠帘之内，隐约只见坐在榻上的灵石一袭拖在地上的裙摆。

不一会儿，他站起身来，猛地以合起的折扇掀开珠帘，仿佛挑开的是新娘子的盖头，这般挑着倚在门框上，言笑晏晏。

廿一睁眼瞧着，他有许多事情不甚明白，却在那一掀的动作中，猛地感受到一股同属于雄兽的挑衅。他眼中刹那间冰冻三尺，仿佛两兽狭路相逢，因对方外泄的侵占欲，共鸣地激出了他身上的戾气。

“砰砰——”窗棂叫他用力砸动两下，弯腰捡一石块，咬着后牙朝着那人持折扇的手腕猛丢过去。

“啪嗒”，石块竟像撞在什么阻挡上，向外弹开去，划了个弧线落回他身后。

廿一“砰”地扑在窗边，向内瞧去。灵石裙摆不动，依旧坐得端庄，慢慢摇动的团扇在砖石上投下浅浅晃动的影子。

室内桃花酒气盈满，浓烈得糜烂。

乘鹤摇扇的蓝衫仙人正是从前同灵石一起讨论过幽冥之主封号的七位神尊之一灵尘子。此人起先来自人界，通过艰苦修炼取得神位，同灵石娘娘也算颇有渊源。只是他同其余五个一样，对石刻圣女仅受香火成神颇有微词，心底瞧不起她，平日不大来往，顶多碍于礼数，递个拜帖。唯一好的一点，是他尚有温润涵养，说话会给唯一的神女留几分薄面，从不当众与她难堪，偶尔也会为她开解。

苏倾对他的印象，本是很好的。因此当他意外造访时，虽然讶异，也热情接待了，一面同他客套，一面思忖他此行来意。

灵尘子打量殿顶，关心起她的住所来：“你这处寝殿，可是按照人界制式来的？我成神之前，住的也是这样的房子，看起来倒亲切。”

苏倾微微一笑：“正是。”

灵尘子的语气越发怜惜：“寝殿造成这样，可是很想念人界的日子？”

“我只见过这样的房子，便捏成了这个样子，倒没有太多想法。”

“娘娘得神位有多少年了？”

团扇轻轻摇着，驱散了他递过来的酒气，莫不是喝了酒来的？

“得有数万年了吧，现下一时记不清了。”

“这数万年一个人在这天上，也寂寞得紧吧？”

苏倾怔了一下，摇了摇头。

灵尘子见灵石脸上懵懂，亦有些心焦，心内笑道，果是块顽石。若不是九天之上再无神女，也不至于拿这顽石滥竽充数。凡人一路修炼成神，七情六欲难以剥除。修为越高，欲念越易化为拦路之虎。这次又破一关隘，错就错在讨论给幽冥之主封号那日，多瞧了两眼神女窈窕的背影，想了些不相干的事，这便种下了心魔。一连数年，这道背影萦萦缠绕，难以摆脱。

压制不住，干脆顺势而为——联姻，倒也不是什么大事，他想在事情更严重之前，将其解决掉。可这顽石哪里算得女人？都已这般暗示，还是浑浑噩噩，懵懂无知，偏他独个儿欲火中烧，可气可笑。一扭头，见桌上凌乱地摆着不少香包、折纸、草编蛐蛐儿一类的玩物，有些奇怪：“外面怎还有一床榻？”

苏倾低眼理了理衣袖：“哦，那是幽冥之主在此地暂住。”

灵尘子登时绿了脸色，心道：在外称幽冥之主不驯，还以为他们之间素无往来，内里原来早已共处一室。

恶生胎能有什么良心？说不定早已做过什么事。只是这顽石忒傻，叫人弄过了也不知道。

这样想来，原本那几分顾虑和谨慎，马上烟消云散。

顺手打起珠帘来，肆意打量眼前人的雪肤花貌：“灵石，我实话同你说了，我想要同你修好，你可考虑一下？”

苏倾的扇子滞住，吓了一跳。

廿一在外，蜜蜂还巢似的徘徊，额头贴在纸窗上，焦躁地朝里探看。

不多时，灵石起身下榻，纸窗像一块幕布蒙住她的衫裙、衣带、佩环，做淡色剪影时，那端庄的身影美得更纯粹。

灵石越过男仙身边时，他亦忍不住低头，目光随她而动，一览芳容。二人身影交错的刹那，他竟伸臂将这流霞一般的侧影阻住，低头欲以唇相就。

刹那间，惊涛骇浪般的邪肆之气盈满，血液倒涌上头，幽冥之主脸上表情尚淡然，掌下一道蛛网似的裂痕于纸窗上绽开，他才觉出自己几乎失控的神力沿着裂痕汩汩涌动。

而那绽开的裂纹上涌动华光，似乎被什么胶合着，竟半晌不能破开。

他脸色已冷，倏地消散而去，到殿门前，一脚往门上招呼去，连娘娘也不唤了：“灵石，你给我出来！”

他碰一下她手腕都要生气，那算什么东西，还敢拿嘴贴她。

岂料让他使足力一踹，那门竟不开，原来门外加设了封印，力道倒灌，将他硬生生推开去，踉跄几步。

七神尊之一的灵尘子，修为远在他之上。

恶生胎沉了表情，浅色瞳孔霎时缩小，一时现了骇人兽态，倏地浮至空中，齐天浮云翻滚，衣袖烈烈飘摇，金光万丈，轰然朝门内攻去。

苏倾一时不备，让灵尘子困在怀里，团扇霎时拍出，挡住了他下落的脸。

这法器在他眼里如同儿戏，灵尘子哼笑一声，团扇便已化作齑粉，他掐起她下颌打量这张姣好的脸："可惜你芯子里是块顽石，感受不到此事妙处。"

苏倾皱眉。

二人僵持片刻，灵尘子再度俯下身来："灵石，你不必怕，上古尊神伏羲女娲，既为兄妹，又为夫妻，这也无不可，何况我们？"

雄性力量，唯掠夺之时失控暴涨，空中威压顿生，将她制服于原地，想张口呼喊，却也张不开："既已为神，大可随性一些，此物不过是锦上添花。"

谁知，灵尘子靠近的瞬间，登时天地摇晃，寝殿如同被晃散了似的，发出脆响。

外头忽而雷霆大作，轰隆一片，紫绯云霞如同洇开浓墨，旋转着睁开一只硕大的、灰蒙蒙的天眼，诡异地俯视众生。

二人俱是一惊。

灵尘子感觉到五脏六腑气血逆乱，喉头一甜，一股心头血激喷而出，满口浓腥。

一道毫无感情的苍老的声音在他耳边说话，每说一字，便如同在他心上敲一重锤："污灵石圣女者遭天罚。"

此话重复三遍，第二遍时，他已撑不住跪在地上，耳膜溃烂，口吐污血，抓皱了自己胸口的衣服。

竟然……天谴？

室外，纸糊似的天幕，像被人戳了个大洞，呼呼露着风，一束光从上面落下来，打在幽冥之主头顶，额头微微发热，像被一只看不见的手抚摸了一般。

他茫然仰头，这种感觉非常熟悉。他一共经历了两次，第一次他从那混沌巨石中被生生劈开，千八百道雷，道道如刀，塑他骨肉身躯。

第二回他正在外边跑着，忽而就这样受了一场刑，打得他求生不得，求死不能，以为骨肉碎尽，几乎死在野地里的时候，他忽而长长了一截，也会飞了。

后来他便知道，这磨难是同他的力量挂钩的。

先前他也极畏惧这上天的惩罚，听闻玄武龟甲可做防御之盾，便闯入神隐林夺了来，本想自己可以少受些苦楚。

不过此时此刻——

他张开眼睛，瞳仁内映出那翻滚的灰色巨眼，没甚表情地同它对视着，抬起下颌，以额头抵住了那束光，像在帮它瞄准。

最好将他劈成齑粉。

如果有幸没死，他非常想翻天覆地，生杀予夺。

想破谁的门，便破谁的门。伸伸指头，把蓝袍狗碾成粉末。

还要半夜里掀开帘子，擦干净灵石的脸，问她为何随便给狗碰。

窗外雷声大作。

灵尘子跪倒在地上，苏倾既得脱身，余光瞥见搁在桌上的玄武卜甲上面金光闪烁，蕴生文字，心下一惊。

难怪这样大的阵仗，原来是廿一的劫数到了。

她望着那龟甲，心内慌了片刻，马上镇定起来：见到他的时候，他已长成，必是安然度过此次劫数。

但是……

不知是不是今日被灵尘子刺激，她对此处越发不喜欢，心内惶然越来越严重，能让她感到安慰的，唯独还未长成的、稚气跳脱的幽冥之主。

喘息着低下头去，胸前圆环仍然是满满的蓝。

她抚摸着上面刻度，从前还有个奔头，如今却不知道等待着她的是什么，如果她再这样等待下去，不知道什么时候是个尽头。

如果……

她在片片雷声中凝了眼眸，如果死了呢？

先前几次小世界，都是逆天改命后寿终正寝，死后方离开现有的世界。

她本不是灵石，这也不是她的世界，如果身殒，能不能离开此地？

敬德五年，混战，国内死三万万人……

“吱呀——”寝殿的门轰然打开。

花田里满地花叶摇动，被乱风吹得哗哗作响，宛如人界暴风雨来临的前期。

天色沉沉，恶风贴地呼啸。

一阵细小的风划过廿一耳畔，他嗅到熟悉的气味，一根佩带倏地卷住了他的细窄的腰，猛地收紧。

幽冥之主睁开眼，灵石娘娘正垂袖站在他前方，仰头看着他，她双目漆黑，耀似寒星，唇上一点轻红。

长长的衣带似有生命般从她身后钻出，在空中飘荡着，另一段在他腰间打了几转。

他小猫似的低头看，毛手毛脚地乱解着："你敢拴我？"

"廿一，下来吧。"

灵石启唇，声线温柔，用的是隔空传声，天地同响，草木受了震动，沙沙抖动。

衣带猛地向下一拽，风筝收线一般，将他一把拉下来。

刀子似的烈风贴着颊刮过去，下一刻，香风萦绕，他被人扬袖拢进一个温软的怀抱，眼睫贴住了她的纱衣，眨动了两下，他从未让人这样抱过，登时有些发昏了。

她的手轻按在他发顶上，身形顿转，带着他瞬间到了光下，那缕光落在她脸上，照得她脸上粲然一片，浓密的睫毛现了褐色。

她将那圆环从脖子上摘下来，端端正正给他戴好，理了一把他落下的鬓发："不是问我要吗？现在给你了。"

本就是你给我的，也是时候还给你了。

幽冥之主仰头看去，神女睫羽低垂，平静地含笑瞧他，她头顶之上，一团落下的暗涌，像当空扣下的黑色巨幕，一点点地蚕食了亮光。

他这才反应过来，仿佛被人一刀劈在头顶似的想要跳起来推开她，可是他被她拢在怀里，两片唇被粘住，喊叫不出。

只有喘息，不住地喘息，像要吸不上气一般，额角青筋根根暴出。每一次呼吸，那些点心、小算盘、蛐蛐儿和碰撞的珠钗发饰都蹦跳出来，化作无数碎片撞进他眼目中。

头一次，他惧怕得冷汗滚滚而下，不住颤抖，仿佛有人捏住他的心脏，把什么东西正在往出牵拉。

而他眼前，只有一片朦胧的、温暖的衣衫，仿佛只需闭上眼睛，便可昏昏睡去。

黑盖兜头落下，闷闷一声脆响，仿若天穹重重砸向大地，碾碎无数骨骼。

无数花瓣迸射而出，极光满目中飞雪似的席卷而上，最后的时刻，他只看见神女石榴红的嘴唇，刹那间褪去血色。

幽冥之主周身无一点痛楚，却在此刻，眩晕般地感到什么东西终于被人一下从心口扯出去了，血流如注。

（二）

耳边一切声音归于虚无，陷入漫长的寂静。

有感知的时候，似乎身处软和的锦被之内，呼吸间撕扯出阵阵的疼痛，这种疼痛也是久违的——

自她做灵石娘娘以来，拥有一个顽石做的芯子，她许久没有这样敏锐的知觉。

苏倾的睫毛动了动，睁开眼睛，见到一片黑色衣角，臂弯处衣袖褶皱，一点极轻呼吸扫在她脸上。

她躺在谁的怀里？

茫然侧眼望去，低眉望着她的，赫然便是她心心念念的人，薄得锋利的样貌，含着傲然冷意的眉眼，久违了不知多少年。

她喉咙发苦，没能发出声音，一把攥住了他的衣裳，好像一松手就会失散。

望着她的人，眸光中带着一点极深的压抑的迷恋，手指轻轻落下来，专注地描过她的眉眼。

苏倾却微微一滞，半晌，狼狈之色顿生，将他的手捉住一把丢开。

男人有些迷茫，眉间寒意陡生，眼睁睁看着她眼中方才能融掉人的情意刹那间消散，又回归一片绝望沉寂的模样。

天幕一片虚伪华丽的绯色，停滞不动，哪里是苏倾以为的人间？

她根本、分明，未能逃离这个世界。

发髻散落，漆黑发丝垂落于肩背，苏倾仅着素衣，唇色苍白，现了平素不见的孱弱模样。她紧咬后牙，四处寻觅能站起来的支点。

男人扣着她的腰，不愿放她离去，撑在地上的手臂牵拉伤口，肩膀微微发抖，声音里仍带着玉石相碰的冷意："松开。"

那双手松开了，金纹玄袍勾勒出他成熟的舒展的身形，锋利的、带一丝薄戾的脸……

但这不是沈轶。

目光落在他胸前的圆环上，这是，长成的幽冥之主。

苏倾停了片刻，将头别过去，抱住膝盖，很慢地眨了一下眼睛，眼泪倏忽无声地从脸上挂下来。

刚才她做了一个梦，梦见她回到了荷乡，那些她快遗忘了的、早就埋没在黄土里面的亲人，爹娘、二妹、五妹……一个一个同她拥抱，好像要圆了当初没有告别的遗憾。

迟迟地，没等到沈轶。

为她使用了饲魂之术的年少的爱人，她以各色身份拥抱着他，从别以后，不断相遇，却未能重逢。

她像个小姑娘家，睁着乌黑的杏仁眼，抱着膝安静地落泪。

"娘娘。"幽冥之主手心生满汗水，冷冷启唇，"讨厌我这副模样？"

语气里的一点委屈的横，依稀还有孩提时代的影子。

听了这话，苏倾用力闭了闭眼睛，擦干了眼泪。转过来前，已重新背好了行囊。

她温然打量着他，目光同从前并无差别："廿一？"

男人瞳色很浅，目光在她脸上转了一遭，喉结轻轻动了一下，他不笑时，极为淡漠威慑：“幽冥之主。”

九天神界发生了一些变动。

灵尘子不知为何丧失神格，一夜间须发皆白，过了数天，竟如同凡人般衰老死去。此后灵石娘娘为幽冥之主承了劫数——此劫甚重，她本体石刻塑像，直接被劈碎成数块。天生灵物，贵就贵在浑然一体，碎了，再灵的石头，寿数也该尽了。

七位神尊，骤降至五位。

可是这样的劫数，成就了前所未有的成熟的恶生胎，有毁天灭地、翻云覆雨之神力，于是九天神尊格局，又变作六位同尊，幽冥之主为首。

他以近乎恐怖的神力，强行将破碎的石刻塑像拼合起来，以己身力量滋养，从她破碎的缝隙里流出多少，他补给多少。

是故灵石娘娘活着，在幽冥之主的照拂之下，活得同从前几乎并无差别。

苏倾依然住着那处寝殿，用着从前的侍女，临窗眺望窗外不会变化的天穹。

她现在很喜欢发呆。她觉得自己应当是在等，但是等什么，等多久，一无所知。

妆台之上，妆奁之中，多出了许多珍宝饰物，光不同式样的珠钗便有十几支，几乎要满溢出来。

她拿起这些陌生的发饰细瞧，空旷的寝殿里，坠珠沥沥相碰。

“都不值什么钱，娘娘可轮换着戴。”

说这话时，幽冥之主跪在珠帘之外，眉目敛着，看不清楚神色。

这些年来，幽冥之主留心饰物，已不仅是个传闻了。

她走过去，掀开帘子：“廿一，你不用跪我。”

苏倾觉得他奇怪，小时候最喜同她没大没小、处处比个高低，如今却生疏得很，日日请安拜见，倒像真将她供成了娘娘。

顶着这样一张脸，和这样的神位，岂不折煞了她？

醒来之后，她意外发现，从前摆在桌上的那些香包一类的小玩意儿，一个都不见了，倒是厚重典籍，边角已重重磨损，像被人翻烂了一般。

如今幽冥之主愈加寡言，竟比从前稳当一倍。

幽冥之主的袍角平展展铺陈于地，周身萦绕着浅淡威压，即使是飞蛾、蟾蜍，亦不敢轻易靠近。

他抬头，倒像是被火燎到了一般，避开目光：“我可以进去么？”

“当然。”

他慢慢从地上起身，如今幽冥之主比苏倾还高出一头，靠近时，成年男人的压迫感浓郁，反衬得她纤弱娇小。

苏倾衣裙款摆，安然坐在榻上，自出事以来，她的唇色一直苍白，但绷直的脊背和袖长的颈，将那繁复衣裳穿得落落大方，依然可见当年仪态。

苏倾低眉替他斟茶，谁也不说话时，她感觉身体里被粘合的裂缝，正像一张张嘴，渴求地汲取着他身上的能量，她的手顿了顿，一时间有些尴尬。

她现在算不得神尊，顶多算是让他以己身心血精心供养的娃娃。

而幽冥之主低垂睫毛饮茶，不闪不避，任予夺取，一言不发。

“幽冥事务繁忙，不必天天过来。”苏倾说，“你如今已大了，我没有什么可以教给你的了。”

幽冥之主面不改色，把茶饮尽了，轻轻搁在桌上，嘴角绷着，泄露了一点情绪：“我想吃点心。”

苏倾松了口气，眼里有了喜色，因为他既有所求，总还让她觉得不至于太过意不去，立即拍拍掌招来侍女：“去把先前的糕点再端一份来。”

一份四样，梅花形状的还特地用嫣红花汁染了颜色，摆在盘中，分外精巧。

“尝尝，看还是不是那个味道。”

幽冥之主一言不发，捻起一块放入口中，动作干净优雅，仿若天生尊神。

苏倾瞧着他，一时有些怅惘。

幽冥之主静默地吃完了点心，低着眼瞧了瞧修长手指上的残渣，苏倾将手帕递过去，他视若无睹，舔了舔手指，浅色的瞳里又浮现出猫一样专注高傲的神态。

“……”苏倾的帕子慢慢绞进手心。

幽冥之主旁若无人地用过点心，脊背靠在椅背上，从怀中掏出一只玲珑木盒放在桌上，慢慢推至她面前。

“这个赠予娘娘。”

苏倾迟疑地推开盒子看，一瞬间，仿佛让闪电劈中了天灵盖——

绒布之上，两只鸾鸟首尾相接，口衔一石纹蜡丸，正是她吞金死后那日，被幽冥之主留下作为本钱的那只钏子。

“这……这……”她的手指颤抖起来，一时间两颊因急切而泛出反常的红色，盒子拿不住了，“啪”地拍在桌上，声音已现冷意，“从别的女子要来之物，转赠于我？”

她全然不知自己在说什么，横出的惊惧和委屈，全部迁怒于幽冥之主。

她最担心的事情发生了，像是个做不完的噩梦似的，时空线颠倒混乱，出现了另一个苏倾，那么作为灵石娘娘的她，究竟该算谁？

幽冥之主未料到她如此反应，一时间骇得手足无措：“我……我只是……”

他也不知她如何得知此物由来，他喜欢为灵石挑选精巧饰物，几乎变成了习惯，见了别致的，模仿有之，不论手段抢夺来也有之，却没想到无意间轻侮了她，顿时十分自责。

晃了晃神，又仿佛从刚才那话中，辨出一股细微的、不平稳的埋怨之意，竟像拈酸吃醋一般，一阵灭顶般的狂喜兜头盖下，心神已刹那间全乱了。

他伸手一把扣住盒子要收走："是我错了，往后绝不会了。"

苏倾深深地瞧着那钏子，却不知道此次一别，还能不能有机会再拿回它来，心一横，从他手中撬了来，硬戴在了手上："这个我留了，往后别再取人东西，知道吗？"

幽冥之主瞧着她的目光有些怔愣，毫无脾气地颔首，苏倾的目光无意间落在他里衣内圆环上，又瞬间陷入了讶异："这个，你怎么还留着？"

和她交换的时候，不就应该把圆环给她了吗？

幽冥之主似乎有些负气，直直瞧着她，想起那一千多个日夜，心中又痛又酸楚，轻道："我日日佩在身上，不敢离身。"

苏倾有些不敢确定了："这手钏从谁处得来？可是荷乡苏倾？"

幽冥之主见她问得关切，这才仔细回想一番，皱眉："……忘了。"

"她统共没同我说几句话，便安分入了地狱，是故没留下什么印象。"

苏倾头痛欲裂，摆摆手赶他走："罢了，你回去吧。"

幽冥之主伫立原地："明日，娘娘还给我做点心吃。"

"嗯。"她敷衍着，轻轻一应，侧影逆着光，柔美至极。

幽冥之主看了她一会儿，旋身离开。

等他走后，她又转了转腕上手钏，忽而意识到什么：她那枚镯子，鸟嘴里的蜡丸已让她剥开了，那枚字条早就丢进炭火盆里烧毁，而眼前的这个镯子，石纹蜡丸竟还是完好的。

她极轻地捏了捏那蜡丸，心想，难道这个手钏不是她的？

难道那个径自入了地狱的苏倾，也不是从前的她？

而只像是，平行世界里……她的对位。

心中忽然燃起一股希望来，只要她还是她，只要她还有身份，就总能、一定能回到她的世界里去。

她对着烛火发呆半晌，眉宇间现了坚毅神色，将蜡丸移去，融软了捏开，取出字条来。

她平生收到过两次他的字条，第一次是"倾倾"，第二次是"跟我走"，却不知道这个未拆封的字条里，写的会是什么。

烛火摇动着，字条慢慢展开，她的眼睛微微睁大。

上面竟是蓝黑色钢笔写下的字迹，仿佛刻意等着她的、温和平静的招呼："早上好。"

随即，字迹从左向右，慢慢消失了，徒留空荡荡的洁白纸面。

清澈翠绿的茶水凝成一线，缓缓斟入杯中。苏倾倒茶的动作娴熟，窗外一丛幽竹青翠欲滴，玉石桌面之上散着她的浅灰纱衣袖口，是光影优美的一幅画。日日这么看着，总觉亲切生动。

但仅看着，似乎还不满足，最好破开这平静的画面，进到画里面去，招惹她或喜或嗔，仿佛这样才能确定他同她是在同一时空、没有距离的。

幽冥之主这样想着，却没敢做，规规矩矩接过茶杯，闷不吭声地喝起来。

苏倾把点心旁装饰的叶子摆好，她摆得很专注，没有觉察对方看她的幽深的目光。

她每天要在此事上花费四五个小时，点心上染色的花瓣都是她在花圃里亲自采来，她没有告诉廿一。如今这是她唯一能体现价值的地方。

珠帘之外那张小小的榻空着，幽冥之主已久居幽冥府邸，照理说应与她分道扬镳，自上次求了许可以后，当真日日来她寝殿内吃点心，不过话少得多了，多半是点头或摇头，静静地听着她的声音。

他亦很少直视她，长大后的廿一，褪去了青涩稚气，心思却埋得更深，就算考虑什么，也似乎不愿为她所知。

有时苏倾猜测他是故意的，因为维持她生命的神力全部依附于他，若离开他太久，她会像失去水分的花朵一样凋谢枯萎。

可是他既然一言不发地、强硬地回报于她，她也只得维持着尊严和体面。

团扇轻摇起来，她的声音温软："今天是糯米团子，人界又有变种，煮出来的叫元宵或汤圆。"

"好。"他拈起来吃，不似儿时狼吞虎咽，而是小口小口地用，眼里却仍见得细碎的痴迷。

这种痴迷让苏倾觉得欣慰："好吃吗？"

幽冥之主睫毛低垂，极轻地"嗯"一声。

苏倾替他添了点水，慢慢道："明日你可方便？我想去幽冥转转。"

幽冥之主将脸抬起来，目光里有些诧异，这是灵石头一次主动提出出门，却是要到他那里去，不由得有些不自在："那处不好，没什么可看的。"

苏倾"哦"了一声，他似乎分外后悔，飞快接道："那么还是去吧。"

苏倾瞧了瞧他，扇子摇着，笑了笑。

翌日一早，幽冥之主立于崖头等待。他的腰稍细，身量却高，鎏金云纹扣带束腰，更显瘦削清癯。苏倾立于其身边，幽冥之主肩上披风鼓风而起，几乎将窈窕的神女完全遮蔽，二人背影相邻，衣袖翻飞，竟然都有种无言的寂寞之态。

断崖之下，云雾覆满，白翎仙鹤展翅浮于空中，一只一只，像停泊在港湾的客船。

下幽冥时，苏倾的手腕被他拉住，他只以手指轻扣住她的手腕，干燥的指尖摩挲过血管，让她感到了一点轻微的不自然。

“幽冥很暗且潮，”幽冥之主看着前方，慢慢道，“我让卒子点上灯。”

九天在天，幽冥在地，且在地下千轫深处，一切罪恶浊气，都沉积于地下，幽冥之下还有地狱，几乎暗无天日。

苏倾回头瞧他，这张同沈轶九成相似的脸，肤色苍白，眉目深邃。

这样的俊俏，像刀锋般锋利，不笑时显得很有攻击性，使人不敢接近。

不过她却知道许多旁人不知道的事情。这个恶生胎其实喜欢玩小香包，爱编蚂蚱，读书便会打哈欠，最喜到外边跑，他明明爱光，却要永远待在幽冥之中。

“廿一，”她在黑暗中唤，“当年我没同你商量，便代你做了决定，是我不够周全。一直没问过你，幽冥待着可习惯？”

黑暗之中，幽冥之主的瞳孔泛着一点奇异的光，好似这处地盘使他感到格外舒适和放松，他的手指轻轻地滑过她的手腕上细腻如雪的皮肤：“甚好。”

离得这样近，他能清晰感觉到灵石在吸收他身上的神力，这让他有种隐秘的快感，快乐于她在依赖着自己。

苏倾轻轻将手抽了回去，语调无波无澜：“我看得见了。”

幽冥之主茫然看了看自己的掌心，只觉得属于恶生胎的、急欲得到满足的空虚感登时席卷而来，将他整个没在其中。

点亮的烛火已经在各处亮起，不过被压制着，像萤火虫似的发着幽幽冷光。

幽冥之主瞥了一眼，道：“这是审讯之处。”

苏倾的眼睛适应了黑暗，看清周遭陈设，一时间怔在原地。

八根擎天巨柱支起穹顶，柱上有图腾浮雕，地上是巨大的对称的神兽石刻，下凹的刻痕里流淌着发着光的红色液体，如同毛细血管网细密绽开，清楚地勾勒出石刻纹路。

对称的轴线正对着一张桌案，背后是刻有黑红彼岸花纹样的尊位，冷酷，不近人情。

苏倾不敢置信，是因为这里，实在太像一个审讯之处。

“这里——就是幽冥？”

他掀起眼皮，朝那尊位抬了抬下巴：“那便是我的位置。”

他决意只带她看到这里，再往里走，充斥着残忍和血腥的地狱，会弄脏她的裙摆。

“你真是坐在那里的？”

幽冥之主觉得她这模样新奇，绕着她转了一圈，笑了笑：“娘娘想坐上去试试么？”

苏倾看着那尊位发呆。当时她跪伏于无垠空间内聆听幽冥之主教诲，前后有穿堂冷风通过，地上闪烁着无数消失变化的文字和飞虫，如果这里是幽冥，那里又是哪里呢？

她回想地上的文字，只觉得那些字符好像在哪见过了，回忆却突然像蒙了一层雾一般，想不起具体的细节。

她一时解不开这谜题：“廿一。”

幽冥之主侧头瞧她，光影之中，神女神色寂寂：“生平善良，为他人奉献一切之人，你会让她下地狱吗？”

“会。”他不假思索答道，神色高傲恣意，倒像是同她置气一般，生了几分咄咄逼人的恨意，“不爱自己，何以爱人？”

苏倾无声地叹口气：“好，我们回吧。”

幽冥之主站在原地未动，似乎沉浸在情绪中未抽身，仿佛又回到受劫那日，他被那温柔广阔的怀抱溺毙。拳头掩在袖中，有后半句话未说出口：理应让她狠狠吃了教训，再好好供起来。

半晌，他扣住她的手腕：“我送娘娘出去。”

她的手冰凉，他忽而触到她腕上戴的钏子，心猛地一跳。

半晌无话，穿出幽冥的黑暗之中，苏倾任他牵着走，茫然出神，理不出个头绪，没注意他的手指越收越紧。

前路越走越狭，他扭过头来，浅色的瞳孔瞧着她，似在叹息：“娘娘为什么不高兴？”

苏倾说：“没有。”

他嘴角紧绷，好半天，轻轻一哼，手上稍一用力，苏倾便踉跄着贴到了他面前。

在昏暗的狭道之中，挨得这样近，幽冥之主的气息拢过来，和他身上的神力一起疯狂地往她身体里涌，苏倾一阵眩晕，本体裂开的缝隙被他迫得隐隐作痛。

她温声解释道：“我有些事情未想清楚，但这些事，你不明白。”手腕让他禁锢着，她仰头瞧了他一眼，却在他琉璃珠似的瞳孔里，看见了自己完整的影子。

那双眼睛里，带着越是欲望越是冷酷的侵占欲，像冰雪下掩埋着的翻滚的火焰。

苏倾睁大眼睛看着他：“廿一……”

“嗯。”他目不转睛地、望着她应答。

从前，幽冥之主的愿望是她能醒来。只像从前那样守着她，留在她身边就好。可是她醒来之后，他却发觉自己的欲望不止于此。

幽冥之于恶生胎，大有滋补裨益功效，但也助长其邪气，平日里压抑着的反叛心思，在这样的昏暗里，全部纠集而出。

从前他收集那些钗环首饰和披帛，却浑浑噩噩，不知那些物什对他的意义何在，后来他总算明白，它们吸引着他，不过是因为上面沾染了灵石娘娘的气息。

他想要的，是她整个人。

他的气息无孔不入，搅乱得天地风云变色，他低眉以指描过她的眉眼，妒意迸现：“娘娘看我的时候，心里想着谁？”

倘若她醒来时没有露出那样的眼神，他大可劝服自己不要这么贪心。

可是灵石曾用那样灼热的眼神看过他，令他几欲膨胀至爆炸，在他心上烙下一个深重的印子后，又蓦然收回，令他心内空荡难挨，像被人挖掉一块似的，夜夜不得安枕。

苏倾在极大的错愕中躲过了他的触摸，头上钗环碰撞，发出清脆的声音，她的声音泛着冷，依旧是警告孩子的语气："廿一。"

幽冥之主似乎被她惊醒了一般，停滞了半晌，默不作声地跪了下去。

苏倾忙去拉他，语气已软了："我也没说你什么，你跪我何意？还不起来，我们回去。"

她不大适应幽冥，这处昏暗诡秘是他的主场，事事听命于他，没有一样让她熟悉，只得依附于他，让她觉得心内古怪。

下一刻，她便感觉到有什么不对，一股巨大的看不见的力量将她压制于石壁上，旋即裙摆让人掀开一角，他将她的脚腕握在掌中，似好奇般，细细丈量，又拿手指摩挲。

"廿一，不可无礼。"她惊惶万分，忙出言斥责。

他松开手，半晌，她感觉到一点微凉的触感，他羽毛般轻柔的吻，落在她踝骨上。瞬间，一阵战栗沿着头皮爬过去，她刹那间意识到了什么。

可是，她怎么会和幽冥之主有牵绊？

她似哑了一般，半晌未能说出话来。幽冥之主轻快地从她裙摆下钻出来，轻轻描摹她的唇："娘娘……"

他愿跪，是愿意臣服，却忍不住想要轻薄，不知如何可解。

"你有感觉吗？"

灵尘子死前须发尽白，疯疯癫癫，穿着破衣，拿着破扇，有一日他路过那里，被疯了的灵尘子扯住不放。

"那块顽石是没有感觉的。"灵尘子诡秘地笑，"她是块石头，永远也学不会人的感情。"

他注视着苏倾那双澄澈的、似乎可映出万物的乌黑眼瞳，执拗地问："你有感觉吗？"

她只是惊诧地看着他，没有说出话，他似乎浑不在意，慢慢地低下头来，嗅她身上的味道，随即靠近她的唇，听着她细微混乱的鼻息。

灵尘子贴近他的耳边，神神秘秘地同他说道："那石女是碰不得的，你可知道？污石刻圣女者必遭天谴。你看我，你看看我……"

他发疯似的向廿一展示着他手臂上的皱纹和老人斑，桀桀怪笑："天生灵物受天地滋养，便是天地的儿女，天道不允它们被人掠夺，就该孤独千年万年，我怎么没想明白此等道理？"

廿一早就知道，他不可喜欢灵石娘娘，否则必遭天谴。

不过他……

四片唇相触之际，他停留片刻，如烈火烧心，闭上眼睛，慢慢贴了上去，如行走沙漠的干渴之人骤然触及甘泉。

他忍不住。

恶生胎临世，不知活着有何好处，孤独千年万年，唯愿得此女。

至于天道，要杀便杀。

苏倾的身子晃了晃，让他一把固在了墙上，她轻轻喘息着，半晌，眼里漫上了一层淡淡的泪光，睁得极大的杏仁眼却不肯眨。

他低头时睫毛的弧度，亲吻她的姿势和表情，历经四世，她不可能会认错。

怎么会是同一人？

“廿一，”她的唇微微颤抖着，轻轻将头扭开，“我不是灵石娘娘。”

幽冥之主似在戏谑：“我还能认不得你？”

“你眼前的世界，未必是真实的。”

幽冥之主听在耳中，不甚在意：“或许。”

他似乎陷入了一种极其安然柔和的状态中，所有的暴戾反骨尽数平息，好像正在做一场极其美满的梦，外人难以介入。

他的脸再度落下来前，他专注地望着她，似乎在极认真地同她说话：“我答应你的话，永远不反悔。”

他的吻轻轻落下，周身气息如云气，将她温柔环抱。

苏倾在他怀里，猛然看到有一道蓝光从他们之间遥遥升起。

那枚不知作用的蓝色圆环飘浮在空中，光芒大盛，随即——

“砰”的一声，碎成无数闪烁的水蓝碎片，慢放礼花般绽开，飘散在空中。

所有声音归于寂静，周遭世界静止如一帧图画，顷刻间碎成无数片金粉，纷纷扬扬在她身旁落下。

落尽了，露出底下掩着的，刺眼的一片苍白。

这片苍白分布不均，间或有几团沉甸甸的灰。

这是人间的天。

正月里冷风萧瑟，一只乌鸦停留在干枯的树杈上。

那只乌鸦在向后倒退着，离开了视线，冬日干冷的空气混杂着稻草的霉味灌入鼻中，周围有呼哧呼哧的喘息声。

她在前进的板车上，挣扎着坐起来，撤掉身上薄薄一层草席，在寒风中冻得手脚发木，肺里的呼吸如拉风箱一般。

她看见拉着板车的是个驼背瞎眼的老仆，她望见他背后突出的驼峰，呼吸马上急促起来。

她认出他正是原本在沈祈院里服侍的人。

宛如一场噩梦转醒，她靠在板车上，呆呆看着天幕，那乌鸦拍打着翅膀从天上划过，她汗湿后背，精疲力竭。

圆环已碎。

虽然她浑浑噩噩，不懂其中原理……

丫头们的尖叫声四起，叽里哇啦地喊“见鬼了”“诈尸了”，板车慢慢动着，那老仆狐疑地一回头，看清了她，脸“唰”地苍白，“咣当——”板车被撂下，所有人都慌不择路地往院落外跑去。

她认得这里。

庭院里一棵白蜡树，是她嫁入沈家时栽下的，如今已亭亭如盖，漆了的黑色大门，推拉时有咯吱响声，如今愈加刺耳。

稻草刺在她脊背上，有再真实不过的痛感。

虽然她浑浑噩噩，不懂其中原理……但她恍惚地意识到，游戏结束了。

因为她回到了自己生前所在的世界里。

可是，苏倾抬起衣袖，看到蔽体的布衣之下，一只青白细瘦的手臂，瘦骨伶仃的五指似鸡爪，她细细观察那藏了黑泥的指甲——这只手不属于她自己。

第六卷　菩萨蛮

第一章　复来归

（一）

一刻钟后，所有逃跑的丫鬟，都整齐地跪在积了水的青石板地上，有人忍不住抽噎，拿手背擦了下脸。逃跑的丫鬟被气势汹汹的大丫头一把抓住了手，拿数尺长的宽戒尺“啪嗒”“啪嗒”地打在手背上，不一会儿就打得皮肉红肿，庭院内寂寂无声。

苏倾跪在其中，眼皮都未掀，从前她在时，锁儿便常这样打新来的小丫头，她屡禁不止，如今做了人上人，愈加没遮没拦了。

大丫头攥着红肿的手，回头赔笑着邀功：“夫人，行吗？”

站着远观的女人穿得华贵，里头绣茜桃的藕色袄子，拥着雕花手炉，外头罩一件翠纹织锦羽缎斗篷，神情颇不耐烦，正是大少爷的贴身丫头锁儿。她斜着眼，扫视一圈：“没规矩的东西，再敢乱跑乱叫试试看。”

原本如黄鹂般的声音，出口却嘶哑粗嘎，苏倾不禁抬头瞧了她一眼，锁儿对上她的眼睛，像被踩了尾巴似的指着她喊道：“你看什么？”

苏倾有些奇怪。她记得锁儿原本是有几分姿色的，是个灵巧的猫相，今日看起来五官却像走了形，让脸颊上的肉撑开了，显了疲态。

大丫头指着她道：“夫人，这就是那个诈尸的，叫小艾，今年十四岁。”因得了肺痨，独个儿住在小屋子里，不久病死了，下人们探着没了气，准备盖着草席用板车运出府去埋了，不想中途又自己坐了起来。

“是你啊。”锁儿将手放回汤婆子上去，目光忌惮地打量着穿破烂布衣的小丫头，见她又黑又瘦，是个让她感到安全的长相，“这么晦气的，我们院子里肯定是不要了。我就做个好人吧，你想去哪儿？”

“我想去二少爷那儿。”她低着头，那声音细细的，含着几分怯生生的稚气。

所有人倒吸一口冷气。

“二少爷？你说沈轶？”锁儿吃惊地反问一句，半晌，幸灾乐祸道，“你可知道隔壁二少爷多久没醒了吗？”

苏倾默了片刻，仍低着眼：“奴婢知道。”

“要不是大少爷心善，念着兄弟情分养着他，他早就入了黄土。”锁儿说着，纵使她对沈祈多有怨怼，此刻又十分得意自己早年选对了人，站对了路——

当年沈轶官至中郎将，兵权在握，何等春风得意，沈家东西两院分庭抗礼，正斗得胶着。

可是三年前，沈轶风头正盛时忽而一病不起，属下寻遍名医，束手无策，不久便走的走，散的散。沈祈可怜他，留给他一个遮风挡雨的屋子和两个旧仆，不费吹灰之力便名利兼收。

可怜东院当年春风得意，趋炎附势之人如过江之鲫，如今门庭冷落，院子里堆满了腐朽的落叶，连丫鬟下人都绕着走。没这个命，便是没这个命。她翘起嘴角，清醒地摸了摸头上的玛瑙发簪，随意打发她走：“反正都是活死人了，你愿意去便去吧。”

苏倾木然拜谢主母，在小屋里胡乱收拾了这个叫小艾的十四岁女孩少得可怜的铺盖行李，匆匆背在肩膀上。

同个院子里的丫鬟在她背后小声嘟囔：“好容易捡回一条命，怎么这样想不开。”

苏倾停了停，转头问道：“大夫人的嗓子怎么了？”

那丫鬟瞪大眼睛：“是夫人，可不是大夫人。”

“有什么区别？”

“当然有区别，大夫人只有三年前没了的大夫人叫得，让大少爷听见叫混了，扒了你的皮。”

苏倾无谓地一笑，从门口出去。

那丫鬟却追出来，附在她耳边：“小艾，你问夫人的嗓子吗？听说是她生不出孩子，喝了太多苦药，药渣把嗓子给划伤了，就这样还是生不出来。”

云天之下，苏倾意外地回头看她，小丫鬟冲她得意地笑了一笑。

脚下的落叶咯吱作响，空气中散发着雨后湿漉的凋敝的腐叶味道，院落中树荫连成一片，十分阴冷，瘦小的少女冻得嘴唇发青，一双眼睛却黑极，伸出纤细的臂吃力地推开房门。

同住一个沈宅六年，这却是苏倾头一回到东院来。东院的格局不甚好，冬天到来，阳光少得可怜，当年沈轶一个外室生子，颇得冷眼，被迫住在这“阴邪之地”，又六年发家，他还住在这里没有挪窝。

房内的帐幔随着门外的风掀起来，室内空气沉闷，隐隐有股清苦的药味。苏倾在门口怯懦地站了片刻，背上的铺盖“通”地撂下来，掀起地上一层淡淡的粉尘。步履迈近，停驻于床边。白色帐幔向中间合拢着，影影绰绰地露出里面人的轮廓，她伸手要掀。身旁闪过一道影子，她让人揪住后衣领拎了起来，毫不客气地丢到了一旁，守在屋里的还有个穿着粗布短打、端着药碗的年轻人，上下打量着这个小猫样的女孩子：“你是谁啊？”

苏倾咬了咬唇：“我叫小艾，是从西院来的。”

“西院派人来？”年轻人像是听到了什么笑话，嗤笑了一声，眉宇间闪过一丝杀气，那杀气即刻散去，马上变了脸色，“哎，你说话好好说，哭什么……喂，你别哭啊。”

“我是来伺候二少爷的，”女孩口齿清楚地继续，泪珠子吧嗒吧嗒地往下掉着，顺着脸颊悬在下巴上，润过的眼珠像被洗过的黑色宝石一样，她也不擦，低眼看向地面，“自愿来的。”

那年轻人面色复杂地看了她好几眼，把药碗往桌上一搁，在裤腰上擦了把手：“行行，自愿就自愿吧，反正我们这里缺个女人。你收拾一下，哎，你……”

他一个不注意，这小丫头片子又伸手拉开帐幔。

苏倾掀着帘子，怔怔瞧着绣榻上躺着的人。

他着黑衣单袍，双目紧闭，双手交叠着放于腹前，他本就苍白，这三年躺在这里，皮肤越发惨白，幽幽的两丛睫毛静静垂着，了无生气。两颊凹陷下去，瘦得厉害了，愈显出眉骨和鼻梁，倒是更贴近以前，有种羸弱的少年气。他睡着时原是很乖的，没有那么多戾气，她伸出手指，小心地触着他苍白的嘴唇，就是嘴角还绷着，好像总是不开心。

苏倾看了一会儿，就把帘子放下来，拿手背揩干眼泪，扭身从柜子里取了一床被子抱在怀里，被子扛在她瘦削的肩头，几乎把她整个人埋在里头。

“你干什么？”

“怎么还给他穿单衣？”她淡淡地问，室内炭火烧得不旺，她的嘴唇还哆嗦着，将被子平展展地给沈轶盖好，“现在是冬天呢。”

她扭身回去，踮着脚尖，麻利地将窗户一个个推开，她双髻上绑着的破旧的红发绳，被窗外的冷风吹得直颤。

她拿火钳捅了捅炭盆，显然是不常干这活计的，火舌几乎燎到她的袖口。那年轻人将钳子抢过来，见小姑娘冻得嘴唇发青，把炭盆朝她的方向挪了一把：“我叫临平。”

苏倾“唔”了一声，伸出黑瘦的手烤着火：“你在这里服侍多久了？”

“……我不是这里的下人。”他面色复杂地捅了一把炭盆，“我其实是……沈将军麾下左将军。”

他眉心浮现郁结之色，似憋闷了许久，不吐不快：“三年前事出突然，不知怎的便成了这样。沈祈死老婆，关他何事？平日也未见往来，非要请旨去扶他嫂嫂的灵，回来人便不对了，谁知道自尽的女人会不会化成厉鬼害人。”他抖了下肩膀，抱怨道，“就这么一直睡着，怎么也不醒，真是见了鬼了。”

苏倾垂着眼默然。

她虽不知饲魂之术具体如何，却也知道，如今她命能回春，是他以魂魄为代价换来的。失了魂的人，不就是这样睡着吗？不过不必怕，她此番回来，便扎下不走了。苏倾于人世再无亲人，只有守着他。

“沈祈明面上加以照顾，不过是为了一个德行兼备的君子名声，哪里是真心待他？近两年，房中丫鬟让沈祈遣散一批，又配给小厮一批，剩下的留不住，买了也总想着往外跑。老奴老得头昏眼花，早用不得了。这里实在没人伺候，弟兄们便约定好了轮番照应一下，不过时至今日，编在各个队伍中，来的人越来越少。”他打量她两眼，“你还是第一个主动来的，就是年纪太小，不顶什么用。”

他见丫头半天不说话，有些尴尬道：“我说这些，是不是吓着了你？”

苏倾摇了下头，从床下摸出一把扫帚来，低眉轻轻吹了吹灰尘：“将军军务繁忙，可先走了。”

临平走时，苏倾在扫院子里的落叶，袖子挽到臂口，青白的小臂好像一折就断似的，汗湿后背，脸上却安稳恬然。他走过去，摸了几片金叶子给她：“劳烦你了。”

苏倾将钱收了，打了盆水来，给沈轶擦身。木盆里的水面上倒映出她的脸，她第一次看清自己现在的样子，皮肤黝黑，其貌不扬的脸，但她心里并无多少波动。帕子投进去，搅碎了镜面样的水面。要那皮相有何用呢？当她自由地站在院落里，感受到人世的风，带着铁锈味的雨点落在她鼻尖，听到枝头的鸟叫声，感觉到身体里细微的病痛，她对重来一次的生命，已经充满感激和眷恋。

这会儿，房里唯独她和沈轶，她捏着帕子迟疑了一下，滴滴答答的水落在床单上，她吓了一跳，马上用手掌接住。

屋里炭火燃得很足，被子掀开来，他还是那样闭着眼睛，浑似不通人情。

苏倾咬了咬唇，触了一下他的眉心：“我得脱你的衣服了。”

话毕，伸手解开他腰间系带，艰难地将单衣褪下来，却不知道她紧张什么，一直没敢往他身上打量，明明他也不可能跳起来打她。散开的襟口里，露出他赤裸的胸膛，纵横密布，好多道隆起的伤痕，最近的离心脏只有半掌宽，她伸手轻轻抚过去，数也数不清楚：“原来挨了这么多下呀。”

在边关四年，风吹雨淋，靠的是这一道一道的痕迹，换来他高官厚禄，出人头地，等着能回来娶卿相嫡女。

不过他不说，从不说，在他嘴里，只吐得出“你要信我”。

苏倾爬上床榻，艰难地帮他翻了个身，发觉他背上生了细小的暗疮，她擦净后把药涂上去，吹了吹，拿扇子扇着，一点点儿加速晾干，额头上生了细汗。她知道暗疮不加处理，会连成一片，不久后溃烂，人便感染。她小心地涂着药膏，像在细心修补一件古董文物。

第二日临平来，见床上人变成趴着的，脊背赤裸着，还涂着药膏，下面盖严了被子。床单床帐全换过了新的，屋里漾着股淡淡的香味，仿佛这房间里刹那间有了人气儿。

他一路往院子里找，见苏倾正在踮着脚挂床单，忙上去搭了把手。

“你帮他擦过身了？”

“嗯。”

临平大惊失色：“那、那里呢？”

“也擦过了。”这日是个好天，她拿竹竿熟练地打着被褥，轻盈的日光落在她的睫毛上。

那凝了光的睫毛颤着，低下头从盆里取衣裳时，脸上泛了薄薄一层红。

她说了谎，她毕竟不好意思，将手帕塞进他手里，同他打商量：“你自己来，不算我的。”借着他的手蹭了蹭便算过了，晚上心里便愧疚起来，辗转反侧地惦记着：他都不能动了，你怎还这样对他？万一从前伺候的人也像她这般，生了暗疮怎么办？

她从床上披衣起来，摸了蜡点起来，又打了一盆水，掀开帐子看着他，歉疚道：“我给你好好擦一遍好不好？”

可是这回她才碰一下，它就活了起来，惊得她立即拿衣服遮掩起来，面红耳赤，迟疑道：没有魂的人也可以吗？

临平想她十四五岁，面皮正薄：“小丫头，以后这活儿不用你干，可知道了？”

“喔。”

苏倾瞧他一眼，别了别耳边碎发，摊开手掌：“临将军能再给些金叶子吗？”

临平“哧”地一笑，从怀里摸出几片金叶子给她：“要那么多钱做什么，可是在外头偷偷买糖吃？”

上来想摸一把她鼓包包的双丫髻，苏倾灵巧地躲开，把金叶子仔细揣在怀中，认真嘱咐道：“你可好好擦，他已生了暗疮。”

临平回头开玩笑似的啐她一口，心想，那口气哪里像丫鬟，简直像是东院的女主人。

苏倾把积攒的金叶子揣着，往西院去找雪花。当年雪花和锁儿都是她的丫鬟，雪花更实在一些，就是没有主见。

她穿行于西院，见到她的人无不躲开几尺远，怕沾了晦气。有人笑说：“可仔细着，二少爷躺了那么多年，别让你伺候，给克得仙去了。”

苏倾过耳就忘，走在廊上，听着扫地的丫头们“唰唰”地拨拉着落叶，连这声音也悦耳，那些丫头放下扫把，对她指向后园。

这三年过去，锁儿已成了沈祈的填房，雪花却仍然是个大丫鬟，锁儿总见她，就忘不了过去的历史，便赶她去看守后园。雪花胆小怕事，纵然不情愿，但也诺诺地接受了命运。

苏倾见到雪花时，她正弯腰给香草浇水。白芷的草叶上沾着晶莹的露珠，满园混杂的香味。

眼前这片正是苏倾生前栽种的香草，如今被打理得葳蕤茂盛，那丛紫色仙客来长得枝叶肥硕，没人知道下面埋着她早已腐烂的、象征着过去荣光的旧书册，还有她整个不识愁滋味的前半生。春风多忘事，逝去这样一个悲苦无依的人，依旧年年早来，吹开花朵无数，邀请世人踏春。

她现在这副小丫鬟的身躯，个头小小的，眼皮和嘴巴也小小的，就像单朵的夕雾花，说话时竟显现出几分精致的秀气来："这片园子竟还留着。"

雪花消瘦得多了，也有些驼背，眉毛苦闷地下撇着，却比从前沉稳许多："从前大夫人最喜欢这处园子。"

"听说夫人酷爱牡丹，怎没将它铲掉？"

以锁儿的性子，这应当是情理之中的。

"大少爷不许。"雪花说，"大夫人生前一切，全都原样保存下来，夫人也不许干涉。"

苏倾疑惑："这是何必？"

"大少爷对大夫人用情至深，大夫人死后，大少爷像丢了魂一样，三天三夜水米未沾，拿头撞柱子。每年大夫人忌日，大少爷都会在她房里住一晚。"

苏倾慢慢地回想沈祈的脸，能回想起的只剩一点像小针扎了似的屈辱，她觉得沈祈应该是不喜欢她的，却不知为什么又用情至深。不过，她觉得这些都同她无关。她把金叶子点了一遍交给雪花："雪花姐姐，出府买种子的时候，帮我从人牙子那买些丫鬟吧。"

雪花是个不懂拒绝的人，郁结了一会儿应下了："要什么样的，多少个？"

"要不好的。"

"……"

"要旁人挑剩下的，越多越好。"

雪花看了看她，忽而跟她说起别的事情："你的眼睛很像大夫人。"

她又扭过头去，接着浇花："可惜她从来没像你这样笑过。"

苏倾摘几根草编着蚂蚱："也许是你没见过。"

三天后临平再来时，东院里热闹得将他吓了一跳，院子里有了好些丫头在洒扫，不过细瞧上去，个个都不妥当：挑水的那个是个跛的，走路一拐水一晃，看着都替她心惊胆战；晾衣裳那个，没看见眼睛，先看见脸上一大颗痦子；一个穿棉服的小孩跑来跑去递东西，离近了才发现，那是个两坨红脸蛋的侏儒；好容易见着一个生得端正的，临平走去问她"小艾在哪儿"，她只是茫然看着他笑，半晌，伸出手来比画着——竟是个聋的。

还有一个瘦杆儿少年，在院子里指挥吆喝，生得一副女气的瓜子脸，丹凤眼，走路也弱柳扶风似的，见他进来，一溜烟跑过来接过他的披风，千娇百媚笑着喊声"爷"，他浑身的汗毛都竖起了。

这是个倌儿。

门让他“砰”的一声急促地推开了：“小艾？”

屋子里的炭烧得足足的，兽首香炉，暖香流转，榻边摆着把圈椅，圈椅上歪着个大红新袄的少女，正端着碗雪白的芋头粥小口小口吃着，吃得额上一层细细的汗珠，一面吃着，一面同榻上的人说话，姿态不敬，随意得近乎亲昵。

他看沈轶还那么孤独地躺着，再瞧着那小丫头舒服的样子，恨得牙痒痒：“哟，你还当上地主婆了，外面那是什么？”

苏倾把碗搁下了，一双眼睛礼貌地注视着他：“是我买的丫头。”

临平侧眼看窗户外头，那跛了的丫鬟还在一拐一拐地走，火气涌上来：“你是故意作践二少爷？”

“东院要人伺候，我一个人顾不过来。”

疑心她挪了银子，还装傻充愣，他道：“我知道，钱给够你了，怎也不挑好的！”

苏倾也侧头看了看外面那几个人，轻轻道：“要是好的，待不长久。”

临平愣了一下，确是想起来过往那些不安分的，恐怕是想着自己全手全脚窝在这死气沉沉的东院里没个盼头，忙往外打点，人都是往高处走嘛！

苏倾接着吃粥：“东院需要他们，他们也需要东院，正好。”

临平见她身上的袄子崭崭新，用料又足，难怪她暖和得头上冒汗：“你还给自己买了衣裳？”

苏倾点一下头，微弯的睫毛垂着，倒像是满不在乎：“有闲钱便买了。我为什么要把自己冻得那样可怜？”她自己要活得够好，够韧，才可让沈轶过得更好。在这一世里，自己若不可怜自己，是没有人会可怜她的。

临平瞧她手上那一大碗，再想到沈轶连水也难喝下去，越发觉得她没良心：“你还吃？”

“不吃可饿。”她微微笑了一下，“临将军要么？”

临平一时语塞。

不知道是不是院子里见的几个太丑，看着红袄子里的小艾，临平觉得变白、变顺眼了不少，某个角度看过去，竟还看出几分姿色来。

苏倾拿帕子擦手，擦得很仔细，仿佛那鸡爪一样的小手是美人的纤纤十指一样，又熟稔地拿起扇子来给沈轶新涂的药膏扇风：“临将军借我们多少钱，我都记得，往后好过些，一并还给你。”

临平走的时候还在皱着眉琢磨，她说什么，“我们”？可笑！

苏倾趴在榻上，睁着乌黑的眼睛看沈轶，手臂不好意思地占他几分床位，却不敢碰他，只是安静地看着：“你见我吃，是不是很饿？”

他睫毛垂着，嘴角绷着，还那样睡着，睡得很生动，呼吸像猫似的，好像下一秒就会翻个身一跃而起。

“我还不知道你喜欢吃什么。”她说，“第一天你吃了酥油饼，想来是喜欢吃甜的。”

“我这么跟燕儿说，她还笑我。”苏倾眨了下眼睛，似乎在跟自己生闷气，半晌慢慢道，“我这回的芋头粥做得很不错，你若要吃，帮你放糖。”

她把他鬓发轻轻拨开，看到几根白发，跟他这张依旧年轻的脸好违和，她想拔又不敢，不确定他还会不会生新的，临平说这些年来一切都像停滞住了，胡子不长指甲也不长，那么拔一根就会少一根了。

可恨她这具身体才十四岁，胸口能感受到发育的痛楚，像一颗种子在土中膨胀，离长白发还有好长好长的岁月。不然，她也想要几根，这才公平，就像他年少的时候她也年少。

“对了，你有钱吗？”她在床下探看，又慢慢起身，在柜子里觅了一圈，没找到，关上柜子门，“临将军总是过来，欠着他的钱，很不好意思。”

她坐回床榻边，托腮瞧了他一会儿，帮他翻身。

她骑在榻上，手碰到枕头的时候，无意间触到几个硬块，摁了几下，泠泠脆响，她皱起眉，却不知道这是什么。把他脑袋轻轻移开，枕头抽出来，拆开缝线往外一倒，“哗啦啦”地掉了好几个布袋子，有的袋子开了口，露出里面的碎银来。

苏倾的眉皱起来，又舒展开，绷不住瞧着他笑：“……你怎么把钱放在这里，枕着可舒服？”

可惜他看不见这双眼睛里面的笑。沈轶的脑袋还歪在榻上，闭目的面容清冷，依旧是一点淡淡的不高兴不耐烦的模样。

她帮他重新躺回去，一个一个地收了钱袋子，细声细气地在他耳边轻轻道：“谢谢你呀，要什么给什么。”半晌，她悬在空中，唇落下去，极轻地碰了一下他的耳朵。她自己先脸红了，一骨碌爬下榻去。外面忽然传来吵嚷的声音，女人的声音像砂纸划桌面似的，刺啦刺啦的，喋喋不休，还有男人的咆哮、摔东西的声音隐约传来，苏倾扭头看着窗。东西院一墙之隔，又因东院实在人少安静，那声音便远远地传了过来。苏倾又将头扭回去，只当没听到。

不一会儿，窗户让人“砰砰”敲响，映出个徘徊的人影，柳儿捏着嗓子说：“不好了小艾姐姐，夫人往东院来了。”

那个管事的小倌，叫柳儿。

“哪个夫人？”她问着，把袄子脱下来，利落地换了旧衣。

“就那边的夫人，吵了架来的，火气可大呢。”

苏倾已在他说完之前走到门口，路过架子上的洗脸盆，擦了擦手，蓦然看见水中倒映出了自己的脸，皮肤不知何时变得白而细腻。

她怔了一下。

路过厨房，顺手蹭了一把锅灰，抹在脸上。

披着织金斗篷的锁儿已站在院子里，扬着下巴，像在四处找人："怎没见那个丫头？"

"夫人可是找我？"她慢慢走过去。

（二）

锁儿脸上的不快之色明显，活像是找碴儿来的，但苏倾瞭她一眼，便知这把火并不是东院点的。

因为锁儿见了她，露出错愕之色，刻薄讥笑道："你是烧火做饭了，还是掉进煤窑子里了，怎弄成这样？"

苏倾身上一袭破旧的单衣在寒风中瑟瑟，脸上两团煤黑，小小的个头，看着滑稽可怜。锁儿心里那股气也不知不觉散去了，抱着臂问："在东院感觉如何？"

"很好。"

"很好？比起西院呢？"

"……"

"哼。"锁儿瞧着她冷笑一声，看着院子里歪瓜裂枣的丫头，不知在想什么。

"回夫人……"

"罢了，"她尖锐地打断，"我不愿听。"

手炉里热烘烘的温度拢在袖中，她茫然望向天际。

方才沈祈回来了。

他许久不沾家，回来便是吵。刚才那好一阵争吵，就是源于沈祈这次回来，带着个外室进门。那女子一身锦绣罗裙，楚楚站在他身后。沈祈瞧着那女子，浓情蜜意，温声细语。她挡在门口，沈祈则以同等姿态挡在娇妾前面："你算什么东西。"

"官人，锁儿哪里不好吗？"她的泪珠子"吧嗒吧嗒"地往下掉，知道自己嗓子倒了，就专拿气声说话，记得他从前最吃她卖乖的，可他如今瞧她的眼神里满是憎恶。

那女人从他肩膀后面怯怯露出半张美人面孔，她的表情登时凝固在脸上。

那张柔美的脸，很像苏倾。

这隐秘的名字，她绝口不提，企图将它从生活中抹去。本该是很容易的——足足六年，大夫人活得可有可无，沈祈不是厌恶她的吗？她都能记起他提起那名字时冷淡的神色。可是大夫人死后，却变成了不散的鬼魂。她不可以进苏倾的屋子，不能碰她的东西，当沈祈半夜喊着苏倾的名字，看清了身旁是她，把她一把推下去。

"你怎么这样下贱？"他拎起她的领子，用陌生的神态和语气同她说话，好像她是他几世的仇人。

她心目中最温文尔雅的大少爷，自她嫁给他那日起，忽然变成一个喜怒无常、恶毒、暴戾的人。她不明白这是为什么。走的时候，沈祈捏着外室的肩膀，亲手将她扶至马车之上，马车绝尘远去，这一去又是十多日不会回来。

锁儿倚在门框上，恨不得拿簪子划花那张相似的脸，心中郁郁，就这么信步走到了东院。

她想重温一下几天前唯一的畅快时刻——和东院的惨状对比时，才会涌上心头的庆幸和快乐。可没想到，隔着一道墙，半死不活的一个小丫头，扎在荒芜的东院，就像种子入了土，不出半个月，竟把这过不下去的日子给过活了。

锁儿问："沈二爷如何？"

苏倾微笑答："二少爷很好。"

锁儿让她这安然满足的笑容刺痛了："很好？"

"是的。"融融的阳光落在她发鬓上，扬起的发丝根根金黄。

锁儿语塞了片刻，忽而，升起一阵恶毒的、急不可耐的报复心理。

她盯着这个安适的丫头："那把你嫁给他，怎么样？"

锁儿见苏倾的笑容定在脸上，登时一阵快意。她知道沈祈恨不得他弟弟早些西去，她偏不遂他的愿，还要给沈轶置办一房婚事。她要将这东西两院搅得鸡飞狗跳，最好把沈家给掀翻了。

至于这个丫头，伺候活死人这么得劲，便伺候一辈子吧。看她还会不会笑得这样高兴。

苏倾的手抖着，她清楚极了锁儿的性子，故而抑制住心内翻滚的骇浪，慢慢地低下头去："请夫人再考虑一下。"她细细的声音在抖着，像是介于兴奋和恐惧间的哀鸣。

"不用考虑了，抬你做二夫人，怎还不高兴呢？"锁儿拊掌大笑，转身回西院去，猫儿眼里淬着光，似乎出足了气，"我这个嫂嫂做主，你收拾收拾，明日就嫁。给叔叔冲冲喜，说不定就好了呢。"

苏倾抬眼看天，灰蒙蒙的阴云密布的天，树梢上停了只喜鹊，又长又硬的尾巴上羽毛油亮，像把好扫帚。

"唧"的一声，它展翅从天幕滑翔而过。她的嘴角轻轻翘起。

婚事办得仓促，从西院的库房里领走了两套新被褥、两套红袄子，苏倾扛着被子从门外进来，柳儿从里面接过她手里的行李，左一个"二夫人"，右一个"二夫人"，叫得好殷勤。

苏倾的眼睛询问地看着他，柳儿将两袖撸下来，乖觉道："擦过了。"

苏倾点点头，当初她留下这倌儿，倒不是为了别的，不过是为了擦身时方便一些。

她坐在桌前，专注地剪那一对龙凤喜烛，火光在她黑眼珠里跳动。她今日上了正红胭脂，睫羽半垂，灯下看人，专注的时刻，倒也美得惊心动魄。

“小艾姐姐。”柳儿凑在她身边来，“我跟你说，二爷那活儿……真是……”他拍一下掌，喜滋滋道，“哎，没法儿说。”

苏倾手一抖，火光便一跳，脸腾地红了：“你跟我说这个做什么？”

柳儿忙掩口：“我又说错话了。”

“……”

烛火幽幽亮着，室内一时静默了片刻，苏倾忽然想到什么，细眉拧在一起：“你擦身便只是擦，可不许玩他。”

“我心里有数，我连看一眼都克制了。”柳儿委屈地说，“男人可不能总玩的，玩多了……”

“你早些睡吧。”苏倾站起身来，走到门边把门打开，露出外面的夜色，她静默地站在门口，拿一双黑漆漆的眼睛瞧着他，是无声的逐客令。

柳儿悻悻：“噢，那我便走了。”

苏倾把门闭上，他却还挤出个脑袋来：“小艾姐姐，你会吗？趁现在机会正好，我拿二爷教教你……”

“你走吧。”她拧着眉一推，把门使劲闭上了。

“明天不要你了。”她看着门喃喃，慢慢拆下发髻，在妆台前梳理着枯黄打卷的长发，卸下脂粉，换了新的寝衣，小心地爬上床，躺在了沈轶身边。

他闭着眼睛，擦过的身上凉凉的，帐中依稀有水汽，而她身上萦绕着香气。她俯下身去，长发盘绕在他胸膛上，她低着头小心地给他前襟上别了一朵小小的红绸花：“今天我们成亲了。”

苏倾一双雪白的脚丫并在一起，从柔软绸裤的裤管中伸出来，衬在床单上，宛如盛开的两朵白花。

她侧身躺在他身边，用手指轻轻触那朵红绸花，像是看着它出了神。

“是你为我扶灵下葬的吗？想必记恨我不告而别，恨得毒了。我这次不要十里红妆便嫁给你，你别再生气了。”

“讲个故事吧。”长夜漫漫，她闭着眼睛依偎着他，极轻而慢地喃喃，“讲什么呢？”

“……讲胡桃夹子的故事吧。”

龙凤双烛陷在淌下的烛泪里燃到了尽头，慢慢地熄灭了。

黑暗中，月光从窗外泼入，淡淡华光透过帐子，朦胧地勾勒出他们面庞的轮廓，英挺与柔美，尤似少男少女，一对璧人，尚在最好的年华里。

沈轶放在她腰上的手指，痉挛似的动了动，指尖摸到了一缕黑发。

半晌，似乎很不习惯身上有物件盘着，将她搭在他身上的手臂丢了出去，便又陷入了沉寂。

而苏倾双目阖着，呼吸均匀，已香甜地睡去。

临平再来时，世界又变了。

那自私自利的地主婆丫头片子，穿绸衣，坐高位，梳起发髻，执着银勺玉箸，优雅地坐在桌前用饭，成了他将军明媒正娶的夫人。

丫头们将桌上餐盘撤下去，换上笔墨砚台。她指下熟练地拨弄着算盘，一盒碎银挪过来，随之在账册上记上一笔：“临将军，你的钱我们还清了。”

见了鬼，又是“我们”，哪里来的“们”！

他瞧了一眼里头白花花的银子，警惕地问：“沈将军可有醒过来？”

苏倾笑了一下，仍低头拨弄算珠：“没有啊。”

“那……那西院凭什么做主他的婚事？”

苏倾嘴角微微上扬，携了几分挑衅的狡黠：“长兄如父。”

临平七窍生烟。再瞧苏倾，着绸缎锦衣，发髻高盘，露出一段修长的颈，耳下两枚滴珠耳坠摇摇晃晃。果真是人靠衣裳马靠鞍，他此番竟然从这小丫头身上，看出几分装模作样的主母气度。

“那你以后怎么打算？”

“临将军，你知道琼岛吗？”她不答反问。

“怎么了？”

“听说那里风景如画，四季如春。”她抬起乌黑的眸，“你想不想搬过去住？”

“我疯了吗？”临平讥笑，“风景如画，关我何事？好好的京都荷乡不待，要大老远跑到边境去住。”

苏倾笑笑，不再言语了。

二月里倒春寒，夹袄一时褪不下去。院子里面放了辆板车，板车上铺好了崭新的被褥，那聋哑的丫鬟立在旁边等着，忧心忡忡地望着门里。

“行吗？”

“不……不行，哎呀。”背着沈轶的柳儿手一松，昏迷的人从他背上跌回床上去。好在床榻是软的，总算没有摔着他。

“夫人，我再试试吧……”他期期艾艾地看着苏倾。

这是东院里唯一的男人，却弱不禁风得背不起个病人，岂不让人笑话？

“让我来吧。”苏倾叹一口气，拍拍袖子，弯下腰来。

“不行，您肯定不行……”

苏倾却拗，她弯着腰不动，反手拍拍自己的肩膀，柔声道：“我试试。”

柳儿扶着沈轶，架在她柔弱的肩上，苏倾感觉到肩上压下重量，一时没言语，半晌，眼泪却掉了下来。

柳儿生怕将她压坏了："夫人……"

苏倾反手把眼泪抹了："没什么，走吧。你在后面搭把手。"

裙裾微微前晃，像拍上沙滩的浪头，她一步一步地往门外走。

她掉眼泪，是因为他很轻，她都可勉强背得动的，岂不是太轻了？

三个人保持着这种姿势，慢慢地跨过门槛，其实也没有几步路，这是一种练习。她知道他们能快速顺利走到板车面前，便够了。

她半背着沈轶走，他的头埋在她颈上，裙下的脚一步一步地迈着，每一步都脚踏实地。她走出檐下，到了院落中。

忽然，有什么微凉的东西落在她鼻尖之上，很快融化了。

她微微抬起头，看见发丝上挂着几枚晶莹的六角冰晶。

她负着重担，只看得到地，看不见天空是淡黄色的，像被击漏了一般，粘连在一起的雪花，纷纷扬扬地从天幕上落下。

"夫人……"

她听见丫鬟们在忧心地叫她，她和沈轶的头发和衣襟上，落下了片片雪花。

"下雪了。"她一面走着，一面喃喃。

微微侧头，脸颊碰到了他的鼻尖，她喘息着，从她微启的唇中呼出了白气，她快乐地同他笑着："看见了吗？下雪了。"

他的脸埋在她脖颈上，耳鬓厮磨一般。雪花融在他脖子上的时候，他的睫毛颤了一下。

一刻钟后，板车停在亭下，车头搭在石案上，车上平躺着盖好被子的沈轶。

苏倾坐在亭中，淡黄裙摆倾泻于地，安静地看外面纷纷扬扬的落雪，还有院子里嬉闹着的丫鬟们。

"本以为天气要热了，不想又下雪了。"

"夫人好像很喜欢雪。"

"夫人什么不喜欢？见了小花小草也像没见过似的。"扫雪的丫鬟们都笑起来，扫得更加卖力。

"临将军！"有人眼尖，看见临平的靴子踩着薄薄一层积雪走到亭子前来，似乎愣了一下，脚步顿住了，默不作声地打量着苏倾。

半晌，他走过来，怪异地说："我怎么觉得，你越长越同以前不像了。"

苏倾抬眼，颈子从毛绒斗篷里伸出来，肌肤赛雪，那一双乌黑的杏仁眼，潋滟含光，像一对宝珠。

她顿了一下："长大了，总是会变样的。"

"胡扯。"临平紧绷地瞧着她，满眼都是难以置信的警惕，"你……越长越像那个女人了。"

"谁？"

"沈祈的大夫人。"

二人对视数秒，苏倾垂目莞尔："你还见过她？"

"京都中出名的美人，谁还不留心看着？"

苏倾点了点头："临将军，坐。"

"你把他推出来做什么？要带到哪里去？"临将军瞥见了沈轶，坐时拳头握紧，审视着她，如临大敌："你可认识苏倾吗？"

实在太蹊跷了，不信鬼神都不行。

"临将军，北边战事如何了？"

临平莫名其妙："你在说什么？"

"听闻此战已三年，国内虚空，叛党四起，北边两城若守不住，北国一进来，可是要混战了。"

"你怎么知道就守不住——不对，这跟你有什么关系？"他听得心内直发凉，"我在问你话呢。"

外面的雪仍在簌簌下着。

院墙之外，有个穿斗篷的锦衣男人皱着眉头，匆匆踩雪而来，随手抓过一个丫鬟，漫不经心地问道："叫小艾的丫头是哪个？"

下一刻，他目光无意滑过不远处亭中少女的侧影，却像被雷劈中一般，登时愣在原地："那是谁？"

被他抓住的丫头让这气势汹汹的生人吓得发抖："那就是夫人啊。"

"夫人？"他阴鸷的眼睛一动不动地盯着那道影子，像失了魂一样，那说话时的表情，低头笑时的模样，都一模一样，一模一样……

好半天，他险些以为时光倒回至数年前，一回家便能看得到苏倾。

"大少爷……大少爷，您怎么在这儿，可让奴才好找。"西院的婆子一路寻来，这些做粗使活计的丫头们方骇然悉知他的身份，回首见这素未谋面的大少爷，发上落了薄薄一层雪花，仍像尊雕塑般伫立地朝亭中望着。

"晚娘害喜严重，吐得厉害！见不到您又哭闹了。"

他怔怔扭过头，茫然看着那婆子，似乎忘记自己身处何地，只听到了"害喜"一词，半推半就地，让西院的人拉着走了。

临走之际，他又回头望一眼。

四方亭顶积了白，少女十四五年纪，纤尘不染。如初见她时一样的年岁，温柔明艳，笑靥正如花。他隔着屏风见过一回，此后闭着眼睛也忘不了，知道她以后一定会属于他。

那是苏家大姐儿，单名一个倾字。

“你再说一遍……你是谁？”极度错愕之下，临平的声音拔高了几个度。

苏倾掖着沈轶身上的锦被，被面上已经沾了室外的冷气，他的脸也是冰凉的，睫毛上还沾着一点雪花融后的水珠。

她不敢让他在外面待太久，便准备回去了。

“我是苏倾。”她看着临平，微微笑道，“若要算实际年龄，我还虚长临将军几岁，我三弟和你同届参军，常邀伙伴做客，你是不是还到我家里来过？”

临平死死瞪着她，脸上又红又白，时惊时怒，半晌，颤着声音警告：“小艾，这可不好开玩笑。”

“将军要是没有起疑，怎会追问？我并没有打算瞒你。”

她把沈轶架在肩膀上的时候极艰难，好像下一秒要被压塌了。临平下意识地一把将人从她手里抢过来，背在自己肩上。

想到过往之日种种古怪，他背后发凉：“是……是人是鬼？”

“是鬼。”苏倾柔柔地一笑，撑开伞遮在沈轶头顶，专注地理了理他的鬓发，慢慢地说，“我欠了人情，专程来还的。”

临平错愕，脚下一个踉跄，险些扑倒在门前，直到看见她脚下一团影子，还有她沁在眼里的笑意，方明白这丫头片子是在拿他取乐。

对这搅得沈家不得安宁的祸水，他一向很讨厌。可亲见她弯腰耐心地摆正沈轶的模样，心里又生出几分奇异的庆幸来。这是老天开眼，他想。同沈轶共事时，他孤僻而寡言，布阵多诡诈，冲杀却毫不惜命，刀刀狠绝。他劈砍的动作，代替了他所有的言语。有一次，军营里做爆浆豆腐，飘香万里，人人抢着尝一口，他没有上前，只瞧了一眼，这一眼让临平知悉了他的心愿，忙问他：“沈二你吃点吗？”

沈轶却摇头，将目光平淡地落在一边。这是一个极不善表达自己欲望的人。

要让他倾力所求，那一定是很想要、很想要的东西。

临平今年二十五岁，已有两子一女，日子过得蒸蒸日上，而榻上躺着的人，平生坎坷，而今孑然一身。

纵然外人看来，这女人千般不好，万般不值，可对这一无所有的人，终于得偿所愿。

室内炭火哔啵作响，他落了座，一字字看苏倾在桌上摆的谶言。

“敬德五年，混战。国内死三万万人，唯琼岛幸免。”眉头拧起来，“这何处得来？”

“幽冥之主。”

“幽冥之主是什么？”怎么从没听说过还有这号神尊。

苏倾马上换了一种好理解的说法：“就是一位神明。”

“哦……”临平现在对她所说的深信不疑，又皱眉一字字读过去。

“可这三万万，不是三万，不是三十万，荷乡总共才多少人口？”他感到一阵凉意爬上脊背。这得是多大的一场灾难，除非加上了地震、洪水，几乎将大半的人口赶尽杀绝。

自新帝登基的一次清君侧的大屠杀起，国内就动荡不断，北面战事胶着，朝堂之上党争不休，尽管如此，他本来还心怀侥幸，认为事情不至于到那一步……

“有这样严重？该不会是那神明诓你的吧？”

“我想带他一起去琼岛。”苏倾看着沈轶，另起话头。

是真是假，她不愿多做纠缠，只是剩下的人生，她不想困在沈家的小院里，听着沈祈和锁儿的争吵度过。有那么多去处可奔，她既有钱，哪里去不得，什么做不了？

“临将军若相信，可帮我们联络车马；若是不信，我再拜托别人便是。”

临平吃了一惊：“他都这样了，你们怎么能走那样远的路？”

苏倾见沈轶额上冒了汗，拿手帕小心地拭去，笑了一笑：“你看见门口的板车了吗？”

“……”

若是从前，她老实得很，必定畏怯挪窝，看什么都觉得困难，总是想着再等等看、再熬熬看，不知不觉便待在原地，蹉跎了大半生。可是她背着沈轶迈出门槛的那一刻，便懂了：万事万物的道理，都简单得很，只管咬咬牙去做，便什么都有了。

侏儒小丫头只有半个门高，怯怯地敲敲门：“夫人。”

苏倾朝她招手：“快进来暖和暖和。”小心地把炭盆挪过去，托腮问道，“外头还下雪吗？”

“下得小了。”小丫头顿了顿，“夫人，方才有个男人一直站着瞧您，我听他们叫他大少爷，好像是西院的少爷。”

临平的脸色猛地一变，回头看向苏倾。

苏倾面上波澜不惊，仍在火上烤着十指，耳下滴珠坠子晃着，似在发呆，颇有些漫不经心的意味：“我知道了。”

是日夜幕降临，苏倾抱着铜盆经过院中，微微偏了偏头，顿住了脚步。树丛影影绰绰，一个长身玉立的男人雕塑似的立在院子里，正远远地望着她。那样远的距离，她都能感觉到他眸中的炙热，好像被什么魇住了。她端着铜盆，慢慢地走到了沈祈面前，仰头将他望着。

“你叫小艾，是吗？”他的眼睛在黑夜里闪闪的，贪婪地探看她每一寸容颜，喉头微微动了一下。

“你是谁，怎不经通报便进来？”一开口，他的神情微微一滞，瞬间有些失望。虽然很像，但年龄是对不上的，眼前的人确实只十四五岁，身量尚小，声音里还有几分稚气。

“我是沈铁的兄长，按辈分，你也要唤我一声大哥。”他的语气却温柔得发颤，好像唯恐吓着了她。

“噢，大哥。”她眼皮都不掀。

“二弟还好吗？”

“还可以。”少女爱搭不理，“天色晚了，大哥怎还在外头逛着？”

沈祈微微皱眉，苏倾一向是温柔如水的，眼前这个确是丫头出身，这股刺刺的语调让他觉得有些违和，可看她这张脸，又忍下来。半晌，他将身上玉佩摘下来，这玉佩极贵重，锁儿向他讨要几次，他都没给，现下却毫不犹豫地递给了眼前的人：“我送你一件见面礼，以后有什么需要帮衬的，大可来找我。”

苏倾便接过来，让他的手指碰到，也不在意，只急着拿在手里看，似乎极是意动。美目在他脸上流转一圈，好像把他几斤几两摸了个通透，马上绽出个天真无邪的笑容来：“多谢大哥。”那双眼睛睨着他的神色，半娇半媚，好生熟稔热络，“可惜夫人不喜欢我叨扰，大哥能有空多来东院看看，小艾便知足了。”

沈祈却瞧着她默了片刻，不知怎的有些低落：“噢，那我便回了，你早些歇下吧。”

沈祈折身，让冷风一吹，只觉得化雪的冷深入骨髓。他越发想起苏倾。那是一个心口合一的人，不愿意便是不愿意，从脸上和眼睛里都可看得出来，那一身世家小姐的傲骨，强求不来。那时他多恨那骄傲，恨不得将其踩在地上踩成粉末，可是现在，现在……胃里慢慢地绞痛起来，他扶着墙弯下腰去，感到一阵尖锐的自嘲和后悔。

苏倾锁好门，将玉佩随手搁在妆台上，两只耳坠子摘下来。

她太熟悉沈祈的性子了。他就是这样一个人，越躲着他，越激起他的占有欲，越是迎合着他，他反而越轻贱。她叹口气，吹熄了烛火，轻手轻脚跨过沈铁爬上榻去。其实，他兄弟二人于这矛盾的性子上，是极相似的。可是她却觉得沈铁的别扭可爱，撒气似的，在黑暗里凑近他的脸，悄悄地轻轻地吻了一下，旋即拉过被子，翻到了一边，盖住了自己通红的脸。

压着的被子慢慢地松开，日间疲惫，她不一会儿便睡熟了。

苏倾睡相很好，不将四肢乱跨，即使翻到朝着沈铁的一面睡，也只是把额头小心地抵着他的肩膀。

月光落在沈铁眼皮之上，那睫毛凌乱颤抖着，眉头蹙起，好似在与噩梦缠斗。他额头上生出一层汗珠，半晌，似觉得热了，猛地胡乱掀了一角被子，露出一身单衣。他不再动了，累极了似的，休息了一会儿，不一会儿，眉又蹙起来，随手去推右边贴着他躺的人，手掌恰按在她胸前，一推便陷入一团尚玲珑的绵软里。十四五岁的少女正在发育，让他压到了里头的硬核，疼得嘤咛一声，眉头也蹙起来，好半天没有舒展。

沈轶好似让这近在耳边的声音惊住了，费解地沉默了片刻，又一次伸手去推。这次将她一把推平了，躺在一边，被子在空中翘起一个角。风带过了他额头上的冷汗，二人各自安静下来。晨曦从窗口渗入，丝丝缕缕的金黄，照在这被子角上。

苏倾坐起来，黑发倾泻于背上，眼睫上晒着阳光，还有些迷糊。回头看见沈轶身上没有盖被子，感觉到十分愧疚，探过身子，伸手试了试他的额头。昨夜她也不知怎么睡的，竟然将被子全卷走了。

“柳儿。”她披衣下床，看这阳光，她知道自己起晚了，院子里大伙儿肯定已忙活起来，她今天学了一道新菜要做。

“诶，来了！”柳儿打好了水，撸好了袖子，就候在外面。

其实，他也不知道擦身的意义在哪里。这三年来，二少爷不吃不喝，所有的代谢都停止了，这哪儿还算一个活人？在他眼里，像是已死之人含着不腐仙丹。

但是夫人同他相处的样子，好似他还生龙活虎一样，搞得柳儿擦身时胆战心惊，生怕下手重了，二少爷会突然睁开眼睛。

苏倾蹬上鞋子，外头就吵嚷起来，她走出院子，被几个镶金条的大红箱子晃花了眼。

她绾着头发，抬眼见着沈祈立在院中，正指使人往院子里抬箱子。

……怎么又来了？

“弟妹，我来同你送点儿东西。”他干涩道，像一夜间老了十岁，望着她的目光有些魔怔，叫人打开一个个箱子看，里面琳琅的珠宝生光。他明知道这只是个贪财势利的丫头，可让她高兴了，又能如何？

“喜欢便留着吧。”

苏倾稍一打量，便知那分量，只觉得沈祈怕是疯了：“大哥……”

“少爷，少爷……”远远地，有人带着哭腔踉跄着喊，又是一堆人过来，数个丫鬟簇拥着上气不接下气的锁儿。锁儿哭得满脸泪痕，头发没梳好，可见也是刚起：“那都是咱们家的东西，你要往哪儿拿去？”

这会儿院子里聚齐了人，倒是很热闹。

锁儿见了满地箱子，好似崩溃了，撒泼一般坐在了地上哭：“养外室也便罢了呀，怎么连个小丫头片子都能入得了你的眼……”

沈祈低眼瞧她，切齿：“住口。”

他似头痛得厉害，拎起她肩膀上的衣服，克制道：“给我起来。”

“那可是你兄弟媳……”锁儿哭到一半，抬起的手刹那间僵住了，四目相对，她整个人筛糠般战栗起来，“你、你、你是谁……”

苏倾说：“我是小艾呀，夫人不是才给我许的婚吗？”

锁儿瞧着这张脸，仿佛噩梦重临，世界上所有的女人，都变成这样一张脸，环绕着讥笑着她："不是，你不是……"

她脸一白，昏过去了。

夫人的丫头们吓得七手八脚抬起锁儿来，征询地看着沈祈："大少爷，夫人不好了。"

另一队人似乎是另一个帮派的，也去拉沈祈的袖口："大少爷，晚娘又吐了，这胎怕是不好，还是先去看看晚娘吧。"

沈祈木着脸任他们拉扯，头痛欲裂，转身时疲态尽显，露了鬓边丛丛灰白，其实他并不很老，也不过才过而立之年。

晌午的阳光照射在他紫红的官袍上，苏倾在他背后道："大哥再见。"

沈祈步子顿了顿，没能回头，被那一群丫鬟们推搡着，行尸走肉般走出了东院。

这天下午，临平来了。

"我给你们找了四辆马车，丫鬟可以一起去，山长水远，少带些行李。"他眉头紧皱，唇边起了血泡，可见这两日为了那个预言着急上火，"人和车马都给你留着，你们到了那边……记得来信。"

苏倾问："你不过去吗？"

她已让临平将此事告知亲眷，他似乎仍然有些犹豫："我们随后便到。"

苏倾点点头："谢谢临将军。"

临平进去看了一眼沈轶。出来时见苏倾坐在院里小石墩上刺绣，神情依然平和宁静，好像一尊圣洁的石刻神女像。

"绣的是鸳鸯戏水。"她反着展示给他看上面的红绿针线，有些不好意思地抿唇笑道，"我才学这个，针脚不大整齐。"

临平瞧着她鲜活的模样，焦灼的心好像也突然间定下了。觉得没有什么好怕的，什么样的日子，都会慢慢过下去。

当天晚上，柳儿给东院的丫鬟开了个小会，告知大家要出远门，不要走漏风声。

板车抬到院落中，苏倾则在屋里收拾行李，其实也没什么行李可带，带够了银钱，一切都可以再买。打点好一切，已是深夜，她把屏风展开，泡了个澡，拖着疲倦的身子爬上榻去，摸了摸沈轶的鬓发，眼睛像小孩子一样高兴："明天我们要搬走了。"

灯熄了。

怕再抢了他的被子，苏倾把被子都让给他盖，自己身上只盖了床薄毯子。她依在他胸口，细声细气地同他讲着琼岛的事情，没讲两句便睡着了。

三更天，万物沉睡，墨蓝的夜色混杂着纱帐的影子落在沈轶的脸上，他的睫毛颤抖着，又出了一额头冷汗，似忍受着巨大的痛苦。

火盆里发出一声"噼啪"的炸响的同时，他似噩梦惊醒，眉心一跳，被缠在巨大的茧一样的被子中挣脱不开，只得慢慢地、艰难地睁开了眼睛。

茫然睁开眼睛的瞬间，所有的奇幻诡异的声音退潮一般散去，只余太阳穴一点儿浅浅的刺痛。他闭闭眼，习惯了一会儿眼前的世界，五感才慢慢回归。

空气里飘浮的一点儿甜香，吸入他肺腑，竟让胃里有了点儿饥饿的感觉。身上很热，他急于起来，信手一摸，摸到了散在他胸口的、一头柔软顺滑的发丝。

有人靠在他怀里，那浅淡的甜香正是从中而来。

第二章　人长久

（一）

苏倾在睡梦中，感觉自己被人粗暴地扔到了墙角，一只手狠狠扼住了她的脖颈。

一袅光靠近，那双浅褐色的眼睛里满是淡漠的戾气。这么多年来，除了敌人，没人敢近他的身，防备几乎成了与生俱来的本能。他一手掐着这人的脖子，一手端着烛台照她。他就像久置的机器，内膛里积满了灰尘，因而不住地咳着，那微弱的烛焰跟着抖动。

亮光晃得那双乌眸微眯起来，他手下的人小猫似的呜咽着，漆黑的碎发落在雪白的额头上，她的手没什么力气地掰着他的手腕，滑落的袖口下细白的腕子上，套着一只鸾鸟的钏子。

他眼里慢慢地氤氲出不可思议的怔忡来，茫然无措，手下猛地松了。

苏倾还未从惊惧中缓过神来，接连不断地咳着，咳得小脸通红，枕着散乱的青丝，丝质睡衣之下，胸口一起一伏，膝盖挨住的柔软的身体温热，随着咳嗽颤抖着。

沈轶举着蜡烛，默不作声地瞧着她。脊柱骨靠在床柱上，隔着冷汗湿透的单衣，感觉到一阵透心的凉。又见到了。他索然无味地想，又跳进了另一个梦境中。

苏倾的眼里方有了焦距，一骨碌爬坐起来，同他面对面。她睁大眼睛，一眨不眨地注视着他隐没在黑暗中的眼睛，却踟蹰着不敢靠近。她一直盼望着沈轶醒来，甚至连要同他说什么话都想好了。可真等到了这一天，她坐在他面前，大脑一片空白，一句话也吐不出，害怕得手心冒汗。因为她突然想到在此之前，他们从未有任何亲密接触，最多不过不远不近地并肩而行。这个距离确是太近了。

她绞着衣服角，无意识地垂下眼，却吓了一跳："蜡……"

沈轶手里攥着的那半根蜡烛淌着红色的烛泪，从他手掌上流下去，他好似丝毫觉不出烫，默然低眼，却已滴了一滴在床单上。

他手中蜡烛让苏倾夺过去，"呼"地吹熄了。沈轶连眼都未眨："几时了？"

睡得久了，他的声音有些喑哑，疲倦得像被雨淋过似的。

帐中的空气几乎是冷凝的。苏倾怔了一下，听了他问话，心跳得几乎快挣出胸膛，霍然起身："我去给你看看。"

她跨过他跳下了榻，雪白的赤足踩在地板上，让人从背后拽着衣角，一把拖回了榻上，他伸脚，不耐烦地从榻下踢出了她的鞋子。那绣鞋小小的，绣有祥云纹样，样子很精致，鞋子软，后跟踩得瘪瘪的。好真实。

可笑他做梦心都会痛。

苏倾不敢瞧他，趿上鞋子便走，露出的两朵足跟圆润可爱。

沈轶闭上眼睛，再睁开，觉得帐子顶上的绣花有些熟悉，停了片刻，霍然掀开帐子，见外头厅堂里露了半截的圈椅书柜，月光似白霜铺陈于地，赫然是他的屋子。猛地，他按住了眉心。

苏倾端着烛台走回来，烛火在她紧张的眼睛里跳着："子时了。"

见沈轶手背盖着脸一言不发，不知在想什么，她说完话，咬着下唇立在那里，不敢动了。沈轶目光回转，看她的眼里忽而有了深重的恨意："嫂嫂来我屋里做什么？"

苏倾顿了一下，朝他绽了个明艳的笑："……我现在是你夫人。"

"……"沈轶眼里又一次现了狼狈之色，挺直的鼻梁的阴影落在脸上，睫毛半垂，似在深思。半晌，眉眼凝成了冷霜："夫人？"

他重复这两个字，像是牙牙学语的不知其意义的孩童。

"你睡了三年，没醒的时候，我们成过亲了。"她说，"你看。"

她藏在背后的手伸出来，掌心捏着朵有点儿发皱的红绸花。

绸花后是她娇艳希冀的脸。沈轶认出眼前人只十四五岁，手猛地伸过来，在她颊上肆意捏了两下，触手温软滑腻的感觉真实。苏倾没有躲，甚至扬起脸来，闭着眼睛任他抚摸。

他猛地收回手去，睫毛慌乱地颤着。

饲魂之术始，便注定阴阳相隔，死人的命要用活人的命去换，世间所有事都有代价。

——这么便宜的事情，还能轮得到他？

苏倾睁开眼睛，犹豫着问："信了吗？"

"不信。"

"怎样才肯信呢？"

他一把将她抱上榻，箍在怀里，低眉寻到她两片唇，迫不及待地吻上去，他吻得急躁粗暴，几乎变作了掠夺的咬和蹭，只几秒，又将她推开。

苏倾让他放开的时候，下唇发痛，她茫然舔了舔嘴唇，尝到了淡淡的铁锈味，心里却不知怎的有些空落落的，只觉得还没尝出什么便结束了。她半趴在他腿上，有些不太确定地问："现在……信了吗？"

沈轶回身将她推下去，一掀被子躺下了："嗯，睡吧。"

两人背对着背，没有交谈。帐中气氛安静，苏倾闭上眼睛，心跳却咚咚的，久久不歇，好像在束手束脚地害怕什么，却也紧张地期待着什么。

半晌，她感觉到枕边的被褥轻微陷下去，一阵微风拂过她的脸。似乎有人轻手轻脚地凑过来，撑着床榻，长久地望着她，仿佛在观察她的睡颜。

随即他的手轻轻搭在她腰上，将她慢慢地搂进怀里去，她的额头埋入他脖颈里，他的下巴抵在她发顶上，他的眼睛长久地睁着，并不愿意就此睡去。

他垂着眼，用手小心地抚摸她的长发，从发顶梳到了腰后，直到将她的头发都顺进臂弯里。像突然获得了期待已久的玩具，一时竟不知道该从哪里拆起，也不知道怎么去玩，只想这样抱在怀里，确认它属于自己。

这夜，苏倾睡得不甚安稳，嗓子不舒服，夜里时有几声细细的咳嗽，醒来时手无意识地摸着脖子，沈轶翻身过来，抬起她下颌："我看看。"

昨夜让他掐了那一下，脖颈上留了几点细细的青紫，她自己看不到，还眨着眼睛说："开春了，想必是花粉过敏。"

沈轶没有言语，仔仔细细地盯着她看。一夜过去，早就把别人如何待她忘了个干干净净。

苏倾瞥他一眼，随即飞快地错开他的目光，这样让他抬着下巴长久地望着，她都感觉面上发烧，支起手臂遮住了他的眼睛："看着我做什么？"

沈轶将她的手挪开攥在手里，一言不发地欣赏着她，瞧得她脸上都被看出了一层薄红，他才罢了手，放她换衣服起床。

"二夫人，今日不是要去厨房做早饭吗？"柳儿在外面敲门，是看日上三竿苏倾还没起，特意来叫她的，不想还没推开门，便听见里面有人声，骇得僵立于当地。

"你想吃什么？我给你做。"苏倾坐在妆台前梳头，她今日很高兴，眼眸都是亮亮的。

沈轶将看她的目光移到一旁去，一时间满脑子都是她的笑靥，竟想不出一道吃食来，便绷着脸道："你看着做吧。"

她应一声，搁下梳子便要起身。

沈轶忽地叫住她："你回来多久了？"

苏倾想了想："也只几个月。"

"我不在，有谁为难过你？"

"没有。"她隐去东院现状，只抿唇笑道，"都挺好的。"

沈轶摆摆手，示意她可走了。

门开的刹那，柳儿的目光同里面坐着的鬼魅般的人影相对，惊起了一身冷汗。

他醒着同睡着完全是两个样子，鼻梁高，眼窝深，本就有些异族之相，那双眼睛又懒散而冷戾，看着他的眼神很不友好，甚至称得上是尖锐。

不过在他腿软之前，沈轶已爱搭不理地垂下眼去，那骨节修长的手一下一下地甩着自己的腰带玩。

苏倾闭上了门，一切压迫感便结束了。

“二少爷醒、醒了？”柳儿想起自己曾给方才那人擦过身，就一阵害怕。

“嗯，且先不要走漏风声。”

柳儿看着门外堆着收拾好的行李，还有院里的板车：“那我们明天……还要出发吗？”

“晚几天再去吧。”苏倾往厨房去，裙摆漾开，“我得同二少爷商量一下。”

二少爷醒得仓促，没什么准备，苏倾从厨房里端了碗山芋粥，只问厨娘要了一只酥油饼，装在托盘里，预备给他垫垫肚子。

推门时，沈轶立在榻前，她的一条罩裙从他手里垂下来，似乎玩得正认真，门稍一响，裙子倏忽从他手里落下来，他将帐子一拉，返身坐在了桌前。

苏倾手里捏着四根筷子，窗口背光，照得她头发丝外面镶着金边，那笑容也暖洋洋的：“吃饭吧。”

沈轶把椅子勾出来：“过来，坐这儿。”

他手里拿着一个小圆盒子，食指挑起她下颌，露出那一段细腻如瓷的颈子。

一点冰凉极轻地落在她脖子上，让他碰到那几处青紫，她才觉出疼，轻轻吸了一口冷气：“这是让蚊子叮了？”

沈轶默了一下，语气透着几分严厉：“我昨天怎么待你，你忘了？”

苏倾这才恍然大悟。

沈轶见她下唇也有一个小小的破口，便顺带着点了一下那唇。他涂着药，忽而恶劣地笑了一下，沉着脸道：“以后晚上的事，让你记得牢牢的。”

那药膏里掺了薄荷，让他触着又凉又痒，苏倾说：“我自己来吧。”

“你看不到。”沈轶的动作利落却柔和，指尖就着那药膏的滑腻，抚摸了一下那刺眼的几点淤血，就带着一点郁结站起身来。

大姐儿一向娇，他知道的，看一眼都要红耳朵，何况上了手，也不知当时怎么就用了这么大的力气。

苏倾捉起袖子为他布粥，担心他觉得太素：“你才好了，先吃些简单的。等过几天，再慢慢加上去，你觉得如何？”

沈轶盯着盘子里那酥油饼看，看了好半天。当年他从苏倾送的红漆食盒里拿出酥油饼咬了一口的时候，尝着那陌生的甜香，在脑海里构想的是这一天，却没想到真有这一天。

他拿起勺子搅着粥，热腾腾的香气熨帖着肺腑：“你吃了吗？”

苏倾说：“还没。”

“你先吃。”

他见苏倾伸手掰饼，皱眉头：“不许掰，拿着吃。”

她将饼送至口边，小心地啃起来，一面啃一面瞧着他。纵然吃得很仔细，脸上还是沾了点饼渣，不好意思地拿手帕悄悄擦掉。因那油饼烙得实在香酥，她没顾形象，又安静地捏着啃了两口，垂目时落下浓密的睫毛，像只小松鼠。

沈轶顺手将她的发丝别了别，舀了勺粥喝，才喝了一勺便皱眉："太甜了。"

苏倾赧然道："那是我把糖放多了。"

原本以为他喜甜的，加了一大勺白糖，喝起来甜甜糯糯的，早知道该过问他。

"别吃了，我给你重舀一碗。"她去拿碗，沈轶五指盖着碗沿，猛地将碗捏起来，让她拿了个空，她伸手取，他便背过身躲开她，利落地几下刮了个干净，全送进了嘴里。

苏倾看着桌上的空碗，好半天才无可奈何道："……不喜欢你怎么还吃完了。"

连这责怨声也是轻轻的，像是嗔恼。

沈轶听在耳中，没甚反应，顺手拣起她啃了一半的油饼，几口吃了，无所谓道："垫垫就好了。"

再一瞥，苏倾耳根发红，瞧着他欲言又止，便勾勾手指："你过来。"

他的掌心覆盖在她脸上，一只手便把她小巧的左边脸颊全盖住了，拇指拨弄了一下她的耳垂，闷闷道："大白天的，不许红，给我收回去。"

这如何能收得回去？她不知所措地瞧着他，努力了半天，倒憋得整张脸都红了，从他掌心中挣脱出去，慌张地将碗摆在托盘上，端着托盘跑掉了。他在屋里瞧着那推门的背影，懒散地靠在了椅背上，眼里少有地露出极愉快的笑意。

自沈轶醒来以后，苏倾的话少了许多，从前敢对着他说的话，少有说得出口的，只在他问起什么的时候才偶尔应答两句。

譬如他在屋里的屏风背后发现了浴桶，脚尖抵了一下浴桶底部随口道："谁的？"

苏倾咬着唇道："我的。"

浴桶边缘还搭着一件白色亵衣，系带长长短短垂挂下来，在他好奇地拿起来看之前，苏倾飞快地将它捡了去，藏在了背后。

沈轶伸手到她背后，她死活不肯给，他便回了头，推了把那花鸟鱼虫屏风，又弹了弹，冷笑道："你以为这白丝帛挡得住什么？"

苏倾说："当时因室内没人瞧着，又要照看你，才偷懒在屋里洗。"她语气里有点小小的得意，"我以后不用在这里洗了。"

沈轶没作声，看样子是有些不大高兴，极轻地踹了一脚浴桶："那我如何洗澡的？"

"临将军和……我，帮你擦身。"

她刻意隐去了柳儿，沈轶向来视下人如空气，什么都不甚在意，唯独对那倌儿有几分敌意，也许是因为他是东院唯一的男仆，吓得柳儿这几日猫在院落外头，连敲门都不敢，她一连睡过了好几天。

沈铁瞧着她，苏倾本有些不好意思的，可是半晌没听到他说话，便抬起头，沈铁眼里没有任何轻佻的神色，只是不太温柔地摸了一把她的脸。

“却让你伺候我了。”他看着她，低低笑一声，他笑起来时，那双澄清的眼睛里有一点极淡的、郁结的不甘，声音轻得像在呢喃，“委屈大姐儿了。”

苏倾的眼睛很慢地眨了一下，显出些乖巧的迷蒙之色，便让他轻轻一推，马上推离了，随意道：“吃饭吧，饿了。”

夜幕降临时，两人各自上榻。

初始时确有些不自在，苏倾甚至连他醒着时靠近他都有些紧张，不过后来便好得多了，她还敢趴在枕上同他讲话：“先前看见你有几根白发，帮你拔掉么？”

沈铁仰躺着，一手枕在背后，一手搁在小腹上，随着呼吸微微起伏，顿了一下才懒散地应：“嗯。”

她慢慢凑过去，轻轻拨开他的鬓角，洗过的头发还湿着，她费力地从中寻觅。手指搅动着他的头发，温热的呼吸落在他脸上，一点点的痒。沈铁闭上眼睛，在充盈的清爽的皂角气味中，竟感到舒服得昏昏欲睡。

半晌，让她小心地推了推，苏倾手里已捏了好几根银丝，紧张地望着他：“疼吗，你怎的没反应？”

那几根头发拔下来，比起刀伤剑伤来，不若说是蚊子叮了，要什么反应？

他把枕在头下的手抽出来，夺过她手里的头发丝撇在桌上，抓住她的手在衣袖上随便擦了擦，一骨碌坐起身来：“来，我帮你拔。”

苏倾躺着看着他，笑着直颤：“我可没有白头发。”

十四五岁的姑娘，怎么会生白发？

沈铁偏说：“我看见了。”

苏倾想，他这样记仇的一个人，定是刚才弄疼他，要揪回来。反正她头发这样多，且让他揪几根，也没什么大不了，便闭上眼睛，紧张道：“那你轻些。”

沈铁不耐烦道：“嗯。”

半晌，她没等到头皮的刺痛，却感觉一道微热濡湿的唇落下来，印在了她的嘴上。

她的眼睛马上睁开了，有些慌乱道：“你怎的这样？”

沈铁俯着身，抬起她下颌不放，在她唇上磨蹭了好一阵，还拿舌尖舔她，浑似坏孩子的勾逗：“你自己说的要轻一点。”

他很快没了谈话的兴趣，手掌伸进她腰后，将苏倾抱起来搁在膝上，渐渐辗转深入。初无什么技巧，在那唇上横冲直撞地掠夺，全凭本能驱使，怀里的人抱着他的脖子，身子软得过分，他便愈加感受到更深一层的空虚，越抱越紧，仅这样贴着便能感觉到空缺被填补修整了。

放开时两人气喘吁吁，苏倾的眼里似浮了一层雾，只挂着他的脖子，像是攀着块浮木，轻易不敢松开。

沈轶捻她的发丝理了理，好像愉快得很，轻轻道："倾妹。"

苏倾马上有些怔愣地瞧他，以往只有沈祈才会这样喊她，他是从来不如此的，便道："怎么这样叫我？"

沈轶脸马上沉了："你应答。"

老早以前，他就妒忌沈祈一口一个倾妹，叫得这样亲昵。

"倾妹。"

"嗯……"

她想了想，搂住了他的脖子，脸颊贴住了他的喉咙："那，沈轶哥哥。"

（二）

沈轶让她这样抱着，半晌没有言语，苏倾抬头一看，他耳尖都红了，一把将她扬起的脑袋按回去："到此为止了。"这个关于哥哥妹妹的游戏便到此为止了。

沈轶对于东院的事不大热忱，听见她简要讲了这三年如何门庭冷落，他也没有什么反应，随手玩着桌布上挂下来的流苏，将其勾起来再撂下："噢。"

人情冷暖，早在他像一棵野草一般在沈家的夹缝里艰难生存时便摸了个通透。他这个主将已倒了，趋炎附势的人此时不走，还留到什么时候？

他侧坐在圈椅上看她管账，苏倾端坐在椅子上，左手拨算盘，右手悬笔写字，脊背挺直，世家小姐冷练而沉静的气度显现出来，看着极赏心悦目。

想他自小一身反骨，怎会喜欢上这样正正经经的女孩子。

"对了。"屋里炭火烧得很足，苏倾的声音细细的，含着一点儿歉疚，"我用了一点你的钱，枕头里的。"

沈轶随手捻起账册前几页看，眼都没抬："花得差不多了？"

"没……还有一些。"她硬着头皮回答。只是长此以往，没有进项，金山银山也总有亏空的一天吧？不过沈轶刚醒，她还舍不得拿这些事情难为他。

"都买了什么？"

"买了院里的丫头，还有……冬天的袄。"苏倾有点愧疚，因为都不曾给他买过什么，但愿他不会问起。

沈轶盯着她看了一会儿，那眼里冷淡，他把书页一撂："给我买什么了？"

"买了……炭。"苏倾想得鼻尖上沁了汗珠，坐立难安地辩解了半晌，茫然睁大了眼睛，声音也颓然低下去，"都烧掉了。"

沈轶忽地瞧着她笑了。

从他那绷着嘴角的冷淡的表情，到恶劣地弯起嘴角，不过一瞬间，苏倾尚没反应过来，呆呆望着他，他已凑过来，在她颊上恶狠狠掐了一把，便走去捏捏她挂在外间的红色冬袄：“怎就买这一件？薄得纸糊的一样。”

“银子多的是。”他淡淡说，“没了管我要。”

他知道大姐儿娇，在家过的是锦衣玉食的日子，那都是要拿金银堆出来的，半点不能委屈了。

临平来过一次，全然不敢置信在床上躺了三年的死尸一般的人，竟能如常坐在桌前，且这三年时光在他身上如微风轻轻带过，没留下丝毫痕迹。他身上那股暮气烟消云散，像是处在他从未见过的意气风发的少年时代。

临平围着他绕了一周，又是哭又是笑：“沈二，你眨眨眼睛。”

“点个头。”

“对我笑一笑。”

沈轶眉宇间挂着不耐烦，临平转到这边，他就把脸扭到那边，忽而瞥见苏倾眉头一皱，把拇指含进嘴里，伸手在苏倾手上一拍，吓得她手里的李子和小刀都掉了：“谁让你动刀？”

苏倾忙把李子捡起来，拿一双乌溜溜的眼睛瞧着他：“我在给你削水果。”

沈轶将她削了一半的李子夺过来，照着没削的那面咬了一口，恶狠狠地瞥她一眼，苏倾便咬住唇不再说话了。

临平看看这边又看看那边，把头凑过来，悄声劝道：“你也不要待人这么凶嘛。你不在的时候，这丫头片子独个儿撑起了东院。客观地说，你能醒，得谢谢你嫂嫂。”

这便触了沈轶的逆鳞，他连饭都没留临平吃，就将他扫地出门。苏倾挽留不住，起身要去送，手腕被沈轶抓住，毫不客气地往眼前一扯，寻觅起来：“划哪儿了？”

蜷起的食指上浅浅的一道沁了血珠的划痕，他的喉结微微一动，冷冷抬眼看她，倒像是恐吓。

苏倾同他对视了片刻，忽而朝他小心一笑，那笑有几分卖乖的羞涩，唇红齿白，仿若春风拂槛：“晌午买的李子好吃吗？”

“还行吧。”他随口道，心里想，大姐儿好会讨饶，竟然知道他吃哪一套，拽着她袖中伸出的手不放，“李子削什么皮，不许削。”

“李子皮是酸的。”

“就喜欢吃酸的。”

苏倾手里捏着紫色的陈李，想一下便觉后牙发酸，按了按自己的腮帮子。沈轶取了把匕首在指间转了一转，刀柄敲敲桌子，不耐烦道：“拿来，我给你削。”

二月底天已暖和，草长莺飞，再提动身去琼岛的事情，沈轶无所谓道："那走吧。"

这么多年来，至亲早已离世，沾着血缘的唯有沈祈，沈家于他称不上真正的家，他对于荷乡的情感，甚至及不上他对关外驻营地的离离野草。

但真正决定即刻动身，是在一天下午过后。

天边晚霞瑰丽，染就了层层叠叠的火烧云，沈祈又一次踏足东院的时候，苏倾反手关上门，将沈轶挡在里头。她不希望二少爷醒来的事被沈祈夫妇知晓，最好能悄无声息地告别荷乡。

她立在门口，用脊背抵着门，挡住了里面的人一下一下故意挑衅的敲门声，尴尬地笑道："我的丫鬟在同我玩呢。"

沈祈瞧她的目光依旧失魂落魄："小艾，我先前送的东西，你怎的又送回去了？是不是夫人为难你？"

他知道锁儿那性子，能捏在手里的绝不肯给人。

"倒没有，只是大哥送的东西贵重，我们东院不敢收。"

沈祈默了片刻，只道："你不要怕。"

他喃喃自语了好一阵，回头看着松树顶，自嘲地笑道："是我对不住你，就是把能给的都给你，该恨的还是要恨的。"

属于小艾的、清脆天真的声音将他打断了："大哥，你说什么呢？"

沈祈回了神，只笑了笑："没什么。"

他又认真地注视她的眉眼，当年苏倾扮成男装上学，眼睛里也是这样亮而有神的，瞧他的时候礼貌又大方，抿着笑的嘴角又带着女孩子的软和矜持。路口学子来来往往，她站着仔仔细细地收心爱的纸伞，抬眼见他还在等，便朝他一笑："沈兄，你先行吧。"

那个时候他也会想着法儿地排挤不喜欢的人，耍心眼夺取夫子的宠爱，手段看来幼稚不堪，却好像是他这辈子度过的最轻松愉快的一段日子。现下他曾经的夫人和他引以为敌的弟弟，都离他而去，他在这世上，竟头一次体会到了难以言说的寂寞。

他对小艾道："人一辈子，究竟活什么呢？"

小艾瞧着他，笑而不答："晚娘姐姐的胎如何了？"

一提起这个，便将沈祈即刻拉回现实，眉宇间郁色更甚。

他一生寡亲缘，年近不惑仍然未有自己的孩子，不知是否是上天的惩罚。这个孩子本是他很期待的，可是在外室不断地索求和争宠之下，这种期待，好像有些变了味道。

暮色四合时，檐下一盏盏灯笼亮起，他匆匆告别了小艾，回到他自己的西院去，影子拉得斜长。

苏倾待他走远了，才猛地开门进屋。

屋里茶水已冷，却没了人影。她吓了一跳，回头见窗户大敞着，如一道画框，装裱了昏暗夜色。

一道门哪里关得住他？这是同她闹别扭呢。

她提着灯笼快步在院里走，撞见了巡视的柳儿便拉住：“见到二少爷了吗？”

柳儿大张嘴巴道：“二少爷？”

她一个人在院里乱转了好些时候，专注找那树丛假山背后，灯笼摇晃出散乱的脚步，忽而听到一声长而清脆的口哨，猛一抬头，一个人影高坐在墙头上，两条长腿悬下，交叠放着。

她将灯笼举高，照出他似笑非笑的冷淡眉眼，顿了顿才道：“怎么坐在那里了？”

沈轶不答话，倏地从墙头上跃下，敏捷得似一只猫。他拉着她的衣角，一语不发地将她一直扯到了后园里，信手拨开树丛让她看。苏倾低头一瞧，看见地上挖出的小土坑里，躺着沈祈第一次来送她的玉佩，在月色下是温润的乳白色，流苏压在背后，可怜巴巴的，好似等待裁决的罪囚。

苏倾瞧他一眼，挽起裙子便蹲下来，顺手往土坑里覆土。

“哎。”沈轶见她问都不问，忍不住拦她，她权当没听到，麻利地填个不停，不一会儿便把玉佩整个儿埋住了，她将那地方堆成个整整齐齐的小坟包，拍拍手上尘土，柔声道，“官人，我埋得好不好？”

“……”

室内烛火正璀璨，将人影投在纸窗上。沈轶信手扬起帐子，将人抱进去。

他的吻比平日里霸道许多，还恶意许多。专往她耳后、脖颈上的娇嫩皮肤游移，专听她喘，听她讨饶。苏倾伸手捉他的手，外裳便让人趁机解掉了，肩膀让风一吹的时候，她才从晕头转向的抵抗中脱了身，恳求道：“吹了蜡烛好不好？”

沈轶腾出空来瞧她，只觉得她泪汪汪的眼睛，看得人火烧得更旺：“再叫一声沈轶哥哥。”

“……”苏倾歪在榻上看着帐子顶，脸色绯红，暂时叫不出口，待到他吻到她脖颈后，唇齿鼻梁蹭过，细软如小虫爬越头皮，她从小腹到小腿一阵痉挛，当下便从了，紧闭的睫羽濡湿：“嗯……沈轶哥哥。”

话音未落，帐中便全黑了。

金灿灿的阳光落在桌案之上，闭上眼睛，眼皮也晒得发橘，苏倾腰肢酸软得厉害，一动也不想动，便闭着眼睛枕在他怀里，任沈轶的手抚摸她的长发，又轻轻触摸她的睫毛。

他的声音低低的，似生怕吵着了她：“你见过幽冥之主吗？”

苏倾闭着眼睛说：“见过，幽冥之主跟你长得一样。”

“说梦话。”沈轶嗤笑着弹了下她的额头，见她皱起细眉，方将手放在眉毛上，轻轻抚摸。

“那三年里，我做了好长一个梦。”

那梦里光怪陆离，眨眼间活过了好儿辈子，都是很圆满的，这使得躺着的时候感到过于幸福，醒来的时候又太怅然，倒不如不做。

可这些说来她能信吗？到地府里糊里糊涂走了一遭又出来的大姐儿，什么都不知道呢，如今还是十四五的好年岁，可见这禁术使得很值得。

这么想着，他便不说了。

苏倾靠在他怀里，软绵绵、暖融融的一团：“梦见我了吗？”

“没有。”他枕着手臂，闭着眼懒洋洋道。

半晌，他感觉到有人极轻地吻了一下他的脸颊，细碎的水珠掺杂在那触碰里，变作一个湿漉漉的吻，苏倾瞧着他轻笑道：“梦醒了，我哪里也不去了。”

蹉跎这六年又三年的光景，人生却始终幸运着。

“你饿吗？我们用早饭吧。”

从荷乡离去那日，夜半三更，训练有素的车夫在门口安静地等，马儿甩动尾巴，柳儿和其他丫鬟把行李安静地搬上车去。

沈轶看见院中有辆铺好了被褥的板车，便问起来。不知谁透了风，让他知道那是二夫人预备用来拉他的，当下绷着脸朝苏倾道：“你躺上去。”

苏倾回头瞧瞧捂着嘴窃笑的丫鬟们，赧然道：“我走过去有什么不好。”

沈轶已掀开被褥，拍拍褥子：“快来。”

院里一阵窸窸窣窣的笑声。

苏倾忍着笑，推着发髻，小心地躺在板车上，仰头见漫天的星星明亮闪烁，因是个无云的晴天，暗蓝的天空广袤无垠，看着便能将人陷进去。

随后她感觉到板车被抬起来了，沈轶弯腰将车把抬起来，架在自己腰间，一步一步走着，将她拉到了门口。

立在门口的临平目瞪口呆，笑得嘈嘈切切：“哟，板车上换人了，抬媳妇呢？”

沈轶并没有打他，也没有瞪他，只是低着眼，安静地看着坚实的土地，和他落下的每一步，汗水一颗一颗地从他鬓边滚落，沿着他的下颌骨，坠落进土地里。

这板车可沉得很，他心里想，大姐儿是抬不动的。

事实上，在启程之前，苏倾便有孕了，在路上颠簸的日子几乎是在害喜中度过，她吐一次，沈轶的眼神便暗一分，责怪自己没忍住，太早地要了她。在他看来，这么瘦弱的一具身子，要孕育一个孩子，实在是件危险的事。

好在临平一家随行，临夫人生过了两个孩子，便同沈轶换了马车来随行照顾。入了夏，她已有五六个月身孕了，有一次二人都折腾得累了，歪在榻上睡着，临夫人半夜惊醒，只觉得耳畔有风掠过，一睁眼便见沈轶半弯着腰，仔细地给苏倾扇扇子，她垂下的睫毛卷翘，鬓边让汗水濡湿的发丝在空中飘着，让他小心地别在耳后。

“沈将军……”

他那双清冷的猫一样的眼睛看过来，将食指抵在唇边，做了个噤声的口型，又递她一把扇子，轻声道：“谢你看顾。”

临夫人大咧咧地扇起来：“你也不必太操心了，女人谁还不经历这一遭？”

沈轶没出声，在她醒来之前，又跳下马车，融入寒凉的夜色中。

待到穿越大半个国境，到达远在南境的琼岛时，中原混战的消息传来，苏倾也即将临盆。她的皮肤变得莹润如玉，胸部也慢慢变得饱满，周身仿佛散发着淡淡的光芒。她的精神仍然很好，牵着沈轶的手，反拽着他走过了琼岛上的森林和草原，逛过了市镇，亲自把家安在了一处水潭边，屋子外面有两棵合欢树，她头一次见到便很喜欢，待到睡了很长的一觉，下次出门的时候，合欢树上多了个木板秋千，被风吹得轻轻晃动。

她走往秋千上坐，沈轶捉着她的腰不放：“现在不行。”

这个，是留给你熬出头以后玩的。

苏倾立在秋千前，巴巴地看着他坐在上面，一双杏仁眼闪闪的，抿着的唇角似乎含着一点儿将说未说的委屈，将手搭在隆起的小腹上，垂下眼道：“那好吧。”

沈轶起了身：“算了，让你坐一下吧。”

空气里植物的气味丰盈，带着湿漉漉的热带的水汽，她欢喜地抓紧绳索，沈轶在她背后，轻轻一推，未及她向前荡多远，又拽回来，如此反复，连风也不是连贯的。

沈轶见她即使这样还玩得开心，有些纳闷，忍不住问道：“你有没有觉得他很麻烦？”

他指的是她腹里那个孩子，他一世寡亲缘，父不喜，母早亡，弟兄姐妹都疏远，孑然一身、独来独往地活着，倒也没有觉得什么，自然没有像旁人那般那样重视自己的血脉，尤其是将母亲折腾成这样的孩子。

苏倾摇摇头，边荡着边粲然笑道：“我很喜欢他的。”

那好吧。他微微勾起唇角，懒懒散散地一推一拽间，便很容易地想通了，那么我亦喜欢他就是。

这个苏倾很喜欢的男孩子叫作沈钰，有一双黑浚浚的眼睛。纵使孕中不安，苏倾生的时候却没受多少苦楚，孩子不到半夜便急着落了地，哭声极响，临夫人抱着他，笑着说，定是个不安分的。

——可不是？

六岁就把爬树掏鸟窝、下河摸螃蟹学了个全，奔跑在山林间像阵风，像无拘无束的驹子，从学堂里逃课出来，一把山林间的野花插进母亲的花瓶，头发上沾满清晨的露水。

回头见父亲在屋里的背影，吓得步子也放轻了，像只带着肉垫的猫。苏倾正在榻上吃沈轶喂的粥，侧眼瞧见了他，朝他微微笑了一下，使了个眼色，便叫他快些逃走了。

沈钰向后退了几步，扭头便跑。站在榻前的沈轶哼笑一声，顺手擦了擦她的唇角：“你以为我没看到？”

苏倾臊得脸都红了，将手搁在肚子上，睫毛颤得厉害：“你可别骂他了。”

其实他从来不骂孩子。沈轶真要管教孩子，一般都上手打，拿脚踹，他打得极痛又不致伤，沈钰是很怕父亲的。

微风吹来，窗外如梦似幻的粉色合欢花摇晃，厅堂里的花瓶里，散乱着一把蔫蔫的野花。

那时苏倾正怀着七个月身孕，那是后来在金秋时节诞生的女孩子，名字是沈轶取的，起名沈樱。沈樱后来嫁给了临平的二子为妻，青梅竹马，顺理成章，这是后话了。

沈樱生得像沈轶，五官深邃俊俏，鼻尖挺翘，瞳孔颜色浅，也有些异族之相。她安静乖巧，小时候就像只小猫，沈轶待她比待她哥哥稍好一些，至少能将她抱在膝头说话，且从来不打她，或许主要是因为她同苏倾一脉相承的乖。

沈轶就是吃这种乖，无论在哪里，苏倾拿那双眼睛怯怯地一看他，他便受不住，就像当年一同跪在学堂里，一回头瞧见苏倾融着星河的眼睛，布帽里面露出一点儿鸦青的发丝，背后是一片绚烂绯红的流转晚霞。

一直到四十年后，这样的魔法依旧未散去，纵使大半生已经过去，二人并肩躺在合欢树下乘凉的时候，已是满头白发。

布满皱纹的手臂，撑在摇椅的扶手上，微风拂过，落下的合欢花撑着伞，在空中飘零而下，落在她裙子上，沈轶伸出颤抖的手一拂，将其骨碌滚下。

年逾五十的苏倾对他笑了一笑，依稀还有旧时影子，沈轶的眼神变得异常温柔，亦或许在他眼中她永远都是那个样子，十四五岁的青葱孱弱的少女。

苏倾想她这一辈子，觉得没什么可挑剔的，一切就像晒在脸上的温柔的阳光，美满得恰到好处。

风吹起她的裙子，落花如雨，她忽而有些困倦了，睫毛颤了颤，慢慢闭上眼睛。沈轶忽而握住她的手，回头看她：“倾倾，你怕死吗？”

她慵懒地摇了摇头，看着手上戴着的鸾鸟的钏子，她握着他的手，声音平静温柔：“此世当好多世活着。”

她半眯着眼睛。涌上心头的困倦并不让她觉得害怕，也许是要死了——但那也没什么。

在她年轻的时候，她已有了不可想象的奇妙的经历，能这样过完一生，又是常人难以企及的幸运，故而她是这样的满足，这样的毫无怨言。闭上眼睛前，她听见他在她耳边慢慢地问：“想好了么，倾倾？”

想好……什么?

他留在空气中的声音慢慢地变得嗡嗡作响，似乎许多个气泡纷纷爆炸开来，发出“噗噗”的轻响，合欢树浮在空中的粉红色的花朵，慢慢地旋转起来，随即是整个世界在她眼前旋转，所有的颜色，晃动成了变幻万千、光怪陆离的万花筒，旋即它们定格，片片破碎，变成无数星光和粉尘，闪动着消散在空中。

她的身体似乎猛然升起，悬浮于广袤无垠的宇宙中，如漂荡的一叶扁舟，她安稳地紧闭着眼睛，皱纹寸寸消去，如玉的身体如同最原始的山脉，有着流畅起伏的曲线，黑色长发如水中浮动的海藻，盘旋遮蔽她的身体，在藏蓝色的空间内飘浮着。

一枚巨大的圆环出现在黑暗中，蓝色的光芒由一星乍现，慢慢地，逆时针沿着那圆环的形状，顶到了满格。

满格的圆环一明一暗地闪烁着，像一个巨大的、标识的句点。

第七卷　小重山

第一章　惊初见

（一）

“砰——”无数零件碎片伴随着巨大的撞击声在空中炸开，废墟内火苗徐徐燃起，烧焦的味道飘散而出，同时伴随着小范围的炸裂。

缕缕黑烟从报废的车框上升起。

巨大的、怪物般矗立于城市中的联合政府实验室大楼，悬挂红底白字的巨幅竖幅标语“We are human（我们生而为人）”，那标语被风轻轻吹动。

冷森森的玻璃幕墙，映出刺目的日光，和瘫痪的十字路口红色的火光。

“小姑娘！”人们忽然看到一个穿蓝色连衣裙、戴阳帽的小小身影，像离弦的箭，从人行道斜穿而来，裙子绽开一朵花。有人在背后追上她：“嘿！别过去！”可是离得太远，眼睁睁地看着她冲进了火堆里。

尖叫声一波未平一波又起。

空中又有数辆飞过的轿车，突然沿切线偏离轨道，饺子入锅一样俯冲下来，像被磁铁猛地吸引了一团，连续“砰砰”地撞在了那一团废铁里。

“SOS：丘山路发生重大车祸，请求支援。”

红色文字闪烁。

距离事故点两公里内的所有医院，每一个医生、护士胸前的信息牌都出现了这样的文字信息。

除产科以外，所有人奔跑起来，五辆救护车疾驰而出。

“走地面吧，听说走空轨的汽车失控了。”黑人护士打着手势，急切地对司机说。救护车在十车道的马路上飞奔，窗外花花绿绿的广告牌一闪而过，依稀可见只言片语：“HUMAN BEING（人类）”“No Replacement（无可替代）”。

“空中轨道没有问题。”医生已经放下通信电话，“警方说是磁场干扰了无人驾驶感应系统。”

“担架准备好了吗？”

丘山路连同上方空轨全部封禁，宽阔的道路上，几辆警车横七竖八停在那里，红蓝警报灯闪烁。

未及救护车停稳，门便已经拉开，白衣的医生护士抬着担架俯冲出来，抬头见到眼前堆积成山的冒着残烟的报废的铁皮汽车，几乎遮蔽了太阳，鲜血像罐头被挤破似的，沿着缝隙流下来，汩汩淌到地上。

“天哪——”有人捂住嘴，声音带了哭泣的调子。

好不容易安定下来的人们，看到眼前景象，又一次想起了几十年前洪水席卷、城市摧毁、摩天大楼如多米诺骨牌倒塌的恐怖画面。

四周所有的楼体外立面兼做屏幕，忽然亮起。

这是紧急转播，联合政府发言人的脸出现在屏幕上，蓝色眼睛里神色凝重。

“不惜一切代价抢救伤员，要将死亡率降至最低。”

——在那场浩劫里，活下来的人类数量锐减至原来的十分之一。

“那是我们的同胞，”他轻轻吟诵了联合政府的口号，“‘人类一体’。”

直播就此结束，所有人擦干眼泪，各司其职地忙碌起来。

“磁场干扰解除了吗？”

“还在排查，车速甚至不能超过50迈。”

“快让开，吊车来了。”

救援机器人成批地从卡车上跳下，“噼啪”“噼啪”训练有素地将机械臂伸进废墟，绿灯闪烁着，搜索仅存的生命迹象。

“你看到一个女孩跑进去了，对吗？”警察在本子上记录着什么。

“我试图追上她，但是她跑得太快……蓝色裙子……对，她完全可以躲过去的，我想她已经……”

“找到一个幸存者，把这块铁皮搬开！”医生护士们欣喜若狂的喊声打断了问话。

偏过头去的目击者张开嘴巴，露出了难以置信的神色。

蓝色连衣裙的女孩正蹲在铁铸的废墟里，她看上去只有十五六岁，阳帽不知掉在何处，露出漆黑的发丝，一对麻花辫子，打了蝴蝶的白色绸带仿佛翩翩飞舞的蝴蝶。

一个脆弱而美丽的亚洲女孩。

她似乎从未被这么多双眼睛注视过，她扫视着外面围着她的医护人员，黑色眼瞳里露出一丝惊惶的怯意：“你们……”

她打量着每一个人，小心地朝这些陌生人说：“救救他。”

人们发现她怀里还紧抱着一个失去意识的、不到十岁的小男孩，男孩脸靠着她的胸膛，只留给众人一个头发翘起的后脑勺，他穿着宽松的短裤，苍白瘦弱的小腿还压在废墟中，从那处源源不断地滴下鲜血来。

医生护士们交换了一下眼神，为首的俯身探进那洞口，朝她伸出手：“你能动吗？”

“请你先出来，我们随后救他。”

毕竟，刚才探测的结果表明，只有一个人类具有生命体征，他们怀疑她怀里的男孩已经……

而这处废墟充斥着汽油和橡胶轮胎烧焦的刺鼻味道，并不十分安全。

活着的人类，实在是太珍贵了，不值得冒任何风险。

女孩瑟缩着向后躲过那只手，朝他们摇头：“他……很……严重。”

也许是因为受到了惊吓，她说话有些断断续续的。

伸出的那只手几乎探到她肩膀，差一点就可以抓住她细瘦的胳膊，将她拖出来，但他们害怕这样会让她受伤。

正在犹豫时，医生的手指敏锐地感受到了她胸前一点轻微的、翕动的热气。

那热气，很像某种小动物细弱的鼻息。

那只手猛地转了个向，试探着轻按住了男孩裸露的脖颈，意外地感受到了跳动的脉搏。

他几乎跳起来了：“活着，他活着！”

外面的人顷刻间沸腾了。

“吊车来了吗？快把这里搬开……这里有两个幸存者！”

男孩被抱到担架上，他的左腿膝盖以下已经青紫，被压住的膝盖鲜血淋漓，很快染红了白布。

他看似人事不省，浓密的睫毛落下淡淡的阴影，他的眉骨突出，眼窝很深，眉毛也浓密，脸蛋上沾了道道血污，很难判断出国籍。

说“看似”人事不省，是因为他的一只手，紧紧地拉着女孩的手腕不放，将她的手腕都攥红了，后者蹲在担架旁边，慌乱地掰着他的手指。

“是你的弟弟吗？”

梳着双麻花辫的女孩似乎被问话吓了一跳，猛地抬起头来，与此同时，她终于挣脱了男孩的手：“不、不是。”

她身上沾着的斑斑血迹，似乎都不属于她。抬担架的护士忽而发现女孩的右脚踝以可怖的角度弯折着，倒吸一口冷气：“她恐怕骨折了，需要去医院做全身检查。”

“不，我不去。”她慌乱地摇着头。

两个人抓住了她的手腕，不由分说将她架上了担架，救护车门闭合，闪烁着应急灯，疾驰而去。

抢救担架车滚动在大厅里，脚步纷乱，大厅里有很多穿统一海蓝制服的警察，像捅了马蜂窝一样，密集地移动着。

医生诧异地摘下口罩：“怎么会有这么多联合政府的人？”

“诺尔教授动脉瘤破裂，倒在实验室三小时才被发现。”

“救得回来吗？”

对答的医生耸耸肩：“三个小时，不是三分钟。”

女孩猛地坐起身来，辫子荡起，一转不转地看着说话的人，被年迈的护士和蔼地按住肩膀：“别乱动，你骨折了，孩子。”

她直挺挺地又倒下去，枕着弯翘的辫子，歪头看着天花板，那双琉璃似的黑眼珠，映出急速后退的管道，不知在想什么。

推着男孩的担架床右拐进入急救室，他垂在床边的手还微张着，似乎想要虚弱地抓紧什么。

“今天真热闹。”

守在医院里的警察也小声抱怨着，因为人口不足的缘故，这是一支良莠不齐的队伍，里面甚至混有十几岁的少年和驼着背的六十岁的老人。

他们三三两两闲聊：“这个教授是做什么的，很厉害吗？”

“是联合政府实验室里的人。”

“有人说导致车祸的磁场干扰就是从诺尔教授的实验室里发出的。就在丘山路上，死了十几个人。”

“十几个人！”有人惊叹道，“他在实验室里干什么？”

“听说是在做违禁实验……”

抢救车靠近他们时，护士便被这话题吸引，不禁放慢脚步听了片刻。

“恐怕他得以死谢罪了。”

“说不定现在已经死翘翘了。”

“实验室是联合政府直属的，发言人要引咎辞职了吗？”

“可能。”

“真不明白实验室存在的意义是什么。我们已经这样了，还探索什么科学，不能靠自己的双手劳作生存吗？就像早期人类的那样，安全地活着比什么都重要。”

“说得轻巧，你三百五十平方米的房子，难道能不用扫地机器人清扫？实验室只不过是为了人类更舒服地生活。”

“是的。”那人双手合十，“生命是最宝贵的，无可替代。”

任何对话总会归结于这一句话，护士听到这里，便明白对话要结束了。

她无趣地转过头来，滚动的急救担架车上的被褥被掀开，堆在一边，凌乱的床单上面空荡荡的，早已没了人影。

“嘿！”她转头四顾，“那个女孩呢？”

“还没有人来认领吗？”护士的交谈声音很轻，薄如蝉翼的平板电脑上显示出登记表，“姓名”一栏还空白着。

“死伤者信息还没有确认，或许他的家人也在车祸中遇难了？”

调节器内的点滴一滴一滴落下。床头的控制仪器关着，半掩的百叶窗外，露出外面昏暗的紫黑的天色。

男孩躺在床上，因轻微失血而苍白的脸颊上贴了一小块纱布，右腿被白纱布层层裹着，高高吊在床尾。

他没有什么严重的损伤，只有被挤压的腿膝盖以下粉碎性骨折，钉了钢板，随后被转移到这处普通病房来了。

床边的桌子上甚至被允许摆放了一束紫红色的干花，病房里十分静谧，花叶被空调吹得簌簌抖动。

两个护士长吁短叹了一阵，轻手轻脚地将门带上了。

紧贴着门的墙边，出现一抹浅蓝色的衣角，裙摆上还沾染着大片污渍，那是已经发黑的斑斑血迹。

她以单脚脚尖站立着，脊背贴着墙，像幅画似的装裱在墙上，提心吊胆地，没发出一丝声音。

等走廊里的说话声远去了，她才放松下来，蹲下身去，“咔”地将自己的脚踝扳正了。

她轻手轻脚地走到病床边，弯腰打量床上的人，两条辫子垂下来，眼里露出一丝迷茫之色，像个迷路的、无家可归的孩子，盯着一棵树发呆。

手腕倏忽被人攥住，她险些跳起来。

男孩慢慢地张开眼睛看着她。他发着高烧，眼皮褶子更深，咖啡色的瞳孔迷迷瞪瞪的，像蒙了一层雾。

他说：“帮我倒点水。”

随后他松开了手，又闭上眼睛。

“水。”

女孩得到了一个指令。她在病房里四处探看摸索，她好像对这处很不熟悉，拿手打开了嵌在墙里的储物柜和冰箱，茫然看着里面的瓶瓶罐罐。

“开水房在外面，走廊拐角。”

他睁开眼睛，看见她正拿着一瓶碘酒研究着，不耐烦地说。

一分钟后，她笨拙地扶起他的脑袋，把纸杯抵在男孩唇边。

水温正好，他像河边饮水的牛犊，咕嘟咕嘟地，一口气喝了个干净，随后仰躺着大口喘息。

“你有 39.2℃了。”她将纸杯放在桌子上。

男孩闭着眼睛，没有应答，他昏昏沉沉，似乎又睡去了，薄薄的嘴唇微抿着，呼吸微沉。

她茫然坐了一会儿，指头摆弄了两下干花，便觉得有些坐不住了。但她也没能走成。

她低头看着他拽着自己裙子的手，伸手拽却拽不掉。

“放开我。”她小声地说，“嘿，我不认识你。”

“笃笃笃”，病房外传来敲门声，护士轻柔的声音响起：“病人醒了吗？换药时间。”

女孩心一横，将裙子连同他的手一起拉起来，张开小嘴欲咬。

男孩却猛地睁眼，那双阴郁的、沉静的眼睛看着她，带着一点气定神闲的威胁，抑或是挑衅——他慢慢做着口型：“你是从实验室跑出来的。”

女孩双眼猛然睁大。

同时，门被扭开了。

“天哪。”护士惊讶地看着那道蓝色的背影，“你怎么跑到这里了？”

护士低头看向地上，她一双穿在小皮鞋里的脚并起，整整齐齐地踩在凳子前。小腿骨肉亭匀，光滑白皙，不见丝毫伤痕。

“是……医生帮你处理过了吗？”

女孩愣了一下，点了点头。

一个护士抬手帮男孩换吊瓶，另一个护士松了口气，飞快地在本子上写着什么，瞥见男孩拽着她不放的手，一连串地发问：“醒过了吗？你是他的亲属吗？姐姐？”

女孩睁着眼睛望着空气，似乎思考了好长时间，才凝重地点了三下头。

拽她裙角的手指松了松。

“终于找到亲属了。”护士欣慰地说。

她低下头去，想起门被打开之前，他压低声音的警告。

“监护人。”他攥紧她的裙子，沉沉地看着她说，“我要一个监护人。”

男孩是真的没有什么力气了。

在被巨大的冲击力甩飞出去的瞬间，他感觉到一个温暖的、带着熟悉含氯消毒水气味的身体，张开双臂抱住了他。

随后两人一起被卷进车轮下。

在那之后，他做了一个梦，在梦里回到母亲最后一次出门之前，在储藏室找到了蜷成一团的他，把他拽到了明亮的客厅里，扳过他的小脸，强迫他同他们告别。

“别再跟我们生气了，Y。”她笑着，弯腰时，锁骨上坠下来的银色圆形链子一荡一荡。

这是个形容优雅的华裔女人，除了她身上若隐若现的实验室的消毒水味道。门外面站着的德国男人，则在低头看着手表：“Y，在这期间好好玩你新款的游戏机。”

他回过头来，男孩的脸捧在母亲手心里，他的短发支棱着，满脸的不高兴。这是一个美丽而诡秘的孩子，有一双浅咖色的瞳孔，周身散发着冰冷孤僻的味道。他总是一个人待着，无论高兴或是难过，都很少说话。

母亲在他脸上亲了一亲，自顾自地兴奋着："等我和你爸爸这次实验成功，我们一定会陪你去看话剧，绝不会再迟到了，好吗？"

她松手之后，他仍然把头扭回去，看着地面。只是在他们走了许久之后，抬起下巴瞥了一眼窗外。

汽车正从长满金黄芦苇的河岸边驶离，车盖上镀满釉色似的昏黄霞光。

那几天，他干了什么呢？

那个游戏机很简单，他没打几天就通关了。随后他不耐烦地等。等了一天，又等了一天，后来他爬上窗台往下望着。

芦苇丛中再也没有汽车的影子。

"姓名？"护士问道。

"嗯……Y。"

"就叫'Y'吗？"

"叫他 Y 就可以了。"

"年龄？"

"8……不，9 岁，ID 是 62236……"女孩的手反背在身后，感受着病床上的人用手指在她手心上无声地写出简单的提示。她的触觉非常敏锐，那些字符很快变成她流利的说辞。

"坐在车上的人都有谁？和他是什么关系？"

这个问题有些复杂，女孩停了好一阵才回答："不认识。"

"不认识？"护士愕然，与此同时，因为 ID 录入而被系统自动补全的个人信息全部浮现在平板电脑上，她睁大眼睛看了好半天，"他现在处在被领养的程序中。"

"是。坐车是要带他去见新父母的。"女孩急切地说，"但现在我来了，所以不用了。我可以做他的监护人。"

后半句是她自己聪明地加上的，她感觉到停留在她掌心的手指顿了顿。她的手反背在身后，根根手指上下起伏，波浪一样抖动了几遍，好像在炫耀胜利。

护士点点头，有些不放心地了打量着她尚带着稚气的脸："可是，你成年了吗？"

联合政府法律规定，儿童一定要有成年监护人，确保他们受到最完善的照顾，健康顺利地成长。

"我成年了。"女孩慌乱地停顿了一下，眼眸涣散开，似乎在等待什么，不一会儿她的声音又流利地响起来，"我提前毕业，在研究所工作，有固定工资，因为涉及保密任务，ID 暂时不便报全，尾号是 0660。"护士输入这串数字，果然链接到了一个被锁定的账户。她松了口气："我帮你们更新了资料。"目光落在她污迹斑斑的裙子上，"你跟我来换身干净衣服吧。"

后来的几天里，女孩穿着一件护士穿的消过毒的蓝色制服走来走去，V 字领内露出她漂亮的锁骨，路过走廊接水的时候，有哭闹的小孩拽着她的衣角，央求她给自己打针。

她把卷发的小女孩抱在怀里，亲亲她的脸颊，沿着医院的玻璃隧道穿行，讲各国童话故事。她的步调轻松欢快，不一会儿女孩睡着了，她将她抱回来，放置在病床上，盖好被子，回头，门口排了一连串肤色各异、泪眼蒙眬的小豆丁："Story, please."

护士换药时道："你的姐姐比我更受欢迎。"

Y 的眼睫垂着，睫毛盖住他浅褐色的眼睛，短发搭在前额上，对这个话题似乎毫无兴趣。

傍晚时女孩才回到病房内，她的发辫有些散乱，但脸上浮现出浅浅的、兴奋的红晕。

不一会儿这红晕消散了，因为护士临走时对她附耳道："你弟弟话很少，总是睡觉，要留心他的心理问题。"

Y 睁开眼睛时，女孩手里拿了一枝带着露水的百合花，正把干花抽出来，将鲜花插在床前的花瓶里："喜欢吗？医院外面有卖鲜花的人。"

Y 愣了一下，看着天花板："你有钱？"

"他送了我一枝。"女孩露出个明媚的笑容，那双乌黑的眼睛如星辰般闪烁。

"送给可爱的小姑娘。"当时，山羊胡子的卖花人朝她行了个绅士礼。

Y 躺着，语气平平地说："再拿他一枝花，他会把你卖给废铁站。"

女孩被雷劈似的看着花，似乎被惊骇到了。

他的语气乖戾："别轻信任何人，我也可以把你送回实验室。"

随即他按床头的电钮，她像火烧了屁股一样跳起来拦住他的手："别把我送回实验室。"

Y 诧异地瞪她一眼："干什么，我要上厕所！"

男护士笑眯眯地推门进来了："Y，想去洗手间吗？"

"我可以带他去的，不用麻烦您了。"女孩跳起来，殷勤地将他钉了钢板的那条腿放下来，飞快地将他的手臂绕在自己肩膀上。

男孩的脸憋得通红，挣扎起来："不要你……"

男护士叉着腰笑，灯光照着他唇边翘起的短短的胡茬："听姐姐的话，Y。"男孩儿乎是双脚悬空被她半抱进洗手间的，直到进了病房洗手间，他仅剩的一只脚才勉强站定了，反手推她出去："好了。"

女孩背过身去，低下头，拿脚尖踩着彩色马赛克砖玩儿。一截光滑的脖颈，在浴室的白灯照射下，发出细腻的光。

半晌也没有听见水声，刚要回头看。Y立即拿指尖抵住她的脊背，像拿把尖刀逼着她，圆润的声音抬高：“不许回头。”女孩面着壁，直挺挺地走出去，反手掩上了门。

男孩听见锁声，单手脱了裤子，回头瞧见磨砂玻璃外一个人影晃动，他根本尿不出来，苍白的脸蛋上瞬间腾起一层红：“走远点，我叫你你再回来。”

……

Y好像睡熟了，眉头还拧着，他的烧已退了，打湿的头发贴在额际，一个苍白、疏离的小孩。

女孩想起了护士的嘱咐。将手掌搁在他肚子上，托着腮同他聊天：“0660是谁的编号？”

Y的呼吸变沉，将她的手从身上拂下去：“关你什么事。”

果然在假装睡着。

“嘿，Y。”她的眼珠在黑暗里幽幽发着蓝光，嬉笑着拿一片树叶在他脸上扇风，“我是你的监护人。”他睁眼的瞬间，见蓝光映在她鼻侧和面庞上，形成个扇形亮区，一口气险些从喉咙倒灌进肚子里。

“哪个蠢货帮你装的夜视系统……”他烦躁地猛地翻了个身，还以为是在自己的小床上，完全忘了自己的腿还吊在床脚，“啊……”

骤然截断的痛呼，他咬紧后牙，眼睛紧闭，眉头紧皱，冷汗湿透了眉毛。

“你还好吗？”半晌，她的手轻轻搭在他的脊背上。

“睡觉。”他气冲冲地说。

又过了两天，女孩从走廊逛回来的时候，看见病床上放着一只敞开拉链的蓝色行李包，小病人单腿站在地上，病号服宽大，裤腿几乎拖在地上。

他缠着绷带的脚向后翘起，正在弯腰艰难地往袋子里装盒装消炎药。

“我们要走了吗？”

拉链被他“吱”地拉好，刚要背起来，一只手夺过了行李包，背在自己肩膀上，女孩小心翼翼地看着他。

“得出院了。”他拿牙齿把绑在手腕上的橡胶体温环捋下来，随手丢在桌上，发出“当啷”一声闷响，“你瞒不了太久。”

“那么……”她背着行李包踌躇着，小腹被他轻轻一推：“干吗？别挡路。”

“那么……”她小心翼翼地低头瞧着他，“我要去哪里呢？”

说完，她咬了一下嘴唇，这个动作显示出了心里的不确定。

男孩已经走到了门口，艰难地蹦跳着扭过身来，皱着眉头，好似对她问出这种话来感到十分费解：“不跟我回家吗，监护人？”

女孩的眼珠“噌”地亮起。

Y 捶捶门框："去服务大厅要一副拐来。"

十分钟后。

车轮滚动在医院外的景观卵石带上，发出咕噜噜的巨响，女孩手里抓着的扶手上下颠簸着，直将她的手震得没有知觉了。

"我都说了要拐就可以了！"男孩恼怒的声音响起。

"对不起。"女孩的声音怯怯的，快速地将他推过了卵石带，"我想着轮椅能坐得舒服一些。"

Y 绷着嘴角，闷闷地靠在了轮椅靠背上。

前庭院的小喷泉播撒水花，起伏的草坪上坐着三三两两的病人，几十年时间，不足以让新栽下的一棵棵小树变作可遮阴的参天大树。

而草坪上奔跑的小孩，包括正在道边走的两个人，生来没有见过"人类之难"之前活了千百年的自然灵物。

捧簇锦鲜花的西班牙卖花男人在阳光下微笑，递来一枝金黄的雏菊："可爱的姑娘，又见面了。"

他眼看着她警惕地看了他一眼，随后推着轮椅从他面前飞奔而过，裙角高高扬起。

"……咦？"

三三两两的人在石板上散步："听说了吗？诺尔教授去世了。"

"是在送来医院之前就已经死了吧？"

女孩的耳朵竖起，放慢了脚步。

"联合政府白派了那么多人来，哈，以死谢罪。"

那些声音又远去了。

"死"？

果然，忽然再也探测不到对方的存在，就是死。

爸爸死了。

她忽然变得有些哀伤起来。

（二）

Y 家的房子建在城市郊区的河谷边。

流畅起伏的地形宛如抖开的绸带，毛茸茸的矮草丰美，掩藏在重重灌木中的巨大的四叶风车正在慢速地转动。

这是一片生长肆意的湿地，轮椅从狭窄的木栈道中穿行而过，两边茂密的芦苇几乎形成了摇曳的墙。女孩走得很慢，有风吹来，将她麻花辫子上的发带吹得扬起，弯下腰的芦苇送到她手边。

她伸手惊奇地抚摸着它们蓬松的白色草须，好似抚摸一只小动物："我见到了活的卡开芦。"

"是变种的日本苇。"

Y 的母亲研究动物学，同时也是半个植物学家，她很喜欢莳花弄草。虽然这个年纪的小孩对这些不会说话的生物不屑一顾，但是此刻，当被芦苇荡柔滑的光线丝丝缕缕地搭在他前额的头发上时，他没有催促。

女孩伸手握住了一根芦苇，回过头看看他。

"它太大了，不许摘。"Y 靠在轮椅靠背上蹙眉。

芦苇荡中露出铜黄坡屋顶、油亮木格栅与玻璃幕墙的组合——一座极具田园牧歌意趣的现代别墅。女孩立在爬满野花藤蔓的栅栏门前，背着一只旅行包，仿佛主人野餐归来的小女儿，她的阳帽被人捡回来了，柔软地戴在头上，阳光下呈现出草莓淡奶油的颜色。

横条形的蓝光从 Y 脸上由上而下地掠过，院落的铁门沉默半晌后，发出沙哑机械的欢迎声："欢迎回来。"轮椅缓步而入，院子里有成堆的落叶，花圃的花草蔫死了一大片。

蓝光不知疲倦地扫到推着轮椅的一双手上时，骤然频闪起来：

"警告！警告！非法入……"

Y 面无表情地拿一把捡起的长柄伞准确地戳中了电子盒上的红钮，警报声戛然而止。

"你会把它弄坏的。"女孩踮起脚尖，伸手触摸那被戳得陷进去的电钮，费了九牛二虎之力，将它拔了出来。

"太难听，像只鸭子在说话。"男孩低眉，将长柄伞插回灌木丛中，草叶中露出的小小弯钩，像个恶劣的玩笑。

"我帮你重录一个怎么样？"她兴奋地倒退着走进门，语气轻快，"你觉得这个声音如何？"她清清嗓子，用那婉转的嗓音惟妙惟肖地模仿道，"'欢迎回来'！"

Y 眼皮都没抬："像只鹦鹉。"

他进门时扫一眼她身上裙装，下颌微抬："蓝毛的，也许是翠鸟。"

"……"

他合理怀疑她听不懂骂人的话，因为她只是立在门边，拿乌黑的眼睛注视着他，静静地微笑着，扬起的嘴角很甜。

楼梯边的墙上挂着一个德国男人的半身肖像，他穿着旧式军装伫立在红色幕布之前，不苟言笑，眉目英俊硬挺，像幅庄严的骑士油画。

那时候母亲经常在这幅肖像前驻足，嘲笑他像个纳粹。

军装并不是父亲的，据说是他祖父的祖父留下的传家宝，那时的军装还有流苏绶带，精神、漂亮，不像现在，为了充分尊重人权，士兵甚至可以裹着毛绒毯子演练。

女孩如今也站在这幅肖像之前，长久地侧头望着："是你的爸爸吗？"

"我好像见过他。"她疑惑地说，"在……屏幕里。"

"他是联合政府旗下实验室的工程师。"因为之前数据提取的项目，曾经上过好几次世界新闻，那是他曾经最光鲜的时候。

女孩"啊"地赞叹一声："现在他在哪里？"

Y 低下眼，漠然道："死了。"

"死了？"

他好像烦了，单脚从轮椅上跳下来："我渴了。"

"喂！"女孩将挣扎的男孩子一把架起，半抱起来放在了沙发上，看似纤细的手臂，却有巨大的力量。

"你别动，我去帮你倒水。"她弯下腰朝他轻轻笑道。在医院这几天，她迅速地学会了一整套照顾病人的方法。

此刻她几乎同他鼻尖贴着鼻尖，额头顶着额头，这是一个哄小孩的姿态。Y 看得见她眼睛上一弯浓密的睫毛，让人想起鸟雀柔韧的翅膀。

现在鸟儿灵巧地一拍翅膀，飞走了。

"厨房在走廊左边。"他望着她的背影，提醒道。

Y 实在是累极了，半躺在沙发上，对着手机同班主任请假："我骨折了。"他揉了揉短发，从他指缝中钻出的头发仍然翘起，他烦躁地说，"明天可能不能去学校，后天可能也不能去……"他看着闪烁的屏幕，停了好半天，咬紧后牙飞快道，"请把那个编程课题留给我，谢谢。"

女孩端着玻璃杯里的热水返回时，看到 Y 趴在低矮的茶几上飞快地写着什么，他手里拿着一样宝蓝色的金属物体，探测灯从她双眼内迸出，快速闪烁了一下，像在拍照一样。

随即她得到了结果，他手下按着纸质的笔记本，老祖宗的存留。

"这是什么？"

她侧坐在了沙发边，一眼扫过纸上的箭头和代码。

Y 似乎沉浸在思路中，心不在焉地扫了一眼笔尾："钢笔。"金属的菱形笔头像一把冷剑，这支宝蓝色的金属钢笔出水并不顺畅，时而哑了墨，只有一道划痕留在纸上，笔尖顿住的地方，又淤积出一个小小的墨点，顺着纸的纹理慢慢地洇开。

半晌，男孩拧紧的眉头松开，一连串字符从笔尖倾泻而出，蓝黑色的墨水在他写圆润的字母 a 时积蓄着，下一笔又被顺开，留下的字迹深浅不一，像首有韵律的诗歌。

好漂亮。

她出神地看着，薄薄的一张纸上，阻塞不通的思路和条理清楚的推演被同时记录着，这张发黄发脆的旧稿纸像一片历史，不能轻易抹去任何痕迹。

Y放松地吐了口气，轻轻合上笔盖，一声“啪”的脆响。

“喜欢这个？”他不动声色地将笔递过去，端起水杯来一饮而尽，对于自己的玩物受到歆羡，感到有些得意。

女孩抚摸着笔壳，看上去爱不释手：“从哪儿来的？”

“我妈妈的。”他说，“她说她小时候，每逢不开心，就拿它记一篇日记。”

女孩拿起桌上的玻璃瓶子，里面只剩下了快要干涸的、蓝黑色液体的底子，里面漂浮着一些凝固的渣子。

“小心些。”他的嘴唇埋在杯子里，偷眼看着她，声音闷闷提醒道，“只剩半瓶了。”

话音未落，他的眼睛猛瞪起来——她把手指伸进墨水瓶里搅了一搅。

女孩低头看着自己蓝色的手指，黏稠的已经生成沉淀的蓝黑色液体，成分是鞣酸铁。她嗅了嗅，马上皱起鼻子，有一股特殊的刺鼻的味道。

墨水沿她的手指滴落下来，在本子上绽开小小一朵花。她忙伸手去擦，手指上沾染的墨水，弄得茶几和本子上污迹斑斑，她五指张开朝向自己，无措地僵在空中，澄澈的眼神慌乱地看着他。

Y抱着臂，冷冷看着她：“给我弄干净。”后面的事情，他不太记得了。那一天很累，他靠在沙发上，眯着眼睛看她鼓着腮，拿着一张抽纸“噌噌”地擦着桌面，辫子跳动。跳着跳着，不知道什么时候他便睡熟了。

睡醒的时候已经到了下午，空调的温度舒服，他肚子上盖了一条羊毛毯子，缠着绷带的腿被小心地架在沙发扶手上，灯火通明的屋里传来饭菜的香气。

某个瞬间，他以为自己在做梦。

桌子被擦得干干净净，笔记本安然合拢，上面放着一片纸。男孩艰难地伸手够到了他写好的思路，眯起眼睛举在头顶上看，上面多了一只翘起尾巴的、毛茸茸的黑猫，她滴下的、圆圆的一个墨点，变成了黑猫的眼睛。

他撇了一下嘴角，将那张纸盖在眉骨上，呼吸将它轻轻吹动。

厨房的门打开，“乒乒乓乓”的声音由远及近，女孩背后跟着欢快起舞的扫地机器人、厨房助手、自动洗碗机和消毒柜，它们像拱卫她的士兵一样亲昵地列队跟在她身后。

“嘘。”她扭过身，将食指抵在唇边，双眸一闪烁，那些家伙都安静下来，“嗡嗡”运转着回到了角落里站好。

系着小熊围裙的唇红齿白的女孩轻手轻脚地摘下袖套，像童话故事里落难的公主。

“嘿，Y。”她弯下腰来，轻轻地将盖在他脸上的那小片纸揭开，“吃饭了。”

一直到晚饭结束，她都在时不时地抠着自己的手指。

“给我看看你的手。”Y终于忍不住拿筷子敲敲碗边。

伸到他面前的细细的手指被泡得皱巴巴的，微微发白，连指甲缝里的墨水都看不到了，他惊愕道：“你拿什么洗的手？”

女孩看着他，不太确定道：“……次氯酸钠。”

“你傻吗？”他猛地用力捏了捏那手指，还能感受到关节的脆和韧，他确信这是属于人的手，没有任何一个AI拥有仿真度这样高的皮肤。

可显然，她没有完整的代谢系统，被化学物质灼伤的皮肤，无法恢复。

“因为……我要做饭了。”她的手指蜷了一下，似乎对他这样的反应感到诧异，另一只手放在他头上轻按了一下，“我不能用沾了鞣酸铁的手触摸食物，这样会使你中毒。”

虽然有点儿疼。

“洗手不要用香皂以外的任何东西。”他警告地瞪了她一眼，飞快地扯过冰袋包裹住她的手指，从椅子上跳开，“自己捏着。”

洗碗机“嗡嗡”地运转着。

男孩铺开笔记本，在纸上画下了岔路口一样的字母。

“Y”。

女孩握着冰袋说：“这是你的名字。”

在“Y”之后，他又写下一个字：“铁”。

钢笔的硬，同汉字笔画的撇、捺、顿，处处相合，这些笔画是需要含着力气的，一点与年龄不符的沉稳的锐气从笔尖泄出。

“这也是我的名字。”他将本子转了个向，面对着她，没有更多的解释。

女孩没什么障碍地接受了，她接过纸，在上面写起来。

一个雅致的中文名字，她写得不算熟练，字迹很稚嫩，横竖分开，像小孩子初练字的模样。

Y辨认了片刻：“……苏倾？”

“是的。”她很高兴地应答。

他掩住眼里的诧异：“你是从谁的实验室跑出来的？”

“我爸爸。”

“爸爸是谁？”

她的嘴唇微微噘起，同受了委屈而不高兴的人类女孩别无二致，甚至更娇气一些：“爸爸就是爸爸。”

Y冷笑：“你丢了这些天，你爸爸怎么不来找你？”

“爸爸死了。”她安静地垂下浓密的睫毛。

Y只当她在说梦话。

他应该查看一下她的系统，但他今天很累，提不起任何兴趣。

他的两只手举着游戏机，蜷缩在沙发里快速地打着兵人游戏，这张小脸在杀戮时呈现出十足的冷淡。不一会儿，屏幕上再度显示出“you win”时，他的眼睛都未眨一下，只是无趣地将游戏机扔到一边，又懒洋洋地拿起了那张纸。

“知道我为什么带你回来吗？”

“你需要一个监护人？”

Y 叼着根笔摇头：“我可以有很多选择。”被领养也是一个选择。那对愿意领养他的夫妻很和蔼，他们有两个六岁的女儿，家里有一条金毛狗。有人照顾的日子不会比现在更差，但是……

当车祸发生，他投入这个久违的、女性的怀抱的一瞬间，他承认自己突然有点想念那个并不经常抱他的母亲，并忽然感受到了过去的这段日子一个人在空荡荡的房子里待着的寂寞难挨。

只是一瞬间，他恐惧并逃离了新的生活。

他不想离开这座房子。如果他也走了，这座荒废的屋子不会再有人记得，包括里面发生的一切确实存在的故事也将被遗忘。但他也不想再一个人待着。

当然，他不会把这些说出口。

“我不会帮你写作业的。”苏倾信誓旦旦地说，“未成年人应该自己写作业。”

Y 歪起唇角笑了笑：“你还知道这个？”

她的眼眸很快地闪过蓝光，Y 感觉像被高速路上摄像头的闪光灯晃了一下：“我学习很快的。”

Y 反手捂住她的眼睛：“别动不动就给人拍照。”苏倾连忙道：“对不起。”

他拿起那张写满了箭头和思路的纸，在她面前晃了晃：“这个，对你来说很简单吧？”

他侧眼观察着她，依旧没有什么表情，但疏离的眼珠里忽然间闪烁出华光，那是紧张和期许的表现。

“啊。”苏倾笑道，“你想我辅导你编程。”

“……”让人猜中了心思，Y 的眼睫毛颤抖了一下，将目光投向别处。

苏倾道：“这还不容易吗？先让我看看你的成果。”

她托腮坐在沙发上等待的过程中，在脑海里的数据库中找到了《教育方法论》《当好中学老师》和《C 语言基础》，花了 0.01 秒阅读完毕，想了想，又读了一本《怎样和儿童相处》。

电脑上的内容投射在白墙上，Y 别过头去，小声道：“自己看吧。”苏倾单手捧着脸向下滚动着页面，一目十行地快速掠过一行行代码：“你的成果就是黑进了学校的网站？”

Y 抓紧裤脚，涨红脸辩解：“就那一次。”那一次是学校的舞蹈日。老师要求所有孩子必须换好舞蹈服来学校跳集体舞，角色由抽签决定。

结果他抽到了“小兔子”。

舞蹈服毛茸茸的，还有一对竖起来的长耳朵，他在更衣室里对着那堆人造毛生无可恋地坐了好几个小时，听到了老师催促的敲门声：“漂亮的小兔子在家吗？”

男孩的小脸上一层红色，拎起那对长耳朵看了一眼，忍无可忍地拿起手机，快速地侵入学校的系统，拉响了火灾警报。

集体舞日就这样匆匆结束了。

苏倾并没有多问，她的笑容让他有种错觉，仿佛她像人一样，对他怀有一种无止境的宠溺：“好吧，那么明天开始上课。”

天色已晚，Y 伸了个懒腰：“睡觉吧。楼上第一间是我的房间，除它以外随便你去哪里。”

“地下室呢？”她一踏入这座别墅，就感知到脚下有一个不算小的地下室。

Y 的神色滞了一下，似乎有些不情愿地回答：“地下室是仓库，没事儿别去那里。”他说完，走进胶囊状的室内电梯，直接回到了卧室。

苏倾像个管家一样在客厅里巡逻一圈，从水晶吊灯到壁灯，一盏一盏地熄灭了，有时她被墙上的涂鸦吸引，头顶的灯就灭得慢一些。

最后一盏灯熄灭时，她的双眸在黑暗中闪烁了一下，对自己的新生活感到十分兴奋，微微笑道：“晚安，Y。”房间里窗帘拉着，男孩枕着手臂，也已安然进入梦乡。

和 AI 住在一起的日子是一段新奇的体验。虽然苏倾有时候会闹出笑话来，但总是带来惊喜更多。

譬如……她会做各种各样的中式餐点。

“鸡蛋涨价了。”她将金灿灿的蛋炒饭端上桌面，扣出的饭形状圆润得完美无缺，“现在要 60 币一枚。”由于城市的恢复和重建还在继续，生鲜食品的价格变得很高。

“账户和密码都告诉你了，记得花上面的钱。”Y 随意地舀了一勺炒饭放进嘴里。

因为实验失败，父母的死因是“因公殉职”，他手上有一大笔抚恤金，还有联合政府派发的到十八岁的教育基金，于经济上十分宽裕。

他平时的花销很少，他不买最新款的玩具和电脑，只是玩父亲最后送给他的那个旧的兵人游戏机，用户可以通过输入代码操控主角的行动，那是他学习计算机语言的启蒙。

通关了，就再玩一遍，时至今日，他几乎把人物的每一个动作都背了下来。

Y 将蛋炒饭吃了个精光，炒饭的调料配比经过了精确计算，一切都正好，处于长身体阶段的男孩子能吃一大盘。

唯一可惜的是，苏倾明白一切的原理，却无法享受这个过程，只能双眼闪亮地看着他狼吞虎咽，想象着食物的味道。

吃饭一定是能让人感到愉快的事情。

她这样想着，又迅速地下载了好几本甜点食谱。

有一天，她从闲置的烤箱中拿出金灿灿的蛋挞，热腾腾的香气笼罩着厨房，Y 看了蛋挞一眼，半晌没能移开目光。

她将蛋挞装盘，鼓起来的中央脆皮遇冷，慢慢塌陷下去。

她每次弯腰时，搭在肩上的辫子便摆下来，让她用手背勾到后面去，手上沾了一点蒸馏水，顺着后脖颈滚落下去。

AI 可以读心吗？ Y 踮起脚把那颗水珠随手抹掉的时候，心里怀疑地想，“她怎么知道我想吃什么？”

“好吃吗？”

坐在桌子前的时候，苏倾捧着脸看着他一口咬掉半个蛋挞，笑吟吟地说：“你昨天晚上说梦话的时候都喊了蛋挞。”

“胡……咳、咳……说！”男孩一愣，涨红着脸呛了起来。苏倾抽了张餐巾纸递给他，随即又将水杯递到他嘴边。

他“咕嘟咕嘟”地喝了几口水，喘息了一会儿，扫了一眼盘子里的蛋挞，闷声不语地又吃了两个。

苏倾又笑起来：“你有什么想吃的，可以告诉我，我什么都会做。”

男孩垂着眼咀嚼着，忽然叹了口气，将头别至一边，看着落地窗外烂漫的火烧云，似乎突然感到兴味索然，心情低落下来，吃完手上的半个，他就不再吃了。

“没意思。”他小声嘟囔。

“为什么？”苏倾连忙追问。

他不耐烦解释，拿纸巾擦了擦手指，将那张纸丢在桌子上。在这张曾经有一家人欢声笑语的长条桌子上，现在只坐着他一个人。

像养了一只会说话的鹦鹉一样，即使有了苏倾，这栋房子里，其实依然只有他一个人。

那股苦闷的、令人心慌的寂寞再次萦绕上心头。

“是我做得不好吃？”女孩绕到他的面前，眨眨眼睛，那对蝶翅般的长睫毛便上下忽闪，她急切地问，“对吗，Y？”

“我跟你解释不清楚。”他挥开她的手，像心情不好的归人，意兴阑珊地推开扑上来的小狗——它们总是快乐的，那是因为它们不懂人的心情，“你根本什么都不懂。”

他跑下了餐桌。

膝盖上的钢板给他留下了后遗症，他卸下了绷带后，走路仍然有点轻微的不自然。

即使这样，他也收拾好书包，决定要去上学了。

这个年纪的孩子，无论性格怎样孤僻，没有不喜欢生机和热闹的。

但去了学校一天，Y 就有些后悔了。

低年级的生活依然聒噪和无聊，有三四个人扮着鬼脸，不停地嘲笑他的腿，说他像个瘸子，随后是老师的批评教育，还有开班级大会，号召大家要关爱 Y，将他说得无地自容。

无论他如何解释，在别人眼里，他已经苦得不能再苦了。

他背着书包回来，被栅栏门口的蓝光扫过，听到那声粗嘎的“欢迎回来”时，终于想到了那个被他吼了一顿、可怜巴巴坐在桌前的监护人。

“她在干什么呢？”推门之前，他忍不住胡乱猜想起来，“生闷气，砸碎我的墨水和钢笔，或者……会不会逃跑了？”

嗯，说不定已经卷铺盖跑了。

她生了一张很娇的脸，柔和的鹅蛋脸，黑色杏仁眼，小巧的鼻子，属于东方美人的榴红色的樱桃小口，像点上去的一笔朱砂，倒是合了她这个名字。那是母亲以字正腔圆的普通话念过的诗：“一顾倾人城，再顾倾人国。”

制造她的人一定有某种恶趣味，赋予这坚硬冰冷的机械骨骼这样一副柔软的皮囊，每逢她无措地盯着人看的时候，眼里湿漉漉的水色，让人觉得她下一秒就要哭了。

他一向不喜欢这种脆弱的家伙，在心底“嘁”了一声，一把推开门。

屋里饭香萦绕，桌上摆着四菜一汤，苏倾坐在桌前，手里抓着一副筷子，高兴地抬起眼，那双在他记忆中总是脆弱得要哭的眼睛，此刻却含着平静皎洁的笑：“今天我做了红烧排骨。”

“哦。”他怔了片刻，垂下眼放下书包，只是动作变得很轻。

两人一起坐在桌前，半晌无话。

“喂！”Y 瞥见苏倾从容地拿起筷子，夹起一块豆腐放进嘴里，吓出了一身冷汗。

“我不看你，你也别一直盯着我。”她目不斜视，认真地夹着菜，男孩只看见她分开的发辫下面瓷白的脖颈，她低低地说，“以后我们一起吃饭。”

Y 怔了怔。

直到这顿饭吃完了，她才解开秘密——她背对着他，慢慢掀开衣服后摆，从脊背上卸下一个金属卡槽，刚刚吃下去的东西，全部从类似消化道的管道进入卡槽内。

“我是不是很聪明？”她背对着他，得意地放下后摆，随后她将食物倒进垃圾桶内，哼着小调站在水槽前清洗卡槽和管道。

他错愕地怔了半天：“干吗要这么麻烦……”

这个食槽真的很蠢，还浪费食物。他在心里嘟囔着，脑海里却不住地想起刚才的画面，在那光洁如玉的脊背上，开了十厘米的大口子，只为了装这样一个愚蠢的食槽？

心里不知道涌上什么复杂的滋味。后面的话，便再也说不出口了。

水声响着，苏倾没听见他的话，满脑子都是最新看的一本育儿书上的话：“解决儿童寂寞的方法——儿童需要陪伴，最好同他一起体验人生的每一个过程。”

每一个过程，这也没有什么难的，苏倾对自己很有信心：“嘿，Y，除了一起吃饭，我还能和你一起刷牙。”

阳光倾泻在室内的木地板上，Y踩着那分界线走，半边头发是暖的，半边头发是冷的，边走边气得笑了：“那你可是真厉害。”

半夜里响起了隆隆的闷雷，这座城市靠近赤道，一向干旱。雷打了半个夜晚，也仍然没有雨点落下，清晨甚至有阳光曝晒，越过紫红色的窗帘，一早便将Y晒醒了。

“早上好。”

Y揉着眼睛出门，一头撞在门口的人的胸口。

后者抬起手揽住了他，抚摸了他的头发，柔和的声音继续着：“今天下午四点有大暴雨，气温16到22摄氏度……”

“你干什么？”他躲开她的手，十分气愤地在她身上乱摁着，“我不是把这个功能关掉了吗？你怎么又来了……”

刚来的那几日早晨，她比闹钟还要准时地出现在他房门口，叫他起床，播报温度、湿度、备忘录甚至晨间新闻，他忍无可忍地帮她修改了一次程序以后——一切终于安静了。

两个人闹得气喘吁吁，几乎像是在打架，她在Y的阻挠中，岿然不动地说完了那一长串话，两手抓着他推她出去的胳膊，对他道：“你在听我说话吗？今天有大暴雨。”

Y不信邪地在电子手表上写程序，半晌，他狠狠一摁，警告道：“好了，以后这个程序没有了，不许靠近我的房间。”随后他看了一眼表上显示的时间，眉心一跳，“我要迟了。”

他抓起外套和书包，叼着三明治夺门而出。

苏倾在回收站里将被删除的她认为十分有用的程序备份复原，站定了片刻，发现眼前人不见了，她惊慌地四顾着，拿起了门口放着的特制的长柄伞，从楼梯上追了下去。

“可是今天有大暴雨！”她追到门口时，外面的道路上早已经空无一人。

（三）

一阵风来，杜鹃枝叶晃动。

男孩坐在教室靠窗的位置，熄灭了的平板电脑屏幕上，倒映出窗外一块明亮的天，以及晃动的叶影。

他回过神来，伸手摁亮屏幕，下意识地看了一眼钟表——马上就要三点钟了。

他回头看着明晃晃的天。

大暴雨？那个家伙的程序得打补丁了。

“如果没有问题的话，今天的天文课就到这里了。”

幻灯片上，蔚蓝的地球显出一行斜体的“goodbye”，老师在讲台上鞠了个躬，夹着轻薄如纸的电脑走出教室。

直发的、卷发的、各种肤色的孩子们瞬间嘈杂起来，从椅子上跳下来游戏，金发女孩穿着粉色露背装和网球裙，几乎露出半个背部。

这个时代，由于人口稀缺，个性化被着重强调。统一的校服被视为不人道的表现，孩子们可以穿任何他们想穿的衣服。

并且，学校的教员和领导默许女孩子穿得性感一些。

“今天早上，我的妈妈生下了第三个孩子。”这个女孩骄傲地说。

大家“哇”地发出了惊叹声，并清脆地鼓起掌来：“英雄母亲！”

生育孩子多的女人，在联合政府那里，将会受到堪比战斗英雄的嘉奖。

“你妈妈一定拿到了奖励金。”

“那当然。”她抬起下巴向大家展示着自己脖子上的新的钻石项链，“我和我姐姐一人一条。”

女孩们羡慕地围绕着她。Y 无趣地低着眼，切换屏幕上的内容。无论哪一个网站的天气预报上都画着卡通的太阳。

他轻轻一嗤，纤长的睫毛眨动一下：“那蠢机器人还说今天大暴雨——哪儿来的大暴雨？一定是她的程序太过老旧，需要打补丁了。”

关掉网页，他开始敲起补丁代码来。随即他愕然想起来——那个烦人的程序已经被他永久删除了。

他非常无趣地一字字删去打下的字母。

也许需要一次全身电路和芯片的检查。

“放学打篮球吗，Y？”一个抱着篮球的蓝眼睛男孩气喘吁吁地立在他的桌前。

Y 抬头看看他，他身后另一个高挑的男孩拍了拍前者的肩膀——这个男孩发育得很早，长出喉结并已经开始变声，看起来更像初中生。他意味深长地说：“瘸子跑得动吗，别闹了。”蓝眼睛的男孩犹豫了一下。

Y 没有什么表情，只是漠然低下眼，继续敲动屏幕。

“从前不是跑得很快吗？”高个子的男孩笑道，“不过现在连长跑测试都及不了格。”

“可是……”抱着球的男孩开口。

“我不去。”Y 头也不抬，冷冷地说。

片刻后，他抬起眼来，看着两个人勾肩搭背地消失在门口，仅沉默地咬了咬后牙。

长跑……

过去可以一马当先的、猎豹一样的男孩子再也无法享受那被疾风吹过脸庞的快感。

跑到一半的时候，他的打了钢钉的膝盖会非常疼痛。但是，即使医生开具了可以免体育课的假条，他依然如常参加考试。

即使跑最后一名，他也要坚持参加。

这时，轰然一声雷响，女孩子们的尖叫声响起："啊——"

Y 被吓了一跳，迅速抬眼看向四周。

随即教室里的灯灭了，悬挂式消毒灯左右摇摆着，教室里昏暗暗的，被窗外发黄的天色笼罩，那是一种接近于尘土的颜色。

"停电了吗？"

"好像是的，"她们雷声中捂紧耳朵，"外面好可怕。"

外面的风在卷啸着，发出"咻咻"的声音，树枝被折断，拍击着窗户。班长忙按下了关窗按钮，窗子挣扎着关紧了，但依稀可见外面的树被吹得东倒西歪。

"我看是要下雨了。"

"我打电话让我爸爸来接我。"

大家纷纷按动电子手表。

零落的雨星开始斜落在玻璃上，Y 怔怔地看着窗户。

与此同时，他周身被湿热的潮气侵袭，膝盖锐痛了一下，随即又一下。随后，连间隔也没有了，疼痛剧烈增长，他低呼一声扶住了腿，大口喘息着。

那股深入骨髓的疼痛并没有停，仿佛有一只小虫钻进碎骨的缝隙里，将骨头生生挤裂开来。

他开始重重拍击自己的膝盖，企图将它驱逐，可怕的是，这拍击和疼痛比起来几乎没有丝毫感觉。

豆大的雨点拍击在窗户上，不一会儿外面传来了"哗哗"的声音。地上积水汇集成漩涡，旋转着涌入排水管道里。

雷声震耳欲聋，教室里忽明忽暗，间隙夹杂着微弱的通知声："极限天气警告。"

通知重复了一遍："无法使用空中轨道，通知家长开地面车，携带特质避雷伞前来。"

学生们如乖顺的羊羔，茫然地趴在桌前等待。穿露背装的女生抚摸着自己的手臂，被湿冷的空气冻得开始哆嗦。

中央空调喷射出暖气，但那暖气和呼啸的继续掀起整个教学楼的风相比，简直就像吹出的一口气。

"麦克！"一个湿答答的中年男人首先出现在门口，他扶着门框，头发散乱，气喘吁吁。

"爸爸。"男孩扑进他怀里，短暂地拥抱后，他被抱起来离开了教室。

"安安？"后来的赤足女士肩膀上充满水渍，手里拎着一双高跟鞋。

一朵一朵的灰色的伞盖出现在楼下，无数沉默而焦急的人涌成一股溪流，往教学楼里汇集而来。

极限天气和可能造成的灾难，这些家长已经草木皆兵，即使是一次普通的大暴雨，在雨越下越大之前，他们也蹚过雨水汇成的河前来。

一个又一个孩子离开了教室。

教室里变得空空荡荡的。

“Y，嘿，不走吗？”班长离去时，发觉还有一个人没有走。这个男孩安静地坐在桌前，脸色惨白，他穿了一件简单的灰色T恤，几乎和昏黄的背景融为一体。

就像落满灰尘的仓库里，蜷缩在角落的一只流浪猫。

他瞳色涣散地抬起头瞧了他一眼，班长惊讶地发现，在这样的寒冷中，他的额发竟然全被汗打湿了。

“你很热吗？”他被吓了一跳，俯下身来看Y的脸。

“儿子，你在等什么？”班长的母亲已经非常焦急地走进教室里来催促着，口里不住道，“地面通道一定会拥堵，我们得快点儿回家。”

“你走吧。”Y坐得极板正，脊梁骨像被戒尺逼着一样挺得笔直，他沉默了一会儿，似乎才回过神来，“我，我等一会儿再走。”浑身细胞都在收缩着，他从未感受过这样持续难挨的疼痛，腿上绵长的疼痛占据了他的意识，甚至逼得他有点想吐。

在重影中，他看见班长被他壮硕的、穿碎花裙子的母亲牵着走出教室，随后一滴汗水从发梢滴落进眼睛里，他被刺地闭上了眼睛。

刚才下意识地，他也举起了智能手表。自父母离去之后，他很长一段时间没有启用过联系人功能。

可是这次他竟然下意识地干了傻事——想要打电话求助。他茫然在联系人列表中寻找了一圈，满屏都是没有意义的姓名，没有他想要的那个。

他想起了放置在门口的那把避雷伞，闭着眼睛，他甚至可以清晰地描摹出她在后面追他的样子，她拿把伞奔跑着，两条辫子跃动，同时压着自己因风鼓起的裙子，很快被他甩在了身后。

他马上清醒过来，迟钝地想起，她还没有来得及被存进联系人中。

她甚至连“人”都不算。

他冷冷地、刻薄地勾起嘴角，就比如此刻，没有联系方式，她只能傻傻地待在家里等待指令，就像扫地机器人被卡在地毯里就不会转弯一样。

他看着外面汇集的雨水，疲倦地闭上眼睛，趴在桌子上，桌子被震得微微晃动着，窗棂发出“咯吱”的轻响。

“世上只有你一个人。”他再一次对自己咬牙，“你必须靠自己熬过去。”

等雨停了，雷也熄了，再回家去。

他在连绵的雷声中昏沉沉地想，暴雨来去匆匆，它总会停的。

“Y。”一声细细的、微弱的声音响起。

他怀疑自己幻听，然而马上又是另外一声更加清晰的声音：“Y？”怯怯的、担忧的声音，像猫咪的叫声。

一只冰凉的手抚上了他的脖颈，他被凉得一个激灵，抬起快要裂开的头来。

被挤压的眼球满是重影，他慢慢地看见一张白皙的脸，和两条垂在肩头的辫子。

唯一不同的是，她的头发被打湿了，几根散乱的发丝贴在额头上，看着跟平时有点不一样。她慌乱地伸手摸他的额头：“你哪里不舒服？”

他怀疑自己在做梦，一把抓住了她滑腻的手，她掌心湿漉漉的，真实的冰凉的触感，迅速反握住了他，眼珠微微一滞，信息更新了一次：“我们得快点回去了。”她担忧的声音没在雷声里，“一会儿雨会更大。”

她把桌子搬开，忙拉他的手臂，没能拉动。

Y 糊里糊涂地看着她，他的反应迟钝，脑子也昏昏沉沉，很想探个究竟，又很想就这样什么都不管地相信着她，简单粗暴地把她当成一个人。

有人可以依靠的安全感涌上心头，然而却不能全然放心。

“你怎么知道我在这里？”他扶着自己的膝盖，喘息道，“你怎么知道……要来找我？”

“我追踪了你的 ID。”她蹲下身来，把他的手臂搭在自己肩膀上，“你现在腿疼对不对？”她肩膀上的衣服也是潮湿的，摸起来又软又凉。

“判断你可能得了关节炎，需要用药调理。”

“你干什么？”

他错愕地向后躲着，然而手腕被她紧紧攥在手里，随后被她架在肩膀上，她不容置疑地建议：“你上来，我带你回去。”

她的力气一直很大，从前在医院里，她就能直接将他架到厕所，当时他感觉自己像被一辆起重机给吊了起来。

然而此刻又有一点微妙的不同，因为九岁男孩整个地压在她背上，她的肩膀不宽，腰则更细，当 Y 吊住她脖子的时候，感觉到有些不太稳当，竟然有些担心自己会把她压折了。

随后他手里被人塞进一把伞，伞柄湿漉漉的，她托起他的膝弯，快步走出了教室。

外面的风则更潮更冷，扑面而来。

那把伞“哗”地撑开，眼前雨丝浓密如帘，城市高耸的建筑变成盘踞天边的黑影，乌云密布的天就像电影里画出来的场景。

苏倾身上没有任何味道，也没有呼吸起伏，只有皮肤上被雨打湿的一点点冷，但仅仅是因为他趴着的这具少女的骨骼纤弱，好像一根会被风吹弯的秧苗，让他忽然忧心起了她的脆弱。

假如是一辆车，他想，我会毫不心疼地直接把它开进泥水里，买它不就是为了用的？

哪怕是一双爱惜的球鞋，他也不会更留恋，洗干净总能再穿。

但为什么当苏倾毫不犹豫地踏进积水里，抬起脚向前走时，浓雾使他看不清前路，只能隐约看到她白而细的小腿从水中抽出，一下又一下，他感觉到一阵非常强烈的担心。

那感觉就像……就像……

心爱的游戏机被别人借走，当着他的面，肆意往电钮上浇水的感觉。

坐立难安，恐惧的，心被悬在空中的感觉。

“你怎么进的学校？”他不由得搂紧了苏倾，两人的身体紧紧贴着。他想起来学校门口有门禁，那是为了防止猖獗的儿童拐卖，她是怎么进来的？

“说来话长。”少女的眼睛微微发着蓝光，在浓雾里探索前路。

“……”

“啊，如果你真的很好奇的话。”她微笑起来，当她笑时，眼里的蓝光便灭了，看起来更像一个羞涩的人类少女，“我花了三个小时破解了门禁的密码。”

“然后呢？你怎么知道我在哪个教室？”他的小臂已经发僵，仍然牢牢举着伞，伞下是一块安逸的空间，她的辫子有时会碰到他的胳膊，带来一种迷乱的真实感。

他感觉自己真的被一个女孩背在背上，像他从来都有这样一个姐姐，一个亲人，她完全知道回家的路。苏倾又笑起来，走上了那条木栈道，黄白的芦苇被风吹得东倒西歪，她的头发也被风吹得凌乱，她的眼睛闪闪的：“我猜到的。”

她很高兴。

她很少这样高兴过，但是当她成功地将 Y 解救出来，他安全地趴在她背上时，她感觉自己松了一口气，一种超然的成就感涌上心头。。

在实验室里，她没有吹过风，也没有淋过雨，没有感受过双脚泡在水里的感觉，更没有背着一个男孩走路，这些会触发警告的新奇刺激，令她感到着迷。

水天一色，都是朦胧的灰，他们慢慢地走在岸边，这画面像一幅拥有纯净背景的画。

两人如此接近，他的电子表终于感应到了她，彼此建立了关联。他默不作声调取了她的数据程序，慢慢往下滑。

这是一个长得令他震惊的列表，他翻了几百页还没到尽头。

过去的五个小时里，她曾经对他进行过数百次感应联系，都失败了，还有近千次失败的面部识别。

“你对着学校里的每个人都识别了一遍？！”

“我没有。”

“你再说没有？”心中一阵焦躁，他用手臂蛮横地勒紧她的脖子，忽然想起来她不怕勒，又恨恨地松开。

这样一个行为异常的人，眼睛会发光，竟然还主动同几千个人对视，如果哪怕被一个人发现了，他想，万一她被发现了身份？

他也不知道会怎么样，说不定会被拉回实验室。

说不定会被处理掉。

他的呼吸“咻咻”地喷在她脖颈上，心跳也加速了，飚到每分钟 200 次。苏倾的眼睛微微睁大，对他突然的反应感到有些失措。

人类不喜欢撒谎的行为。

她忽然想起这句话，不安地抿了抿唇：“我就是站在每个班级门口扫一眼，然后就退出来了。”

她忽然回过头来，脸颊擦着他的嘴唇而过，他皱眉闪躲了一下。

原来只是站在门口扫一下。

你真蠢。Y 嘲笑自己一句，不知为何却有一股淡淡的失落涌上心头。

苏倾轻轻地问：“你的腿还疼吗？”

那声音像落在皮肤上的一片雪花，一点令人舒服的沁凉。不提还好，一提他又想了起来。

Y 的喉咙里发出了一声不大情愿的“唔”，将伞柄烦躁地转了转。

“闭上眼睛睡一觉吧。”她将他向上抬了抬，加快了脚步，下载好了数本按摩教程，并存下了医院骨科的急救电话。

“等你醒来……”她的脚跟已经裂开，小腿上沾满泥水。当她看到了远处的房子的轮廓，便微笑起来，声音朦朦胧胧的，像在讲童话故事：“等你醒来，你就躺在自己的床上了。”

真的在她背上睡着之前，他明明一直在想——可别信她。

但他还是昏沉沉地睡着了。

苏倾将男孩拦腰抱着，放在床上盖上被子。

他的睡颜安静乖顺，褪去了一切叛逆的神态，眉眼终于表现出混血孩子的精致和可爱。

她忽然觉察他有点发烧——难怪这么容易就睡着了。

苏倾转身的时候，却被 Y 拉住了胳膊：“你去哪儿？”他眼皮沉甸甸的，噘着嘴不高兴地问，甚至有点像在闹脾气。

苏倾看了一眼外面的雨势，如果能在五点前赶回来，应该没有太大危险：“我需要一些消炎药。”

“地下室有药。”Y 烧得很难受，不耐烦地咕哝了一句，翻过身沉沉睡去。

地下室?

那里没有电梯通入,旧楼梯被踩得吱呀作响。她记得她到来的第一天就问过Y,那时,他说地下室是仓库。

当她以双眼充当电筒,下到黑暗的地下室时,嗅到一股浓郁的、特殊的潮湿霉味。这味道她以前从未接触过。

她在门口堆着的纸箱子里看到了药盒的包装,恰好是她想要的,她弯腰拆开箱子,取了两盒出来。

拆开胶带的噪声却使得黄色感应灯忽然“啪”地亮起,整个幽暗的地下室顿时被照得亮如白昼。

她慢慢地直起腰来,四下望着,感到有些不可思议。

不远处,一排排货架陈列着,整齐地投下黑黢黢的影子,但又不像货架,上面排列的东西又薄又小,花里胡哨地挤在一起。

两个蜡烛造型的立灯摆着,使这里很像一个藏宝的地洞。

苏倾慢慢地走过去,看到这些大小不一、花花绿绿的货品上面写着的文字时,她忽而明白了这是什么——这是“书”。

她的手指抚过这些老旧的古董的纸质书脊,一行行扫过去,眼睛惊喜地睁大了。

沙发上。

Y睡得不太安稳,手指蜷了蜷,眉头紧皱,额头上汗珠密布。

他又在梦里见到了父亲和母亲。

梦里是夏天的夜晚。过去,他们一家人时常待在地下室里乘凉,地下室是他们的秘密基地。梦中的场景也在地下室,母亲的背倚靠在书架上,手里正拿着一本书,冲他笑着:“最近过得不错,Y?”

父亲则背对着他找书,背影高大而沉默。

“你别跟我说话。”他在梦里敌视地瞪着他们,“别再来我梦里了。”他握紧的手指却微微颤抖着。

可是后来他发现,原来他只是喜欢随父母一起待在这里。一个人待着的时候,他就感觉有点心慌。黑夜和寂静像没底的井,又像浪潮,要把他撕裂吞没了。

与此同时,苏倾正在书架中穿梭着。

她几乎被这些纸质的旧书迷住了,这些书几乎都是孤本,她的数据库里全无记载,遇到感兴趣的,她就将书抽出来,快速扫描进电脑里。

脚尖忽然踢到了什么东西,那东西被踢得远远滑动到了书架下面,女孩弯下腰,将它拾起来,“呼”地吹去了上面的尘土。

是个硬卡纸装本，色彩很鲜艳的卡通画，它的名字叫作——“匹诺曹”。

每一页只有寥寥数语，更多的是水彩笔图画。

这是个儿童绘本！她拿手臂兴奋地擦了擦上面的灰，将它抱在怀里，贴紧自己的胸口，“噔噔”地跑出了地下室，将那楼梯踏得吱呀作响。

地下室的光线昏黄，父亲终于抽出一本来看：“Y，对你妈妈礼貌一点。”他说话虽然彬彬有礼，但总有种不怒自威的气势。

母亲抬手想要抚摸他的头发，被Y躲开了，她无奈地叹了口气：“孩子，别担心，我们只是去了别的地方，暂时没得到回来的方法。”

Y冷笑道：“我亲眼看着你们的尸体盖着联合政府旗帜，进炉火化——你们都死了还骗我。”他气得直发抖，却舍不得结束它，委屈地想，走了还干吗还回来？回来了却只能在梦里，等他睁开眼睛，让他如何面对这空荡荡的家？

母亲浑似没听见，每当这个时候，她就像聋了一样，自顾自地丈量他的个头：“快让我看看，你又长高了……”

男孩眉头紧皱着，处于噩梦之中，辗转反侧，直到有人将他抱起来，靠在一个温暖的胸口上。

一双冰凉的手贴住他滚烫的脸颊，她手心有两粒胶囊：“吃药了，Y。”这是不同于母亲声音的另外一个女性的声音，却意外柔和，他靠在她的怀里，慢慢平息下来，顺从地吞咽了两口水，又滑落到了被子里。

这一回，却睡熟了。

第二章　乱思绪

（一）

两天后天气放晴，太阳晒到了铜黄的屋顶上，将那屋顶照得金灿灿的。

Y 的发热伴随着大雨的停息而退去。

他的一条腿很不情愿地搁在苏倾膝上，后者正在试探地捏着，捏得小孩直皱眉。

“是这样吗？”她非常紧张，因为按摩跟她想象的完全不同，没有任何一本书或一个视频能教会她到底该怎样把握力度，只好一面按着一面观察他的表情，“你有感觉到舒服一点吗？”

“呃。”男孩猛地抽回腿，终于痛得弯下腰去，暴躁道，“到此为止吧。”

苏倾歉疚极了：“抱歉，对不起……”

嵌入墙上的电视开着，画面闪动，新闻的声音放得很小，充当背景音。两人都靠在柔软的沙发上，茶几上放着一只削好的、轻微氧化的苹果。

一个安适晴朗的周末早晨。

Y 终于放下腿，扭过头来冷冷看着她：“你过来。”

苏倾挪了过去。

“你的芯片装在哪里？”他接着问。

女孩却踌躇着不肯再往前了。

她在他苍白的小脸上看到了诡秘的薄戾，本能地有些惧怕他会因为一时气急败坏而掰断她的芯片。

那她不就死了？

“你淋了雨。”Y 耐着性子解释，“如果不想提前报废的话，给我检查一下。”

苏倾松了一口气，眉眼间再度浮现了愉快的神色，她慢慢俯趴下去，趴在他大腿上。

“你干什么？”Y 诧异地支起胳膊，看着腿上的人。

“芯片。”她趴在他膝上解释道，指指自己的后脖颈，被阻塞的声音有些闷闷的。

她以两手将一对辫子勾到前面来，然后慢慢地、在那靠近发根的瓷白的脖颈上，抠开了一处小小缺口。

Y在里面看到了各种繁复的线路，半晌，待看到闪烁的红灯，吓了一跳：“你……快没电了。”

这么一个智能的家伙，居然是最原始的充电式的——这是什么狗屁设计？

“没电了会怎么样？”他飞快地问，感到火烧屁股似的坐立不安。

“……我也不知道。”苏倾的声音里透着慌乱。

他将她的肩膀扳着，小心地挪到了一边，咬着牙从沙发上跳了起来：“你别动，先把所有能关的功能都关了。”

“唔……”

十分钟后。

看到绿灯亮起时，Y松了一口气，将充电线紧了紧。“这是扫地机器人的充电器。”他说，“你先凑合着用用。”

“谢谢。”苏倾感觉涓涓细流般的力量从脖颈处重回四肢百骸，感到十分高兴。难怪她最近总觉得没力气，原来是没电了。

她的鼻梁搁在他腿上，垫得他很不舒服，男孩道：“你真重。”

感觉到她要起身，那双尚有些圆润的小手将她的肩膀一把摁了下去，恶狠狠道：“别乱动，小心接触不良。”

她又乖乖地趴了下去，两个人一时都没再言语。

“无疑，诺尔教授的行为已经触犯了法律和道德的底线。”主持人的声音在客厅里响起来，Y被吸引，将目光转向了电视。

联合政府的新闻上正在报道对诺尔教授的处分——从联合政府研究院永久除名，还有一系列的批斗。虽然他已经死了。

下面是一个引起轩然大波的调查采访，调查结果是，诺尔教授试图用已经去世的人的冷冻细胞，克隆出皮肤和躯干，在仪器里制造出一个复生人。

Y无趣地一掀眼皮。

并不是什么新货，这已经是个老生常谈的课题了。

“这种行为是极端错误的。”接受采访的教授非常激动地对着镜头做着手势，“生命有它自己的周期，不能打断，更不能延续。我们应该尊重生命……”

记者说：“好在诺尔教授只克隆出了躯干，并没有解决大脑的难题，对吗？”

“是的。但据我们了解，他生前曾经试图将人类意识的残片导入计算机，以程序形式模拟大脑，但好在——”教授无奈地苦笑了一下。

“因为长期疲劳，他在实验过程中脑出血去世，这个实验被意外中止，否则，我们不知道将如何对待这个伦理上的违禁品。

“但是，由于操作人身亡，仪器失控导致小范围的爆炸，能量波动干扰了附近车辆的自动驾驶系统，甚至造成了丘山路重大车祸。

“这一点，我们联合政府研究院要负很大的责任……”

Y 一手搭在苏倾脊背上，另一手飞快地翻动着手机，眉头皱起。

他以父亲的账号进入研究院资料部系统，飞快地调取了诺尔教授的资料。

“大家知道，研究院的两个主要研究方向——计算机技术和生物技术，在各个领域内居功甚伟。”电视里的记者说道，“但当二者结合起来——那将是一场灾难。”

【诺尔教授的档案袋】

Y 点开“亲属”一栏，“妻子”那一行是空白，但紧随其后的“子女”那一行却有内容：“女：苏倾”，后面跟着一列小字备注：亡故。

Y 屏住呼吸，点开了链接。

这是一张美丽的亚洲少女的旧照片，她背靠公园的绿草如茵，身穿浅蓝色连衣裙，头戴粉红色阳帽，柔顺的长发披散在背后，鹅蛋脸，杏仁眼，樱桃小口，正冲着镜头灿烂地笑着。

下附一行小字：领养女，2136 年春毕业旅行遇车祸，当场死亡，16 岁。

Y 讶异地看了好半天，锁掉屏幕，伸手揪了一下苏倾的辫子。

“诺尔还真是你爸爸。”

她满不高兴地整理好辫子：“爸爸就是爸爸。”

爸爸非常宠爱她，除了不让她喝他办公桌上那杯诱人的草莓牛奶。

“忍耐一下，倾倾。”当时，头发花白的教授对她说，“等实验成功了，我保证你可以想吃什么就吃什么。”

“那么那个圆圈圈的东西呢？”她指的是来实验室的学生拿着的棒棒糖，只不过那时候她的数据库还不完善，不知道食物的名字。

“当然。”教授刮刮她的鼻头，“爸爸答应你，给你买那个圆圈圈的东西。”

只不过后来，她忽然感知不到他的存在了，明明他就趴在桌子上睡着，像平时的午休一样。

她就是感觉到他不在了，从窗户飞走了，于是她也从窗台跃下去，沿着马路奔跑，一路拼命地追赶，可是没有追上，他跑得太快了，后来，他的气息干脆消散在了空气中。

她冲进了废墟里，随后迷路了。然后，她感觉到一个极相似的东西，欣喜若狂地，一把抱住了他。

可那不是爸爸。

是 Y，另一个一息尚存的生命体。

电视节目仍在喋喋不休：

“请大家记住，人类是宇宙中最精致、最玄妙、最不可替代的存在，永远不要自以为掌握了生命的规律。”节目还在絮絮叨叨，“我们要尊重自然生命，尊重我们自己。”

“人类一体……”节目组的所有人齐声喊出这家喻户晓的誓言。

Y毫不在意地关掉了电视，将操控器扔到了一边：“你以后少出点门。”

充足电量后，苏倾的声音都变得有底气了：“Y，你的爸爸妈妈呢？”

“他们？”男孩怔了一下，冷笑一声，“跟你的爸爸一样，做违禁实验，自食恶果了。”

“明明不一样。”苏倾垂下眼说，“我爸爸死了还被研究院除名，你的爸爸妈妈是‘殉职’还有抚恤金。”

“我爸爸是计算机部的，妈妈隶属生物部，他们在搞一个联合实验。”他随口道，“探索平行空间？多重宇宙？具体的名字我不太记得了，因为风险很大，没有招募到志愿者，他们申请接入自己的脑电波进行实验。”

“可笑的是，”他脸上浮现出一种介于嘲讽和伤痛之间的表情，“实验做到一半时停电了，本来应该有备用电源的，但不知为什么，备用电源也没有开，于是他们被困在了实验舱里。

“助手把他们拽出来的时候，发现他们两个已经没有呼吸了，也没有心跳。”

“就这么死了，”Y看着虚空笑了一笑，像是讲了个自己也感到荒谬的故事，“莫名其妙成了烈士。”

苏倾顿了顿，忽然闷声不吭地返身过来回抱他，将他的头用力按在自己怀里。

“你干什么……”男孩在她胸前挣扎着，气急败坏叫道，“线掉了！”

一个礼拜后，Y为苏倾装上了检查过后的芯片。

那枚芯片泛着漂亮的金属色，电路板排布的形状令人想到流动烟云的星球。它的表面被清洁得甚至看不见一丝指纹。

“你感觉怎么样？”他看着苏倾问。

苏倾脖子里的是一枚相当精妙高级的芯片，但他在里面并没有找到报道中所说的人类意识残片。

可见诺尔教授的那场极具野心和挑战性的实验最终还是失败了。眼前的这个，不过是一个——已经死亡的人类女孩粗制滥造的替代品。

“我感觉好多了……”她极认真地感受了一下，冲他兴奋地笑起来，“浑身充满了力量！”

“那是因为充饱了电吧。”Y冷冷地反驳，偏过头去，嘴角却忍不住弯起来。

——正因如此，他想。

正因如此，苏倾谁都不是，她是她自己。

除了被擦干净的芯片之外，苏倾对一些事情感到很费解。

譬如现在，她横着坐在沙发上，抱着膝盖，将清洁过后的双腿搭在垫子上，任由 Y 在她脚跟上涂上奇奇怪怪的紫色颜料。

“你最好不要在我脚上画画。”她小声提醒。

“你闭嘴。”拿着棉签的 Y 忽然脸色涨红，“你的脚裂了。”

“你以为我愿意吗？”他狠狠地边涂紫药水边说着，“要不是你自己够不着这个地方。”

苏倾翘了翘白嫩的脚趾，嗅着那味道：“好像是一种很古老的外用药。”

Y 不快地将她乱动的双脚捉住：“人类的皮肤就要用人类的方法来治。”她没有代谢系统，却有强大的愈合功能，以维持这个身体。必须要借助外物使她尽快恢复。

每天晚上，苏倾会辅导 Y 半个小时的编程作业，随后匆匆走开。

她有很多事情要忙，要协调扫地机器人、吸尘器、洗碗机、清洁柜，要去修剪外面的茂盛的植物，她还给自己增加了一个任务——

清扫地下室。

她喜欢闻那股旧书的味道，那很像下雨和泥土混杂的味道，又不太像。

她时常推着吸尘器在书柜前伫立，拿下一两本来，偷偷扫描进自己的数据库，直到脖子上红点闪烁。

那是 Y 又在叫她了。

“你自己觉得哪里错了？”她半弯着腰看着男孩屏幕上的代码，身上还穿着粉红色荷叶褶的围裙，这条绣着小熊的围裙配合她的小辫子，竟然意外地和谐。

Y 转过来和她对视着。

苏倾对着他眨了眨眼睛，蝶翅般的睫毛上下浮动。

Y 戳了戳红色的错误小点，半晌无语：“我知道还叫你干什么？”

“啊。”机器人不会气恼，笑着挤着坐在他身边，“这个其实很简单的……”

后来，Y 发现他总玩的兵人游戏机被苏倾改过了，由对战模式变成了闯关模式，角色的行为、动作完全由他编写程序操纵。

开始时，他饶有兴趣地、没日没夜地玩了几天，但很快就发现了不对。

游戏的第一个角色是个日本剑客，他辛辛苦苦地爬山，一路上对拽着藤蔓飞下的怪物左闪右避，好不容易杀尽了怪物，却在拐弯的时候被落石砸碎了脑袋；

第二个角色是个杀手，他要将所有的西瓜吃掉，将蜜桃装进袋子里，砍掉人头，却被伪装成蜜桃的炸药炸死了；

……

第八个角色是女孩儿，在黑暗的鬼屋里根据信息判断出谁是鬼，贴上符咒，判断出来后刚迈一步，踩到下陷的地板跌得粉身碎骨。

……

他只玩到第八个。

“苏倾！”苏倾的围裙被人用力拽了一下。

苏倾回过头去，厨房里饭香盈满，男孩拿着游戏机，仰头看着她，怒气冲冲：“你玩我。”

“剩下九十二关其实都是一样的对不对？只要有同一个逻辑错误就会死。”

“那你为什么总是死？”苏倾将绿油油的花椰菜装盘，慢慢地回头看着他笑道，“现在记住了吗？”

“……”Y 忽然意识到，这个错误，正是他最近的作业中总是重复出现的错误。

苏倾俏皮地笑着，喂给他一片切好的培根：“记忆强化。”

“……真没意思。”Y 哼了一声，嚼着培根，扭身出了厨房。

Y 在年底六年级结业。

这意味着他即将变成一个初中生了。

小学的最后一节手工玻璃课上，老师教大家锻造一样玻璃器皿作为结课作业，并可以带回去做毕业纪念。

许多女孩子将玻璃切割成漂亮的多面体，使它们像钻石一样熠熠生辉。也有人做了玻璃摆件兔子、玻璃钟表，一个中国学生甚至雕刻了玻璃制的花鸟屏风，受到了大家的围观和赞赏，孩子们拍下照片上传到了社交网站上。

奥地利女老师则在手工教室的角落驻足，她饶有兴趣地停留在最后一排的一个男孩子身边。

“让我看看这件作品。”

她小心地拿起他操作台上的玻璃环来看，它并不像其他孩子的作品一样是某个具体的物象，而是非常抽象的、几何化的有缺口的圆形，而且它是有颜色的，一端呈现出沉淀的浅蓝色。

她惊奇地发现，随着她手的触摸，那蓝色迅速向另一端蔓延了：“天哪，这是什么？”

“温度计。”那个男孩子坐在座位上淡淡地答。孩子们都聚拢过来，好奇地看着。

“你在里面灌了什么？”老师问。

“酒精。”他垂下眼睛，“和 0.5cc 的蓝黑色墨水。”

“我知道。”有人说，“其实就是热胀冷缩的原理嘛。”

“可是外面到处都是温度计，为什么不直接买一个呢？”

孩子们是无法理解的。

老师五味杂陈地想，温度计是精密仪器，是科学的象征，这个玻璃圆环锻造得光滑且完美，厚度均匀，刻度的间距和位置都经过复杂的计算，他借助了计算机和锻造仪器，且一定操作得很熟练。

这个叫 Y 的混血男孩在班级里沉默寡言，总是独来独往，走路有一点轻微的不自然，据说是因为小时候出过严重的车祸。但他的科学类科目成绩非常优异，已经被联合政府国立中学录取。

这样的孩子，是个怪才，同别人一定是有点不同的。

老师将温度计小心地交还给他："Y，让我们为你优秀的作品设计一个漂亮的包装盒吧。"

"加一个蝴蝶结可以吗？"他忽然抬头道。

"当然可以。"老师眯眼笑起来，去材料室取纸盒和彩色绸带。

"你为什么把它做成环形呢？"这个时候，那个做花鸟屏风的中国男孩好奇地问 Y，"我从来没有见过圆形的温度计，恐怕它在准确性上有些问题。"

"不需要太准确。"Y 说，"只是好玩而已。"

也许是因为文化相通，他对这个叫李文的中国男孩没有多少抵触心理，甚至同他愉快地聊了起来："你不觉得它很像'加载中'的图标么？"

"哈哈，确实。"男孩笑起来，仔细地凝眸看着这漂亮的圆环，"不过，我觉得它更像中国古代的一种玉制品'玦'。"

Y 凝神细思，没有再说话。

这枚被包装在海军蓝盒子里、扎着银色绸带的温度计，最后被摆在了家里的茶几上。

"这是我手工课的作业。"Y 飞快地瞥了苏倾一眼，随意道，"送你了。"

苏倾拆开包装的时候，看起来非常惊喜，她一面拆一面轻笑着，黑色的眼瞳纯净得像一汪湖："我好开心，我从来没有收到过别人的礼物。"

"嗯，你拆吧，我先写作业了。"男孩没有再看她，挺直脊背走进房间里。

第二天他发现它被一条细细的渔线绳精心拴着，挂在了她的脖子上，随着她弯腰铺床的动作来回摆动。

"这是温度计。"他诧异地喊起来。

"我知道。"她笑起来，低头看看它，笑窝愈加天真愉快，"太好啦，我现在看温度非常方便。"

"哪有把温度计挂在脖子上的？"他扑过去就要把它卸下来，"快给我摘下来，看起来蠢到家了！"

"不。"苏倾摇着头，捉迷藏似的躲着他，最后被他逼到角落里，还坚持抬手格挡住他的手，牢牢护住了胸口。

"这是 Y 送给我的第一件礼物。"

Y 的动作猛然停止了，将头偏向一边。

"又不是只有这个。"他的睫毛颤了颤，心里莫名有些难过，极小声地嘟囔道，"这算什么？”

以后还有更好的。

——多的是更好的。

夜幕降临时，苏倾敲敲门，轻手轻脚地走进 Y 的房间。

缩在被子里的男孩故意翻了个身，背对着她。

苏倾抚平裙子，慢慢地坐在了床头，帮他透出瘦弱脊柱的后背盖好被子，随后从一片树叶书签的夹缝处，展开了那本铜板纸书。

床头灯发出昏黄的光亮，映照着她的侧脸和长睫，使得这幅画面格外安稳静谧。

“老木匠给匹诺曹买漂亮的衣服，买来书包、书本，让他去上学……”

她细柔的声音响起来，睫毛轻轻颤动着，那双黑色眼睛格外专注，与其说是在念，不如说是自己沉浸其中。

一开始提出要哄他睡觉的时候，Y 表现出极大的抗拒：“你在说什么？我又不是小孩子。”

“可你的年龄就是属于儿童的类别。”她看了看手上的彩色绘本，“如果你真不想要的话，那就算了。”

“……”

最后，Y 还是允许她在床头念绘本，因为他的父母从未这样做过，他心里也感到一丝好奇。

直到她念完了一本厚厚的《格林童话》，又念完了一本《安徒生童话》，最后拿起了她从地下室偷出来的这本《匹诺曹》。

Y 昏昏欲睡，不知什么时候养成的习惯——转过身来，拿额头偎着她的裙摆——他似处在虚幻中，越来越分不清楚她和真人之间的区别，似乎也懒得分清了。

他甚至觉得自己有时能感觉到她的温度，听到她的心跳声。

铜版纸轻轻地、小心翼翼地翻了一页，书页上露出女孩乌黑的专注的眼睛，她的眼尾稍稍挑起，这双明艳的眼睛里，却盛着懵懂的、略显娇憨的神色。

“‘爸爸，我去上学了！’小木偶背起书包，蹦蹦跳跳地离家去。”

绘本画得很认真，匹诺曹的裤脚下露出木头做的活动关节，他留下一个迎着整张绚丽的日出的轻快背影。

“‘爸爸，我来帮您。’它披星戴月地归来，帮老木匠锯木头。”

苏倾的眼睛眨了一下。

画面上又是整张的墨蓝色的星空和黄色的闪烁的星星，星空之下，爸爸和匹诺曹一起锯木头，充满了欢声笑语。

“从此以后，匹诺曹再也不撒谎了。”苏倾用柔和的声调缓缓地念道，“一天早上，匹诺曹醒来……”

他推开窗子，清晨的第一缕阳光落在他金色的鬈发上，男孩饱满的脸颊上有着健康的红晕。

他从床上跳下来，快乐地奔向客厅，穿错的袜子上，是白嫩的脚踝和敦实的小腿。

“他发现，自己竟然变成了真正的小男孩。”

故事结束了。

她捧着那绘本笑着，为匹诺曹感到高兴，又有一种奇怪的情绪，从心底油然而生，使她对着绘本最后一页发呆，久久没有言语。

她无法形容这是什么样的感觉。

到底是什么感觉呢？她慌乱地想，心口好像有什么要破土而出了一般，让她忍不住揉揉胸口。

Y 假寐着。他忽然听不见声音，也没等到灯光熄灭，他疑惑着，悄悄地眯起眼睛。

苏倾依旧坐在他的床头一动不动。

他在这双眼睛里，看到了一股纯净的、浓烈的歆羡。

随即她合上了书，熄灭了台灯。

“晚安。”她在黑暗里柔声对他说。

随后她逃跑似的快速离开了他的房间，穿着裙子的背影没在夜晚里，浅淡的月光照着她裙摆的轮廓，似泼上的光华，她像是夜奔的公主。

她在羡慕什么？

Y 睁大眼睛看着天花板，像只夜视的猫。直到她走了，他的心还忍不住怦怦跳动着。

（二）

后来的日子里，苏倾身上的芯片每六个月检查一次，充电则三个月一回。

她现在学会了自己给自己充电，一切变得方便得多，Y 放学带着一身汗跑回来时，时常看见她把自己连在厨房的电源上，边充电边做饭。

有时她忘记了自己脖子后面连着线，走到远处的架子上去拿盒子，“啪”的一声，线拽掉了。

断掉电源的瞬间，她像被吓到似的僵立片刻，半晌，小心地摸摸后脖颈。

“哧。”倚在门框上旁观的小少年终于忍不住笑出声。

随后他走过来，将接口从地上捡起来，给她接好。

“不要一边充电一边做饭，容易接触不良。到客厅来。”

升入初中之后，他的个头蹿高，嗓音也开始变得沙哑。

“唔。”她搅一搅锅里的番茄蛋汤，浑似没听到，“下午还要补课吗？我帮你装好便当。”

个头快赶上她的少年没有言语，拽着她的胳膊返身便走，直接将她拖到了客厅。

苏倾挣扎着，却甩不开他的手，颓然让他按到了沙发上，轻松地翻了个儿，接上电源：“就这样，别动。”

苏倾趴在沙发上，将头埋在手臂里，感到非常郁闷。

原来那所谓的芯片检查并不只是检查——他同时开始着手修改她的程序，第一个让他怀恨在心废掉的就是她力大无穷的属性。

虽然她有时会为连一个番茄酱罐头的瓶盖都打不开，还要求助于 Y 而感到郁闷，但下一次他再提出要“检查芯片”的时候，她还是将芯片取出来递给了他。

她全然相信着、照顾着、宠爱着这个孩子，这个她从废墟中第一次抱住的生命体，从他还是一个儿童开始，她愿意给予他他想要的一切。

意外的是，他竟然宽容地留下了那个预报天气的程序，容许她每天早上敲他的房门：“早上好。”

“下午两点有雷雨，平均气温 7 到 18 摄氏度……”小少年睡眼惺忪地推开门，T 恤领口敞开着，露出苍白的脖颈、明显的锁骨，顶着一头乱七八糟的短发，轻巧地绕开她去刷牙。

“联合政府发言人换届了。”她转了个向，又向他走去，“换成了韩国的代表，下一任是中国代表。”

“哦。”他叼着牙刷，随意地侧眼说，“去帮我把床上的外套拿过来。”

“这个？”苏倾俯身捡起一件蓝色棒球服，发现底下还有一件白色运动衫，“还是这个？”

他拿手抹了把脸上的水，甩掉，抬起下巴看着镜子，不耐烦道：“你帮我选一个。”

梳妆镜上的照灯使他的眼窝深邃，轮廓愈加分明。

“综合今天的气温和衣服的尺寸，我的建议是……”回过头，苏倾站在洗手间门口，左右手各举着一只衣架，上面分别挂着他两件熨得平展展的外套。

她满眼无辜地看着他：“里面穿运动衫，外面穿棒球服。”

Y 愕然看着她，半晌，对着她重重嘲笑了一声，随手拿起她左手上的棒球服，快速套上了，边拉拉链边掠过她身旁。

“记得带伞。”她再度旋了个身冲着楼下叫道。

“知道了。”他远远地应。

唯一让苏倾感到很有意见的改造，是他强化了她的感官系统。

“为什么要加痛的感觉？”她不止一次地追问 Y，恨不得央求他把这个程序抹去。

当她的头撞到了厨房的矮柜，脚趾碰到了床柱，被厨房的刀割到了手指，哪怕是被一页书猛划了一下，她感受到了从未感受过的千奇百怪的疼痛，这对她来说是种巨大的折磨。

“到底为什么要加痛的感觉？”

“这样你就会知道哪里受伤。”Y 耐着性子解释道，“你就知道往哪里上药。”

苏倾不这么觉得。

她觉得自己现在几乎变成了一个玻璃人，走路、做饭、修剪梨木……做每件事都小心翼翼，生怕伤到了自己，再体会到那种感觉。

但还是有一次，她从楼梯上摔倒，直接从两三级楼梯上滑坐到了一楼。

她的平衡系统本来能帮助她很快站起，但她因为太痛而腿软了，Y 回来的时候，她就坐在楼梯前面，手臂撑着地，裙摆一朵花一样铺盖于地，两腿岔开。

“唔……”她痛得泪眼蒙眬地看着他，下唇都被牙齿咬红了。

是的，增加了特别的凝水装置后，她也可以根据反射分泌泪液。

Y 被她这模样吓了一跳，待弄清怎么回事之后，绷着脸将她拽起来，用力拍拍她裙子背后的灰尘。

“平衡系统还是有问题，怎么还会摔跤？”他皱着眉快速操作着电子手表。

“不是平衡系统的问题。”她顿了顿，可怜巴巴地说，“你能不能——”

Y 茫然抬起头，她眼里还凝着湿漉漉的水光，鼻尖也有些发红，嘴唇上还留着牙印，像四月天里被雨打的的桃花。

这一年他十四岁。

她那样坐着，无助地看着他，他心底忽然涌起了一股柔软的保护欲——就像对一个柔弱的人类女孩那样。

他被自己的想法吓了一跳。

“你能不能——”苏倾咬了咬牙，终于下定了决心央求道，“把这个疼痛感知给我去掉？”

“不、不行。”他却结巴了一下，避开她的目光，“噔噔噔”擦过她迈上楼了。

每天早晨，Y 都被“早上好”的敲门声唤醒。

他抱着被子翻个身，T 恤下摆轻微掀起，露出少年窄而不瘦的、漂亮的腰线。

“今天有寒流入侵。”

“联合政府的发言人改选中国候选人……”

他的眼睛还闭着，浓密的睫毛生长像蓬草，微微颤抖着，嘴角无声地勾起。

床边的平板电脑上还幽幽显示着竞赛习题。这段时间他在做编程集训，通常是夜里两三点才入睡。

待到他起床，将平板电脑塞进书包，猛地拉开门时，苏倾在外面安静地熨他的外套。

“你迟到了。”她的辫子搭在两侧，脖子上还挂着那枚圆环，专注地看着那件外套，语气里有一股幽幽的、幸灾乐祸的意味。

“不会。”他顿了顿，以令人瞠目结舌的速度刷牙洗漱，拿起外套，抓起早饭，飞快地奔掠下楼。走时发梢上还滴着水珠。

苏倾站在落地窗前看，少年的自行车从芦苇覆盖的木栈道中驶出，反手嚣张地冲她挥了挥手。

河上空雾霭朦朦，他的外套后摆被风猎猎扬起，消失在日出的地平线上。

苏倾微笑着回到房间内，打点好一切，开始捋顺Y留在电脑上的、未完成的程序。

升入高中后，Y的课业很重，晚自习下课后，约莫八点钟才能到家。苏倾做饭的时间也相应后移。

每当Y回到家时，都会看到苏倾在厨房做饭的背影，不知从何时开始，那角度从仰视变成了俯视。

那种感觉……很奇妙。

当你最熟悉的人，忽然间变了样子；当你发觉无所不能的尊神，褪去光环后是个小女孩子。

这数年来苏倾坚守承诺，陪他坐在桌前吃每一顿饭，不过倒是没有同他一起刷牙。她清洗食槽时每次都背着他，不愿意让他看到，有时她自己也不愿意看到。

她已经习惯这样的日子，自欺欺人地忘记自己其实是不能吃东西的了。

Y的第一支纸烟来自初中同学秋原，地点在教学楼的男卫生间。

那个穿黑色骷髅头T恤、剃着小平头、戴金属耳环的日本男孩看着他呛得上气不接下气的样子哈哈大笑，他的笑很别致，用Y的话讲——“像是驴喘气”。

“你见过驴？”秋原反驳他。

Y哼笑一声，随即肩膀被秋原亲昵地用力撞了一下，险些撞掉了指间的烟。

“别动。”他压低声音，皱眉看着手指间闪动的火星。

“滋味怎么样？”秋原揣着口袋笑，十分得意地说，“我知道一家地下工厂，专卖烟草，价格很可观。”

Y背过身去，不听他说话。

卫生间的瓷砖被机器人擦拭得光滑洁净，反映出窗外沉丽的秋天，稍带橘调的深蓝色的天空。

“要吗要吗？”秋原抬起下巴小声追问。

门口有教员经过了，他警惕地抬起眼，不过那老师很快走了过去，那双狭长的丹凤眼再次懒洋洋地眯起来。

这个时代，教员对于学生的管理是过分宽松的，除非他们自杀或自残，做出有害生命的行为。

Y低着头继续。

少年的侧脸线条流畅，下颌棱角是冷厉的刚硬，一点禁忌的火光映在他侧脸上，青春和颓靡在此刻杂糅成一种奇异的绮丽。

手上被塞进一只打火机。

他转着看了看，稍微勾起嘴角，冷艳得像只猫。

“好啊。”Y叼着烟说。

人们永远无法理解新一代的少年们的叛逆。

在电子烟已经完全普及的今天，他们仍然迷恋着伤害身体来寻求同等快感的方法。

在学习压力最大的时候，天台或者卫生间窗边，这群计算机竞赛的长胜者、联合政府实验室的预备队员、优异的高中男生们，常常三五成群地聚在一起，像几百年前的小混混们一样……吞云吐雾。

苏倾在Y的窗台边发现了一只被用作烟灰缸的玻璃培养皿。

紫色窗帘被风吹拂着摆动，她把培养皿拿去清洁的时候，迎面碰上了背着书包上楼来的少年。

Y的耳机里放着音乐，他在想着什么事情，心不在焉地同她擦肩而过。

他如今身高已经超过了一米八，单肩背着书包的时候，比水蓝裙子的女孩足足高一头。

水龙头扭开的瞬间。

“那个不用洗。”

苏倾回头，Y倚在门框上，嘴里毫不避讳地叼着一支烟，侧着眼闲闲看着她。

她在这双一眨不眨的眼睛里看到了一丝微弱的、兴奋的挑衅，尽管他装作毫不在意的模样，但紧张使得那支烟的端头随着他的呼吸而微微颤抖。

“尼古丁对身体有害。”苏倾看了他好半天，终于慢慢地说。

依旧是一板一眼的、管教孩子的口气。

Y满不在乎地笑笑，当着她的面点烟，吸了一大口，转头吐在窗外，一扭头，却发现一双明亮的眼睛一眨不眨地注视着他。

苏倾的眼睛很漂亮，盯着这双眼睛看的时候，总能发现新的可观赏的地方，比如扇形双眼皮眼尾将挑未挑的那点弧度，还有蝶翅样浓密的睫毛。

他垂下眼去，胸腔里心跳得有些异样：“干吗那样看着我？”

苏倾又盯着他看了一会儿，由衷地说："你抽烟的样子很好看。"

Y 的手一抖，心猛跳一拍。

他有些着恼地看过去，却撞进一双干净又充满好奇的眼睛里——像稚童被没见过的什么美景迷住了一样。

Y 不动声色地惊奇着，疑惑而飘飘然。这个年龄段的少年人，没有人不对异性直白的夸赞而感到心潮澎湃。

可是——可是，Y 转向她，端详苏倾的脸。

对一个什么都不懂的、与他相伴长大的机器人？他在心底嘲笑自己，一定是青春期荷尔蒙勃发得太过分了，才会产生如此荒谬的感受。"我可以用手指点烟。"苏倾忽然凑过来说，她将中指和拇指并起，"啪"地打了个清脆的响指，一簇火苗从她指尖升起，随即很快熄灭了。

Y 甚至还没看清怎么回事，慌忙从嘴里抽出烟来，注意力马上被转移了："等一下？"苏倾将手藏在背后，满脸得意地仰头冲他笑着。

"再来一遍。"他几乎央求道。

女孩已经转过去抱起了扫地机器人，熟稔地帮它调整了清扫程序，随即放下它，下楼往厨房去了："每天只帮你点一根。"

她的声音伴随着清脆的脚步声："你得答应我戒烟，每天最多这一根。"

Y 站在房间门口，怔怔地看着她的背影，从二楼看下去，她进了厨房门，挂上小熊围裙，随即用力推上玻璃门，关门之前还仰头远远地瞧了他一眼，眼里沁着小女孩式的挑衅的笑意。

Y 气得不轻。

吃饭的时候，Y 对她讲起了手相的事。

"我妈妈说过，指纹是有分类的，一种叫作'斗'，一种叫作'簸箕'。"他看着自己张开的五指，那修长的手指波浪样灵活地抖动了一下，"根据斗和簸箕的不同，可以预测你以后的命运，穷或富，卖豆腐还是开当铺。"

"是吗？"苏倾一向对这些她不知道的东西很好奇，很兴奋地主动将手递过去，"快教教我怎么看。"

Y 低着头无声地笑了笑，捉住她的手指仔细寻觅了一下，在她右手食指指尖上方，找到了一处很小的出火口，那根指头里应该安有两个电火花塞，因为太小了，之前检查时成了漏网之鱼。

他一掀眼皮，在那只手上拍了一下，示意她抽回去："好了，你以后卖豆腐。"

"为什么？"苏倾非常惊讶，她死死盯着自己的手指，好像透过它看见了她穿着五六十年前的破布衣服，推着一个豆腐摊子沿街叫卖的情形。

她坐立不安道："那你呢？"

"我？我穷啊。"Y 装模作样地瞥了眼自己的手指。

"那我们怎么办？"苏倾即刻变得忧心忡忡，她怔怔地盯着面前的白米饭，甚至连饭也吃不下去了。

"我靠你养着有什么不好？"Y 笑着喝了一口汤，又懒洋洋地瞭她一眼，玩笑道，"你说呢，豆腐西施？"

Y 在学校跟男孩子们聚集的次数明显变少了。

"他怎么了？"大家围坐在天台边缘，边吹风边抽烟。

"别理他。"秋原膝上铺着平板电脑，还在头也不抬地打着代码，"他把烟都留着回家抽。"

"这么好。"众人惊异道。有人羡慕地说："我妈妈要知道，可不得揭了我的皮。原来 Y 的家长这么开明吗？"

大家都说不知道。Y 对家里的事情讳莫如深，也从来不提他的家人，似乎很神秘的样子。

"等着吧。"秋原用力按下了回车，坏笑道，"总有一天我们得到他家里去看看。"

男孩子们很兴奋地纷纷附和。

这一边，在这座建在河边的木质小别墅里。

男孩正坐在落地窗台上抽烟，长腿屈起搭在地板上，随意看着窗外的成片的树顶。

他勒令苏倾不许再用那个点烟的方法，因为出火口的老化，经常喷火可能会灼伤她的皮肤细胞。但当苏倾兴之所至，主动俯下身给他点烟的时候，他又完全拒绝不了。

在那样的情形下，没有人能拒绝她。

她坐在他身边，像观赏一件艺术品一样新奇地观赏着他，眼瞳像琉璃珠子。

甚至他舍不得抽完那根烟，也舍不得火星灼完它，长时间地盯着那团火星发呆。

"咦，你怎么不吸呀？"她拿培养皿接住了掉下来的烟蒂，疑惑地嘟囔，"都烧光了。"

Y 回过神，从口袋里摸出打火机来，被苏倾一把摸去了。

"没收了。"她揣进自己口袋，还威胁地轻轻拍了拍。

她管控 Y 抽烟的方式，就是不停地收缴这少年的打火机。

事实上，她的目的也没有那么纯粹。

她很喜欢收集这种原始的齿轮打火机，收集了满满一盒，有时她将那盒子放在膝上，一个一个摸出来点着玩。有的火机掀盖时会发出音乐，或亮起彩灯，她玩得乐不可支。

Y 不止一次看见她这样悄悄玩着，他并不点破，只是有时候会在交易时提出令秋原为难的要求。

“要那种会响会亮的。”

“你是吃打火机吗？”秋原惊异地问，“这个月你已经丢掉第三个了。”

Y 接着说：“动静越大越好。”

“你怎么不去买玩具小火车呢？”秋原冲着他的背影大喊。

然而隔天他还是淘来了有趣的古董货，这个火机带着一个塑料的、粗制滥造的彩球桶，按动电钮时会令塑料外壳里的小彩球乱跳。

这个古董货，现在躺在苏倾口袋里。

“不试试吗？”Y 的头倚靠在玻璃上，随意地看向一边。

苏倾将打火机拿出来，轻轻晃了晃，见到小彩球跳动，她露出了惊奇的笑。

“不是这样。”Y 懒洋洋地说，“过来，我教你。”

苏倾俯下身去，两条辫子在空中画着弧线。

他的手几乎包裹住了她的手，他的手微凉，手心有些湿。

随后他的拇指轻轻压在她的拇指上，用力按动了一下。

火苗燃起的瞬间，底下的小彩球喷发式地跳动起来。

“哦！”苏倾脸上的神色亮起，几乎看直了眼睛。

Y 几乎是同时将手放开，飞快地撤回了背后。他的心跳得意外地剧烈，几乎要撞出胸膛。

“瞧瞧你没出息的样子。”他在心里嘲笑自己，“让你在学校里不和女孩相处。”

这不受控的感觉让他十分着恼，几乎恼羞成怒。他把这归结于自己很少和异性相处导致的紧张。

苏倾还站着没有走开，一下一下地锨动电钮，好半天才想起来，这赃物是自己没收来的。她感到不好意思，将火机飞快地装进口袋里，转身准备走了。

临走时，她鬼使神差地扭头看了他一眼。

就是这一眼——

Y 倚靠在窗边，短发桀骜地翘着，他的脸侧是大片透明的玻璃，玻璃外则是笼罩在夕阳下斑斓如水彩画的城市一角，摇晃的芦苇和波光粼粼的河面。

他将嘴里的烟取出来夹在指间，挑衅而使坏地冲她笑着：“你不想尝尝？”

苏倾气鼓鼓地站了片刻，随即慢慢地朝他走去。她也很好奇，这么多人前赴后继地投入尼古丁的怀抱，它真的有这么好？到底是什么味道？

“坐低一点。”Y 拽了一把她的麻花辫。

两个人面对面盘腿坐在落地窗边，好像要进行什么秘密的仪式。

“别浪费了。”她制止了他取烟的动作，指指他手里，“你这个不是还没抽完吗？”

才刚燃了几秒钟而已。

“你说什么？”Y的动作猛然停住了。

在他反应过来自己做了什么之前，他已经将那根烟递了出去，随后他眼睁睁地看着苏倾将那根从他嘴里取出来的抽了一半的纸烟，懵懂地含进那榴红色的双唇间。

Y皱起眉，她毫不见外的行为引来他的剧烈心跳，使他的笑容渐渐消散了。

正在此时，苏倾有些紧张地用力吸了一口，表情瞬间凝滞了。

烟雾涌入的片刻，她的主机闪烁了一下，随即空白一片，脑门上忽然闪烁出红色的硕大的“warn”：“火灾警报！”录制好的电子音从她嘴里发出，她立刻站起来，无头苍蝇一般乱撞着，显然程序已经失控了。她的身体里有另一个设定好的声音在说话：“火灾警报！请尽快排查。”

“苏倾？”Y没想到会是这样的结果，吓了一跳，连忙跳起来跟了上去。

乱转了一会儿之后，苏倾的身体飞速朝门口走去。

“正在搜索就近水源，已检测成功。”

“你等等。”Y迅速追上去，拉住她的手臂，将她拖进了洗手间，关上了门。

苏倾黑色的眼里满是惊恐，求救地看着他，然而她现在已经不能说话了——她的嘴和身体完全处于应急模式，脑门上的红色警告仍然在闪烁着：“火灾警报！火灾警报！”

Y心急如焚，一把抓下莲蓬头，“哗”的水柱喷出，照着她的脸喷了上去。

他几乎将她当成了一个立式雕塑，拿水上下均匀地浇着她，一面浇一面将她拽到了浴缸前。

“跨进去。”他盯着那警告的字样，急促地命令道。

女孩爬进了浴缸里，艰难地把水漏关闭，双手扒着浴缸边缘。

浴缸里的水也被打开，很快苏倾半个身子浸在了水里，她的裙摆像海藻一样漂荡，头发也打湿了。

她闭着眼睛，水珠顺着她的鼻尖、嘴唇流下去，顺着尖细的下巴汇流而下，汩汩流进浴缸里，砸出一个个水涡。

Y坚持不懈地拿水浇着她的脸，直到那红色的警告字样慢慢淡去，最终消失。

他松了口气，慢慢放下花洒，甩了甩酸痛的手臂，感觉整件事相当荒诞。

苏倾也这么觉得，蔫蔫地扒着浴缸沿，身上让水浇得狼狈不堪，嘴还噘着，仿佛在说：“我再也不碰那鬼东西了。”

片刻后，也不知是谁带的头，两人一齐笑起来。Y扶着洗手池边缘，微微弯下腰去，笑得肚子都痛了。

苏倾仰躺在浴缸里，边笑边用小腿胡乱撩着水玩，弄得满地都是水。

Y把手上的水洒在她脸上，警告：“别玩了，快起来。”苏倾拿手臂挡了一下，撩了一捧水回击，Y毫无防备，瞬间被浇了一头一脸，T恤湿了一大片，苏倾马上露出了歉意的神色。

Y低头看了一眼那水渍，回头一把抓起了花洒。

苏倾审时度势，美人鱼一般转了个向，灵巧地往浴缸尾端游，但哪里快得过水柱？她从背后受到攻击，辫子都被水柱打散了。

不一会儿演变成了一场大战。

直到Y踩在水泊里，气喘吁吁地关掉了花洒，将它扔进了水池里，扶着膝盖上气不接下气地休战："快起来。"她不能在水里泡太久，否则他不敢保证里面的电路板会不会有事。

苏倾担心的则是另一件事，她从浴缸中跨出来，挂着沉甸甸的湿淋淋的衣裳，蹲下身看他的腿："你的膝盖又疼了吗？"

每逢雨天，抑或空气里湿度大的时候，他膝盖处的旧伤都会爆发剧烈的疼痛，医生也束手无策。

"不疼。"Y像触电般地缩回膝盖去，躲开了她的手。

她的衣裙湿淋淋地贴在身上，好像浴水而生的阿芙洛狄忒，令人挪不开目光。

这一切使Y心烦气躁。

苏倾疑惑地仰起头，随即一条宽大的浴巾从上面盖下来，蒙住了她的脑袋。

"快自己擦干。"他僵硬地丢下这么一句话便走出了浴室。

等苏倾从浴巾里钻出来，Y已经不见了踪影。

她慢慢地起身，拆开了自己的头发，胡乱擦了擦，随即打开烘干机，开始处理墙面和地板。

她赤足站在水泊里，心里生出一种别样的滋味。

就好像是刚才太热闹了，现在她才会在这片寂静中感到一丝寂寥，这寂寥使她心里鼓胀胀的，就好像被雨水泡发的皱起的墙皮，她被这种奇怪的滋味惊了一跳。

"干什么呢？"门让人用力敲了两下，她的胡思乱想被打断了。

Y站在门口，他的手臂伸进来，手上放着一叠干衣服，而他别着头，看向门外，脸色因为恼怒而染上一层薄红："让你把自己擦干，你管墙干什么？"

"为什么给我你的衣服？"湿淋淋的女孩天真地揪起一件衣服看，浴室的暖风开着，镜子前腾起了一片雾，像朦胧的蓬莱仙境。

奇怪的是，随着他的再次出现，她感到那种寂寞情绪被瞬间清空了。

Y几乎被气笑了："你有衣服换吗？"他忽然意识到这个严重的问题。

苏倾的生活资源是严重稀缺的，她身上这件衣服是她当年从实验室带出来的，特殊纤维制作的防护服，带有小范围的自净功能，还可以保护她柔软皮肤下的芯片不被干扰。

而作为一个人——作为一个照顾了他整整七年的人来说，她甚至没有穿过新衣服。

制作一件防护服，对他来说应该不算难不是吗？他心底生出一种近乎刺痛的愧疚。

“还是你小时候的。”苏倾喃喃。

他曾经穿这套衣服参加过初中的毕业典礼，仅穿过一次。那是他的第一套正装，头一次将那个小少年的脸衬得成熟冷峻，故而她对它很有印象。

“你想要现在的，那也有。”Y 面无表情地答她的话，“自己选。”

“还是这个吧。”苏倾衡量了一下尺寸，喜悦地接受了这两件衣服，反手拉下背后的拉链，一边雪白的肩膀已经袒露了出来。

“等人走了再换衣服！”Y 倒吸一口冷气，眉心一跳，衣服撂在水池边上，“砰”地将门关上了。

苏倾半干的的头发绾起，在头顶松散地梳成个髻，男孩子的衬衣和西裤简洁，领口敞开一颗纽扣，露出半截漂亮的锁骨，领子前挂着那个蓝莹莹的温度计。

这使得她呈现出一种完全不同的模样，仿佛更加成熟，又好像变得更纯净稚嫩。

因为脱去防护服的关系，这两日她在屋里无所事事地徘徊着，稍有些不安，尤其是当她在镜子里看见自己陌生的模样时。

而 Y 拿走了她的裙子，拿了好多天，不知道在研究什么。

直到一个周末的早晨，苏倾将面包和牛奶送进 Y 的房间。

“早上好，怎么还不起……”

她推门而入时，阳光倾泻而下，散落在床上，将少年的短发照得显出栗色。他一反常态地坐在床上发呆，听到门响，他的眼神一闪，苍白的脸颊瞬间涨红充血。

她走近时，赫然看见床单上的痕迹。

“谁许你进来的？”Y 面红耳赤地扯过被子盖住腿根，“快出去。”

苏倾笑着朝他靠近，柔声安抚道：“不用害怕，青少年的正常现象，一般发生在 14 岁以后，这标志着你已经进入了青春期……”

“谁害怕了！”Y 咬牙切齿地从床上蹦了起来，将被子朝腰间胡乱一围，大部分拖在了地上，他恶狠狠地抓着她细弱的肩膀，将她推到了门外。

门“哐当”一声闭上了。

苏倾“当当”地敲着门，细细地说：“嘿，Y，我帮你换床单……”回应她的是一声咆哮：“不用你管！”

苏倾转了个向，鼓着腮帮子慢慢地朝厨房去了。

一面走一面默默地在数据库里搜寻书单。

“多吃含锌和含精氨酸的食物，有利于性器官的正常发育。”

水池里，女孩的手按着一只牡蛎洗刷着，她低垂着睫毛，捏起牡蛎壳来对着光看了一看，那壳子发出漂亮的珍珠般的颜色，她笑了笑，随即将它小心地放进了锅里。

洗碗机、消毒柜嗡嗡作响，她哼着轻柔的曲调，纤细的手指一板一眼地剥着小核桃，看上去毫无忧愁。

Y 穿着夏天的短裤站在地板上，风将窗帘微微掀动，初秋冷清的空气灌入他的裤脚。

地板干净得发亮，投映出少年模糊的、笔直而修长的腿。

他单手拎起工作台上那条天蓝色的裙子，冷冷地瞧了两眼，随即撂下它，拿起桌上的三明治大口咬着，仰头将牛奶一饮而尽。

他拿手指转着空空的玻璃杯子，心里的羞耻几乎要漫出来。

（三）

毕业前夕，家里迎来了这么多年来的第一批客人。

事实上，这是群不速之客。

那天 Y 放学回来时，被屋里的喧闹声吓了一跳，随即他看见客厅的沙发、地板，甚至厨房门口，都被他熟悉的高中男生女生的面孔占领，像一场噩梦一样。

他们手上端着饮料，面前放着装甜点的碟子，吵吵闹闹，笑嘻嘻地齐声道："Surprise！"

"谁让你们来的？"他默了两秒，沉下了脸。

那一刻，他心里有种强烈的、近乎慌乱的被入侵感。

随后厨房的门被打开，那个熟悉的人影穿着小熊围裙，鼻尖上还蹭着一点面粉。

她手里被两个托盘占满，托盘里堆满了精致的小蛋糕，她兴奋得面颊红扑扑的："还想吃什么吗？我去做！"

甫一出来，就被客厅里的孩子们团团围住了。

"太棒了吧！还有蛋糕。"

"我要黑森林，谢谢姐姐。"

秋原则坐在沙发扶手上，两腿晃荡着，坏笑着朝 Y 吹一声口哨："有个这么漂亮的姐姐，怎么藏着掖着。"

"Y。"苏倾在 Y 变脸色之前喊了他一声，她的眼睛里满是快乐，仿佛真是他的家人，以招待他的同学为乐，"叫你的朋友们一起吃饭了。"

"知道了。"他面上所有的戾气烟消云散，垂下眼帘，闷闷应了一声。

这张可坐二十人的长条大餐桌第一次派上用场，上面堆满了精致的吃食，有碳烧牛排、法式蜗牛，也有中国传统的糖醋鲤鱼、红烧排骨，甚至在苏倾的默许下开了一瓶红酒，好在这些年轻的孩子们并没有起疑，只是沉浸在巨大的兴奋中，不住地赞许苏倾的厨艺好。

“Y，你真幸福。”叫小西的女生笑着开玩笑，“把你姐姐送给我好不好？”

男生也说：“是啊，没想到你在家里过的是这样的日子。”

升入高中后，孩子们的眼界变宽，心理也更加成熟，Y再也没有因为腿的缘故被孤立或嘲笑。

相反，他的孤僻和寡言，在青春期的孩子们看来，是个性和帅气的表现，他也因此而获得了许多人的簇拥。

Y的确不反感这样的热闹，但这种热闹和家里的寂静，好像向来泾渭分明，而今天，这中间的界限被彻底打破了，他直到现在还有些恍惚。

Y闷头吃着饭，忽而瞥见秋原的位置空了，他条件反射地扭头向厨房看去，透过磨砂玻璃，他看见了影影绰绰的两个人影。

日本男孩很瘦，腰细腿长，穿着一件跨栏背心，松垮垮的裤子上悬着一根金属细链，双手揣在口袋里，正在不紧不慢地聊着“美军的飞机”“摇滚的起源”还有“棒球应该怎么打”。

他剃着利落的平头，面容干净，声音悦耳，言语很幽默，正在烘烤蛋挞的女孩听得全神贯注，摘下厚重的隔热手套，用那双天真的眼睛一眨不眨地看着他：“我不会打棒球。”

秋原笑道：“我可以教你。”

“真的吗？”

“当然了，我随时在学校。”他低头扫她一眼，真诚地微笑道，“你的麻花辫很可爱。”

苏倾则摸了摸自己两边的辫子，露出个愉悦的笑窝来。

“当当”，门被人屈起指头用力敲了两下，秋原回过头，只见Y站在厨房门口，顶灯落在他漆黑的发上，朝秋原扬起下巴：“你先出来，我有点事跟她说。”秋原走了。苏倾将蛋挞装盘，等了许久，也没等到声音，疑惑地回头一看，Y倚在厨房门框上，侧身正抽烟。

“你不是有事跟我说吗？”

Y看着她默了一会儿，丝毫没有走近的意思，气恼地说：“他把你当成普通的女孩了，他想追求你。你看不出来吗？”

苏倾眨眨眼睛，似乎没听懂他的意思。

“做你的饭吧！”他没好气地反手关上门。

晚餐结束之后，大家留下来打游戏。为防止他们着凉，苏倾在地板上铺上了羊毛地毯。

大家盘腿坐在地毯上，用吸管吸着玻璃瓶里五颜六色的青柠汁或西瓜汁，额头上的汗珠被空调的凉气蒸干，惬意至极。

Y家里的全息设备很新，游戏机的品类也很全，从古董货到时下最流行的都有，更重要的是，Y 打游戏很厉害，看他打游戏不亚于看一场精彩的表演。

中场休息时，不知谁注意到了一个人忙碌着清洁餐具的苏倾，远远地叫道：“姐姐来休息一下吧。”

“没错。”男孩们对这样的盛情款待感到愧疚，“您会打游戏吗？不会我们可以教您，跟我们一起玩吧。”

苏倾在围裙上擦干了手上的水珠，远远地走过来。

Y 正被大家簇拥着，头戴耳机，盘腿坐在投影屏幕前，手里抓着手柄，全神贯注地操控着屏幕上的小人。

苏倾则弯腰接过男孩子们递过来的手柄，研究了一下按键，腼腆地笑道：“那我来就当‘魔王’吧。”

“魔王”是这个闯关游戏里的反派 Boss，是游戏的 NPC。她是不懂吗？大家想，为什么说要当一个 NPC ？

孩子们带着疑惑，却见苏倾拿手摁着遥控器，飞快地编写了几行代码，那个飞在天上的、电脑操控的 Boss 忽然晃了晃，活了起来，披着遮天蔽日的斗篷，朝着骑士俯冲下去。

“她改了游戏的程序！”

众人目不转睛地看着这一场旷日之战：锐不可当的骑士，和灵活诡谲的魔王，不断爆发的浅蓝色和红色的攻击光芒几乎占领了整个屏幕，像节日里放烟花一样。女孩白皙的手指快得几乎闪出重影来，她似乎总能预判对方的动作，打得不徐不疾，又快又准。

这一边骑士的招数已经放到了极限，快得令人目不暇接，Y 的眼珠里映着屏幕上的亮光，鼻尖上冒出细细密密的汗珠，半晌，出局的提示音响起，他暗骂一句，“咔嗒”，负气地撂下了手柄。

背后忽然爆发出一阵激烈的欢呼声，他愕然摘下耳机，回过头去。

苏倾就站在他背后，手里拿着手柄，一双漆黑眼睛亮晶晶的，蛮不好意思地被大家团团簇拥着，推来搡去：“好厉害啊，快教教我们！”

Y 怔了一下，刚才的魔王……是她？

半晌，嘴角无声地勾起，他低下眼去，喝了一口甘甜的西瓜汁。

可惜苏倾只表演这一回。虽然她很喜欢被人称赞的感觉，却也怕被人发现身份，尤其是听到两个女孩子耳语着讨论“她的皮肤好好”“怎么一滴汗也不流”之类的话时，她慌乱地抱起扫地机器人，再度离开了人群，歉意地微笑：“我得去做事情了，你们玩吧。”

苏倾擦着墙壁和地板，远远地看见 Y 再度成为焦点，这些青春年少的个体，会大呼小叫，会犯错和生病的鲜活的生命，组成了另一个热闹的世界。

从前她在实验室时，也常常看见实习生们聚在一起吃午餐，女孩子伸手打男孩的头，其余人哈哈大笑。

Y 是那个世界的一员。

她低下头，伸手轻柔地摸了摸扫地机器人的金属外壳，好像抚摸一只趴在她脚边的小狗。

夜里一点钟，那个叫小西的女孩首先提出离开，她站起身，细声细气地说：“我们还是不要叨扰太久了吧。”

这是一个长相甜美的日韩混血的女孩子，一头妩媚的长卷发，身材纤瘦，套在棒球服和超短裙里。她打扮得很精致，耳垂上挂着长长流苏的闪光的耳环，嘴唇上杏红的唇釉凝成镜面，衬得皮肤白而光滑，说话时瞥向头戴耳机的 Y。

其他人也纷纷站起来。秋原招呼大家离开，远远地朝苏倾招手：“谢谢你的款待。”

苏倾也朝他挥挥手，她的半个身影没在黑暗里，只看得到一点侧脸，唯有一双黑眼珠闪闪的：“Y，送送大家。”

一刻钟后 Y 回到别墅来，因为晚餐喝了不少红酒、又过了极开心的一晚的缘故，少年脸上浮着兴奋过后的薄红。

他的手撑着墙壁，低着头在玄关处安静地换鞋。

苏倾将地毯上的玻璃杯收到托盘里，忽然发现了地毯上不知谁遗落下来的一个精致的粉红色纸袋。

她叫起来：“好像有人忘记带东西了。”

Y 向这边走来，苏倾将袋子口敞开，将里面的东西倒出来。里面有一个包装精致的礼盒，还有一页纸。

苏倾将那页纸抽出来看，那张纸被喷上了香水，上面用彩色墨水写了两行歪歪扭扭的中文，从字迹可以判断出写字的人并不善于在纸上写字，却知道 Y 对于纸张的偏爱，努力地一笔一画地完成了，每一句话后面都跟有一个小小的爱心。

“Y：非常幸运能遇见你这样特别的男孩。从高一第一次见你时就喜欢上了你，不知你毕业后是否愿意做小西的男朋友？如果你收下我的礼物，就当你同意啦。【笑脸】”苏倾对着那张纸看了半天，许久才迟钝地明白过来，原来这份礼物并不是遗落的。它是专程留在这里，等待它的主人。

随后，手上的纸被 Y 毫不客气地抽走了，他扫了两眼，一时也怔住了。

苏倾看着他莞尔：“你被表白了。”

“……”Y 攥紧了那张纸，猛然抬头一动不动地看着她，欲言又止。那眼神很复杂，似乎有些狼狈、慌乱，但更多的是恼怒。

“对了，厨房里还有一点剩余的小蛋糕。”她跑进了厨房，从烤箱里拿出了他明天的早饭，仔细地用盒子包装好，用袋子提着，气喘吁吁地送到他的面前，“快去追她吧。”

“然后呢？”

苏倾在数据库里搜寻最优解，眼神微微一亮：“然后度过一个美好的夜晚。”

Y 接过了袋子，纸袋被他捏得发出“哗啦啦”的脆响，他看了她一眼，一言不发地甩门而出。

热闹过后的屋里变得非常安静。

苏倾觉得身上有点儿乏力，她慢吞吞地移动到电源前，笨拙地给自己接上充电线，电源灯光闪烁的频率很低，这证明她的电是充足的，那她为什么忽然觉得很虚弱？女孩长而翘的睫毛一下一下眨着，看着昏暗的客厅，疑惑地按了按自己颈后的线，又紧了紧电源。

沙发旁的立灯投下昏黄灯光。

“孩子们在青春期会恋爱，在成年期结婚生子，拥有自己的家庭。”

书上这样写道，这就是人生的节律。

不过这人生的节律，实在太快了一点。苏倾想，明明昨天 Y 还是一个儿童，她还记得他高兴或者不高兴的每一个表情，不过倏忽之间，他已经走向了新的阶段。

会结婚吗？她胡思乱想着，想象新娘披着婚纱站在他身边的样子，也许生一个孩子，养两条狗，家里会热闹许多。这样的热闹，却让她感到更快乐也更忧愁了。

Y 回来了。

他身上带着夜里的凉气，沉默地走进客厅，经过她时，似乎瞥了她一眼，不过像生气了似的，没有搭理她。他手中有窸窸窣窣的声响。

苏倾偏过头，看见他手上的粉红色纸袋子已经没有了，取而代之的是一束小雏菊，金黄的鲜花被包裹在透明玻璃纸里，开得正烂漫。

“你给小西买的花吗？”她扶着颈后的充电线，好奇地伸着脖子。

Y 的嘴角绷着，并不搭话。

“那么是小西给你买的花？”

他低着头仔仔细细地将小雏菊插在窗台边上的花瓶里，用力抻了抻它们的叶子，一言不发。

当时，他追出去的时候，天色已晚，感应式街灯忽然亮起，照在他头顶上。他猛然停住脚步，看着满街璀璨和寥寥的行人，竟然一时忘了要去哪里。

也许是这一晚上发生了太多事情，他的精神始终紧绷着的缘故。

人生中第一次被女孩表白，他竟然没有多少欢喜和激动的心思，那份脸红撞进了无数的心绪中，变成了麻木。他慢慢地在街上走着，脑海里闪过秋原和他的女朋友们一起玩耍的情景，和小西有些模糊的、不甚熟悉的笑脸。新生活对他没有足够吸引力，他有些疲倦地想，脱离既有的生活，开展一段未知的关系，这甚至令他感到一丝恐惧。这恐惧从今夜朋友们的入侵开始，就在他心里警钟长鸣。

此时他经过一家花店，他取下橱窗里开得最热烈的一束小雏菊。这束花毫无保留地冲他热烈盛放，使他想到某个人的笑脸。

她——

假如他恋爱，结婚，家里仍有一个苏倾，仍然保持初见他的样子，无知无觉地灿烂微笑着，在家里打扫卫生，替他照顾孩子……Y 立刻截断了这种可怕想法。

他并不是感知敏锐的一类人，可此刻，手里捧着开得正灿烂的天真花朵，一种细微的、背叛式的伤心，雨点一样慢慢地渗入心底的缝隙里。

就这样，鬼使神差地，这束孤零零的花拿在他的手上，随他回到了家，插在了苏倾买回来的花瓶里。他们都一言不发，苏倾的疑问最终没有得到任何回答，他甩掉鞋子，脱掉外套，像往常一样进屋做功课去了，仿佛什么也没有发生。

她适宜地停止了追问。小机器人侧过脸，听着窗外渐渐地下起了淅淅沥沥的小雨，奏乐一样清脆的鼓点响起。她看着圆滚滚的水珠打在玻璃窗上，窗户上映着的女孩，表情由疑惑变作了微笑。

她有些惊讶地看着自己的身影，少女脸上的恬静，让她觉得十分陌生。

在毕业的最后一年里，功课前所未有的繁重，Y 几乎睡在电脑桌前。

苏倾每天晚上上楼来给他送夜宵，有时 Y 会发现许多新鲜的事情，譬如苏倾实在娇小，她的一张脸可能只有巴掌大，手腕和脚腕更是纤细。她的肩膀瘦削，好像随便一揽就能被扣在怀里，动弹不得。这样一个人，居然总是以监护人的姿态对他说教着。

“要记得喝水。”

“嘿，Y，把这个苹果吃了。”

“空调的风口不可以对着脸。”她踮起脚尖用手指调整中央空调的程序，认真地说，“你会被吹成面瘫的。”

十有八九的时间，他坐在桌前不答话，看着她的裙角神游。

睡觉前，Y 总会习惯性地打那个老旧的、被她改编过的兵人游戏解闷，如今他已经打到了七十七关，等待角色以各种各样令人瞠目结舌的方式死去，然后闷笑着拉过枕头入睡。

五月份，Y 和秋原同时收到了国立大学信息科技系的保送信。

在此之前他可以自由支配时间，在实验室完成与他未来课题相关的实验。

这使得屋子里的两个人同时闲下来。

苏倾现在不必每天叫他起床、为他做早餐，也不用着急忙慌地给他装一天的便当，或者梳理作业，她有大把时间待在她心爱的地下室，坐在地上或书柜上，一本一本地翻看那些旧的纸质书。

Y 常在洗过澡后下楼来同她坐在一起看书。夏天的地下室潮湿而凉爽，他的发梢和T 恤里散发出清爽的沐浴露气味，膝上放着一册厚重的《时间简史》。

“不要扫描。”他说，“要用眼睛看。”

“用眼睛看？”苏倾捧起一册书，竖着举在眼前，远远地看着，又慢慢拉近。

“一个字一个字地看。”他像教小孩子读书一样，将食指放在文字底下，慢慢移动，“这样读过去。”

苏倾毫不犹豫地抹去那些轻易得来的知识，重新艰难地触摸宇宙，像人一样在学会自己不知道的知识时体会那种醍醐灌顶的兴奋。

后来有一次，她在一本旧书上，读到这样一行斜体字：“鸟儿愿为一朵云，云儿愿为一只鸟。”

“这是说哪个星球？”她眨着眼睛，又读了一遍，回头问 Y。

Y 顿了顿，轻声答道：“这不是星球，是泰戈尔。”

“泰戈尔？”

“是诗。”Y 有些不太确定地说，“大概讲的是云和鸟相互羡慕的心愿。”

“鸟儿愿为一朵云，云儿愿为一只鸟。”

苏倾将打开的书页贴住自己的心口，她将这两句美丽的诗镌刻在心里。

我也有一个心愿，她暗暗地想，我的心愿是……

变成匹诺曹。

她唯恐被人耻笑，从未宣之于口，暗暗地保存这个珍贵的秘密。

七月份是 Y 的高中毕业典礼。

湿热的、蝉鸣阵阵的、充满植物气息的夏季，流云从天幕上飘过，千人礼堂里人头攒动。

“这里。”秋原站在过道阶梯上，抬起细长的手臂冲来人招呼。

他今天穿了灰色正装，但衬衣的领口纽扣依然大剌剌地敞开，一条打眼的红色领带歪歪扭扭地系着。他身旁还站着一个穿灯笼裤的短发女孩，别着复古的十字形状发卡，笑得两眼眯眯，手里拿着他的西装外套。

“秋原，新交的女朋友么？”有来往路过的人冲他挤眉弄眼。

少年非常自然地搂住了女生的肩膀，朝问话的人吹了声口哨算作回答。

而他很快等到了先前招呼的人—— 一男一女向这边靠近。

男孩在绀色正装的勾勒下腰细腿长，旁边的女孩则穿了一条色调十分相近的深海蓝纱质长裙，裙子上有细小的碎花，胸前挂着一个蓝色圆环。

她的头发绾起一半，其余披散在脑后，颊边的碎发衬出她白皙如玉的肌肤。

“姐姐，又见面了。”秋原歪起嘴角轻柔地笑，“很漂亮哦。”

“谢谢。”苏倾的黑眼珠闪烁，紧张地捏紧了手里的手袋。

这是她时隔多年以来，第一次出现在有这么多人的场合，她本来有些害怕的，怕把Y的事情搞砸了。

“马上就是我的毕业典礼。”可是当时，他将扎了缎带的礼盒放在桌上，低眉耐心地拆开，似乎转移了个话题，“这个送给你。”

盒子里的裙子几乎立刻转移了她的注意力，她将裙子抖开，正反看了看，迅速地拿进房间套在身上试，尺寸对她来说刚刚好。

她站在镜子前兴奋地转了几个圈，Y突然在背后问她：“不想穿出去转转吗？”镜子里，少年的眉毛和睫毛都被光照得透亮，那一双眼珠如琉璃生光，“外面阳光很好，邀请你来参加我的毕业典礼。”

苏倾就这样被说服了。

在出门之前，她甚至下载了一个时兴的亚洲女性的发型，用梳子艰难地梳顺了因为长期绑着辫子而卷曲的头发，让它们柔软地趴在颈后，随后她敲敲洗手间的门：“嘿，Y，瞧我这样怎么样？”少年正对着镜子洗脸，闻言抹了一把脸上的水，从灯光明朗的梳妆镜里看到了她的脸。

他似乎看着镜子怔了一下，随后很快地低下眼去，继续洗脸：“还可以。”

“唔。”

路过她身边时，他伸手飞快地帮她别了一下耳畔的头发，他的手指是湿的，冰凉的水珠滑过她的发丝，顺着她的耳郭慢慢地滑落下去，让她生出一种异样的、软绵绵的痒，心都战栗了片刻。

他们一起出门，Y刚拿到了空轨车的驾照，操作还有些不熟练，苏倾对着仪表盘东摸西看，Y把手搁在方向盘上，不一会儿又拿下来，不耐烦地拍拍她的椅背：“安全带系好。”汽车从芦苇丛中飞驰而出，女孩双手贴在车窗玻璃上，就这么看了一路。

国高的毕业典礼上，有不少人像秋原一样大方地带来了自己的男女朋友，台下座无虚席。

这个时代的法定结婚年龄为十八岁，结婚，生育，是每一个年满十八周岁的公民的责任和义务，适时的恋爱，被视为一种光荣。

“恭喜你们毕业了。从今以后，你们或许将继续进修，或许将进入社会，成立自己的家庭。”

男孩女孩们手牵手坐着，在校长致辞结束之后站起来肆意拥吻，欢呼，而教员们则坐成一排，笑眯眯地鼓掌，仿佛慈爱的父母。

“砰”“砰”香槟开放，同时无数彩色缎带迸出，飘落在苏倾前额的发上，前后左右，到处都是欣喜拥抱的年轻情侣。苏倾紧闭的眼睛睁开，伸手慢慢地将一片彩带抓进指间，Y 将手臂撑在座椅扶手上，安静闲散地看着她。

“要始终记得，人类一体，你们的责任是为人类的延绵和发展做出自己的贡献。”

千人礼堂里掌声雷动。典礼过后将分食摆在台上的十层动物奶油蛋糕，每个人都领到了一杯香槟。

“这个樱桃给你。”

苏倾手里的那一块蛋糕带上有一枚红艳艳的樱桃，她将它小心地取下来，轻轻放进 Y 的餐盘里，仰头喝下了杯子里的香槟。

后来的许多年里，Y 想起毕业典礼，都会想起满天飞舞的彩带，还有白色奶油蛋糕上那枚红彤彤、油亮亮的宛如上了釉的罐头装樱桃，女孩仰头喝下香槟，她的皮肤、指甲和玻璃杯，都是晶莹透亮的光线充足的颜色。那是他最意气风发、别无忧愁的时刻。他捻起那枚樱桃放进嘴里，边嚼边弯起嘴角，尽管它吃起来味同嚼蜡。

校区里新栽的树苗好容易变成绿油油的一片，他们并肩走在树荫下，一直走到了国立大学的校门，门口巨大的双手相握的雕像和橄榄叶，象征着人类团结。

苏倾扬起脸迎接着阳光走，半眯着眼睛，似乎一点儿也不怕晒，手心里捏着半朵从地上捡的野草花，花梗在她手指间旋转着：“明天以后要住在实验室吗？”

“嗯。”Y 低下头。

他的项目是“2+2”的深造，前两年修习课程，后两年直接进入联合政府实验室工作，人生轨迹和他牺牲的父母一样，顺风顺水，前途无限。

国立大学配备了条件最好的实验室和学生寝室，这意味着在家住的日子永远结束了，不再有人需要小机器人的营养早餐和天气预报。

“回去吧。”Y 拿手背挡着刺眼的阳光，电子表屏幕熠熠生光，他的脸没在阴影里，看上去有些烦躁。

“等一下。”苏倾笑着牵着他的衬衣袖口，将他拖到了学校的雕像前面，“我帮你拍张照片吧。”

Y 垂下眼，拿手挡住了眼睛，别扭又不情愿地别过头去：“不要。”

苏倾将手臂伸出去，锲而不舍地将镜头转了个方向对准他。他将头扭向另一边，她便追到另一边，仔细地捣鼓着，调好光线和角度，期冀地看着他：“看镜头，Y。”几番捉迷藏之后，Y 被弄烦了，他冷不防伸出手扣住她的肩膀，将她往自己身边猛地一拽，挑衅地看向镜头。

果不其然，照片中两个人的发丝和边角都糊了，背后的树影和清透的蓝天却照得清清楚楚，甚至看得见天幕上聚成一团掠过的、小芝麻粒似的候鸟。

“再拍一张吧。”

“不。”

“就一张。”

回去的路上，苏倾手上拿着电子相机，边走路边绕着圈恳求他。

“……这张挺好。”他扫了那照片一眼，不高兴地说。他怎么也不肯再拍。

苏倾又低头看了一眼照片，咬了咬下唇，小声说：“这张有我。”

“有你怎么了？”Y好像突然生气了，冷冷地横她一眼，她便不敢再说话了。

Y的行李很少，装在当年从医院拿回来的行李包里尚装不满。

晚餐之后，她便一直楼上楼下地穿梭着，一会儿塞进一只游戏机，一会儿塞进一本纸质书，还有钢笔和墨水。

“明天早上你想吃什么？”她忙不迭地问，“我帮你装一个三明治吧。”

Y仍坐在桌前静默地吃饭，顿了顿，垂着眼没有搭话。

他今天不知道在与谁置气似的，话少了许多。客厅里的寂静让苏倾觉得有些心慌，因此她不停地说话，不让空气安静下来，好让自己好受一点。

这才刚开始呢，她想，明天过后，这座屋子里就真的空落落的，没人应答了。

如果她再拧不开番茄酱的盖子该怎么办呢？扫地机器人不会帮她开盖子，洗碗柜也不会，她只好抱着玻璃瓶子坐在窗前发呆……

噢，不对。她忽然反应过来——不会再有番茄酱的盖子了。

Y不在家里，她也不必再吃饭啦。

一种奇异的、从未出现过的慌乱感情冲撞着她的程序，使她有些发蒙。

最后，Y发现袋子里装了两个三明治，他蹲在行李包旁，疑问地仰头看她。苏倾解释道：“如果路上碰见了秋原，你可以分他一份。”Y的嘴角沉下去，没再说什么，把三明治塞了回去，低头用力地拉上了拉链，将它拿脚尖挪到了沙发旁边。他去了浴室，随后沉闷的、隐约的水声响起。

苏倾则抱膝反坐在沙发上，深海蓝的裙子遮住了她雪白的脚面。中央空调发出的冷气潮湿，她的指尖不小心碰到窗台上蔫萎打卷的小雏菊，它的花瓣便纷纷扬扬地落下来，留下一个光秃秃的梗。她吓了一跳。

就是在这时，Y擦着头发，悄悄地赤足走到她身后。

虽然他今天心情很不好，但他不想离开前还留下一个解不开的结。于是他走过来，想漫不经心地看看她在干什么，随后他擦头发的动作略微停滞了，发梢上的水珠滚落进领子里。

他看到苏倾的身形蜷缩起来，在张扬的纱制裙摆的反衬下呈极小的一团，她趴在窗台上，头半枕在手臂上，很仔细地将每一片花瓣粘回了花梗上，做成了永生花。随后，她松了一口气，手指移到了支起的电子相册上。

薄薄的屏幕上是大学校园门口的Y。照片被她放大数倍，相框正好挡住旁边的她。她半枕在手臂上，手指像舞蹈一样在少年的面庞上滑过，乌黑的瞳仁亮如曜石。

半晌，她自顾自地“噗”地打响指点燃了一簇火花，发呆地看它在黑暗中燃着，眼珠转了转，又鼓起腮“呼”地吹灭了。那一刻，她表现出的寂寥神情，使Y的心瞬间刺痛了，无数情绪涌了出来。

“苏倾。”他叫她。

她怔了一下，忙回过头去，立灯的光照在Y的头发上和瞳孔里，他纤长的影子斑驳地落在她的裙摆上。

“你准备完啦？”她问。

Y默了片刻：“你不想让我走？”

苏倾眨了眨眼睛：“你的问题和我的问题没有逻辑关系。”

“想，还是不想？”他置若罔闻地继续。

“不想。”

她的眼睛微微睁大，自己也被这完全没有经过核验就抛出去的答案吓了一跳。

黑暗里一片静默。

这沉默使她恐惧，觉得有什么陌生的东西在酝酿和发酵。

她立刻从沙发上跳下来，不过这一跳并不算成功，因为Y并没有闪开，而是下意识地接住她，让她结结实实地撞在了怀里。

两人皆是一怔。

这不是第一次拥抱了——在少年Y小的时候，苏倾抱过或者背过他许多次，但那些拥抱简单纯粹，不像这次的离别前夕，一种喷发的汹涌情绪将她淹没了，一种窒息的感觉没顶，她仿佛猛然被人摁进了水里。

随即，苏倾瞪大眼睛，脑海中读取了一条声音：

“危险！请注意！不可违背人工智能第三定律，禁止与人类产生感情。”

这道从未弹出过的指令如同一道惊雷在苏倾脑海中劈开，结结实实地令她浑身震颤。

在这个瞬间，那些从前产生的所有寂寥情绪，和过往生活的点滴，变成无数画片在她脑海爆中裂开来，刹那间，顽石开了灵窍，她懂得了自己变得奇怪的缘由。

可这缘由，却正是被禁止的人工智能的铁律。

苏倾的嘴唇动了动，一把将Y推开，Y对她毫无防备，直接倒退两步，摔倒在了沙发边。

“抱歉。”她急忙将被撞得皱眉的Y扶起来。

“今天是我在家的最后一天。”少年扶着腰，咬牙切齿地责怪道，“你不能对我好些吗？”他缓了一会儿，尖锐的疼痛似乎将他从一种沉梦般的氛围里惊醒，把所有思绪都打乱了。

Y扶着腰，把散落在地上的沙发垫捡拾起来，带着怨气叮嘱道：“假期我会回来的……”

“你走吧。”苏倾连忙接过靠垫，下意识地用轻松的语气说，“刚才我是和你开玩笑的。”

“这个玩笑未免太暴力了。”Y凉凉道。

苏倾冲他讨饶似的笑了笑。

Y想了半天，想不出该说什么，半晌，他道：“苏倾，你自己在家里，可以吗？”

每一次都这样，他对自己说，每一次离别都这样。

纵然很难，但跨过去了就会觉得没什么难的。只要进入新的环境，闭眼咬牙，很快就会适应新的环境，到时候，此刻酝酿在嗓子眼里的苦涩而软弱的情绪，也会如换季的感冒般自愈。

“当然了。”苏倾目不转睛地看着他说。

不知是不是他的错觉，今晚她的眼睛很亮，似乎含着一些未出口的忧伤。

“那好。”他转过身，最后看了一眼这个同他朝夕相伴的小机器人，握紧手指，“晚安。”

这是他一个人在这世上，必须战胜的。

第三章　尽沧桑

（一）

这一个月，苏倾喜欢待在室外。

凉爽多雨的天气，丛丛芦苇常常弯着腰，白须上挂着沉甸甸的露水。她戴着柔软的阳帽，穿梭在比她还高的植物丛中修剪树木，穿梭在草叶中的小腿被露水打湿。

即使 Y 不在，她也会给自己做早餐，自己吃饭、清洗食槽，随后做别墅的大清扫。空了就去地下室取一本书，夜晚躺在床上睡觉，一切比她想象中更加有条不紊。

那个可怕的禁令没有再出现过。那道声音像一场噩梦，几乎让人无法记个真切，但她忘不了它。它如上帝之眼，锐利地点破她的心事，强行给予她灵智，又划定了禁区。

"这也没有什么的。"后来，她近乎软弱地想，"Y 不知道这件事。只要我守口如瓶，遵循规则，不再靠近他，就没有人知道，也不会有可怕的事情发生。"

她通常将书拿到客厅来看，累了便将书倒扣在自己的肚子上或是脸上，正如 Y 所说，一个人待在地下室的时候，那里有些令人害怕。

苏倾在修剪长成一团乱麻的荆棘刺的时候很用力，她咬着唇，手臂伸展，指甲压得发白，余光看到了一双走近的腿，随后剪刀被人夺过去，少年轻松地"咔嚓""咔嚓"将它们剪成了碎段。

"是这样吗？"他单手揣在兜里，懒散地回头问，头发剪得更短更精神了，似乎瘦了一些。

"不是的。"她用手别了别被风吹起挡住脸的碎发，小声地说，"你把它们剪碎了。"

Y 板着脸注视她认真的眼神半晌，终于没忍住，扑哧地笑了，搂着她细弱的脊背，轻轻拍了拍。

"你怎么回来了？"这轻轻的拍竟使得她心里泛出一丝奇异的酸楚来，但她不敢同 Y 靠得太近，而是走到了道路另一边，慢慢地眨了眨眼睛，"实验顺利吗？"

"月假。"他放下剪刀，懒得撒手，放肆地将她扛回了客厅，随意地说，"第一个月的课我几乎听不懂。"

国高和国立大学之间，是一个很大的坎，Y 意识到他和父母之间的差距，这些差距让初入大学的他和秋原几乎夜夜通宵。

“妈的，烟不许抽，连夜宵也不许吃。”当时，秋原伸开双臂瘫在桌面大的电子屏幕上，活像一摊软泥，“大学真不是人待的，我想你姐姐的蛋挞。”

那个时候他也想起了苏倾，不过同秋原想的不是一回事。

他想起她坐在他身边的时候乖巧巧的模样，两人都坐在沙发上看电视，看着看着，她一骨碌坐起来在月光泼洒下看着他，漆黑的眼珠像一对乌葡萄：“起来活动一下，Y，这个姿势不利于血液循环。”

“那怎么办？”苏倾想了想，“我下载一些书帮你补习吧。”

“等着吧。”他十分狂妄地说，“下个月我能考第一名。”

Y 的房间，倾斜的天花板上圆形的巨大的天窗打开，丝丝带着湿漉雨气的凉风吹拂着苏倾的发梢。这是一个转晴天的夜晚，漆黑的夜空和闪亮的星子组成的圆形，宛如悬浮在他们头顶的一颗巨大的星球。

天窗外可以看到一弯小小的、明媚的金黄色月牙。

补习完毕，她十分自然地打了个响指给他点烟，少年抽定一根烟，手指在她脖颈后轻轻一按，打开控制槽：“有礼物送给你。”

她感觉自己的芯片被他用两根指头夹出来，随后换了个冰凉的新的芯片进去，随后关闭控制槽，她的心狂跳起来。

苏倾的眼睛猛然瞪大——心跳。

她有心跳了！

她细心感受这奇特的跳动，仿佛有一只鼓在她怀里敲，她捂住胸口，想制止它的狂跳，可是没用。心脏的跳动使得她浑身震颤起来，半晌，她同 Y 搭话：“是因为寂寞吗？”

“什么？”

“这一次的改造。”

苏倾伸手摸摸后脖颈的芯片，这枚芯片赋予她模拟的心跳，更精确的体温，一切人类的感知，有时连她自己也难辨真伪。而她分明又不是人类。

她接着问：“是因为你一个人，太寂寞了吗？”

“跟一个人偶娃娃在一起。”她垂下眼睛自言自语地喃喃，“我先前理应算是一个娃娃，也许太无趣了，是不是？”

Y 没有回答。他阖着眼睛，隐约可见少年浓密的两丛睫毛，他侧脸的轮廓流畅，带着一丝高傲的冷，好像已经睡熟了。

苏倾探头去看他，Y 的眉心忽然一蹙，一副受到打搅的模样。苏倾僵住，不敢动弹了，她清晰地感到自己紊乱的心跳。

“是因为你一个人。”Y 淡淡地说，却把刚才她的问话原样返还。

不管她听不听得懂，他重复道：“你一个人，太寂寞。”

苏倾抬起下巴来，似乎在疑惑什么。

“快回去睡吧。”他不耐烦地翻了个身，语气却很柔和。

Y 在国立大学的时候，苏倾从不主动联系他。

但他知道小机器人不说话是怕打扰他实验，她在家里巴巴地等待着一点烟火气，也许坐在书架上，也许坐在窗边。

她不是一个扫地机器人或者洗碗机器。是他给予她陪伴，教会她人类的感情，现在又留她一个人在家里感受寂寞。每当想到她一个人在家里的身影，他总是感到不忍。

细雨敲击实验室的窗棂，雨季来临，空气总是鼓胀胀的。

他立在窗边看了一会儿雨，耐不住给她发了一条消息。

“你在干什么？”

苏倾不怕高。她身上还穿着绣着小熊的围裙，因为下雨了，她脱去鞋子爬到窗台上来看雨。

她悬着双腿坐在窗台边，裙摆铺开，赤着一双雪白的足，像坐在树梢间的精灵。

窗外的雨连成线，从光滑的玉兰叶片上倾斜而下，被土壤吸收，花和叶都被洗得油亮。

芦苇丛在疾风骤雨中发出“哗啦哗啦”的轻响，河上笼罩着白雾，河面上船只缓行，伴随着汽笛发出一团团朦胧的光。

她的额头侧抵着玻璃发呆，长而卷翘的睫毛上凝着细小的水珠，窗玻璃上起了一层白雾，她犹嫌雾不够厚，在上面哈了一口白气，用手指“咯咯吱吱”地写下一个字母。

“Y”。

随后她的眼睛立刻睁大，慌乱地将窗户上的痕迹抹去。

她的感情有违伦常。即便是一个人的时候，也不能如此轻描淡写地泄露而出。

“叮——”

忽然收到 Y 的消息，她迅速地将玻璃擦了一遍，掩耳盗铃地回信。

“我很忙，在擦玻璃。”

Y 看着信息默了片刻，低头失笑，手指缓慢地抚摸过智能手表的屏幕。随后他再度抬起头看窗外的雨，站在窗边静默地抽了根烟。

“顶风作案。”

秋原一进门就挥舞着面前的烟雾，将轻薄如纸的平板电脑丢在桌面上，从 Y 的口袋里抢了一支烟出来，塞进自己嘴里，挤在他旁边含糊道：“考第一名了不起？”Y 垂下眼睛，眼里沁着一点儿慵懒的笑。

“我看教授好像很喜欢你。”二人并肩站在窗前，秋原不失嫉妒地说，“项目结束之后，你想进联合政府实验室吗？”

“不一定。”Y顺手将烟熄灭在窗台上的培养皿里，按下通风按钮。

“不一定？”

“不是还有一个选择吗？”Y轻巧地反问他，转身同秋原擦肩而过。

“难道你想去游戏公司当个小职员？！”秋原很讶异，“你知道有多少人做梦都想去联合政府实验室么？”

“我知道。”Y哼笑着拿消毒啫喱净手，“我父母不就死在了他们热爱的实验室里？那实验室里的含氯消毒水味，我闻了就反胃。”

秋原立在他身边沉默片刻，将手轻轻搭在他肩膀上，用力按了一按：“其实，也不一定会让你接你爸妈没完成的那个实验。老师们应当会考虑烈士遗孤的心理承受能力的。”

Y默不作声。

“我还以为可以跟你继续搭伙两年呢。”秋原小声嘟囔着，将头扭向窗边，继续抽烟。

Y坐在桌前，有些心烦地随手拉过他甩下的平板电脑：“这是什么？”

“噢，登记表。”秋原掸了掸烟灰，“满二十岁的青年要登记婚姻和生育状况，上报给国家，你得在上面签个字。”

Y的眼睫微微抬起。

登记表的题头写了一行斜体小字：“结婚与生育，公民的责任。”

眼神再掠到末端，首尾呼应地写了一句斜体的“人类一体”。

他飞快地在上面签上自己的名字，坏心眼地在“是否有稳定恋情”那里打了个钩，没想到跳出来的下一项是“请输入现任恋人的ID便于核验身份”。

他默了片刻，将平板电脑狠狠撂在桌上。

“怎么了？”秋原转过来，显得十分惊讶，“你什么时候有女朋友了，我怎么不知道？”

“我胡乱填的。帮我把那个钩去掉。”Y从口袋里掏出一根烟。

“恭喜你，那样你将会被学院安排尽可能多的联谊……”

“那帮我注销。”Y叼着烟，冷冷斜睨着那表格，目光里淬出几丝狠意，“我不填了。”

Y的第六次月假时值深秋。

他撂下行李，先修剪了别墅外一人高乱长的芦苇。这是因为有一次他闲下来时，心血来潮接入了院落里的监控，想看看能不能碰巧看见苏倾——

她正立在比她还高的芦苇聚成的墙下，累得双颊通红，踮起脚尖拿电锯艰难地修剪着杂出的植物。

削断的枝叶弯下来砸在她的脑袋上，她从那一堆乱七八糟的草叶中灵巧地钻出来，拍拍身上的毛絮，短暂地放下电锯，揉了揉通红的手心，休息了一会儿之后，再度辛勤地劳作起来。

“她在干什么？”Y 咬紧后槽牙想，“你是我雇的长工吗？”这次大修剪，苏倾被勒令站在一旁看着。有几次她想过去搭把手，都被他冷眼警告：“躲远点。”

汗水星星点点地湿透了青年人背后的 T 恤，每逢他利落地弯下腰时，衣摆上掀，隐约露出漂亮的腰腹线条来。

“苏倾。”Y 扶着膝盖休息时，忽然叫她一声。

苏倾走过去，他将一把剪下来的芦苇用刀砍去根部，保留端头，并成一束，像一大捧花一样随意塞进她手里，塞得她后退两步：“给你。”

苏倾低头，怔怔看着怀里的一大捧雪白的日本苇。她扭身跑回屋里，两条辫子上下跳跃，她爬上橱柜，将它们端正地插在厨房的大玻璃罐中——好像收到了一束鲜花一样。爬下来之前，她微笑着注视芦苇，随后，那笑容渐渐消失，带着红晕的脸慢慢恢复苍白。

就到此为止吧，苏倾。她的眼神黯淡下去，抿了抿嘴唇。

黄昏到来时，重重橙黄透过窗帘散落进来，地板和茶几都镀上一层油彩，苏倾慢吞吞地扎好辫子，问 Y 想吃什么。

“月饼。”

“怎么想吃月饼？”明明还没到中秋节。

也许是因为当年小学时跟他关系尚好的中国同学最近寄了一份月饼来，遥祝他与家人安好，而他忘带回来了，下次再回来就过了中秋，故而有些怨念。

Y 将手背盖在眼睛上，手臂挡住了翘起的嘴角：“问那么多做什么，你是不是不会做？”苏倾觉得自己的专业性受到了质疑，噘着嘴“哗”地坐了起来：“世界上哪有我不会做的东西。”

最后装盘的蛋黄月饼很小巧，颜色澄黄，像盘子里装着四个小月亮，小小的团圆。

苏倾自己做了压月饼的模具，压纹很简单，围着月饼边缘镶了一圈的“Y”，她写字母从来都是这样圆润的娃娃体，一群字母手拉手绕了一圈，Y 拿起来的时候才注意到。

他回过头看她时，苏倾正专注地蹲在地上帮他把平板电脑和水杯装进行李包里，她将衣服叠得平整整，用手铺了铺，两条辫子垂下，荡来荡去。

“这个学期结束之后，我就要登记入职了。”他慢慢地吃着月饼，吃完后舔了舔自己的手指，“我不去联合政府实验室，去游戏公司当个小职员，好不好？”

“好。”苏倾背对着他忙碌着，轻快地说，“凭你喜欢。”

她不解人世对于权力、地位、身份和荣誉的一切追求，只觉得像现在这样就很好，好极了。

Y 的心事，仿佛随着她的反应一起烟消云散。他微笑起来，喃喃道：“到时候，工作不忙，会有周末假期，每周都可以回来帮你剪草。”

九月份，国立大学两年的培养计划到期，共遴选出十个人进入联合政府实验室，那十个优秀毕业生，包括日籍学生秋原在内，受到了堪比英雄的对待。

作为综合成绩第一名的 Y 宣布放弃保送的机会，转而投入联合政府与企业合作的游戏设计部。

虽然挂了联合政府的名，但与利益和市场挂钩，注定沾染铜臭，好像比科研至上的实验室低了好几个层级。

他的理由是对父母牺牲的工作单位有心理障碍，并递交了一份心理检测报告，这个理由最终被联合政府审核通过为正当理由，批准了他的放弃。

事实上，他已经很少在梦中与父母见面，听他们说什么“其实我们还活着”一类的鬼话，也很少再回忆起童年的事情，以及那种深入骨髓的闷痛。家里那个活蹦乱跳的温柔女性的背影，早已使那栋别墅变成一个令他憧憬的存在。

这份心理报告单，完全是他入侵系统伪造的。

他热爱科学，但不喜成为国家机器之一的实验室，他希望做自己想做的事，不想成为联合政府的傀儡。

他的德国导师对此十分惋惜：“Y，我会给你写一封推荐信，放在你的邮箱里，有效期为十年。”他说，“实验室的大门为你敞开，如果你可以战胜自己，欢迎随时回来。”

Y 向他真诚道谢。

漫长的毕业假期到来，学生们参加毕业旅行，校园里空荡荡的，校门口双手相握的带着橄榄叶的巨大雕像仍伫立着，毕业生们在这里合影留念。

秋原的手臂亲昵地搭着 Y 的肩膀：“没想到这么快就要工作了。”

“嗯。”

“最迟后年，我要跟小优结婚了。”

这么快？Y 侧头看他，不过他什么也没问，只简短地说了一声“恭喜”。

“没办法，”他的声音听起来也很无奈，狭长的丹凤眼眯起，“实验室的工作人员有生育指标，二十五岁前必须生育至少一个孩子，得早做准备。”

“戒烟，戒酒，啊——”他揉乱了自己的短发，仰头向着湛蓝的天际狠狠竖了个中指。

Y 弯起一边嘴角，对他露出嘲弄的表情。

“你什么时候找女朋友？”秋原恶劣地拍了拍他的肩膀，“别把自己憋坏了。”

“走开。”Y 整理衬衣袖口，肩膀一抖将他的手抖了下来。秋原又像驴喘气一样笑了一阵。

“不开玩笑。”他的笑容慢慢收起来，“今天教员还问起，他说你上次没有填调查表，信息缺失可能影响入职。”

Y默了一下：“我现在不想找女朋友。”

秋原讶异地挑起眉毛：“真的？”

“Y。”有个教员从拍照的学生里叫住他，言简意赅，“游戏部的部长来了，想参观一下实验室。”

Y低头慢慢地将敞开的西装扣子系紧，扶正领带，沿着秋色尽染的大道，返回学生实验室。

国立大学的实验室比起联合政府，哪怕比起游戏部，从规模和配置上，都算是寒酸至极。Y同四十岁左右的西装革履的游戏部部长握手时，觉察到他热烈的落在自己身上的目光，就明白所谓的“参观实验室”不过是个托词。

想必他未来的老板对这个成绩第一名却选择了游戏部的毕业生充满了好奇，此行是专程为了来看看他。

“鄙姓陈，耳东陈，中国人。”

一口流利的B市话。这位陈部长个子不高，但保养得很好，年过四十尤未发福。他说话时一直眯着眼笑着，眼角纹拧成一簇，显得友善儒雅。

“我是Y，负责带您参观实验室。”Y做了个“请”的手势，他的声音冷冽，表情从容，维持着礼貌的疏离，并不过分示好。

但陈部长似乎对他的沉稳异常欣赏，两人的皮鞋踏在走廊上，铮然有声。一路上，无论他说什么，陈部长都频频回望，多有夸赞之词：“这个心理感应程序我听说过，上了新闻对不对？真是年少有为。”

“过奖。”

“你知道我们部门是做虚拟现实游戏的。”陈部长说，“我们一直在攻克一些技术难关，怎么样去实现场景的真实性，能让玩家身临其境——在游戏中，完全忘却自己是谁，按照角色去生活的真实感，我们去创造佛教里面的三千世界，各个国家、各个时代、外星，甚至宇宙之外。”

Y侧着头，缄默地听着眼前的男人描绘他们的宏图伟业。

“但是玩家的头盔和线路是有自重的，加上世界的设计不够严谨，还做不到完全的真实。”陈部长吁一口气，但笑容不减，似乎意识到自己说多了，“你有兴趣的话，入职以后，我们再详细谈。”

绕了整整一圈，两人说着话回到基础实验室的时候已是黄昏，Y看见实验室里背对着他们站着个穿黑色铆钉皮衣、包臀橡胶裙和过膝长靴的高挑的陌生女人。

听到脚步声，她转过身来，是个很年轻的女孩，她有一头缎子似的黑色披肩长发，发质又滑又硬，披肩发尾和刘海一样，被齐齐削平。

一双猫一样的妩媚的极具攻击性的眼睛扫过他们，正红色的嘴唇，五官美得锐利逼人。

“无预约禁止进入实验室。”Y 捡起平板电脑，在启动报警装置前提醒她一句。

女孩瞥他一眼，眼里似乎有些高傲的不屑，随即她看向陈部长的眼神里含了傲然的笑，走到他身边去，过膝长靴的高跟发出“当当”的脆响，她亲昵地挽住他的手臂：“爸爸。”

陈部长呵呵笑着，反握住她的手，这个女孩足比他高一头，身材窈窕有致，从任何角度看过去都十分抢眼。

“失礼了，Y，同你介绍一下，我的女儿薇安。今天是她入学的日子，听说我要过来，非要一同过来看看。”

Y 搁下平板电脑，倚在桌角上点了点头算是招呼。

“这是未来的爸爸的研究员，Y。”Y 身量高，拍毕业照穿的绀色正装尤显挺拔，外套微敞，倨傲懒散地半靠在桌上，气势并没有被这个凭空出现的衣着出挑的女孩压下半分。

薇安轻哼了一声，将头扭向一边。

陈部长爱怜地拍拍薇安的背：“那，今天就不叨扰了。”

Y 谦和道：“慢走。”他并未相送，待他们走后，就势懒散地坐在了桌上，拿实验室的平板电脑打了一局贪吃蛇。

“未来老板怎么样？”秋原拉开椅子坐在他身边。

“李文送的月饼呢？”Y 的头靠着墙，眼皮都未抬。

他的下颌线条很硬，睫毛长却不卷，侧脸有种男模样的桀骜的冷意。

“哈，那是李文送的？”秋原一口水呛在嗓子眼里，咳个不停。

李文，当年那个在玻璃手工课上雕刻了花鸟屏风的中国男孩，也许是因为他当时没有嘲笑Y的温度计，因此成为这多年来Y的通信录里为数不多的、依旧维持着联系的同学。

“你摆在门口，我……以为是实验室发的。”秋原抓了抓头发，有些尴尬，“刚才送给你老板的女儿了。”

那个时候，他听见薇安边走边自顾自地同陈部长耳语：“爸爸，我看桌上有一盒 pan-cake。”陈部长笑着拍拍她的手背：“那不是 pan-cake。”

“我一个日本人都知道那是月饼。”秋原鄙夷地说，“想她半个中国人，连这也不认识，就让她提回去尝尝，结果还被她瞪了一眼。”他嗤了一声，“大小姐脾气。”

Y 从不轻易同秋原生气，只是冷着脸打游戏：“去再给我买一盒新的。”

“没问题。”秋原恳切道。

“你知道吗，那个薇安和你一样是混血，有一半的德国血统。”他嘟囔着，“难怪长那么成熟。”

“几年级？”Y 往嘴里塞了根烟。

这次的打火机仍然是旧式滚轮的，要转得又快又狠才能点着火焰，他偏爱烧油的火机，觉得电子打火机就跟电蚊香一样，没一点意思。

“大一，听说挺厉害，斩获了去年的创新科技奖。”

Y 没再言语。秋原想，总归他以后要去游戏公司，就离科研越来越远，对这些事情也不会再挂心，何况是个小两届的妹妹。

“啊，对了。”秋原挠挠头，“我……我刚说月饼是你送的。”

Y 抬头冷冷看着他。

秋原说：“我还不是想给你的老板留个好印象？”

Y 瞥他一眼：“都是中国人，见面就有好印象。见你就不一定了。”

秋原脸都气红了：“你这猴年马月的老皇历……”

门忽然被重重敲响，楼下传来一阵喧哗，秋原就站在窗边，松了一下领带，回头：“来了好多警察。”

红蓝灯的警车在空中轨道和地面轨道穿梭，依旧是散兵游勇的警察，有老有少，裤带里别着警棍，簇拥着两个手臂被铐在背后的、戴黑色头套的青年人，踉跄着往警车边走。

秋原皱起眉，抽了口烟：“闹什么名堂？”

Y 走过去开了门，两个教员匆匆走进来：“62236Y，42587 秋原对吗？”吓得秋原瞬间将烟屁股灭在培养皿里，猛地转过身来挡住窗口，一脸僵硬地笑。

“外面怎么了？”Y 从桌上跳下来，语气带着漠然的镇静。

“噢，没什么，两个学生做违禁实验被带走了。我们是来例行检查一下剩下的实验室。”教员对于这两个优等生的语气格外温和，所谓检查也只是伸着脖子扫视了一圈，便退到了门口，笑着说，“打扰了，你们继续。”

秋原忍不住问：“哪方面的违禁实验？”

两个教员对视了一眼：“你们知道诺尔教授吗？就是类似的实验。”

“他们私下里跟一家私人公司接洽，将死者的脑电波残片植入一批报废的婴儿看护机器人体内，企图再造新的合成人。”

Y 的手指滞了一下，贪吃蛇一下子咬掉了半个屏幕长的尾巴，他按了退出键。

“Cool.”秋原吹了声口哨，“其实我对人工智能也很感兴趣——不造人，只是研发。”

教员笑了：“晚了，孩子。预计十一月份要出台新的法案，对于高级人工智能的管控会更严厉。除了这些违禁实验以外，十年前研发的 SP 高仿机器人投入市场以后，带来了一些负面效应。我们学校计算机的人工智能研究小组得到风声，已经解散了。”

“理论上来讲，我们现阶段的确不需要高级 AI。”另一个教员出门时笑说，“政府的关注点在于比去年还要低的出生率，生物组现在更火爆一些。”

Y 看着窗外，巨型马蜂似的空轨警车“嗡嗡”地开走了。平板电脑屏幕一闪，忽然收到了刚才拍好的毕业照。

天空蔚蓝，树篱碧绿，双手交握的巨大塑像在阳光下显现着灰白的颗粒质地，穿绀色正装的是个神色漠然的青年，浑身散发着精英式的高傲和冷酷。

Y 的目光毫无波澜地滑过毕业照，满怀着心事，将屏幕顺手锁了。

（二）

苏倾细细的手指一戳，摆在架子上的电子相册亮起。

一双巨手交握的雕像前，少年的衬衣纽扣开着，领带也歪着，锁骨若隐若现，看向镜头的眼睛像冷锋一样，又坏又嚣张，绷着的嘴角却仿佛沁着笑意。

他伸着的手臂大剌剌地搂着什么人，不过那人被相框挡住了。

苏倾趴在桌前，看着这张照片，在它再次锁屏之前，又伸手戳亮了它，这一次她没有及时收回手指，而是在他的脸上僭越地摸了摸，随后，像被烫到了似的，立刻蜷起手指。

她非常喜欢这张照片。十八岁的 Y，一切的春风正盛都被记录在这个瞬间，现在她有些后悔之前没给他多拍一些照片。

从窗户外洒进来的阳光很灿烂，落在她的头发上，宛如碎金。刚给地板打好了蜡，她将这张照片倒扣在桌上，自己蜷缩在沙发上，头抵着沙发靠背假寐。

过了一会儿，她忽然感觉到有人在她身边摆弄那个电子相册。她睁开眼睛，看见 Y 斜坐在地板上，肩膀上随意搭着绀色西装。他的衬衣下摆利落地扎在西裤里，盘坐的一双腿修长。她被熟悉的、像春风又如青柑的凛冽气息笼罩着。

“唔。”苏倾一下子坐直了身体，沁出一丝惊喜来，“你怎么回来了？”

“恭喜你毕业了。”苏倾忙不迭地说，“我原本想下午给你做蛋挞吃，可是你提前回来了，所以就没有了。”

Y 忍不住笑了。

“那你下午想吃什么？”她偎在他怀里，声音很轻快，“扬州炒饭？牛排？罗宋汤？”

“冬阴功火锅也不错。”她补充道，“冰箱里有两只大海虾，有我手掌那么大。”

Y 瞧着她，故意沉了沉脸：“你只跟我说这些？”苏倾怔了一下，似乎费尽心思去想还有什么要告诉他，她蹙着细眉环视客厅一圈，终于高兴地扯了扯他的袖口：“Y，瞧我给地板打的蜡。”

她赤着脚从沙发上跳下来，又被他拉住胳膊拽回去，他静静地看着她，半晌他说：“苏倾，虽然你总觉得我是个孩子，但是，如果出了什么事的话，你要信我，听我的话。”

苏倾微微睁大眼睛，还在等他继续说下去，却被他轻推了一把：“去吧。”

Y 站起身，活动了一下发麻的腿，转身上楼。

“就吃冬阴功火锅，”他远远抛下一句话，“那两只比你手掌还大的大海虾。”

晚饭之前，Y 取走了她的芯片，又给她装了一枚新的。这枚新的芯片增强了防水功能，另在中央控制区的开关处加了一圈密封圈。

苏倾有些不太适应，总是用手指去摸脖子背后，觉得那里有些不舒服，她还不知道这次的改造意味着什么。

“它意味着你以后不用含氯消毒剂了。”

Y 剥着那枚大海虾的外壳，黄澄澄的冬阴功汤酸辣刺鼻，如云的白色烟雾直冲头顶，海虾的外壳剥开，“啪”地溅了他一脸汁水，他闭着眼睛，拿纸巾擦了擦，半晌才接着说：“你可以洗澡，游泳，泡在海里，随你高兴。”

苏倾兴奋道：“我可以跟你用一样的沐浴露？”

她喜欢那股味道，洗过后残留在发梢和皮肤上，清爽而暖和地萦绕在鼻尖，用力闻的时候又如雾散去。

Y 顿了片刻，竟叫她问得心神乱飘，他低着头说：“可以。”

“大海虾好吃吗？”她歪着头，从底下去看 Y 的表情，不知为什么他的睫毛颤得很厉害，“什么味道？”

Y 吃了那只大海虾，虾线让她拿手抽去了，仍有一股浓重的海腥味，冬阴功的味道都遮不住，他咳了几下，喝了口水压了压：“可能是海的味道。”

苏倾安静了几秒，思考海水的成分，眨了眨眼睛：“我盐放多了？”

“不……”Y 瞧着她迷惑的模样，擦了擦手，心里已经定好了下次改造的目标。

味觉。

——就算所有的东西都要从食槽中倒掉，也得让她拥有感受的过程，拥有一切可以与他分享的体验。

苏倾很孤单。他越长大，这种有些伤痛和愧怍的感觉就越强烈。他能够为她做的其实很少，也仅有这些。

苏倾不一会儿便将这个问题放在了一边，因为她心里期盼着去洗澡。把所有餐具塞进洗碗机，快速调好程序以后，她拉着 Y 飞奔去了浴室。

Y 教会她洗澡的基本程序，随后在大理石浴缸里放满了温热的水，水面上随波浮动着几片花瓣，还有一只老古董橡胶鸭子，一捏就会“吱吱”叫，苏倾兴奋地趴在浴缸边缘，捏着小黄鸭玩得入了迷。

整个浴室都是“吱吱吱”的声音。

客厅里电视开着，Y 随意咬了只苹果，扯开领口，闷闷地半靠在了沙发上。

“国立大学两名学生确认参与违规实验被捕。”

电视上出现了那天他见到的两个头戴黑袋子的学生踉跄前行的画面。

“我们感到非常遗憾。”接受采访的是国立大学已经隐退的校长，“这两个学生没有记住我们的校训，触到了人类的底线，对此我们负有一定责任。”

第二个被采访的是刑事专家：“这种触及伦理的人类实验是违法的，机械身体和人类意识的结合，是有害社会的尝试。诺尔教授的案例在先，希望大家引以为戒。”

浴室里，“哗啦啦”的水声轻响。

苏倾躺在洁白的泡沫里，打湿的长发在水中漂浮。几年前她也泡进过这个浴缸，不过那个时候她是被Y狼狈地扔进清水里，而这一次，温热的水将她环抱着，她感到非常安全，甚至体会到了当初在实验舱里诞生时的感受。

她甚至在浴缸里拥着泡沫小憩了片刻，这枚芯片赋予她休眠的能力，以往只是为了在夜晚避免无聊，但是现在，她竟然可以因为完全放松而短暂地进入睡眠。这种不经意地打瞌睡让她感到分外惬意。

随后她在半梦半醒中听见了外间传来的隐约的“诺尔教授”“惩罚”“引以为戒”。

爸爸?

她睁开眼睛，从浴缸中慢慢坐起来，白皙的锁骨和肩头露出，头发披散在两肩，洁白的泡沫浮雪般挤在她胸前。

“SP高仿机器人……全数召回……明年十一月……禁止……强制销毁……”洗手间的门隔音很好，她连橡皮鸭子都顾不上捏，侧耳凝神，只听得几个断断续续的关键词。

随后外面什么声音也没有了。

她用浴巾擦干了身体，还擦了擦那个酒精温度计。浴室雾气朦胧，很暖和，温度计里的蓝色液体向一边倾去。

“据了解，十一月中旬将出台史上最严格的人工智能限制令，各大高校已解散相关研究团队，实现人才重组。”

新闻以黄色条带循环滚动着快讯，滚动在屏幕上端、下端，甚至盖在主持人脸上。

女主持人的语气毫无波澜：“十年前投入市场的全部SP高仿真机器人已被生产商全部召回；禁止高仿机器人进入市场；如有发现高仿机器人残留，有关部门将予以强制销……”

“毁”字只听到半个，一切便戛然而止。Y的苹果叼在嘴里，他将电视画面全关闭了。

青年人的眉宇间停留着一种冷冽的薄戾，他在一片寂静中拿下苹果，又再度拿起来，放在唇边，却迟迟没有咬。

最终他搁下那半个苹果，仰靠在沙发上摸了根烟送进嘴里。他半闭着眼睛，支着手臂，齿轮火机转了一下，“啪”，又一下，“啪”，依然没点着。一只白皙的手压在他的手上，握住了它。

“没收了。”苏倾看着他，长发上还滴滴答答散落着水珠，落在他腿上，一颗颗温热的湿。

Y 的眉心一抖，将打火机给了她，手指收回许久，指尖仍然在颤。

在 Y 走之前，他把苏倾力大无穷的属性改了回来，但添加了一个感应器。感应器被做成古典式鸾鸟手钏的形状，Y 把手钏戴在了苏倾的手腕上。

这个感应手环的对象只有一个，就是他。

“为什么要加感应器？”苏倾抱着一个番茄酱罐头，咬牙用力得脸颊泛红，仍然打不开。

“因为我在的时候你不需要这个属性。”Y 的剃须刀转动着，眉骨上凝着水珠，他将脸擦干，“我离你超过两百米以后，你再试试。”

“唔。”她泄气又安心地应一声。

“如果买蔬菜和其他日用品，都去无人超市。”Y 拉开三层冰箱门检查满满当当的蔬菜，这两天他载她去过三四次超市，几乎把各类商品买齐全了，应该不用她再次出门。

“好。”

现在苏倾站在门前送他，手里还抱着圆滚滚的番茄酱罐头不放，好像抱着一只宠物猫。她身后扫地机器人则像小狗一样满地撒欢。这怪异的画面在他看来有一种异样的温馨。

Y 拉开车门，啼笑皆非地朝她挥了挥手：“抱着它做什么？等我走远了你再试。”

太远了，苏倾听不清他讲什么，也高兴地朝他挥了挥手，眼睛在阳光下黝黑发亮。

Y 来到游戏部的第一个工作是参与一个叫作《浮岛》的小游戏研发，由于是新人，他没有独立办公室，就在研发小组的讨论室里的一张桌子上办公。

游戏部的高耸入云的大厦足有七十二层，讨论室与办公室都在六十层以上，在窗外看得到浮云飘过，其下则是极尽奢华的高配置电子实验室、摄影棚乃至制造车间，地下层是员工食堂与居所，整个游戏部宛如一个巨大的造梦工厂。

正如陈部长所说，游戏部主要负责开发最前端的虚拟现实游戏，最强体验感以及官方出品，使得这些游戏在市场上占据了金字塔的塔尖，价格十分高昂，几乎每逢发售必遭哄抢。

此次的《浮岛》属于当季要发售的新款剧情类游戏，讲的是荒岛求生的七十二个小时，听起来是个令人疲倦的故事，可预售量已经超过两千万张。

Y 非常适应新工作，一方面是因为游戏研发所要解决的技术问题同他的专业能力比起来不足为惧；另一方面，因为他的寡言、冷淡，对一切刁难和示好视而不见，以及一针见血地指出问题，在同期毕业生还在青涩地手拉手被前辈穿小鞋的时候，他已经不再被当作新人看待了。

Y 是在研发中后期进组的，一个星期后，他开会时开口便没有人敢插话，两个星期后，他被提拔为副组长，《浮岛》的技术指标由他把控。

但是，走出讨论室后，他像影子一样安静地穿梭于员工食堂和寝室之间。

这是头漫步于兽群中的狼，同旁人保持着微妙的距离，被忌惮的同时也被孤立着，而他对此毫不在意。

入职的第一个月里，Y 统共见过陈部长两次。第一次是将他插进《浮岛》的小组里。陈部长不参与游戏研发，只是偶尔听各个小组的汇报。他是个大忙人，总是辗转于各种商业酒会和政府活动之间，今天参加一个集团 CEO 的婚礼，明天又为联合政府发言人竞选提供资金支持——圆滑地维持着同两边的友好关系。

第二次见到陈部长的时候，就已经到了《浮岛》的验收汇报，听完汇报以后，陈部长叫住了他，两人在中庭花园并肩而行。

陈部长还是那副儒雅笑着的面孔，边走边亲切地回头看他：“不愧是国大排名第一的毕业生，你的表现真令我惊喜。”

“谢谢。”Y 低头应道，随意瞥着西裤下一尘不染的皮鞋，在光亮如鉴的大理石地面上蹭了蹭。

“这次任务完成得不错，我预备给你一间独立办公室。”陈部长看了一眼手表，笑着地按下电梯，“你下午有安排吗？我带你瞧瞧看。”

指纹锁通过后，大门“嘟——”地敞开，这间独立办公室有小厅那么大，极简风格，厨房、卫生间一应俱全。

明亮的光线从百叶窗透进来，一栅一栅的斜光线，打在办公桌上的绿萝叶片上。

Y 上下打量了一下，一言不发地随着陈部长向内走去，又是“嘟”的一声，门开的刹那，熟悉的大型实验舱的电机噪声涌了出来。陈部长见他迟疑，回头笑着招了招手：“过来看。”Y 的脸色有些变了，这间办公室竟然还配有一个大型的高级电子实验室，配有最新的真空实验舱。

“你觉得怎么样？”陈部长放松地拍了拍实验舱的侧壁，金属发出钝重的“铛铛”声，他的笑容含着对得力下属的宠爱，“满意的话，明天起它就是你的了。”

Y 蹭了蹭鞋尖，抬起头：“您想让我接下来做什么？”

陈部长愣了一下，笑得眼角纹更深：“聪明人。”他给自己倒了杯白水喝，“一点就通，这就是聪明人的优点。”

Y 垂下眼。刚才做报告的时候，他以余光瞥着陈部长的表情，后者频频看着腕表，还回了几次手机信息，仅在他讲到技术核心的时候，他抬了一下头，凝神不过五分钟。

那眼神里，满是思虑，没有什么热忱。

尽管那是个预售两千万张的单子，他不觉得陈部长对《浮岛》有多么重视，他甚至猜测，陈部长心里可能根本不在意这个游戏进行得如何，更别说为了《浮岛》奖励他这样一份大礼。

“还记得在校园里的时候，我跟你说过的话吗？”陈部长靠在桌子上，放松地说，“我想做那样一个东西。”

“您应该知道……”Y沉吟着开口。

“我知道。”陈部长微笑着打断了他。

“这里没别人，不必有什么顾虑。”陈部长掀动电钮，实验室的门“嘟”地闭合，“实话实说，几千万的销售额，在我这里算不上什么。”

“当年政府之所以发展游戏部，是为了垄断前途无量的虚拟现实游戏，将话语权集中到官方手上来，把游戏作为政府管控青少年的工具之一。”

Y沉默地听着。

“每一款游戏，都有它的任务。它们的剧情中包含观念渗透，或是对玩家的心理暗示。三年前我们出产的《family》，模拟一对夫妻养育孩子，其实它放大了过程的乐趣，而不表现养育中所有琐碎辛苦的部分，对应的玩家是14到16岁的女孩。”

“为了鼓励生育。”

“没错。”

“《浮岛》虽然是个成人向游戏，它的意义在于，结束这个疲惫的、心惊胆战的浓缩的72小时恐怖旅程之后，玩家回到现实，更能感受到轻松和愉快。他们会更热爱生活，而不是沉迷游戏。”他话锋一转，提问道，“你觉得问题在哪里？”

“没有一款游戏像个游戏。”

“没错。”陈部长奇异地微笑着，“游戏部垄断最尖端的科技，产品的可玩性却很低，前赴后继的玩家现在还没有意识到，他们是在上课、受刑，而不是娱乐。

“他们本可以获得更好的、一生难忘的游戏体验，甚至体会另一个人的一生，像我描述给你的那样。”

“但如果真的是那样，”Y的手插在裤子口袋，嘲弄地轻笑，“按照您的逻辑，它不可能被联合政府通过。”

“我已经做好打算。”陈部长笑笑，“从《现实梦境》投放到可能产生的社会影响，中间大约有三年时间，在两年半的时候，游戏注册码会定时失效。我们会赶在政府点名之前金蝉脱壳。”

他用手捻起绿萝的叶子：“如果此举成功，面对食髓知味、翘首以盼的玩家，我们会在三年后推出含有新世界的《现实梦境2》，高价，限量，绝版。”

“……”Y的表情依然平静。

陈部长最欣赏他的一点，是这个年轻人在其位谋其事的坦然和稳重，他的眼里没有任何贪婪和欲望，似乎和人世保持着淡淡的距离。

他甚至不知道Y到底想要什么，但本能地觉得他不会拒绝。

“我们会挣一个好价钱的，绝对安全，政府那边我已打点好了。即使我们打了擦边球，也没有人能找出错处。”他拍拍Y的肩膀，“技术方面，我相信只有你能带动整个组，实现这个梦想。”

“好。”

陈部长有些意外，他居然这么轻巧地就答应了。

Y做一件事的理由很难捉摸，有时只是根据他某一刻的心情，而此刻他认为游戏应该有游戏的样子。

“还有一件事，”陈部长笑道，“我打算让小女薇安休学八个月，参与《现实梦境》的研发，长长本事，顺便帮你打打杂，你觉得呢？”

Y垂下眼没作声。

陈部长把没毕业的薇安塞进组里，大有偷师的意思，学到了核心技术，以后有什么问题，也可独当一面。如果还有另一层作用，想必是对他的监督和监视。

Y隔天搬进了这个豪华的独立办公室，对工作环境还算满意。

这里听不到纷乱的脚步声，距离会议室也很近，除了一点：隔壁就是薇安的办公室，有时他会听见她在屋里做瑜伽的音乐声，或者打电话的笑声。

“把你的音乐调小一点。”

信息屏幕上，气泡对话寥寥无几。

“关你屁事？”

“工作时间。”

对方没再回复，过了一会儿，在他继续敲代码的时候，隔壁的声音甚至示威般地变大了一些。

片刻后，“啊”的一声，隔壁的电灯、电脑还有电子瑜伽球，全部紊乱了，她整个人好像被摔了个马趴。

“你有病吧，我的系统你也敢黑？”

“Y，给我赔礼道歉。”令人愤怒的是，她将十指已经翻飞如花了，他的系统仍然固若金汤。

因他不理会这些蹦出的信息，不一会儿门被敲响了，薇安似乎对于她不能打开这个指纹感应门耿耿于怀，拍门的动作很重：“开门，你把我的瑜伽球弄坏了，还差点摔着我。”

过了一会儿也没有应答，她很不服气地说：“我把所有的任务提前做完才做瑜伽的。”

“闲着就去任务平台领新任务。”

另一条消息蹦出来：“如果你觉得是在度假，那就回学校去享受假期。”

薇安看着屏幕，呼了口气。

夜里九点钟，当苏倾坐在沙发上一字一字地看一本无聊的书的时候，脑袋点下去，下巴颏抵在胸口，竟然出乎意料地打了个盹儿。

不仅打了个盹儿，还做了个梦，梦里是一片缺乏光照的寂静海底，她坐在一片细沙上，蓝色的粼粼闪耀的鱼尾蜷缩着摆在面前。

——也许是因为最近看了比较多童话，她竟然梦见自己变成了一条人鱼，但很快她发现，她并不是主动坐着，而是被一柄巨大的、铁铸的三叉戟钉在了地上。这柄三叉戟深深刺穿她的尾巴，伤口处的鳞片脱落，丝丝缕缕的血液漂散出来。

她发现自己受伤的同时，也感受到了尾巴上钻心的痛楚。

“啊。”声带震动着，她竟然发不出声音，她想去摸自己的喉咙，发觉自己的手被另一个人紧紧攥着，她回过头时看见了Y。

他随她一起坐在无声的海底，静默无声地看着她，气泡从他口中“咕噜咕噜”地吐出，向上漂去。她看见了他放在细沙上的一双腿，他不是人鱼，他还是人——

“快游上去呀。”人鱼张开樱唇，却发不出完整的声音，她同他比画着，Y别过头去不看她，仍然紧紧攥着她的手不放，向上浮去的气泡越来越少，越来越少。

“你会被淹死的。”她将他的脸扳回来，他已面如金纸，神色也有些涣散，背后矗立的三叉戟高耸的影子，像一座幽幽的十字架。

她推他，搡他，拍他，无论如何他都不放手：“快走，快走。”

如果不是她被钉在地上，也不能说话，她一定会跳起来扛起他往上游。她的心脏急得快要停摆了，眼泪“吧嗒吧嗒”地掉下来，化作粒粒珍珠，砸在沙滩上。

最后他闭上了眼睛，也闭上了嘴，她忙抬起他的脸，慌慌张张地将唇凑过去，渡了他一口气，随后她发现他还没有死去，他意识不清，蛮横地、混沌地回吻着她。

她忽而感觉到了一种剧烈的心痛，比她的尾巴还要疼痛，仿佛要将她活生生地拆骨剔肉。被刀割到手、被床柱撞到脚趾、从楼梯上摔下来，都没有这么痛，她在剧痛中蕴生了一股天然的蛮力，将他一把推开，他紧握的手也让她挣松了。

她在细沙滩上摸到了一把匕首，将它握在手心里，她摸了摸Y苍白的脸颊和嘴唇，在心里轻轻地哄道：“好孩子，别怕，别怕，我送你上去。”一枚气泡慢悠悠地从他口中漂出，他的眼睛勉力睁开，手摸过来要拉她，她将手猛地抽了回去，背在了背后。

“我一会儿就走。”她朝他粲然一笑，仰头看了一眼那三叉戟，尾巴稍微收了收，骨肉几乎被扯散开来，又弹回去，越来越多的鲜血弥散出来。

Y回头去看她的鱼尾的时候，她抓住机会从后面拽住他的手臂，用尽全身的力气，猛地向上一送。

——不是说，要离两百米远的时候，她的力量才会起作用吗？

但在梦里，也顾不得这么多了，这么一送，就真的将他送走了。他在上游侧头，她看到他好像要掉头了，浑身的血液都往头上涌："不许……"

"不许回来。"她做着无法出声的口型，猛地将匕首刺进了自己的胸口，一朵巨大的艳丽的鲜花绽放在幽暗的海底。

苏倾"哗"地从沙发上坐起来。

空调的温度有些低，她的眼睛空冥冥地睁着，无意识地将下巴抵在膝间，抱着膝盖抖成一团。

半天，她才意识到那是"梦境"，平伸四肢，慢慢地躺了下去。她不安又兴奋，在沙发上翻了个身，甚至找了一本《周公解梦》看了看，从中找了个差不多的解读："困局。"

困局？苏倾枕着辫子，念着这两字，心一下子沉入谷底。

她一下子便联想到那个她违背了的禁令。

她将最爱的《匹诺曹》绘本倒扣在脸上。摸了摸自己的心口，仿佛仍然能感受到那种撕心裂肺的闷痛。

她的确已在困局中。很复杂的，缠绕着的棉线团一般的，数据解不开的困局。

难道这就是违背禁令的惩罚吗？

这时候，她接入了 Y 的通话："你在干什么？"

"唔？"她还没有回过神来。

Y 嘲笑了一声："怎么迷迷糊糊的？"

"在睡觉。"

他将文件分门别类排好，发布了今晚所有的任务，瞥了一眼时间，正九点钟，有些诧异："这么早？"

"嗯……"

Y 心里一阵潮水漫过般的酸涩。他想苏倾在家里一定是寂寞得很了，没人陪她说话陪她玩耍，只好早早休眠。

未及他开口，那边又传来她细软的声音："今天夜里要降温到零下一度，如果东边的云飘过来的话，兴许有雪。"

"嗯。"

"你会很晚吗？"

"不会。"他将咖啡杯推到一边，轻巧巧地扯了个谎。

苏倾似乎笑了一下："那么晚上盖好被子，锁好窗户。"

她似乎很不好意思，顿了两秒，电话就挂断了。

Y 看着空荡荡的桌面，半晌没能回过神来。

门外"咯吱"一声高跟鞋踩在泡沫板上的声音横出。走廊感应灯被惊亮了。

"咯吱咯吱——"

“那边什么声音？”

“这里太乱了，模型组在这里丢满了垃圾。”走廊里，女孩削齐的黑亮长发过肩，波浪般晃动着，她弯下纤腰，包臀裙微微扬起，把地上的泡沫板丢到一边，“好久没有体会到熬夜做课题的感觉了。”

“刚说到哪里了，你的新老板怎么样？听说是优秀的学长。”

薇安轻哼一声：“他？他就是希特勒，没把我当女孩儿看。”

在Y这里，别人在她面前常露出的、习惯性的讨好和怯懦全都不存在，巨大任务量像山一样压下来，比在学校的时候还累。更可恶的是，她不拿正眼看Y，Y竟然也不拿正眼看她。

“你敢相信吗，他从来没对我笑过。”

薇安用脚尖踹开了泡沫，一小块泡沫塑料从空中飘落。

“让公主殿下觉得不爽了？”对方咯咯咯地笑了起来。

“这倒没有。我本来就不喜欢那些奴颜媚骨的男人。”她顿了顿，有些不情愿地说，“不过——不得不承认，他确实很强。”

“组里有40岁的工程师，都被他压得说不出话来。”能让她真心实意叹服的人可不多。

Y的框架稳当，逻辑缜密，确实是少见的完美和优秀。

有一次，她遇到卡了一上午的问题，他路过时从背后帮她敲了一行字，程序即刻飞一样地跑了起来。

她扭过身去时，Y已经走到走廊的端头。

这男人走路时右膝稍显僵硬，看上去有点跛，这本是致命的缺点，但他身材很好，皮带扣卡住腰身，板正的西裤勾勒出腿型，浑然一体，赏心悦目，让人忘记了那份不足。

Y的正装一向穿得漫不经心，不打领带的时候居多，有时候在自己办公室里热了烦了，名贵的外套半脱不脱地挂在臂弯上打字，像个桀骜的小少年似的，她从门外无意间看到过一次，竟然觉得有些反差的吸引力，半天都没能挪动步子。

——对了，本来年纪也不大，也不过刚刚毕业而已。

“那是很厉害了。”好友赞叹道，“听说是因为心理问题，才拒绝了实验室的保送。”

薇安的思路却飘了：“什么心理问题？”

“听说他父母在他很小的时候，死在了联合政府的实验室。”

大抵女人都是有一点与生俱来的母性的。薇安在诧异之下，感觉自己的心口被重重撞了一下，她的下巴微微抬起，音调放缓，竟然弯起那双猫儿眼，微微笑了：“难怪是这种令人讨厌的性子。”

“我在你的语气里听出了什么。”好友微妙地停顿了片刻，笑得很奇怪，“你——不会对你的老板……”

薇安微挑细眉，觉得十分荒谬："我怎么会喜欢他——"

这个时候，办公室的门"嘟"地弹开了，走廊地板上洇出一隅扇形的光，薇安的声音戛然而止，因为她迎面看见了 Y，他从办公室走出来，两人正巧四目相对。

阑珊的灯火下，她忽而看清他的瞳孔是浅淡的琥珀色，发梢则黑亮，在她反应过来之前，她已慌乱地把电话掐断了。

Y 的目光漠然滑过她的脸，对这个小姑娘的通话，或者非工作时间的私生活毫无兴趣，他下颌微收，半张脸没在阴影里，非常自然地垂眼往嘴里递了根烟，然后往走廊窗边走去。

"嘿，实验室里不许，不许……"薇安话未说完，因为他已经无声地与她擦肩而过。

高跟鞋敲击地面的声音变得急促起来，她几步走过去从前面挡住了他，脸蛋因气恼而发红。

薇安身高腿长，站在他面前不必过于仰视，她对自己的气场很有信心。

她抱着怀站着，修剪整齐的长发像招魂幡，红唇热烈，微微眯起一双美丽的眼睛。

"关你屁事？"Y 将纸烟从嘴里抽出来，抬起头似笑非笑地横了她一眼，收回目光时，眼底的警告意味明显。

"……"她没想到他把她当初的话还了回来。

"公平点说。"她眼睁睁地看着他滑动火机点烟，咽了口唾沫，这是她第一次见到电影以外的年轻男人抽纸烟。

"你为什么待我总是这么刻薄？"

Y 从七十二层高楼上俯瞰城市灯火，一点火光在他指尖明灭，看上去似乎沉浸在自己的世界里，半晌才说："凭良心说，我觉得我对你很公平。"他随意地掸掸烟灰。

确实很公平，她在心里切齿，和别的组员，乃至后勤，完全一视同仁。

"喂，那是培养皿——"她又眼睁睁地看着他把无菌培养皿随意地用作烟灰缸。

从未见过如此粗鲁恶劣的人。

他转过来，一朵白雾在他口中绽放，又徐徐消失，他目光里的嘲弄笑意微凉，挑衅似的当着她的面将手上的烟栽进了培养皿里。

他拍拍手上灰尘，端起培养皿，从她身边走开。

薇安的呼吸微沉，感觉到心在胸腔跳动，是完全没见过的不知礼数，完全受不了的浑身恶习，可怎么能让她看得如此目不转睛？

"学长，"薇安急促地转了个圈，那头招魂幡摆动起来，在他身后抱怨道，"我到底有什么地方不讨你喜欢？就不能像对待朋友一样跟我说说话吗？"

Y 的步子微微一顿，好像轻轻侧过头，不过他什么也没说，就那么走远了。

电梯沿着摩天大楼竖向穿梭时，Y 倚靠着电梯侧壁，在无数纷乱的思绪中稍微思考了这个问题——结果是，他对世界的耐心和温柔统共就那么一点，全都给了一个人，多余的就一点儿也没有了。

那个人——甚至不能被称为人。她现在估计正地趴在沙发上休眠，后颈接了一根长长的电源线。

他无声地笑了一下，忽然想到秋原听到自己“不想找女朋友”的论调时惊恐的眼神，觉得很好笑。

在旁人看来，他一定很荒谬。但他的确是个怪人，从小就如此，他并不情愿也不打算改变。

薇安站在窗边生闷气，她的智能手表振动一下，她低下头，是 Y 的消息。她急促地点开来，是一笔转账，备注是：“瑜伽球”。

（三）

苏倾很喜欢 Y 现在的工作，因为总会有周末假期。

虽然对于初出茅庐的新人来说，这假期形同虚设，大多数时候是在加班中度过的，一个月能有一两天回家已经谢天谢地，她依然觉得十分满意。

如果 Y 不能回家，会给她打一个电话。多数时间她没什么话同他说，她窝在窗台上，走在院子里，坐在地下室，悠闲放松得像只住在花园里的猫，可是 Y 不许她太快挂电话，总是要没话找话地聊上一会儿。

那个可怕的梦像个警示，还是将她从 Y 身旁又拉开了一点。两人都不说话时，沉默的呼吸声太过于暧昧，她不敢容许这样的时刻存在。为了避免尴尬，她学会在通话中播报当天的世界新闻，Y 的反应先是错愕，随后纵容地默许。

有一天的新闻很多，有地震带的活火山喷发，连续数日的降雨，国立大学招生考试延期……而通话时间只有半个小时，她念得上气不接下气，Y 一言不发地听她落定最后一字，嘲笑地说：“你不累吗，电视人？”她趴在沙发上，把头埋进臂弯里，在没人看到的地方，很小心地绽放笑颜。偶尔她也会给他念诗，多半是寒冬时节，窗户上结了雾气和霜花，外面是片片散落的雪，在昏黄的路灯下凝成无数晃动的影子。她从地下室偷出一本书搁在膝盖上，睫毛微微地颤动。

“‘唯我在此，唯独我在此，雪落下。’”

她顿了顿，向后翻了一页：“没有了，这首诗只有一句。”

“是俳句。”Y 说。刚才，她清润的声音有片刻盛有无尽的古典式的寂寥，那意境美得惊人，却令他有些心惊肉跳。

“俳句和诗？”苏倾托着腮查了一查，查到的东西一股脑儿地丢进数据库里。

“是日本的短诗。有空可以问问秋原。”他转而说，“再念一个。”

“‘悄悄是别离的笙箫。’”

Y 皱了皱眉，端起桌上的黑咖啡一饮而尽，入口满是苦涩：“怎么尽是这个？”

“写得很好呢。”苏倾不同意地搂紧了那本笨重的精装旧书册，她双眼明亮地由上而下浏览了一遍，轻轻慢慢地读着，“‘撑一支长篙，往青草更青处漫溯。’”

“‘满载一船星辉，在星辉斑斓里放歌。’”

她正盘腿坐在 Y 的床上，仰头看到屋顶上的圆形天窗，夜空里闪烁的星子，是天鹅绒上坠满的宝石。

书脊抵着她柔软的小腹，她仰着脸，麻花辫子垂下，像无知的小女孩一样，贪婪而好奇地凝视着曼妙的无垠宇宙。

“再念一个。”Y 撑着脸，睫毛颤了颤。也许是苏倾为他念了四年的睡前故事的缘故，这会儿他喝了黑咖啡，仍让她念得困意席卷。

苏倾把书轻轻合上：“鸟儿愿为一朵云，云儿愿为一只鸟。”

Y 怔了片刻，忍不住笑了：“还记得这个。”在地下室里，刚洗过澡的少年同她并肩坐在一起，在一片清爽馥郁的气息中，用干燥的指尖滑过她面前的书本，告诉她不要用扫描，要用眼睛看。随后窝在昏暗的地下室里，各怀心思地看一部没有声音的默片。

如果 Y 周末回家来，无论多晚，都能看到客厅亮着一盏立灯。他将灯下伏在沙发上的人叫起来，用胳膊肘关闭立灯，乘室内电梯将她拉到房间去。

“外面下雪了。”苏倾躺在床上的时候闭着眼睛说。

“你怎么知道？”

她的鼻尖在他挂在手臂上的西装外套上慢吞吞地嗅了两下：“你的衣服上有雪的味道。”

“雪是什么味道？”Y 忍不住笑了。

苏倾迅速拿手遮住了眼睛：“水、二氧化硫、二氧化碳、一氧化碳混合物的味道。”

“……”

Y 不忙的时候，他们也会一起打游戏，羊毛地毯上摆着两杯青柠汁。苏倾依旧操控本为 NPC 的大 boss“魔王”，她咬着唇，白皙的手指操控着手柄，魔王从城堡顶端跳下，斗篷翻飞如黑云，他枯瘦的手指握紧权杖，走过之处寸草不生。

玩家留言区不一会儿便水泄不通，雪片似的白色字体涌上来。

“是变态难吗？”

“今天怎么回事——”

“天啊，魔王！”

魔王血腥杀戮着，背后长眼睛似的反手击退身后的攻击，一路横冲直撞，直至撞到骑士面前，却不知怎么停顿了一下，后退了半步。

两个游戏角色面对面站着，魔王的黑色斗篷和骑士的红色披肩在风中摆动。

“谢天谢地，发狂的魔王被骑士挡住了。”

“骑士——我们的希望之光，加油！”

“啊，是西区十战十胜的骑士，为人类报仇吧，骑士！”

热血的留言不断地向上翻动，两个角色却像灵魂出窍了一样，一动不动。

苏倾侧头悄悄瞧了身边的人一眼。

Y的双腿交叠，眼睛仍看着屏幕，淡淡地说：“让我就是看不起我。”苏倾抿了抿唇。

那个瞬间，魔王“砰”地一权杖把骑士打倒，然后抬起靴子踩在了他的胸膛上。

公共留言区：“……”

“怎么不用法术杀我？”Y禁不住错愕地笑了起来，他坐在地上，靠着沙发，整个沙发都跟着颤动起来，“权杖是这样用的吗？”人们看见骑士一个翻身，抱住魔王的脚踝，将他撂倒在地上，随后两个人滚作了一团，从草地一直打到了塞纳河边。

“这真是……”公共留言区安静异常。

“太愚蠢了。”有人不敢相信自己的眼睛，“我看到了什么？两个有高级法术的角色在浪费时间肉搏？”

“为什么不使用技能？真令人匪夷所思。”

“东区魔王vs西区骑士，以这样的幼稚鬼方式结束了比拼。”

“啊，还没有结束，骑士拿起了宝剑……”

后半截话里的情绪都扭曲了：“狠狠地插在了……魔王旁边的草地上。”

“魔王翻身了，骑士，你会被自己的轻敌和自负害死。魔王将权杖对准了骑士……”

苏倾说：“你也不许让我。”

“砰”的一下，幽绿的光芒从魔王的权杖中迸出，游戏里戴着骷髅面具的角色发出了沙哑的桀桀怪笑。

“我们看到……呃，呃……”解说不敢相信自己的眼睛，“魔王把骑士变成了，呃，露莎？”

露莎是这款游戏里一个大胸细腰的女性角色，有卷曲的金发和褐色的眼睛，脚踩绑带过膝长靴，高开衩的长裙，直露出丰腴的腿根，妖娆地坐在地上，哪还有半分英俊骑士的影子。

“这是怎么做到的？！”

在游戏设定里，没有任何一个技能是可以改变角色的。但苏倾既然篡改规则，魔王说什么就是什么，不容辩驳。

露莎默了片刻，从地上一骨碌坐起来，同魔王打了起来。

“哈，骑士终于被惹恼了。”

观战的玩家越来越多，各种角色挤在一起，人头攒动。

两道迸发闪烁的绿色、蓝色光晕几乎重合在一起，不断地有小规模的爆炸，藏在其中的两道人影，在屋脊上你追我赶，如两道惊鸿掠过河面，时而拉近，时而离远。

Y 目不转睛，眼睛发亮地盯着屏幕，操纵手柄的手快得闪出重影来，游戏音效一声叠一声地横出。他许久没有这么专注过，像个孩子一样拥有泼天的好胜心。

虽然最后，露莎依然倒在魔王的斗篷之下，魔王的黑色斗篷飘飞，配合着场景中澄黄纸片似的太阳，那场景竟然有几分悲壮的味道。

Y 并不恼，长舒一口气，喝了口青柠汁，在透心凉的直冲头顶的酸涩里，畅快地向后靠在了沙发脚上。

“啊，太可惜了。”

“等等……等等。”

一滴水珠还沾在 Y 的嘴唇上，他错愕地抬头看向屏幕。

温柔的夕阳里，魔王的斗篷猎猎翻飞着，他蹲下身抱起了露莎，慢慢将狰狞的骷髅面具掀开一个角，露出苍白的皮肤和神秘上勾的唇线。

随后他低下头，吻上了露莎的红唇。

观战的游戏者们全都瞠目结舌，四面鸦雀无声，有些人捂住了脸，好事者则在饶有兴致地录屏。

“……这是对骑士全方位的羞辱。”

“骑士不动了，可能已经受不了下线了，我们以后还看得到西区骑士吗？”

“……”

苏倾抱着膝盖，窸窸窣窣地笑着，幸灾乐祸。她搁下手柄，活动了一下十指和手腕，让画面定格在这一幕。

屏幕上出现“截图成功”提示，随即闪了一下，整个儿黑屏了——Y 把设备关掉了。

Y 的嘴唇轻抿着，表情稍有些凶：“跟谁学的？”

“你生气了？那你为什么截图？”她才问了一句，又被 Y 瞪了一眼。

苏倾笑起来，伸手将羊毛毯子够过来，垫在脑袋下面，摊开四肢，舒服地平躺在了地上：“下午想吃什么？”

“吃鱼吧。”

可是这顿饭最后没有吃成，苏倾把小鱼清洗好，在它腹中塞了鼓囊囊的葱姜，刚捉着它丢进锅里，游戏部那边便来了个电话，说第四个世界的构建遇到了问题。

Y 现在是项目组的负责人，正是关键期，他抓起外套匆匆赶回了公司。

拉开车门时，他回头看了看站在门口的苏倾，她拿手臂反挡着阳光，树叶间隙里投下的阳光在她白皙的皮肤上投下一个又一个亮点，她真不怕晒，身侧的一只手还拎着一只锅铲，身上的小熊围裙在风中轻轻抖动。

他压下心底酸涩，朝她摆手："走了，你回去吧。"

苏倾也冲他笑着摆摆手，不过仍然站在门口没动。

他的手臂搭在车门上，顿了顿，朝她勾了勾手。

两条麻花辫的小姑娘于这个手势却极其敏锐，她"嗒嗒"地下了台阶，朝他飞奔而来，可是临到车前又止住步子，退了两步。

"行了，快回去，"Y 不想看她，故意很凶地拍拍车门，"再不回去就把你塞进车里带到办公室去。"

车子慢慢向后倒着，又向前开去，从芦苇密布的木栈道上驶出，消失在夕阳铺满的地平线上。

苏倾从锅里把鱼捞出来，托着腮闷闷地同它对视着，她用筷子轻轻戳了戳它张开的嘴，假装是它在一张一合地说话："下次再见。"

"下次再见。"女孩把它冻进了冰箱里。

Y 再发信息说要回家时，已经过了近半个月，她还是跑去了无人超市，挑了另外两尾新鲜的鲫鱼。

在秤上它们拼命地挣扎跳跃，腮一张一合，电子秤上的数值闪烁不定，溅了苏倾一脸的水。

"唔。"她拿袖子擦拭着脸，没注意到头顶闪烁红光的摄像头徐徐转动，由生鲜区转向了她。那没于黑暗中的镜头像缄默的一只独眼。

机械臂落下，将鲫鱼抓起来，扔进含水的透明袋子里封好，她把袋子捏在手里，刷 Y 嵌在她手指里的那枚伪造身份卡出门。

"嘟——"一阵刺耳的警告声，门却纹丝不动。

她疑惑地看了看自己的手指，再次搁在扫描区。

"嘟嘟嘟嘟——"尖锐的警报声响起。

苏倾直到傍晚才回来，辫子有些散乱，她像在走神，慢吞吞地走进屋里，将两条活蹦乱跳的鲫鱼放进水槽里，加满了水。

小腿上一阵凉意，她忽然注意到装鱼的袋子破了个角，滴滴答答的水在地板上延绵出一条线。

她忙旋开清洁机器人，一路弯腰推着它向外擦拭着，擦到了门口时，门开了，她看见了西裤下一双皮鞋。

顿了一顿，一只手按在她的脑袋上揉了揉，Y的语气里带着坏笑的意味："好勤劳。"他将清洁机器人推到一边，俯身抱了抱她，随即放开，将外套脱下来，衬衣背后已经让汗浸得透湿。

他开车开得很野，空轨上汽车破云而出，一路超车，赶在天黑前到了家，回来时，夕阳洒在一片芦苇荡中，桐木立面的别墅泛出黄澄澄的颜色。

看到这一幕时，汽车的速度才缓缓降下来，他不徐不疾，满心欢喜，慢悠悠地停在了别墅门口。

他将领带随意地摘下来丢在床上，换了身轻便的衣服："第四个世界暂时稳定了。"

半晌没听见应答，他侧过头看了一眼外面，走廊上空荡荡的。

他下楼去，在厨房里看见苏倾忙碌的背影，女孩的脚踝纤细，灵巧地在橱柜前走来走去。他忽然瞥见她白皙的脖子后面有一小道血印，像被猫爪狠狠挠了一道似的，他微微蹙眉："苏倾？"

苏倾拿着锅铲，看着锅里滚动的气泡发呆。遭遇强震动以后，她的听力有瞬时的受损，直到Y抓住她的肩头，把她翻了个面儿朝着他，她才意识到他在同她说话。

"这儿怎么了？"他小心地钻过她的辫子，触碰那道血痕，苏倾忽而感觉到了一阵刺痛，身体随之颤抖了一下。

女孩鬓边的发丝微卷，被薄汗濡湿贴着，她的脸颊泛着淡淡的红，一双杏仁眼黑如点墨，怔怔地看着他。

走到无人超市门口的时候，她记得她打不开生鲜区的门，还触发了警报，随后被一道蓝光从头到脚地扫过，一束光阵大网似的从上头落下来，像机械八爪鱼，在她退后时，将她狠狠绊倒在了地上。

红色的光阵从她身上扫过，随后她感觉到机械臂死死卡住她的脖子，金属弯钩挖向她的后脖颈。她拼命挣扎着，弯钩冰冷地贴住她的皮肤，引得她一阵惊恐的战栗，猛地伸手"咔嚓"地扭断了掐她脖子的机械臂。

她将散落的电线从身上拍落下来，一骨碌爬起来向外跑去，翻过了生鲜区的栅栏门，想起她还没有拿她的鲫鱼，慌慌张张地回头去捡时，再次被一束从头顶落下的光阵困住了。

她被举起来狠狠摔在地上，滚了两圈，那片刻她有些眩晕，用力眨了眨眼睛，看见塑料袋里的小鱼也在晃动的水面下惊恐而寂静地乱撞着。

她没能发出声音，又一只机械臂卡住了她的脖子。

她想它们一定是弄错了。她经常来这家无人超市，已经来了十几年，从没有一次被这样对待，她想一定是系统出了故障，再次用力扭断了机械臂，拎起她的鱼翻过栅栏门，快速地逃出了无人超市。

在门口，她咬着下唇，“咔”地接回了自己脱臼的胳膊，擦了擦洇出的眼泪，在浑身剧痛中一瘸一拐地走回家里，每一步都像散架了一样疼痛，好在这些痛楚并不持久，走回家前慢慢地便消散了。

到了家门口时，她却蓦然停住，摸了摸后脖颈，Y 给她加的那一圈密封圈还在。

她突然想到，那个金属弯钩一直试图剖开她的脖颈，是不是想要把这枚芯片挖出来？

“我不小心撞在超市的挂钩上。”她看了 Y 一眼，轻轻慢慢地说。

她觉得自己变成了一只鸵鸟，把头埋进滚烫的沙子。莫名的胆怯击溃了她。那最好是一个噩梦，睁开眼睛，忘掉它就一切正常了。

小机器人从来有一说一，Y 紧绷的神色放松下来，将她从厨房拖出来，按在沙发上，去取外伤药箱：“怎么撞得这么狠？”

他给她搽了点儿碘酒，涂了药膏，因她的痛感还在，他的手都微微发抖，将涂出去的药膏刮了回来，感觉自己变得异常拙笨。

不过苏倾怀里抱着坐垫乖乖地坐着，一声也没吭。那伤痕距离她存放芯片的地方不过几厘米，他忽而有些后怕，摸了摸她的中央控制区。

“帮你把控制区外面再加固一下？”

他又觉得自己的想法多余，从她在实验舱诞生开始，这样好好地活了十多年，就像人懂得保护眼睛一样，她也懂得保护这枚芯片。

苏倾却点头：“好的。”

“好。”他拍拍她的背，苏倾从沙发上站起来，“今天晚上帮你做。”

烧好的水已经调整成自动保温模式，苏倾感到压在她心上的石块消去了，她又变得快乐起来。她将手伸进池子里搅了搅，将滑溜溜的惊恐躲避的小鱼捞出来，放在案板上。

这个时候，她听见 Y 的电话声，他似乎有点发火了。

“你自己不能处理吗？同样的事情我教过你两遍。”

“就是因为处理不了才找你的嘛。”薇安委屈地抱怨，“学长，这个关头，你也不希望进度出什么问题吧？”

他的手搭着窗台栏杆，冷冷地看着外面的暮色，似乎极其不甘：“现在是我的法定假……”

Y 感觉自己的衣摆被人轻轻拽了拽，他转过头，苏倾笑着朝他摆了摆手，不知道是“没关系”还是“再见”。

“可我不是也没休假吗？这种意外也不是我能把控的。”薇安说，“帮帮我吧，学长。”

电话微微移开，他看着她。

苏倾又朝他摆了摆手，见他眉心还蹙着，她犹豫了一下，又拽了拽他的袖子。

Y 停顿了片刻，绷着脸接回了电话，身上那股尖锐的戾气烟消云散：“等等吧，我稍后过去。”他挂了电话，叹了口气。他背对她打领带，说话很快，颇有些负气：“下次我可不知道什么时候回来。”

半晌等不到回应，Y 回过头，苏倾正在专注地往他的电脑包里塞着一个包好的鱼子酱三明治。

他把她拽开，把三明治塞进去，用力拉上拉链，随即把包背在身上，目不斜视地向前走去，似乎在生闷气。

“嘿，Y，听说你在研究一个很棒的游戏。”小机器人一路追着他走，边走边回头同他说话，“虚拟现实对不对？构建一个世界是很庞大的工程，背景和细节的推敲，需要很多人付出很大的工作量。”她的声音柔软，一口气说了好长一段话，他听出来这是在哄他，板着脸瞧了她一眼，目光里却浮现了柔和的意味。

“这是 Y 的第二个作品——第一个是《浮岛》对不对？”她笑着，“预售额超两千万，实际销售额三个月内过亿，官方网站上十万玩家的评分高达 8.0，这说明 Y 在游戏设计方面很有天赋。我很期待你第二个作品的完成。”

“你真的很期待吗？”他把手放在冰凉的门把手上。

苏倾用力点了点头。随后她说：“你还记不记得国立中学的入学誓词？”

“国立中学？”Y 想了好长时间才从尘封的角落里把他年少时的入学誓词刨出来，“学习时刻苦学习……”苏倾飞快地接下去：“‘学习时刻苦学习，工作时努力工作，结婚后热爱家庭，人生的每一个阶段都圆满地度过。’”

“我总会在家等你的，我是最可调和的一部分。”她轻快地拍拍他的电脑包，“但我希望 Y 人生的每一个阶段都不留下遗憾。”

Y 望着她，沉默了片刻。

他蓦然意识到，眼前这个，不仅仅是陪伴他长大，与他一起生活的小机器人，同时也是给予他启蒙教育的、影响了他价值观的女性。无数大部头躺在她的数据库里，她拥有取之不尽的可调阅的知识，但这个混沌的女孩却没能形成明晰的意识或尖锐的观点，她只是在混沌中依凭坦诚的赤子之心活着。她爱一切美的，好的，呵护着最简单朴素的生物节律，拥抱和深爱着她喜欢的每一个人，如此稚拙而顺理成章。

他忍不住俯身抱了抱苏倾，苏倾也抱住他。

“我现在给你加固芯片。”他将下巴搁在她肩膀上，闭了闭眼睛。

“不用。”苏倾小心地摸了摸他的头发，“我这两天不会出门——在路上记得吃三明治，鱼子酱不能保存太久。”

他们在院落里告别时，天已经完全黑了。

苏倾回到房子里去。她没有杀掉那两条小鲫鱼，而是在池子里放满了水，将它们养了起来。

“学长，你在想什么？”薇安立在Y身旁，看着他一言不发地敲了二十分钟键盘，忍不住插了一句。

她在校时成绩很好，但学生作业和实际项目毕竟有不小的差距。一个被忽视的小错漏就让她坐在机器前调试了一天，偏她不信邪，除了找Y决不肯求助于人，一直耗到现在，衣服没换，饭也没吃，垂头丧气，多少有些狼狈。

Y边打代码边冷着脸道：“我在考虑这个项目做完，就接受联合政府实验室的邀请。”

“别呀。”薇安忙阻拦，她撩了一下那头保养得宜的长发，闷闷地说，“你以为到那边就不用加班了吗？把身体卖给国家，那就由不得你自己说了算，甚至还不如游戏部。”

她想起Y父母的事情，明白他在开玩笑，心下稍安：“那边的实验都是碎片化的，什么有用做什么；我们不一样，我们可是新世界的创造者，是上帝，是主宰。”她的语气里含着难掩的骄傲。

Y漫不经心地听着，看了一遍她的成果，那是个初学者非常容易犯的错误，最容易出现这个问题的就是自视甚高、习惯自我探索、不重视好习惯的编程爱好者，包括当时的他。

当时，苏倾用一百关的兵人游戏机，才帮他在年少时期永远地记住了这个教训。

他点点屏幕：“记得这个问题我给你讲过两遍。”

薇安脸上十分窘迫，她咬着牙说：“我……真的不记得了，请再指点我一遍。”

Y冷笑了一声，向后靠在办公椅背上，端起桌上的咖啡喝了一口：“不想指点。”薇安知道他在犯浑。

可是他耍脾气的模样和平时又不一样，就像潘多拉魔盒，不知道触碰哪个机关会有什么样的反应，她一点也不生气，甚至隐隐觉得有些新奇——这比漠视她、不理她鲜活得多。

Y从不像那些精致的绅士，他毫不避讳地像喝中药一样灌完了一杯咖啡，椅子“吱”地向前一拉：“我最后给你讲一遍……”当他回头发现薇安正看着他的脸发呆时，忍不住叩了叩桌子，“不听可以走了。”

薇安捋了一下滑落到脸侧的长发，那双漂亮的眼睛不太自在地眨了眨：“听。”

夜色静静地流淌，办公室的空调仍在运转，暖气弥漫，空气中只有键盘的接触声，薇安办公室的门敞开着，Y在隔壁加班写补丁，有时会过来，从背后看看她的运行情况，遇到错误就指出来，没什么问题就悄无声息地走开。

她挺直脊背，困意全无，觉得连这通宵工作的夜晚也变得格外有纪念意义。

接近凌晨四点时，百叶窗外曦光初现，一杯纸杯装咖啡放在她的办公桌上。

薇安讶异地回过头去，Y立在她的椅子背后，单手扶着她的椅背，一边灌咖啡一边扫视她的屏幕。

“差不多了，收尾吧。”他仰头喝完最后一口，薇安比他想象中更负责一些，无论如何，他对一个高效率的组员还算满意。

薇安关闭设备，捧着咖啡默了一会儿，竟然扭过头，顶着那一脸花了的妆面，真诚地对他说：“学长，我觉得你还是挺负责任的。”

Y 垂着眼晃着空杯：“谁是你学长？”薇安的心情很好，明艳的笑容绽放在她的脸上，并不在意受到冷遇：“马上就是验收会议了，到时我爸爸会参加。”

她停了停，看向了他，眼里因期许而微微闪着光泽：“到时候，我有个消息要告诉你。”

凌晨的电视节目很少，午夜新闻滚动播放着：“自十一月起，十年前投放的近百台 SP 机器人已有百分之八十召回入库，但仍有少数下落不明。”

苏倾洗过澡后，坐在沙发上给清洁机器人灌消毒剂，无意间抬起头来。

客厅里甚至没有开灯，嵌入式电视的幽幽蓝光闪烁在她苍白的脸上，她看到屏幕上出现了旋转的摄像头，以及那天她在超市见到的机械臂和金属弯钩。

“各区致力于通过更严格的身份识别技术追踪 SP 机器人及其他高仿机器人，对不配合搜查的机器人进行强制销毁。”屏幕切了四个监控录像视角，冰冷的金属弯钩狠狠插进正在走路的男人或女人的胸口或大腿，但并没有血冒出。

什么东西被取出他们的身体，随后他们停止了挣扎，他们的头盖骨被掀开，皮肤像包装纸一样被揭下，剩余的金属骨骼像铁皮易拉罐，被巨大的机械臂拍扁压平，收入仓库内。

黏稠的消毒剂从她指尖溢出来，混杂着刺鼻的果香，她抽出纸巾擦了擦，怔怔地盯着屏幕。

“SP 机器可能的感情觉醒，已经造成了严重的社会后果。例如，东北区一名病危老人坚持要将遗产留给机器人。”“我母亲有阿尔茨海默症！”老人的儿子气愤地控诉着，“我们的工作很忙，为了让她得到更好的照顾，我们订购了 SP 机器人照顾她，但没想到会出现这样的后果，现在我妈妈认为那台机器是他的儿子，见我就用果酱瓶打我。”

“八年前，我们的独生女因白血病离世。”女人不住用手掌抹着眼泪，“为了快速走出伤痛，我们订购了一台 SP 机器人陪伴我和丈夫，她确实为我们的生活带来了欢声笑语。”她的眼里迸射出幽怨的光，“可是，经过医生检测，我们有机会尝试通过试管婴儿再生一个孩子——虽然很艰难，但总归有希望，可是我的丈夫，他真的将机器玩偶当作我们的女儿，他抱着她，一再拒绝我的请求，还问我：‘爱丽丝，我们一家三口这样不是很好吗？’我坚信这都是机器人的错。”

“在结婚宴上，我的女儿穿着婚纱逃了婚。”接受采访的母亲眼袋明显，脸色苍白，“打死我也不会想到，这是因为我们家里的机器人管家勾引了她。”

“说句实话，”这位母亲面色复杂地沉吟，“我相信 SP 机器人有足够的功能让她快活，但我认为那绝不是她应有的归宿，她应该至少生一个孩子。这是公民对社会的贡献，也是我们家庭的希望。”

苏倾枕着手臂蜷缩在沙发上，散落的长发搭在臂弯里，露出一截雪白的、可怜的脖颈。

她的双眼紧闭，浑身不住地颤抖着。这并不是因为困倦而自然入睡，体温过低时她会自动进入休眠状态。

谁也不知道为什么看个新闻也能让她的体温骤降，也许是恒温系统紊乱了。而这次的休眠并不顺利，一个接一个噩梦接踵而来。一会儿梦见自己的芯片被取出来，皮肤被划开剥下来，骨骼被拍成了易拉罐扔进垃圾堆里；一会儿梦见无数张嘴一张一合，无情而愤恨地控诉着。

——这是诱拐，欺骗，勾引……九岁起……还是个孩子……从没接触过社会……

——都是机器人的错……他应该结婚……应该……孩子……公民……义务……法律不会允许……

——危害……道德……伦理……应该召回……应该销毁……彻底销毁……

“爸爸。”她在剧烈的颤抖中毫无意识地呢喃着，“Y。”她的手臂艰难地前伸，猛地撞到了清洁机器人，清洁机器人“咔咔”地响动着，向后退去，又在沙发上向前进，小刷子在她青白的手背上“唰唰”地左右扫了起来。

“是梦。”苏倾趴着，指尖微收，“……是梦。”

她终于惊醒，挣扎着坐了起来，身体仍然控制不住地瑟瑟发抖。她将下巴抵在膝盖上，鬓边已汗湿，湿漉漉的长睫下，眼里满是茫然的水光。

客厅的灯一片昏暗，她甚至在茫然无措中联通了 Y 的电话，不过通话声响起的瞬间，马上将她惊醒了。

她立即将电话撤回，扭头看向了无星无月的黑夜。现在正是半夜，人类正在深眠的半夜。

“我……没事。”她用手背把滚落的眼泪抹去，整张脸都抹得湿漉漉的，她终于镇定下来，一双眼睛乌黑，颤抖着手关闭了张牙舞爪的电视。

好的，很顺利，一切终于安静了。

“好的，现在站起来。”她慢慢地站了起来，头重脚轻地小心走了两步，稳稳地，随后一头栽倒在地板上。

清洁机器人骇得立了起来，停止了运作。

这次不是因为疼痛腿软，是因为先前她的平衡器被摔裂了。她枕着一头微卷的长发，在地板上艰难地翻了个身，脸色呈现出反常的晕红，很像人类的高热。

好在晨曦初绽时，她总算从这种可怕的无意识的昏睡中醒过来，晃了晃脑袋，好像一切正常了。

她压着裙摆，在地板上静坐着发呆，忽然想起什么，爬起来走向厨房。

她的胯骨还在发痛，走起来吱扭吱扭直响，她边走边揉了揉自己的臀。

两条鲫鱼还在池子里慢吞吞地游着，偶尔有几个泡泡浮上来。苏倾掰了些面包屑撒进去，鲫鱼在水里张开嘴巴，争抢着吃食。

苏倾趴在水池边，喂了一会儿小鱼，陷入沉思。

鱼在她指缝间游过。她想到了昨夜里那些冰冷的新闻，SP 机器人介入人类的生活，不仅违背伦理道德，还会给人来带来恒久的痛苦与灾难。

也许，这就是禁令的意义。

如果真有这么一天……她想，她不会让这一天到来。如果 Y 会因为她受到伤害，她宁愿先将三叉戟插入自己的胸膛，永远地化作大海里的泡沫。

第四章 人依旧

（一）

Y“啪”地关上车门：“什么味道？”

“我在剪树枝。”摇摇晃晃的松软树丛里钻出一个影子，苏倾晃晃脑袋，两根辫子甩来甩去，几片细小的白色花瓣从她头上飘落下来，她笑得明眸皓齿，“风信子开了，还有樱桃花。”

Y在进门之前随她去看院子里的花，凋敝得只剩藤蔓的院落，现在郁郁葱葱一片，一丛一丛的花朵低垂到了地面，一只蝴蝶蹁跹飞去。

她是一切领域的全才，最好的园艺师，最好的生活家。

苏倾拿起喷雾器快速地“噗噗”喷了几下，保持叶片的湿润，早春灿烂的阳光下，水雾间甚至折射出一道浅浅的彩虹。她回头时，发现Y抓着小叶黄杨的枝叶，正用剪刀“咔嚓咔嚓”利落地剪着。

她立在Y的身旁，对这种剪法很不赞同：“这个形状不太利于它的生长。”Y继续剪着，枝叶从他手中落下来，慢慢地，两只竖起的耳朵露了出来。

“像什么？”他回头问。

“小兔子。”苏倾目不转睛地看着。

Y搁下剪刀，又退后两步，歪头看了看它：“像你。”转身往屋里走时，他背朝着她勾起嘴角来。

Y一面系扣子一面下楼，立在楼梯上时他停了一下，像在侧耳凝听什么：“你走路怎么有响声？”

“我在客厅……被清洁机器人绊了一下。”苏倾说着，心虚地揉了揉胯骨，又是一阵吱扭的响声。

Y冷眼回头，正在努力擦地的清洁机器人“咔”地立了起来，无措地僵在空中。

他单手拎起了扁圆型的清洁机器人，机器人发出“嘀嘀嘀”的警报声，苏倾忙拦住他的手：“不关它的事……”

Y置若罔闻，扬起手掌照着清洁机器人的尾端“啪啪啪”地打了三下，机器人的小刷子和抹布端“吱”地伸出来，在空中摆来摆去，不再挣扎了。

“好了，帮你出气了。”Y 说着放下了它。

苏倾的脸上蓦然冒了热气。

窗边的亮光透过窗帘洒在窗台，像落了无数玉兰花瓣。

“我看看摔成什么样。”他把她摊平抱在膝上，掉了个个儿，苏倾想挣扎着翻过来，他将她的脑袋按回去，“别动。”

一只手已经顺着脊背一寸寸摸上去，触感细腻光滑，像上好的缎子。骤然摸到那个冰凉粗糙的金属食槽时，他的心里酸涩了一下，绕开它接着向上。

“裂了？”他吓了一跳，又按了一下脊柱骨上平衡器的位置，随着他的按压，平衡器沿着中央的裂缝向两边撇去。

苏倾顿时一阵天旋地转，反胃的感觉席卷而来，她将额头抵在臂弯里，他问“是不是这次摔的”的时候也没能张嘴回答。

她感觉自己被 Y 抱到了沙发上，他身上的气息深沉而甘冽，她迷迷糊糊中抓住了他的手臂，西装冰凉的袖扣贴在她的脸上。

她感觉他的手指撩开她贴在颊边的额发，摸了摸她的脸，半晌才道：“走不稳你怎么不说？”

她恍惚中笑了笑，他生气地说：“还笑。”

晚饭之前她醒过来，这是她近期休眠得最好、最沉的一次，好像病人去除了沉疴。她精神焕发地跳下沙发，赤着脚在客厅里轻盈地跑了个圈，抱起地上的清洁机器人亲了一下，随后向厨房跑去。

Y 两条腿前后交错立着，倚在橱柜边抽烟，正看着池子里的两条鲫鱼。

水面上方落花似的飘下一些面包屑，鲫鱼一张一合的嘴浮出水面，将它们叼走了。

苏倾站在池子旁边专注地掰着面包屑，套着一件稍大的衬衣，夕阳落在她垂下的浓密卷曲的长睫上，呈现出发褐的颜色。

“现在感觉怎么样？”

她身上的硬件是最精密、最尖端的，恐怕是耗费了诺尔教授一生的心血，他暂时找不到替换的元件，只得将裂掉的每一个接口用 U 胶硬粘起来。

为了让胶快点儿干，他蹲在地上用吹风机吹了半小时，才发现自己的后背都湿透了。

“特别棒。”苏倾冲他笑着，将蓝色温度计塞进衬衣里去，她挽起衣袖，伸臂搅了搅水面，打算捉一条鱼搁到案板上去。

不过当它们惊惶地在她掌心挣扎的时候，她又松开手掌，换了一池干净的水，趴在池子边看它们游来游去：“今天先不吃鱼？”

“好。”Y 轻柔地灭了烟，“吃什么都可以。”晚饭时她竟然开了一瓶红酒，澄清的红色液体倒进高脚杯里，发出清脆的声响。

她从围裙里钻出来，同他碰杯，欢喜地咕咚咕咚地将酒喝了下去。

然后她从厨房里端出一只松软软的奶油蛋糕来，扶正了上面歪倒的蜡烛，掏出打火机“咔”地点亮：“祝贺你的第二个项目圆满结束。”

Y莫名其妙地让她分了一块蛋糕，本来没什么感觉的心里，忽而也雀跃起来，好似自己做成了什么丰功伟绩一样。

“会有试玩吗？”

“上市前应该会免费送给我们一套。”他忍不住多说了几句，“新出的四个世界都是古中国做背景，应该会很有意思。”

“好的。”苏倾点着头，眼睛像只小雀儿，含着笑，亮亮的。

屋顶上的圆形天窗露出一轮满月，Y睁着眼睛，久久无眠。

联合政府正在不断地通过游戏部向他施压，逼迫他结婚。每当想起这件事，他都感觉到心里涌动着一股冰冷的烦躁的情绪。更糟的是，他脑海里总是闪现着苏倾的脸。十几年来他唯一相熟相知的“女性”的脸，想到她，他便会忍不住微笑，但紧接着便会感觉到一股难过和烦躁，仿佛即将斩断和失去身体中的某一部分。

他不知道这荒谬的情绪从何而来。这天夜里他半醉着，头脑却变得更加清醒。他仿佛能看到黑暗中的自己，他的身体和灵魂似乎生出了不该生出的部分。法规是把锋利冰冷的手术刀，它架在他的脖子上，贴在他畸形生长的部分，即将冷静而无情地帮他切除顽疾。

他隐约感觉到，那一定是会让他失血颤抖的疼痛。正因为他无法承受那样的痛苦，所以他把自己倔强地抱成一团，持续搁置争议，他拒绝手术，抵触援助，甚至不敢面对。

一辈子维持现状也好。他冷静而偏执地想。就这样，将这座芦苇荡里的小木屋变成水晶球里的宫殿，连同里面的人和日子一起封存起来，让谁也找不到，这样就无法干涉，无法违背他的意愿，从他身上强行剥离什么。

保护平凡的生活，谁能想到，这竟然变成他眼下最大的心愿。

Y一向是个行动主义者。他眼底深处闪烁着亮光，他想，等到他做好了合适的伪造身份，就可以向政府登记，只要五年内再出一份不育的检验报告，深居简出，不会再有别的麻烦。

苏倾躺在自己的小屋里，仰头看着月亮，小小的月亮凝成一个亮点。

她做了一个混混沌沌的梦。在梦里，她竟然和Y肩并肩躺在一起。苏倾静静地专注地看着月亮：“我们真会在一起吗？”

“我们不就正在一起？”Y 顿了顿，怕她不能真正明白“在一起”的含义，握紧了她的手臂，“我们会结婚。”

Y 的眸光变得很亮：“我爸爸……姓安德烈斯。”

“那你就是安德烈斯太太或者沈太太，我妈妈姓沈。”

“安德烈斯太太。”她重复了一遍。

“嗯。”

“沈太太。”

“嗯。”

苏倾笑得两颊晕红：“我都好喜欢。”

“喜欢戒指吗？还是项链？”他捏了捏她的无名指细小的骨节，细圈的钻石戒指会很漂亮。

“做家务会不方便，万一掉进下水口去。”苏倾想，那她得坐在地板上哭出来。

“想要宠物吗？”

“你想要吗？”苏倾扭过头看他。

Y 摸了一把她柔软的长发，竟然自顾自笑了：“要我说实话吗？有毛的家伙除了你，我都不太喜欢。”其实这是因为他很小的时候被一只长毛大狗扑倒过，哭了足足一个小时才被母亲抱起来，不过这种丢人的事情他才不会说出来。

“那么就不要了。”苏倾闭上眼睛笑着。天上圆月正满，美梦正酣。

《现实梦境》验收报告会议定在初春时节，这场会议的级别堪比大型酒会，出席的人很多，来来往往的人匆忙准备着。

“爸爸不是说好了要来吗？”角落里，身穿黑色长尾礼服裙的薇安打着电话，语气中难掩失落，“……好吧，好的，我知道了。”

管家轻手轻脚地走到她身侧：“薇安小姐，我们订好的蛋糕——”

“算了，先退掉，改天再送吧。”她看上去有些恹恹。

“那么计划……”

“也先取消吧，爸爸不在，我贸然行事他会不高兴的。”

会场里人来人往，衣香鬓影间，所有的设备已经调试好了，她忽而看见 Y 走出会场的身影，心里微微一动，又将做好的打算尽数推翻。

“等我一下。”她提起裙角，与管家暂别。

“学长。”

“嗯？”Y 立在窗台边抽烟，看了一眼表，距离他发言还有半个小时。

“准备得怎么样？”她仰起头问，这条礼服裙露出她精致的锁骨，齐刘海下一双猫儿眼形状凌厉而妩媚，不过此刻却很乖巧。

“还可以。”Y 实话实说，“你的部分检查过了吗？”

“都检查好了。”薇安低着头，好像有些心不在焉。

Y 挥散面前的烟雾，准备赶她走的时候，薇安又叫住了他：“学长。”

“怎么了？”

“你——有打算近期恋爱吗？”她的脸色绯红，似乎鼓足了勇气，“你知道，公民有二十五岁这条线，你的登记表上还是没有固定恋人的状态，我……”

“我有未婚妻。”他保持着灭烟的姿势。

薇安脸上的表情刹那间凝固了，似乎完全愣住了一样，她捋了捋头发，眼睛也茫然地眨着：“可是你，你的登记表……”

“登记表我当时没有填。”Y 看着她说，“过一段时间我会找机会补上。”薇安低着头，肩膀颤抖着，她几次张口好像想说什么，不过什么都没说出来，最后，她很狼狈地提起裙角从窗边走开。

整场会议，她的脸色一直苍白，做报告时说错了好几个点，Y 提醒地看了她一眼，她也回头望了他一眼，那一眼里充满了不甘、受伤和怨怼。待到会议结束，她不顾记者热烈的提问，踩着高跟鞋冷着脸匆匆离席。

“不愧是‘大公主’薇安，呃，”主持人努力弥补着尴尬，“大家可以看到薇安小姐今天的礼服裙是走冷艳风的，非常漂亮，同她本人的气质十分相衬。”

众人皆在笑着鼓掌。Y 看着门口皱了皱眉。

“下面的五分钟时间由项目负责人 Y 接受记者提问，简单介绍《现实梦境》的基本情况……”

“嘟嘟——”

苏倾给地板打蜡时收到了来自院落门口的提示音，红色的“warn”闪烁了两下之后迅速灭了，她听见了“砰砰砰”的敲门声。

栅栏门口有人脸识别装置，如果有生人进入，会发出警报声，故而这些年来少有人打扰。

“砰砰砰——”那敲门越发急促和不耐烦。

“谁？”她放下工具，脱掉手套，心怦怦跳着，慢慢地靠近了门口。

“我是……Y 的同事，很抱歉冒昧造访。”监控屏幕里是一个精致美艳的年轻女孩，长发披肩，高个子长腿，一身皮衣，只不过似乎有些恹恹，睫毛始终没有抬起来。

“您稍等一下。”苏倾悬着的心放下来，她松了口气，将门打开。

先进来却是一尊巨大的玻璃鱼缸，被四个工人抬着进了客厅，苏倾看见里面有六七条成人巴掌大的斑斓的珍稀观赏鱼，在海沙、海藻同贝壳中穿梭着，鱼翅宛如华丽抖展开的衣裙，艳丽得刺目。

她怔住了："这是……"

"小小礼物不成敬意，是Y中秋月饼的回礼。"薇安微冷的声音先传出来，工人们退出去了，随后苏倾才在鱼缸背后见到了她的人。

薇安比苏倾稍高一些，一双眼睛睫毛纤长，眼尾处尤其浓墨重彩。四目相对的瞬间，薇安眼里流露出片刻的妒忌，不过这妒忌很快变成了惊诧。

"真像啊。"

她有些失态地盯着苏倾研究了半晌，留着殷红指甲的手指轻轻刮过她的脸，又拽了拽她的辫子。苏倾叫这个美人这么一摸一拽，没想着躲开，睁着一双乌黑的眼睛，直挺挺地仰头看着她。

"天哪。"她一面惊叹着，一面手摸到她颈后的时候，苏倾慌乱地向后退了两步，逃也似的跑掉了："我去给你倒些喝的……"

端着饮料和小点心再回来的时候，薇安已经跷着腿坐在了沙发上，目不转睛地看着她走过来："最近查得这么严，他竟然还敢在家养一个仿得这么真的机器人。"

苏倾手里托盘一歪，差点儿将饮料掀翻，整个人好像被扔进了冰水里，好不容易才将托盘稳住，搁在了桌上，她蹲在桌子前，挡住自己的面孔，半天没有起身。

"嘿。"薇安瞥了一眼桌面，敲敲桌子不冷不热地叫她，"有热牛奶吗？我不喜欢喝冷饮。"

"……有的。"苏倾慢慢地站起身来，僵硬地往厨房去。

薇安向后靠在沙发上，仰头打量屋里的陈设。

由于父母工作忙碌的关系，她从小是被人工智能管家照顾长大的，实在太熟悉它们与人的分别。雌性生物都有自己的气场，气场相碰，一定会窥视打量，暗中比较。

真正的女孩，不可能有这样白纸一样的毫无波澜的眼神。

虽然诧异，但这件事发生在Y的房子里，薇安就觉得理所当然：他那样的人，摆一个机器人保姆照顾他的生活不足为奇，至于顶风作案——他像是会服从管教的人？

牛奶端上来的时候，苏倾开始询问她的来意。

薇安扫她一眼，这个机器人保姆看起来太娇弱了，只十六七岁的模样，一张脸没有巴掌大，还梳着两根麻花辫子，像风中一朵白色的单瓣花，Y会留着这种类型的AI，实在令她意外。

她漫不经心地说："我想在同Y结婚之前，做一些慎重考量。"苏倾的眼睛眨了一下，在一瞬间有点儿不太明白这个词汇的含义了："结……婚？"

"结婚。"薇安重复道，"你知道公民有这个义务，尤其是联合政府的公职人员，二十五岁有一道生育线，现在他离二十五岁还有三年，留出交往时间，算下来也不宽裕，必须要从现在开始规划。”

“他好像不太会做人生规划，总是随心所欲，这是个缺点。”薇安批评着他，但语气没有责怨的意思，“任何事情最好还是要提前列好计划，就不会手忙脚乱。”

“你同他……商量过吗？”苏倾茫然地望着她。

“当然。”薇安勾起嘴角，仿佛在自嘲，看起来心情却很好，“他说他有结婚对象，当时我真是五雷轰顶。不过后来我找人仔细调查了他的情况，包括他初中、高中的同学，发现其实根本不存在这样一个人，大家都说他没有谈过恋爱。你也看到了，家里也没有别人。”

“只要他不是同性恋。”她笑了笑，“真是为了拒绝我，什么办法都使得出来。”

苏倾抿了抿唇，她觉得心口有些酸涩的甜蜜，但同时掺杂了刀刃，它们搅在一起，绞成一股分不开的糖。

她的嘴唇动了一下，很想说些什么，不过现在她不能说出口。

因此她垂下睫笑了：“你刚才说，最近查得很严。”

“是啊。”薇安冷笑一声，“叫人发现了，可不只是仕途的问题。最严法令……”她转过来，在她不笑时，那双冰蓝色的瞳孔显得冷冰冰的，“你明白什么叫作法令？包庇一样会承担法律责任。”

“不过你也不用担心。”她漫不经心地喝掉了最后一口牛奶，“我相信他有这个能耐，不会让人发现的。就算有人想利用这件事情做文章，我爸爸也能想办法压下来。这点本事，我们家里还是有的。”

她觉得探访得差不多了，捋着包臀裙优雅地站起来，抱怀驻足在鱼缸前，欣赏着巨大的斑斓的黄黑相间的热带鱼缓慢地在珊瑚间游动。

苏倾默然同她一起看着这些鱼，玻璃鱼缸反射出她苍白纤瘦的脸和乌黑的眼睛。

“别害怕，小朋友。”薇安嘲笑道，“在结婚之前，你应该可以继续留在这里，只要你安安生生地打扫你的房间，不出这间屋子给他带来麻烦。”

“不过结婚之后……”她注视了苏倾一会儿，似乎没想好该怎么处理这个棘手的问题，返身“嗒嗒”地走出门口，“就等结婚之后再说吧。”

薇安走了之后，苏倾一个人静默地站在厨房里，夕阳从侧窗投进来，印在她的侧脸上，她按着半只番茄，手里的刀悬着，半天没有落下来。

“如果那天没去超市就好了。”她有一点责怪自己，不，是非常责怪自己，翻江倒海地责怪，“为什么要去超市？为什么偏要那天去？”

她忽然感到一阵前所未有的眩晕，侧窗的阳光好像变得极其刺眼，恍惚中像一道洁白的圣光，从那窗户上飞出来，扑面而来，她犹疑地揉了揉眼睛。

肃杀如暴雪的光捂住了她的嘴巴和鼻子，令她透不过气，在酸软中慢慢地窒息。

她感到自己的关节逐渐锈蚀，血管里的血液在逐渐冰冻，她的心跳也停止了，一切生机离她而去，她倒着穿行四季和时光，越缩越小，仿佛变成了一块小小的顽石，又好像变成了草叶上的一滴霜露，“啪”的一下滴进水潭里。

天寒地冻，天地都倒转。

“我要死了吗？”苏倾疑问着。

“我可能……是要死了。”她像大雪纷飞里的雪人，睫毛上堆积了越来越多的雪花，她荒唐地笑了一下，慢慢闭住了眼睛，颤抖的睫毛濡湿，像是猛地被吸入无尽的深渊。

“苏倾……”

“苏倾……苏倾……”不知过了多久，她听见有人一声一声地叫她的名字，“苏倾？”一双手触摸过她的脸颊、脖颈、手臂，像一团温暖的火，反复烘烤着她，如同慢慢地将僵死的蛇解冻。

冰雪化开时，她终于慢慢地张开眼睛，先看到了 Y 抿起的苍白的唇，旋即是他瞬间溢满怒火的眼睛。

“你怎么回事苏倾？！”她被人劈头盖脸地吼了一嗓子，本能地一个激灵。

Y 第一次像个弹簧一样炸开，失态地冲着她发火，“几个月充一次电？是不是定好的？脑袋里在想什么？没电了你，你——”她发现自己安然躺在他膝上，背靠着他怀里的热度，颈后连着一根充电线，温暖的力量正源源不断地涌进她的身体里。

一串泪珠子，“吧嗒吧嗒”地打在沙发上，雨打荷叶似的密集和清脆。

Y 僵了一下，恶狠狠地一把将她按在怀里，好像被一盆水浇了个兜头盖脸，把所有明火浇得只剩徐徐燃起的狼狈黑烟。他舔了舔下唇：“……不许哭。”他把她扭了个向，用力太大，线都给拽掉了，他忙捡起来给她接好。

Y 缓声道：“别怕，没事，只是没电了而已。”她身上比往常更凉，摸上去像冰锥子一样，Y 想她是吓坏了，把外套脱下来披在她身上，卷着衣服将她抱在怀里。

“没电了？”苏倾沙哑地重复一遍，声音细细的。

“嗯。”

她忽然伸臂抱住他。

“怎么了？”

“我还以为我死了。”

Y 冷眼看着客厅那一大缸热带鱼，电子手表转过来，狠戾而无声地切掉了一切工作联系。

苏倾从衣服里钻出来，歪着头探询他的神色：“一会儿想吃什么？”

看着他的时候，他故意把头扭向一边。

“……鱼子酱三明治。”他说话的时候还有些气闷。

“好的。”她把衣服递还给他，“穿上，你后背全湿了。”

Y 接过来撂在一边，极轻地哼了一声。

也许是因为这次彻底耗尽电量损伤到了电池，苏倾这晚提早进入了休眠状态，只来得及说一声“唔，晚安”就闭上了眼睛。

Y 没有叫醒她，拉了拉被角，懒散地伸长手臂旋灭了台灯。

第二天清晨，苏倾是“哗”的一下从床上坐起来的，她攥着被角，睡裙的肩带从一边滑落下去，她侧头呆呆看着窗外已经升到半空中的太阳，不敢相信她的定时没有生效。

她睡过了，生平第一次。

这动摇了她精密金属的骨骼，纯粹运算的大脑，动摇了她作为人工智能的全部。

“快，Y。”她急忙跑出房间，推开门，慌张地摇晃着 Y，“你迟到了！”床上五官深邃的青年置若罔闻地裹着被子翻了个身。

“对不起，”她脸上尚残存着茫然的红晕，屈腿跨过他迅速地爬到了另一边，跪在柔软的床垫子上，继续坚持叫他，“我不知道为什么没能及时醒过来，但是你现在必须……”

Y 让这叽叽喳喳的声音闹着，终于皱了皱眉头慢吞吞地坐起来：“昨天晚上我把你的闹钟关掉了。”

苏倾望着空气怔了片刻，又飞快道：“可是现在距离法定上班时间已经过去了一个半小时。”

“这两天我不上班。”他说着，再次躺了下去。

“你休假了。”苏倾觉得自己是很高兴的，像在旧衣服的口袋里忽然摸出一块糖那样高兴。

她坐在了地板上，在这个温度适宜的早晨的房间里，被透过窗帘的阳光照射着，感到无与伦比的安全。

“你想吃鳗鱼饭吗，或者金枪鱼寿司？”

“今天怎么是日式风格？”Y 的声音懒懒散散的，带着一点轻微的鼻音，“要不要我打电话给秋原，让他到家里来玩。”

“好呀。”苏倾语无伦次地说，“我已经、我很久没有见到他了。”

Y 笑了一声，单手把表盘拨正，睡眼惺忪地举到眼前来。

不过没等这个电话拨出去，一个电话抢先接了进来，苏倾不知道这其中的变换，还耐心地等待着。

Y 半天都没有讲话，她听见他不太平静的呼吸声。

“我请假了。”他冷淡地对电话那边的人说，“病假。”

苏倾迟疑地扭过头去，等了半晌不见他接下一句，她咬了咬牙，眼眸一闪，电波信号发出，悄悄地接入了他的电话。

“你最好还是过来一趟吧。”那个人有些焦躁地压低声音，“三天后《现实梦境》正式发行——可能是因为这个，有关于你的消息，今天一大早，在内网上传得沸沸扬扬。”

“……什么消息？”Y 的声音亦压得很低。

“录像，超市的录像和轨迹记录。”

这个电话中途就被另一个强信号截住并入侵了：“Y，你听好。”那边传来陈部长急促的命令，“无论你现在在哪里，半个小时内来我的办公室。”

电梯按钮被锨动，金属按钮映出修长食指的影子。青黑色的西裤，一尘不染的窄头皮鞋，拥有模糊倒影的冰冷大理石砖。

同时上电梯的还有一群警察，他们身穿蓝黑制服，后裤腰上别着警棍。自上电梯来就保持着沉默，只剩腰间镣铐晃动的轻响。

这是部可容纳二十人的胶囊电梯，像一枚子弹迸射向上，直击巨型摩天大楼的顶端。观赏玻璃外，是苍蓝的天穹和白色云朵。

玻璃有淡淡的影子，Y 借这影子抬手正了正领带。

“叮——”他漫步而出时，两侧的警察给他让开一条道路，他在这些眼睛无声的注视中，目不斜视、旁若无人地走了出去。

“安德烈斯先生，”一个警察终于在背后开口，“请留步。”

Y 的步子顿住了。

“我们怀疑你利用公共资源进行违禁实验。”

“违禁实验。”Y 慢慢地旋过身来，双手仍插在裤子口袋里，下颌抬起，轻快而不敬地重复一遍。

“有证据吗？”

“我们在您家附近，发现疑似 SP 机器人的踪迹，但经过专家比对，那似乎不仅仅是 SP 机器人。安全部部长金先生对此极为重视。”为首的警察手里展示的平板电脑上无声地放映着火星四射的画面，瘦弱的女孩被压在地上，随后徒手掰断了扼住她脖子的机械臂，一骨碌爬起来，如麋鹿一般从半人高的栅栏门翻越过去，消失在夜色尽头。现场的电线发生了自燃，四处弥散着火星。

“就是这个东西？”Y 的瞳孔微缩，默然看完了视频。随后他抬起眼睛，平静地说，“我负责的项目即将发行，其他竞争对手想要伪造视频制造混乱不算一件难事。”

“正是因为考虑到游戏部的特殊影响，调查过程将对公众保密。”那位警察笑笑，“希望您能停止一切工作，配合我们进行调查。”

（二）

苏倾不知道她是如何来到地下室的，她没有依据任何照明，沿着老旧的楼梯一直往下走，越向下光线越少。最后她整个身子没入了黑暗里，同时也到达了底端。

上午的时候，她一反常态地请求同 Y 一起去，Y 则坚持将她留在家里。

“游戏部有点事情要办，是最后一次。”他难得郑重地说，“我保证在晚饭前回来。”

他走之前，支起长柄伞，嘀的一声将门口的感应系统的警戒程度调整成了一级警戒。

“苏倾——”Y 边按电钮边漫不经心地叫她，“小兔子在家，不能随便给人开门，这个你知道吧？”

她说：“我知道的。”

他“嗯”了一声，冲她摆摆手，拉开车门，车子向后倒，又向前去，轮胎摩擦着地面，尖锐的橡胶皮发出呻吟。

她跑了几步追下来，半穿的鞋子“吧嗒吧嗒”的，像穿了双响声清脆的木屐，她一直追到车窗前，皮肤都冒出热气：“鳗鱼饭，还是金枪鱼寿司？”

Y 说：“炒米饭。”车子“呜”的一声猛地向前开去，巨大的引擎声消失在摇摆的芦苇深处。

苏倾立在黑暗中，脊背贴着冰冷的金属书架，“嚓”的一下，打火机在她手中点燃。一团摇曳的光在她低垂的睫毛上镀上一层温暖的釉。

她借着这光翻动《匹诺曹》，铜版纸书发出清脆的声音，这响声很硬，纸书有种特殊的印刷的刺鼻味道。故事的每一个字，每一句话，插画点染的每一笔背景，她都烂熟于心。

快速翻到最后一页之后，她合上书，将它轻轻搁在了书架上。

她弯下腰去，从书架下层的书册中“咯咯吱吱”地抠出一盒纸烟——她一向知道 Y 在哪儿藏烟。

她将盒子打开，取了一支含进嘴里。

“总有一次，总要有一次。”她将打火机移过来，坚持点燃了它。“warning”的红色警报闪烁着响起，同时她的眼泪也安静地落下。

“火灾警报！火灾警报！”

她用手拉住书架，阻止身体寻找水源的行为，在警报声中报复式地用力呼吸着。

她体味不到多巴胺分泌的快乐，烟雾涌入只剩下纯粹的尖锐的刺激。她的眼泪一滴一滴地滚落下来，在地上溅开一朵朵尘埃的花：“原来是苦的呀。”她心里想，“不好抽。”

“我想你们应该没有权力在拿到证据前限制公民的人身自由。”Y的脸色冷淡下来。

警察朝他走近了一步，他身后所有人都跟着逼近一步，Y听见他们裤腰里原始的镣铐的响声：“请您理解，这不是逮捕，只是调查。”

“哟，童警长？”一个声音插进来，皮鞋的声音由远及近。

“陈部长？”警察诧异地回头，伸出的手被两鬓斑白的商人亲切地握住。

“您好您好，幸会幸会。”陈部长握住了他的手，他一笑，眼角纹全部蔓延开，“金部长身体安好？”

“非常好……”警长有些犹疑，安全部部长，同时也是警察机关的直接领导人，据说和眼前这位陈部长关系非常亲密。

除此之外，陈部长在政府要员中也有特殊的分量，是个不得不忌惮的人物。“听说你们要调查Y？”他慈爱地拍了拍Y的肩膀，这亲昵的动作彰显着他们之间的关系非比寻常，“我想这里面有些误会。Y跟小女工作、生活都在一处，如果他利用实验室的设备做违禁实验，我们会发现不了？别说我不同意，薇安首先就不能容忍。”

警长即刻迟疑了，目光由Y身上又转到了陈部长身上：“怎么，安德烈斯先生他……”

陈部长说：“不瞒您说，Y同小女正在交往，只是还没有合适的机会对外公布。”

“事情棘手了。”站在后面的两个警察嬉笑道，“瞧见了吗？是陈部长的乘龙快婿。”

“你猜今天我们能顺利把人带走吗？”

“我猜不行。”

“赌一块钱？”

“嘘……”前面传来了警告的声音。

彻底安静了。

警长怔了一下，打了个哈哈：“那真是恭喜。”

陈部长身子前倾，笑道：“应该还没有证据表明监控里的女孩同Y有什么直接关系吧？”

“还没有，但是——”警长又看了Y一眼，后者的脸色不知为什么不大好看，“可能要等搜查过住宅才知道。”

“这没问题，等文件下来我们一定配合。”陈部长态度很好，“你们今天可以先搜查一下Y的办公室和实验室……”

“不必了，不必了。”警察忙摆摆手，终于被这软钉子彻底击溃了，“关于这件事，我们还是先回去请示一下金部长的意思再做处理。”

随即他向Y点头致歉：“叨扰了。”

“慢走。”陈部长将他们送到了电梯门口，还叫秘书拿来了新游戏的礼品周边，给每个警察发了一袋。

电梯下落的同时，陈部长脸上亲切的笑容慢慢收敛了，他面无表情地看着玻璃电梯的闸门，眼神甚至有些阴鸷。

Y 将他的手从肩上取下来：“多谢部长为我解围。”他平静地掸掸肩膀，“明天之前我会把辞职信递到您的邮箱。”

“你闹什么？”陈部长压低声音警告，“后天是游戏发行的日子，这个时候离职，你想让游戏部挂在头版头条？！”

“您先把消息压着。如果后期我的事情再起波澜，游戏部拿这份辞职信同我划清界限，算是报答您的知遇之恩。”

“划清界限。”陈部长冷笑了一声，“我刚才说你跟薇安在一起，你想让他们当我说话是放屁吗？”走廊上的员工来来往往，他的脸色沉下来，“到我办公室来谈。”

陈部长在前面走进办公室，Y 反身闭上门：“是谁放的视频？”陈部长坐在巨大的竖幅鹤瑞图前的一把红木椅子上：“联合政府发言人是从两个党派中竞选得出的，有竞争就有是非，我们部门里肯定有对方的眼线。”

“如果游戏发行顺利，会大幅度刺激经济发展，在本届政府的功劳簿上添一笔。”他喝着茶，意味深长地笑笑，“你以为你藏得够好？兴许人家早就拿到了录像，只是专程赶在游戏发行前放出来罢了。你现在该祈祷没有别的什么证据落在他们手里。”

“我没有进行过违禁实验，这一点应该留不下什么证据。即便是真有什么——”Y 看了看自己的掌纹，“包庇是六个月有期徒刑，也并不算长。”

陈部长拿食指用力戳戳桌面：“包庇六个月的前提是你把视频里的人交出来销毁！如果你拒绝的话，那是藐视宪法，妨碍公务罪。”

Y 垂着眼默然不语。

“本来不至于此的，Y。”陈部长说，“但你很特殊，你是烈士后代，是国大的高才生，在记者面前露过脸上过新闻，这是莫大的忌讳。”

“政府对于机器人禁令屡遭漠视已经恼火不已了。你呢，你的社会影响力要比那个逃婚和机器人私奔的女孩大一千倍一万倍。”陈部长严厉地说，“所有人都会盯着你——政府公职人员知法犯法，你知道当时诺尔教授是死了才没有被挖出来鞭尸，你活着，会是一个被抓典型的反面教材。”

“年轻人，”陈部长放下空杯，看着天花板吁了口气，“年纪轻轻，不要因为一时意气，断送了自己的大好人生。”

“我很后悔。”Y 说。

“你是该后悔。”

“我很后悔上了国大，为一时意气去争第一名，我很后悔在记者面前露脸上了电视，”Y 咬着牙笑，这笑容狠得像料峭西风，“我很后悔，因为虚荣，产生了这么大的社会影响力。

“真可惜我联合政府烈士后代的身份不能选择，否则我也不想要这样的父母。”

陈部长从椅背上慢慢坐直了身子，目瞪口呆地看着他好半天，好像从来不认识这个人一样：“那个 AI 是你什么人？”

“是我的监护人，姐姐，我暗恋的女孩，我的未婚妻。”

仿佛惊雷乍现，所有被刻意埋藏的谜语，都在一瞬间袒露了惊天动地的谜底。

苏倾和衣泡在盛满冷水的大浴缸里，沉入水的底部，漂浮的藕粉色裙摆在水中铺开，像展翅的热带鱼。黑发如水中海藻一样舒展漂浮着，她闭着眼睛。

红光闪烁的火灾警报慢慢淡去，耳畔的尖啸声停止，她接入的信号还关联着 Y 的智能手表，电波在水中传递得很慢，使得一句一句的人声缥缈模糊。

她一动未动，真像沉眠于水中的小人鱼，在淡去的警报声和人声对话交替中，迷糊地做着光影纷乱的甜梦。

薇安真漂亮。

黄杨小兔子像我。

鲫鱼还没有喂面包屑。

……

她心头毫无章法地掠过无数乱七八糟的念头。

我想吃那个圆圈圈的糖。

爸爸，草莓牛奶是什么味道?

小雏菊到底是小西买给 Y 的，还是 Y 买给小西的?

我愿意做一朵云，也愿意做一只鸟。

海的女儿将尖刀刺入胸膛，投进大海变成了泡沫。

夕阳里，魔王，打败也亲吻了骑士。

可是我……

我……

我只想……变成……匹诺曹……

“我真的没想到。”

陈部长斟酌着措辞：“你……你——你究竟是怎么想呢？”他不敢相信这种开玩笑一样的事情会发生在 Y 身上，他自感荒唐地笑了一下，“你明知道这是不可能的。”这不是逃跑，不是隐姓埋名逃脱管束沉湎于自己的快乐，他说的是“未婚妻”，这表明他曾考虑过同一个人工智能结婚，是光明正大地对人类法律的挑衅。

Y 没有回答。陈部长觉得他还是太年轻了，不知天高地厚：“小时候没受过什么委屈吧？你可不能知道牢狱之灾对一个人意味着什么。”

“你的身板还算硬朗，经过无休止的审讯之后你可能处处伤病扛不起一袋面粉。还有游戏机，每天都要玩一会儿？在那里面可什么都没有，你对着墙自己跟自己说话，你可能跟最下三滥的人关在一起，受他们的欺辱。控制你吃饭的时间、睡觉的时间甚至上厕所的时间，磨平你所有的骄傲——这不比你过家家的爱情重要？”

Y 在陈部长的办公室里抽烟，烟雾顺着花鸟古画徐徐而升，掠过了金鱼图，金鱼摆尾，穿梭在翠绿的荷叶里。

“我明天会递交辞职报告。”

“薇安很喜欢你，”陈部长忽然开口，“我也非常欣赏你。因为她早上坚持一定要我保下你，我才多此一举，这件事我压得住第一次就压得住第二次、第三次，我希望你为你的未来考虑……”

“不可能。”Y 随手将烟灭在陈部长办公桌上一只精致的茶碟里，抬眼时笑里的冷意令人心惊，“非法入侵公民住宅，对着我的未婚妻胡言乱语，我还没有追究她的责任。”

陈部长青筋暴出，后牙根都咬紧了：“年轻人最好不要不假思索地说‘不可能’。”

办公室的门被人急促地敲响：“部长，最后一遍试运行的时候，游戏出现运行错误，启动不了。”

陈部长忙抬起头：“技术部排查错误了吗？”

“查过了，薇安说是少了什么东西，她现在找不出来，整个技术部都看不出来。”

“沈轶！”陈部长意识到了什么，诧异地扭头看着旁边满脸漠然的年轻人，下颌线愤怒地紧绷着，“你留一手……你跟我玩这种花样？”

“但凡部长爱女如掌上明珠，”Y 双手揣在裤兜里，冷淡淡地扫过来，“就不该纵容她去招惹不该招惹的人。”

“你未免太狂妄了——”陈部长暴怒地拍了桌子，不过马上深呼吸着平静下来，太阳穴突突跳动，他知道此时不宜把脸皮撕破，一时间只剩下呼吸声，“Y，你负责的部分，我还是希望你要负责到底。

“至于我说的事，不急着要你的答复，给你三天时间考虑。你回去吧。”

Y 离开游戏部大楼时正黄昏，紫红的火烧云从天边一直燃烧到了大厦的玻璃幕墙上，空轨上时有交错着呼啸而过的小车。

他揣着裤子口袋，倚在车边仰头静静地看了一会儿绚丽的天幕。

拉开车门时他拨了电话：“秋原，有件事情想拜托你。”

够了，他想，他要争取的只是时间，并非结果。

五点钟。

苏倾站在镜子前梳着头发，她将湿透的衣服换下来毁尸灭迹，头发也已完全吹干，她将一左一右两条辫子打好。

她揣了一把折叠瑞士军刀，藏在自己的裙子里。她将软趴趴的阳帽的帽檐往下拉了拉，遮住了眼睛，只露出柔软的榴红色的小巧嘴唇。

她预备出门去。

是的，小兔子是不可以乱开门的，但魔王是能够不顾规则飞檐走壁的。晚饭时间到了，她要去把她的孩子接回来。

苏倾开门的瞬间，怔了一下，因为Y自己回来了。

“想干什么？”他倚在门口看她，语气冷淡淡的，他用手掌撑着门框换鞋，隔了一会儿说，“饿死了，我的蛋炒饭呢？”

她停了好半天，后退几步：“我去给你加热。”

Y从后面抓住帽檐，将她的帽子整个儿掀掉了：“看得见路吗？”苏倾还是跑掉了，Y从地上捡起她掉落的刀，哼笑一声，拿在手里把玩，“唰”地划出最利的匕首，吹了吹锋利的刀刃，削了个苹果搁在桌上。

客厅里没开电视，也没接无线电，静悄悄的，但这种静很安逸，Y狼吞虎咽，把一大盘蛋炒饭吃了个精光。

“明天早上五点钟起来，我们去一个地方。”他吃完最后一口，用纸巾抹了抹嘴。

“去哪里？”

“看日出。”Y随口戏谑道。

“噢。”苏倾微笑着趴在了桌上，“我还没有正式看过日出。”

饭后苏倾在家里大扫除，清洁机器人、扫地机器人一左一右地跟在她后面，嗡嗡呜呜，从地下室一直扫到了二楼，窗帘也被卸了下来，搅进洗衣机里。

空气里弥漫着洁净的湿气和一点淡淡的清洗剂的味道。苏倾擦到沙发的时候，Y拦住她：“不出远门，用不着那么干净。”然后苏倾终于被拽到了他旁边坐着，目光茫然地四处乱瞟，忽而笑了出来，指向了面前的鱼缸：“那是怎么回事？”

薇安送来的那只巨型水族箱，珊瑚、海藻还在，游在里面的却变成两条梭子形的扁扁的银色鲫鱼，它们游得慢吞吞，嘴一张一合，恐惧地看着面前的艳丽海螺。

“原来的那些鱼呢？”那些张牙舞爪的、艳丽得好像贵妇的彩色热带鱼，鱼鳍都像华丽的礼服裙，说实话她是有点害怕的，不过现在她更担心它们的去处。

Y咬了一口苹果，毫不在意地说：“丢进河里了。”苏倾呆了好半天才窸窸窣窣地笑了起来，她趴在水族箱玻璃上看了一会儿，叹了口气：“以后别这样了。”

扫地机器人鸣叫着靠近，苏倾继续进行她的大扫除，在所有织物上喷洒除螨喷雾。

在十点钟时她被拽到了楼上的房间。洗好烘干的窗帘还没挂上去，窗户显得光秃秃的。

“我得把窗帘挂上……”

Y 板着脸将房间门落锁：“回来以后我帮你挂。”他躺着调整智能手表，似乎安排了许多日程，站在她床前叮嘱道，“明天要早起，最好早点睡。”

Y 在黑暗中考量各种各样的事情，一时间难以入睡。他考虑着陈部长的最后通牒，警察给他看的那段录像，还担忧联合政府实验室里的那台大型强离子对撞机能不能真正制造出虫洞。

——这还真的够呛，他闭了闭眼睛，一切还停留在大学专业课的理论阶段。他又想起追悼会上身披星旗的宛如睡着了一样的父母，如果像那样出了意外……

他在心里荒唐地笑了笑：“那也不错，算殉情了。”

苏倾从床上坐起来，在床沿上坐了一会儿，趿着拖鞋轻手轻脚地下楼去，从洗衣机里将织物取出来，从西到东地挂好了客厅的窗帘。窗外是清冷的月色，一些飞蛾不知疲倦地扑打着窗户。

夜是很冷的，她为地板打蜡。

苏倾披着外套为植物浇水，勿忘我开了第一簇蓝色的花，安静恬美地开在夜色里。远处的一大片日本苇在月色下朦胧如梦境，她在梦境里徜徉一会儿，折下一小枝，拿在手里吹着玩。

她拿着这半截芦苇坐在门槛上，两条腿从柔软的棉质睡裙下伸出去，放松地搭在地板上，她仰头看了一个小时的月亮。直到赶早的鸟雀苏醒，它们在还未褪去的夜色中“啾啾”闹腾起来。

她知道是时候该回去了。

“早上好。”

一只微凉的手摸了摸 Y 的脸，他的睫毛颤了颤，蹙眉握住她的手，那含笑的声音还在稳当当地继续：“今天上午晴转多云，8 到 15 摄氏度，下午有雷阵雨，记得带伞。空气质量不太好，应尽量减少户外活动……”

Y 抬起手腕，眯着眼看清了智能手表，有些诧异：“四点？”回头看窗，外面天还黑着。

苏倾小声地说：“四点。我想先去你的实验室看看。”

他躺在床上停了片刻，一骨碌坐了起来，揉着自己的眉头：“……好。”

这是 Y 为数不多的、在凌晨洗漱的经历。

洗手间和走廊灯都开着，刺目地亮，他看到镜子里的人半眯着眼睛，眼底的乌青在青年苍白的皮肤上格外明显，他深吸口气，掬一捧水拍在脸上。

再抬起头时，镜子里映出一张明艳的脸。

苏倾的头发散着，精心地编了辫子，轻绾在背后。她穿了一件浅绯的长裙，背了一只细链的小巧皮包，她笑着瞧他，涂了靓丽的正红色的哑光唇膏，衬出一口糯米牙，美得像电影明星一样。

Y 静静看着镜子，恍惚中似乎觉得少了什么，不过他一时没能找出来，便没有说话。

“因为是第一次去看日出。”她的眼神里还有些羞涩的紧张，把裙摆轻轻拎起来，让 Y 看见她一双雪白足上穿着的绑带细高跟鞋。

“穿得习惯吗？”他忍不住问。

苏倾依然笑着：“可以。”

他们在夜色中出门，真像年轻的恋人为某次长途旅行激动的出发日。外面的空气还沁着湿漉漉的凉意，Y 帮她把车门打开。

时间宽裕，他特地将车开得很慢，像兜风一样。凌晨时的车很少，他们独享宽阔无垠的空中轨道。窗户开了一个小口，风拂乱他们的头发，苏倾贴着玻璃，俯瞰着灯火璀璨的城市。

为了不引人注目地潜入游戏部，Y 提前将车停在了五百米以外的一处车库。他们走上来，漫步在街道上，此时，贴近天际线尽头的黑色开始变浅。

Y 拉着她穿过了一条古老的小巷道，这巷道很窄，两个人堪堪通过。这是个无人夜市，零星的摊位还营业着，壁炉里燃烧着哔啵响动的火光。Y 在低垂的棚布下低头，问她有没有想要的，苏倾指了指雪糕。

“吃这么凉的东西。”他嘲笑着，还是刷指纹取了两支，他呼出一口白色的寒气，嘴唇几乎被冻僵了。

一朵云也从苏倾的嘴里吹出，她第一次看见了自己呼吸的形状，捏着小棍子怔怔地瞧着。

鸟叫声急促而剧烈起来，黑夜从边角开始褪色成深蓝。苏倾摘下柳条和酢浆草的花，编了顶花环戴在头上，拍了拍 Y。

“漂亮。”Y 打量她几眼，歪起唇角实话实说。

苏倾的眼睛垂下去，似乎有些不好意思，他们已经走了好几百米的路，她揉了揉小腿。

“还走得了吗？”Y 看着她，在她面前蹲下身来，苏倾以为他要系鞋带，立在一旁等待着，可是他反手拍了拍自己的肩膀，不耐烦地催促，“快上来，我背着你。”苏倾想起她背着这个儿童在雨中赶路的样子，可是现在这个人背着自己，他的肩膀够宽，手臂足够有力，轻轻松松地背着她走在林荫道上。

她抬手揪下一片染红的枫叶，在指尖转一转，放在鼻梁上。

他们悄悄地坐了直达七十层的胶囊电梯，乘电梯向上的一分钟时间里，外面天就像沿着渐变色滑动，最终现了蔚蓝的底色。

天的尽头出现了一点橘调的粉红，渗漏进来似的，突兀而温柔地调和在了这盘冷色调里，那粉红变成了橙红、赤红，从一条边晕染开来。

微弱的光线从百叶窗洒在桌面上。

与此同时，更多的声音传出，城市正在苏醒，窸窸窣窣地活动着筋骨。

坐在他办公桌前的时候，苏倾说：“今天我好开心。”

那时候Y正弯着腰把电脑打开，抓紧时间给她看《现实梦境》的界面。

“什么时候发行？”

“理论上是明天。”

“为什么是理论上？”她托腮看着复杂的界面，“真想玩啊。”

“我们可以第一批试玩。”他讽刺地笑笑，“‘理论上’是因为……技术组遇到了一些难关，过得去就可以发行，过不去只能延期。”

苏倾又看了看界面：“需要我帮忙吗？”

“——这个你不用管。”

Y将手臂撑在她的椅背上，看了一眼手表，五点四十四分，游戏部的西点厅应该开了。太阳盘踞在地平线上，因为是个多云天，只有模糊的光渗透出来。“想不想吃点儿早餐？”

苏倾笑说：“想。”

她还从没有吃过外面卖的早餐呢。

“三明治和卡布奇诺？”

“好的。”今天她非常喜欢笑，不过小机器人生得这样好看，她笑起来的时候满眼都是璀璨，让人不得不喜欢。

Y忍不住笑了笑，反身出门。下电梯的时候，他看见太阳骤然从地平线上跃出，灿烂的金光笼罩下来，整个天就如此轻易地亮了。

买完早餐之后，他还注意到付款柜台旁边有一束扎着蝴蝶结的彩虹棒棒糖，这个棒棒糖有手掌那么大，恐怕能舔一天，他把它抽下来，按在了扫描柜台上。

Y提着早餐回来的时候，看到苏倾趴在他的桌子上睡着，头上还戴着那个柳条扎的花环。中央空调出的风将上面的粉红色小花吹得簌簌抖动。

他轻手轻脚地搁下早餐和那只硕大的棒棒糖，嘲笑道：“看，四点钟起来的后果。”

他放松地倚靠在桌子上，看了一会儿新闻，又等了一等，待收到了秋原的催促信息，才回过身叫她起来：“苏倾，苏……”

刹那的静默，什么声音都没有了，有如电影忽然被切下静音按钮。

Y的嘴唇冻住了，他感到一阵麻痹从指尖升起，他忽然看见她的中央控制区敞开着，装芯片的地方空荡荡的。

他茫然转向电脑前，任务栏右侧显示一个小小的红点，他的电脑被人动过。他的指尖不住地抖着，所有的……一切关于“苏倾”的内容，被他曾经升级过的四次芯片的备份，全部被不着痕迹地删干净了，仿佛他大梦一场，从不曾存在过。

Y 目不转睛地看着电脑，目光却在放空，他好像忽然对这些代码感到极其陌生，直到一个提示框跳出来：“恭喜，《现实梦境》程序已修补完毕，可正常运行！”他垂下眼，看见桌上被摘下来的蓝色温度计圆环压着半张纸，纸上字迹三行，依旧是可爱的、稚拙的娃娃体。

“嘿，Y。”

“日出很漂亮。”

“再见了。”

他一动不动，长久地看着这张纸被空调冷风吹着，不住翘起边角。

最后他的目光慢慢转到趴在桌上的人身上，嘴唇动了一下，只有一口气逸散出来。

这口气慢慢地、慢慢地在空中聚拢形状，拼凑成了一句近乎无声的喃喃。

你简直是胡闹。

他甚至笑了一下，琥珀色的眼瞳里，有什么东西顷刻间坍塌成粉末。

（三）

秋天到来，无边落木萧萧而下，嫩黄、澄黄、黄绿的干燥叶片交叠，堆积成彩色的地毯。银杏树背后矗立的巨幅广告牌上绘制着恢宏盛开的东方复瓣莲，丹笔写出的猩红的艺术标题“现实梦境”，拉出长长的笔画，在车窗外一晃而过。

秋原将车停在地库，接受人脸识别进入电梯。

“前往实验室？”空中飘浮着一行字母，他伸出手指随手戳了“NO”，按了按肚子，电梯径自上升，将他送入了一楼的员工餐厅。

此时正是午餐时间，烘烤面包的诱人热气扑面而来，实验室的员工端着餐盘在移动式的自助柜台前穿梭，有的人还接着电话，各色俚语、笑声在这里交织汇聚。

一整排装在窄长玻璃瓶里的缤纷果汁斜插在碎冰块里，秋原抽出一瓶葡萄汁，上下颠倒了一下，四处打量着，在靠窗的座位找到了他要找的人。

他端着餐盘坐在二十五岁的亚裔男人对面，窗边的阳光很好，融融地透过玻璃晕染在苏格兰式格子桌布上，几乎将他的头发和睫毛晒成了亚麻色。

他有着带禁欲感的苍白皮肤，比亚洲人更深邃的五官，因为头发理得短而利落的缘故，这种近乎锐利的英俊无所遮掩，更加突出。他切牛排时显出的腕骨，也同样给人这样不好接近的感觉。

“全熟？”秋原伸出叉子戳了戳他盘子里那块牛排，“成肉干了吧，嚼得动吗？”

“不然我在干什么？”对方没有抬头，仍在慢慢地拿刀切着牛排。

“以前上学的时候，你可是吃五分七分带血的，全生你也吃过，一咬直冒血汁——啧，”他尖刻地咬了一口虾饺，“像个野兽似的。”

对面的人睫羽微动，轻微地“嗯”了一声，淡然敷衍着。他像个耐心的考古学家，一块一块地拆解完盘子里的餐食，又一块一块地送进嘴里，最后搁下刀叉，妥帖地擦了擦嘴，像是完美地完成了一项任务：“我在实验室等你。”

“哎——”

他不顾秋原拽他的衣角，端着盘子站起身来，走路时西装外套衣角被风微微撩开。一个女孩打着电话不慎撞到了他，险些把咖啡泼到他胸口，他伸手扶了一把，那女孩抬起头，红着脸绕开了他：“抱歉。”

他未做停留，继续向前走去，好像刚才只是被飞蛾扑了一下衣裳，最终消失在拐角。

十分钟后，秋原回到实验室，Y 正站在实验舱前记录实验数据。办公桌上的金属铭牌上写着：安德烈斯，一道午后的光从铭牌上刺眼地闪过。

“你也别太拼命了，”秋原抓了抓头发，“兴许只是巧合——本子是有人专门放进去的……你知道教授叫你来是为了保下你，不是真的要你出什么成果……”

他安静下来，看见 Y 无声无息地接入了电话。

“安德烈斯先生，法院将安排在近期开庭，届时会有媒体参加，希望这两天你能同我们保持联络。”

“好。”回答这句话时，他的眼中毫无波澜。

挂掉电话后，他继续低头记录着实验数据。

“你听没听见我说话？”秋原捏着平板电脑不放，“刚吃完饭就工作容易胃出血。”

“少信谣传。”Y 淡淡抽出电脑。

这是首个取保候审的嫌疑人仍然任职，甚至任政府要职的案例。

事情的起初发生在一天早上，秋原在检查当初 Y 父母死亡的对撞机实验舱时，发现舱内多出一本手札—— 一本并不常见的纸质的、泛黄的手札，经 Y 指认，那是他母亲常用的笔记本样式。然而里面没有任何内容，它像被一股神秘的力量送到了人们面前，而上面本应有的文字被这股力量洗去了。

排除恶作剧后，官方对此极为重视，因为这意味着虫洞空间可能真实存在，它吞噬了某些东西，若干年后又吐了出来。

为尽快取得突破，课题组的组长、Y 大学时的导师向他抛去了橄榄枝：“我当时说过，如果你能克服心理障碍，实验室的门将永远为你打开。”此时的 Y 正从游戏部解职，接受着预期长达六个月的核查。

他在审讯室坐了三天，不承认自己进行过违禁实验，但他承认自己确实藏匿 SP 机器人，却对此表现得轻描淡写、毫无悔意：“那是我此生唯一承认的妻子。”这个已经确认被销毁的机器人的身份随后得到了披露，她是诺尔教授生前最后一个违禁实验的失败成果，那个差一点变成复活人的仿生人。

此事一出，即刻引起社会哗然，这位曾经因为《现实梦境》风头无两的游戏设计师，立即处于舆论的旋涡中心，不少人认为他疯了："可能是研究游戏太久，总是一人独处，心理产生了问题。"

"天才总是不走寻常路，希望能给他一个机会，一定要判的话……以包庇罪结束就好，拜托了。"

也有人认为这是为游戏的炒作，除了《现实梦境》销量激增之外，无数记者蹲守在警察局门口，致使正常流程的庭审一推再推。

这数日的讨论带来的影响太恶劣了，联合政府信息部讨论下发了一道批文，要求尽快秘密逮捕 Y，并禁止他再在公众面前发声。

不过这批文层层下递，最终没有施行，一个女孩的手挡住了它。

薇安几乎和父亲闹翻了。她在深夜里坐在警察局为他办理取保候审，好像已经忘记消息爆出时她是多么震惊和恼怒。

她最终还是来了，开车飞驰在路上时，风很暴烈，把她顺直的长发吹得哗啦哗啦地乱飘。她踩紧油门，引擎发出了刺耳的轰鸣。她想，人生总要疯狂一次的。

她动用了一切的关系和手段，却在 Y 被带出来时别过了头，没有看他。

"还好吗？"她只说出这样一句话，"你不会被打倒的，是这样吧，学长？"

Y 没有回她，他半个身子没在黑暗里，抬起两只铐在一起的手旁若无人地抽烟，他头上有两个发旋，审讯室昏暗的灯光下，隐约看得见他的衬衣皱巴巴的。

他并不颓唐，也毫无悔意，似乎完全陷入自己的世界里，同外面的人漠然隔绝开来。

隔日 Y 被放回了自己的家里，等候庭审。联合政府实验室邀请他的电话打到家里来，资深的老教授非常坚持："没有比你更聪明能干的学生，也没有比你更合适的人选。"出乎意料地，Y 答应道："好。"他当晚收拾行李，搬到了联合政府实验室，上级领导收到了消息，气急败坏地来看这位戴罪之身的受邀者时，他正一个人坐在实验舱旁边的地板上温习实验流程。

他将手搁在膝盖上，背靠着巨大的实验舱侧壁，好像宇航员依偎着飞船，又像单个蚂蚁靠在巨大的蚁巢边缘，最后一个活着的生灵依偎着他的母星。

他全神贯注地看着平板电脑上的内容，似乎丝毫没有发觉有一行人神色各异地盯着他。

也许是这画面触动了实验室总负责人，一礼拜后，特批文件下来了，这间原本属于他父亲的办公室换了一个新铭牌。

Y 坐在同一张办公椅上，接着他记录的实验数据探索多重宇宙。

清晨。

Y 在六点钟起床，在半暗的天色中慢条斯理地穿衣、洗漱、晨跑，这样的极度自律在秋原看来非常令人震惊："你不抽烟了？一根也不抽？"

在这段时间，Y 完全戒掉了纸烟，只吃营养均衡的食物，他的肌肉线条比原来更精悍，路过他身边的女性时常留意这个中德混血的青年，但是他对于这些打量视而不见。

有一次，秋原在办公室抓到 Y 吃彩虹棒棒糖，诧异之下，非常确定道："你肯定是想烟了。" Y 把糖从嘴里拿出来，他的唇微有些闪亮，他在阳光下转了转棒棒糖的梗，看着它若无其事地笑："太甜了。"

秋原说："我小时候最喜欢柠檬和葡萄味，这种旋转彩虹是最甜的，满是糖精。"

Y 看着棒棒糖，只是笑着，没有说话。

他在周末的傍晚驱车回家，车子驶入芦苇丛中，晚风沁凉。车窗外的晚霞艳丽夺目，他的肘横搭在车窗外，吹着风懒洋洋地看了一会儿，明白最难挨的夜晚终于到来。

这三年里，他在别墅里的每一步，都像踩在刀刃上，但他没有倒下，绝不倒下。

他是男人，用脊背竖起一道墙，要把塌下的天扛起来，像小时候的长跑测试一样，爬也要爬到终点。

这样，苏倾，还有这座芦苇荡中的小木屋，才能如风中烛火，拥有一隅之地。

在失去苏倾后，他维持着正常工作，他还可以条理清晰地组织讨论，甚至可以与同事谈笑风生。

只有一次例外。是他从游戏部离职的那一天，在告别会上多喝了几杯红酒。

他酒量好，从不上头，直走到家门口才开始晃。他感到膝盖很疼，实在太疼了，甚至让他想起儿时那个大风摧树的暴雨天。

最后他坐在了院落门口的台阶上。

他知道这一次没有人会来接他，他就是歇一歇，只歇一会儿。

他的头埋在手肘处，真的睡过去了片刻。

然后，他也不记得自己为什么打电话给李文。

"还记得我做的那个温度计吗？"他的口齿清晰，可他知道自己正在胡言乱语着，怨怼让他把自己整个儿撕裂，他把领口扯开，用力很大，扣子都崩落了，在水泥台阶上蹦了几蹦，他自己也吓了一跳。

"当时，你说那很像是玦。"

电话那头的李文耐心地听着，呼吸平静。

"我为什么要给她？" Y 的眼里含着一点亮光，静静地问，"我为什么给她这个？" 玦亦诀，他甚至迁怒于这个不好的暗示，呼吸间除了火团一样的烧人酒气，还有疼痛。

这疼痛是冷的，像一把寒冷的钢刀贴在胸膛，每呼吸一次都被割得体无完肤，于是他颤抖着，可是他必须、不得不呼吸，去体味这切肤之痛。

“听着，Y，我不知道你遇到了什么样的事情……”电话那头，李文斟酌着措辞。

根据他对这位同学不算多的了解，Y不是个会跟朋友们多话的人。他的自尊和内敛几乎到了闭塞的程度。像狼首拖着尾巴漫步于兽群中，那种骨子里的独，伴随了他的一生。

认识他这十多年以来，Y从未向任何一个人吐露心声。这通深夜里的无头无尾的电话，昭示着一个可能——他撑不下去了。

但远隔重洋，李文身处边塞当兵，他没有办法帮到Y任何事。

事实上，自成年以来，一个成年人就无法再帮助另一个成年人了，每个人都有自己的事业、家庭，有自己独立的一个小世界。

每个人背着这个小世界做成的壳，力不从心。

但他还是劝道：“没有关系，Y。假如是你送错了礼物，”他的声音带着中国传统谦谦公子的礼貌和温柔，“古语云‘诀人以玦，反诀以环’，再送一只环，对方一定能明白你的心意。圆圆满满。”

Y将手表贴着泛红的脸颊，倏忽笑了笑，像听见了什么好笑的笑话。但排除那睫羽濡湿的涩然，那个笑甚至像少年时代的笑——明朗的，带一点对生活的反叛。

“谢谢，谢谢。”他闭着眼睛，轻轻地、慢慢地呢喃着，似乎在自语，戴着手表的手慢慢滑落下来，随后他坐在冰凉的台阶上，又短暂地、脸色潮红地入眠了。

月光照着小小的院落，照出他的影子——兴许是做了什么安适的梦，让他不想起来，足坐了一个多小时，他才捡起外套，搭在臂弯上，慢慢地起身。

外套上沾满了湿绒绒的霜露。

这次他走得稍稳了些，他知道即将下雨了，因为他的膝盖翻滚着剧痛，像被嵌入了一只铁锥。他现在也能当半个晴雨表。

但他压着那铁锥的尖端稳当当地行走，甚至因这份身体的疼痛而高兴，因为它暂时转移了他所有的注意力。

他走到门口时，一道蓝光从上至下地扫过他的头和前胸，随即，一道欢快的女声响起。

“欢迎回来。”

刹那间，他像触电般抬起头。

因他茫然站在原地，蓝光再次从上而下扫描了他的面部，完成识别后，示意着身份确认成功的提示音响起：“欢迎回来。”

又是那莺啼般的、欢快的声音。

Y的眼里映着莹莹的蓝光，半晌，他蓦然想起，这个门口的识别器，原来的粗嘎的声音不知何时被换掉了。

“太难听了，像鸭子。”

“我帮你重录一个怎么样？”初来乍到的小机器人说着，清清嗓子，惟妙惟肖地模仿一遍，“‘欢迎回来’！”

时至今日。

满地月光的明朗的夜晚，他拎着西装外套，双肩盛满夜露。

他慢慢地、错愕地微微仰起头看着那发声的小小黑匣子，好像在想那究竟是个什么。夜空深沉广袤，月朗星疏。

“欢迎回来。”

自他出生以来，从未轻易流泪，此刻也没有。酸涩蕴藏着眼眶，沉甸甸地压着眉骨，最终只是酿成了涩而甜的酒。

他正醉得厉害，极淡地笑着，如沐春风。

他倚在栅栏门口，闭上眼睛，任凭蓝光反复地由上至下扫过他的面孔。一遍又一遍地听着她不知疲倦的轻快的招呼。

“欢迎回来。”

“欢迎回来。”

“欢迎回来。”

“嘟——”实验室的闸门关闭。

“早上好。”他靠在门边，理好了缠在一起的接线，脱去了外套，穿梭在实验舱间调试设备，“今天下雨了。”

雨势很大，马路上被浇起一层薄薄的水雾，直到现在雨还在敲打窗棂，只有这爆豆一样的急促响声回应着他。

Y 在这种只有两个人的独处空间里十分放松，所有的担子和监视的眼睛似乎都被隔绝在门外，他活得安心且自由。

“想我了吗？”他甚至一面调试数据一面散漫地嘲笑着，手指却在拿起接线时控制不住地微微颤着，好像个瘾君子，他发现这一点的时候，不想承认自己是思念得更厉害的一个，于是他不再说话了，用牙齿叼下宝蓝色钢笔的笔盖，尖端悬在半张纸上方。

写点什么？

有无数的话想说——那两条鲫鱼都死了，夜里他把它们捞出来埋在花园里，挖土的时候忽然闻到了桂树的香味。樱桃树细瘦，一天晚上被风摧折了腰肢，他拿一根竹竿固定住了它，它却这样活了，今年挂了樱桃。

那是几乎已经消失的中国樱桃“含桃”，不是市面上的车厘子，它们玲珑剔透，比红豆还小一点儿，像红黄玉珠。吃起来是酸甜的，就是很娇，磕了碰了就会马上坏掉。

他的少年时代一直是独居的，他一个人睡得很好，从没有失眠过。可他不应该把苏倾带回家来。后来他一个人住的时候，总觉得空气干燥，被面上带着空调的冷气，萧萧索索。

他睁开眼睛，默然看着圆形天窗外的月亮，半晌，按动遥控器关闭了天窗。

从此湿漉得带着露水的草叶香味离他远去了。

他的睫毛眨了眨，终于落下笔尖，慢慢地写道：“早上好。”

纸面上的字迹被识别扫描，输入进程序中。造物者是不能干扰世界的运作的，他恶意的违规也不能太过分，尽管如此，这三个字也肯定够她吓一跳。

他像在楼道口等着跺脚吓唬进门的女孩的男孩子，男孩子绝不肯承认他等待了一个冬天，心都等得长满荒草。

Y 拍了拍两个相邻的实验舱，手臂一撑，躺进其中一个里，摸索着将自己的脑电波接入游戏，闭上眼睛。

《现实梦境》发行三年后，正式版的游戏码一夜内全部失效，大多数玩家虽然悉知游戏有时限，但没想到时间这样短暂，为此引起的讨论几度造成网络瘫痪，甚至发展成游戏部门口的横幅抗议，然而，再多的抱怨也无力回春。

而在实验室里，游戏仍在无休止地继续着。只要缔造者不愿结束，它便永远不会结束。

蜂鸣将 Y 叫醒时，这个短暂的梦就截断了，太长时间的沉浸会对脑神经造成损害，闹钟只定在六十分钟后。

那大致是个很甜的梦，他醒来时眼里还沁着笑意，胸腔里满是温柔。

这是一道柔风，缓缓地游过他的四肢百骸。他闭着眼睛，静静地躺了一会儿才起身。

“嘟——”实验室的门打开，秋原走进来，心照不宣地协助他收拾实验装置，以免让管理人员发现。

用脑电波接入游戏是一种危险而刺激的体验，彻底摆脱了头盔的坠重感和场地的限制，可以完全浸入游戏中。他有兴趣，也会偶尔参与其中，在异世界当当导演，做做男主角的同桌。

不过秋原相信，对他来说是刺激，对 Y 来说绝对不是。

“又归零了？”秋原边绕线边说。他对此已经习以为常，女主角的自毁会导致小世界的崩塌重置，这种事情已经发生了不知道多少次。

他不明白为什么 Y 要折磨自己，一遍一遍地重复那些注定的剧情。

Y 看起来心情很好，“咕咚咕咚”地仰头喝水，似乎是渴极了：“她过关了。”

“是吗？”秋原讶异地挑了挑眉，转头趴在真空实验舱外看着。

里面躺着一个穿蓝色连衣裙的睫毛卷翘的亚洲女孩，两条小辫子静静地搭在肩头，像水晶棺里的睡美人。

从前他以为那是 Y 的姐姐，后来才知道那是他喜欢的人。

这具身体是她，整个《现实梦境》也是她，这 AI 秉持着可笑的物尽其用的原则，即使是自毁，也要将自己的数据拆解开来，填补进游戏需要的每一处。

Y 曾经尽力补救——他在无数的字母的海洋中打捞着残骸，但是于事无补，他尽了全力，也只将属于她的一切信息凝聚在一个脆弱的女性角色身上。

她的意识实在太弱了，反复地、不断地重复着自毁的过程，像一个被困在噩梦里无法挣脱的人。每当她失败了，Y 就借角色的身份将她小心引至原点重来。

在这件事情上，他表现出超乎寻常的执拗和耐心。

“你简直就像人工育种。”秋原感慨道，“又慢又费力。”

“小的时候，苏倾给我设置过一个一百关的兵人游戏。”Y 没头没尾地说，“游戏的情节设置其实是重复的，只要我犯了同一个错误，无论我的角色是骑士、剑客、公主甚至一只蠕虫，我都会立即死去。”

“那有什么意思？”

“很没意思，所以我玩到第八关就不再玩了。”Y 垂下眼笑笑，“我跑去质问了她，才明白那一百关的情节和场景，都只为了我和我的错误而存在。”

秋原有些诧异地明白了：“所以你——”

Y 背靠着巨大的真空实验舱，他看着地面默了一会儿，反问道：“秋原，产生了理智和感情，就能算是觉醒吗？”秋原思考着，一时竟回答不出。

“我认为，这只是初级阶段而已。”Y 揣着口袋，仰头看着天花板，喉结动了动，像一个同样探索宇宙的无知的少年，“人类七八岁的时候，开始具有思考的能力，拥有懵懂的感情，可这就是全部吗？”

“对人类来说，不是。另外的十年，要学习更重要的事。我想对 AI 来说也是一样。”他要做这件事。

这件注定失败的事，在重复回档中遇到了转机，像一批古植物失效的种子，有一粒突然因变异发出了新芽。在某一次轮回中的苏倾，毫无征兆地，第一次反抗了养母的欺负。

她拒绝了标明价码的礼物。

她没再把自己当作抵押的筹码。

蝴蝶扇动翅膀，一连串气泡相互碰撞，它们像多米诺骨牌快速传递着能量，越来越快，越来越凶猛，最后整个星球晃动着，承受惊天动地的一场久久不歇的飓风。

她敢随心所欲地说出自己的喜欢与厌恶，守着灯笼挨到长夜尽头，至黎明初升。

她在独木桥上缓行漫步，不再惊惶、恐惧和退缩。

她将软肋从容取下，挂在脖子上做心爱的笛，又做武器和铠甲。

她学会反抗强权，学会屈骨蛰伏，手握一星灯火，穿过风雪载途，跋涉向万家灯火。

她绝不肯轻易赴死——

困于海底的小人鱼挣开锁链，天亮时化成泡沫的是罪恶的三叉戟，她腾起鱼尾，伸臂向上，梭子一样冲出海面，“哗——”地打破了波光粼粼的水面，冒出了头。

她自由地天真地摆尾，游动，潮汐温柔，阳光灿烂如许。

“她完成了真正的觉醒。”

“我走九十九步，只要她迈这一步。”Y 静静地说，“她迈出来，我接住她。”

（四）

走出实验室大楼时，大批等候在楼下的记者像马蜂一样围了上来：“安德烈斯先生，明日出庭，有什么想说的吗？”

“可以接受关于您妻子的采访吗？”

“关于《现实梦境 2》可以透露一下吗？玩家很想知道您是否还会亲自操刀……”

Y 避过了那些长枪短炮，径自走向汽车。打开车门时，他回头对他们说：“据我所知，明天的庭审对外公开。诸位想知道的所有的答案，就留在庭审上说吧。”

Y 驱车回到家里。

这天下午实验室批了他的假，让他好好休息，以面对明天的审判。警方已经通知了他，由于这个案件特殊的社会影响，明天的庭审将通过直播形式公开，四五家电视台为竞标播放权争得头破血流。

Y 简单打扫了家里。扫地机器人的吸尘口出了点问题，他把它倒吊起来，拍出它内胆里卡住的灰尘。

清洁机器人“吱吱吱”地滚过来，看到这似曾相识的一幕时吓得“咔”地立了起来，Y 回头凉凉地瞟了它一眼。

清洁机器人迟疑了片刻，轻手轻脚地，“吱吱”地倒退出门。

苏倾离开以后，屋里似乎经常落灰，Y 用手指擦了一下柜子，指尖一层薄薄的粉尘，他吹了吹，用湿抹布擦拭着柜面。

半晌，他顿了顿，拿起桌上摆着的电子相册。

画面上是高中毕业时的少年，白衬衫、绀色领带，衣裳穿得乱七八糟，扬起下巴，故意冷清清地看着镜头，眼里仿佛蕴藏着星芒。他的旁边露出一缕发丝，发丝的主人却在画框之外。

他解锁屏幕，缩放照片，把压在边框里的苏倾放出来。

“总是躲在后面做什么？”客厅昏暗的立灯下，他低眉对着照片中的人歪起嘴角，“站到前面来。”

电子相册被摆回立架上。少年旁边紧挨着被他搂着肩膀的女孩，她正诧异地回头去看他，辫子都甩虚了，一个抓拍的、生动可爱的侧脸。

他们背后是青翠的夏日浓荫，头顶是晴空万里的湛蓝天际，芝麻大小的一群候鸟正在南渡，金光灿灿。

这天晚上，Y 三年来第一次梦见了苏倾。

在梦里，她托着腮趴在桌子上看着他，表情似乎有些苦恼，那双乌黑的瞳子像干净的曜石，她没头没尾地同他说："如果我还是想不明白，怎么办？"

"怎么办？"他反问一句，思考了片刻，柔和地答道，"那我再等等。"

"不着急。"他看着虚空，在对她说，也是在对自己说，"反正我们有的是时间。"

苏倾看着他笑了笑，那笑容像四月桃花。她的眼睛里也盛满了细碎的笑意，像闪烁着无数的钻石碎片，她在那片属于夏天的光晕里慢慢地变淡，最后消融在了阳光里。

Y 醒来时正五点半，窗外天色微明，枕头、被子、整个房间，一切处在一种灰蒙蒙的混沌中，安静，还有些清寒。

他坐起来，翻了一下新闻，关于早上他的庭审的通稿在五点钟已经发遍了网络。

他不太专注地快速掠过那些文字，随后懒散地仰靠在了床头，鬓角汗湿了，被空调吹得有些发凉。

他闭起眼睛，还沉浸在刚才的梦中。

随后他拉开抽屉取了一盒烟，熟稔叼了一根，"咔"地摁亮了火机。

他抽了这三年来的第一支烟。

烟雾徐徐上升，一股久违的让他疼痛的温柔，叠合着烟雾一齐涌向肺部，又沿着无数毛细血管扩散开来，他皱了一下眉头，不过马上舒展开来。

"三年，五年，十年，等你想明白。"他在这个清晨完全地平静放松，毫无怨怼，慢慢地、轻松地吐出一缕烟雾，"等你想明白，我们在一起。"

"请保持安静！"书记员反复申明纪律。

那股窸窸窣窣的嘈杂终于停止了。送风口不住地吹着冷气，媒体区的记者捏着纸杯在对应区位站好，小心地摆好摄像机的角度。

安静不过两秒钟，人群忽然发疯似的沸腾起来，闪光灯集中地闪烁不停。

年轻人在两个警察的陪同下，慢慢走向了被告席。大多数人只看见他的侧脸，他身材清癯，衣裳干净。

"请关闭闪光灯，请勿扰乱庭审秩序！"书记员打断了一个试图直播的主持人，亲自下场将她的话筒掰到了一边。

一般的公开庭审很少容忍媒体记者的参与，但此次不同，一切都显得混乱而反常，法官在嘈杂声中按紧耳麦，里面传来了发言人的最高指令。

“提问时请尽量避免专业术语，简化庭审程序，我希望您将它当作一场答记者会，尽量满足公众的好奇心。”

“……好的。”法官冒着汗答应道。他抬起头，看向了黑洞洞的摄像机，无数举起的手机，还有窃窃私语着的人群，一切都意味着这不再是一场严肃的一锤定音的审判，而将是一场旷日持久的全民讨论。

正因如此，每一个问题都有可能引起舆论之争，他紧张地再度翻看材料，皱纹密布的额头上滚落下一颗汗珠。

被告席上的青年看起来却很轻松。

听说他年少时叛逆，可此时看来却不像，他从容地站在那里，头发干燥整洁，纽扣整齐地扣着，襟前别着一枚金色的玫瑰胸针，垂着眼，妥帖得宛如一个前来赴约的绅士。

法庭纪律的宣读埋没在窃窃私语中，因为纪律问题，庭审迟了半个小时才开始。所有的录像、案情记录被传送到法庭中间巨型白色方尖碑一样的屏幕上。

威严的声音从话筒中传来：“所有物证真实有效。”

各个方向的人都看到了播放的视频，有的记者甚至对于视频上女孩的高仿真度啧啧称奇。

“她可真漂亮。”

“简直像真人一样。”

书记员维持纪律的声音再度气急败坏地响起，有人注意到Y也在静静看着监控录像的画面。

他看得很专注，眼里似乎蕴藏着一点淡淡的笑意，直到问询打断了他。

“被告人先前知道视频里的AI是诺尔教授违禁实验的成果吗？”

Y说：“我知道。”

“作为守法公民，知道后为什么没有选择举报，反而隐瞒她的身份？”

“我恰好需要一个监护人。如果没有监护人，我将会被领养，我很讨厌寄人篱下。”Y平静地陈述，“那个时候我九岁，一个人住在一栋大房子里，我很孤独，希望有人陪陪我。”这个叛逆天才和盘托出的坦诚，导致了四周一片静默。

“可是——”

Y的律师是个漂亮的俄罗斯女性，金发碧眼，镜头充分给到了她。

她的声音也悦耳好听：“一旦举报，苏倾面临的只有被销毁的命运。我的当事人Y对这件事有自己的看法。他知道诺尔教授制造苏倾，本质上并不是为了利益，而是因为思念车祸死亡的养女。即使实验失败了，诺尔对这个机器人依然很好，每天都会花五六个小时陪她说话，把她教导成真正的女孩子。如果你们也做了父亲，一定能理解一个孤独的父亲的心血，是不能被冷漠地毁灭的。”

第一次听说这件事的人们十分惊讶，旁听席逐渐升起窸窸窣窣的议论声。法官有些恼怒地拍了一下桌子："律师请不要提及与本案无关的话题。"

那位律师微笑着，配合地点了点头。

他接着问 Y："视频里的机器人同你什么关系？"

"那是我的恋人。"

"是监护人，也是'恋人'？"法官的语调听起来有些涩然，带着本能的质疑。

"是的，前期她照顾了我，"他沉思了片刻，"可我长大之后，无时无刻不在被她吸引着。"

"可她只是一个人工智能。"

"是的。"

"那么请注意措辞，她没有合法的公民身份，你们的婚姻不能被法律承认。"

Y 轻轻吸了一口气，似乎想说些什么，最后又将那口气慢慢吁了出来。窗外的光照着他发褐的眼睫和琉璃般的瞳孔，他转过眼睛默然盯着法官，眼神里含着一点挑衅的笑意。

法官低着头，对再度占了上风感到松了口气。

他接着道："你们将不会有孩子。"

"新生命对我来说不是必须的。即使是必须的，"他冷淡地一字字道，"他也不该是一道线，一个数字，一条法令。"

就像一滴水溅进油锅里似的，议论声轰然炸响。

面对联合政府无休止地对生育的要求，怨言一定是有的。但人们背负着人类一体的责任，谁也不敢先说出口。

而眼前的被审判者挺直如青松，毫不避讳地说出了自己的怨怼。

一个女记高高地举起了手，法官不得不暂时停止庭审。

"安德烈斯先生，"她跳起来犀利地问，"请问你怎么能确定这种感情是爱情呢？也许您只是陶醉于机器人的绝对服从，您爱她哪一点？ AI 的哪一个部分不是由人类创造和美化出的？"

"我无法确定它是不是爱情。"Y 沉默了一会儿，讽刺地说，"不过，我的妻子从来不会绝对服从，如果她是的话……那就好了。"他笑了一下，"她会听我的话，待在我身后，她不会亲手毁灭我们的家庭，猝不及防地从背后给我一刀。"

"她离开之后，我保存着她的身体，却不再迷恋它。我没有尝试过再复制一枚芯片，我知道即使造出来同以前一模一样的人，也不再是她。"他讥诮地扫视过媒体区，"您说，我究竟爱她哪一点，美丽还是智慧？"

或许是这片指甲盖大小的芯片上蕴生的、小小的、孱弱的甚至没有形态的灵魂。像千姿百态的云，世上独一无二，被风一吹就散了，如此短暂而珍贵。

一名青年学者始终无法苟同，他推了推眼镜："多少细胞构成了心脏，人类大脑密布着多少条神经？人是上天造物的精密仪器，机器的条件反射怎么能与人类相提并论？永远不能。"

年轻人眼里含着锋芒："但是，当她感到怯懦，学会撒谎，开始掩耳盗铃甚至用死来逃避困难时，她就已经产生了完全类似人类的心理机制。你无法否认，她违背指令的自毁就是她觉醒的标志。"

广场屏幕下、公交站牌下三三两两的行人驻足，仰头看着屏幕里的年轻人。

他慢慢地勾起嘴角："我们自诩宇宙智慧的顶端，最珍贵的物种，一切其他生物都难以与我们比肩，人类是多么自大啊。

"可是在我看来……在我看来，这样的自大，也不过是蜉蝣生物的恐惧。

"我们被几十年前的末日吓破了胆，为了活着无所不用其极，我们用'人类一体'的责任将所有人绑在一起，用触手一样的管控将每个个体矫正得健康向上，为了社会能运转下去，我们抹杀旁逸斜出的一切感情，把压力丢给了未出世的孩子。"

Y 的律师吃惊地看着他，半天没有反应过来。

她为他准备了一份对他有利的辩护词，可他今天说的每一句话，没有一句来自那篇讲稿。

"我们不再追求科技发展，也不再探索宇宙奥秘，龟缩在角落里，退化成我们最看不起的动物，我们恐惧而苟且地繁衍着，早就失去了爱的本能。"

声音戛然而止，他的话筒音量被切掉了。嘈杂声顿起，设备控制人员出了一头冷汗，法官按了按耳麦，屏息等待指令。

"请递给我一个话筒。"他转向媒体区，声音失去了话筒加持，但依然平静从容，"即使是死刑囚犯，我在今天依然有说话的权利。"

有大胆的记者翻越护栏，伸长手臂，递了个小扬声器。

他接过那个小扬声器，在"呲呲啦啦"中丝毫不被干扰地继续："三万万人类，一亿五千万女性，无数个鲜活个体。"

法官紧张地按着隐形耳麦，那端沉默很久，终于传来了声音："让他说下去。"

与此同时，话筒骤然打开，被告人的声音即刻清晰地传荡开来，传到了每个角落。

"但你们不会明白——宇宙浩瀚无垠，我爱上这样一块顽石。

"懵懵懂懂，混沌未开，学得比旁人都慢，闹出许多笑话。"

他停顿了片刻："可我……可我却怀揣违背伦常的梦想，梦想着与她共度每一日，直到过完我卑微的一生。

"我明白这是不对的，可是很抱歉，人的感情无法控制。在这世界上，谁也代替不了她，谁也无法理解我们相依为命的少年时代。”

没有人打断他，他也未曾停顿，仿佛这不是庭审，而是学生时代一场再正常不过的答辩演讲。

“苏倾有一个心愿。”他最后说，“她想要变成真正的人类，我们都想。但是直到她死，这个愿望也未曾实现。尽管她的妙思、情感和可爱，已经胜过许多真正的人类，可她终究不是人类。”

一张男孩女孩的抓拍合影，骤然跳跃在方尖碑屏幕上。

他们看起来如此协调和生动，仿佛下一秒就要从照片里嬉笑着走出来了一样。

他微微笑起来：“我认为作为人类毫无骄傲之处，但这是她毕生的愿望，她仰慕我们身上的骨骼、血管和跳动的心脏，因此我开始收起怨怼，爱我自己的每一处，爱我的生活，爱我所处的星球。

“我很想要为她挣得这样一个身份，代替她墓碑前的鲜花，告诉她，我们的感情，同这世界上的所有男女一样平凡而值得尊重。我希望可以牵着她的手，光明正大地走在阳光下。”

无数辆汽车停在马路边上，斑马线上空无一人，红绿灯径自变化，由红到黄，再到绿，所有人都仰头看着这场庭审直播。

“我第一次为机器人哭。”女孩红着眼圈，笑着对旁边的路人说。

“这是不对的，可是……可是，抱歉，我无法判断了。”学生们交头接耳，“我们应该为他们开辟一条绿色通道，不是吗？”

“爱情是自由的，理应是自由的。”头发斑白的老人拄着拐杖，缓缓地、慢慢地吐出这句话，他的下唇和手指同时颤抖着，“规矩是必要的。可是，无法阉割的，人类的本能，也同样需要一个出口。”

春天到来，洁白的绣球花团簇盛开，浅绿色蝴蝶在花丛中上下飞舞。

墓园里一片苍翠，草坪冒出新芽，鸟儿的脆鸣回响于浓荫，一排排小小的墓碑，就像地上自然长出的晶石，没于青草，头上盛满青苔。

两名西装革履的工作人员从托盘里将一束缎带扎好的小雏菊，俯身放在墓碑前，同时摆放的还有一张金箔制的、雕刻精美的结婚证明。

墓碑上印着的人一对麻花辫子，拥有一双乌黑的眼睛，笑窝甜而天真。

金黄小雏菊开得正娇艳，照片下方竖排镌刻了一行花体字。

“人类女孩：苏倾”。

薇安打开实验室里的灯。

待看清里面的情形，她一个踉跄扑了进来：“你在做什么？他还在仪器里！”

秋原的手正放在总电源的闸门上，用力一按，“嘟——”的一声警报的巨响，实验舱发出一声断电的嘶哑的咆哮，颤动了一下，旋即陷入寂静中。

“你疯了吗？备用电源呢？”

她扑到了实验舱前，慌乱不能自已地上下寻觅着开口，越是着急越是不得其法，最后她透过顶部的一小块玻璃，模糊地看见了他的影子。

他闭着眼睛，太阳穴连接了数根电线，表明脑电波正在接入。

这台离子对撞机能量巨大，意外断电无论在任何级别的实验室，都算得上是重大事故。薇安一阵阵地发抖：“求求你了，帮帮我，快帮帮我。”

半晌没得到回应，她回过头去，秋原立在一边一动未动地看着她，脸色平静，表情晦暗不明。

她被诡异的不祥的预感击倒，是了——是他断的电，又怎么会帮她？

这实验舱是金属制的，沉重得仿佛棺材的盖板。她不住地拍打呼喊着，手心汗湿，在上面留下了几个仓促的带着薄雾的掌印，最后她找到了开关，拿肩膀强行顶开了实验舱的盖板。

“学长，学长——”她松了口气，冰凉的手捧住了Y的脸，“没事了——学长？”巨大的惊恐之下，她的调子都有些变了。

Y紧闭双眼躺着，眉目锋利，睫毛浓密，几乎像沉沉地睡着了。

他唇边甚至还带有一丝极淡的笑意。

他一动不动，没有心跳，亦没有呼吸。

连他的脸都是冰冷的，像被雨水浸泡了千百年之久的雕塑。

这具躯壳失去了一切温度，那反叛的灵魂早已不翼而飞。

薇安的牙齿颤动着，搭着实验舱慢慢滑坐下去，长发遮住了侧脸。

她反应了好一会儿，回头仇恨地瞪着秋原时，嘴唇苍白，眼珠已满是血丝。

“薇安小姐，”秋原慢慢地说，“请尊重Y的意思。”

在那顷刻而来的混沌里，宇宙巨大的旋涡像漆黑的眼睛朝他张开。

在光怪陆离的时空的隧道里，有两道影子被拉到了一线，他们从两个不同的方向朝中央走来，最终面对着面。

这短暂的相遇，不过一个错肩。

这里光不似光，所有的星星都黯淡为光秃秃的陨石，他只能勉强看清她脸侧的轮廓。

他的喉结动了动：“……《现实梦境》好玩吗？”

苏倾似乎笑了，不答反问：“兵人游戏，打到最后一关了吗？”

“还留着最后一关。”

统共一百关而已，通关了，也就再没有了。

他心爱的女孩注视着他，慢慢地说："我很想你。"

Y 在黑暗里肆意地、贪婪地看着她的影子，哼了一声，没有应答。

随即，一把抓住了她的手。

星河母亲缓慢地眨了眨巨大的眼，一瞬间，黑暗倒灌而来。

"你这是……你这是故意杀人。"薇安扶着实验舱勉强站起来，"我要去告你——我会去告你的……"

她怔怔地看着 Y，又仿佛整个世界倾塌了，她满脸都是泪痕，浑身颤抖着，喃喃道："你杀了他，你把他杀了。"

"我可没有杀他——"秋原无奈道。

他叹了口气，凑到她耳尖上方，声音压得极低："还记得那个突然出现在实验舱里的笔记本吗？我和 Y 最新的研究课题。"

薇安怔怔地看着他。

"新粒子在对撞机内相撞，只要速度足够快，就可以激发稳定的虫洞。你知道，虫洞是平行宇宙和婴儿宇宙的纽带，可以链接两个遥远的时空。"

"十六年前，Y 的父母在探索多重宇宙时，也是像这样，因实验舱的突然停电而意外——"

薇安等待着，等待这句话末尾那个既定的"死亡"或者"牺牲"。

可是他没有。

秋原弯起那双丹凤眼，神秘而轻飘飘道："意外叛逃。"

"砰——"

剧烈的碰撞声响起，随之而来的是小型的爆炸，火花四溅，可怖的噼啪声不住地从废墟里传出。

丘山路路口的交通环岛乱成一锅粥，小汽车的双闪一明一暗，缕缕黑烟从连环追尾事故现场的一团废墟中升起。

四处弥漫着橡胶焚烧的刺鼻味道，黄白的警戒线已被拉起。

"快让让，担架来了！"

"嗒嗒"的混乱脚步声靠近，医护人员迅速分布开来，搜救用机械臂移动着，不知疲倦地用激光锯开车辆金属残骸，拉出受害者。

一名护士蹲下身去，仔细地盯着废墟的一处，忽而惊叫起来："快来，这里有两个孩子！"

担架很快抬了过来。

这个十一二岁的两条小辫子的女孩子坐在废墟里，她生得很俊俏，好像一点儿也不怕，一双乌葡萄似的眼睛目不转睛地、讶异地瞧着护士的脸。

半天都没有眨，似乎还在发蒙。

“你的腿受伤了，需要去医院检查一下。”护士弯腰跨了一步，搂着她的腰，轻轻地将她抱到了担架上，“就这么躺着，别动。”

女孩怔怔地、慢慢地低下头去，剧烈而鲜明的痛感从小腿肚中传了出来。她看见腿上殷红的血迹，湿漉漉的，几乎浸透了天蓝色棉质连衣裙。

她骤然回过头去，心跳在胸腔里飞速碰撞，她捂住自己的胸口，战栗地感受着鲜活的血液在每一个毛细血管内奔流。

“你们俩放开手——得躺在两个担架上！”护士束手无策，叉着腰蹙眉喊。

女孩紧紧抓着男孩的手，她的手心渗出了汗水，九岁的小男孩也紧紧抓着她的手，他的额头已经被冷汗濡湿，脸色因为失血而略显苍白。

他抬起头，浅褐色的眼睛同她对视的瞬间，露出了如释重负的笑容。

担架抬了起来，他们慢慢放开了牵在一起的手，仰头看着云朵在湛蓝的天空倒退着。

一群候鸟拍翅飞过，宛如绘本里水彩晕染的温和颜色。

在那个故事《匹诺曹》的最后，匹诺曹变成了真正的男孩。

“其实，我也有一个愿望，那就是……”

桌面上摆了一束含露的百合花，幽幽的香气飘浮在病房的冷气中。

男孩穿着宽大的病号服，一只脚被高高吊在了床尾的架子上，他闭着眼睛昏睡，好像累垮了一样。

女孩趴在他的床头睡着，右腿上密匝匝地缠着粽子样的绷带，可她嘴角弯着，仿佛在笑。

“嘘……”她心里想，“它现在已经实现了。”

番

外

番外一　流年

夏天到来时，秋原在检查实验舱时忽然发现一张拍立得照片。

如同从前那个突然出现的笔记本一样。相片倒扣着，翻过来时，画面一片白，穿越虫洞的瞬间，所有要传达的信息都被巨大的能量消去了。

他拿着空白相片对着光看了看，隐约看见一点儿轮廓，在脑门上拍了拍，笑着嘟囔道：“什么嘛。”

他将这张相片顺手揣进上衣口袋里。

“可以回来一趟吗？”小优的电话急促地打过来，“宝宝生病了。”

他瞥了一眼做到一半的实验，伸手停掉了进程，柔声道：“好的。”

秋原驱车归家，远远听见两岁的大孩子哭闹着，企鹅一样“嗒嗒”在地板上蹒跚，他年轻的妻子正在孕育第二个孩子，腰腹笨重，同时还在上班，黑色小西装让她穿得不伦不类。

她正试图抱起大孩子，艰难弯腰的样子被他看见，僵在原地，窘迫得眼眶发红。

他将孩子一把抱进臂弯，颠了两下，一手熟练地按上他发烫的额头，摸到了一手热乎乎的鼻涕眼泪。

“我带他去房间休息，你坐一下。”

小优仍然怔怔地看着他，失魂落魄的样子，半晌，她低下头去，她有一张精致的、很卡哇伊的脸，睫毛像两丛小扇子：“老板今天说，让我以后都在家休息。”

“这不是很好吗？”秋原在沙发上给大孩子换纸尿裤，不断拨去他乱挥的小手，热乎乎的腥臊和哭闹声中，他感到太阳穴有点发涨，“你就不用这么辛苦了。”

好半天，他没有听见回应，抬头一看，小优满脸都是泪水，含着眼泪的眼睛显得那样亮：“可是我……真的很喜欢这份工作啊。”

她垂下眼，那些眼泪就像珍珠一样掉落下去，她像小女孩一样抽噎着：“为什么偏偏是这个时候？再有一个月，我就可以成为副主编，做好下一个项目，我就可能成为主编，我连题目和素材都想好了，每天都整理一遍……这是我小时候的愿望。”她将手无措地放在隆起的小腹上，极度委屈地重复着，“小时候的愿望……”

秋原怔了片刻，起身拥抱了她，这具母亲的骨架子依然很瘦弱，让人感觉到她没准备好做两个孩子的母亲：“对不起，都是因为我的关系……你做得很好。”

他拨了拨小优汗湿的头发：“真的很喜欢这份工作，对吗？”

小优泪眼蒙眬地点头：“嗯。”

“那么明天我去找你们的老板交涉，拜托他让你在家里工作。”

小优有些不安地看他一眼，又惭愧地低下头去。

秋原把温度计从孩子嘴里取出来，笑了：“别再哭啦，想要什么就说出来，总有办法实现。”

小优将头贴在他颈窝里，安心地蹭了蹭：“谢谢秋原君。”

今年是秋原的二十七岁，他像所有的联合政府职员一样，循规蹈矩地遵循着结婚、生育的两条年龄线。得知小优如期怀孕时，他曾经松了口气，因为这总算不会再影响他的工作绩效，可是他忘记了小优除了妻子之外，也是女孩，也有工作，也有自己的梦想。

他蓦然想起在那场著名的庭审直播里，他的好友站在被告席上，对着几千万观众说道：“新生命对我来说不是必须的。”他这样直白地、毫不遮掩地表达自己的想法，“即使是必须的，他也不该是一道线，一个数字，一条法令。”

这个向来不屑矫饰的青年，最终的结局是以事故牺牲的研究员身份下葬，被联合政府特许和妻子苏倾葬在一起。

那个“人类女孩”的小小墓碑，甚至变成了年轻人新的旅游景点。

事实上，世界上少了这样两个人，日子没有发生任何变化。

怯懦的依旧怯懦，循规蹈矩的依旧循规蹈矩。

但人们在心底敬畏着、羡慕着他们的某个同胞有这样玄铁般的意志，这样不枉此生地活过。他们的人生，仿佛也跟着波澜壮阔了一回。

半夜里，秋原被生病的大孩子闹醒，他的烧退了，“咯吱咯吱”地笑着，手脚乱舞，把一张照片拍在他脸上。

“小崽子——”他揉着眼睛，切齿地伸手一摸，口袋果然空荡荡。

秋原把照片夺过来，借着昏暗的月光，忽然看到了照片上显出的模糊的人形。

他一骨碌坐起来，拥着小优一起看，照片上是两个儿童肩并肩的合影，男孩下巴微抬，女孩梳两个小辫子，笑得很灿烂。

“动作这么快吗？”

“等等——”他将画面贴近了眼睛，弯起眼笑了，“不对呀，这是……”

苏倾削苹果时不慎把食指割伤了。她竖着指头，出神地看着鲜血一点点冒出来。

这与 Y 设定的痛感不同，是又疼又痒的感觉，血淤积成赤红的血珠，她忙将指头含进嘴里，吮了一下。

铁锈味却不如想象中那么好，她泄了口气，微微蹙眉。

“小姑娘，你的同伴一直睡着吗？”护士来登记情况，狐疑地夹着触控笔捏了捏男孩的手指。他仍然睡得很安静，苍白的脸颊，睫毛上落着几缕碎光。

苏倾托着腮坐在，微微笑：“没关系，他只是困了。”

三年，多少个必须挺直脊背坚持过的日夜，只有这会儿他真正放松了，他安稳地睡在自己的爱人身边，无忧无惧。

苏倾的一条腿缠着绷带，好在只是被碎片划破的皮外伤，不日即将痊愈。她小心地扶着凳子站起来，单腿蹦到了走廊外，接了一杯热水。

编织盒子里有免费的咖啡伴侣，她想了想，拆了一小袋白糖，撒进了杯子里，搅了一搅。

傍晚Y醒来的时候，她给他喂水。

他的双眼皮睡得格外明显，脸颊泛红，带着被窝里的热气，头发乱得像鸟窝，咕咚咕咚地喝了几口，舔了舔嘴唇：“甜的。”

声音都有些沙哑了。

“嗯。”苏倾把杯子搁在床头柜上。

Y仰躺下去，枕着手臂看着天花板发呆。

白色百叶窗外蓝黑的夜色透出，走廊里的脚步声都变少了。苏倾隔着被子拍了拍他：“八点多了，想睡的话可以接着睡。”

“我睡不着。”他垂下眼，“你上来，我们说说话。”

苏倾瞥了一眼他缠着绷带吊在床角的右脚，神色温柔地把百合花瓣卷了卷，没有作声。

Y的眼神挪到她脸上，看了半晌，哼了一声，困倦地闭上眼睛。

过了一会儿，屋里的灯忽然“噗”地熄了，他的睫毛颤了两下，随即听见病床发出轻微的“吱吱”的轻响，有人小心翼翼地爬上来了，带着凉气的衣服角贴了过来。

他立即往右靠了靠，闭着眼睛伸手一搂。

苏倾现在也是个小女孩体格，小心地调整了几下姿势躺好，展了展裙角，她扬起下巴，下颌让他刺棱的短发弄得有点儿痒。他侧过身埋在她脖子上嗅了嗅，歪起嘴角：“有股牛奶味。”

她摸了一把他的后脑勺，轻轻笑道：“胡说。”

“不许摸我的头。”Y警告。

苏倾眨了眨眼睛：“为什么？”

“会长不高。”

上担架前他比照过了，现在他比苏倾还矮上几厘米。

他无声地吸了一大口气，手臂越收越紧，苏倾感觉自己像个柔软的大抱枕，被他抱着压扁了，又慢慢地放开。所有已说和未说的，都在这狠狠的一抱里。

恢复原状时，他在她颊上轻轻吻了一下，像男孩亲吻自己最爱的玩具，随后抱着她再度睡去。

苏倾的眼睛眨着，越来越慢，最后在若有若无的消毒水味道中意识模糊。

她真正地体会到了睡梦的感觉，她在每一个梦结束之后挣扎着醒来，睡眼惺忪地用圆珠笔在手背上记下梦的内容，圆润的娃娃体都写扁了。

“天上飞的狮子。”

“我去上学。”

“……还有Y。”她偏过头去，歪头瞧他半晌，眼里的光芒如月色流转，她将脸凑过去，在黑暗中亲了一下男孩的额头。

Y出院的那一天，苏倾同他一起回家。在这个平行世界里依然有着矗立于芦苇丛中的木格栅房子，风车在晚霞中缓慢地转动着。

“欢迎回来。”

同样嘶哑的扫描仪，只不过这次扫到苏倾时，它没有发出“非法入侵”的警告，而是对着她“咔嚓”地拍了张照，闪光灯照得她下意识地拿手背遮了一下眼。

“客人信息已录入，传送中……”

Y毫不客气地用伞柄戳中了红钮，栅栏门自动向内打开，门上爬满了千叶纽扣藤的藤蔓，这些藤蔓汁水充分，青翠欲滴，不像是被荒废过的样子。

苏倾身上背着行李包，把辫子拂到身后，扶着Y一蹦一蹦地走上台阶时，门忽然开了。

门里隐约传来电视的声响，一个穿黑色连衣裙的、留着漂亮的长卷发的亚裔女人站在玄关处，两只眼睛瞪得很大，似乎被雷劈中了。半晌，她的嘴唇动了一下：“天哪……”

苏倾看见她胸前挂了一条圆形的小巧的银项链，歪着头细瞧了一会儿。

“让我们进去。”Y瞥了她一眼，就垂下眼睛，膝盖的疼痛让他头上生满汗珠，一两颗顺着脸颊滚下去，右手的拐杖在地面上蹭了蹭，似抱怨又似撒气道，“站着好累。”

“丽华，怎么了？”德国男人从屋里走出来，他的面容从阴影来到光下的瞬间，也仿佛被雷劈中了一样愣住不动了。

苏倾却认得这个人，在这栋大别墅的墙上挂过他的军装肖像，一个英俊而冷傲的男人。

“嘿，Y。”从表情可以看出他并不常笑，不过，他此刻正荒诞而矛盾地抽了抽嘴角。他的目光看过苏倾，又落在Y身上，扬了扬手上的小木盒子，“你知道吗，我刚才正在擦你的骨灰盒。”这个世界原本的Y，三岁时因为败血症夭折。

女人似乎是崩溃了，她蹲下去，一把抱住了Y，不顾他的挣扎亲吻他的后脑勺：“孩子，你是怎么从那边过来的？”

“你们怎么过来，我就怎么过来的。”

一刻钟后，Y坐在沙发上说若无其事地说。

他的拐杖靠在一边，缠得像粽子的腿悬垂在沙发上，Y的父亲倾过身伸手捏了捏。他很烦躁地躲开了这幼稚的触碰："你几岁了？"暂时没有人留意他的话。

沈丽华将苏倾抱在膝上，正轻声细语地拿带着南方腔调的中文同她讲话，苏倾今年十一岁了，但亚洲人的骨架子仍然偏小，她坐在成年女人怀里，显得很乖巧。

"长得像瓷娃娃一样。"她惊叹地拨弄苏倾的小辫子，又摸她的脸。苏倾的睫毛飞速颤着，脸有些发烫。

"我做梦都想要一个小女孩，我们周末去买小女孩的衣服？"沈丽华牵着她的手不放，宠爱地亲吻她的脸颊，像母亲对女儿一样。苏倾觉得自己鼓了气，慢慢地膨胀、漂浮，快被这个吻融化了。

"传送到这里，确实是个意外。"

"一开始的时候，你妈妈很想你，她经常忍不住在晚上去找你，跟你说话。"Y的父亲平静地说，"不过你这小白眼狼——"

"看起来一点儿也不伤心，还握紧拳头，让我们滚出你的梦境。"

Y的脸色有些发红——这谁能想得到？

沈丽华站起身来："饿了吗？我去给你们做点吃的，想吃什么？"

殷切的目光滑过Y的脸，男孩吐了口气，别过头去："蛋炒饭。"

苏倾说："草莓牛奶。"

"好的，孩子们。"沈丽华别了别头发，笑着走进厨房。

这是个非常晴朗的天，餐桌上的斜纹桌布被映照得红艳艳的，苏倾终于喝到了淡粉色的草莓牛奶，杯子边缘还聚集着未散的泡沫。

原来这就是温热的、带着果香的甜，她一口气喝光，舔了一下嘴唇。

安德烈斯先生递了纸巾过来，他撑在桌上看这一对孩子，一点淡淡的眼角纹下，他冰绿的眼睛里蕴藏着几星笑意。

"谢谢。"苏倾看了看他。

安德烈斯对她玩笑地笑了一下，那神态竟同长大后的Y有七八分像："唯少女和美酒可治愈一切。"这是《赫尔曼和多罗泰》里面的台词，Y就从没见过父亲对他露出这种轻佻的笑容。

"爸爸。"他将勺子往蛋炒饭里一插，腮帮子嚼得鼓鼓的，"你旁边的这位是我的太太。"

"哦。"安德烈斯好整以暇地靠在沙发背上，在Y极度的愤怒中放松地摸了一把他的头发，闷笑出声，"首先你们得长大。"

沈丽华为苏倾在二楼布置了房间，紧挨着 Y 的小屋。房间里挂着绘制风信子的薄窗帘，过堂风拂动窗帘，带着松木地板上湿漉漉的水汽往人鼻子里钻。沈丽华将新的被褥从烘干机抱出来放在床上，回头看见苏倾的背影。

她赤脚站在窗边，拉着窗帘眺望青色的远山和金黄的芦苇栈道，风将她白色的裙摆吹起来，小腿和脖颈都纤细，卷曲的碎发下，白皙的颈后有一块小小的红色胎记，好像情人点上的一笔朱砂。

随即她退了两步，转过身来，那玉刻般的样貌没在灿烂的逆光中。她轻快地跑来，抓住被子的两角，帮沈丽华一起换被套。

她的动作娴熟利落，手臂蕴藏着大于柔软女孩的力量，沈丽华见她踩在地板上的一对雪白的脚，真像个林中精灵。

“那混小子是不是经常让你做家务？”

“没有。”苏倾摇头，迟疑了一下，黑亮的眼看过来，“只是最开始的时候，他还小……我照顾了他几年。”

沈丽华低下头默了一会儿，眼眶有些发红：“我和 Y 的父亲忙于工作，对他疏于照顾。”

“他的性子很孤僻，不大擅长与人相处，我总是在各种角落里找到他，地下室的架子背后，衣柜里，床底下……”她说着，“哧”地笑出了声，“但他很聪明，能通关各种游戏，所以，我曾经很担心他误入歧途。”

苏倾说：“他是联合大学专业第一名毕业，后来又进了联合政府。”

“第一名？”沈丽华显得有些讶异。

“第一名。”

“联合政府？”

“对。”

死的时候，身上也披了星旗在花棺里下葬，旁边摆着那枚金光闪耀的金属铭牌，一家门楣光耀。

沈丽华笑了：“你一直陪在他身边。”

“一直陪着。”

苏倾把他从角落里抱出来，他在睡梦中，手一直抓着她的衣角不放。其实他是害怕独处的，连他父母都不知道。

沈丽华不过问她的真实身份，单手铺平了床单，由衷道：“谢谢你成为他的太太。”

门被“笃笃”敲响了，两人一并回过头去，拄着单拐的男孩背靠在门框上，扬起下巴，漫不经心地比画自己的身高：“吃晚饭了。”

沈丽华笑一声，走在前面“笃笃”下楼去了。

苏倾慢慢地走到门边，四目相对，Y 在她伸手来扶之前，先一步面无表情地扭过头去，一瘸一拐地走向室内电梯，嗤笑道：“三年都等了，还在乎这几年吗。”他背后的T恤已经被汗水浸湿。苏倾迅速趿上鞋子，在电梯闭合之前掰开门，“啪嗒啪嗒”地挤了进去。

电梯门缓缓闭合，Y错愕回过头，她带着冲进来的光影整了整小辫子，别过头笑了。

沈氏夫妇在餐桌上商议关于两人未来入学的事情。

“因为Y的户口和ID已经被消除了……”

“需要走领养程序。”安德烈斯说，“总要让两个孩子有法律上的身份。”

沈丽华笑着颔首：“为了减免以后的麻烦，我们会替你们伪造孤儿身份，和旧友史密斯夫人一家同时办理领养手续，他们再委托我们抚养其中的一个，这样你们两个以后可以一直住在家里。”

“这么麻烦。”Y垂着眼，用力叉着盘子里切好的水果。

沈丽华说：“你也不想以后办理结婚手续的时候遇到法律上的麻烦吧？”

Y的睫毛颤动了一下，果然不再作声了。

沈丽华趴在桌上看他，饶有兴趣地接着道：“我们决定，让史密斯太太领养倾倾。”

Y：“……”

安德烈斯揽住了妻子的肩，对Y道：“你妈妈一直想要一个女孩。”

苏倾有些惴惴地回头看Y。

男孩闷声不吭，绷着嘴角用力戳刺着菠萝丁，戳了一会儿，竟然忍不住笑了。

夜幕降临时，苏倾躺在新房间里，温柔的夜色倾落下来。

这个房间，原本是堆满了废旧家电的储藏室，不过在这个世界里，变成了她的房间。床对面还摆着一张属于女孩的梳妆台。

她听到门锁响动，窗帘被风吹起来，随后是被压抑的“笃笃”的轻响。

苏倾睁开眼睛。

Y坐在她床边，把单拐横在腿上，正扭过来侧着脸深深地看她。

月光照着他的侧脸，在他眼睛里投出小小的光晕，他的睫毛慢慢垂下去，歪起嘴角：“你小时候，长得还挺可爱的。”

他伸出手拽了拽她的辫子，随后他俯下身来，吻了她的嘴唇，呼吸间满是薄荷牙膏的味道。

“上来睡吗？”苏倾拉着被子看他，棉质睡衣的衣领褶皱柔和，稚气的一张脸还没长开，眼睛显得越发大而精致，睫毛长长卷卷。

“算了。”他闷闷地退下来，差点在落地时摔一跤，吓得苏倾一骨碌从床上坐起来，他将拐横在肘间，轻盈地单腿蹦了回去，哐当一声关住了门，“晚安。”

苏倾第一次学骑自行车是在八月底，水杉银杏一片红，她学得很快，在院子里绕着S形轻盈地绕了两圈，裙摆高高扬起，像一只燕子。

车铃“丁零零”地响了几声，“哗”地停在了面前，Y退了一步，急忙给自行车让开道，嘴里叼着的三明治掉在了手里。

苏倾热得满脸绯红，眼睛亮晶晶的：“嘿，Y，我载你去上学吧。”

“不行……”他马上露出了抵触的眼神，“这是我的车，从我车上下来。”

苏倾又“哗”的一声飞走了，笑着绕着他兜了两个圈子：“我骑得很稳呢，我载你吧。”

半个小时后，Y气鼓鼓地坐在自行车的后座上，风把女孩的裙摆扬起来盖在他脸上。

“……”他将它捋下来压在手心里，单手搂住了她的腰。

苏倾的车子一歪，险些摔倒。

“唔。”她拐着S形弯，赧然笑着哆哆嗦嗦地骑远了，“有点儿痒。”

秋高气爽，被雨水洗过的柏油马路，白色斑马线鲜艳得宛如一幅油画，自行车滑入车流中，随人流一起驶向了学校。

月末时，Y在别墅二层洗手间门口看到了苏倾，其时正是深夜里，她站在橘色灯下，头发散着发呆，茫然无措的模样。

他走过去，“啪”打开了走廊灯，灯光明亮，照得她脸色苍白，他看到了她手指尖上蹭到的鲜血，倏地将她的手臂拉起来：“这怎么了？”

她呆呆地看向他，眼底亮晶晶地含着泪，竟是十足欣喜的模样：“我……来例假了。”

Y的耳朵尖泛出一层红，放下了她的手，默了一会儿，抓了抓短发，抽了一沓纸巾塞进她手中：“肚子很疼吗？”苏倾摇了摇头。

这种感觉——她感觉小腹坠胀，感觉细胞正在剥离身体，感觉自己像长满青苔的屋檐和水缸，她从坚硬干燥的金属变成由内而外柔软的动物。

随后一个热乎乎的暖水袋贴住了她的小腹，Y的手按着小暖水袋，将她拽到房间里，顺手打开空调：“过来坐着。”她仰头，屋顶的圆形天窗正在慢慢闭合，最后星空消失不见。屋里的暖气轰轰作响，他在她膝盖上搭了一条毯子，毯子上画着一只滑稽的绵羊。她觉得很舒服，将脚伸进软绵绵的毯子里，靠着抱枕打了个哈欠。

随后她是被Y叫醒的，他把她从床上揪起来，端着一碗热腾腾的甜水凑到她唇边：“喝了。”她让他拽起来时还睡眼惺忪，懵懵懂懂地瞧着他，可见没什么不舒服，Y的心放下大半。

台灯开着，时针指向凌晨三点，没有惊动沈丽华夫妇，万物都在沉睡着。苏倾小口小口地喝完了红糖水，Y枕着手臂躺在她旁边，闭了闭眼睛。

他几乎已经很习惯做一个身强体壮、随随便便一只手就可以把苏倾抱起来的青年男人，骤然回到了十岁的孱弱躯壳，当然有好也有不好的地方——比如熬糖水竟然还要踩凳子。

听见苏倾窸窸窣窣地跳下床，他一把拽住毯子角。

“去哪儿？”

苏倾还卷着半截毯子、抱着暖水袋，轻轻地说：“我回去了。”

他的手腕搭着额头，一言不发，一手将毯子十分蛮横地往回拽。

苏倾顺着他的力道，慢吞吞地爬回了床上，在他床上铺了一条小毛巾，规规矩矩地躺了下来。

她几乎习惯了 Y 的气息，也喜欢靠着他睡觉，但这次她不敢乱动，手捂着暖水袋，平平躺着。迷迷糊糊时，她感觉到 Y 替她换过一次暖水袋。掀开被子时她感觉到一阵凉风，随后又热了，这热将她板结的冻土般僵硬的小腹慢慢化开。

Y 的手也在暖水袋上停留了片刻，随后恶作剧般地将温热的手掌贴在她的脖子上，过了一会儿，将她往里面搂了搂，越过她熄灭了台灯。

这些日子他都睡得很踏实。

飘雪的十二月是 Y 的十一岁生日，他拒绝沈丽华买回来的金纸包的尖尖帽，但是合影留念时还是不情不愿地戴上了，照片里留下三张灿烂笑靥和一个面无表情许愿的男孩。

父亲分蛋糕时微笑着问：“Y，你的生日愿望是什么？”

沈丽华回头埋怨：“不是说不能说出来？”

“哦，那不说了。”安德烈斯耸耸肩，叠起了心愿信封，“我帮你收在盒子里。”

苏倾正把蛋糕上红艳艳的樱桃放进 Y 的盘子里，他漫不经心地“唔”了一声。

信封里面写着：“快点长大。”

番外二　界

和原世界相比，这个世界很少下雨。

天空总是呈现出工业污染造成的灰蓝，树木是深墨绿色，蝉鸣深重。周末的时候，学校组织初中的孩子们参观科技馆。

苏倾从大巴车上下来，扶正了阳帽，树叶间隙里落下的阳光铜钱一样散落在她雪白的手背上。

“五十五……五十六……咦？”年轻的戴着唇环的老师用一张广告纸半遮住脸，又数了一遍，环顾四周，终于低下头，在人群里挑出一个脸生的，“孩子，你——”

男孩的头发理得很短，发茬被阳光照得棕褐，睫毛和瞳孔同样是这样剔透的颜色。他仰着脸，目光却瞥向一边，满不在乎的模样。

班主任笑了：“你不是我们班的吧？”

一双纤细的手臂伸过来，拉住他的衣服角，将他拽到了跟前，手臂的主人抬起头怯怯地说：“老师，我……弟弟。”

这片区多是体形高大的白人，少有亚洲女性，尤其是这样头发和眼瞳都乌黑的东方女孩，在他们看来，苏倾就像日本诗句里即将融化的一片雪，朦胧、纤细、近乎透明。

“你的弟弟是我们学校的？”老师侧头打量这个嘴角撇着的孩子，他的睫毛垂着看向地板，鼻梁高挺，脸颊饱满。虽然没有笑，还是能看出是个很漂亮的混血男孩。

而且他应该很乖，因为他手里还提着姐姐的书包。

苏倾：“是旁边小学的。”

四周骤然传来低低的哄笑声。

“好了，我们进去。”老师拍了拍手打断嘈杂。舔着冰棍的、攀在栏杆上的、席地坐在地上的，迅速地站成一列，排队进入面前巨大的、被玻璃幕墙镶嵌的半球型科技馆。它像一座被嵌入地下的外星飞船。

高穹顶，光线暗下，空调冷气侵入。嬉笑的声音变得几不可闻。

展厅以几道可移动的高耸的混凝土墙划分空间，第一个小房子里甚至有不小的回声，大部队走到展厅中央，一束光投射在墙上。

“今天的展览，叫作‘界’。”

“是世界的界吗？”

“也可以理解成世界。”老师说，“也是界限，边界。”

“事物的边界，是模糊也是无限的……”

听她说话的人很少，因为孩子们的注意力全都被墙上的全息投影吸引了，那里翻滚涌现出白色的光，不久后变成翻滚的白色的洪水。孩子们瞪大的眼瞳里映着依次倒塌的高楼大厦，他们看见了城市消亡和世界末日的场景。

“怎么样，效果不错吧？”老师的身影赫然出现在废墟中，她叉着腰笑着，在她背后，刚才的景象再次从头开始放映。

她得意地说：“这是我们政府游戏部最新研制的虚拟现实游戏《现实梦境》的视频宣传片，在这个游戏里，未来幸存的十分之一人类聚集在一起，过高度集中的生活，由联合政府管理。”

孩子们发出了惊叹声，掏出相机“咔嚓”“咔嚓”地拍个不停，除了两个并肩站着的人。

苏倾看着宣传片，忽而笑了：“Y，这里面会有我们的房子吗？”

“也许。”Y的眼睛里映着快速重建的城市画面，“现实，梦境……”他孩子气地笑了笑，“这个设计师好像比我厉害一些。”

老师还在滔滔不绝地继续：“他们科技极度发达，但是人与人之间的感情淡漠，原因是对生命的过于珍视，使得人人都以自我保护为第一要义。我们的任务是努力建设有限的新生城市，尽量使人类族群繁衍下去……”

“啊，还以为是什么好东西，原来是推销游戏的。”一个男孩抓了抓头发，从他们身旁抱怨着走过，他生了一张亚洲人的扁平面孔，细长的丹凤眼，穿一条带金属挂链的宽松长裤，走路手插着口袋，懒散地一走一晃。

苏倾和Y对视了一眼，都感到惊奇——这是“秋原”的对位。

Y将鞋尖一伸，“秋原”没注意脚下，踉跄了一下，差点向前摔个跟头，回身一把揪起Y的衣领，眼里闪了凶戾之色：“小屁孩，小心一点。”

“小屁孩，小心一点。”Y让他拽着领子，丝毫不生气，嘲笑地重复着，向下瞥去，随着动作进行，对方裤子口袋露出了一个小盒子的尖角。

片刻后，那盒子里的长柄烟并一只旧式打火机到了Y手里，他娴熟地将它转了个向，“咔”地点着了。

“谢谢，忍得挺久了。”他笑了一下，将火机轻轻塞回对方口袋。

“秋原”目瞪口呆地看着眼前叼着烟、操着童声的男孩，手臂慢慢地放松了：“你、你也……不是，你怎么知道……”

烟雾慢慢飘散出来的时候，苏倾看着天花板，咬着嘴唇慢吞吞地挪了几步，挡住了老师的视线，片刻后被Y拽到了一边：“躲远点，转过去。”他皱着眉头，反手掐掉了烟。

“好了，现在开始自由活动，一个小时后我们在这里集合。”远处的带队老师拍了拍手。

学生们三三两两向不同的方向散去。

“秋原”一路跟着他们，边走边禁不住操着变声期的公鸭嗓问：“喂，小屁孩，你是哪个学校的？看你好像有些面熟。”

“看来你以后会留上两级。”Y 勾起嘴角。

“秋原”不禁火冒三丈：“你怎么说话的？”

越过第一道混凝土墙，苏倾停在展厅中央摆放的金属球面前，银色金属球像儿时的哈哈镜，映出三个人变形的影子。

这身影渐渐变小，轮廓趋于模糊，苏倾看见自己分化的手指变作了蹼，四肢逐渐蜷缩，包成一团，随即慢慢地越缩越小，变作一枚闪光的细胞。

三个同样的细胞，像萤火虫一样在浩瀚的星河中单薄地飘浮着。

“过去与未来”。

展品名称这样写道。

“这是什么？”

三人中唯一的女孩子看着那三颗渺小的星星变成的萤火虫，它们艰难地飞跃宇宙星河，根植于地球，慢慢地放大、再放大，穿过青色的雾霭笼罩的山川湖海，飞过密集的丛林和草地，被风刮到树干上，被暴雨奄奄一息地打在了水泊里，它们拍拍翅膀，再度飞起来，缓慢地进入城市。从堵塞的车流上方气喘吁吁地飞过，从无数行人的腿中间艰难地穿梭，穿过楼房和屋宇，险些被关闭的纱窗夹住，被男女主人的争吵吓得四处乱窜，它们乘气流慢慢地爬升，最后终于安稳地落在了睡梦中的女人鼓起的腹中。

长舒一口气。

它们由苹果核的大小慢慢胀大，像一颗被泡发的黄豆种子，膨胀着，发出贪婪喝水的声音，这声音最终变成了怦怦的心跳。细细密密的交织的毛细血管显现出来，蹼分化成了手指，吮吸在婴儿的嘴里。

它们慢慢睁开黑亮的眼睛，四肢伸展，宛如张开双臂拥抱的姿势，在光晕中幻化成了金属球上原始的影子。

“是讲出生的吧，从受精卵开始。”“秋原”满不在乎地接道，“一个有悖于生物原理的艺术装置。”

他碰碰 Y 的肩膀，眨眨眼睛：“小孩，这个送给你了，我去别的地方逛。”

Y 的手心伸开，里面躺着一只用了一半的、开口被烧黑了的滚轮打火机。

他陌生又熟悉的朋友愉快地走开了，仍旧是踢踢踏踏地走着，裤子上的金属链子一晃一晃。

Y 笑了一下，将打火机小心地塞进苏倾的书包里。

苏倾迟疑地捏住了这个“过去与未来”的铭牌，将它慢慢地转了个向，背面镌刻着另外一行斜体字：life（生命）。

她的指腹轻柔地抚摸过这四个字母，将它摆回原位，随 Y 走向下一个展厅。

小放映厅里空无一人，屏幕在闪亮着，靠在红色跑车上的女人，身穿黑色小礼服，一头黑亮长发，齐刘海下一双宝石似的猫眼，她不耐烦地伸手挡着落在她脸上闪烁不停的闪光灯。

“《现实梦境 2》取得这样的成功，作为总设计师，我也感到十分荣幸。过程中曾遭遇无数的艰辛，每每令我更加敬佩已经故去的《现实梦境 1》总设计师安德烈斯先生……”

“关于我的婚事，不劳诸位挂念。”她哼了一声，“对我来说，这是一件顺其自然的事情，现在它对我的吸引力，甚至比不上新的项目。我希望大家都能尽力争取按自己意愿生活的权利。”

“薇安小姐……”

“薇安小姐，请问……”

身后的喧哗声登时响起来。

女人已经戴上墨镜钻进跑车，“砰”地关上了车门。

Y 倚着门框等了片刻，牵起看得正入神的苏倾的手，将她从小放映厅拽走了。

“你以后还会考虑当游戏设计师吗？”

Y 想了片刻：“当然。”他仰头喝水，瞥她一眼，补充了一句，“无限试玩机会。”

他们漫无目的地随意行走，又折回到最开始和“秋原”一起看过的地方，这是一个 H 形隔断的房间，一边是银色金属球，另一边的房间里则只有一面整面墙那么大的镜子。

二人站在镜子前，镜子上用马克笔写下一行俏皮的、圆圆的娃娃体：

“我们过完了漫长的一生。”

镜子里她尚是十六岁的模样，穿着草莓红格子裙，外面系了条小熊围裙，身后的 Y 穿着还未换下来的西装。苏倾伸手触摸镜子，镜子里那熟悉的小机器人苏倾也触摸着她。

“Y。”她和镜子里的自己鼻尖对着鼻尖，弯起嘴角，“你看。”镜子里的男人眼里含着点笑注视着她，同从前那些日夜别无二致。

他慢慢地走近，镜子里的男人也靠近了她，站在了她背后。

他绷着嘴角，按了一下苏倾的头：“我比你高。”

镜子外的男孩踮着脚尖，几乎是切齿地说出这句话。

那时他多么想要快点长大。

他的监护人、姐姐、妻子，伊甸园里的夏娃，第一个令他心动神摇的女孩。

他离经叛道的年少轻狂，抵抗宇宙的全部勇气。

中央控制区不再有主宰她的芯片。

可神女落地成人，苏倾感受到他将吻轻轻地落在她颈后的红色的胎记上，仍然有惊天动地的久违的悸动。

直到她感觉到一闪而过的温热的液体滴在她领口里，镜子里看不见他的脸。

“不许回头。”他在她回头前，一把扳住了她的脑袋，顿了顿，往她后脖颈绯红的印记上咬了一口。

“……那你也不要咬我。”苏倾睁大一双眼睛，脸上红云没顶，转身伸臂揽他，Y别扭地躲开了。

“逛下一个。”他若无其事地向前走。

他已经习惯了做一个一只手就能把她抱起来的青年人，这些日子回归苏倾照顾他，简直是 bug 一样的存在。

走出房间之前，苏倾回头看了看镜子。

Y 的侧脸棱角分明，镜子里她仍然穿着小熊围裙，梳着两根小辫子，推着吸尘器站在别墅的地板上。

她冲镜子里的 AI 苏倾笑了笑，挥了挥手，走出了房间。

这个房间没有铭牌。

有银色金属球的那个房间的铭牌“过去与未来”，其实是这个房间的名字。

镜子里的，既是过去，也是未来。

——我们过完了很多个、很好的、漫长的一生。

前面的展间里有声音传来。

“关于平行世界的理论，很多科学家相信，通过粒子对撞，可以实现平行世界的穿梭。”

背对他们的教授穿着浅绿色衬衣，面前放着一台笔记本电脑，旁边的玻璃罩子里放置着一比一制作的对撞机，每一个部件都贴了标签。

这里围成了一处简易的 studio，阶梯地板上三三两两地坐着参观的孩子们，捧着脸兴致勃勃地听。

“一会儿，我会带你们参观实验，了解实验的过程。”

他说话慢吞吞的，头发花白，笑起来时很和蔼。教授再抬起头来时，看着面前的小女孩愣了一下。

“爸爸。”苏倾也一眨不眨地看着他，她的眼睛黑亮，微笑着，不知为什么却泛着一点儿泪光。

教授俯身看着她半晌，有些疑惑地问：“孩子，你认识我吗？”

这是“诺尔教授”的对位，在这个世界里，“诺尔教授”甚至还没有收养中国女孩苏倾，苏倾没有在毕业旅行中意外去世，就不再有仿生人苏倾，也不再有燃烧尽他全部心血的违禁实验。

苏倾点了一下头，看着他轻声说：“爸爸，我变成真的女孩啦。”

诺尔教授忍不住笑了：“孩子，为什么叫我爸爸？”

“你要是我的小女儿该多好。”他微笑道，“你长得真像我初恋的女孩。”

“教授，什么时候可以开舱啊？”玻璃匣子打开时，孩子们纷纷拥上讲台，助理解说给大家分发防辐射服。

诺尔教授说：“大家穿好防护服，我们准备开始实验了。”

“等一下，孩子们，”他叫住了苏倾和Y，兴致勃勃地从抽屉里掏出了一款旧式相机，“我们拍一张合影，好不好？”

年迈的教授将相机交给助手，忙用手掌理理头发，俯下身，一左一右地揽住两个孩子，对着镜头露出牙齿：“准备好了吗？一，二，三……”

苏倾在照片背后写下了自己和Y的名字，一张装在诺尔教授的衬衣口袋里。

另一张揣在她的书包里。

还有一张在Y手里。

孩子们排着队，小心地进入实验室，机器发出的巨大轰鸣，已经使得有些胆小的女孩远远退到了一边。

“离子对撞机产生的巨大能量，可能营造稳定的虫洞，联结平行世界。因此，时空旅行是完全可能实现的。”

站在做前面的男孩和女孩肩并肩，安静地听着讲解。

躺在对撞机夹缝里的照片，慢慢地没入虫洞中，像一只白蝴蝶飞走了。

番外三　影帝与樱桃

顾怀喻是在走红后第二年获得了影帝殊荣，这个目标的达成速度远比他想象的要快。

影片讲的是国际禁毒警察的故事，叫作《猎枪》，是秦淮在东南亚拍摄的新片。刚拍摄的时候，几乎所有人都不看好秦淮。

“一个拍文艺片的导演，整天风花雪月、才子佳人，一个镜头都能给无限拉长拍出花来，能拍什么现实题材的电影？”当时，甚至有业内人士不屑地放出话来：“年轻人太心急转型，别整出个四不像来。”

“这你就看低小爷了，”秦淮听说这种传闻，呵呵一笑，对媒体放话说，“我小时候可是警匪片的铁杆影迷。你们等着瞧吧。”

事实证明，秦淮和顾怀喻的搭档，永远不会让人失望。在拍摄《猎枪》的十个月里，秦淮不仅对全剧组人严格要求，自己也毫不放松，一部戏下来，他足足瘦了十斤，白净的脸蛋被烈日晒得黝黑，看起来就像个难民。但他眼睛里散发出的光芒却比什么时候都耀眼。杀青那天，只见他扒着摄像机，失态地说：“这一幕拍得太好了，《猎枪》符合一切得奖条件！这回顾怀喻非拿影帝不可！”

从《猎枪》放出的预告片里，大家终于看到了被导演藏得很好的男主角顾怀喻。激烈的枪战与爆破鼓点结束后，男主角趴在草丛里，满脸灰尘，一双失神的眼睛直直地看着镜头，表情凶狠、阴沉，眼神麻木，却有两行热泪缓缓流下。这无声的眼泪将他深深埋藏在卧底身份背后的惊痛、恐惧、犹疑和沉重的心事悉数表达了出来。顾怀喻的表演从不流于表面，在这个一句台词也没有的长镜头中，仅靠眼神变换和缄默隐忍的一次落泪，就将观众深深震撼，引得数万人湿了眼眶。《猎枪》仅放出一个预告片，就瞬间引爆了网络。

电影上映后，票房一路攀高，最终《猎枪》凭借精彩的内容、超高的完成度，成功登上各大国际电影节的参展名单。顾怀喻更在年尾的电影百合奖上，摘得影帝桂冠。

人们说顾怀喻大器晚成，出道至今，运势终于来了，还是以排山倒海的姿态扑过来。一连两部代表作，奠定了他一线影星的地位，他的片酬和身价跟着一路飞涨，这是要“爆红”的节奏——电影史上每一位巨星，都有这样一个阶段。

可顾怀喻也着实是个怪人，依然我行我素，不发社交平台，不接代言，一如既往地挑剧本，不在意档期空窗。故而，影迷除了在影视作品中可以见到顾怀喻，几乎很少听到他的消息，这所谓的“爆红”更是和他不沾边。

日常生活中，他低调得像个“素人”。开始还有记者不死心，潜伏到他市郊的别墅偷拍，想挖出些劲爆新闻，结果只拍到他随便套了件素色衬衫，脚上趿着拖鞋，牵着个打着小伞的小丫头。

镜头一直跟着他到了社区外侧的小公园，小丫头又蹦又跳，嘴里叽里咕噜地说着什么，他耐心地将孩子抱到了小型的旋转木马上，又掏出几枚硬币，启动木马，自己则一言不发地站在旁边看着，手里还拿着女儿的粉红小伞。若不是顾影帝侧脸冷峻、身形挺拔，走路时衬衫衣角飘起，颇有几分潇洒不羁的气质，在场的记者都不敢相信眼前这位沉默的男士就是一线大明星顾怀喻。

忘了说，数年前顾怀喻在《离宫》成名后参加的第一次正式颁奖礼上，就当场高调宣布了和经纪人苏倾的恋情，引得百万女影迷梦碎心死。同年，两人被拍到在国外低调完婚。如今，顾怀喻和苏倾的女儿小樱桃都已三岁了。初始，他毫不在意粉丝的做法总是招致非议，可随着他结婚、生子一条龙下来，人们意识到他好似与那些当红小生不同，他对流量带来的钱财与虚名、对于粉丝的追捧毫不贪恋，对他的诧异也随时间慢慢地变成了赞许。

后来，顾影帝的“伯乐”徐衍在一次访谈节目中总结道：“顾怀喻，是一个有目标且不忘初心的人，他的目标就是演戏，演好戏，其他的事情都不在他考虑范围之内，毕竟追求的事物太多也会变成负累。正因为他有决心斩断这些虚假的浮华，把演绎工作和他的私生活彻底隔离，才能更快、更心无旁骛地实现自己的目标！这是一种很聪明的做法，也是一种很好的品质——对观众负责的品质。在现在这个浮躁的环境里，还能保持这份初心的同行不多了，我私心希望年轻的演员朋友们都能向顾怀喻学习，我们一起慢慢地把这个圈子给大众留下的印象扭转过来。”

当被问及还想不想和顾怀喻合作时，徐衍哈哈笑道：“我当然希望有机会和顾影帝合作！”

“我这些年总是在追求名气和财富，多少有点谄媚市场，我自己也在反思。我想，是顾怀喻的经历启发了我。我们创作者的任务，是要坚持自我，坚持往前走，要创新，要引导大众的审美。所以，我有计划拍一部新的文艺作品，就讲讲我们这行背后的故事。当然了，要看顾先生有没有意愿配合……”

节目播出后，大众对于顾怀喻的风评更上一层楼，常常将他作为敬业好演员的典范，拉出来与其他小生对比，网络上吵吵嚷嚷十分热闹。过了不久，有小生的粉丝愤愤地发帖：“那个天天卖低调人设、据说从不上综艺节目的顾怀喻也要为钱折腰了——最新的亲子综艺名单上有他。”

帖子发出，一片哗然。比起少数人的质疑，大部分人更好奇一向神秘的顾影帝怎么会突然改变了主意，选择曝光于大众眼前，更好奇他这么一个看起来不好接近的人，生活中和女儿相处是什么样子。

网上讨论正热火朝天时，又来一条新爆料：

“其实节目组去年第一季节目就邀请影帝一家了，但请的不是影帝G，而是他老婆S，据说影帝不同意，S无奈只好婉拒，但是终归有点遗憾。影帝当时什么也没说，今年又有机会，制片人抱着试一试的心态，都做好了被拒绝的准备，谁知影帝竟然一下就同意了，要自己带女儿上节目。”

“什么，什么，邀请的是苏倾？”

“影帝怎么这么‘直男’啊！只许自己曝光，不许妻子露面？都什么年代了。”

“前面的别这么冲，他可能也是想保护太太吧，毕竟上了电视就有可能被骂。”

“顶楼上，有点被甜到了。”

“天啊，好久没看到漂亮小姐姐了！”

就这样，在网友的一片讨论声中，迎来了这档亲子节目的播出。顾怀喻演戏以外的私人生活一曝光于人前，粉丝的偶像滤镜马上就碎了一地：

“顾怀喻是不是有‘社交恐惧症’，真的有人能一顿饭全程一句话也没有吗？”

“这也太冷了，也就是苏倾受得了他……”

“好担心小樱桃跟他能不能按时学会说话。”

“早点回去吧，别耽搁小樱桃学说话。”

“上次吃饭的时候导演说错话，有些轻佻地开了苏倾的玩笑，他就一点也不搭理人家，都三天了还是不跟人家说话，搞得导演看到他就小心翼翼的。好家伙，代入一下，我尴尬死了……”

“楼上，我觉得影帝做得对，酒桌上口无遮拦的人最讨厌了，就是应该给点教训。爽啊！”

“……”

作为顾怀喻的综艺首秀，虽然引发了大量话题和关注度，但是从节目录制开始，工作人员就十分头疼——因为顾影帝，完全没有“戏”！比起在电影镜头下的浓墨重彩，生活中的顾怀喻实在是平淡如水，连话都说不了几句，孤僻、古怪、防备心强，这要怎么剪出故事线来，要怎么生产“爆点”啊！

好在事情远没有想象中那么糟，当然这完全是仰仗顾怀喻和苏倾的女儿小樱桃实在太有观众缘了，小姑娘充分继承了顾怀喻和苏倾的优良基因，鼻梁高，深眼窝，一双瞳孔是像小猫一样的浅色，浓密的头发微微卷曲着，嘴唇是和苏倾一脉相承的樱桃小口——一个粉雕玉琢，洋娃娃似的小女孩。更别说她正处在人类幼崽最可爱的年纪：会走路，但走不稳当，摇摇晃晃得像只小企鹅；会说些句子，但对世界还是似懂非懂，总是咬着手指，一双大眼睛天真地看着大人们进进出出，一路上闹出不少笑话，但也将观众的心牢牢拿捏了。

“呜呜，我又来看女儿了。”

“樱桃太乖了，怎么会有这么乖的人类幼崽，舍不得樱桃，呜呜……”

节目一更新，类似的弹幕便迅速占满了屏幕。

有了小樱桃做对比，顾怀喻的生活好像变得更加戏剧性了一些，观众尤爱看父女二人相处，并经常在被小樱桃打动的片段暂停，放大研究顾怀喻的表情和反应。

“天天守着这么可爱的小天使，顾影帝真的一点都不动心吗？”

“小樱桃把泡泡吹到他脸上的时候他好像笑了。”

“对，我也看到了，我发誓他的嘴角上扬了 0.001 度！”

“影帝只是面瘫而已，你们看他看樱桃的眼神，还是很宠溺的。”

“支持！作为重度洁癖患者，要是孩子把肥皂水搞到我脸上，我估计会跳起来打人了，影帝居然一动不动，是真的慈父了。”

“哈哈，顾怀喻忍不了了，把樱桃的泡泡枪拿走了。”

一串泡泡在阳光下折射出七彩的光晕，梳着两根小辫的小女孩咯咯笑着，在草地上追逐泡泡，像扑蝴蝶的小猫。顾怀喻立在身后，不断拿泡泡枪为她制造泡泡，虽然他一言不发，但满心、满眼都是女儿的笑脸。

“感动到了，好温馨啊。怎么有种大野狼和小红帽的既视感。”

“应该说是沉默的恶龙和稚龄公主了……”

“好看了，家人们，顾怀喻这组有点好看了……”

节目组的工作人员看到网络上对于顾怀喻和樱桃的讨论度突然增加，有些摸不着头脑。导演组商量下来，认为是随着录制时间增加，顾怀喻逐渐融入了拍摄环境，与其他家庭的相处也渐入佳境，自然综艺效果也就好多了。一位和苏倾有些私交的导演，忍不住打电话给苏倾：“小苏，是不是你给影帝说什么了，他突然间开窍了。”

电话那端传来的女声温柔随和，还带着几分羞涩道：“我没有啊。”

几个导演挤在电话机前，忍不住脸上的好奇之色：“顾太太平时会看我们的节目吗？”

“我看的。”坐在沙发上的苏倾拉了拉滑落下去的毯子，盖上了微微凸起的小腹。她现在已经怀了第二个孩子，最近总是觉得腰酸。她笑说：“我每一期都会看，不好意思啊，怀喻性子冷，给大家添麻烦了。”

“没有没有。”导演们纷纷道。虽然没见过苏倾的面，但单凭说话的语气和语调，就让人十分有好感。她的温柔里带着一丝稚拙的认真。有人心中一动：“是这样的，顾太太，近期顾老师人气见长，我们策划了一个探班环节，你看你要不要……”

“探班？”苏倾笑了，“好啊。你们先别告诉他。”

这件事情，在她做经纪人的时候，几乎每天都做。而自两人结婚后，她已经许久没做过了，不禁有些想念。

苏倾到达录制现场的那天，下了小雨。原定的草莓采摘环节被取消，改成了根据节目组在厨房准备好的食材，父亲们需要自己做饭给孩子们吃。来探班的苏倾被安排进公寓隔壁的导播室，她扶着腰缓缓坐下，好奇地和观众们一起看节目直播。

弹幕已经糊满了屏幕。

“老铁们，我现在看顾怀喻做饭，急死我了。”

“大哥，你已经从十点做到一点了，小樱桃的肚子还好吗？”

“感觉炒菜他还是会的，但是能看出来手艺有些生疏，你看他切菜，好家伙……我好担心他的手。”

“插播一句，他还记得给小朋友吃青菜、胡萝卜，还用食物秤称了量，挺细心的，好评。”

“啊啊，小樱桃哭了……”

“天啊，樱桃也太乖了吧，她手里就抱着零食啊！撕开吃啊孩子。”

孩子是尤其饿不得的，小樱桃乖乖巧巧坐在沙发上，怀里就抱着节目组发的各种巧克力、薯片和威化饼干，却眼巴巴地看着顾怀喻的背影，抽抽搭搭，泪眼蒙胧。

“天啊，怎么能把挂面直接放进炒锅里呢？他是真的一点也不会做饭。”

“笑死了，顾怀喻慌了。”

看得出来，顾怀喻是很少惯孩子的。对于隐约传来的抽泣声，他除了脊背僵了一下，手上动作加快，没有其他反应。小樱桃见爸爸不睬自己，越哭越委屈，哭得声嘶力竭，几欲抽过去，哭声之大，直接将另一个明星爸爸从隔壁招来了。

“乖乖，你怎么了？”当红歌手宋杰心疼地抱着樱桃哄了半天，“是不是饿了呀，快，叔叔给你拆一包薯片吃，不哭了啊。”

小樱桃却抽噎着按着他手，直摇头：“不行，不、不能吃，我等、等、等爸爸。”

顾怀喻转过身来，俊脸上还是漠然：“老宋，她不能吃零食，你不要惯着她。”

宋杰唏嘘不已，心里感慨顾怀喻真是个“狼爸”，但又不好干涉人家的教育，只好放下了樱桃，一步三回头地往门边走。

顾怀喻走过来，把樱桃手里的零食全放在了桌上：“这些不能吃。”

又道：“记得医生阿姨跟你怎么说的？”

樱桃抽噎着点点头，眼圈红红的，要多惹人心疼有多惹人心疼。

弹幕已经爆炸了。监视器前，苏倾却忍不住笑了。监视器的光照在她恬静的脸上，在她睫毛上镀了一层光。樱桃一岁多时，顾怀喻正在拍戏，工作室有员工离职，还没来得及招新人，她就抱着小樱桃去了片场工作。

女儿长得可爱，谁见了都要忍不住喂好些零食，于是面对正餐，小樱桃就偏食不愿吃。那部历史大剧一拍就是大半年，等回来后，孩子体检报告显示，体脂率明显不达标，需要戒掉零食。

苏倾看着女儿哭闹，又愧疚又不忍，小樱桃一哭，她也忍不住在门口吧嗒吧嗒掉泪，见她落泪，顾怀喻什么工作都做不了了，推开门便替她出去扮演恶人角色。他也不知道用了什么法子，把小樱桃治得服服帖帖，从此奠定了顾怀喻严父的地位。

眼下顾怀喻收掉了零食，又木着脸端上特制的儿童汤面："饭好了，来吃吧。"

小樱桃也是饿了，这碗看着卖相不佳的面，竟然也让她狼吞虎咽地吃光了，连汤底都没留下。

小樱桃一直到顾怀喻拉着她在走廊散完步，缩在爸爸旁边的沙发上看电视的时候，还沉浸在委屈中，大大的眼睛看着电视，睫毛上挂着泪珠，时不时还抽一抽鼻子。

顾怀喻可以理解她为什么委屈。在家里，苏倾的手艺很好，断不像他，小樱桃在家里是过得很幸福的。

半晌，顾怀喻侧过脸，用指腹抹掉了她脸蛋上的泪水："别哭了。"

小樱桃有些怕他，顿止了抽泣，可这么小的孩子，怎么能控制得住自己的感情？半晌，胸腔里又滑出一声抽泣，樱桃马上抿住嘴巴，细细的眉毛皱起来，眼睛睁得大大的，紧张地看着顾怀喻，不一会儿便蓄满了泪水，看上去马上要哭了。

观众的心都碎了。

"顾怀喻，看看你把孩子吓的。"

"我可怜的女儿啊，影帝会不会哄人啊！气死我了！"

正在这时，节目新增加的"探班"环节一出，再次引起了讨论狂潮。其他明星夫妇，参加真人秀已是轻车熟路。最受期待的，自然是神秘的苏倾。自多年前《离宫》中惊鸿一瞥的小艾之后，她未曾再次触影，但她的一两张写真经常流传于网络，惊艳着人们。观众期待着她的出现，也好奇她和如此孤僻的顾怀喻是怎样一种相处模式，故而当导播室的苏倾的画面出现的时候，弹幕整个炸开了。

"哇，苏倾好美啊！"

"她好勇敢，一点妆都没化。"

"没化妆是因为怀孕了吧。"

"真的耶，看出来了。"

苏倾长发披肩，粉黛未施，嘴唇微微抿着，目不转睛地看着屏幕。镜头下的苏倾，就像屏风上的古典美人，也像一朵暗香流动的花，格外具有亲和力。

“她看着屏幕笑得好温柔啊，我瞬间原谅顾怀喻了。”

苏倾已经缓缓起身，视线恋恋不舍地离开了屏幕上的女儿，她穿好外套，戴好围巾，在工作人员的引导下，准备去“探班”了。

“快去管管顾怀喻！他不会带孩子！”

“好想看顾怀喻见到老婆从天而降的表情，哈哈哈哈……”

“我比较想看小樱桃见到妈妈的样子，哈哈哈，肯定会抱着妈妈使劲儿撒娇。”

而另一边——

顾怀喻和泪汪汪的小樱桃僵持了几秒后，罕见地露出了几分无措，手脚都不知该怎么放才好：“别哭了，我陪你玩好不好？”

小樱桃抹着眼泪点头：“好。”

“你想玩什么？”

小樱桃迟疑地说：“骑大马。”

顾怀喻：“……”

这个词，是她和歌手宋杰的儿子新学的。宋杰为人大方豪爽，不拘小节，时常把儿子架在脖子上走来走去，称为“骑马”。小樱桃似懂非懂地看着，见小伙伴笑得开心，心里也种下了羡慕的种子。

网友纷纷道：“女儿，危。”

“樱桃，你这是在太岁头上动土。”

“等下，你们看顾怀喻！”

“天哪，顾怀喻真的趴下了。”

只见顾怀喻容色冷淡地拉上了公寓的窗帘，随后，身高接近一米九的当红男星，关掉电视，跪趴在了地毯上，反手在她肋下一抱，就把小姑娘托起来放在了背上：“不抓好不能骑。”

弹幕瞬间就如同一场雪崩：“天哪！我的天哪！”

小樱桃惊叫了一声，但骑上“大马”的瞬间，便马上响起“咯咯”的笑声，她搂紧了父亲的脖子，小脚丫高兴得一荡一荡的：“驾！往右边走。”

马儿沉默无声，顾怀喻的瞳孔似猫一般，缓慢前行。

十分钟内，社交平台就传遍了“骑大马”的动图，所有人都为影帝的“英姿”惊掉了下巴，又被巨大的性格反差吸引了视线。

“妈呀，这不是大猫猫是什么？没想到影帝是这样的，萌死我了，萌死我了。”

戏至高潮，是探班的苏倾打着伞走到门口，好事的导演掏出手机，给她看了门里的一幕。苏倾看了一眼，便抿唇笑了，将发丝别至耳后，掏出手机，给顾怀喻打电话。

电话响了，响在小樱桃笑声的间隙里。顾怀喻面不改色以跪爬姿态挪过去，看见来电，脸色都变了："喂，苏倾？怎么了，你没事吧？"

门外，苏倾忍着笑，令自己声音平稳道："我没事。就是想你了，才给你打电话。你在干吗？"

"我……"顾怀喻默了片刻，"在看剧本。"

弹幕又爆炸了，观众需要把评论数目调低、再调低，才能看到画面的一个角。

顾怀喻转换话题道："你在哪儿？"

苏倾不拆穿他，她将手轻轻放在门把手上，含着狡黠的笑，柔声道："我在家里。"

番外四　故事之外

1.《雀登枝》里，林先生想把女儿接回去住几天，叶芩不同意。林先生只得携小女儿在旻镇新房强住了几天，由于苏倾的妹妹小林一口鸟语，遭到叶芩百般嫌弃，过了没多久又搬回了南京。每年过年时小夫妻南下探望他们，岳父为了刁难女婿，每次都给他吃夹生的米饭，叶芩面不改色欣然领教，这件事苏倾一直不知道。

2.《江城子》里，秦淮最终与秦安安喜结连理。因为没有新娘高，拍结婚照的时候他脚下垫了半块砖头，为此还上了热搜。

3. 顾怀喻在走红后第二年获得了影帝殊荣，是那部秦淮在东南亚拍摄的新片。

4. 苏倾曾经接到节目组邀请，带孩子上一档亲子节目，顾怀喻不同意，苏倾只得婉拒。过了一年，顾影帝自己带女儿上了一档亲子节目，全国人民都看见他把女儿架在脖子上玩的时候接到妻子的电话，对方问他在干吗，他说在看剧本。

5.《点绛唇》里，俞西风曾经暗恋苏倾，但是他越喜欢一个女孩，对对方越没有好脸色，导致苏倾从小跟他说话都小心翼翼。

6. 明宴的母亲姓俞，是南国俞太后膝下十三帝姬俞红露。她与北国牧马族的一个明姓卫兵私通有孕，逃出宫闱，因南北两国正交战，被视为南国耻辱。路斛奉太后之命于人海茫茫中找到十三帝姬，俞红露自知必死，为保子而触柱。不过两年后，路斛还是在集市上找到了九岁的明宴，其时明宴已经成为市井泼皮之首，第一次见到路斛就给了他裆下一脚，因为嫌他挡道。

7. 路斛费了九牛二虎之力才把明宴打服，五花大绑扛在马上，还没回宫就接到了解聘信，被强行解官返乡，太后的意思是您和宫闱丑闻一起滚吧，都别回来了。路斛非常生气，盛怒之下他把帘子掀开，明宴被捆着还朝他吐唾沫，路斛抹了把脸，一边咆哮一边突然发现这个臭孩子结合了他爹娘长相的优点，生得挺俊的。路斛萌生一个想法，要不把他卖了吧，不过想想还是算了，毕竟他挺能打的，卖了怪可惜。调教明宴的过程非常痛苦，路斛胳膊腿都打痛了也无法驯服他，没想到最后明宴是为了一只红烧板鸭屈服的。

8. 明宴一开始收留苏倾的时候，并不是因为路见不平，而是因为身边四个小屁孩儿快烦死他了，刚好要一个丫头调和一下院子里的纯阳之气。

9. 苏倾会缝衣服、倒茶、做饭，还会包扎伤口，最重要的是奇乖无比，让明宴非常惊奇，不久便产生了严重的区别对待，看到女孩就高兴，看到四个狼崽子就烦。

10.《点绛唇》里，所有人都知道明府有个十四岁的女孩子，大司空视之如掌上明珠，只有苏倾一个人不知道。她一直以为自己就是一个住草房子的小婢女。

11. 路斛掐算出苏倾天生凤命的时候，明宴正在布置小姑娘的房子，一言不发地把凳子摔了，那个瞬间他的第一个念头是造反。明宴敬路斛，同时也讨厌他，讨厌就是因为这件事。

12. 少年南王燕成瑾身体弱是有缘由的。其中一个采女是他的贴身宫婢，在太子十二岁的时候就诱导他行房，导致其元精泄露，畏暑畏寒。长大懂事之后，燕成瑾寻了个由头将她赐死，从此以后对女人总是非常戒备。

13. 大司空嚣张跋扈，次次穿行内苑抄近道出宫。有一次俞西风问他想看见谁，明宴拂袖而去，再也没有走过内苑。

14. 燕成瑾把苏倾当作复仇的棋子，但有时他也想，以后的生活有她陪着也很好。

15.《玉京秋》里，江谚的哥哥江论死于黑恶势力报复，先经历绑架后被车碾死，此事成为周向萍夫妇崩溃并离婚的导火索。夫妻二人很少去江论的墓地，每年清明，江谚自己坐 68 路公交车到终点站给哥哥扫墓，抽根烟，说几句话。

16. 苏倾的确是江谚喜欢的第一个女孩。以前因为太自恋了，他都没有喜欢过女孩。

17. 从前苏倾有严重抑郁症，她自己不知道，只是感觉困倦，记忆力也不太好。阚天看出来了，给她饭菜里面放了药，直到半年后她控制住了才告诉她。苏倾听了之后很意外，问他怎么知道，阚天说他自己也是。

18. 阚天有不止一个小女孩，多到他数不清楚。他像收集洋娃娃一样收集她们，年龄到了让他打发走的也有很多，不过主动离开的只有苏倾一个。回到缅甸以后，他在路上看到一个年轻女人拉着小孩的背影，他忽然想，苏倾长大以后是不是也这个样。

19. 湾峡的幽灵别墅被查封的同一年，阚天因没能搭上去国外的飞机，在警方联合剿灭的过程中打光了枪里的子弹，死在了火拼里。

20. 苏倾在食堂看到新闻的那一天，锦溪农村一个坐在炕上的年轻妇女，也从十二寸旧电视机里面看到了新闻，她把眼泪擦了一下，把孩子放下，下地去了。当天晚上，醉酒的丈夫再打她的时候，她一脚把他踹翻了，她骑在那男人身上打人的时候还下意识地摸后腰，都忘记自己的枪早交了。第二天这女人就不见了，孩子也没带，听说坐了进城的第一辆大巴跑的。她爹娘撂下话，说她敢回来就打死她，不过她再也没有回来过。

21. 大学的第二个暑假，江谚从学校回来带苏倾去白塔。他问苏倾要走近点吗，苏倾说不用，她只是看了一会儿，远远地拍了一张照片，存在了手机里面。

22. 江谚好几次差点死了。最危险的一次，子弹离心脏不到五厘米。他醒来的时候总看见妻子握着他的手守在他旁边，他闭了一下眼睛说对不起。苏倾坐在他床头，笑着摸了摸他的鬓角，很轻地说没关系。

23.《归去来》里，苏家的二妹、五妹确实都比大姐儿苏倾漂亮，可惜都没有活到成年。每年乞巧节，苏倾都给妹妹们烧漂亮的纸裙子，二妹的是紫色，五妹的是明黄色。

24. 苏倾答应了嫁给沈祈，但几次上门都被拒之门外，她心里明白沈祈是想下她面子，于是就着轻薄衣裙跪在大门口。当天晚上下了一场雨，沈祈任她跪了一夜，第二天才开门收了她。苏倾已成众人笑柄，苏父和大娘子在牢狱里听说这件事，心痛如绞，写血书让她万万顾好自己。但这封信最终没能送到苏倾手里。

25. 沈轶回来后，因为拒婚麟熹郡主触怒龙颜，挨廷杖后又跪半宿，原本是膝盖旧伤，后来彻底变成残疾，走路跛足。那天正是苏倾大婚，天寒地冻，鹅毛大雪纷飞，没人注意到她只穿了一件很薄的嫁衣。

26. 沈祈并没有为苏家求情，只是拖延了死刑的日期，他比较享受变成断线风筝的苏倾。苏倾不知道流放其实是沈轶强硬争取的结果。但因为天寒地冻，流放之地环境条件又太过恶劣，苏父心力交瘁，不久就客死他乡。

27. 沈轶平生最忌背叛，因此恨毒了自己嫂嫂，一次席间见她与沈祈极尽恩爱，之后六年间对其避而不见。不过偶尔在梦里看见她，都要耐不住写张条子，写完了再铁青着脸撕掉。苏倾死后，沈轶请命给她扶灵，因她死得不光彩，抬棺的人都在闲聊，唯沈二一言不发。棺木路过一大片凹地，颠簸了一下，他下意识伸手护住棺材角，脸色骤变，感觉到胸口有点疼。

28. 苏倾埋在土里的册子，在她死后被雪花挖出来了。雪花被锁儿刁难，后半生就住在园子边，翻地时挖到了大夫人的册子。发现那精美的画册被虫蛀掉一半的时候，她抱着册子哭了一场，最后将它拿回了屋里。“暗香浮动月黄昏”的“月”已经被虫吃了，但苏倾的字漂亮灵动，一笔一笔的全是少女得意。

29. 沈轶第一次见到苏倾是在学堂，其实他注意到她了，因为她真的很漂亮，但以为她是同沈祈一起的，就故意没搭理她。

30. 沈祈第一次见到苏倾时隔着一道很薄的屏风，路过屏风侧边时，那少女不经意抬头看了他一眼，睫下两丸黑瞳，杏红衫裙，明若朝霞。

31.《小重山》里，Y 要选一个角色给苏倾递话，每次都选幽冥邪神。除了邪神是神能唬住她之外，还因为他想要选一个里面看起来最霸气的角色。

32. Y 的手机屏保是那张截图。对，魔王在夕阳下亲吻骑士的那张。

33. Y 不在家的时候，苏倾除了打扫卫生、剪草之外，还做蛋炒饭吃，旁边放一只小熊，跟它边聊天边吃。后来 Y 一个人吃饭的时候，旁边的座位上放着她老抱在怀里的扫地机器人，他有时候也同它说话。回答他的是——“嘀！指令不明”，他会敲它一下然后闭嘴。

34. Y 不告诉苏倾自己的生日是几月几号，所以 Y 从小到大，苏倾都在每年六月一日给他做蛋糕过生日。Y 抗议了几年也就习惯了，其实他的生日是十二月十五日，寒冬腊月。苏倾不知道，他每年那一天都要放纵地折腾她一回给自己当生日礼物。

35. Y 的兵人游戏玩到 99 关，第 100 关他一直留着没有打开。其实第 100 关不是游戏，是一段 2 分钟的视频，一个小姑娘在屏幕里笑嘻嘻地跑来跑去点烟花，祝贺他通关。而他始终没有玩，因为玩完了这一关，苏倾留给他的惊喜，就再也没有了。

36. 苏倾自毁的那天，是 Y 把她拦腰抱回去的。办公室在七十层，他没有坐电梯。他一层一层地下楼梯，下到四十层的时候坐在了台阶上，看着她，把她的辫子扯松了，过了一会儿，又给她扎好。他歇了一会儿，把她抱起来一言不发地爬完了接下来的四十层。拉开车门的时候，车子上面落满了清晨的露水，副驾驶座椅上孤零零的一只她落下的口红。

37. 苏倾原本的性格弱点非常严重，抗压能力几乎为零。任何挫折对她来说都是沉重的打击。面对共同的困境，小机器人选择逃避问题，Y 则满脑子都是如何解决问题，没有注意到恋人的心态变化。经历了这三年，不可一世的少年才猛然间变成了丈夫和父亲。他明白给予对方单方面的无限的保护是没有用的，只能教会她克服弱点，而这一步最终要她自己迈出。

38. 苏倾眼中的世界没有自己。拍照的时候也认为自己不应该出现在照片里，因此用相框把自己挡住了。她对每一个事物都有浅显的认知，唯独“自己”在她心中是一团模糊的，直到最后也只是有了个浅浅的影，不过够用了。

39. “倾”即不平，“轶”即散失。意味着二人的命运颠沛流离，而最珍贵的，最终失而复得。

40. 薇安终生未婚。倒不是因为她对 Y 有多么念念不忘，而是因为她觉得搞事业已经能让她很开心，没必要再找个看不惯的男人留在身边添堵。由于著名游戏设计师、游戏部副部长带头拒婚，引起了不婚风潮，那条关于限定结婚年龄的法律规定被修改了。正在海岛穿泳衣戴墨镜度假的薇安，莫名其妙地从电视上得知自己变成了女权代表。

41. 三十二岁的时候，秋原辞职了，和小优一起开了家幼儿园，他们自己的孩子也在里面……这家幼儿园很酷，里面有天文望远镜，还有各种设备，反正生意很好。

42. 薇安送给苏倾的热带鱼是珍稀物种，被 Y 扔进人工湖以后，造成了外来物种入侵。两年后，那池子里游满了色彩斑斓的热带鱼，变成新的网红打卡地。

43. 平行世界里，Y 成年后在游戏部任副部长，苏倾一板一眼地上学、考试，准备以后当计算机老师，可还没有当老师，就因为一组街拍走红网络，被邀请去拍戏了。第一部戏就要求她又下水又吊威亚又剪头发，对此 Y 不大高兴，没过多久这戏被另一个代言给截了。嗯，是游戏部新发布的游戏的代言。

44. 苏倾和 Y 的婚纱照是在花园里拍的，樱桃成熟的季节，邻居家的小孩子成串地来给她拖着裙摆。正是繁花似锦的夏天，新娘坐在树枝上，掀开头纱冲着镜头笑。新郎站在树下，仰头看她。

45. 婚后还是只有苏倾和 Y 两个人，沈丽华和安德烈斯先生常年不在家，他们打包行李去周游世界了，偶尔会寄回一两张照片，简直像旅行青蛙。

46. 苏倾因为在文艺电影里饰演的一个配角而一炮而红，被誉为全民初恋的素人女明星，平时低调得像要消失一样已经够让人悲伤的了，近期还传闻说她要息影去当大学老师。不久，苏倾被模糊地拍到，在车库里，一个穿西装的高挑男人给她开车门。有人说那个男人是游戏部副部长，已经结婚了。当季游戏部的最新产品卖到脱销，可能是影迷的抗议吧？但也有女孩子留言说是因为车库里那张侧脸太帅了。

47. 苏倾怀孕的时候喜欢画水彩，窗户外面的樱桃花开了，Y 给女孩子起名叫沈樱。苏倾说男孩也需要有一个，她起了个中国字叫“钰”，笑得把头埋进 Y 的怀里，说这是小小 Y。

48. 沈钰一直觉得爸爸不喜欢自己，直到六岁的时候因为肠胃炎半夜去医院，爸爸一路抱着他没撒手，把他扛到了医院。“爸爸我爱你。”他呜咽着，鼓着一口气撒娇，后颈的猫毛似的短头发蹭过了父亲的手臂。Y 瞥了他一眼，遵医嘱给他喂了一瓶口服液：“你太沉了知道吗？累着你妈妈。”

49. 妹妹出生之后，沈钰确定爸爸不喜欢自己了。还是妈妈好，每天晚上都给他念睡前故事。她今天领奖去了，最受欢迎教员奖。早上很早起来化了妆，她轻轻地敲门问爸爸好不好看，问的声音很轻，好像忐忑不安的样子，爸爸没说话，俯身亲了一下她的脸颊。

50. 叶（Ye）芩，顾怀喻（Yu），明宴（Yan），江谚（Yan），沈轶（Yi），不过都是一个 Y。